ILLUSTRIERTE GESCHICHTE DER DEUTSCHEN LITERATUR

IN SECHS BÄNDEN

von
Prof. Dr. Anselm Salzer
und
Prof. Eduard von Tunk

Neubearbeitung und Aktualisierung
von
Dr. Claus Heinrich
Dr. Jutta Münster-Holzlar

BAND V

DAS
20. JAHRHUNDERT

NAUMANN & GÖBEL

ILLUSTRIERTE GESCHICHTE DER DEUTSCHEN LITERATUR

Redaktion: Dr. Claus Heinrich und Dr. Jutta Münster-Holzlar
Lektorat: Waltraud Still
Korrektur: Walter Burkart
Schutzumschlag: Hermann Bischoff
Satzarbeiten: Zobrist & Hof AG, Liestal
Gesamtherstellung: J. Ebner Ulm
Printed in West Germany

ISBN 3-625-10421-0

Revidierte und erweiterte Neuauflage
Neubearbeitung durch: Dr. Claus Heinrich und Dr. Jutta Münster-Holzlar

INHALT

DIE LITERATUR DER JAHRHUNDERTWENDE

FRIEDRICH NIETZSCHE

Wenn die folgenden Betrachtungen zur Literatur der Jahrhundertwende mit Friedrich Nietzsche eröffnet werden, so hat das im wesentlichen drei Gründe: Zum einen gibt es, ganz allgemein, schlechterdings keinen Philosophen, der die Literaturgeschichte des ausgehenden 19. Jahrhunderts stärker beeinflußt hätte als Nietzsche – stärker und nachhaltiger: Sein Einfluß reicht bis tief ins 20. Jahrhundert hinein, und Spuren seines Denkens in Inhalt und Form finden sich selbst in der Literatur der Gegenwart (man denke hier nur an Peter Handkes »Über die Dörfer«); darüber hinaus, nun spezifischer gesprochen, hat keine bedeutende literarische Schule und kaum einer der einzelgängerischen Protagonisten des Impressionismus und Symbolismus, der Neu-Romantik und des Expressionismus bei der Formulierung seines ästhetischen bzw. poetologischen Programms auf eine produktive Auseinandersetzung mit Nietzsches Philosophie verzichtet, sei es in unmittelbaren Anleihen und Übernahmen, sei es in kritischer Distanzierung und Abwendung; schließlich, und drittens, ist nicht zu übersehen, daß Nietzsche selbst in der Literaturgeschichte weitaus deutlichere Spuren hinterlassen hat als – wenn man einmal von der Existenzialphilosophie absieht – in der Geschichte der Fächer, in denen er angetreten war, nämlich der Philologie und der Philosophie, so daß es durchaus charakteristisch ist, daß – z. T. längst vor Karl Jaspers und Martin Heidegger – Dichter ganz unterschiedlicher Orientierung, wie Johannes Schlaf und F.G. Jünger, Zweig, Benn, Hesse, Heinrich und Thomas Mann, über Nietzsche Bücher oder große Essays geschrieben und damit weit mehr als die akademische Philosophie für die Verbreitung und Anerkennung seines Werkes gesorgt haben. Dabei setzt diese immense Wirkung Nietzsches – erneut im charakteristischen Unterschied zur Nietzsche-Rezeption in der Philosophie – schon verhältnismäßig früh ein. Obwohl nämlich die Kluft zwischen dem naturalistischen ›Sozialismus‹ und Nietzsches aristokratisch gefärbtem Subjektivismus denkbar weit zu sein scheint, haben führende Naturalisten durchaus affirmativ und produktiv auf den Autor der *Geburt der Tragödie* und des *Zarathustra* reagiert, so z. B. Johannes Schlaf in seiner Lyrik, Sudermann mit seinem deutlich vom (mißverstandenen) »Übermenschen« abgeleiteten Konzept des »ganzen Menschen« bzw. des »Vollmenschen«, so schließlich auch Gerhart Hauptmann, in dessen Werken sich manches vom Dionysischen, von der bacchantischen Wein- und Tanzseligkeit wiederfindet. Von literaturtheoretisch und -praktisch konstitutiver Bedeutung wird Nietzsche jedoch erst in den gegennaturalistischen Strömungen der Jahrhundertwende. Bei Stefan George und seinem Kreis, bei Bertram wie Gundolf, Hildebrandt wie Wolfskehl und den Kosmikern ist der Einfluß evident; aber auch Arthur Schnitzler, Hermann Bahr, Rainer-Maria Rilke und Richard Dehmel haben sich, zum Teil zeit ihres Lebens, immer wieder mit Nietzsche beschäftigt, und manches in ihren Werken wäre ohne dessen intellektuelle und formale Prägung undenkbar. So schickte, um nur dies eine Beispiel zu nennen, Richard Dehmel im Jahre 1891 dem schon geistig umnachteten Nietzsche ein Widmungsexemplar seines Erstlingswerks *Erlösungen,* das unter anderem ein Gedicht mit dem Titel »Nachruf an Nietzsche« enthält, in dem es, durchaus nicht distanzlos, heißt:

> fahr denn wohl! gern hätt ich dir
> dein letztes Wort vom Mund geküßt,
> du lächelnder Priester des furchtbaren Todes.
> *Aber wir leben*
> ...
> Weh, daß dein Jünger dir
> zu spät erschien!

War schon bei vielen der bisher genannten Autoren Nietzsche vor allem der Dichter des *Zarathustra,* so erreicht die Identifikation des Philosophen mit seinem zweifellos umstrittensten Werk im Expressionismus seinen Höhepunkt: Viele zentrale Konzepte der Expressionisten, wie die »aufsteigende Seele«, »der neue Mensch« oder die menschliche Existenz als Übergangserscheinung, als »Brücke«, lassen sich mühelos von Nietzsche herleiten, und so ist es vollauf verständlich und gerechtfertigt, wenn Kurt Pinthus die erste repräsentative Lyrik-Anthologie des Expressionismus in Anlehnung an die *Götzen-Dämmerung* mit *Menschheitsdämmerung* überschrieb.

Weitaus kritischer und eben darum wohl auch fruchtbarer war die Auseinandersetzung der großen Einzelgänger unter den (Roman-)Autoren der Jahrhundertwende mit Nietzsche, vor allem die von Hermann Hesse, Robert Musil und Heinrich Mann; von ganz überragender Bedeutung aber war Nietzsche für Thomas Mann (und in mancherlei Hinsicht auch dieser für jenen): Ob in *Buddenbrooks* oder den *Betrachtungen eines Unpolitischen* (deren Titel sich an den der *Unzeitgemäßen Betrachtungen* anlehnte), im *Zauberberg* oder in der Gedenkrede *Nietzsches Philosophie im Lichte unserer*

Erfahrung (1947), ob also in fiktionalen oder nicht-fiktionalen Schriften, in Roman oder Essay – nie endete der lebenslange Dialog zwischen Nietzsche und Thomas Mann, der dem kritisch verehrten und distanziert geliebten Philosophen in seinem meisterhaften Roman *Doktor Faustus* ein Denkmal setzte, das seinesgleichen sucht.

FRIEDRICH WILHEILM NIETZSCHE (1844–1900) entstammt einem pietistischen Pfarrhaus; er wurde in Röcken bei Lützen in der preußischen Provinz Sachsen geboren, wo sein Vater das protestantische Pfarramt innehatte. Der Vater starb früh, so daß die Erziehung gänzlich der Mutter und den beiden Schwestern oblag, von denen die eine, Elisabeth Förster-Nietzsche (1846 bis 1935), in Nietzsches späterem Leben und in der Editions- und Wirkungsgeschichte seines Werkes eine verhängnisvolle Rolle spielen sollte. Nach dem Besuch der Bürgerschule und des Domgymnasiums erhält der ungewöhnlich begabte, äußerst diszipliniert-arbeitsame und dabei stets gravitätisch-steif wirkende 14jährige eine Freistelle in Schulpforta, wo die Basis zu seiner außerordentlich fundierten klassisch-philologischen Bildung gelegt wurde. Es folgte 1864/1865 das Studium der Altphilologie in Bonn, u. a. bei Ritschel, der Nietzsche aufgrund mehrerer erfolgreicher wissenschaftlicher Veröffentlichungen noch vor Abschluß seines Studiums 1869 eine Professur für griechische Sprache und Literatur in Basel verschaffte, wo Nietzsche jedoch – nach der entscheidenden Begegnung mit der Philosophie Arthur Schopenhauers – seine endgültige Wendung zur Philosophie vollzog. Neben Schopenhauer das bedeutendste Bildungserlebnis der Baseler Jahre aber war der freundschaftliche Verkehr mit Richard und Cosima Wagner in Bayreuth, der jedoch 1876 abrupt abbrach, nachdem Nietzsche u. a. durch den Festspielbetrieb und gewisse christliche Akzente in Wagners Spätwerk (namentlich im »Parsifal«) schon in den Jahren zuvor, spätestens aber seit den *Unzeitgemäßen Betrachtungen* wenn nicht menschlich, so doch intellektuell zu Wagner auf Distanz gegangen war. Die Professur in Basel mußte Nietzsche 1879 wegen zunehmender Migräne- und Augenbeschwerden, Symptomen einer syphilitischen Infektion, aufgeben. In der Folge führte er ein recht ruheloses Wanderleben zwischen Süddeutschland und Italien, wobei der Ort Sils Maria im Engadin etwas wie Mittel- und Ruhepunkt bildete. Nietzsches geistige Existenz endete am 3. Januar 1889 in Turin mit einem vollständigen psychischen Zusammenbruch infolge einer progressiven Paralyse; elf Jahre später, am 25. August 1900, starb er in Weimar. In die Baseler Zeit zurück führt Nietzsches erste bedeutende philosophische – wenngleich philologisch begründete – Publikation, *Die Geburt der Tragödie aus dem Geist der Musik*

(1872). Darin wendet sich Nietzsche zunächst vor allem gegen Winckelmanns Auffassung der griechischen Kunst; dem allein und einseitig gesehenen »apollinischen« Ideal des Klaren, Maßvollen, Schönen stellte er als andere Wurzel griechischer Kunst die »dionysische« Leidenschaft und Erregung entgegen. Aus dem Orgiasmus war nach Nietzsche die Musik und die Tragödie geboren, deren Dichter schafft, »nicht, um von Schrecken und Mitleid loszukommen, nicht, um sich von einem gefährlichen Affekt durch dessen vehemente Entladung zu reinigen – so verstand es Aristoteles –: sondern nur, über Schrecken und Mitleid hinaus, die ewige Lust des Werdens selbst zu sein – jene Lust, die auch noch die Lust am Vernichten in sich schließt«. Hier liegt nicht die Interpretation eines Philologen, sondern die spekulative Intuition eines Philosophen vor, der unter Schopenhauers Einfluß die pessimistisch stimmenden Seiten des Daseins sehen gelernt, aber gegen diesen Einfluß den Willen zum Leben dennoch zu bejahen gewillt war. Die Kraft hierzu gab ihm damals die Kunst. Auch diese war für ihn etwas anderes als für Schopenhauer, nämlich nicht bloß ein Mittel, das Elend des Lebens vergessen zu lassen, sondern eine Befreierin, die dem Menschen die Welt des Schönen schenkt und ihn dadurch dem Leben zurückgibt. Damals sah Nietzsche im Musikdrama Richard Wagners das Kunstwerk der Zukunft und einer neuen, höheren Kultur. Aber nach 1876 interpretierte Nietzsche die Kunst Wagners als einen Rausch, eine Krankheit, ein Fieber, galt ihm als Ideal die aufklärerische Rationalität, davon zeugen die drei Voltaires Andenken gewidmeten Bände *Menschliches, Allzumenschliches,* 1878–1880, und andere Schriften dieser Periode.

Aber Nietzsche war kein Mann der Wissenschaft, sondern eine Künstlernatur; diese nährte sich nun von den Lehren des Engländers Carlyle, des Amerikaners Emerson, des Deutschen Max Stirner und schuf, die Vorgänger weit zurücklassend, das Ideal des Übermenschen. Dessen Bild trug Nietzsche mit sich an die Ufer des Silsersees im Engadin und unter den Himmel Italiens und trug es aus in den Werken *Also sprach Zarathustra* (1883/1884), *Jenseits von Gut und Böse* (1886), *Zur Genealogie der Moral* (1887), *Götzendämmerung* (1888) sowie in *Der Antichrist* mit der autobiographischen Schrift *Ecce homo*.

Das wirksamste aller dieser Bücher war das erste, das sich das Lutherdeutsch des 16. Jahrhunderts zum Vorbild nahm und infolgedessen streckenweise wie eine Parodie der Bibel wirkt. Zarathustra verkörpert das neue Ideal, das keine Metaphysik kennt, keinen Gott (»Gott ist tot«) und keine persönliche Unsterblichkeit, sondern nur die »ewige Wiederkunft« aller

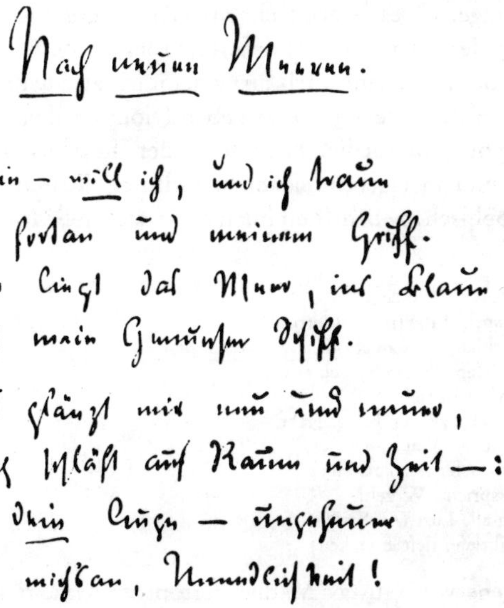
Nach neuen Meeren.

Dorthin – will ich, und ich traue
Mir fortan und meinem Griff.
Offen liegt das Meer, ins Blaue
Treibt mein Genueser Schiff.
Alles glänzt mir neu und neuer,
Mittag schläft auf Raum und Zeit –:
Nur dein Auge – ungeheuer
Blickt mich an, Unendlichkeit!

Nietzsches Gedicht »Nach neuen Meeren« in der Handschrift des Dichters.

Dinge anerkennt und in der Bejahung des Lebenswillens die höchste und am meisten heroische menschliche Leistung sieht. Nietzsche war sich bewußt, welch tiefe Umwälzung der Verlust des Gottesglaubens für das Geistes- und Seelenleben bedeutete (»Weh' dem, der keine Heimat hat«) und wie sehr seine »moralinfreie Tugend« eine »Umwertung der Werte« darstelle. Höchstes Gut war ihm das Leben selbst als Gegenbild zum (kulturell – nicht etwa zum biologisch) Kranken, Schwachen, Entarteten, demgegenüber er jede Art von Mitleid ablehnte. Nietzsche beschreibt das Leben als das gesunde und kraftvolle, das im »Willen zur Macht« gipfelt und die neue »Tafel der Werte« aufstellt, nach welcher sich die »Herrenmoral« von der »Sklavenmoral« unterscheidet, d. h. die der Starken, Mächtigen, Vornehmen, die nur gegen ihresgleichen Pflichten haben, und die der Vergewaltigten, Gedrückten, Leidenden mit ihrem Ressentiment gegen alles Höhere; diese haben im Judentum und im Christentum Freiheit, Gleichheit, Brüderlichkeit gepredigt und das stolze Griechen- und Römertum verdorben, jene dagegen Auferstehung gefeiert in gewissen Renaissancegestalten und in Napoleon, der »Synthesis von Unmensch und Übermensch«. Allerdings sei der »Übermensch« noch nicht da, er ist ein Ziel und muß im Leben jedes einzelnen emporgeläutert werden durch Leiden, durch strenge Zucht und Selbstbeherrschung.

Denn so sprach Zarathustra: »Wenn es Götter gäbe, wie hielte ich's aus, kein Gott zu sein! Also gibt es keine Götter.« Und auch so sprach Zarathustra: »Ihr höheren Menschen, dieser Gott war eure große Gefahr. Seit er im Grabe liegt, seid ihr erst wieder auferstanden ... Und nun heißt der Berg der Menschen Zukunft. Gott starb: nun wollen wir, daß der Übermensch lebe.«

Es bleibt doch die Frage, ob es Nietzsche gelungen ist, die innere Kluft zwischen der Zerstörung der alten und der Forderung nach neuen Werten mit Konzepten wie dem »Übermenschen« auch nur persönlich zu überbrücken; denn es gibt in seinen Schriften Stellen, wo er neben Dionysos den Gekreuzigten anruft, und es gibt seine Gedichte, seine Lieder, in denen sich mit tiefem, vollem Gefühl und in eigentümlichem Ausdruck eine solche Not äußert, daß alle »philosophischen« Schriften Nietzsches wie bloße Notdächer erscheinen.

O Mensch! Gib acht!
Was spricht die tiefe Mitternacht?
Ich schlief, ich schlief –,
Aus tiefem Traum bin ich erwacht:
Die Welt ist tief,
Und tiefer als der Tag gedacht.
Tief ist ihr Weh –,
Lust – tiefer noch als Herzeleid:
Weh spricht: Vergeh!
Doch alle Lust will Ewigkeit –,
– will tiefe, tiefe Ewigkeit!

Die Verse, die übrigens von Gustav Mahler vertont wurden, mögen an dieser Stelle beispielhaft darauf verweisen, wie sehr bei Nietzsche Existenzielles und Intellektuelles, Biographie und Philosophie miteinander verquickt sind, und zwar in einem Maße, das namentlich in der deutschen Geistesgeschichte beinahe einzigartig dasteht. Der Verweisungscharakter der Verse gibt aber auch Gelegenheit, zur Literaturgeschichte im engeren Sinne zurückzukehren und damit zu den Dichtern, denen eben diese innige Einheit von Leben und Werk bei Nietzsche stets aufs neue Faszination und Ehrfurcht einflößte.

IMPRESSIONISTISCHE LYRIK

Der Impressionismus oder die Eindruckskunst ist verfeinerter Naturalismus. Dem Impressionisten kommt es nicht auf die getreue Nachbildung des Lebens an, sondern auf das Festhalten persönlicher Eindrücke (Impressionen) und Stimmungen. Damit ist folgerichtig die Abwendung von der Masse zum Individuum gegeben, freilich auch das Schwinden der sozialen Frage aus dem Kreis der darzustellenden Probleme. Wenn nun also das Ich wieder zur Geltung kommt, profitiert davon begreiflicherweise die Lyrik. Als Musterbeispiel eines impressionistischen Lyrikers gilt DETLEV VON LILIENCRON (1844–1909). Eigentlich hieß er Friedrich Adolf Axel Freiherr von Liliencron. Seine Vorfahren waren in Holstein reich begüterte, ursprünglich dänische Barone, doch hatte sein Großvater nach der Trennung von der ersten Gemahlin eine Leibeigene geheiratet und für die Kinder dieser zweiten Ehe die ritterschaftlichen Rechte und den Anspruch auf das Familieneigentum verloren. So lebte der Vater des Dichters in recht bescheidenen Verhältnissen als Zollverwalter in Kiel, wo Detlev geboren wurde. Seine Mutter, die Tochter des amerikanischen Generals von Harten, erzog ihr Kind »romantisch«; das ergab eine verträumte Jugend, die jedoch vorläufig in der preußischen Offizierslaufbahn endete: 1864, 1866, 1870/1871 sind die Jahreszahlen der Feldzüge, an denen Liliencron teilnahm, in denen er zweimal verwundet wurde. »Schulden und Wunden halber« mußte er allerdings 1875 aus dem Dienst ausscheiden, ging nach Amerika, fristete dort sein Leben als Sprachlehrer, Pianist und Stallmeister, kehrte nach Deutschland zurück und bereitete sich auf den Verwaltungsdienst vor. 1882–1887 lebte er dem neuen Beruf und mußte auch diesen wieder schuldenhalber verlassen. Dreimal verheiratet (zwei Ehen wurden geschieden), hatte er es schwer, als freier Schriftsteller zu leben (in München, Berlin, Altona und anderswo), doch hielt er durch, bis ihm Kaiser Wilhelm II. ein Ehrengehalt bewilligte (auch die Würde eines Ehrendoktors wurde ihm verliehen); gestorben ist er zu Alt-Rahlstedt (bei Hamburg), seinem ordentlichen Wohnsitz seit 1901.

Er war beinahe 40 Jahre alt, als sein erstes Buch erschien, wurde als »junger« Dichter gefeiert und ist, weil und obwohl er immer derselbe blieb, nie zu den »alten« gezählt worden. Dieses erste Buch führte den Titel *Adjutantenritte und andere Gedichte* (1883). Ein trotziger Freiheitssinn, eine heiße Liebeslust, eine jugendliche Selbständigkeit lebt in ihnen; neu war darin die intime Beobachtung des Kleinen neben dem Großen, verblüffend wirkten kühne Wortbildungen und -zusammensetzungen, der Verzicht auf verbrauchte Formeln und Ausdrücke, die ungescheute Verwendung des Alltagsvokabulars, ohne platt oder trivial zu werden, die scheinbare Natürlichkeit von Vers und Reim. Heute weiß man, wie sorgfältig er mit ihnen umging. Spätere Gedichte zeigen eine gewisse Vorliebe für die schwierige Siziliane mit ihren viermal gleichbleibenden Verspaaren. Die »Adjutantenritte« machen den Krieg zum Thema der Poesie, die bei dem nur wenige Monate dauernden Krieg von 1870/1871 mit seinen Reiterattacken in bunter Uniform tatsächlich noch zu gedeihen vermochte (allerdings auch ungewollt ein romantisierendes Bild vom Krieg entwarf, der sich vier Jahrzehnte später total wandeln sollte).

Den Krieg behandeln auch viele Erzählungen, die unter den Titeln *Eine Sommerschlacht* (1886), *Unter flatternden Fahnen* (1888) und *Krieg und Frieden* (1891) erschienen und ebenso wie der erste Gedichtband nicht nur vom Soldatenhandwerk handelten, aber für dieses zur fast klassischen Darstellung geworden sind. Auch als Romancier, als Dramatiker, als Epiker (»Poggfred«, d. h. Froschfriede, 1896 in 12 »Kantussen«, 1908 in 29 Gesängen) hat sich Liliencron versucht, jedoch ohne Glück und Erfolg. Dieser stellte sich ein für den Balladendichter, besonders wenn er Soldatenthemen behandelte, weil er sich dabei billige Romantik oder rhetorischen Patriotismus nicht zuschulden kommen ließ. Hauptanliegen seines Dichtens war jedoch die Natur, von ihr sang er, was die Sinne aus Heide, Wald und Meer sogen, was Gesicht, Gehör, Geruch, wenn auch flüchtig, empfanden, außerdem Liebe und Tod, der für Liliencron, einen stets religiös Beunruhigten, mehr und mehr zum Herrscher der Welt wurde und in immer neuen, oft Grauen erregenden Gestalten in seinen Gedichten erscheint (außer in dem schon genannten Band wurden diese unter verschiedenen Titeln gesammelt, wie »Gedichte«, 1889; »Der Heidegänger«, 1890; »Neue Gedichte«, 1893; »Nebel und Sonne«, 1900; »Bunte Beute«, 1903; »Balladenchronik«, 1906; »Gute Nacht«, 1909). Partienweise erschütternd liest sich seine Autobiographie *Leben und Lüge* (1905).

Liliencron hat nicht eigentlich Schule gemacht, doch hat er Nachahmer gefunden, die eben durch diese Nachfolge nicht zu eigenständigen Dichterpersönlichkeiten wurden: so Gustav Falke (1853–1916) aus Lübeck, Klavierlehrer in Hamburg, also musikalisch begabt, als – eher unbedeutender – Erzähler Naturalist (immerhin biographisch interessant »Die Stadt mit den goldenen Türmen«, 1912), als Lyriker Impressionist (Sammlungen: »Mynheer der Tod«, 1891; »Tanz und Andacht«, 1893; »Zwischen zwei Nächten«, 1894, usw. bis zur »Auswahl«, 1910), endlich Verfasser reizender Kinderreime (zum Teil im Plattdeutschen), und Carl Busse (1872–1918) aus Posen, seit 1893 meist in Berlin, als Kritiker und Literarhistoriker dem Naturalismus abhold, Verfasser von Romanen und Novellen (folkloristisch interessant »Die Schüler von Polajewo«, 1900, und »Im polnischen Wind«, 1906), als Lyriker »lerchenfroh und weltenfromm« (seine Gedichtbände erschienen seit 1892) und erst in der Sammlung *Heilige Not* (1910) nachdenklich.

Eine andere Richtung des Impressionismus können wir bei Ferdinand Avenarius (1856–1923) beobachten. Zwischen 1880 (»Wandern und Werden«) und 1898 (»Stimmen und Bilder«) erschien seine Lyrik, meistens

Naturgedichte von einfachem Ausdruck, nirgends von hervorstechender Eigenart; aber dazwischen liegt die Dichtung *Lebe!* (1893), der mißlungene Versuch, die neue Kunstgattung der »großen lyrischen Form« zu schaffen, in ihr das Verhalten einer Menschenseele durch Lyrik zu bezeugen, nicht äußere, sondern innere Handlung zu bieten, die dazu führen sollte, daß am Ende ein Arzt zu »voller geistiger Mannheit« gereift erscheint. Auch für die nach dem Ersten Weltkrieg begonnene Reihe von Weltanschauungsdramen fehlte dem Verfasser die nötige künstlerische Kraft. Dennoch war die Rolle dieses Dichters in der damaligen Literaturentwicklung keine geringe: 1887 gründete er nämlich die Zeitschrift *Kunstwart,* die gegenüber denen der »Moderne« einen eher bürgerlichen und vor allem patriotischen Zuschnitt hatte, trotzdem keineswegs das Neue ablehnte (nirgendwo wurde Holz' »Phantasus« so ausdrücklich gewürdigt wie im »Kunstwart«), allerdings in der Kritik gerne zu schulmeisterlich wurde. Riesenauflagen erreichten die von ihm zusammengestellten Anthologien (»Deutsche Lyrik der Gegenwart«, erstmals 1882; »Hausbuch deutscher Lyrik«, 1903; »Balladenbuch«, 1908), weil sie im Gegensatz zu früheren Büchern dieser Art auch neue Dichter aufnahmen.

Altersgenosse war dem fast professoralen Avenarius PETER HILLE (1854 bis 1904), der, um mit Ernst Alker zu sprechen, den Impressionismus lebte. Zu Erwitzen bei Driburg geboren, schloß der junge Westfale auf dem Gymnasium zu Münster Freundschaft mit den Brüdern Hart, denen er sich nach kurzer Berufstätigkeit als Gerichtsschreiber und Journalist und ausgedehnten Wanderfahrten im In- und Ausland wieder anschloß, als er 1891 in Berlin Wohnsitz nahm; auch Bierbaum, Liliencron, Else Lasker-Schüler zählte er zu seinen Vertrauten. Nach einem Unglücksfall starb er im Krankenhaus zu Großlichterfelde. Berlin war also der amtliche Wohnsitz des »Literatur-Zigeuners«, doch zog es ihn von hier stets fort, wobei er oft genug die Nächte unter freiem Himmel verbrachte und immer seine Aufzeichnungen in einem großen Sack mit sich führte. Im Sommer 1885 trat er mit der Zeitschrift *Die Völkermuse, kritisches Schneidemühl von Peter Hille,* an die Öffentlichkeit, im Oktober folgte die zweite und zugleich letzte Nummer. Der einzige Mitarbeiter war der Herausgeber selbst, der einzige Abonnent Liliencron. In der Zeit der Wanderjahre führte er eine ausgedehnte Korrespondenz, hauptsächlich mit Literaten, aber auch mit Papst Leo XIII., der ihm eines seiner lateinischen Gedichte handschriftlich mitteilte (diese Kostbarkeit reichte der Dichter gerne im Freundeskreis herum).

1886 erschien sein Roman *Die Sozialisten,* entstanden oder wenigstens konzipiert schon in London, wo Hille zwischen 1880 und 1882 in einer »der dunklen Höhlen Whitechapels mit Niggern und Chinesen« zusammen gehaust hatte (dort soll er auch eine inzwischen verschollene Grammatik des Malaiischen herausgegeben haben). Der Roman ist alles andere als eine Propaganda für den Sozialismus (die »ästhetischen, harmonischen, human angelegten Naturen werden erst im sozialen Staate ihre recht eigentliche Marterbank finden«) und erst recht kein in sich geschlossenes Kunstwerk. Auch die folgenden Romane (»Semiramis«, 1902; »Cleopatra«, 1905; »Die Hassenburg«) sind unförmig, ungestaltet, jedoch durchsetzt von kristallklaren Einzelheiten. Genauso steht es mit dem Dramatiker Hille; deshalb blieben die meisten der geplanten Bühnenwerke Fragmente, vollendet wurde nur die Erziehungstragödie *Des Platonikers Sohn* (1896). Was Hille eigentlich war, Lyriker und Aphoristiker, das ergab sich erst für die Nachwelt, als Heinrich Hart 1904/1905 des Freundes *Gesammelte Werke* herausgab. Die *Aphorismen* wären eines Novalis würdig gewesen, selbst dort, wo sie sich ironisch und kennerhaft über Dichtung (»Dichtung ist die Mathematik der Wirklichkeit«) und Dichter äußern. In den Gedichten offenbart sich der Wanderer auf allen Straßen als ein Liebender, der beschaulich über die heimlichen Dinge des Lebens und über Gott nachdenkt.

Trotz seines Anschlusses an die »Moderne« verleugnete Cäsar Flaischlen (1864–1920) aus Stuttgart in seinem literarischen Schaffen nirgends sein Schwabentum. Für ihn ist es bezeichnend, daß am Anfang und am Ende seines poetischen Schaffens Mundartgedichte stehen (»Vom Haselnußroi«, 1892; »Von Derhoim ond Drauße«, 1924); hingegen war er 1895–1900 Schriftleiter der Zeitschrift *Pan* (nach Otto Julius Bierbaum), deren Illustrationen technisch und graphisch zu den bedeutenden Leistungen der Jahrhundertwende gehörten; in ihr erschienen Flaischlens eigene Gedichte, die in acht Bänden gesammelt wurden (von »Nachtschatten«, 1884, bis »Mandolinchen, Leierkastenmann und Kuckuck«, 1921). Sie waren besonders beliebt bei den Soldaten des Ersten Weltkriegs, und das populärste unter ihnen (»Hab' Sonne im Herzen«) wird heute noch auf Spruchkarten gedruckt. Mit Geist und Ungeist der Zeit setzte sich der Dichter in einem Zyklus auseinander, der aus zwei Dramen und einem Roman besteht: *Toni der Stürmer* (1891) stellte die Frage nach der Liebe, *Martin Lehnhardt* (1895) schilderte einen »Kampf um Gott«; beide Probleme, vermehrt um das des Künstlertums, finden sich im dritten Teil der Trilogie: *Jost Seyfried* (1905); die Lösungen sind nicht durchaus überzeugend und stammen aus dem gleichen Optimismus wie Flaischlens Lyrik.

Wie Peter Hille im norddeutschen Raum eine Kontrastgestalt zu Ferdinand Avenarius ist, so in Süddeutschland Max Dauthendey (1867–1918) zu Cäsar Flaischlen. Sein Vater war in jungen Jahren nach St. Petersburg, dem heutigen Leningrad, gegangen, hatte dort seine Frau, eine Deutschrussin, kennengelernt und war mit ihr (kurz vor der Geburt des Sohnes) nach Würzburg gezogen, wo er ein Photographenatelier eröffnete, auch chemische Erfindungen machte und dadurch zu Wohlstand kam, der es ihm ermöglichte, später den Sohn finanziell zu unterstützen. Ein älterer Bruder hatte sich in Amerika das Leben genommen, darum sollte Max das Geschäft des Vaters übernehmen. Er tat eine Weile mit, obwohl es sein Wunsch war, Maler zu werden. 1891 verließ er aber das Elternhaus (die Mutter war schon lange tot), zog zu Freunden auf die »Neue Welt«, einen Gutshof bei Würzburg, und entdeckte dort sein poetisches Talent. M. G. Conrads »Gesellschaft« nahm seine ersten Gedichte auf, die Wiener »Rundschau« eine Novelle, in Dresden wurde der Roman *Josa Gerth* (1892) gedruckt. Mit Erlaubnis des Vaters übersiedelte Dauthendey nach Berlin, trat dort in Beziehung zu den Friedrichshagenern und in spontane Freundschaft zu Richard Dehmel. Was ihn mit diesem und mit jenen verband, war der kosmische Überschwang, eine auf Trieb und Liebe ausgerichtete Allphilosophie.

Doch auch Stefan George interessierte sich für den jungen Würzburger und sagte zu ihm, seine Dichtungen seien das einzige, was damals in der gesamten Literatur völlig neu dastehe; es sei eine einzigartige Kunst, die reicher genießen lasse als Musik und Malerei, da sie beides zusammen sei. Dieses Lob gründete auf Dauthendeys erstem Gedichtband *Ultraviolett* (1893), dem literarischen Gegenstück zur impressionistischen Malerei, bei der sich die Umrisse der Körper in duftigste Schattierungen der Farbe auflösen. So kommt es bei dem Dichter vor, daß Gewitterwinde weinrot brennen, daß ein Regenbogen veilchenschwül durch weihrauchblaue Abendwolken schmilzt, daß dunkle Sonnen Blut saugen; so wird sein Monismus, dem er lange anhängt, schönheitstrunken, seine Erotik schwül durch all die Farben, in die er Kosmos und Liebe taucht. Und wenn er auch allmählich lernte, volksnäher zu dichten, blieben die Titel seiner Lyrikbände noch lange seltsam (z. B. »Der weiße Schlaf«, 1908; »Insichversunkene Lieder im Laub«, 1908). Inzwischen war der Dichter dieser Lieder von Berlin nach Schweden, nach London, nach Paris gewandert, hatte hier trotz seiner Armut die Schwedin Annie Johanson (1896) geheiratet, zog weiter nach New York und Mexiko, nach Griechenland, wieder zurück nach Paris, von hier dann nach längerem Aufenthalt nach Ägypten, Indien, China, Japan, Hawaii und Amerika.

Die Unrast des Lebens hatte ihre Wurzel in ungewisser Sehnsucht nach ungewissen Dingen. *Sehnsucht* (1895) hieß denn auch einer der ersten dramatischen Versuche; diesen und andere gleicher Art hat der Autor später als Jugendsünden bezeichnet, nicht ahnend, daß er vorwegnahm, was später der Expressionismus verwirklichen sollte. Auch in der Folgezeit trieb es ihn immer wieder zu dramatischen Gestaltungen; Erfolg hatte allerdings nur das Stück *Die Spielereien einer Kaiserin* (1910), die Geschichte Katharinas II. von Rußland und ihres Günstlings Menschikow. Ungefähr gleichzeitig erschien auch das lyrische Großgedicht *Die geflügelte Erde* (1910) in freien Langzeilen mit End- und Binnenreimen, geschrieben in der nicht erfüllten Hoffnung auf den Nobelpreis. Den größten Publikumserfolg erreichte er mit den *Acht Gesichtern am Biwaksee* (1911), japanischen Liebesgeschichten, deren Reiz gleichermaßen im Erotischen wie im Exotischen liegt; ihnen verwandt sind die asiatischen Novellen *Lingam* (1909) mit ihrer Sinnlichkeit und Sinnenhaftigkeit und viele andere in ferne Zonen führende und deren Farbenpracht vermittelnde Prosabücher.

Im Jahre 1914 begab sich Dauthendey auf eine zweite Weltreise. Auf der Fahrt von Neu-Guinea, das damals deutsche Kolonie war, nach Java wurde er vom Ausbruch des Ersten Weltkrieges überrascht. So mußte er (nach kurzem Aufenthalt auf Sumatra) in Java bleiben, schrieb Tagebücher, Erzählungen, Gedichte, Briefe; doch die Arbeit tröstete ihn nicht hinweg über die Sehnsucht nach der Gattin und dem Vaterland.

Unberührt von den sinnlichen Lockungen der Tropenwelt, versuchte er vergebens heimzukehren. Krankheit befiel ihn, und nach monatelangem Aufenthalt in einem Sanatorium erlag er der Malaria. In den letzten zwei Jahren seines Lebens hatte Dauthendey, unter dem Einfluß der Briefe seiner Frau, die Bibel studiert und auf deren letzte Seite schrieb er, er habe nun erkannt, daß es einen persönlichen Gott gebe. Davon spricht er auch in einem seiner ergreifenden Briefe an seine Frau (»Mich ruft Dein Bild«, 1930), die sein autobiographisches Werk (»Der Geist meines Vaters«, 1912; »Gedankengut aus meinen Wanderjahren«, 1913; »Erlebnisse auf Java«, 1924; »Letzte Reise«, 1925; »Sieben Meere nahmen mich auf«, 1957) ergänzen. 1930 wurden Dauthendeys sterbliche Überreste nach Würzburg überführt und im Lusamgärtlein neben Walther von der Vogelweide beigesetzt. Wilhelm von Scholz hielt ihm die Grabrede.

DEHMEL UND WEDEKIND

Zu den impressionistischen Lyrikern zählt in der Literaturgeschichte auch Richard Dehmel (1863–1920), der Abstammung nach ein Märker, der Geburt nach ein Spreewälder, Sohn eines Försters, der darauf bestand, daß Dehmel einen Brotberuf ergreife. Nach verschiedenen Studien zum Doktor der Philosophie promoviert, redigierte er eine Jagdzeitung und war als Sekretär des Verbandes deutscher Versicherungsgesellschaften tätig; erst seit 1895 lebte er als freier Schriftsteller. Beim Ausbruch des Ersten Weltkrieges meldete er sich, obwohl schon ein Fünfziger, freiwillig zum Militärdienst und wurde Offizier. Dehmel war zweimal verheiratet (die erste Ehe endete mit der Scheidung) und starb an den Folgen einer Thrombose in Blankenese bei Hamburg. Auf Reisen lernte er Italien und Griechenland, die Schweiz, Holland und England kennen. Freundschaft verband ihn mit Liliencron, den Brüdern Hart, Hartleben und Dauthendey; die zunächst guten Beziehungen zu Arno Holz schlugen später in Gegnerschaft um. Sein von Haus aus starkes Talent ließ sich von Liliencron beeinflussen (daher gewisse Formen des Impressionismus), sein künstlerisches Empfinden schulte sich am französischen Dichter Verlaine (daher die Musikalität vieler seiner Verse), seine Haltung wurde bestimmt durch die Amerikaner Emerson und Whitman, durch Nietzsche, durch sexualistische Dichter Frankreichs und Polens; von hier stammt die Hauptkomponente seiner Lyrik. Zu dieser und zu den übrigen Werken seiner dichterischen Hinterlassenschaft bilden die Autobiographie *Mein Leben* (1922) und die zwei Bände der Briefe (1922ff.) den wichtigsten Kommentar. Von letzteren sagte Dehmel selbst: »Sie sind, wie mein Haus, Ausdrucksformen meines Wesens, Teile meines Gesamtwerkes.«

Dieses Gesamtwerk ruht auf einer jenseits von Gut und Böse stehenden Weltanschauung, lehnt Religion, vor allem die christliche, ab, erkennt nur im Ich seinen Herrn und Gott; nur selten tauchen aus dem wüsten Fiebertaumel krankhaft verstiegener Reflexion und überhitzter Erotik lichte Bilder, der seelische Drang nach Läuterung und Reinheit empor. »Neben vulkanisch herausgeschleuderten Gedichten, worin er die naturhaft geheimnisvolle Allmacht der Liebesleidenschaft besingt, findet er in seinen besten ergreifenden Ausdruck für das Rätselhafte, das sich entringt den Dunkelheiten« (Georg Ried). Bezeichnend für Dehmels Schaffen sind, wenigstens zum Teil, die Titel seiner Bücher: *Erlösungen* (1891), Gedichte, *Aber die Liebe* (1893), Gedichte und Erzählungen, *Lebensblätter* (1895), Gedichte und Novellen, *Weib und Welt* (1896), Gedichte, *Die Verwandlungen der Venus* (1907),

Gedichte, *Schöne, wilde Welt* (1913), Gedichte. Inmitten dieser Lyrik findet sich das Epos *Zwei Menschen* (1903, dreimal 36 romanzenartige Gedichte), ein Hymnus auf die rücksichtslose Durchsetzung der im Menschen wohnenden Triebe. Auch als Dramatiker hat sich Dehmel versucht: die Hauptgestalt des Dramas *Der Mitmensch* (1895) tötet, um des Freundes Glück zu fördern, einen überflüssigen Menschen; *Luzifer* (1899) stellt in sieben Bildern den Kampf zwischen Luzifer und Venus dar; das Drama *Die Menschenfreunde* (1917) bietet einen Rechtskampf zwischen einem wohltätigen Millionär und dessen Vetter, der jenen beschuldigt, die Erbtante ermordet zu haben; das Lustspiel *Michel Michael* (1911) läßt trotz schöner lyrischer Einlagen kalt; die »kosmopolitische Tragödie« *Die Götterfamilie* (1921) blieb eine trockene Allegorie.

Frank Wedekind.
Karikatur von Olaf Gulbransson.

Was Richard Dehmel hauptsächlich als Lyriker vertrat, verkündete, wenn auch in grotesk-potenzierter Weise, Frank Wedekind (1864–1918) von der Bühne. Sein Vater entstammte einer ostfriesischen Beamtenfamilie, war Arzt von Beruf, ein unruhiger Mann, den es schier um die ganze Welt trieb, politisch höchst interessiert und, weil ihm die politischen Verhältnisse in Deutschland nicht gefielen, Auswanderer nach San Francisco; dort lernte er seine Frau kennen, die halb so alt war wie er, eine junge Schauspielerin aus nicht ganz geklärten Familienverhältnissen. Ihr Vater, der sich zeitweise in Zürich aufhielt, war ein gerissener Geschäftsmann, jedoch auch Freund der Musik und politisch verfolgter Literaten, 1864 übersiedelten die Eltern Wedekinds nach Hannover. Hier wurde Frank (oder eigentlich Benjamin Franklin) geboren. Die Familie wohnte im Hause eines Kaufmanns, dessen Sohn der spätere Dichter Karl Henckell war, und zog, enttäuscht über Bismarcks Reichsschöpfung, 1872 mit ihren sechs Kindern in die Schweiz. In Schloß Lenzburg im

Kanton Aargau verbrachte der Dichter die wohl glücklichsten Jahre seines Lebens.

Ungetauft wie seine Geschwister, führte der Sohn zweier Unruhgeister ein bewegtes Leben als Journalist, als Reklamechef der Firma Maggi, als Zirkussekretär, schließlich als freier Schriftsteller, daneben als Schauspieler und Rezitator. Verschiedene Schweizer Städte sowie Paris sahen ihn kommen und wieder gehen; seit 1890 lebte er meistens in München. 1906 heiratete er die Schauspielerin Mathilde (Tilly) Newes und führte mit ihr ein vorbildliches Familienleben. Zu diesem steht Wedekinds literarisches Werk in Gegensatz. Er war Mitglied der »Elf Scharfrichter« und Mitarbeiter am »Simplicissimus« (als solcher mußte er für ein halbes Jahr in Festungshaft, wegen Majestätsbeleidigung); aus dieser Tätigkeit entstanden die unter dem Titel *Die vier Jahreszeiten* (1905) gesammelten Gedichte, ein spätes Echo auf Heinrich Heines Lyrik, Schauerballaden, Moritaten, soziale und politische Grotesken, rhythmische Tanzlieder, dazwischen sehnsüchtige Klagen, Eingeständnisse des Bankrotts, Verse auftrumpfender Sinnlichkeit. Die Erzählungen aus der Sammlung *Die Fürstin Russalka* (1897), *Mine-Haha* (1903), *Feuerwerk* (1906), *Rabbi Esra* (1924) dienten ebenso dem Eros oder besser dem Sexus wie des Dichters Lyrik und Dramen.

Wedekinds Theaterstücke stehen mit ihrer Kritik am Verhältnis der Geschlechter in großer Nähe zu den Werken des Schweden Strindberg, bleiben aber stets im Diesseitigen stecken und begeben sich nie in den metaphysischen Raum. Am bekanntesten blieb das erste der Dramen Wedekinds, *Frühlingserwachen* (1891), die Tragödie halbreifer Jugendlicher:

Der Autor meint, die Triebe könnten die Kinder erlösen und beseligen, wenn nur die Erwachsenen nicht durch eine falsche Moral verführt und dadurch Feinde des Fleisches und damit des Lebens wären. Das Ende ist: Das Mädchen erwartet ein Kind und stirbt an Abtreibungsmitteln – der Grabstein sagt: an der Bleichsucht, ein Knabe erschießt sich der Schule wegen, ein anderer läßt sich, in der berühmten Friedhofsszene, nicht in den Tod locken, sondern folgt einem »vermummten Herrn« (dem übrigens das Stück gewidmet ist), der das Leben symbolisiert.

Naturalistisch ist die Verherrlichung der Triebe, das Fehlen jeder metaphysischen Idee, unnaturalistisch die stilisierende Charakteristik und die Führung des Dialogs (die Kinder sprechen nur teilweise mit echten Kinderworten, drücken zum anderen Teil ganz unkindliche Erkenntnisse aus). Wie in »Frühlingserwachen« scheint auch in den anderen Dramen Wedekinds das Geschlechtliche die Welt auszumachen, nur ist keines – vom künstlerischen

Standpunkt aus betrachtet – so gelungen wie das erste; alle aber wollen bewußt die naturalistischen Bühnenstücke übertrumpfen:

Was seht ihr in den Lust- und Trauerspielen?
Haustiere, die so wohlgesittet fühlen:
Der eine Held kann keinen Schnaps vertragen,
Der andere zweifelt, ob er richtig liebt,
Den dritten hört ihr an der Welt verzagen,
Fünf Akte lang hört ihr ihn sich beklagen,
Und niemand, der den Gnadenstoß ihm gibt –
Das wahre Tier, das wilde, schöne Tier,
Das – meine Damen! – sehn Sie nur bei mir.

Diese Verse gehören zur Einleitung des Doppeldramas *Lulu* (»Der Erdgeist«, 1895; »Die Büchse der Pandora«, 1904), einer Monstertragödie im Stil des unterliterarischen Schauerromans, deren Hauptgestalt ein biologisches Triebwesen ohne Steuerung durch »Geist«, »Bildung« oder »Erziehung« darstellt, »eine Seele, die sich (erst) im Jenseits den Schlaf aus den Augen reibt« (an diese Charakteristik der Lulu durch den Sohn eines von ihr erschossenen Mannes knüpfte Karl Kraus an, um Wedekinds Werk zu würdigen). Das »wahre Tier« kann natürlich auch im Mann versteckt sein, so im *Kammersänger* (1899), der tut, was Manager und Publikum von ihm wollen, so im *Marquis von Keith* (1901), dem Hochstapler und Genußmenschen. Man könnte die Liste verlängern. So viel scheint klar zu sein: Hatten die Naturalisten den vierten Stand auf die Bühne gebracht, stellte Wedekind den der Außenseiter, Bohemiens, Dirnen, Zirkusmenschen, Hochstapler, Verbrecher dar; hatten die Naturalisten mit ihren Gestalten Mitleid, dienten Wedekind seine Figuren als Bürgerschreck und als ungewollte Zeugen dafür, daß der (fälschlich von Nietzsche hergeleitete) Kult des starken Lebens in Unnatur und Perversion enden konnte. Literaturgeschichtlich wichtig ist Wedekinds Rückgriff auf den »Sturm und Drang« und Büchner und die große Wirkung, die er auf die nachfolgenden Dramatiker bis zu Bert Brecht ausübte.

DER WIENER IMPRESSIONISMUS

Der Feuilletonismus um Karl Kraus

Eine eigene Färbung mußte der Impressionismus in Wien erhalten, in der Stadt, die Schmelztiegel vieler Völker war, zugleich aber der ihr auferlegten Lasten ein wenig müde wurde. Da gab es Stimmungen in reicher Fülle und eine nicht geringe Anzahl Möglichkeiten, sie aufzufangen und aufzufassen. Eine, und dazu typisch wienerische Möglichkeit war, das Leben aus dem Fenster des Kaffeehauses zu betrachten. Dies tat PETER ALTENBERG (eigentlich Richard Engländer, 1859–1919), der ein Vagantenleben führte, mit Tänzerinnen und Sängerinnen, auch mit Freudenmädchen verkehrte, sein Leben, wie er sagte, der unerhörten Begeisterung für Gottes Kunstwerk »Frauenleib« widmete, in einem neuen Griechentum sein Ideal erkannte und wünschte, daß »ein Hauch vom griechischen Schönheitskultus in die vom Leben bedrängten Jünglinge komme«. Das gab Anlaß, bedenkliche und unbedenkliche Themen in kleinen pointierten Skizzen, Sprüchen, Versen, Geschichten nachdenklich abzuwandeln, die alle die Titel der ältesten Sammlungen tragen könnten (»Wie ich es sehe«, 1896; »Was mir der Tag zuträgt«, 1900). Denn Altenbergs zehn Bände Skizzen (ein Band aus dem Nachlaß erschien noch 1925, eine Nachlese 1930, eine wertvolle Auswahl 1961) gleichen in Stoff und Klangfarbe einer dem andern. – Ernst Alker sagt von ihm: »Formal betrachtet, waren seine vielen, winzigen, sorgsamst geformten, manchmal fast zu lyrischen Anekdoten gewordenen Prosaskizzen typischer Impressionismus bei weitestgehender Auflösung der erzählerischen Substanz. Ganz abgesehen von Altenbergs zäh festgehaltener Lebensphilosophie, wahre weibliche Keuschheit fände sich in Nachtlokalen, schien seine Kleinkunst ein vergängliches jungwienerisches Produkt zu sein, die beinahe schon verdampfende Quintessenz der Décadence. Eine Anno 1961 vom Verlag Kösel herausgegebene Auswahl indes läßt erkennen, daß diesen Gebilden erstaunliche Beständigkeit eignet, nicht nur als Dokumenten versunkener Lebensformen, sondern auch als Auftakten zu einer neuen Prosaepik (Marcel Proust, Robert Musil) und darüber hinaus als Vorklängen zu neuer Art von Dialogen, die nachmals Thornton Wilder und einem Eugène Ionesco Welterfolge eingebracht hat.«

Ganz allein allerdings stand Peter Altenberg nicht, wenn er auch als einer der wichtigsten Vertreter des Wiener Feuilletonismus zu gelten hat. Diesem gehören ferner an Karl Kraus, Alfred Polgar, Egon Friedell. Der jüngste von diesen dreien war EGON FRIEDELL (1878–1938), Doktor der Philosophie,

Kabarett- und Theaterleiter, Theaterkritiker, Chargenspieler der Reinhardtbühnen, freier Schriftsteller; seinem Leben setzte er ein Ende, um der Verhaftung durch die Schergen des Nationalsozialismus zu entgehen. Offenbar von Novalis angeregt, von dem seine Dissertation handelte (»Novalis als Philosoph«, 1904), liebte er es, seine Gedanken als Aphorismen zu formulieren (gesammelt im »Steinbruch«, 1922), oder sich in Essays zu literarischen Fragen zu äußern; auch dramatische Versuche lagen ihm nicht fern. Weiter entstand unter seiner Feder ein Roman (»Die Reise mit der Zeitmaschine«, 1946), desgleichen Briefe (1959). Als seine dreibändige *Kulturgeschichte der Neuzeit* (1927–1931) erschien, lehnte die Wissenschaft diese »seelische Kostümgeschichte«, den »geistig-sittlichen Bilderbogen« ab; selbst Guido K. Brand, der viel für ihn übrig hat, läßt in seinen anerkennenden Worten die Kritik durchblicken: »Er ist ein großer Dilettant, als den er sich selbst bezeichnete, mit den Fähigkeiten des positivistischen Zusammensehens und Zusammenfügens. Die Historiker haben ihm Fehler über Fehler nachgewiesen, Trugschlüsse, falsche Kombinationen. Friedell hat seine Kulturgeschichte für sie nicht geschrieben, sondern für den heiteren Genuß einer geistig-beweglichen Freude.« Das gleiche ist zu sagen von den zwei Bänden der *Kulturgeschichte des Altertums* (1936, 1949). Immerhin wird Friedells *Kulturgeschichte der Neuzeit* noch heute in beträchtlichen Auflagen verlegt, und tatsächlich bietet sie trotz aller Mängel eine Fülle überraschender Einsichten und z. T. brillant formulierter Deutungen zur europäischen Kulturgeschichte.

Alfred Polgar (1873–1955), Sohn eines Musiklehrers und Komponisten, machte zuerst eine Klavierbauerlehre, ehe er dazu überging, Gerichts- und Parlamentsberichte sowie Theaterkritiken (zuerst in Wien, von 1925 an in Berlin, 1933–1938 wieder in Wien) zu schreiben. Den Nationalsozialisten ausweichend, flüchtete er in die Schweiz, nach Frankreich, über Spanien in die Vereinigten Staaten von Amerika. In deren Bürgerrecht aufgenommen, lebte er in New York, machte aber von dort aus mehrere Europareisen; auf einer derselben starb er in Zürich. So kurz und klar wie er hat wohl keiner das Emigrantenschicksal definiert: »Die Fremde ist nicht Heimat geworden; aber die Heimat Fremde.« Wie Friedell, mit dem gemeinsam er zwei Lustspiele schrieb (»Goethe im Examen«, 1908; »Soldatenleben im Frieden«, 1910), war Polgar Feuilletonist aus der Schule Altenbergs (»An den Rand geschrieben«, 1926, usw.) und als »Meister des innigen gütigen Lächelns« (Fritz Martini) auch Novellist, Romancier, Erzähler überhaupt. Vielleicht lächeln wir nicht immer mit, wo er lächelt, vielleicht stoßen wir uns an manchem satirischen

Einfall, vielleicht stimmen wir nicht jeder Kritik zu, die er an der Gesellschaft übt, aber abstreiten können wir nicht, was er etwa im Buch *Hinterland* (1929) schrieb:

»Es ergibt sich, daß der Krieg die Tugend bestraft und das Laster belohnt. Daß er ein Segen ist für die Schlimmen und ein Fluch für die Braven. Daß es unter seinem Regime den Guten schlecht und den Schlechten gut geht. Daß er die schönsten Regungen des menschlichen Herzens ins Absurde und die schäbigsten zum Erfolg führt.«

Der Großmeister des Wiener Feuilletonismus war KARL KRAUS (1874–1936). Zum Unterschied von Altenberg, Friedell, Polgar war er kein geborener Wiener. Gitschin in Böhmen war sein Geburtsort. 1877 kam Kraus nach Wien, trat hier vom Judentum zur katholischen Kirche über, die er nach 1918 wieder verließ, studierte Rechtswissenschaft und Philosophie, versuchte sich als Schauspieler, betätigte sich als Journalist und Literaturkritiker. Das Angebot einer festen Stelle lehnte er ab, gründete dagegen *Die Fackel* (1899), die zuerst dreimal im Monat erschien und auch Beiträge bedeutender Literaten enthielt, von 1911 an nur noch die Stimme des Herausgebers hören ließ und dies in unregelmäßigen Abständen. »Fackel-Kraus« (so nannte man ihn) hielt Vorträge und Rezitationen in Wien und in Berlin, förderte Talente, die er anerkannte, wie Kokoschka, Trakl, Werfel, Else Lasker-Schüler, beurteilte Literaturwerke hauptsächlich im Hinblick auf die Sprache, deren Reinheit ihm als Maßstab für die Sauberkeit der Haltung galt, haßte das »Zeitungsdeutsche«, alles Gemachte und Modische, das den Anspruch erhob, als Kunst zu gelten, Phrase und Lüge, Günstlingswirtschaft in Presse und Schrifttum. So wurde er, zunächst in Wien, später im gesamten Raum der deutschen Sprache, ein gefürchteter Mann. Daß er auch Gedichte gemacht hat, wissen viele nicht; *Worte in Versen* hat er sie genannt und in neun Bänden gesammelt (1916–1930), denen noch die *Epigramme* (1927) folgten. »Der Lyriker Karl Kraus versuchte niemals, sich in eine Naivität zu flüchten, die seinem scharfen Denken nicht gemäß gewesen wäre. Er hegte das größte Mißtrauen gegen den romantischen oder weltabgewandten Dichter unserer Zeit, der sein intellektuelles Vorleben zu verleugnen und zu vergessen sucht« (Heinrich Fischer).

Titelseite der ersten Ausgabe der »Fackel«.

Darum findet sich bei ihm selten, was man reine Lyrik nennt, weit öfter Gedankenlyrik, darunter geistreiche Wortspiele, oft Satirisches (besonders in den »Zeitstrophen«, 1931). So dichtete er zum Geburtstag der Republik:

Die Republik soll ich zum Geburtstag feiern?
Daß wir sie haben, ihr beteuern?
Sie ist jetzt im Alter von acht Jahren.
Ich kannte Kinder, die begabter waren.
Es bleibt wohl die beste von ihren Gaben,
Daß wir keine Monarchie mehr haben.

Für das Haus Österreich, im besonderen für Kaiser Franz Joseph, hatte Karl Kraus nichts übrig. Und als der Erste Weltkrieg die Donaumonarchie aufgelöst hatte, schrieb er ihr in dem überdimensionierten Drama *Die letzten Tage der Menschheit* (1919) den Nekrolog. Dabei hat er angeblich die Wirklichkeit »beim Wort genommen« und als Chronist aufgeschrieben, was ihm die Bürger, die Hofräte, die Schieber und die Kriegsberichterstatter, Dichter, Hocharistokraten, Offiziere und selbst Kaiser Franz Joseph an Lüge, Heuchelei, Pharisäertum und Gemeinheit darboten. Von der Ästhetik her stellt Soergel-Hohoff fest: »Wenn Kraus selbst sagt, kein Satz seines Stückes sei erfunden, so bezeugt er den Charakter des Werks als Montage.«

Bei manchen Vorbehalten gegenüber den »Letzten Tagen der Menschheit« darf aber nicht übersehen werden, daß sie sich einer visionären Phantastik bedienen, die zweifellos erschütternd und aufrüttelnd wirkt. »Daher bewährte sich dieses Drama als eine immanente Prophetie des Zweiten Weltkrieges« (Ernst Alker). Als dessen Urheber 1933 Führer und Kanzler geworden war, ahnte Karl Kraus, was kommen würde; so schrieb er sein letztes Werk *Die dritte Walpurgisnacht*, ließ es setzen, aber nicht erscheinen, um Hitler nicht zu provozieren. Das Buch, erst 1952 veröffentlicht, beginnt mit dem klassischen Satz: »Mir fällt zu Hitler nichts ein« und folgt im Aufbau der in der »Fackel« angewandten Methode: Zitate der nationalsozialistischen Funktionäre und Presse werden ad absurdum geführt. – Daß der Satiriker an Nestroy Freude hatte, bezeugt sein Essay *Nestroy und die Nachwelt* (1912) und die Tatsache, daß er einige Stück von jenem zeitbezogenen überarbeitete. In Nestroys Geist schrieb er ferner das Schauspiel *Die Unüberwindlichen* (1928) gegen üble Pressezustände, im Geist des Aristophanes das *Wolkenkuckucksheim* (1923) sowie das *Traumstück* (1923) und das *Traumtheater* (1924), diese beiden als Abrechnungen mit den Auswüchsen der Psychoanalyse, in Nachahmung Offenbachs endlich die magische Operette *Literatur oder Man wird doch da sehn* (1921) gegen den Expressionismus.

Der wichtigste Teil innerhalb der literarischen Tätigkeit von Karl Kraus bleibt indessen die Reihe seiner Essaybücher, die gesammelte und leicht überarbeitete Aufsätze aus der »Fackel« enthalten (z. B. »Sittlichkeit und Kriminalität«, 1907; »Weltgericht«, zwei Bände, 1919; »Untergang der Welt durch schwarze Magie«, 1922; »Literatur und Lüge«, 1929), und seiner Aphorismensammlungen (z. B. »Sprüche und Widersprüche«, 1909; »Die chinesische Mauer«, 1910; »Nachts«, 1919). Das erste Buch, das Karl Kraus der Öffentlichkeit übergab, hieß übrigens *Die demolierte Literatur* (1897), das zweite *Eine Krone für Zion* (1898). Zwei Jahre zuvor war nämlich Theodor Herzls (1860–1904) »Judenstaat« (1896) erschienen, und Karl Kraus bekannte sich zum Zionismus.

Wenn Karl Kraus einen Schüler hatte, so ist dies der aus Riga stammende und seit 1945 als freier Schriftsteller in Zürich lebende SIGISMUND VON RADECKI (1891–1970), der anläßlich eines längeren Aufenthaltes in Wien sozusagen täglich mit Kraus verkehrte und zweifellos von ihm das Verantwortungsgefühl für die Sprache erworben hatte. Dieses befähigte ihn auch zu reicher Übersetzertätigkeit, hauptsächlich aus dem Russischen. Wie die Wiener Feuilletonisten entwickelte er in seinen Büchern ein tiefgreifendes und echtes Kulturbewußtsein und eine heiter-philosophische Lebensweisheit, die sich in liebenswürdigem Plauderton äußert, doch Polemik und Satire im allgemeinen meidet. Schon den Titeln seiner Essay- und Feuilletonsammlungen (»Der eiserne Schraubendampfer Hurricane«, 1929; »Nebenbei bemerkt«, 1936; »Die Welt in der Tasche«, 1939; »Alles Mögliche«, 1939; »Wort und Wunder«, 1940; »Was ich sagen wollte«, 1946; »Das Schwarze sind die Buchstaben«, 1957; »Im Vorübergehen«, 1960; »Ein Zimmer mit Aussicht«, 1961) sieht (oder besser: hört) man den »Meister der kleinen Form« an.

Arthur Schnitzler und die Dichter der Dekadenz

In zeitlicher und gedanklicher Nähe zu Peter Altenberg stand der nur um wenige Jahre jüngere Wiener Arzt ARTHUR SCHNITZLER (1862–1931). Die Zahl der Personen, die in seinen Dramen und Romanen auftreten, ist schnell aufgezählt: »das süße Mädel«, die verheiratete, aber untreue Frau, der Liebhaber oder der Hausfreund. Diese finden sich in den zuerst gepflegten Einaktern um *Anatol* (1892), die im Grunde Gespräche zwischen zwei oder drei Personen über das Thema »Liebe ohne Treue« sind. Hugo von Hofmannsthal, damals achtzehnjährig, hat zur Buchausgabe des »Anatol« eine melancholisch-ironische Einleitung in Versen geschrieben:

> Böser Dinge hübsche Formel,
> Glatte Worte, bunte Bilder,
> Halbes, heimliches Empfinden,
> Agonien, Episoden ...

Besser kann Schnitzler, nicht nur der Dreißigjährige, sondern auch der Spätere, nicht charakterisiert werden – was diesem selbst schmerzhaft bewußt war. Allerdings trifft diese Charakterisierung nicht Schnitzler allein, sondern ebensosehr den Kreis, den er in seinen Werken immer wieder darstellt: die sogenannte gute Gesellschaft des damaligen Wien, bestehend aus reichen oder zumindest wohlhabenden Mitgliedern des Adels, der Akademikerschaft, des Offiziersstandes. Typen außerhalb dieser Sphäre treten kaum je in Erscheinung. Schnitzlers erster Bühnenerfolg *Liebelei* (1895) nimmt die erotische Thematik des *Anatol* wieder auf:

Theodor gibt dem Freund den Rat, »jenes Weib« zu vergessen, jenes gefährliche Abenteuer, bei dem man immer um ihn zittern müsse, und lieber an Christine, einem »süßen Mädel« aus der Vorstadt, seine Freude zu haben, »wo es keine großen Szenen, keine Gefahren, keine tragischen Verwicklungen« gebe, wo »der Beginn keine großen Schwierigkeiten und das Ende keine Qualen« habe. Fritz gehorcht; aber der beleidigte Gatte jener Frau fordert ihn zum Duell, in dem Fritz fällt. Weil das »süße Mädel«, anders als die verheiratete Frau, das Glück eben nicht als Spiel und Liebelei, sondern als Liebe aufgefaßt hat, geht es freiwillig in den Tod.

Schnitzler hat die Probleme um Liebe und Liebelei auch in historische Kostüme gekleidet, und zwar erstmals mit großem Erfolg im *Grünen Kakadu* (1899), der auf den Vorabend der Französischen Revolution datiert ist. Einen Künstler in den Mittelpunkt der Handlung stellt die Einakterfolge *Lebendige Stunden* (1902), die sich um die Frage nach der »Dauer über die Zeit hinaus« dreht. Das Verhältnis von Dauer und Augenblick behandelt auch die Dialogreihe *Reigen* (1909) mit dem Thema der Liebe, die nur als Rausch wirklich ist und nicht ernst genommen werden darf (denn »wir wissen nichts von anderen, nichts von uns; wir spielen immer; wer es weiß, ist klug«). Daß ein in Liebe verstrickter Mensch unfähig zur Tat wird, zeigt *Der junge Medardus* (1910), dessen Titelheld Napoleon erschießen möchte, es aber nicht vermag. Noch einmal wird das Problem der Dauer aufgeworfen im *Schleier der Beatrice* (1901), einem prunkvollen Renaissance-Schauspiel, und im *Einsamen Weg* (1904).

Auf ein anderes gefährliches Gebiet wagt sich die Komödie *Professor Bernhardi* (1912), in der das Verhältnis von Christentum und Wissenschaft zuungunsten des Christentums dargestellt wird. Zwischen und nach den genannten Bühnenwerken schrieb Schnitzler weitere Einakter und umfangreichere Dramen. Seine Skepsis nahm zu, sein Erfolg nicht ab. Diesen sichert, heute wie einst, der Umstand, daß er die Stimmung seiner Zeit treffend zum Ausdruck brachte.

Auch der Erzähler Schnitzler ist skeptisch, müde, und die Gestalten seiner Novellen und Romane sind es ebenfalls. Mit *Sterben* (1895) fing es an: Ein junger Mann erfährt, daß er bald sterben müsse, sein Mädchen will mit ihm in den Tod; am Ende ist's umgekehrt: Der Sterbende will sie mit in den Tod nehmen, sie aber am Leben bleiben. Das wird mit allen Mitteln der Psychoanalyse erzählt; demgemäß schwelt das Erotische im Untergrund und kommt häufig an die Oberfläche, selbst noch im Spätwerk des Dichters, wie z. B. in der Erzählung vom sinnlosen Dasein des *Doktor Gräsler, Badearzt* (1917) oder im Bericht vom dunklen Lebensherbst des Liebeskünstlers in *Casanovas Heimfahrt* (1918). Eine der letzten Geschichten Schnitzlers hat den aufschlußreichen Titel *Flucht in die Finsternis* (1931). Von literarischer Bedeutung sind der *Leutnant Gustl* (1901) und das *Fräulein Else* (1924) infolge Anwendung des inneren Monologs, von kulturhistorischem Interesse *Der Weg ins Freie* (1908), der etwas zu breit geratene Roman des Wiener Judentums, vielleicht das einzige Buch, in dem Schnitzler mit verhaltener Leidenschaft miterlebt.

Die Gestalten und Themen Schnitzlers finden sich auch in den Dichtungen des Feuilletonisten THADDÄUS RITTNER (1873–1921), in Lemberg geboren, in Wien gestorben, eines Literaten, der polnisch und deutsch schrieb, Vertreter mehr der Wiener Theaterkultur als eigentlicher polnischer Geistigkeit; ihm rühmte Alfred Polgar den scharfen hellen Blick »für kleinste Hemmungen« nach, »für kleinste Antriebe, für die federnde Unruhe und die zarten Räderchen im Uhrwerk einer Seele«. Erwähnt seien das Don-Juan-Drama *Unterwegs* (1909), dessen Helden ein Leben zwischen Tag und Nacht führen, die *Wölfe in der Nacht* (1914), voll Melancholie Wienerischer Lebemannsweisheit, das schwermütige Fliegerstück *Kinder der Erde* (1915) und der von einem leichten Schimmer der Romantik bestrahlte *Garten der Jugend* (1917); von der eigenen Entwicklung zum Dichter berichtet der autobiographische Roman *Das Zimmer des Wartens* (1918).

Wie Rittner aus Lemberg, so kam FELIX SALTEN (eigentlich Siegmund Salzmann, 1869–1947) aus Budapest nach Wien. Er emigrierte 1938 nach Amerika, kehrte aber nach 1945 nach Europa zurück und starb in Zürich. Er war zunächst ein fruchtbarer Dramatiker (den größten Erfolg errang er mit dem antimilitaristischen Volksstück »Der Gemeine«, 1899), zugleich Verfasser lockerer Novellen und Romane, die heute vergessen sind. Erst mit seinen Tiergeschichten (»Bambi«, 1923; »Fünfzehn Hasen«, 1929; »Bambis Kinder«, 1940; »Djibi, das Kätzchen«, 1946) hatte er – unterstützt durch den Film – trotz mancher Kritik große Erfolge.

Gebürtiger Brünner ist Ernst Lothar (eigentlich Ernst Müller, 1890–1974). Er war Jurist, Staatsanwalt und Hofrat im österreichischen Handelsministerium, später Theaterkritiker und Gastregisseur des Burgtheaters, dann Direktor des Theaters in der Josefstadt; 1938 emigrierte er nach Amerika und war dort am Colorado-College Professor für vergleichende Literaturwissenschaft (1940 bis 1944); nach der Rückkehr in die Heimat betätigte er sich wieder als Regisseur am Burgtheater und bei den Salzburger Festspielen, wobei er mit Vorliebe Grillparzer inszenierte. Von diesem Dichter stammt das Wort: »Wüßten die Österreicher besser, was Österreich ist, sie wären bessere Österreicher; wüßte die Welt besser, was Österreich ist, die Welt wäre besser.« Dieses Grillparzer-Wort setzte Ernst Lothar, der schon seit 1908 mit Gedichten, einem Drama, Romanen und Essays hervorgetreten war, als Motto über seinen Roman *Der Engel mit der Posaune* (englisch 1944, deutsch 1947), der zunächst dazu bestimmt war, den Amerikanern ein Bild Österreichs zu vermitteln. Er spielt in einem Wiener Bürgerhaus, über dessen Eingang ein Steinwappen mit einem Posaune blasenden Barockengel eingelassen ist, und erzählt als Generationenroman die Geschichte Österreichs von 1888 bis zur Hitlerzeit. Auch Lothars folgende Bücher kreisen hauptsächlich um das Grundthema der Auseinandersetzung mit dem Erbe der Vergangenheit, das zum Dienst an der Zukunft verpflichtet (z. B. die Romane »Heldenplatz«, 1945; »Die Rückkehr«, 1949; »Verwandlung durch Liebe«, 1951, und die Novelle »Das Weihnachtsgeschenk«, 1954, die Geschichte zweier Flüchtlingskinder am Rande der Festspielstadt Salzburg). In der Autobiographie *Das Wunder des Überlebens* (1960) erregen Lothars Begegnungen mit Persönlichkeiten des zeitgenössischen Kulturlebens, wie Hofmannsthal, Thomas Mann, Max Reinhardt, Richard Strauss und Wilhelm Furtwängler, besonderes Interesse.

Richard Beer-Hofmann und Stefan Zweig

Bei Karl Kraus und Arthur Schnitzler ist eine starke Neigung zum Zionismus zu beobachten, ohne daß diese allerdings zum bestimmenden Merkmal und zum Schlüssel ihres Gesamtwerkes wurde. Direkt zu ihm führte jedoch der dichterische Weg, den Richard Beer-Hofmann (1866–1945), wenn auch mit langsamen Schritten, ging. Sein Lebensweg begann in Rodaun bei Wien. 1886 begann er mit dem Studium der Rechtswissenschaft, das er nach vier Jahren mit dem Doktorat beschloß, ohne später von seinen Befugnissen

Gebrauch zu machen. Materiell wohlbestellt, konnte er als freier Schriftsteller sein Dasein erfüllen und war auch nicht genötigt, seine Feder in den Dienst der Geldbörse zu stellen. So hat er verhältnismäßig wenig geschrieben und sich Zeit genommen, über einen Vers oft Monate nachzudenken. 1938 mußte er auswandern; der Tod ereilte ihn in New York. Daß er zum Dichter wurde, ist den zeitlich in einen einzigen Sommer fallenden Begegnungen mit Hofmannsthal, Schnitzler und Bahr zuzuschreiben, die alle drei überzeugt waren, er würde – und zwar Gutes – schreiben. Dennoch blieben die 1893 als erstes Buch veröffentlichten *Novellen* unbeachtet; aber als 1897 sein Gedicht *Schlaflied für Mirjam* in der Zeitschrift »Pan« erschien, horchte man auf: Hier war die schwermütige Klage über das Rätsel des Daseins und über die Verlassenheit des Menschen (»Keiner kann keinem Gefährte hier sein«, »Keiner kann keinem ein Erbe hier sein«), die am Ende des 19. Jahrhunderts weithin durch die impressionistische Dichtung tönte, zwar nicht ganz zum Schweigen gebracht, aber eingebettet in das Bewußtsein einer unendlichen Zusammengehörigkeit:

Schläfst du, Mirjam? – Mirjam, mein Kind,
Ufer nur sind wir, und tief in uns rinnt,
Blut von Gewesenen – zu Kommenden rollt's,
Blut unsrer Väter, voll Unruh und Stolz.
In uns sind Alle. Wer fühlt sich allein?
Du bist ihr Leben – ihr Leben ist dein –
Mirjam, mein Leben, mein Kind – schlaf ein!

Die gesamte Lyrik Beer-Hofmanns, ein schmaler Band, erschien unter dem Titel *Verse* 1941 in New York. Als das »Schlaflied für Mirjam« erstmals gedruckt wurde, schrieb dessen Dichter die Novelle *Der Tod Georgs* (erst 1900 veröffentlicht). Sie stellt – noch vor Schnitzlers »Leutnant Gustl« – den ersten Versuch eines inneren Monologs dar, durchgeführt an der Person eines jungen Mannes, der das Gefühl hat, jeder seiner Schritte zerstöre die Keime und Möglichkeiten anderer Leben, bleibe er jedoch stehen, verdorre das, was unmittelbar unter seinen Füßen wachse; die Folge dieses für ihn unlösbaren Problems ist Georgs Tod. Die Ideen Freuds werden in einer Traumszene fühlbar. Der Novelle folgte das Drama *Der Graf von Charolais* (1904), die Umdichtung (nicht Übersetzung) eines Werkes der beiden elisabethanischen Theaterschriftsteller Massinger und Field, brüchig im Aufbau (es zerfällt in zwei Teile, deren erster – treue Pflichterfüllung eines Sohnes gegenüber dem toten Vater – in keinem Zusammenhang mit dem zweiten steht, worin der Graf von seiner Frau betrogen wird), doch hinreißend durch eine reiche Bilder- und Gedankenfolge, einschmeichelnde Verse und eine Sprache voll

Melodie und Energie. Zwei Jahre hierauf hält Beer-Hofmann eine *Gedenkrede auf W.A. Mozart* (1906) und offenbart darin die schöne Sprache eines edlen Herzens. Erst 1918 veröffentlichte er dann *Jaakobs Traum,* das Vorspiel zum geplanten Zyklus »Die Historie vom König David«, von dem nur *Der junge David* (263 Seiten Text mit elf Seiten Anmerkungen) abgeschlossen und veröffentlicht wurde (1933); später kam dazu das *Vorspiel auf dem Theater zu König David* (1936). Was sich im »Schlaflied für Mirjam« ankündigte, wurde jetzt klar: Beer-Hofmann ist Zionist; wie Ahnung kommender Ereignisse lesen sich die Worte von Jaakobs Mutter:

Laß Edom – Herr – Jaakob nicht erreichen!
Befiehl der Nacht, daß sie Jaakob berge!
Mit Qualm und Nebeln hülle Edoms Haupt!
Im Kreis laß irren ihn! Die Hand, die wider
Jaakob sich erhebt, mach lahm! Das Eisen,
Das auf ihn zückt, zerschmilz in deinem Blitz!
Gib Engel mit Jaakob – bis ans Ziel!
Der Ahnen längst verlorenen Paradiesesströmen
Laß heil – o Herr – mein Kind Jaakob nahn!

Der Weg, den Beer-Hofmann gegangen war, wäre für STEFAN ZWEIG (1881 bis 1942) undenkbar. Auch er war jüdischer Herkunft, in Wien geboren, Sohn eines Industriellen, in dessen Heim die christlichen Feste, wie etwa Weihnachten, auch nicht in ihrer verweltlichten Form mitgefeiert wurden. Von dieser orthodoxen Einstellung kehrte sich Stefan Zweig bald ab, studierte in Berlin und Wien Philosophie, Germanistik und Romanistik, schloß seine Studien mit dem Doktorat ab, war viel auf Reisen (Europa, Indien, Nordafrika, Nord- und Mittelamerika), fühlte sich weniger als Österreicher denn als Europäer und Kosmopolit und begab sich während des Ersten Weltkrieges – nach kurzem Dienst im Kriegsarchiv zu Wien – seiner pazifistischen Haltung wegen in die Schweiz. 1919 nahm er Wohnsitz in Salzburg und unterbrach den Aufenthalt durch eine Rußlandreise (1928). 1938 emigrierte er nach England, 1940 in die Gegend von New York, im August 1941 nach Petropolis bei Rio de Janeiro. In erster Ehe war er mit Friederike Zweig, geb. von Winternitz, verheiratet, die 1947 ihre Erinnerungen an ihn unter dem Titel *Stefan Zweig, wie ich ihn erlebte* herausgab, ein für Leben und Charakterbild des Dichters höchst aufschlußreiches Buch. Auf dem Weg ins Ausland trennte er sich von ihr. Gemeinsam mit seiner zweiten Frau schied er in Brasilien freiwillig aus dem Leben, weil er den Untergang der alten Ordnung, der »Welt von gestern«, nicht mitansehen konnte. *Die Welt von gestern* ist der Titel seiner Autobiographie (1942), die das alte Europa und besonders Österreich anhand eigener Erlebnisse widerspiegelt. Zweigs Schicksal ist ein Exempel für die Tragik des von ihm vertretenen pazifistischen und kosmopolitischen Humanismus, dem er in allen seinen Werken mit einer selbst in der Prosa musikalischen Sprache, die im Vers stark sinnenhaft werden konnte, huldigte.

Zweig ist am ehesten zu den Impressionisten zu rechnen, mit denen er Züge von Dekadenz und Morbidität gemeinsam hat, ob er lyrische Gedichte verfaßte (»Silberne Saiten«, 1901; »Die frühen Kränze«, 1907; »Gesammelte Gedichte«, 1924), ob er sich als Dramatiker versuchte (»Thersites«, 1907; »Jeremias«, 1917, umgearbeitet 1928), wobei der Monolog seine stärkste Seite ist, ob er Romane und Novellen mit Freudscher Psychoanalyse erfüllte (»Erstes Erlebnis«, 1911; »Amok«, 1923; »Die Augen des ewigen Bruders«, 1925; »Verwirrung der Gefühle«, 1926; »Ungeduld des Herzens«, 1939; »Schachnovelle«, 1943) oder endlich, was sein Hauptarbeitsfeld war, in Übersetzungen (Baudelaires, Verhaerens und des englischen Dramatikers Ben Jonson »Volpone«) und Essays, Monographien, Biographien (im Stil der »vie romancée«) als Mittler und Vermittler ferner Zeiten und fremder Völker auftrat, um mit psychologischer Zergliederung Fragen der Gegenwart und der menschlichen Typologie zu erörtern (»Verhaeren«, 1910; »Drei Meister«, nämlich: Balzac, Dickens, Dostojewskij, 1920; »Romain Rolland«, 1921; »Der Kampf mit dem Dämon«, nämlich bei Hölderlin, Kleist, Nietzsche, 1924; »Sternstunden der Menschheit«, 1927, erweitert 1943, mit einem Lob auf die Stunde, da Lenin im plombierten Eisenbahnwagen nach Rußland fuhr; »Drei Dichter ihres Lebens«, nämlich Casanova, Stendhal, Tolstoi, 1928; »Joseph Fouché«, 1929; »Die Heilung durch den Geist«, nämlich Mesmer, Baker-Eddy, Freud, 1931; »Marie Antoinette«, 1932; »Erasmus von Rotterdam«, 1934; »Maria Stuart«, 1935; »Castellio gegen Calvin«, 1936; »Magellan«, 1938; »Brasilien«, 1941, u. a.). Arbeiten wie diese weisen Zweig als bedeutenden Vertreter jenes bürgerlich-literarischen Kosmopolitismus aus, der, wie letztlich der Autor selbst, an der faschistischen Barbarei zugrunde ging.

Hermann Bahr und Richard von Schaukal

Zur älteren Generation der Wiener Impressionisten gehörte ferner HERMANN BAHR (1863–1934). Eigentlich war er kein Wiener; sein Stammbaum führt nach Deutsch-Mähren, seine Geburtsstadt war Linz. Schon als Gymnasiast in Salzburg erregte er durch seine Abschiedsrede nach der Reifeprüfung unangenehmes Aufsehen; die Universitätsstädte wechselte er, weil er mehrmals mit Relegation bedroht war; weder in Wien noch in Graz, Czernowitz oder Berlin schloß er die zwischen klassischer Philologie, Jus und Nationalökonomie wechselnden Studien ab. Einer Zeit ausgedehnter Reisen mit längerem Aufenthalt in Paris (1888), wo sein Künstlertum erwachte, folgte ein neuerlicher Aufenthalt in Berlin, wo er als Mitredakteur der »Freien Bühne« und als Verlagslektor tätig war, folgten neue Reisen (Rußland, Schweiz) und die Übersiedlung nach Wien (1894). Hier wirkte er nun als freier Schriftsteller, Theaterkritiker und Journalist. Dieser Aufenthalt in der Residenzstadt der Donaumonarchie wurde unterbrochen durch Regietätigkeit unter Max Reinhardt am Berliner »Deutschen Theater«. Seit 1909 mit der Wagnerinterpretin und Sängerin an der Wiener Hofoper Anna von Mildenburg verheiratet, erwählte Hermann Bahr 1912 Salzburg zu seinem Domizil, das er nur 1918 für ein paar Monate mit dem Wohnsitz Wien vertauschte, da er erster Dramaturg am Burgtheater geworden war. 1922 ließ er sich in München nieder, wo er zwölf Jahre später starb. Mit der gleichen Beweglichkeit, mit der er Studienorte und Wohnsitze wechselte, machte er fast alle literarischen Moden seiner Zeit mit, so daß er in die Schrifttumsgeschichte als »Proteus der deutschen Literatur« einging.

Daneben lief ein ständiger Wandel in den politischen und weltanschaulichen Ansichten: vom deutschnationalen Burschenschafter zum Sozialisten, vom Antisemiten zum Anwalt des Judentums, von areligiöser Einstellung zurück zum katholischen Glauben seiner Jugend (1916), vom Bismarckverehrer zum überzeugten Österreicher. In all diesen Wandlungen blieb Hermann Bahr immer er selbst, sich emporläuternd oder besser sich zurückbesinnend auf die Herkunft des Menschen, nicht gewaltsam sich umbrechend zu diesem oder jenem, Beispiel eines organischen Werdens (daher seine Liebe zu Goethe und seine Wiederentdeckung Adalbert Stifters). Es ist darum kaum verwunderlich, daß auch die umfangreiche literarische Hinterlassenschaft dieses Mannes vielfältige Gestalten angenommen hat. Das erste Werk, das er veröffentlichte, war ein Drama: *Die neuen Menschen* (1887), ein Zeitdokument im Fahrwasser des Naturalismus, in dem das Pathos der »Weltliebe« gilt, nicht das der »altmodischen« Liebe zu einer Frau oder zu einem Mann. Der schon erwähnte Aufenthalt in Paris »bekehrte« Bahr vom groben Naturalismus zum verfeinerten Impressionismus. Zeugnis dafür ist der Roman *Die gute Schule* (1890); von diesem ging es schnell ins Fahrwasser Strindbergs, wie das Drama *Die Mutter* (1891) zeigt, dessen begeisterte Kritik durch Hugo von Hofmannsthal zur dauernden Freundschaft der beiden Dichter führte.

Ungefähr gleichzeitig publizierte Bahr die Aufsatzsammlung *Zur Kritik der Moderne* (1890) und den Essay *Die Überwindung des Naturalismus* (1891), eine ernste Auseinandersetzung mit der »Zeit der revolutionären Liliputaner in der Literatur«, zu denen vornehmlich Holz und Schlaf gerechnet werden, nicht allerdings Gerhart Hauptmann, obwohl auch er nicht gerade schmeichelhaft charakterisiert wird. Was aber vor allem kritisiert wird, ist das Verhalten von »Jung-Berlin« gegenüber der vorausgegangenen Schriftstellergeneration; im Gegensatz dazu stehe »Jung-Wien« mit seiner Verehrung der Vorgänger, die dennoch nicht daran hindere, modern zu sein, aber eben österreichisch mache. Es ist unmöglich, hier auf alle Essays einzugehen, die Bahr geschrieben hat, umfassen sie doch rund 20 Bände; aber der Titel *Expressionismus* (1916) sei angeführt, weil auch dieser vorzeitig gefallen ist. Zu den Essays kamen später die zahlreichen *Tagebücher* unter verschiedenen Überschriften. Die Gipfelleistungen dieses Teils seiner literarischen Produktion bot Hermann Bahr in der *Summula* und im *Selbstbildnis* (beide 1923).

Seine Tätigkeit als Kritiker hat er übrigens stets als Vorbereitung für eigene Leistungen angesehen. Allerdings ist es kaum glaubhaft, daß sich eines seiner Bühnenstücke auf die Dauer halten wird (Rundfunk und Fernsehen greifen gelegentlich auf Bahr zurück), am ehesten sein graziösestes Lustspiel *Das Konzert* (1909), dessen Hauptgestalt, ein Virtuose, von einer seiner in ihn verliebten Schülerinnen zur anderen flattert. Mehr Dauer versprechen, obwohl auch dies bestritten wird, jene Romane, die, von früheren abgesehen, es seit 1908 unternehmen, nach dem Muster Balzacs »alle« in der bürgerlichen Welt des damaligen Europa vorkommenden Typen auf einige wenige von der Natur geschaffene Vorbilder zurückzuführen. Die Serie begann mit dem Roman *Die Rahl* (Psychologie der großen Schauspielerin nebst zarten Bemerkungen über Schauspielkunst und Malerei), wurde 1909 fortgesetzt mit *Drut* (Berührung ethischer und sozialer Fragen), 1910 mit *O Mensch!* (Notwendigkeit der Versöhnung und Annäherung der Nationen, Verhalten gegenüber neuen Kunstwerken), 1916 mit *Himmelfahrt* (Heimkehr zur Kirche, ungefähr gleichzeitig das Schauspiel »Die Stimme« mit dem gleichen Thema), 1919 mit *Die Rotte Korahs* (Weltanschauung und Leben in der Welt, Judenfrage), 1927 mit *Der inwendige Garten* (Unauflöslichkeit der Ehe), 1929 mit *Österreich in Ewigkeit* (Verfall der Jugend an den Nationalsozialismus) und hörte nur auf, weil die Gesundheit des Autors zu schwinden begann. Während die äußere Handlung oft belanglos ist, bleiben die Dialoge über die verschiedensten Themen im besten Plauderton unnachahmlich.

Ein Sohn Deutsch-Mährens war der in Brünn geborene RICHARD VON SCHAUKAL (1874–1942). Nachdem er in seiner Heimatstadt das Gymnasium absolviert hatte, studierte er die Rechte in Wien und trat hier in den Staatsdienst ein, den er nach dem Umsturz von 1918 freiwillig verließ. Noch im gleichen Jahr war er vom Kaiser geadelt worden, der letzte deutschsprachige Dichter, dem diese Ehrung zuteil wurde. Als Impressionist, der er zuerst gewesen, antwortet er auf jeden äußeren Reiz, sei es das Gedicht eines andern, das Bild eines Künstlers oder ein Stück Geschichte, selbst mit einem Gedicht. Er liebte das Elegante, dichtete in wohlklingender Sprache, verstand es, im Geist des Rokoko und ferner bizarrer Kulturen zu fühlen und seine Gefühle den Leser mitfühlen zu lassen. Diese Einstellung fand ihre Stütze in der Beschäftigung mit gleichgesinnten und ähnlich schaffenden französischen Lyrikern, vor allem mit den sogenannten »Parnassiens«; sie veranlaßte den Österreicher zu reicher Übersetzertätigkeit (aus den Gedichten Verlaines, Baudelaires, Mallarmés und aus der Prosa Gautiers, Flauberts, Mérimées, jedoch auch aus Shakespeare) und machte ihn zu einem Entdecker Marcel Prousts. Jedoch auch der Italiener d'Annunzio, der Däne Jacobsen, der Deutsche Arno Holz gewannen Einfluß. Unter diesem wurde Schaukal Novellist.

Das Jugendwerk *Interieurs aus dem Leben der Zwanzigjährigen* (1895) verfiel später dem strengen Gericht des Autors, der daraus nur noch »Mimi Lynx« gleichzeitig mit der Sammlung der Gedichte von 1904 veröffentlichte. Dem sinnlichen Preziösentum des Anfangs gehören auch noch die Prosawerke *Von Tod zu Tod* (1902) und *Eros Thanatos* (1906) an. Die *Schlemihle* (1908) und *Das Buch Immergrün* (1915) führen allmählich zur novellistischen Gipfelleistung Schaukals *Dionys Bacsi* (1922). Die Entwicklung des Lyrikers spielte sich ähnlich ab: Nach den eher blassen und verkünstelten Frühwerken (»Gedichte«, 1893; »Verse«, 1896; »Meine Gärten«, 1897; »Tristia«, 1898) gewannen seit der Jahrhundertwende die Gedichtbände (»Tage und Träume«, 1899; »Sehnsucht«, 1900; »Ausgewählte Gedichte«, 1904; »Das Buch der Seele«, 1908; »Neue Verse«, 1912; »Kindergedichte«, 1914; »Widmungen«, 1914) immer mehr an dichterischer Substanz und fanden sich aus dekadentem Ästhetentum zu liedhafter Schlichtheit. Dann kam der Krieg und veranlaßte den Dichter, zur patriotischen Aussage der *Kriegslieder aus Österreich* (1914–1916, 3 Bände) und der *Ehernen Sonette* (1914, 3 Bände). Vor dem Kriegsgeschehen, das in seinem Endeffekt die Welt, der Schaukal angehörte, zerstörte, hat dieser zum katholischen Glauben zurückgefunden, der in den folgenden Lyrikbänden die Grundakkorde angibt (»Heimat der

Seele«, 1917; »Jahresringe«, 1923; »Gezeiten der Seele«, 1926; »Herbsthöhe«, 1933; »Spätlese«, 1943; »Wie ganz bin ich dein eigen«, 1960). Begleitet wird das dichterische Werk von umfangreicher kritischer Tätigkeit, zu der auch die biographischen Bücher über E.T.A. Hoffmann (1904), W. Busch (1905), R. Dehmels Lyrik (1907), A. Stifter (1926), Karl Kraus (1933) sowie die autobiographischen *Beiträge zu einer Selbstdarstellung* (1934) und die Erinnerungen *Frühling eines Lebens* (1948) gezählt werden dürfen.

Schaukals geistigem Aristokratismus mußte das polternde Kampfgeschrei der »Moderne« zuwider sein; der Tendenz setzte er den Geschmack entgegen, dem Klassenkampf den Kastenschutz: »Nur Kasten, ›Privilegierte‹, erhalten die Würde des Menschen als Gattung, haben ein Gesamtprofil von ›Zug und Schnitt‹.« Das ist nicht im Sinne eines falsch verstandenen horazischen »Odi profanum vulgus et arceo« (»Ich hasse das gemeine Volk und meide es«) oder im Sinne Nietzsches und der zeitgenössischen esoterischen Dichter gemeint, es ist vielmehr natürliche Folge der österreichischen und familiären Tradition. Für diese gilt dem Dichter die Großmutter als Vorbild, wie das Buch *Großmutter, Gespräche mit einer Verstorbenen* (1906) zeigt, das Kulturbild der guten, alten Zeit, aus dem Trauer der Sehnsucht und Wonne der Wehmut glänzt. Es ist tiefer und reicher als sein Gegenstück *Leben und Meinungen des Herrn Andreas von Balthesser, eines Dandy und Dilettanten* (1907), worin in oft ironischem Ton »Geschmack und Geschmäcklertum der damals heutigen« (Adalbert Schmidt) unter die Lupe genommen wird. Unmittelbare Angriffe und Herausforderung an die »Moderne« bilden den Inhalt der kritischen Dialoge *Giorgione* (1906) und *Literatur* (1906); ihnen folgten die Essaybände *Vom Geschmack* (1910), *Vom unsichtbaren Königreich* (1910), die Aphorismen in *Beiläufig* (1912), der *Zettelkasten eines Zeitgenossen* (1913), auch die »dreizehn Vigilien aus einem Künstlerdasein« des *Kapellmeisters Kreisler* (1906), ferner die *Zeitgemäßen deutschen Betrachtungen* (1916) und die *Erlebten Gedanken* (1918), endlich die polemischen Meditationen der *Einsamen Gedankengänge 1934–39,* die erst 1947 veröffentlicht werden konnten.

Literaturgeschichtlich den hier behandelten Autoren verwandt sind auch Eduard von Keyserling und Emil Strauß, auch wenn beide ganz unterschiedlicher geographischer Herkunft sind. Graf Eduard von Keyserling (1855–1918) wurde auf dem väterlichen Gut um Schloß Paddern (Kurland) geboren, besuchte das Gymnasium Hasenpoth und die Universität Dorpat, reiste nach Wien, für kurze Zeit an die Geburtsstätte zurück, für längere Zeit nach Italien und endete in München, wo er sich 1899 niederließ und 1907 erblindete. Seine

Jugendwerke (die Romane »Fräulein Rosa Herz«, 1887, und »Die dritte Stiege«, 1892), auch noch die Werke der dramatischen Tätigkeit (»Frühlingsopfer«, 1900; »Der dumme Hans«, 1901; »Peter Hawell«, 1904; »Benignens Erlebnis«, 1906) gehören dem Naturalismus an, zeigen allerdings je später, desto deutlicher, daß sich der Autor aus diesen Anfängen löste. Hätte er später nicht anderes geschrieben, müßte sein Name kaum genannt werden.

Eines zeigt das Frühwerk immerhin auch schon: die Welt, der seine Gestalten angehören, die des baltischen Adels (und der dazugehörigen Menschen, wie Verwalter, Kutscher, Landarbeiter, Mägde, eventuell noch Hauslehrer, Pfarrer, Arzt) und die der echten Bauern (nur als Gegensatz treten auch Personen der Bürgerschicht auf). Sie darzustellen war nun der Impressionismus die von 1903 an geübte Methode, bei deren Anwendung sich Keyserling als der geborene Erzähler und hochkultivierte Beobachter erwies, der das Geschaute stilvoll bändigte und zu wohlabgestimmten Kabinettstükken rundete. Die Themen seiner Bücher bleiben sich meistens gleich: Es geht um Ehebrüche, Duelle oder Selbstmord, um vereinsamte, skeptische Menschen. Nach Keyserlings Meinung beherrscht »das Erotische alle Verhältnisse des menschlichen Daseins, gibt ihnen die Farbe, kompliziert sie, legt in sie ein beglückendes und vernichtendes Fieber, wird zur treibenden Kraft des gesellschaftlichen Lebens«. *Beate und Mareile* (1903), *Schwüle Tage* (1906), *Dumala* (1908), *Bunte Herzen* (1909), *Wellen* (1911), *Abendliche Häuser* (1914), *Am Südhang* (1916), *Fürstinnen* (1917), *Im stillen Winkel* (1918), *Feiertagskinder* (1919) sind die Titel der Romane und Novellen jener Schaffensperiode, an deren Ende der Autor vereinsamt starb – die von ihm geschilderte Welt bald nach ihm.

Aus Schwaben kam Emil Strauss (1866–1960), der mit den frühesten Naturalisten das Geburtsdatum teilt und mit einigen Dichtern der »Moderne«, so mit Gerhart Hauptmann, Richard Dehmel und Max Halbe, befreundet war. Dennoch war er eine ganz andere Natur als sie: Einem Geschlecht entstammend, das von Österreich her Musik im Blut hatte und im Badischen Vertreter des Pfarrerberufes aufwies, wurde er, als Sohn eines Schmuckwarenfabrikanten in Pforzheim geboren, ein rechter Erbe Uhlands und Mörikes, wenn auch sein Talent nur in der Erzählung recht zur Entfaltung kam. Der Lyrik hat er sich nie ergeben, und mit seinen Dramen hatte er kein Glück; weder *Don Pedro* (1899) noch *Hochzeit* (1908) erblickten das Licht der Bühne, nur *Vaterland* (1923) wurde auf dem Karlsruher Landestheater gespielt. Es schildert den Jammer Deutschlands nach der Niederlage von 1918, verkleidet ihn allerdings in die Freiheitskämpfe des mittelalterlichen Korsika. Noch vor dem »Don Pedro« war der Novellenband *Menschenwege* (1899) erschienen. Sein dreiunddreißigjähriger Verfasser war bereits ein erfahrener und weitgereister Mann, denn nach dem Zusammenbruch der Firma des Vaters war die Familie von Ort zu Ort gezogen, hatte Emil Strauß in vier Städten (Pforzheim, Mannheim, Karlsruhe, Köln) das Gymnasium besucht. Seine Studien in Philosophie, Literaturwissenschaft und Nationalökonomie betrieb er in Freiburg i.Br. (diese Universität verlieh ihm 1926 das Ehrendoktorat) und Berlin. Bei Schaffhausen und Breisach, schließlich in Brasilien, suchte er seinen Plan, Landwirt zu werden, zu verwirklichen. Nach seiner Tätigkeit als Kolonist und Leiter einer Knabenschule im fernen Land kehrte er in die Heimat zurück, lebte, seit 1901 verheiratet, in der Schweiz, in Überlingen am Bodensee, in Kappelrodeck (Baden), in Hellerau bei Dresden, im Hegau; 1925 zog er sich nach Freiburg i.Br. zurück, wo er in hohem Alter starb.

Er besaß eine empfindliche Natur, ein »schweres Gemüt« und hatte in jungen Jahren alle überkommenen Weltanschauungen über Bord geworfen, »weder Buddha noch Platon noch Jesus noch Mohammed noch Kant« konnten ihm, wie er sagte, »den von ihnen gefundenen Sinn des Lebens aufzwingen«; so hätte er sich »eine eigene Deutung oder Rechtfertigung ... oder einen plausiblen Vorwand finden« müssen, um das Leben, das er »nicht schätzen und genießen« konnte, »wenigstens auszuhalten – wenigstens kleinzukriegen«. Sein »Vorwand« wäre, wie er meinte, sein Dichten und Schreiben. Dieses ist ausgezeichnet durch eine alemannisch frische Sprache, durch federnde Darstellungsart, durch bohrendes sittliches Ringen. Es begann mit den drei Novellen der »Menschenwege«, Geschichten und Vorgeschichten von Auswanderern nach Brasilien; ihnen folgte *Der Engelwirt* (1901), eine »Schwabengeschichte«. Das nächste Buch war *Freund Hein* (1902), unter den deutschen Schülerromanen jener Zeit das überragende Meisterwerk, das – im Gegensatz zu anderen Schüler- und Entwicklungsgeschichten – nicht der Schule, sondern allein der außergewöhnlichen künstlerischen und musikalischen Sensibilität Heins die Schuld am tragischen Ende des jungen Mannes durch Selbstmord zuschreibt. In den folgenden Werken variierte Emil Strauß immer wieder das Problem der Liebe als einer Lebensprobe und als eines Mittels der Selbsterziehung (Roman »Kreuzungen«, 1904; 4 Novellen unter dem Titel »Hans und Grete«, 1909; Novelle »Der Schleier«, 1920). Dazwischen wandte er sich im historischen Roman *Der nackte Mann* (1912) der eigenen Landesgeschichte zu (er behandelte eine Episode aus dem Jahr 1601).

Zur gleichen Zeit betätigte sich der Autor als Neu-Vermittler von ihm geschätzter Schriftsteller und Dichter der Vergangenheit (Hebel, Hölderlin, Briefwechsel Jacob Burckhardts mit Friedrich von Preen). In der Erzählung *Der Spiegel* (1919), als Bericht einer Tante über das Leben ihrer Großeltern geformt, warb er um Verständnis für seinen Urgroßvater, einen zwischen Musik und sehr persönlich gefärbtem Christentum schwankenden Menschen. Die wieder einmal bedenklich bedrohte Gesundheit verlangsamte die schriftstellerische Tätigkeit des Schwaben, der zur schon erwähnten Novelle *Der Schleier* 1930 noch andere fügte und so sein künstlerisch bestes Werk neu herausgab, bald darauf auch den unvollendet gebliebenen *Lorenz Lammerdien* (1933), eines der schönsten Romanfragmente, den Lesern übergab. Vollendet dagegen wurde, woran er schon seit vielen Jahren gearbeitet hatte: *Das Riesenspielzeug* (1934) mit vielen autobiographischen Elementen, Schilderung einer etwas kuriosen Menschengemeinschaft, die ein »naturgemäßes Leben« führen will, ohne Lohn gemeinsam arbeitet, mit Land und Jahreslauf verwächst und schließlich doch zerfällt. Der weit über Siebzigjährige wurde allmählich müde; darum macht der *Lebenstanz* (1940) gelegentlich etwas langsamere Schritte (auf verschlungenen Umwegen werden zwei Liebende zusammengeführt) und gerät auch in gefährliche Nähe zur Blut-und-Boden-Literatur des Dritten Reiches (nationalistisch war Strauß immer eingestellt, nationalsozialistisch aber kaum; gewisse verwandte Bestrebungen sind zwar ungewollt – aber doch wohl auch fatal zwangsläufig).

Zum Thema des schicksalhaften Geheimnisses der Liebe kehrten die drei Erzählungen des Novellenbandes *Dreiklang* zurück. *Ludens* (1955) legt des Dichters Rechenschaft ab vom erfahrenen Dasein und von erstrebter Kunst, von Gründen und Hintergründen seiner Existenz zwischen Geburt und Heirat. Die Zeitgenossen, besonders die damals maßgebenden Kritiker, hatten Strauß, als er auf der Höhe seines Schaffens stand, zweifellos unterschätzt; aber Hugo von Hofmannsthal würdigte den »Engelwirt« und damit das Gesamtwerk mit den Worten: »Wir erleben hier das wunderbare Schauspiel, wie sich Weltwesen und Menschenwesen berühren und namenlose Gewalten für einen Moment dazu kommen, dem beengten Einzelnen ins Auge zu sehen.«

Die drei literarischen Richtungen des Symbolismus, der Neuromantik und der Neuklassik sind zunächst Reaktionen auf Naturalismus und Impressionismus und hängen untereinander so eng zusammen, daß sie sich nicht immer streng scheiden lassen; sie haben vor allem dies gemeinsam, daß sie dem auf die Masse wirken wollenden Naturalismus eine Kunst gegenüberstellten, die, wenigstens zum Teil, von einer Elite gepflegt wird, ja Mittel zur Bildung einer Elite sein sollte. Wie jedoch der Naturalismus nicht auf den Raum der deutschen Sprache beschränkt blieb, ist auch der Symbolismus keineswegs nur eine deutsche Erscheinung. Immerhin gab es in Deutschland E.T.A. Hoffmann, in Amerika E.A.Poe; die beiden waren Anreger für die Franzosen Stéphane Mallarmé (1842–1898), Auguste Comte de Villiers de l'Isle-Adam (1838–1889) und Jean Moréas (1856–1910), der seiner Geburt nach ein Grieche war; 1886 verkündete er in einem Manifest die Grundzüge des Symbolismus, aber wenige Jahre später kehrte er zu den Prinzipien der Klassik zurück. Da standen die großen Symbolisten Frankreichs, Baudelaire, Verlaine, Rimbaud, immer noch in Ansehen, und sie bedeuteten Auflehnung im Namen des Unsichtbaren, Irrationalen, Bizarren gegen die nur sichtbare und rational erfaßbare Welt der »Wirklichkeit«, gegen das Belehren in und durch Kunst, gegen Deklamation, Empfindelei und objektive Beschreibung. Positiv wirkte sich dies aus als Besinnung auf die dichtungseigenen Formen, Sprachklang und Reim, Metrum und Rhythmus, Wortschatz und Syntax; Poetik und Ästhetik erhielten neue Anregungen und neue Bedeutung; gepflegt wurden vor allem das Gedicht und das lyrische Drama.

Stefan George und sein Kreis

Wegbahner des Symbolismus in Deutschland war STEFAN GEORGE (1868 bis 1933). Die Familie George stammte aus Rupeldingen an der Nied in Oberlothringen; das Dorf gehörte zum deutschen Sprachgebiet. Als Napoleon 1801 das Gebiet unter französische Verwaltung nahm, wanderte Johann Baptist George nach Büdesheim bei Bingen aus. Dorthin ließ der Kinderlose seine Neffen Stefan und Anton nachkommen. Der eine wurde später hessischer Landtagsabgeordneter, der andere war der Großvater des Dichters und erzählte, da er noch unter Karl X. in Frankreich gedient hatte, dem Enkel gerne von Paris. So wurde neben dem Deutschen das Französische im Hause George gesprochen, des Dichters Vater nannte sich Étienne, auch der Dichter selbst ist unter diesem Namen zu finden (z. B. in der Liste der Mitglieder der »Freien Bühne« in Berlin). Étienne George, verheiratet mit Eva Schmidt von der Neumühle in Büdesheim, einer streng katholischen Frau, zog 1873 nach Bingen; er war Weinhändler und Gastwirt. In Bingen besuchte Stefan George das Gymnasium (1881–1888). Infolge bescheidenen, aber ausreichenden Wohlstandes nicht genötigt, einen Brotberuf zu wählen, folgte der künftige Dichter den schon früh entdeckten Spuren der Kunst und reiste ihnen durch fast ganz Europa nach. Im Sommer 1889 verweilte er, scheu und zurückhaltend, im Kreis der um Mallarmé gescharten Symbolisten, besuchte im Winter 1889/1890 germanistische Vorlesungen in Berlin und schloß zu jener Zeit eine geistige Freundschaft mit Ida Coblenz, der nachmaligen Gattin Richard Dehmels. Im Dezember 1891 weilte er in Wien, wo er Hugo von Hofmannsthal kennenlernte und – vergebens – an sich zu fesseln suchte; in Belgien und England machte er weitere Bekanntschaften mit Persönlichkeiten des literarischen Lebens und schloß sich von 1900 an mehr und mehr von allen Menschen ab, ausgenommen jenen seines eigenen Kreises. Er wechselte die Aufenthaltsorte – meist innerhalb der deutschen Grenzen – und war bemüht, seinem Leben den Schein der Anonymität zu geben, um so der menschgewordene Mythos seiner Zeit zu werden. Kinderlos, unvermählt, nur Männer um sich duldend, lernte er 1903 in München den fünfzehnjährigen Gymnasiasten Maximilian Kronberger kennen, in dem er eine Inkarnation des Göttlichen zu sehen vermeinte; nach dessen Tod (1904) umgab er »Maximin« mit kultischer Verehrung.

Seine Biographen Wolters und Gundolf taten alles, Stefan George als den »königlichen Priester«, als Seher und Propheten, als »Stifter eines geistigen Reiches« zu feiern und zu empfehlen. Sein Führertum wurde vom aufsteigenden Nationalsozialismus mißdeutet. Als dieser zur Macht kam, flüchtete Stefan George nach Minusio bei Locarno, um bereits geplanten Feiern anläßlich des 65. Geburtstages zu entgehen. Hier erlag er einem schon vor der Ausreise zutage getretenen Leiden. Einer, der im Gegensatz zu George eine Verbindung der beiden Führungsansprüche in Deutschland noch für möglich erachtete, hielt die Totenwache an der Bahre des Dichters: Zehn Jahre später sollte der gleiche Claus Schenk Graf von Stauffenberg den mißlungenen Anschlag auf Adolf Hitler begehen. Man darf mit Ernst Alker die Aufeinanderfolge dieser Tatsachen als repräsentativ ansehen »für die Größe und Problematik, den Glanz und das Elend der kompromißlosen Weltsicht Stefan Georges«.

Die Dichtung Georges ist weitgehend von der Kunst der französischen

Symbolisten Verlaine, Baudelaire, Mallarmé und Rimbaud beeinflußt. George studierte sie nicht nur, sondern dichtete sie auch nach, genauso wie er Verhaeren, Swinburne, d'Annunzio und andere damals neue Dichter – neben Dante und Shakespeare – umdichtete und übertrug. Außer ihnen darf jedoch der deutsche Anteil im literarischen Stammbaum Georges nicht übersehen werden: Goethe, Hölderlin, C.F. Meyer, Nietzsche, R. Wagner sind Ahnherren seiner Lyrik. Von Wagners Musik, der Malerei Makarts und dem Lebensstil des Bayernkönigs Ludwig II. war der Sinn für Pracht ausgegangen, der Stefan George beseelte und ihn in schärfsten Gegensatz zur ›Elendsdichtung‹ des Naturalismus stellte. Im Protest gegen diese wurde George geradezu antisozial, aristokratisch, exklusiv; darum wertete er wie Nietzsche alle Werte, selbst die religiösen, um, blieb aber einige Zeit auf dessen erster Entwicklungsstufe, dem Willen zur Kunst, stehen. Seine Kunst ist wesentlich formaler Art, wie er selbst betont:

»Den Wert der Dichtung entscheidet nicht der Sinn. Sonst wäre sie etwa Weisheit, Gelehrtheit – sondern die Form, d. h. jenes tief Erregende in Maß und Klang, wodurch zu allen Zeiten die Ursprünglichen, die Meister, sich von den nachfahrenden Künstlern zweiter Ordnung unterschieden haben.« ... »Das Gedicht ist der höchste, endgültige Ausdruck eines Geschehens: nicht Wiedergabe eines Gedankens, sondern einer Stimmung. Was in der Malerei wirkt, ist Verteilung, Linie und Farbe, in der Dichtung: Auswahl, Maß und Klang.«

Schließlich, aber nicht endgültig, ging er so weit, daß er sagte:

»Die älteren Dichter schufen der Mehrzahl nach ihre Werke oder wollten sie wenigstens angesehen haben als Stütze einer Meinung: einer Weltanschauung – wir sehen in jedem Ereignis, jedem Zeitalter nur ein Mittel künstlicher Erregung. Auch die Freiesten der Freien konnten ohne den sittlichen Deckmantel nicht auskommen, der uns ganz wertlos geworden ist.«

George blieb, wie schon angedeutet, bei dieser Kritik des Wahren, Guten und Schönen, bei diesem »l'art pour l'art« nicht stehen.

Aber die ersten Gedichtbände (»Hymnen«, 1890; »Pilgerfahrten«, 1891; »Algabal«, 1892; »Die Bücher der Hirten- und Preisgedichte, der Sagen und Sänge und der hängenden Gärten«, 1895; »Das Jahr der Seele«, 1897) und die von George und seinen Freunden seit Oktober 1892 herausgegebenen *Blätter für die Kunst* liegen durchaus in der vorhin gezeichneten Linie. Ihren esoterischen Charakter betonten diese Veröffentlichungen durch eigene Interpunktionsregeln und besondere Orthographie, deren hervorstechendes Merkmal die Kleinschreibung ist (nur in seltenen Fällen werden große Anfangsbuchstaben verwendet). Als Absonderlichkeit muß auch die gewollt »prunkvolle« Ausgabe mancher Gedichtbände gewertet werden sowie die oft geringe Höhe der Auflagen, auf daß die Gedichte im engeren Kreise verblieben. In ähnlicher Weise zirkulierten die »Blätter für die Kunst« anfänglich nur unter den »Jüngern« des »Meisters«; erst 1899 erschien eine »Auslese« aus den bisherigen Jahrgängen, die für die Öffentlichkeit bestimmt war. Diese Zeitschrift veröffentlichte hauptsächlich Gedichte und nur wenig Theoretisches.

»Als Stefan George seinen Weg antrat«, sagte Dominik Jost, »tat er es im Bewußtsein, als einzelner den Zugang zur Welt noch suchen zu müssen.« In der Aufschrift zu den »Pilgerfahrten« hat er dieser Suche den knappsten Ausdruck gegeben.

Also brach ich auf
Und ein fremdling war ich
Der mit mir trauerte
Und keiner war.

Doch im Vorspiel zum *Teppich des Lebens* (1900) erscheint dem Dichter der »Engel«. Die eben zitierten Verse und die Bezeichnung »Engel« sind zweifellos Anklänge an biblische Worte und Vorstellungen, haben aber trotzdem mit Christentum nichts zu tun. In der Tat bedeutet die Engelserscheinung nichts anderes, als daß der Dichter, bisher an seiner Ratlosigkeit leidend, sich selber fand.

Stefan George.
Holzschnitt von Reinhold Lepsius.

Dieser »Engel« verspricht dem Dichter die Erkenntnis der künftigen Sendung. Wie bisher heißt das Ziel »das schöne Leben«, aber es ist nicht mehr bloß ästhetisch, sondern auch ethisch gedacht. Darum kann Ernst Alker sagen: »Der Teppich des Lebens breitete sich dem Dichter, der nicht mehr abgesondert im elfenbeinernen Turm wohnte und das Dasein durch gemalte Fenster betrachtete, er schritt hinein in die Fülle der Welt, er sah Vergangenes nicht als Selbstwert, sondern als Abbild des Ewigen, des Zeitlosen, und er trat in den Tag, um ihn zu heiligen, ihm Maß und Zucht und Ziel zu geben und ihn dadurch zu überwinden. Jedes Werk Georges ist eine kompositorische Leistung, doch keines verfügt über eine strengere Gliederung als der ›Teppich‹: Drei Bücher zerfallen in je vierundzwanzig Gedichte, aufgebaut aus je vier vierzeiligen Strophen.« Bald nach dieser Wendung vom Ästhetischen zum Ethischen begegnete Stefan George Maximilian Kronberger, seinem »Maximin«. Dem Frühverstorbenen widmete er *Maximin, ein Gedenkbuch* (1906); von ihm spricht das letzte Gedicht der letzten Gedichtsammlung *Das Neue Reich:*

Du schlank und rein wie eine flamme
Du wie der morgen zart und licht
Du blühend reis vom edlen stamme
Du wie ein quell geheim und schlicht

Begleitest mich auf sonnigen matten
Umschauerst mich im abendrausch
Erleuchtest meinen weg im schatten
Du kühler wind du heißer hauch

Du bist mein wunsch und mein gedanke
Ich atme dich mit jeder luft
Ich schlürfe dich mit jedem tranke
Ich küsse dich mit jedem duft

Du blühend reis vom edlen stamme
Du wie ein quell geheim und schlicht
Du schlank und rein wie eine flamme
Du wie der morgen zart und licht.

Auf das den Dichter verwandelnde Maximin-Erlebnis folgten die drei Gedichtbände *Der siebente Ring* (1907), *Der Stern des Bundes* (1914) und *Das neue Reich* (1928). Gertrud von Le Fort meinte wohl vor allem diese Trilogie, als sie sagte: »Stefan Georges Verse kann man im Angesicht des Pantheon oder auf dem Forum Romanum sprechen.«

»Die Substanz dieses Kreises (um George) war freilich viel zu fragwürdig, als daß sie eine Dauer hätte gewährleisten können. Das ständige Abbröckeln und die schließliche Stille um den späten George enthüllen deutlich genug die tiefe Ratlosigkeit« (Dominik Jost). Andrerseits muß zugegeben werden, daß George manches kommen sah, was später tatsächlich eintrat. Dies zeigen Verse aus dem »Neuen Reich«. In diesem Band sind auch Gedichte aufgenommen, die noch während des Ersten Weltkrieges geschrieben wurden. Damals ahnte der Dichter schon, was kommen würde, wenn die Völker den »hunger nach ehre« stillen wollten:

Dann wird auf der walstatt voll endloser gräber
Aufzucken der blutschein ... dann jagen auf wolken,
Lautdröhnende heere dann braust durchs gefilde
der schrecklichste schrecken der dritte der stürme
Der toten zurückkunft!

Dennoch gibt George die Hoffnung nicht auf, sprach er doch vom »Volk dem noch viel verheißung innewohnt und das darum nicht untergehen wird«.

»Die wertvollsten Einsichten und Anregungen erstarrten aber zum bloßen Bild eines fernen Reiches, als der Dichter sein eigenes Werk durch jene unheilvolle Erotisierung, die mit dem ›Siebenten Ring‹ einsetzt und im ›Stern des Bundes‹ ihre Höhe erreicht, zu einem raschen Verfall verurteilt. Der entschiedene Gegensatz auch zu den berechtigten Ansprüchen der Zeit tat ein übriges, um den Dichter zu verdrängen und seine Wirkung allmählich aufzuheben ... Nur einzelne Teile des Baues werden erhalten bleiben: kunstreich geschliffene Steine, in kostbare Fassungen gefügt, sorgfältige Goldschmiedearbeit, streng geordnete Ornamente« (Dominik Jost).

Von seinen Anhängern allerdings wurde Stefan George als großer Dichter verehrt; auf sie strahlte seine Persönlichkeit aus, die bedeutende Geister für lange, eigentliche Dichter aber nur für kurze Zeit fesselte. »Der einzige vom ersten Begreifen bis zum Tod Getreue« (Soergel-Hohoff) war KARL WOLFSKEHL (1869–1948). Er entstammte einer reichen jüdischen Familie Hessens, war in Darmstadt geboren, studierte in Berlin, Leipzig und Gießen Germanistik, war seit 1894 Mitarbeiter an den »Blättern für die Kunst«, seit 1911 am »Jahrbuch für die geistige Bewegung«, gab mit Stefan George die drei Bände *Deutsche Dichtung* (1901–1903) heraus und lebte als freier Schriftsteller meistens in München, wo sein Haus in Schwabing Mittel- und Sammelpunkt der Georgianer war. 1933 emigrierte er nach Italien, 1938 nach Neuseeland, wo er in Bayswater-Auckland starb. 1960 sind seine fast tausend Druckseiten umfassenden *Gesammelten Werke* in zwei Bänden erschienen, eine »späte Wiedergutmachung des einer Persönlichkeit zugefügten Unrechts, die, wie wohl kaum eine andere, zwiefache Treue bewahrt hat: der jüdischen Herkunft gegenüber wie dem deutsch-abendländischen Kulturerbe« (Ernst Alker).

Große Bedeutung erwarb sich Wolfskehl als Übersetzer ältester deutscher Dichtungen (1909, gemeinsam mit Friedrich von der Leyen), der Gedichte des Archipoeta (1921), Charles de Costers »Geschichte von Ulenspiegel« (1926), Jacques Delamains »Warum die Vögel singen«, von Bertrand Russells skeptischen Essays »Wissen und Wahn« (beide 1930) sowie der hebräischen Melodien Byrons, ferner als tiefgründiger Essayist (»Bild und Gesetz«, 1930). Der Dichter begann mit der Verherrlichung irrationaler Seelenkräfte (»Ulais«, 1897; »Der Umkreis«, 1927), schuf als Dramatiker Spiele und Chöre für die Feste des George-Kreises (»Saul«, 1905; »Thors Hammer«, 1908; »Wolfdietrich und die rauhe Els«, 1907; »Sanctus und Orpheus«, 1909)

Der elsässische Schriftsteller René Schickele (1883 bis 1940) wollte zwischen französischer und deutscher Kultur vermitteln.

Ein starkes Naturgefühl kennzeichnet die Werke von Hermann Löns (1866–1914). Gemälde von Wilhelm Kricheldorf.

Der Österreicher Max Mell (1882–1971), bekannt durch sein »Apostelspiel«. Zeichnung von Marianne Seeland.

Meinrad Lienert (1865–1933) schrieb Gedichte und Erzählungen in Schweizer Mundart.

Richard Dehmel
(1863–1920)

Johannes Schlaf
(1862–1941)

Detlev von Liliencron
(1844–1909)

Otto Julius Bierbaum
(1865–1910)

Die Wiener
Feuilletonisten
Karl Kraus
(1874–1936)

und Peter Altenberg
(1859–1919)

Seite 49: Die Totenmaske des Philosophen Friedrich Nietzsche (1844–1900).

Szene aus einer Aufführung von Frank Wedekinds »Lulu«. Schauspielhaus Zürich, 1962.

und wandte sich 1933 der altjüdischen Tradition zu. Der Tod Georges befreite ihn auch vom Druck dieser starken Persönlichkeit, so daß nunmehr Wolfskehls eigene Kraft immer stärker zunahm. Den »brodelnden Hebräer« hatten ihn die Freunde des »Kreises« schon vor 1933 genannt; jetzt konnte er diesen Übernamen als richtig erweisen.

> Herr? Ich will zurück zu deinem Wort.
> Herr! Ich will ausschütten meinen Wein.
> Herr! Ich will zu Dir, ich will fort.
>
> Herr! Ich weiß nicht aus und weiß nicht ein!
> Ich bin allein.

Mit dieser Strophe begann das erste Gedicht des Bandes *Die Stimme spricht* (1934); sie blieb die Grundmelodie der Poesien aus der Emigrantenzeit (»An die Deutschen«, 1947; »Sang aus dem Exil«, 1950; »Hiob«, 1950; »Kalon bekawod namir«, d. h. »Aus Schmach wird Ehr«, 1960) sowie der *Briefe aus Neuseeland* 1938–1948, der Zeugen seines Rückweges zum Judentum und seiner lebendigen Anteilnahme an allem, was Geist und Literatur anging, vor allem aber auch seiner Treue zum »Meister« Stefan George.

Nur vorübergehend arbeiteten an den »Blättern für die Kunst« andere bedeutende Dichter mit, vor allem Dauthendey und Hofmannsthal. Denn der Kulturdiktatur Georges konnte sich auf die Dauer kein Dichter von Rang unterwerfen; neben dem Meister hielten sich nur Männer der Wissenschaft, denn diese empfand er nicht als Rivalen, eher als Herolde seines Ruhmes. Die Wissenschaft des George-Kreises allerdings gab sich als eine neue Wissenschaft aus und wandte sich, ähnlich wie dies der Italiener Gianbattista Vico (1668–1744) im ersten Viertel des 18. Jahrhunderts versucht hatte, gegen das zeitgenössische Gelehrtentum, verzichtete auf die Methode des Aristoteles und schlug statt dessen den Weg Platons ein, der Kunst und Wissenschaft in der ihm eigenen Totalität zu einem einzigen Ganzen vereinte. So mußte er selbst ein beliebter Gegenstand dieser neuen Wissenschaft werden, mußte aus der Beschäftigung mit ihm ein neues Platonbild entstehen (Heinrich Friedemann, »Platon, seine Gestalt«, 1914; Edgar Salin, »Platon und die griechische Utopie«, 1921; Kurt Singer, »Platon der Gründer«, 1927). Was die Wissenschaftler des George-Kreises bei Platon zu finden glaubten, ist unter anderem eine aristokratische Geheimlehre, die sich um eine »Gestalt«, um einen »Gründer« gruppiert wie sie selbst um Stefan George. Aus demselben Grund wandte sich dieser Kreis mit besonderer Vorliebe allen denjenigen Gestalten der Geschichte zu, deren Bedeutung über die Grenzen der Wissenschaft hinausgeht und die insbesondere auch eine ideale Lebensform verkörpern. Als Gipfelleistung dieser Richtung sei genannt *Kaiser Friedrich II.* (1927–1931) von Ernst Kantorowicz, der in seinem Helden die symbolische Erscheinungsform des Weltherrschertums sah.

Die weiteste Wirkung auf die außerhalb des George-Kreises Stehenden übte FRIEDRICH GUNDOLF (eigentlich Gundelfinger, 1880–1931) aus. Bezeichnenderweise geht sein erstes Buch den Spuren nach, die *Cäsar in der deutschen Literatur* (1904) hinterlassen habe; dann wandte er sich einer ähnlichen Frage zu: *Shakespeare und der deutsche Geist* (1911) und schuf wenige Jahre darauf im *Goethe* (1916) das auch von ihm selbst nie mehr erreichte Vorbild des neuen biographischen Typus, der nach einem Wort im »Wilhelm Meister« verehrt, was über ihm ist, nicht erklärt, gemäß der »ersten Aufgabe und Folge aller Bildung, die Ehrfurcht wachzuhalten und den Sinn für Würde und Größe des Menschen« (Gundolf), wobei das große Historische zur Norm, das Vergangene zum Maß der Gegenwart, das Relative einer geschichtlichen Erscheinung (im Gegensatz zu Dilthey und Simmel) zur Absolutheit eines Übergeschichtlichen wird. Gundolf selbst drückte das so aus: »Die großen Menschen sind für jeden eine Verantwortung, eine Forderung und ein Maß, ja sie sind das einzige Maß, das uns gewährt ist« (so in »Dichter und Helden«, 1921, an die sich dann in rascher Folge die Bücher reihten über »Heinrich von Kleist«, 1922; »Martin Opitz«, 1923; »Caesar im 19. Jahrhundert«, 1926; »Andreas Gryphius«, 1927; »Paracelsus«, 1927; »Shakespeare, sein Wesen und Werk«, 1928; »Lessing«, 1929; »Romantiker«, 1930/1931). Den Beginn der Werke machte *George* (1920), in dem der Autor die heidnisch-antiken Urgewalten (Eros, Kairos, Schönheit, Weihe) wieder erstanden sah, während ihm deren christliche Gegenstücke (Caritas, Ewigkeit, Heiligkeit, Gnade) als zwar »ewig«, aber nicht mehr schöpfungskräftig erschienen.

Der »Hofhistoriograph« des George-Kreises war jedoch FRIEDRICH WOLTERS (1876–1930), wie andere Männer dieser Richtung ein meisterhafter Übersetzer aus dem Griechischen, Lateinischen und Mittelhochdeutschen, mit Gundolf zusammen Herausgeber des »Jahrbuches für die geistige Bewegung« (1910–1912), Verfasser von Gedichten (»Wandel und Glaube«, 1911; »Der Wanderer«, 1924), Berichten (»Der Donauübergang und Einbruch in Serbien«, 1915), von Reden (»Vier Reden über das Vaterland«, 1927) und Essays (»Herrschaft und Dienst«, 1909; »Melchior Lechter«, 1911), vor allem aber des Buches *Stefan George und die Blätter für die Kunst* (1930), das auch die Machtkämpfe innerhalb des Kreises andeutungsweise zur Sprache bringt.

Dem Alter nach hinter Wolters und Gundolf stehend, hat ERNST BERTRAM

(1884–1957) die beiden Genannten sowie Stefan George selbst weit überlebt, so daß sich nicht sagen läßt, ob er sich im »Kreise« hätte halten können oder wollen. Er war wie Wolters und Gundolf Literaturwissenschaftler und Kulturphilosoph. Der Gelehrte begann mit *Studien zu A. Stifters Novellentechnik* (1907), beschäftigte sich mit Hugo von Hofmannsthal (1907), mit Fontane, Flaubert, C. F. Meyer als Briefschreibern, mit Thomas Mann und Lichtenberg, mit Heinrich von Kleist (1925), hielt Vorträge über *Deutsche Gestalten* (1934), publizierte zur Zeit des »Dritten Reiches« Schriften mit dem Titel *Von der Freiheit des Wortes* (1936) und Essays *Von den Möglichkeiten* (1938), *Worte in einer Werkstatt* (1938), die ihm von Thomas Mann, mit dem er gegen Ende des Ersten Weltkrieges eng zusammengearbeitet hatte, den nicht unberechtigten Vorwurf des politischen Opportunismus eintrugen.

Ihm blieb Geschichte Legende, Aussage über den Menschen ward ihm zum Mythos. Das wird am deutlichsten in seinem tiefsten, aber auch am meisten umstrittenen Buch *Nietzsche, Versuch einer Mythologie* (1918). Übergang zum poetischen Werk Bertrams bilden die Aphorismen, gesammelt als *Sprüche aus dem Buch Arja* (1938), als *Aufzeichnungen des Herzogs von Malebolge* (1950), als *Sprüche von den edlen Steinen* (1951) sowie in der *Moselvilla* (1951). Im Zusammenhang mit einem Hauptgegenstand von Bertrams dichterischem Schaffen steht das Buch *Rheingenius und Génie du Rhin* (1922), das sich mit dem Franzosen Maurice Barrès (1862–1923) auseinandersetzte und die Waffe des Sarkasmus nicht mied.

Ernst Bertram war zweifellos Nationalist, wie seine Gedichtbände *Straßburg* (1920) und *Der Rhein* (1922) zeigen. Ihnen waren die *Gedichte* (1913) vorausgegangen. Den Ahnen aus dem Norden ist das *Nornenbuch* (1925) gewidmet; im Mittelpunkt des nächsten Bandes stand *Die Wartburg* (1933); Spruchgedichte nennt der Untertitel ihren Inhalt, und Spruchgedichte sind auch gesammelt in *Griecheneiland* (1934). Hier wie früher schon wandte sich Bertram gegen Schönrederei und Selbstgefälligkeit, verlangte er:

> Lieb oder Leid: bezeuge, was du gesehn!
> Schwarz oder hold: bestehe, wer dir erschien,
> Dämon sei's oder Geist: was du erschaut,
> Leugne dir nicht: gelinderte Welt ist Verrat.

In dieser Haltung dichtete er die *Schwarzen Sonette* (1938/1939, aber erst 1946 gedruckt); ihnen ließ er, durch den Ungeist der Zeit gelähmt, durch die Sorge um sein Land gehemmt, die schmalen Gedichtbände *Die Fenster von Chartres* (1940) und *Persische Spruchgedichte* (1944) folgen, schließlich das

Patenkinderbuch (1949) und die Auswahl *Gedichte und Sprüche* (1951). Vom Erscheinen des ersten Gedichtbandes Georges bis zu dem des letzten Bertrams sind es sechs Jahrzehnte, eine Zeitspanne, während welcher auch noch andere Persönlichkeiten die Anregungen Georges aufnahmen, wenn sie sich auch von seiner Person trennten.

Rudolf Alexander Schröder, Rudolf Borchardt und die Übersetzungsliteratur

Wodurch George über seinen engeren Kreis hinauswirkte, die Forderung nach zuchtvoller Gestaltung des Wortes und des Satzes, des Verses und der Strophe, das verwirklichte neben anderen RUDOLF ALEXANDER SCHRÖDER (1878–1962). Einer Bremer Kaufmanns- und Patrizierfamilie entstammend, neigte er schon früh der Literatur zu und gründete 1899 in München mit A.W. Heymel und O. J. Bierbaum die Zeitschrift *Die Insel*, 1902 den Insel-Verlag. Zur gleichen Zeit erschienen seine ersten Gedichtbände (»Unmut«, 1899; »Empedokles«, 1900; »Lieder an eine Geliebte«, 1900; »Sprüche in Reimen«, 1900; »An Belinde«, 1902). Es folgte ein Jahr in Paris, drei Jahre in Berlin, die Rückkehr nach Bremen, wo er sich als Innenarchitekt, Landschaftsmaler und Graphiker betätigte, andrerseits aber mit Hugo von Hofmannsthal und Rudolf Borchardt die *Bremer Presse* ins Leben rief. Auch jetzt ließ er eigene Dichtungen an die Öffentlichkeit treten (»Sonette zum Andenken an eine Verstorbene«, 1904; »Elysium«, 1906; »Die Zwillingsbrüder«, 1908; »Deutsche Oden«, 1910; »Heilig Vaterland«, 1914; »Neue deutsche Oden«, 1914). Aus den beiden Reihen ragen besonders *Empedokles* durch die Vereinigung antiker Weltschau mit zeitgenössischem Pessimismus, *Elysium* durch die Konfrontation des abendländischen Todesbildes mit dem Jenseitsglauben der Alten hervor. Der Unruhe der Weltkriegszeit begegnete Schröder in stolzer Haltung (»Widmungen und Opfer«, 1925; »Mitte des Lebens«, 1930; »Die Ballade vom Wandersmann«, 1937). »Hier ist unserer Welt, einer Welt des angstvollen Werdens, ein dämonisch starkes Sein entgegengestellt«, so würdigte Hofmannsthal 1928 seinen Dichterkollegen. Wilhelm Duwe allerdings läßt für Schröders Verse nur die Bezeichnung »Klassizismus« gelten; Holthusen urteilt weniger streng: »Alles, was die Antike und die neuere Überlieferung an lyrischen Mustern, Formen und Tonarten anbietet, eignet er sich an, um es zu beleben, abzuwandeln, mit persönlichem Inhalt zu füllen.«

Die wahre Bedeutung Schröders beruht allerdings auf zwei anderen Gebieten. Das eine ist die Übersetzertätigkeit. Sie begann mit Homers »Odyssee« (1910), der wohl besten Nachdichtung unter allen verwandten Arbeiten Schröders; ihr reihten sich Vergils »Georgica« (1924) und »Eklogen« (1926), die Oden des Horaz (1935), Homers »Ilias« (1943) und Vergils »Äneis« (1953) an; daneben steht Ciceronianische Prosa, stehen Shakespeare, Racine, Molière, Pope, T.S. Eliot, R. Duncan, Guido Gezelle (diesen Flamen hat Schröder durch seine einfühlende Übertragung sozusagen vor dem Übersehenwerden gerettet) und andere Autoren älterer und neuerer Zeit. Theodor Haecker hat zwar – in seinem Vergilbuch – berechtigte Einwände gegen Schröder vorgebracht, doch muß allein schon als Verdienst des Übersetzers gewertet werden, daß dieser neben die neuzeitlichen Vorbilder des George-Kreises wieder die Urbilder der abendländischen Poesie zu stellen wagte und ihnen ein neues Publikum erschloß, das mit der Übersetzungskunst eines Johann Heinrich Voß einfach nicht mehr zufrieden sein konnte.

Zweitens aber ist Schröder wichtig als der bedeutendste Erneuerer des protestantischen deutschen Kirchenliedes im 20. Jahrhundert. In Erfüllung dieser Aufgabe, zu der er sich durch die antichristliche Einstellung des Nationalsozialismus berufen fühlte (seine »Geistlichen Gesänge« wurden zunächst beschlagnahmt), schrieb er bedeutende Essays zu diesem Thema (»Kunst und Religion«, 1936; »Dichtung und Dichter der Kirche«, 1936; »Die Kirche und ihr Lied«, 1937; »Luther und sein Lied«, 1944; »Christentum und Humanismus«, 1946), bot er eine Reihe eigener religiöser Dichtungen oder ältere Texte erneuernde Poesien (»Ein Osterspiel«, 1938; »Weihnachtslieder«, 1947; »Die geistlichen Gedichte«, 1949; »Parabeln aus den Evangelien«, 1951; »Hundert geistliche Gedichte«, 1951; »Das Sonntagsevangelium in Reimen«, 1952). Zu jener Zeit, als des Dichters Bücher nicht gedruckt werden konnten, gingen Abschriften von Hand zu Hand; stärksten Widerhall fanden dann, als der Terror vorbei war, die neuen Werke, auch z. T. weltlichen Inhalts (»Der Mann und das Jahr«, 1946; »Neue Gedichte«, 1949). Daß dieser Mann, den die Bundesrepublik Deutschland mit Recht hochhielt und ehrte, auch Autobiographisches veröffentlichte, ist fast selbstverständlich (»Aus meiner Kindheit«, 1953). Aus seiner fruchtbaren Tätigkeit als Essayist sei sein letztes Werk, die Gespräche *Abendstunde* (1960), besonders hervorgehoben. Die Gegnerschaft der Machthaber hatte Schröder 1935 veranlaßt, sich nach Oberbayern zurückzuziehen; er lebte in Bergen am Chiemsee und starb in Bad Wiessee.

Eine für das Gebiet der Übersetzungsliteratur interessante Persönlichkeit war der in Preußisch-Stargard geborene, in Berlin gestorbene Thassilo von

Scheffer (1873–1951). Er hatte als formgewandter Lyriker begonnen (»Eleusinien«, 1898; »Neue Gedichte«, 1908), dann aber zur Hauptsache sich der Nachdichtung griechischer und lateinischer Werke gewidmet (»Ilias«, 1914; »Odyssee«, 1918; »Dionysiaka« des Nonnos, 1926–1933; »Die Homerischen Götterhymnen«, 1927; »Hesiod«, 1938; die »Argonauten« des Apollonios von Rhodos, 1940; Vergils »Äneis«, 1942; Ovids »Metamorphosen«, 1948) und aus Kenntnis der philologischen Wissenschaft mit dichterischer Einfühlung beachtenswerte Werke, am wichtigsten *Die Schönheit Homers* (1921), geschrieben. Für Thassilo von Scheffer war die Antike nicht bloß Gegenstand gelehrter Forschung und poetischer Nachahmung (so versuchte er im Epos »Die Kyprien«, 1934, eine verschollene Dichtung der Griechen zu erschließen), sondern Mittel, das Chaos der eigenen Zeit zu überwinden; deshalb findet man unter den von ihm übersetzten Werken sonst nicht beachtetes Bildungsgut.

Jüdischer Herkunft, wenngleich protestantischen Bekenntnisses, war die Familie, der Rudolf Borchardt (1877–1945) entstammte. Als Rudolf geboren wurde, war der Vater Bankier in Königsberg. Die Familie übersiedelte aber bald nach Berlin, ließ jedoch den Sohn zur Erziehung bei einem Lehrer in Westpreußen, einige Zeit auch in Moskau. Zum Studium, erst der Theologie, dann der klassischen Philologie, kam Borchardt nach Berlin, Bonn und Göttingen. Seit 1903/1904 lebte er mit Unterbrechungen meist in Italien; der Erste Weltkrieg sah ihn als deutschen Offizier, 1922 zog er wieder in den Süden, kam aber mehrmals zu Vorträgen in die Heimat, bis der zur Staatsdoktrin gewordene Antisemitismus ihn aus Deutschland vertrieb. 1944 wurde er dennoch aufgegriffen, jedoch durch die Humanität eines unbekannt gebliebenen Oberleutnants freigelassen; auf der Flucht gelangte er nach Trins im Gschnitztal (Tirol), wo ein Schlaganfall seinem Leben das Ende setzte.

Die Landschaft seiner Geburt und Kinderjahre gab ihm Herder und Heinrich von Kleist als literarische Leitsterne; der herangereifte Mann schloß sich vorübergehend an Stefan George, dauernd an Hugo von Hofmannsthal an; neben diese beiden stellte er noch Rudolf Alexander Schröder. Mit der »Moderne« wollte er nichts zu tun haben. Von ihr sagte er:

»Sie haßt jede Notwendigkeit, die Form, jede Strenge, die Gattung, jede Reinheit, den Typus. Sie schafft verwischte Form und nennt sie ›Nuance‹, zerrissene Form und nennt sie ›Skizzen‹, Gedichte in Prosa, freie Rhythmen, Zwittergattungen und nennt sie ›Dokumente‹, ›Impressionen‹, ›Phantasien‹, ›Stimmungen‹, ›Tragikomödie‹. So wird in jedem Bereiche der Bastard ihre Lust ... Als anarchische Literatur schafft sie den Literaten, als anarchischer Salon sein widriges Gegenstück, als anarchische Gesellschaft den Snob, die Anschmeckerin, als anarchische Wissenschaft den Historiker ohne Geheimnis, den Schriftsteller mit gesunkener Manier ...«

Dieses Zitat ist der *Rede über Hofmannsthal* (1902) entnommen; der Autor war fünfundzwanzigjährig und blieb »einer der glänzendsten Redner der Epoche; alle, die ihn gehört haben, waren hingerissen von der spielenden Beherrschung schwierigster Materie, dem Glanz der Diktion und der Sicherheit des Auftretens« (Soergel-Hohoff). Zu anderen wichtigen Reden (»Die neue Poesie und die alte Menschheit«, 1912; die Schiller-Rede, 1920; »Erbrechte der Dichtung«, 1921; »Schöpferische Restauration«, 1927; »Vergil«, 1930; »Die geistesgeschichtliche Bedeutung des 19. Jahrhunderts«, 1927; »Führung«, 1931) kamen nicht wenige literarische Essays, darunter die *Deutsche Literatur im Kampf um ihr Recht* (1931), eine Broschüre, die – nach Ernst Alker – »für die Durchsetzung konservativ-nationaler Belange ausdrücklich das Faustrecht empfohlen hatte«. Man tut kein Unrecht, wenn man Borchardt als Nationalisten preußischer Prägung bezeichnet, doch war ihm eine Art Europäismus trotzdem nicht fremd. Sein Europabild allerdings hatte sehr eigenwillige Prägung; es wurde geformt durch die griechische Antike, durch gräzisierte Lateiner, provenzalische Dichter (die er im Nachwort zu den »Großen Trobadors«, 1924, als die wahren Träger der Tradition feiert) und den Minnesang Deutschlands und Italiens (mit Dante als Höhepunkt), die englische Klassik von Shakespeare bis Landor (dessen »Imaginäre Unterhaltungen« er 1905 übersetzte, 1923 erschienen) und Dante G. Rossetti, durch Goethe, Hölderlin und Herder, durch Hofmannsthal, George, Schröder. Dieses geistige Reich wollte Borchardt fördern durch Herausgabe von Anthologien (»Ewiger Vorrat deutscher Poesie«, 1926; »Der Deutsche in der Landschaft, 1927) und Übersetzungen (Platons »Lysis«, 1900/1901, veröffentlicht 1905; sechs Oden Pindars, 1908/1909; »Altionische Götterlieder unter dem Namen Homers«, 1924; Dantes »Vita Nova«, 1912, 1922 gedruckt; Tacitus' »Germania«, 1914; Hartmanns von Aue »Armer Heinrich«, 1925; »Dante deutsch«, 1904–1923, 1930 erschienen; »Englische Dichter«, 1936). Die erstaunlichste Leistung auf diesem Gebiet ist *Dante deutsch*, insofern Borchardt für ihn einen künstlichen Dialekt erfand – wie er etwa um 1300 möglich gewesen wäre, aber so nie gesprochen wurde –, um seinen Dante vom zeitgenössischen Hochdeutsch zu unterscheiden, wie sich die Sprache des großen Dichters vom Italienisch des 20. Jahrhunderts unterscheidet.

Hier zeigt sich, daß Borchardt nie um die Gunst des Lesers buhlte; im Gegenteil, er verlangte von diesem geistige Arbeit und geistiges Mitgehen, denn sein beinahe unbegrenztes Wissen und seine große Virtuosität machten ihn zu dem, was in der Antike »gelehrter Dichter« genannt wurde. So kann man ihn als späten Nachfahren der alexandrinischen Dichter bezeichnen, auch dort, wo er nicht übersetzte, sondern eigenständige Werke schuf, so *Das Buch Joram* (1907), eine jüdische Legende im lutherischen Bibeldeutsch, das epische Gedicht *Der Durant* (1920) in der Sprache Hartmanns von Aue, das R.A. Schröder gewidmete Gedicht *Ode mit dem Granatapfel* (1907, gedruckt 1909) in der sapphischen Strophe, so das Gedicht *Magnolie des Herbstes* als Sextine, das Schäferspiel *Die geliebte Kleinigkeit* (1923) in Alexandrinern. Auch sein Roman *Vereinigung durch den Feind hindurch* (1937) ist nicht leicht zu lesen; er erzählt von einem aristokratischen Ehepaar sowie den Glücksrittern der Nachkriegszeit und sucht die alten Werte gegenüber der Begehrlichkeit der Plebejer und den sich als Führer ausgebenden falschen Propheten zu bewahren. Borchardts *Gesammelte Werke* erschienen ab 1955 in acht Bänden, eine späte Anerkennung für ein heißes, wenn auch in gewissen Teilen fragwürdiges Bemühen um Zucht der Sprache und Läuterung der Gesinnung.

»Damit Geheimnis unter den menschlichen Geschlechtern nicht ausstirbt, sind Dichter da. Sie sind das einzige völlig Unzerstörbare, was die Erde hervorbringt: wo ihre Person zu schwach ist, Unsterblichkeit durch die Jahrtausende zu tragen, geben sie die göttliche Last an Stärkere ab und so bleibt, was nicht wieder verloren werden darf.«

Versuche zu neuer Klassik

Gegen die Vernachlässigung der Form durch den Naturalismus, für den Neubau der Kultur durch die Kunst setzte sich neben George und seinem Kreis, neben Schröder und Borchardt auch die sogenannte Neuklassik ein. Einer der Führer dieser Richtung mußte sich bald gegen eine Mißdeutung wehren:

»Man hat die Ziele, welche wir ... verfolgen, als ›klassizistisch‹ bezeichnet. Ich möchte das Wort als gänzlich unzutreffend ablehnen; wir wollen nicht irgendein Altes neu beleben, uns Anschauungen, Empfindungen, Gedanken vergangener Zeiten zu eigen machen; vielmehr sind wir uns bewußt, durchaus Menschen des zwanzigsten Jahrhunderts zu sein, und einige von uns haben sich selbst große Mühe gegeben und Jahre dafür geopfert, unsere Zeit in ihren letzten Ursachen zu verstehen, ihrer Weltanschauung, Kunst, Lebensrichtung und Willensrichtung nicht nur naiv nachzugeben, sondern heutige Menschen mit bewußtem Willen und aus überlegten Gründen zu sein. Nicht Klassizismus erstreben wir, sondern Klassizität, nicht etwas Materiales, sondern etwas Formales: wir verlangen von uns, wenn wir ein Kunstwerk schaffen, daß wir die für dieses Werk erforderlichen Mittel in dem für unsere zufällige Begabung höchstmöglichen Grade beherrschen ...«

Diese Worte stammen von Paul Ernst, der zusammen mit Samuel Lublinski und Wilhelm von Scholz geistiger Begründer der Neuklassik wurde.

PAUL ERNST (1866–1933), zu Elbingerode im Harz geboren, war der Sohn eines Bergmanns. Er begann 1885 in Göttingen Theologie zu studieren, fuhr aber schon im Jahr darauf, religiöse Gedichte und ein Versepos im Reisegepäck mit sich tragend, nach Berlin, besuchte die Brüder Hart, schloß sich als religiöser Sozialist der Arbeiterbewegung an und studierte Geschichte, Literatur und Nationalökonomie (zeitweise auch in Bern). 1896 trat er allerdings aus der sozialdemokratischen Partei aus, blieb jedoch in Verbindung mit Arno Holz, Bruno Wille, Richard Dehmel und Johannes Schlaf. Unter dem Einfluß des Naturalismus entstanden Ernsts erste gedruckte Arbeiten, das Lyrikbändchen *Polymeter* (1898) sowie die Einakterserie *Lumpenbagasch, Im Chambre séparée* (1898). Bald jedoch wandelte er auf den Spuren des belgischen Symbolisten Maeterlinck und schuf diesem nachgebildete einaktige Trauerspiele (»Wenn die Blätter fallen«, »Der Tod«, 1900).

Im Jahr, da diese gedruckt wurden, machte er seine erste Italienreise und klärte unter der Sonne des Südens seine Kunstansichten. Besonders angetan hatte es ihm die altitalienische Novelle (in zwei Bänden übersetzte er Musterstücke dieser literarischen Gattung); ihr folgte er, wenn er selbst Novellen schrieb, zuerst noch mitbeeinflußt von der damals üblichen Schreibart (»Sechs Geschichten«, 1900; »Die Prinzessin des Ostens«, 1903; »Der Tod des Cosimo«, 1912), später in dem von ihm vertretenen Sinne stilrein, doch von der Macht der fremden Muster manchmal zu stark beherrscht (»Die Hochzeit«, 1913; »Die Taufe«, 1916; »Der Nobelpreis«, 1919; »Occultistische Novellen«, 1922). Eine Sonderstellung nehmen die zwei Bände der *Komödianten- und Spitzbubengeschichten* (1920) ein, von denen der Verfasser selbst sagt: »Die Figuren waren typisch ... der Schauspieler spielte sein ganzes Leben lang nur eine Rolle, und so konnte es dahin kommen, daß er bald sich selber spielte und seine Rolle lebte«, und speziell vom zweiten Band, der das Entscheidende der bürgerlichen Gesellschaft erhelle, meint: »Es besteht darin, daß Lustspielfiguren Tragödien erleben.« Die Zahl der Novellen wurde in der Folgezeit vermehrt; hinzu kamen Romane, z. B. *Der schmale Weg zum Glück* (1904), mehr nachdenklicher, autobiographischer Bericht als erzählerisches Kunstwerk, die *Saat auf Hoffnung* (1916) mit der Sicht auf Probleme der damaligen Gegenwart, die eher volkstümlichen Bücher in »einem neuen Stil des kleinen Romans (oder der großen Erzählung)«, wie Ernst Alker meint, *Der Schatz im Morgenbrotstal* (1926), *Das Glück von Lautenthal* (1933) und *Grün aus Trümmern* (1933). Völlig mißlungen ist sein Versuch, in den Dichtungen *Das Kaiserbuch* (1923–1928,

6 Bände) und *Der Heiland* (eine Evangelienharmonie, 1930) das Versepos zu erneuern.

Seit 1900 als freier Schriftsteller tätig, lebte Paul Ernst von 1903 bis 1914 in Weimar, 1914–1918 wieder in Berlin, dann bis 1925 auf Gut Sonnenhof in Oberbayern, endlich seit 1925 in St. Georgen an der Stiefing (Steiermark), wo er starb. Der Weimarer Aufenthalt war 1904/1905 durch dramaturgische Tätigkeit in Düsseldorf unterbrochen worden. Das Jahr 1905 wurde beschlossen mit der Herausgabe des ersten Dramas, das den inzwischen erdachten Theorien des Dichters entsprechen sollte, dem *Demetrios* (1905). Es griff das Thema auf, über dessen Gestaltung Schiller und Hebbel gestorben waren. Ernst verlegte die Handlung in das Sparta des zweiten vorchristlichen Jahrhunderts und ließ den Titelhelden als Opfer des »sich selbst setzenden Konfliktes« untergehen. Es folgten die ebenfalls erfolglosen Stücke *Das Gold* (1906), *Canossa* (1908), *Brunhild* (1909), *Ninon de Lenclos* (1910), *Preußengeist* (1915), *Kassandra* (1915), *Yorck* (1917). Bühnenfähiger erwiesen sich – trotz gewisser Dürre – die an die alte Commedia dell'arte erinnernden heiteren Stücke Ernsts (»Eine Nacht in Florenz«, 1905; »Ritter Lanval«, 1906; »Der Hulla«, 1906; »Über alle Narrheit Liebe«, 1909; »Der heilige Crispin«, 1913; »Pantalon und seine Söhne«, 1916).

Der Dramatiker Paul Ernst steht hinter dem Novellisten weit zurück und dieser hinter dem Theoretiker. Als solcher schrieb er den *Weg zur Form* (1906), eines der maßgebenden Bücher moderner Besinnung auf die dichterische Gestalt, das, von Hebbel und Sophokles ausgehend, dem Drama als Grundbedingung den Glauben an eine absolute Sittlichkeit zuweist – damit folgerichtig das naturalistische Drama mit seiner Relativität der Sittlichkeit verwirft – und ihm einen Willenskampf als Aufgabe stellt; einer moralischen Schuld dagegen bedürfe es nicht, sondern nur der tragischen Notwendigkeit, aus der heraus der Wille des einzelnen mit dem des Ganzen zusammenstoßen müsse. Die neue Klassik ist, wie diese Gedanken zeigen, von Hebbel, nicht von Schiller beeinflußt. Dem »Weg zur Form« folgten die Essays *Ein Credo* (1912), die sich weiterhin mit kunsttheoretischen Fragen befassen, aber auch Ernsts Wendung zur Religiosität zeigen. Brennende Fragen der Zeit sind Anlaß gewesen zu den Schriften *Die Zerstörung der Ehe* (1917) und *Zusammenbruch und Glaube* (1922), zwischen diesen beiden Werken erschienen *Der Zusammenbruch des Marxismus* und *Der Zusammenbruch des Idealismus* (beide 1919) mit ihrer scharfen Kritik an Geist und Ungeist des 19. Jahrhunderts und mit ihren wenigstens teilweise durch die Ereignisse bestätigten Voraussagen über die kommenden Entwicklungen im öffentlichen

Leben, denen er mit den *Grundlagen der neuen Gesellschaft* (1930) eine Hilfe bieten wollte; ohne daß dieser sich letztlich dagegen wehren konnte, haben dann die Nationalsozialisten Paul Ernst als einen Propheten ihrer Ideologie hingestellt.

In den Weimarer Jahren begann die Freundschaft des Hannoveraners Paul Ernst mit dem Ostpreußen SAMUEL LUBLINSKI (1868–1911). Dieser war wie jener vom Sozialismus und Naturalismus ausgegangen und hatte sich als soziologisch gerichteter Literarhistoriker einen Namen gemacht (»Literatur und Gesellschaft im 19. Jahrhundert«, 1899), ehe er mit der *Bilanz der Moderne* (1904) dem Naturalismus absagte und im *Ausgang der Moderne* (1909) die gesamte geistige Kultur am neuklassischen Maßstab zu messen unternahm. Seine eigenen poetischen Werke, Dramen und Novellen, sind heute vergessen. Sein Gerechtigkeitssinn, der ihn schon als Schüler mit seinen Lehrern in Konflikt brachte, nötigte ihn zu Abhandlungen über jüdische Probleme (»Jüdische Charaktere bei Grillparzer, Hebbel und Otto Ludwig«, 1898; »Die Entstehung des Judentums«, 1903); das war indessen kaum die richtige Vorbereitung für die zwei Bände *Der urchristliche Erdkreis und sein Mythos* (1910). Wie Paul Ernst stellte auch Lublinski dem ethischen Relativismus seiner Zeit die Forderung neuer Sittlichkeit gegenüber und warnte außerdem vor der Neuen Welt Amerika mit ihrer Anbetung der Technik und des Sports.

In Weimar gesellte sich zu Paul Ernst und Samuel Lublinski WILHELM VON SCHOLZ (1874–1969), der von sich sagte: »Ich bin am meisten das Kind jener namenlosen, Furche auf, Furche ab gehenden schlesischen Bauern, von denen mein Geschlecht in dem Dämmer nicht einmal sehr ferner Vergangenheit zweifellos abstammt.« Dieses Geschlecht war in den preußischen Beamtenadel übergegangen; des Dichters Vater war Bismarcks letzter Finanzminister. So wurde Wilhelm in Berlin geboren, besuchte dort Volksschule und Gymnasium, seit 1890 indessen das zu Konstanz (die Familie besaß das Landgut Seeheim am Bodensee, wo er die Jahre seines Alters verbrachte), dann die Universitäten Berlin, Kiel, Lausanne und München. Auch später wechselte er gerne die Aufenthaltsorte, bald in Süd-, bald in Norddeutschland; an äußeren Ehren fehlte es nicht: 1926–1928 war er Präsident der preußischen Dichterakademie, 1944 verlieh ihm Heidelberg das Ehrendoktorat (aber Doktor der Philosophie war er schon seit 1897), 1949 wurde er Präsident, 1951 Ehrenpräsident des Verbandes deutscher Bühnenschriftsteller. Scholz begann sein dichterisches Werk mit Lyrik, mit der *Frühlingsfahrt* (1896), Detlev von Liliencron gewidmet; er setzte es fort mit dem lyrischepischen Zyklus *Hohenklingen* (1898) und erreichte seinen Höhepunkt im *Spiegel* (1902), darin – wie auch ähnlich in den *Neuen Gedichten* (1913), in den *Häusern* (1923) und im *Jahr* (1927) – das Streben des Dichters, Gedanke und Bild, Sinnliches und Übersinnliches miteinander zu verknüpfen, am besten gelungen ist. Die lyrische Schaffenszeit klang aus mit den *Lebensjahren* (1939) und brachte die Ernte ein in den *Gesammelten Gedichten* (1944). Neben Strophen einfachster Weise finden sich oft derart bedeutungsbeschwerte Verse, daß das Wort den sich darin bergenden Sinn kaum auszudrücken vermag und der Rhythmus unter der Last der Gedanken leidet.

Früh auch wandte sich Wilhelm von Scholz dem Drama zu, zuerst noch unter dem Einfluß Maeterlincks und Hofmannsthals (»Mein Fürst«, 1898; »Der Besiegte«, 1899; »Der Gast«, 1900), dann eigenständiger im grüblerischen Schauspiel *Der Jude von Konstanz* (1903), das zur Zeit einer Judenverfolgung im 14. Jahrhundert spielt. Dieses Werk vollzieht den Übergang zur Neuklassik Paul Ernsts; diesem ist Scholz als Menschenbildner überlegen (»Meroe«, 1906; »Vertauschte Seelen«, 1910; »Gefährliche Liebe«, 1913). Die nächste Serie (»Die Feinde«, 1917; »Das Herzwunder«, 1918; »Der Wettlauf mit dem Schatten«, 1921; »Die gläserne Frau«, 1924), bühnenfähiger als die davorliegenden dramatischen Dichtungen, nähert sich eher der Neuromantik und dem Surrealismus; sie unternimmt den »Versuch, die von dämonischen Kräften erfüllte Hintergründigkeit der Welt im Bühnenspiel zu erfassen« (Ernst Alker).

Als Erzähler trat Wilhelm von Scholz erst spät hervor; seine Novellenbücher (»Die Beichte«, 1919; »Zwischenreich«, 1922; »Die Gefährten«, 1937) liegen etwa in der Linie der letzten Dramenreihe, zeigen sichere Beherrschung der Form und erweisen den Verfasser als »symbolischen Realisten«, wie er sich selbst nannte, den die Auswirkungen eines gesteigerten oder somnambulen Seelenlebens, die Vorgänge der Leidenschaft, ja des Verbrechens und vor allem der Beziehungen zur übersinnlichen Welt als Darsteller reizten.

Ähnliches gilt von den größeren Erzählwerken (»Perpetua«, 1926; »Der Weg nach Ilok«, 1930; »Unrecht der Liebe«, 1931; »Stürmische Jugend«, 1944). Zum erzählenden Werk Scholzens gehören noch die autobiographischen Bücher *Berlin und Bodensee* (1934), *Eine Jahrhundertwende* (1936), *an Ilm und Isar* (1939), zusammengefaßt als *Lebenslandschaft* (1943). Der Jüngste unter den drei führenden Männern der neuen Klassizität mußte schließlich den beiden anderen auch in der Darlegung der theoretischen Grundlagen seines Schaffens folgen. Bevor er dies tat, setzte er sich mit dem

Werk der Droste (1904) und Hebbels (1905) auseinander, schrieb über *Deutsche Mystiker* (1908) und ein *Susobuch* (1915), ohne freilich in deren Wesen allzu tief einzudringen. Dann folgte die Essaysammlung *Der Dichter* (1917), das Bekenntnis zur Neuklassik, auch die schon 1905 veröffentlichten *Gedanken zum Drama* enthaltend, von denen er später in der Praxis wieder abrückte.

Endergebnisse bot dann die Abhandlung *Das Drama* (1956). Ergänzend traten diesen Schriften philosophische Versuche zur Seite (»Der Zufall«, 1924; neu: »Der Zufall und das Schicksal«, 1950), Aphorismensammlungen (»Lebensdeutung«, 1924; »Irrtum und Wahrheit«, 1950) sowie, längst vor diesen, die *Unsichtbare Bibliothek* (1909) mit ihren zahlreichen Entwürfen zu imaginären Werken. Von Paul Ernst, Samuel Lublinski und Wilhelm von Scholz wird man sagen dürfen: Sie werden – und sollen – als Theoretiker weiterhin wirksam sein, doch wird man ihnen nicht in allen Belangen folgen können.

Als stärkste Begabung der neuklassischen Richtung galt seinerzeit der Mecklenburger HANS FRANCK (1879–1964), dessen Theaterkritiken zu den besten der zwanziger Jahre gehörten. Sein Drama *Herzog Heinrichs Heimkehr* (1911) behandelte den Generationenkonflikt, sah ihn nicht psychologisch, sondern als kosmisch gegeben, so daß er mit menschlichen Mitteln weder aufzuheben noch zu schlichten wäre; die erschütternde Kriegstragödie *Freie Knechte* (1919) bot den Konflikt zwischen dem weiblichen, nur auf das Individuum gerichteten Bewahrungstrieb (eine Mutter will ihren dritten und letzten Sohn dem Krieg entziehen) und der zu jedem Opfer bereiten Staatsgesinnung (die der Vater vertritt). Die späteren Dramen überzeugen nicht mehr. Bedeutender sind seine anekdotenhaften Novellen mit ihrer straff durchkomponierten Form und der Fülle ihrer Motive (»Das Pentagramm der Liebe«, 1919; »Septakkord«, 1926; »Recht ist Unrecht«, 1928). Francks Spätwerk bilden durchschnittliche Romane, die weder vor der mangelhaften Darstellung bedeutender Persönlichkeiten noch, sobald dafür die Zeit gekommen war, vor Zugeständnissen an die »braune« Macht zurückschreckten.

Neuklassisch war auch HENRY VON HEISELER (1875–1928), der in Petersburg geborene Sohn einer wohlhabenden deutsch-russischen Familie des Hofadels. 1898 kam er nach München und lebte seit 1908 in seinem Bauernhaus in Vorderleiten (Oberbayern). Als er seine Verwandten in Petersburg besuchte, überraschte ihn der Kriegsausbruch (1914). Er mußte im Heer des Zaren als Offizier dienen, fand Verwendung im Ausbildungsdienst und entging dadurch der Notwendigkeit, gegen Deutschland zu kämpfen. Die rote Revolution zwang ihn in die neue Armee, der er sich erst 1922 durch Flucht entziehen konnte; die Rückkehr nach Deutschland und die Konversion zur katholischen Kirche sind die letzten Ereignisse seines kurzen Lebens. Der erste Aufenthalt in München brachte ihm die Bekanntschaft Wolfskehls und Georges, später auch die Gerhart Hauptmanns, Rilkes, Hofmannsthals, Wedekinds und anderer. Zu ihnen allen nahm er persönliche und künstlerische Beziehungen auf; am engsten waren zunächst die zum George-Kreis. Schon 1903 brachten die »Blätter für die Kunst« Auszüge aus Heiselers dramatischen Gedichten; die offizielle Geschichtsschreibung des »Bundes« behandelt Heiseler kühl und reserviert. Es gab also Differenzen, denn Heiseler verehrte zwar Stefan George, ließ sich aber nicht völlig in den Bann schlagen. Die Kenntnis der russischen Sprache und Literatur bestimmte ihn dazu, zahlreiche Werke, vor allem Puschkin, zu übersetzen. Aber auch englischen Dichtern lieh er seine Kunst des Nachdichtens. Unter den Georgianern, wenn man ihn zu ihnen zählen darf, war er der einzige echte Dramatiker. Klassische Strenge, christliche Innerlichkeit, Vorwalten des Todesmotivs zeichnen die Tragödien *Peter und Alexej* (1912), *Grischa* (1919), *Die Kinder der Godunoffs* (1923) und das Lustspiel *Die magische Laterne* (1919) sowie die kleineren Spiele (»Die Nacht des Hirten«, 1927; »Der junge Parzival«, 1927; »Die jungen Ritter vor Sempach«, 1930) aus. Der Lyriker sammelte seine Gedichte unter den Titeln *Die drei Engel* (1926) und *Die Legenden der Seele* (1933). Eine Meisterleistung deutscher Novellistik ist *Wawas Ende* (vollendet 1926).

Von Conrad Ferdinand Meyer her kam in die neue Stilrichtung der in Aarau geborene, in Eustis (Florida) gestorbene KONRAD FALKE (eigentlich: Karl Frey, 1880–1942), seinerzeit Herausgeber von *Raschers Jahrbuch* (später genannt »Für Schweizer Art und Kunst«, 1910–1919) und, gemeinsam mit Thomas Mann, der Zeitschrift *Maß und Wert* (1937 bis 1940), Übersetzer von Dantes »Divina Commedia« (1921) und Biograph ihres Dichters (1922); das eigene Werk begann mit Lyrik (»Dichtungen«, 1904; »Carmina Romana«, 1910), füllte fünf Bände dramatischer Werke (1930–1933), deren Stoffe das alte Rom und die Zeit der Renaissance lieferte (ihr großer Stil ist bestimmt vom Hang zum Monumentalen und macht sie unaufführbar, weil überladen) und bot eine Reihe von Novellen und Romanen (»Der Kinderkreuzzug«, 1924; »Jesus von Nazareth«, 1950).

Von allen Luftströmungen des literarischen Lebens angeweht, ein wohlerzogenes poetisches Talent von vielseitiger, doch oberflächlicher Anlage, ein Dichter von feinem Formgefühl, ein Zögling romanischer Kunst ist der Frankfurter LUDWIG FULDA (1862–1939), der an mehreren Universitäten studierte, in München, Frankfurt, wieder in München, 1896 endlich in Berlin Wohnsitz nahm, wo er dann starb. Bei ihm, den man den Tänzer auf dem Parnaß genannt hat, ist allerdings die Neuromantik nicht Lebenselement gewesen. Angefangen hatte er sogar mit naturalistischen Theaterstücken sozialer Tendenz (»Das verlorene Paradies«, 1892; »Die Sklavin«, 1892); aber schon im Jahr darauf hatte er seinen größten Erfolg mit dem Märchendrama *Der Talisman* (1893), der flachen Umdichtung von Andersens Märchen »Des Kaisers neue Kleider«. Die folgenden zahlreichen Bühnenwerke (»Die Kameraden«, 1895; »Der Sohn des Kalifen«, 1896; »Jugendfreunde«, 1898; »Die Zwillingsschwester«, 1901; »Der Dummkopf«, 1907; »Herr und Diener«, 1910; »Die Gegenkandidaten«, 1924) beanspruchten weder den Geist des Autors noch den des Publikums, waren aber kultiviert geschriebene und gut verwendbare Stücke (Fulda wurde ungefähr gleich oft gespielt wie Sudermann). Stilistische Gewandtheit und flüssige Verskunst boten die Möglichkeit zum Übersetzen französischer und spanischer Lustspiele (Molière, Rostand, Beaumarchais; zwei Bände »Meisterlustspiele der Spanier«, 1925); dadurch erwarb sich Fulda größere Verdienste als durch seine eigenen seichten Konversations- und Repertoirestücke.

An Emil Strauß erinnert der Badener EMIL GÖTT (1864–1908); auch er wandte sich immer wieder an die Scholle, die ihm kaum den nötigen Unterhalt einbrachte, und verharrte in selbstgewählter Enge, um als Bauer, Philosoph und Dichter die Lehren Tolstois und Nietzsches zu vereinen. Zu seinen Bühnenstücken jedoch ließ er sich u. a. von Cervantes und von den Märchen aus »Tausendundeiner Nacht« anregen (»Der Schwarzkünstler«, 1890; »Edelwild«, 1901). Wie einst Otto Ludwig arbeitete Emil Gött jahrelang an seinen Dramen, arbeitete sie mehrmals um und war nie mit sich zufrieden. In sein Denken gewähren Einblick die *Tagebücher und Briefe* (1914, postum veröffentlicht).

Im gleichen Jahr wie Emil Gött wurde RICARDA HUCH (1864–1947) geboren, die von Thomas Mann anläßlich ihres sechzigsten Geburtstages als »erste Frau Deutschlands« gefeiert wurde. Ihr Leben begann in Braunschweig und endete zu Schönberg im Taunus. 1888–1891 studierte sie in Zürich

Geschichte, Philosophie und Philologie, da in Deutschland das Frauenstudium noch nicht möglich war, und wurde als eine der ersten deutschen Frauen zum Doktor promoviert. Ihre Dissertation (1892) behandelte die Neutralität der Eidgenossenschaft während des Spanischen Erbfolgekrieges. In der Schweiz gefiel es ihr so gut, daß sie als Sekretärin der Zentralbibliothek in Zürich blieb (1891–1897); daran schloß sich Lehrtätigkeit in der Limmatstadt und in Bremen. 1898 heiratete sie in Wien den Zahnarzt Dr. Ermanno Cecconi und lebte mit ihm bis 1900 in Triest. Hierauf übersiedelte sie nach München, ließ sich 1906 von Cecconi scheiden, vermählte sich 1907 mit ihrem Vetter Richard Huch, der Rechtsanwalt in Braunschweig war. 1910 ging auch diese Ehe in die Brüche. Nach mehreren Italienaufenthalten nahm sie Wohnsitz in Berlin, Heidelberg, Freiburg, Jena und wollte kurz vor ihrem Tod nach Frankfurt a.M. ziehen. Längst schon Mitglied der preußischen Akademie der Künste, trat sie, als das Institut 1933 »gleichgeschaltet« wurde, demonstrativ aus ihm aus. Ihr letztes Auftreten in der Öffentlichkeit war eine Ansprache als Ehrenpräsidentin auf dem deutschen Schriftstellerkongreß in Berlin (1947). In den Zürcher Jahren erfuhr Ricarda Huch starke Einflüsse seitens des schweizerischen Schrifttums, vornehmlich durch Gottfried Keller und Conrad Ferdinand Meyer; wie Isolde Kurz wurde auch die Braunschweigerin von Italiens Kultur mitgeformt. Ihr dichterisches Werk gliedert sich in Lyrik, Romanschriftstellerei und kultur- wie literarhistorische Arbeiten.

Einmal vor manchem Jahre
War ich ein Baum am Bergesrand.
Und meine Birkenhaare
Kämmte der Mond mit weißer Hand.

Hoch überm Abgrund hing ich
Windbewegt auf schroffem Stein,
Tanzende Wolken fing ich
Mir als vergänglich Spielzeug ein.

Fühlte nichts im Gemüte,
Weder von Wonne noch von Leid,
Rauschte, verwelkte, blühte,
In meinem Schatten schlief die Zeit.

»Erinnerung« heißt diese Strophenfolge und steht in den *Gedichten* (1891); ihnen folgten abermals *Gedichte* (1894), die *Neuen Gedichte* (1907), die *Liebesgedichte* (1912), *Gesammelte Gedichte* (1929), *Herbstfeuer* (1944). Unverkennbar ist der Einfluß C.F. Meyers auf die fast männliche Geistigkeit der Dichterin, die dennoch ihre hellen Verstandeskräfte mit dem Irrationalismus einer sehr weiblichen Seele zu verbinden vermochte; nur in den rauschhaften Liebesgedichten kommt diese allein zu Wort, ruft nach der Fülle des Daseins, bekennt sich zur Diesseitigkeit. War C. F. Meyer der Anreger zu den lyrischen Aussagen Ricarda Huchs, darf Gottfried Keller als erstes, wenn auch vorübergehendes Vorbild für die Erzählerin gelten, wenigstens für die frühen Novellen (»Der Mondreigen von Schlaraffis«, 1896; »Teufeleien«, 1897; »Hadwig im Kreuzgang«, 1897; »Fra Celeste«, 1899; »Seifenblasen«, 1905; »Der Hahn von Quakenbrück«, 1910). Noch vor diesen war der erste Roman der Dichterin erschienen: *Erinnerungen von Ludolf Ursleu dem Jüngeren* (1893). Es sind dies Aufzeichnungen, die ein weniger aus Religiosität als aus Weltmüdigkeit ins Kloster geflüchteter Hamburger Patrizierssohn als Geschichte seines Lebens und seiner Familie niederschreibt.

Zwischen die Novellenbände fielen die Lebensskizzen *Aus der Triumph-*

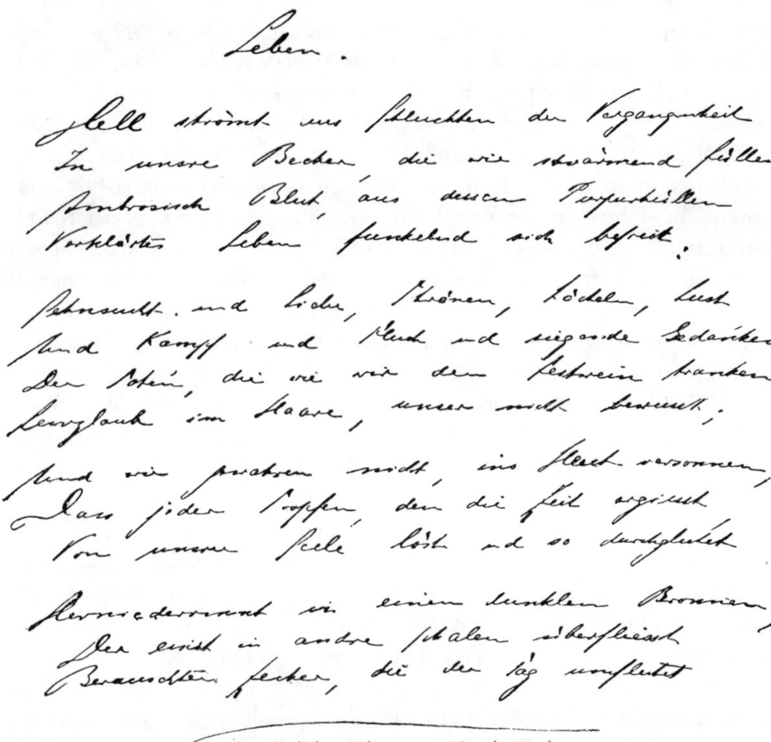
Leben.

Hell strömt aus Leuchtern der Vergangenheit
In unsre Becher, die wir staunend füllen,
Ambrosisch Blut, aus dessen Purpurhüllen
Verklärtes Leben funkelnd sich befreit.

Sehnsucht und Liebe, Thränen, Lächeln, Lust
Und Kampf und Fluch und siegende Gedanken
Der Toten, die wie wir den Festwein tranken,
Lenzlaub im Haare, unser nicht bewusst;

Und wir gedachten nicht, ins Fest versonnen,
Dass jeder Tropfen, den die Zeit vergiesst
Von unsrer Seele löst und so durchglühet

Herniederrinnt in einen dunklen Bronnen,
Der einst in andre Schalen überfliesst
Berauschten Zechern, die der Tag umflutet

Das Gedicht »Leben« von Ricarda Huch.

gasse (1901), die aus dem Armenviertel der Adriastadt Triest mitsamt ihrer Sphäre des Verbrechens, des Leichtsinns, der Krankheit, der Not und des Elends gegriffen sind. Die Traumstimmung und den eher wehmütigen Ton der »Erinnerungen« nahm neuerdings der Roman *Vita somnium breve* (Das Leben ein kurzer Traum, 1902; in zweiter Fassung, 1913, »Michael Unger« nach der Hauptgestalt des Romans) auf, wiederum die Geschichte einer alten Familie. Die Hauptfigur flüchtet hier allerdings nicht ins Kloster, sondern kehrt, die Forderungen der Zeit anerkennend, in die Enge zurück, aus der sie freiheitsdürstend entflohen war. Die folgende Familiengeschichte *Von den Königen und der Krone* (1904) spielt zur Hauptsache in Dalmatien, doch mangels einer Zentralidee, wie eine solche den Romanen der ursprünglichen Romantik eigen war, zerflattert die Handlung und wird zum unfaßbaren Märchen geheimnisvoller Schicksalsverbindungen.

Den Vorwurf der Kompositionslosigkeit erfuhren auch die ersten historischen Romane *Die Verteidigung Roms* (1906) und *Der Kampf um Rom* (1907), beides Teile der geplanten Garibaldi-Trilogie (der dritte Teil, Garibaldis Ende in Enttäuschung und Bitterkeit, ist nicht erschienen), *Das Leben des Grafen Federigo Confalonieri* (1910), eine gleichfalls betont freiheitliche Erzählung (unter Cecconis Einfluß) und der Briefroman *Der letzte Sommer* (1910), der in russischen Revolutionskreisen spielt und deren Aktivismus verherrlicht. Unter das sonst gepflegte Niveau der Autorin sank der Kriminalroman *Der Fall Deruga* (1917); unbefriedigend blieb auch die groteske Abrechnung mit den Verwirrungen der ersten Nachkriegszeit *Der wiederkehrende Christus* (1926). Wertvoll als Auseinandersetzung mit dem »Dritten Reich« ist die ironisierende Behandlung der Abstammungsideologie und des Friedrich-Kultes in der Erzählung *Der falsche Großvater* (1940 entstanden, 1947 gedruckt) und die zwar zur Zeit des Ersten Weltkrieges in Rußland spielende, aber deutlich die über Deutschland hereinbrechende Katastrophe des Zweiten Weltkrieges vorzeichnende Novelle *Weiße Nächte* (1943 in der Schweiz erschienen).

Inzwischen war aber Ricarda Huch längst auf das dritte Arbeitsfeld übergetreten, für das sie die am meisten verdienten Lorbeeren erntete. Die Reihe essayistischer Bücher setzte ein mit der auch heute noch verlegten, sehr lesenswerten Deutung der Romantik in den Werken *Blütezeit der Romantik* (1899) und *Ausbreitung und Verfall der Romantik* (1902; später zusammengefaßt in den zwei Bänden der »Romantik«, 1908), wurde fortgeführt durch die Biographie *Gottfried Keller* (1904) und die gleich dem Garibaldi-Roman kirchen- und österreichfeindlichen Schriften *Das Risorgimento* (1908), zielte dann ab auf die Deutung einzelner Persönlichkeiten (»Wallenstein«, 1915; »Luthers Glaube«, 1915; »Michael Bakunin und die Anarchie«, 1923) und schloß mit dem autobiographischen *Frühling in der Schweiz* (1938). In diese Reihe gehört auch das zwischen Roman und historischer Studie liegende Werk in drei Bänden *Der große Krieg in Deutschland* (1912–1914, in der zweiten Ausgabe »Der Dreißigjährige Krieg«, 1937). Es bezeichnet einerseits einen Wendepunkt in der weltanschaulichen Haltung der Verfasserin (sie hatte seit etwa 1912 aus der freigeistigen und weltbürgerlichen Haltung zu protestantischer, zuweilen betont antikatholischer Religiosität gefunden), andrerseits auch einen Wandel formaler Art, indem es zwar eine Fülle von Personen aufweist, wie das bisher im Stil der Autorin lag, jedoch keinen persönlichen Helden mehr in den Mittelpunkt stellt.

Auch der Bruder Ricarda Huchs, Rudolf Huch (1862–1943), ist als Schriftsteller hervorgetreten. Seine Geburtsstadt ist Porto Alegre in Brasilien, wo Vater Huch damals als Großkaufmann tätig war. Bald kam er nach Braunschweig, studierte später in Heidelberg und Göttingen und übte hierauf den Beruf eines Rechtsanwaltes in Wolfenbüttel und Bad Harzburg aus. 1899 erschien seine aphoristische Streitschrift *Mehr Goethe*, gerichtet gegen Ibsen, Maeterlinck, Gerhart Hauptmann, Helene Böhlau, Nietzsche, Zola, kurz gegen die »Moderne« in allen Richtungen, und wurde als eine »Lessingtat« gepriesen. Später nahm Rudolf Huch einige Angriffe zurück und setzte andere Personen auf die Anklagebank (»Eine Krisis«, 1904; »Max Gebhardt«, 1907; »Dies und Das und Anderes«, 1912), nicht ohne sich selbst ein wenig zu ironisieren. Mit Ironie stellte er auch den Weg des spießerischen Kleinstadtbürgertums vor dem Ersten Weltkrieg in Romanen dar (»Aus dem Tagebuch eines Höhlenmolches«, 1896; »Die Rübenstedter«, 1910; »Talion«, 1913); Gegenstücke waren die Entwicklungs- und Bildungsromane *Die beiden Ritterhelm* (1908) und *Die Familie Hellmann* (1909); als Verbindung der beiden Gruppen kann man den Schelmenroman *Wilhelm Brinkmeyers Abenteuer* (1911) bezeichnen.

Wie Rudolf Huch pflegte auch Friedrich Huch (1873–1913), sein Vetter und zugleich mütterlicherseits ein Enkel Gerstäckers, die Satire, mit der er das Kleinbürgertum und ebenso Richard Wagner in grotesken Komödien (»Tristan und Isolde«, »Lohengrin«, »Der fliegende Holländer«, alle drei 1912) karikierte. Seit 1903 in München als freier Schriftsteller lebend, lernte er dort Ludwig Klages, Stefan George und Thomas Mann kennen und schrieb impressionistische Romane: *Peter Michel* (1901), *Geschwister* (1903), *Wandlungen* (1905), *Mao* (1907), sämtliche – mit Ausnahme des ersten –

Erziehungsromane »schöner« Menschen. In ihnen und anderen Werken, vor allem in den von Kubin illustrierten *Träumen* (1904) spielt Todeserotik eine große Rolle, eine Vorwegnahme Freudscher Deutungen (Huch kannte den Wiener Psychoanalytiker nicht). Die letzten Romane sind *Pit und Fox* (1909) und *Enzio* (1911), die Geschichte eines Musikers, den seine erbliche Belastung stört, der sich für keine Frau entscheiden kann und, da er Halbheiten nicht anerkennt, freiwillig in den Tod geht. Viel wird in diesem Roman über alte und neue Musik gesprochen; an ihr war Friedrich besonders interessiert, ebenso aber sein Bruder FELIX HUCH (1880–1952), Arzt von Beruf und Verfasser biographisch gut fundierter Musikerromane (»Der junge Beethoven«, 1927; »Beethovens Vollendung«, 1931; »Mozart«, 1941; »Mozart in Wien«, 1948). Auch seinem Großvater Gerstäcker baute er ein literarisches Denkmal (»Dresdner Capriccio«, 1948).

Eduard Stucken und die historisierende Richtung

Der letzte Neuromantiker aus dem siebten Jahrzehnt des 19. Jahrhunderts war EDUARD STUCKEN (1865–1936), der als Sohn eines deutsch-amerikanischen Großkaufmanns in Moskau geboren, Gymnasiast in Dresden, Handelslehrling in Bremen und Student in Dresden war. Assyriologie und Ägyptologie waren die von ihm bevorzugten Fächer. Es folgten die Tätigkeit an der Seewarte Hamburg und die Teilnahme an einer Expedition nach Syrien (1890/1891). Von dem 1898 gewählten Wohnsitz Berlin aus unternahm er Reisen nach Korfu, in den Kaukasus, in die Krim, nach Italien und England. Als Ergebnis seiner Studien veröffentlichte er ein großes religionswissenschaftliches Werk, *Astralmythen*, in vier Bänden (1896–1907) sowie andere gelehrte Arbeiten, hauptsächlich aber widmete er sich der Poesie, der Lyrik und Balladendichtung (»Balladen«, 1898; »Romanzen und Elegien«, 1911; »Das Buch der Träume«, 1921), der Dramatik und dem Roman. Als Bühnendichter griff er, zweifellos von Richard Wagner angeregt, die Stoffe der keltischen Gralssage auf, bot, um sie neu zu formen, viel Wissen und große Sprachkunst auf; aber weder das »dramatische Epos« (so nannte er den Zyklus selbst) mit dem Gesamttitel *Der Gral* (1902–1924), bestehend aus sieben Teilen, noch die Bühnenstücke aus anderen Themenkreisen (»Ysa«, 1897; »Hochzeit Adrian Brouwers«, 1914, u. a.) konnten sich dauernd auf der Bühne halten, obwohl Max Reinhardt einigen von ihnen die ihnen gemäße prunkvolle Aufführung gewährt hatte. Das sinnliche, zuweilen ans Perverse streifende Stimmungsspiel der dramatischen Dichtungen wiederholt sich oft genug auch in Stuckens Romanen, in den sattesten Farben im artistischen Meisterwerk *Larion* (1926). Die gleichen Elemente gehören ferner zu den Bausteinen der historischen Romane Stuckens: *Die weißen Götter* (4 Bände, 1918–1922), die von der Eroberung und Zerstörung des ermatteten mexikanischen Reiches Montezumas durch Fernando Cortez handeln; *Im Schatten Shakespeares* (1929) aus dem Zeitalter der Königin Elisabeth und *Giuliano* (1933) aus der Epoche der Renaissance. Diese Romane erwiesen sich als wertbeständig; in ihnen hatte Stucken das Alexandrinertum seiner Bühnenwerke überwunden.

Dem historisierenden Zug der Zeit folgte auch der Schlesier EBERHARD KÖNIG (1871–1949) mit *Filippo Lippi* (1899), der Tragödie von der Rivalität zweier Renaissancemaler; mit *Gevattter Tod* (1900), dem als lyrisches Spiel gestalteten »Volksmärchen von der Menschheit«, hatte er zunächst guten Erfolg. Dem jähen Anstieg folgte jedoch eine durch die Gegnerschaft der »Moderne« verursachte Fehlentwicklung, die König immer stärker ins nationalistische Fahrwasser führte; darüber sagt Ernst Alker: »Begabte Einzelgänger konnten die kompakte Majorität der Vorurteilsvollen nicht durchbrechen, verfielen dadurch der Nichtbeachtung oder einem abwegigen Sektierertum und erlagen manchmal schon vor 1933 den Werbetexten der braunen Kulturpolitiker, die ihr nicht immer repräsentatives Literatengefolge gern mit einigen national-konservativ gerichteten älteren Herren aufbesserten.«

Herbert Eulenberg – Wilhelm Schmidtbonn – Ernst Hardt

HERBERT EULENBERG (1876–1949) aus Köln-Mülheim, seit 1910 in Kaiserswerth am Rhein seßhaft, Freund Gerhart Hauptmanns und Thomas Manns, im »Dritten Reich« ignoriert und vergessen, hat in der Autobiographie *Ein rheinisches Dichterleben* (1927, Neufassung: »So war mein Leben«, 1948) von sich selbst Kunde gegeben und später auch anderer Literaten gedacht (»Deutsche Geister und Meister«, 1934; »Nanna und Feuerbach«, 1946; »Heinrich Heine«, 1947; »Freiligrath«, 1948). Er bewegte sich, dem Titel seines Wanderbuches *Wir Zugvögel* (1923) gemäß, auf allen Gebieten und erreichte mit seinen anekdotischen *Schattenbildern* (1910), *Neuen Bildern* (1912), *Letzten Bildern* (1916), die mit feiner Kunst bedeutende Menschen aller Zeiten und Nationen, vornehmlich Persönlichkeiten der Musik- und Literaturgeschichte, sprechen lassen, seinen größten Erfolg. Als Neuromantiker erwies er sich vor allem durch den Roman *Katinka die Fliege* (1911), eine scharfe Gegenwartssatire unter dem Bilde eines Fliegenlebens. Seine übrigen Erzählwerke stehen nicht auf der Höhe der genannten Arbeiten. Und doch wäre möglicherweise hier das Arbeitsfeld gewesen, dem er gewachsen war.

Ihm aber lag daran, die Bühne zu erobern. Hierfür besaß er Temperament, Phantasie und ein reiches Sprachgut; indessen riß ihn seine subjektivistische Leidenschaftlichkeit stets über die Gesetze der dramatischen Form hinaus. Gepackt vom »Horror vor der alltäglichen Ausdrucksweise unseres gewöhnlichen Lebens«, überforderte er den Durchschnittsschauspieler durch seine an prachtvollen Metaphern reiche, doch gelegentlich entgleisende Sprache. Das düstere oder heitere Spiel triebhafter Sinnlichkeit, die Vorliebe für irgendwelche wilden Männer, die Verherrlichung der alles überwindenden Freiheit des Gefühls oder sein Zerbrechen im Zusammenstoß mit der bürgerlichen Moral, die Betonung des rätselhaft Dämonischen sind die Merkmale seiner Dramen, die mit der Tragödie *Dogenglück* (1899) den Anfang nahmen, bald zur Geschichte griffen (»Kassandra«, 1903), bald zum Märchen (»Ritter Blaubart«, 1905), im Lustspiel *Der natürliche Vater* (1907) beinahe Erfüllung brachten, im hochstrebenden Schauspiel *Alles um Geld* (1911) an der Maßlosigkeit des Absonderlichen scheiterten, so daß Eulenberg als »der interessanteste Versager der Moderne« berühmt wurde. Mit dem Einakter *Krieg dem Kriege* (1918) und dem Erzählwerk *Der Bankrott Europas* (1919) hat er allen Militaristen ins Gewissen geredet, allen Pazifisten nach dem Herzen gesprochen.

Eulenbergs Jahrganggenosse und rheinischer Landsmann war Wilhelm Schmidtbonn (eigentlich W. Schmidt, 1876–1952), in Bonn geboren, in Bad Godesberg gestorben. Der Erzähler Schmidtbonn begann bodenständig mit zwei Bänden *Geschichten vom unteren Rhein* (»Uferleute«, 1903; »Raben«, 1904), die mit inniger Anteilnahme von Kleinbürgern und Arbeitern, schwerfälligen und gutmütigen Gestalten, oft Stiefkindern des Glücks, erzählen. Die Menschen glücklich zu machen, bezweckt die Erzählung *Der Heilsbringer* (1908), eine »Legende von heute«, die auch Aufschluß gibt über des Autors grüblerische pantheisierende Weltanschauung reiner Humanität im Sinne von Lessings »Nathan«. Legendenartige und märchenhafte Geschichten wurden gesammelt im *Wunderbaum* (1912) und im *Garten der Erde* (1923). Von den Türken entlehnt sind die *Siebzig Geschichten eines Papageien* (1926); ein tiefes Zeitbild lieferte die *Flucht zu den Hilflosen* (1919), die Geschichte dreier Hunde. Seltsam ist die Erzählung vom armen Pelzhändler *Der Verzauberte* (1923), ein »Menschheitsbuch von dem leidenschaftlichen und unbefriedigten Ringen und Sehnen des Menschen« (Saedler). Der Dramatiker

Schmidtbonn wies in *Mutter Landstraße, das Ende einer Jugend* (1901) noch naturalistische Einzelzüge auf. Später wird der Balladenton für Schmidtbonn charakteristisch. Das Legendenspiel *Der verlorene Sohn* (1912) folgt der biblischen Parabel. *Der Graf von Gleichen* (1908) mit dem schon oft behandelten Thema der Doppelehe erfreute durch den Zauber der Sprache und der Verse. Mit Kriegsausbruch übernahm Schmidtbonn die Diktion der Expressionisten, so im Wiedertäuferfestspiel *Die Stadt der Besessenen* (1914) und im Drama eines erblindeten Kriegsfliegers *Der Geschlagene* (1920); als Zeitstück, in dem sich das traurige Los der Gebildeten nach dem Zusammenbruch spiegelt, erweckt *Der Pfarrer von Mainz* (1923) Interesse. Wie Eulenberg schrieb auch Schmidtbonn die Geschichte seines Lebens (»An einem Strom geboren« 1935).

Wie Eulenberg und Schmidtbonn wurde 1876 geboren Ernst Stöckhardt (1876–1947), der sich als Dichter ERNST HARDT nannte. Er stammte aus Graudenz in Westpreußen, reiste durch Griechenland, Spanien und Portugal, wurde nach redaktioneller Tätigkeit in Dresden freier Schriftsteller mit Wohnsitz in Berlin und Weimar, übernahm Theater- und Rundfunkleitungen in Weimar und Köln. Nach 1933 seines Amtes enthoben, sogar zeitweise in Haft, starb er in Ichenhausen bei Augsburg. Sein sprachliches Talent wandte er oft und erfolgreich an zahlreichen französischen Dichtern und Schriftstellern an und bildete es für seine Lyrik (»Aus den Tagen eines Knaben«, 1904) an Stefan George, für seine ersten Dramen an den französischen Symbolisten, für die späteren an Hugo von Hofmannsthal, doch ersetzte er dessen zuchtvolle Ausgewogenheit durch gespreizten Wortprunk und schwelgerische Bilderfülle. Verhältnismäßig lange dauernden Erfolg errang er mit dem den alten, um Tristan und Isolde gewobenen Sagenstoff gröblich entstellenden, jedoch an Stimmungsreizen reichen, mit sinnlicher Schwüle gesättigten Bühnenstück *Tantris der Narr* (1907). Gekünstelt waren Hardts Novellen der Frühzeit (»Priester des Todes«, 1898; »Bunt ist das Leben«, 1902; »An den Toren des Lebens«, 1904); als er jedoch nach der Zeit des ihm aufgezwungenen Schweigens wieder hervortrat, überraschte er mit der reifen Leistung des Buches *Don Hjalmar, Bericht über vier Tage und eine Nacht* (1946).

Schüler von Stefan George und Paul Ernst

Aus dem Kreis um Stefan George ging KARL GUSTAV VOLLMOELLER (1878–1948) hervor, ein gebürtiger Stuttgarter, Doktor der Philosophie auf Grund archäologischer und altphilologischer Studien, später Filmpionier, Auto- und

Flugzeugkonstrukteur, Kosmopolit mit grandseigneurhafter Lebensführung in Berlin, Paris, Venedig und Basel, in Hollywood schließlich als Emigrant aus dem »Dritten Reich« in der Filmbranche tätig, gestorben in Los Angeles. Seine ersten Gedichte (»Parcival«-Romanzen, »Die frühen Gärten«, 1903; »Das Buch der Landschaften«, 1904) sind nur nachempfunden, immerhin durch Klang und Rhythmus ausgezeichnet. Um so mehr überraschten die *Gedichte* (1960), die viele Jahre nach Vollmoellers Tod an die Öffentlichkeit kamen und innerhalb von 50 Jahren entstanden waren, als in jeder Weise bedeutende Wortkunstwerke. In Amerika schrieb er in englischer Sprache den Roman *The last Miracle* (1948). Den lyrischen Anfängen ließ er seinen ersten dramatischen Versuch folgen, *Catherina, Gräfin von Armagnac, und ihre beiden Liebhaber* (1903). Hier wie später pflegte der Bühnenautor eine schwung- und wirkungsvoll vorgetragene, aber inhaltlich leere Rhetorik. Da er das Falsche seiner dichterischen Welt merkte, schwenkte er zur dramatischen Satire über (»Wieland, ein Märchen«, 1911). Er schrieb das Drehbuch zum »Blauen Engel« (nach Heinrich Manns »Professor Unrat«) sowie Ausstattungsstücke für die Bühne Max Reinhardts, von denen *Das Mirakel* (1914), eine zur effekthascherischen Zirkuspantomime aufgebauschte Marienlegende, durch die Regie des großen Theatermannes triumphalen Erfolg hatte und ins Programm der Salzburger Festspiele aufgenommen wurde. Anerkannt sei noch Vollmoellers Übersetzerleistung an der »Orestie« des Aischylos und der schönrednerischen Tragödie d'Annunzios »Francesca da Rimini«.

Ein Schüler Paul Ernsts war der Schweizer Max Pulver (1889–1952). Sein Vater war Apotheker in Bern, der Sohn studierte in Straßburg und Leipzig, wurde Doktor der Philosophie und lebte als freier Schriftsteller und Graphologe (als solcher Verfasser des angesehenen Werkes »Symbolik der Handschrift«, 1930) in Paris, München, zuletzt in Zürich. Daß er die Schriften von Franz von Baader neu herausgab, zeigt allein schon Pulvers Nähe zur Romantik, die sich auch in seinem literarischen Schaffen bestätigt findet. In der Lyrik (»Selbstbegegnung«, 1916; »Neue Gedichte«, 1939) suchte er den Weg zum eigenen Ich. Bald wandte er sich dem Drama zu: in *Alexander dem Großen* (1917) ließ er den kriegerischen Helden allmählich zu einem entsagenden Heiligen werden, in *Robert dem Teufel* (1917) einen Sünder zum Büßer. Voll romantischer Mystik ist das Epos *Merlin* und die Bühnendichtung *Igernes Schuld* (1918). Auf Pulvers Weg zu den Menschen, in die er sich psychologisch vertiefte, liegt der Roman *Die Himmelpfortgasse* (1927).

Hugo von Hofmannsthal

In jenen Jahren, da Hermann Bahr seine Essays »Zur Kritik der Moderne« und »Die Überwindung des Naturalismus« veröffentlichte, wurde in Wien und bald auch in Deutschland ein Name erstmals bekannt, der heute zu den bedeutendsten der Literaturgeschichte des 20. Jahrhunderts zählt. Es bedurfte freilich zunächst einiger Nachforschungen, um HUGO VON HOFMANNSTHAL (1874–1929) zu entdecken; denn da er damals noch Gymnasiast war und Schüler nichts publizieren durften, bediente er sich des Pseudonyms »Loris« oder »Loris Melnikow« (auch »Theophil Morren«). Die Edlen von Hofmannsthal (so seit 1835) hießen ursprünglich Hofmann und waren aus Bayreuth nach Böhmen eingewandert. Unter Joseph II. hatte Isaak Löw Hofmann als Großhändler und Unternehmer – zugleich war er Rabbiner – ungewöhnliche Erfolge. Sein Sohn, Hugo von Hofmannsthals Großvater, leitete die Mailänder Filiale des Geschäfts und heiratete, nachdem er sich katholisch hatte taufen lassen, Petronella Ordioni.

Der Dichter, das einzige Kind seiner Eltern, wuchs in materiell gesicherten Verhältnissen auf – sein Vater war Bankdirektor –, besuchte in Wien die Volksschule und das Akademische Gymnasium, die juristische und – nach dem Militärjahr – die philosophische Fakultät, von der er 1898 auf Grund romanistischer Studien zum Doktor promoviert wurde. Er dachte einige Zeit an die akademische Laufbahn, doch gab er den Plan auf, heiratete und erwarb sich sein Heim in Rodaun bei Wien, wo er seit der Jahrhundertwende als freier Schriftsteller lebte. Im Ersten Weltkrieg diente er als Reserveoffizier und in diplomatischen Missionen, die ihn nach Skandinavien und in die Schweiz führten. Als sein ältester Sohn Selbstmord begangen hatte, traf den Vater – er saß am Schreibtisch – ein Schlaganfall, der sein reiches Leben beendete, bevor der Sohn bestattet war. Wunschgemäß wurde Hugo von Hofmannsthal im braunen Kleid der Minderbrüder beerdigt, obwohl er dem dritten Orden des hl. Franziskus nicht angehört hatte. Dieser Wunsch war wohl zugleich Symbol und Bekenntnis.

Merkst du denn nicht, wie meine Lippen beben?
Kannst du nicht lesen diese bleichen Züge,
Nicht fühlen, daß mein Lächeln Qual und Lüge,
Wenn meine Blicke forschend dich umschweben?

Trotz der »bleichen Züge« stammen diese Verse (aus dem Sonett »Frage«) nicht aus den letzten Lebens-, sondern aus den ersten Schaffensjahren des Dichters. Sie waren in einer Wiener Zeitschrift 1890 gedruckt worden.

Hofmannsthal sammelte seine Lyrik in den *Ausgewählten Gedichten* (1903), in den *Gesammelten Gedichten* (1907), in den *Gedichten und kleinen Dramen* (1911), zu denen später die postume *Nachlese der Gedichte* (1934) kam. Was Hofmannsthal im Alter von 17 bis 20 Jahren als Lyriker geschaffen hat, gehört fast ausnahmslos in den bleibenden Vorrat deutscher Poesie. »Das Lebensgefühl seiner Generation«, sagte Wilhelm Duwe, »ist hier so maßgeblich gestaltet, wie es Goethe mit seinen ›Leiden des jungen Werthers‹ in seiner Zeit gelungen ist.« 1907, als er diese erste Stufe seines Dichtens bereits überschritten hatte, deutete Hofmannsthal im Vortrag *Der Dichter und die Zeit* sein damaliges Arbeiten mit den Worten:

»Er (der Dichter) ist der Zuseher, nein, der versteckte Genosse, der lautlose Bruder aller Dinge, und das Wechseln seiner Farbe ist eine innige Qual: denn er leidet an allen Dingen, und indem er an ihnen leidet, genießt er sie ... Keinen Gedanken, der sich an ihn drängt, darf er von sich scheuchen, als sei er aus einer anderen Ordnung der Dinge ... Ihm ist die Gegenwart in einer unbeschreiblichen Weise durchwoben mit Vergangenheit: in den Poren seines Leibes spürt er das Herübergelebte von vergangenen Tagen, von fernen nie gekannten Vätern und Urvätern, verschwundenen Völkern, abgelebten Zeiten ... Wie der innerste Sinn aller Menschen Zeit und Raum und die Welt der Dinge um sie her schafft, so schafft er aus Vergangenheit und Gegenwart, aus Tier und Mensch und Traum und Ding, aus Groß und Klein, aus Erhabenem und Nichtigem die Welt der Bezüge.«

Das gilt nicht nur vom Lyriker, sondern auch vom Dramatiker. Darf man allerdings angesichts von *Gestern* (1892), *Der Tor und der Tod* (1900), *Der Tod des Tizian* (1901), selbst angesichts der Nachdichtung *Alkestis* (1894, gedruckt 1916) sowie der dramatischen Gedichte *Der weiße Fächer* (1897), *Die Frau im Fenster* (1899), *Die Hochzeit der Sobeide* (1899), *Der Abenteurer und die Sängerin* (1899) und der sogenannten kleinen Dramen (1906), nämlich *Das Bergwerk von Falun, Der Kaiser und die Hexe, Das kleine Welttheater,* von Dramatik sprechen oder handelt es sich, wie Ernst Alker sagt, um pseudodramatische Lyrik? So viel steht jedenfalls fest: Wie lebendig gewordene Stimmungen ziehen Hofmannsthals Gestalten über die Bühne; seine Kunst blendet für den ersten Augenblick in reichen, prachtvollen, dunkel tönenden Versen, die wie Brokat kostbarster Art um seine Dichtungen liegen, es weht uns die höchste Schönheit an, aus unsagbar zarten Worten grüßt ein formvollendeter Geist.

Deswegen hat Hermann Bahr, als er »Gestern« gelesen hatte, als Verfasser einen Mann zwischen 40 und 50 vermutet und war erstaunt, als er einen Jüngling zwischen 17 und 18 kennenlernte. Seit wir wissen, wie jung der Dichter damals war, fällt es uns nicht schwer, die poetischen Jugendsünden aufzudecken. Die Hauptfigur von »Gestern«, Andrea mit Namen, ist zudem der klassische Vertreter des »ästhetischen Immoralismus« oder scheint wenigstens es zu sein; allerdings wird er im Verlauf der Handlung dazu gebracht, die beiden Sätze, die er zu Anfang behauptet hat (»Das Ich ist alles«, »Der Augenblick ist alles«), zu widerrufen, dem Du und der Dauer Existenzberechtigung zuzusprechen. Hier wie in den anderen Dramoletten der Frühzeit war für Hofmannsthal die Form des Dramas nur ein Gefäß, das er randvoll mit lyrischer Stimmung erfüllte, und diese holte der Dichter meistens aus dem Gedanken an den Tod, nicht zwar als an ein Schreckgespenst mit Stundenglas und Hippe, sondern als an einen wunderbaren Geiger, der einem verträumten Menschen erst die wahre Tiefe des Lebens erschließt (»Der Tor und der Tod«). Das Leben dagegen, »Paläste und Gedichte«, also das Leben der Kunst aus der Kunst, blieb »traumhaftes Abbild des Wirklichen« (»Das kleine Welttheater«) oder ein »buntes Nichts, vom Traum verweht« (»Der weiße Fächer«). Begreiflicherweise blieb derartige lyrische Dramatik auf den Raum des Einakters beschränkt, ob dieser nun in der Vergangenheit der Renaissance (»Gestern«, »Tod des Tizian«) oder weiter zurück im romantischen Byzanz (»Der Kaiser und die Hexe«) oder im märchenhaften Orient (»Hochzeit der Sobeide«) liegt.

Für diesen Dichter interessierte sich nicht nur die Wiener »Moderne«, Hermann Bahr an der Spitze, Arthur Schnitzler, Richard Beer-Hofmann, ja

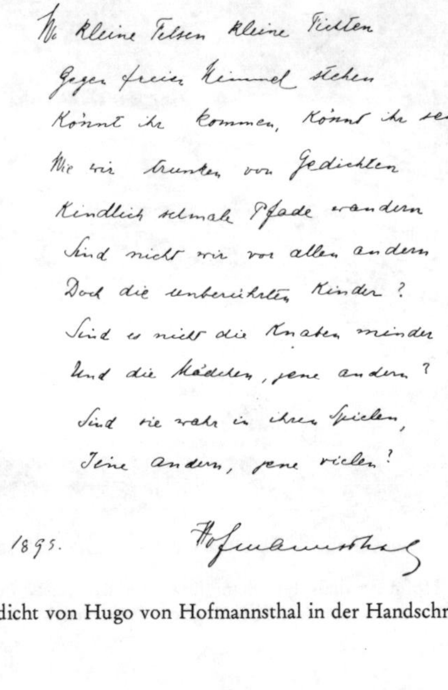
Wo kleine Felsen kleine Fichten
Gegen freien Himmel stehen
Könnt ihr kommen, könnt ihr sehen
Wie wir trunken von Gedichten
Kindlich schmale Pfade wandern
Sind nicht wir vor allen andern
Doch die unberührten Kinder?
Sind es nicht die Knaben minder
Und die Mädchen, jene andern?
Sind sie wahr in ihren Spielen,
Jene andern, jene vielen?

1895. Hofmannsthal

Ein Gedicht von Hugo von Hofmannsthal in der Handschrift des Dichters.

Titelblatt von Hugo von Hofmannsthals lyrischem Drama »Der Kaiser und die Hexe« mit Illustrationen von Heinrich Vogeler-Worpswede.

selbst Karl Kraus, wenn auch mit Zurückhaltung und zeitweilig mit scharfem Spott, sondern auch Stefan George. Als der Rheinländer nach Wien kam, traf er mit dem Österreicher zusammen und schlug ihm vor, die »Blätter für die Kunst« (an ihnen arbeitete Hofmannsthal vorübergehend mit) gemeinsam herauszugeben und durch sie eine heilsame Diktatur des Geschmacks auszuüben. Darauf konnte Hofmannsthal nicht eingehen, auch nicht auf den geforderten Verzicht publizistischer Wirksamkeit in der Presse und auf der Bühne. Abgebrochen wurden die Beziehungen freilich nicht, aber von Jahr zu Jahr wurden sie kühler. Hofmannsthals Briefwechsel mit George (postum publiziert) »spricht mehr durch das, was verschwiegen, als durch das, was geschrieben wird« (Soergel-Hohoff). Das Ende war, daß George den anderen als Verräter an der »Kunst« gebrandmarkt hat. An ihn wandte sich, wenn auch mit verändertem Namen, der an Francis Bacon gerichtete *Brief des Lord Chandos* (1902). Das Persönliche, wenn auch im literarischen und historischen Medium gebrochen, bricht überall durch, denn dieser Brief ist Ausdruck einer Krise:

»Mein Fall ist, in Kürze, dieser: Es ist mir völlig die Fähigkeit abhanden gekommen, über irgend etwas zusammenhängend zu denken oder zu sprechen. Zuerst wurde es mir allmählich unmöglich, ein höheres oder allgemeines Thema zu besprechen und dabei jene Worte in den Mund zu nehmen, deren sich doch alle Menschen ohne Bedenken geläufig zu bedienen pflegen. Ich empfand ein unerklärliches Unbehagen, die Worte ›Geist‹, ›Seele‹ oder ›Körper‹ nur auszusprechen ...«

Diese Krise führte zum grundsätzlichen Verzicht auf die Lyrik und auf das Ästhetische als letzte Instanz des Daseins. Um aus ihr herauszukommen, beschäftigte sich Hofmannsthal mit den Werken älterer Dichter und arbeitete sie um, so des Engländers Thomas Otway Trauerspiel *Das gerettete Venedig* (es stammte aus dem Jahr 1682 und wurde in Hofmannsthals Neufassung 1905 uraufgeführt), so die altgriechische *Elektra* (1904) und den sophokleischen *König Ödipus* (1910); zwischen diesen beiden liegt *Ödipus und die Sphinx* (1906), eine selbständige Arbeit. Nachgewiesenermaßen hatte sich Hofmannsthal damals eingehend mit Büchern des Psychoanalytikers Sigmund Freud befaßt; das Ergebnis war: Seine Elektra ist eine Rasende, »Ödipus und die Sphinx« eine pathologische Studie.

Für Hofmannsthal bedeutete diese Periode den Beginn seiner Zusammenarbeit mit Richard Strauss. Über sie gibt der Briefwechsel zwischen den beiden Künstlern Aufschluß. Die Hauptfrüchte dieser gemeinsamen Tätigkeit waren die schon erwähnte »Elektra«, ferner der *Rosenkavalier* (1910), *Ariadne auf Naxos* (1912), *Die Frau ohne Schatten* (1919), *Die Ägyptische Helena* (1928). Von diesen Werken steht der »Rosenkavalier« in der Entwicklung Hofmannsthals zum Lustspieldichter. Diese neue Linie setzte ein mit den, wie Ernst Alker sagt, »prachtvollen, von Heiterkeit, Menschenkenntnis und einer Ahnung von Tragik umwitterten Szenen« der unvollendeten *Silvia im Stern* (partieller Erstdruck 1909, spätere ergänzte Veröffentlichung 1935) und wurde fortgesetzt mit den *Lästigen* (Erstdruck 1917), einem von Molières »Les Fâcheux« stark abweichenden Einakter, und mehr oder minder an die Originale gebundenen Nachdichtungen Molièrescher und Calderónscher Komödien.

Was den Hofmannsthal dieser Zeit von dem der Vergangenheit unterscheidet, ist die Sprache, die im »Rosenkavalier« zu einem frei erfundenen Gemisch aus Wiener Dialekt, Adelsjargon, Theater- und Literaturdeutsch wurde und dennoch die volle Zustimmung Rudolf Borchardts fand: »Nehmen Sie meinen wohlgemeinten Glückwunsch zu dieser derb lieblichen Geburt, deren unbefangene Grazie, unbefangene Unart und unbekümmerte Launenhaftigkeit, allen ästhetischen Philistern zum Trotz, ihre Herkunft aus Liebschaft, und zwar aus der heftigen selbstvergessenen Liebschaft mit dem als Musik verkleideten Theater verkündet. Ich bringe es nicht einmal übers Herz, zu sagen, daß ich die Musik vermisse oder zum vollen Genuß gehört haben müßte – ich kenne auch die Musik der ›Lysistrata‹ und der ›Vögel‹ nicht und habe nie nach ihr verlangt.« Wer aus einem Wiener Walzer nicht das geheime Schluchzen mithört, dem wird der »Rosenkavalier« auch nur die Oberfläche seines Wesens enthüllen, seinem Dichter, für den die Komödie »Lebenskunst im tiefsten Sinn« (Tagebuchnotiz, 1907) war, gelang hier der Durchbruch zum »Sozialen«, zur Befreiung des einzelnen aus der Isolierung; in allen Komödien Hofmannsthals will darunter die Ehe verstanden sein. Dies gilt auch von den Lustspielen, die erst nach dem Krieg entstanden oder veröffentlicht wurden.

In die letzten Friedensjahre fielen noch Beziehungen zu dem damals die Welt bereisenden russischen Ballett unter Serge Diaghilew, für dessen Aufführungen Hofmannsthal grundlegende Texte schreiben wollte; es drängte den Dichter vom nationalen zum internationalen Theater. Diese Pläne wurden durch den Ausbruch des Krieges zerstört. In Hofmannsthal erwachte damals der Patriot: Gemeinsam mit Andrian und anderen gab er im deutschen Insel-Verlag die 26 schwarzgelb gewandeten Bändchen der *Österreichischen Bibliothek* heraus, die von Kultur und Geschichte der Donaumonarchie handelten und durch Hofmannsthals Abhandlung über *Grillparzers politisches Vermächtnis* eingeleitet wurden. 1915 schrieb er für die Jugend ein Heldenleben österreichischer Geschichte, *Prinz Eugen, der edle Ritter*, 1916 hielt er Vorträge in der Schweiz und in den skandinavischen Ländern –

und immer deutlicher wurde ihm ein neues Europa jenseits des naiven Chauvinismus und ebenso jenseits eines vagen Kosmopolitismus: »Wer Österreich sagt, der sagt ja: tausendjähriges Ringen um Europa, tausendjährige Sendung durch Europa, tausendjähriger Glaube an Europa.« Mit Hilfe dieser Leitidee konnte er den Zusammenbruch seelisch bestehen; daß er ihr als Dichter und Schriftsteller nicht voll genügen konnte, kam von der Inflation, die ihn nötigte, für seine literarische Tätigkeit auch an deren finanzielle Einträglichkeit zu denken. Damit mag die nicht immer leichte Zusammenarbeit mit Richard Strauss, damit die schon erwähnte Arbeit an Übersetzungen und Nachdichtungen begründet sein.

Nicht damit in Zusammenhang stehen dagegen die Salzburger Festspiele. Sie sollten nach dem Willen ihrer Gründer Hofmannsthal, Andrian und Max Reinhardt ein künstlerisches Forum mit den besten Darstellern von Sprechbühne und Oper werden. Dazu bot das »deutsche Rom« mit seinen herrlichen Bauten kirchlicher und profaner Art den großartigen Rahmen, insbesondere der Domplatz, sobald man einer Freilichtbühne bedurfte. Sie aber war wie keine andere der geeignete Platz für eine eindrucksvolle Aufführung des *Jedermann.* Dieses »Spiel vom Sterben des reichen Mannes«, seit 1922 bis in unsere Tage glänzender Mittelpunkt der Salzburger Festspiele, ist nun freilich kein Originalwerk, sondern die geschickte Bearbeitung eines mittelalterlichen Mysterienspiels englischer Herkunft. Eine solche Tradition wiederaufzunehmen war eine nicht geringe künstlerische Tat, geboren aus dem tiefen Respekt des Neuverfassers vor der katholischen Religion. Das gleiche Motiv war wirksam für das auf Calderón zurückgehende *Salzburger große Welttheater* (1922), in dem Hofmannsthal den Bettler des Spaniers zum modernen Proletarier umgedichtet hat. Leider kam der Dichter nicht mehr dazu, Bidermanns »Cenodoxus« in seiner Art zu erneuern (ausführliche Aufzeichnungen dafür sind seit 1954 bekannt). »Jedermann« und das »Welttheater« bekunden ferner die Absicht, dem Publikum – und nicht nur literarischen Kennern – ein verständliches Kunstwerk anzubieten. Gelungen ist dies jedenfalls mit dem »Jedermann«, der seither auch von geringeren Kräften, als sie einem Reinhardt zur Verfügung standen, an vielen Orten gespielt wurde und so die Herzen der Zuschauer nachhaltiger bewegte als durch den Prunk festlicher Inszenierung.

Das Ende des Krieges hatte jedoch noch eine zweite Wirkung auf das Schaffen des Dichters. Er entsann sich eines Wortes des Novalis, nach verlorenen Kriegen müsse man Lustspiele schreiben; dieses Wort entsprach dem, was Hofmannsthal schon vor dem Krieg gemacht hatte, und so wandte er sich wieder der Komödie zu, wobei ihm diese zugleich Gelegenheit bot, der mit der Monarchie untergegangenen adeligen Gesellschaft Österreichs ein ironisches Denkmal zu setzen. Zwei Theaterstücke sind hier vor allem erwähnenswert, und zwar *Der Schwierige* (1921, uraufgeführt in München) und *Der Unbestechliche* (1923, uraufgeführt in Wien).

Der »Schwierige«, das ist Graf Bühl, ein im Krieg verwundeter introvertierter Mann von 39 Jahren. Er findet gegen das allgemeine Erwarten doch noch in einer Heirat sein Glück und rettet dadurch außerdem eine bedrohte Ehe.

Es handelt sich um ein Lustspielthema schlechthin, ferner um die schon einst angestrebte Verwirklichung der Idee von der »sozialen« Komödie, diesmal in einer Meisterleistung, die alle auftretenden Personen unverwechselbar charakterisiert und heitere und ernste Bestandteile zu einem überzeugenden Ganzen mischt.

Der »Unbestechliche« dagegen ist nicht Mitglied der aristokratischen Gesellschaft, sondern ihr Diener Theodor, der seinen Herrn verließ, weil ihm dessen sittliche Einstellung mißfiel, und es in Diensten von dessen Mutter fertigbringt, die früheren Freundinnen des jungen Grafen zu entfernen, Jaromirs eheliches Glück wiederherzustellen und – für immer – die Schutzmauer des Hauses zu bleiben.

Das Stück spielt 1912, also zur Zeit, da diese Gesellschaft noch tonangebend war, in einem niederösterreichischen Adelshaus; daß der Diener Theodor das Heft in der Hand behält, deutet die neue Zeit an. Auch mit Prosawerken ist Hofmannsthal an die Öffentlichkeit getreten. Schon 1905 erschien der Band *Das Märchen der 672. Nacht«*, der außer der Titelnovelle die *Reitergeschichte* und das *Erlebnis des Marschalls von Bassompierre* enthielt, nach E. Alkers Urteil »Meisterstücke stilisiert-geballten Vortrags«. 1911 bot der Insel-Almanach *Lucidor, Figuren zu einer ungeschriebenen Komödie*, die Grundlage für die später von Richard Strauss komponierte *Arabella* (1933), die letzte abgeschlossene Arbeit des Dichters. 1932 veröffentlichte man aus dem Nachlaß das Romanfragment *Andreas oder die Vereinigten.* 1907 bereits konzipiert, 1912/1913 niedergeschrieben, was ausgeführt vorliegt, später ergänzt durch umfangreiche Notizen – das sind die Daten einer Entwicklung, die leider nicht ans Ende gelangte, sonst besäßen wir einen Erziehungs- und Entwicklungsroman erster Güte. Hofmannsthals essayistisches Schaffen galt vor allem der Erhaltung der dichterischen Werte abendländischer Kultur; dafür sei ein bezeichnendes Wort zitiert:

»Es ist das wahrhaft Großartige an der Gegenwart, daß so viele Vergangenheiten in ihr als lebendige magische Existenzen drinliegen, und das scheint mir das eigentliche Schicksal der Künstler: sich selber als den Ausdruck einer in weite Vergangenheit zurückführenden Pluralität zu fühlen – neben jener Pluralität in die Breite, jener planetarischen Kontemporanität.«

Deshalb kann der französische Germanist Claude David von ihm sagen: »In dem Augenblick, in dem Stefan George von plötzlichen Auferstehungen träumt, die durch große Katastrophen bewirkt werden ..., versucht Hofmannsthal eine alte Tradition zu bewahren; er verteidigt eine Kultur, er bleibt inmitten einer maßlosen und ungestümen Epoche einer maßvollen Kunst treu. Während die Unruhen sich allmählich in der Ferne der Geschichte verlieren, erglänzt sein stilles Licht immer heller.« Dieses stille Licht leuchtet u. a. aus den drei Bänden der *Prosaischen Schriften* (1907–1917), aus dem Briefwechsel mit vielen bedeutenden zeitgenössischen Persönlichkeiten, vor allem mit Stefan George, Anton Wildgans, Richard Strauss, Rudolf Borchardt und Carl J. Burckhardt, aus der Münchner Rede *Das Schrifttum als geistiger Raum der Nation* (1927), aus den Büchern *Von Wert und Ehre deutscher Sprache* (1927), *Deutsches Lesebuch* (1922/1923), *Buch der Freunde*, *Berührung der Sphären* (1931) und *Ad me ipsum* (1931), die z.T. erst aus dem Nachlaß publiziert wurden.

Hofmannsthals dramatisches Alterswerk ist der *Turm* (1925), eine Neudichtung nach Calderóns »Leben ein Traum«.

In einem Turm im (nur halb historischen) Königreich Polen zur Zeit des ausgehenden 16. Jahrhunderts lebt der Königssohn Sigismund, eine wild-dämonische Natur; er wird probeweise ins Schloß gebracht und schon nach einem Tag, da er sich nicht fügt, in die Gefangenschaft zurückgeführt. Julian, der Gouverneur, und Oliver, ein Gefreiter, bieten ihm die Macht an, wollen ihn jedoch nur für sich benützen. Sigismund besiegt sie mit seiner »Überkraft«. Mit Hilfe einer Zigeunerin wird er ums Leben gebracht, kann aber, ehe er stirbt, dem an der Spitze von zehntausend Kindern herbeieilenden »Kinderkönig« als seinem »Bruder« die Herrschaft übergeben. Zuletzt geht seine Gestalt in die Christi über, dessen Leiden die Welt erlöst.

Das war die ursprüngliche Fassung; unglückseligerweise ließ sich der Dichter zu einer Änderung der beiden letzten Akte überreden (1927): Oliver erringt den Sieg, die Guten sterben, Sigismund muß aufs Schafott. Dieser Schluß entspricht immerhin der Angst Hofmannsthals vor dem »oliverischen« Weltwesen, also vor dem aufsteigenden unterweltlichen Haß, vor gemeiner Zerstörungs- und Verfolgungswut, die das Schicksal Europas besiegeln werde (so berichtet R.A. Schröder), und kann jenen recht geben, die vermuten, dieses dunkelste von Hofmannsthals Dramen, jedenfalls symbolistischer als das spanische Vorbild, sei eine Huldigung an den seinem Reich zu früh entrissenen Kaiser Karl.

Zum Freundeskreis Hofmannsthals gehörte der schon mehrmals genannte Leopold Freiherr von Andrian-Werburg (1875–1951), Sohn eines Anthropologen, Enkel des französischen Komponisten Meyerbeer, geboren in Wien, Diplomat von Beruf, tätig bei verschiedenen österreichischen Gesandtschaften (Griechenland, Argentinien, Brasilien, Rußland), 1915 Generalgouverneur in Warschau, 1918 Generalintendant der Hoftheater in Wien, seit dem Umsturz zurückgezogen in Alt-Aussee lebend, 1938 emigriert (Schweiz, Nizza, Brasilien), gestorben in Freiburg i.Ü. (Schweiz). Seine literarische Produktion scheint gering gewesen zu sein. 1895 veröffentlichte er die Novelle *Der Garten der Erkenntnis* (1919 mitsamt den frühen Gedichten unter dem Titel »Das Fest der Jugend« neu ediert), die Geschichte von der Jugend eines österreichischen Aristokraten, die Hofmannsthal in »Ad me ipsum« als Vorläufer von Musils »Verwirrungen des Zöglings Törleß« betrachtete; über sein Verhältnis zu diesem Freund sagt er ferner, indem er ihn und sich charakterisiert: »Das Hauptproblem dieser sehr merkwürdigen Epoche liegt darin, daß Poldy (gemeint ist eben Andrian) vollständig (ich weniger vollständig, sondern ausweichend, indem ich eine Art Doppelleben führte) das Reale übersah; er suchte das Wesen der Dinge zu spüren – das andere Gesicht der Dinge beachtete er nicht, er wollte es absichtlich nicht beachten, für nichts ansehen (ähnlich kann der Zögling Törleß das Gesicht der Dinge, wenn sie ferne sind, und das andere, wenn sie hart an uns sind, nicht übereinbringen).« Der Lyriker Andrian zählte zu den Mitarbeitern der »Blätter für die Kunst«.

Vielleicht erstickte das Jahr 1918 seine Fähigkeit des Dichtens. Anstelle von neuen Gedichten verfaßte er die Schrift *Österreich im Prisma der Idee* (1937), nachdem er zuvor sein »rationales Weltbild eines katholischen Dichters«, die *Ständeordnung des Alls* (1930), veröffentlicht hatte.

Engen Anschluß an die Lyrik Hofmannsthals zeigen die Versbände des Wieners Felix Braun (1885–1973), der als Germanist und Kunstgeschichtler 1908 das Doktorat der Philosophie erwarb, 1928–1937 als Professor für deutsche Literatur in Palermo lehrte, 1938 nach Padua zog, 1939–1951 als Emigrant in England lebte, 1951 Dozent am Reinhardt-Seminar in Wien wurde und so in seine Geburtsstadt heimkehrte. Antike, Christentum und Humanismus prägten sein dichterisches Schaffen. Die Kunst nennt er einmal »abendlich, denn ihr ist not vor allem Wehmut, sei sie heiter auch«. Abendlich, das ist, meint Guido K. Brand, »das Schweben zwischen dem Licht und dem Dunkel schon, die Stille, die aus dem Sternengewölbe kommt, das Schicksal, das sich auf der Schwebe zwischen Gegenwart und dem Neuen hält, das ruhend sich aufrichtet, weil es vom Tag her noch erfüllt, sich sammelt in der Nacht für den nächsten«. Schon 1909 trat er mit *Gedichten* an die Öffentlichkeit; ihnen folgten *Das neue Leben* (1913), *Das Haar der Berenike* (1919), *Das innere Leben* (1926), *Viola d'amore* (1953). Der Dramatiker bevorzugt Themen aus der Antike – *Tantalos* (1917), *Aktaion* (1921), *Der Tod des Aischylos* (1946) – und aus der Geschichte der habsburgischen Dynastie – *Kaiser Karl V.* (1936), *Rudolf der Stifter* (1953) –, schuf jedoch auch *Ein indisches Märchenspiel* (1935). Dem alten Griechenland wandte sich Felix Braun ferner als Erzähler in den *Taten des Herakles* (1921) zu, nachdem er zuvor *Novellen und Legenden* (1950) und den Roman *Der Schatten des Todes* (1910) geschrieben hatte. Nach dem *Unsichtbaren Gast* (1924) erschien eines seiner Hauptwerke: *Agnes Altkirchner* (1927), der Roman vom Schicksal einer Generalstochter in der Zeit des Endes der Donaumonarchie, ein gewaltiger Vorstoß zum großen österreichischen Roman, ausgezeichnet durch die Klarheit und den Geschmack des Vortrags sowie durch die Liebe zur Heimat und ihren Menschen. Im Range gleich steht der religiöse Läuterungsroman *Der Stachel in der Seele* (1948) und die Erzählung *Briefe in das Jenseits* (1952). Verdienstlich sind Brauns Anthologien *Der tausendjährige Rosenstrauch* (1948) und *Die Lyra des Orpheus* (1952), die seine Vertrautheit mit dem lyrischen Gut der deutschen und der Weltliteratur bezeugen. In der Autobiographie *Das Licht der Welt* (»Geschichte eines Versuches, als Dichter zu leben«, 1949) läßt der kenntnisreiche Verfasser Dichtung und Dichter der Jahrhundertwende in Österreich lebendig werden und bietet manche kluge Selbstinterpretation. Im *Musischen Land* (1952) setzt er Österreichs Poesie von Grillparzer und Stifter bis Trakl und Wildgans in Analogie zur Landschaft.

Die Welt Hofmannsthals begegnet als groteskes Traumland Tarockanien (nach dem in Österreich beliebten Kartenspiel Tarock) in den Werken des in Wien geborenen Architekten, Graphikers und Schriftstellers Fritz von Herzmanovsky-Orlando (1877–1954), der auf Schloß Rametz bei Meran starb. Zu seinen Lebzeiten war nur die skurille Erzählung *Der Gaulschreck im Rosennetz* (1928) bekannt, eine Beamtengeschichte aus dem Wiener Vormärz, deren kauzige Gestalten der Autor selbst als Illustrationen dem Buche beigegeben hatte. Dann schrieb er zwischen 1929 und 1931 den Roman *Maskenspiel der Genien* (1929–1931, erschienen 1958 in der von Friedrich Torberg veranstalteten postumen Ausgabe der »Gesammelten Werke«,

5 Bände, 1957ff.), die Schilderung einer Reise des jungen Aristokraten Cyriakus durch Tarockanien, die diesen nicht nur recht seltsame Abenteuer bestehen läßt, sondern in barocken Bildern, satirischen Anspielungen und humorvollen Metaphern schwelgt. Anachronismus und Parodie sind gleicherweise die Grundelemente der *Lustspiele und Ballette* (1960 in der Gesamtausgabe erschienen), von denen seither *Kaiser Joseph und die Bahnwärterstochter* in den Münchner Kammerspielen und im Wiener Akademietheater aufgeführt wurde.

Übrigens reichte der Einfluß Hofmannsthals über die Grenzen Österreichs hinaus und erfaßte vor allem Wolf von Niebelschütz (1913–1960). Dieser Sproß schlesischen Uradels und Sohn eines Offiziers wurde in Berlin geboren, verbrachte die Jugend in Magdeburg, absolvierte das Gymnasium in Schulpforta, studierte in Wien und München politische und Kunstgeschichte, betätigte sich als Kunstkritiker für zwei Zeitungen in Magdeburg und Essen, diente im Zweiten Weltkrieg bei den Soldaten und lebte dann als freier Schriftsteller in Hösel bei Düsseldorf, der Stadt, in der er starb. Fern von allen literarischen Tagesmoden schuf er musikalische lyrische Gedichte (»Preis der Gnaden«, 1939; »Die Musik macht Gott allein«, 1942; »Posaunenkonzert«, 1947; »Sternenmusik«, 1951) sowie die Komödie *Eulenspiegel in Mölln* (1950), hielt Vorträge und schrieb Essays (»Freies Spiel der Geister«, 1961) und erwies sich als Erzähler in weitausladenden phantastischen Romanen aus Barock und Mittelalter, besonders im verspielten Zweibänder *Der blaue Kammerherr* (1949).

Eine starke dichterische Begabung war Franz Karl Ginzkey (1871–1963). Er gehörte einer deutsch-böhmischen Familie aus der Gegend von Reichenberg an; Fiume und Triest waren die ersten Stätten seiner militärischen Schulzeit, Salzburg, Braunau, Pola und Triest waren die ersten Garnisonen. Die Jahre zwischen 1897 und 1914 verbrachte er als Offizier und technischer Rat am Militärgeographischen Institut in Wien. 1914 war er Kriegsberichter, dann betätigte er sich am Kriegsarchiv; das Ende der Donaumonarchie war auch das Ende seiner militärischen Laufbahn. Doch schon während derselben hatte er gedichtet und geschrieben, so war der Übergang in einen neuen Beruf nicht allzu schwer; sein schriftstellerisches Wirken fand Anerkennung durch das Ehrendoktorat der Universität Wien (1932) und die Verleihung des Professorentitels (1951).

Ginzkey erkennt in seiner Lyrik (»Ergebnisse«, 1901; »Das heimliche Läuten«, 1906; »Befreite Stunde«, 1917; »Vom Gastmahl des Lebens«, 1921; »Sternengast«, 1938) das verpflichtende Erbe der Überlieferung an und teilt mit ihr den Glauben, die Harmonie der Welt beruhe in einem höheren Gesetz. Aus diesem Glauben entsprang sein Humor, der besonders in seinen Balladen (»Balladen und neue Lieder«, 1910; »Es war einmal, Alt-Wiener Balladen«, 1932; »Balladenbuch«, 1931) zum Ausdruck kommt. Der Erzähler Ginzkey steht gewissermaßen in der Nachfolge Saars und der Ebner-Eschenbach, sowohl formal als auch weltanschaulich (antikatholische Ausfälle und freigeistige Eheauffassung sind bei ihm nicht gerade selten); seine Kunst hat einen völlig unmilitärischen, verhaltenen Ton, ist still und innig, manchmal blutleer. Von Interesse sind als Dokumente der alten Armee *Die Reise nach Komakuku* (1923) und *Der seltsame Soldat* (1925), als geschichtliche Erzählungen *Der von der Vogelweide* (1912) und *Der Wiesenzaun* (1913), ferner – als beste Leistungen seiner Erzählkunst – *Der Gaukler von Bologna* (1916) und *Prinz Tunora* (1934), eine Köpenickiade aus dem idyllischen Salzburg von 1804. Höher als die Romane stehen die Novellen mit dem Grundthema der Wechselwirkung von Zufall und Notwendigkeit, Charakter und Schicksal (»Von wunderlichen Wegen«, 1922; »Der selige Brunnen«, 1940). Gerne wird man als Zeugen vergangener Tage die autobiographischen Schriften Ginzkeys lesen (»Zeit und Menschen meiner Jugend«, 1942; »Der Heimatsucher«, 1948).

Kosmisches Denken und kosmisches Dichten

Im letzten Jahrzehnt vor 1900 trafen einander in München drei Männer, Alfred Schuler, Ludwig Klages und Karl Wolfskehl, kamen in engen Kontakt mit Stefan George und bildeten in dessen Kreis die »kosmische Runde«. Alfred Schuler (1865–1923) war ein Pfälzer aus Zweibrücken. Er hatte zunächst Archäologie studiert, das Studium jedoch aufgegeben, da er die Anhänger dieser Wissenschaft für Grabschänder hielt, die dem Boden entrissen, was »heilig« begraben sei und aus der Dunkelheit mächtiger strahlend auf das Leben wirke als in musealer Stickluft. Zu diesem Grund der Ehrfurcht kam Schulers Überzeugung, selbst Nachkomme und Erbe der Römer zu sein, die er als Ahnen »lebendig im Blute« zu fühlen vermeinte. Diese Auffassung der eigenen Existenz war nur eine mögliche Variante der Idee von Zusammenhang mit dem All, mit dem Kosmos, mit der Unendlichkeit, philosophisch im Monismus begründet, literarisch von den Friedrichshagenern (Brüder Hart usw.) propagiert. Betreut von seiner Mutter, führte dieser sonderbare Mann ein Leben für sich, hielt alle Gelehrten für Betrüger, die Priester für Lügner, die Politiker für Schurken. In Georges »Algabal«, der Verherrlichung des römischen Kaisers Heliogabalus, begegnete ihm die Dichtung, die aussprach, was in seinem Denken zu ersticken drohte, und verkündete, was auch sein Programm war: Heidentum und Herrentum, Neugeburt einer verlorenen Menschenart. So trat er mit Stefan George in Verbindung; dieser ließ sich Schulers Huldigung gefallen, löste ihm die Zunge und duldete dessen närrisches Benehmen lange Zeit. Mit Wolfskehl wollte Schuler zunächst nichts zu tun haben, doch als dieser ihn mit den Werken Bachofens bekannt machte, überwand er vorübergehend den bei ihm längst vorhandenen Antisemitismus. 1899 schrieb er sein *Triptychon ex introitu cosmogoniae* und erklärte darin das Kosmische als unfruchtbar; denn er und Klages wollten nicht Literatur, sondern die politische Tat. Dafür war Stefan George nicht zu haben; auch widersetzte er sich der Forderung, sich von Wolfskehl zu trennen. 1903 ist daher Klages, etwas später Schuler aus dem Kreis ausgeschieden worden. Schuler gab natürlich seine Ideen nicht auf, vertrat sie in faszinierenden Reden und hatte, kurz vor seinem stillen Tod, im Salon der Frau Elsa Bruckmann einen Zuhörer, der ihm begeistert folgte; dieser Zuhörer hieß Adolf Hitler.

Ludwig Klages (1872–1936) wurde in Hannover geboren, studierte in München am Polytechnikum die Naturwissenschaften und betrieb als Stekkenpferd die Graphologie. Von Kunst und Literatur hatte er zunächst keine Ahnung; diese vermittelten ihm Wolfskehl und George in häufigen Gesprächen. Vor den beiden Dichtern entwickelte Klages seine Ansichten über »die Wirklichkeit der Bilder« und über den »intuitiven Stil«, die er später in einem Buch über George schriftlich fixierte. Schon damals wandte er sich gegen den Rationalismus, gegen die Erfahrungswissenschaften; das Begreifen der Sachwelt sollte »im Glutring mächtigerer Wirklichkeit« zergehen, diese aufsteigen aus dem Blut und der »Goldfeuchte der Scholle«. Die Lektüre Bachofens und der Verkehr mit Schuler übersteigerten noch, was ohnehin schon verstiegen war. Mit Schuler lehnte Klages schließlich Wolfskehl ab, mit Schuler wurde er von George abgelehnt. Zwei Jahre nach der Trennung gründete er in München sein »Seminar für Ausdruckskunde« (1905). Sein besonderes Interessen- und Forschungsgebiet wurde nun endgültig die menschliche Handschrift; die Kunde von ihr (»Die Probleme der Graphologie«, 1910; »Prinzipien der Charakterologie«, 1910; »Ausdrucksbewegung und Gestaltungskraft«, 1913; »Handschrift und Charakter«, 1917) erweiterte er gewissermaßen zu einer neuen Metaphysik, indem er wie in der Schrift, so im ganzen Weltall den Ausdruck eines Lebens, eines Seelischen intuitiv zu erfassen meinte. Leib und Seele seien »unzertrennbare, zusammengehörige Pole der

Lebenszelle, in die von außen her der Geist, einem Keil vergleichbar, sich einschiebt, mit dem Bestreben, sie untereinander zu entzweien, also den Leib zu entseelen, die Seele zu entleiben und dergestalt endlich alles ihm irgend erreichbare Leben zu ertöten«. Diese Thesen, in München vorbereitet und in Kilchberg am Zürichsee, wo Klages seit 1919 als Privatgelehrter lebte, ausgearbeitet, fanden Niederschlag im *Kosmogonischen Eros* (1922), einem der Modebücher des expressionistischen Jahrzehnts, im dreibändigen Hauptwerk *Der Geist als Widersacher der Seele* (1929–1932), worin unter »Geist« der im Dienste der Selbstsucht stehende »Verstand« gemeint ist, und in der Schrift *Vom Sinn des Lebens* (1940), das – trotz Klages – doch wohl mehr ist als bloße Vitalität.

Unter den Mitgliedern der Münchner »kosmischen Runde« war bloß einer ein Dichter: Karl Wolfskehl. Ihn bewahrte vor dem kosmischen Mystizismus der Umstand, daß ihn Schuler und Klages seiner Abstammung wegen ablehnten, und die Zucht seines »Meisters« Stefan George. Aber auch andere zeitgenössische Dichter hatten dieses Schicksal nicht; ohne, wie es wenigstens scheint, von Schuler und Klages zu wissen, kehrten auch sie sich dem Kosmos zu und widmeten dem Weltall ihre Werke.

Der älteste war Alfred Mombert (1872–1942). In Karlsruhe geboren, studierte er die Rechtswissenschaften in Heidelberg, Leipzig, München und Berlin, übte sie als Anwalt in Heidelberg aus, wo er wohnhaft blieb, als er 1906 freier Schriftsteller wurde und sich daneben philosophischen und naturwissenschaftlichen Studien widmete. 1933 wurde er als »Nichtarier« aus der preußischen Dichterakademie ausgeschlossen, ging aber trotz persönlicher Bedrohung im Vertrauen auf sein literarisches Ansehen nicht in die Emigration. Erst nach dem Ausbruch des Zweiten Weltkrieges wurde er ins Konzentrationslager Gurs (Südfrankreich) verschleppt. Vergebens bemühte sich Hans Carossa um Momberts Befreiung; diese gelang durch die Bemühungen des Winterthurer Industriellen Hans Reinhart, der den bereits Schwerkranken freikaufte und in sein Haus aufnahm, wo er bald nach seinem 70. Geburtstag starb. Lyrik, Epik, Dramatik sind die poetischen Genres, die der Dichter pflegte. Glaser – Lehmann – Lubos sagen in den »Wegen der deutschen Literatur« vom ersten Feld seiner literarischen Betätigung (»Tag und Nacht«, 1894; »Der Glühende«, 1896; »Die Schöpfung«, 1897; »Musik der Welt aus meinem Werk«, 1919): »Mombert steigerte sich im Sprachrausch seiner Gedichte, die ein ›symphonisches Sprachwerk‹ abgeben sollten, in visionäre Ekstasen, die seine Verse ›in das Reich der Sinnbilder, in den Äther metaphysischer Wahr-Bilder und in den Gesang‹ zu erheben gedachten. Wagner und Nietzsche vergleichbar, scheitert er an dem Versuch, ›die Einheit von Dichtung, Philosophie und Religion ... in das Musikalische der Sprache‹ zu binden.«

Nietzsches Lehre von der ewigen Wiederkehr hatte es ihm angetan und verwandelte sich ihm zu einer pantheistisch-monistischen Kosmologie, die neben der chaotisch-mystischen Lyrik nach dramatischer Gestaltung suchte und in *Äon* (»Äon, der Weltgesuchte«, 1907; »Äon zwischen den Frauen«, 1910; »Äon vor Syrakus«, 1911) den Genius der Menschheit vorstellte, der, zwischen Kosmos und Chaos schwankend, Geschichte schafft, am Ende der Zeiten vom Erdriesen überwältigt wird und seinen Flug in den Sternenraum nimmt. Das Ganze ist als Sinnbild des ewigen Werdens ein Gegenstück zu Spittelers »Olympischem Frühling«. In Dichtungen, die literarisch schwer bestimmbar sind, am ehesten der Epik nahestehen, besonders in *Held der Erde* (1919), versuchte er endlich mit dem Erlebnis des Ersten Weltkrieges fertig zu werden, nannte dessen Zeit »Strahlendes Sagen-Alter« und verklärte »die Menschheit der Urjahre«, das sind die Jahre zwischen 1914 und 1918, aus der Ferne oder besser: aus der Ewigkeit. So wurde dann im *Atair* (1925) und in *Aiglas Herabkunft* (1929) der Held Äon in neuen und alten Gestalten wiedergeboren und in Versen aus Fieber, Rausch und Traum abermals gefeiert. Sein letztes Werk war *Sfaira der Alte* (1936, 1941, neu 1958). Diese mythische Dichtung endet in der äonischen Halle, die Elemente selbst beginnen zu singen, im Büchersaal sprechen Dante, Jesaias, Homer, Michelangelo, Beethoven und andere Große, schließlich spricht auch Mombert selbst.

Fritz Martini stellt fest: »Ein tragischer Irrtum blieb bei Mombert wie bei Theodor Däubler der angespannte Versuch, aus einem jenseitig-einsamen, individuellen Erleben der Epoche eine neue irdisch-kosmische Religion zu geben.«

THEODOR DÄUBLER (1876–1934) wurde als Sohn eines Großkaufmanns aus Augsburg im damals österreichischen Triest geboren. Im Vaterhaus herrschte eine protestantisch-liberale Atmosphäre, doch war das Personal italienischer Muttersprache streng katholisch. So wuchs der Knabe zweisprachig auf und stand weltanschaulich unter einander entgegengesetzten Einflüssen. Er war kein guter Schüler und sollte deshalb zur Marine; diesem Lebensweg war er freilich gesundheitlich nicht gewachsen. Seit 1898 führte er ein unstetes Wanderleben, das ihn nach Griechenland und Frankreich, nach Schweden und Ägypten brachte. Ein Hüne von Gestalt, hatte er dennoch eine schwache Lunge: Nach Ausbruch der Tuberkulose im Jahr 1932 und einem Schlaganfall

1933 begab er sich ins Sanatorium St. Blasien im Schwarzwald, wo er bald darauf starb. Däublers Lyrik (»Oden und Gesänge«, 1913; »Hesperien«, 1915; »Der sternhelle Weg«, 1915; »Das Sternenkind«, 1916; »Die Treppe zum Nordlicht«, 1920; »Päan und Dithyrambos«, 1924; »Attische Sonette«, 1924, und spätere Gedichte, zunächst nur in Zeitschriften gedruckt, jetzt im Sammelband »Dichtungen und Schriften« auffindbar, 1956) ging den Weg vom Impressionismus über die Neuromantik zum Expressionismus. Sie steht durch ihre lebendigen Formen und kräftigen Farben im Gegensatz zu Momberts nebelhaften Bildern, verwandelt die Wirklichkeit des Ausgangspunktes (oft ist dieser eine Mittelmeerlandschaft) zu traumhafter Thematik, gipfelt in der *Hymne an Italien* (1916) und entspricht den theoretischen Kunstbetrachtungen (»Der neue Standpunkt«, 1916; »Im Kampf um die moderne Kunst«, 1919), in denen vom visionären Kunstwerk »verstiegene Einfachheit« gefordert wird (daß ihn Ernst Barlach in einer Holzplastik dargestellt hat, ist für die gegenseitigen Beziehungen charakteristisch).

Prosawerke waren die okkultistischen Erzählungen »Der unheimliche Graf« (1921), der künstlerisch schwache Roman *L'Africana* (1928), die großartigen Schilderungen südlicher Gegenden (»Sparta«, »Der heilige Berg Athos«, beide 1923) und die Autobiographie *Wir wollen nicht verweilen* (1914).

Seine Suche galt den Urbeziehungen, Urerkenntnissen, Ursymbolen. Hauptwerk und Mitte der Däublerschen Hinterlassenschaft ist *Das Nordlicht* (1910, neue Fassung 1921), ein lyrisches Epos aus 30000 Versen, begonnen noch in der Gymnasialzeit. Das Nordlicht ist für den Dichter Sinnbild für das Sehnen der Erde, wieder ein leuchtender Stern zu werden; romanisches und germanisches Empfinden sind zu einer seltsamen Kosmogonie verbunden, die stark an Mombert erinnert, aber – so kann man die Dichtung deuten – einen christlichen Zug aufweist, nämlich die große Liebe, die ins All reflektiert wird.

Zum Satyrspiel wird die Liebe zum Kosmischen bei dem Zimmermannssohn aus Danzig PAUL SCHEERBART (1863–1915), der seit 1887 bis zu seinem Tode in Berlin lebte. 1882 gründete er den »Verlag deutscher Phantasten«. Seine eigenen skurrilen Phantasien voll grotesken Humors wenden sich von der Welt des Wirklichen der Unendlichkeit des Kosmos zu (so z. B. im Roman »Tarub, Bagdads berühmteste Köchin«, 1897, dem ersten von vielen anderen Büchern ähnlicher Art). Die Sonnensysteme dienen ihm wie dem Kinde der Fangball, seine Helden sind Weltriesen, deren Körper aus Hunderten von Sternen zusammengesetzt sind.

Ohne Ausflüge in den Kosmos kam auch RULDOLF STEINER (1861–1925) nicht aus. Dieser in Kroatien geborene Österreicher ist bekannt als eine geistig und künstlerisch hochbegabte Natur, die, der Goethe- und Nietzscheforschung ergeben, auf dem Umweg über die von Helene Blavatsky begründete Theosophie dazu kam, Goethes Metamorphosenlehre in die Erforschung der geistigen Entwicklung des Menschen zu übertragen. In überfüllten Vortragssälen bot er Anhängern und Hörern seine neue Lehre, die Anthroposophie, an. 1913 gründete er in Dornach (Schweiz) das Goetheanum als eine freie Hochschule für Geisteswissenschaften (worunter er vorzüglich Kunst, Medizin, Naturwissenschaften verstand), die den Menschen durch methodische Ausbildung – im Gegensatz zum mystischen, wissenschaftlich unkontrollierbaren Schauen der Theosophen – zu einer tiefgründigen Erkenntnis des »wesenhaft Urgöttlichen im Menschen« zu erziehen sucht. Weltanschaulich handelt es sich dabei um einen geist-stofflichen Monismus, religiös um eine phantastische Verbindung aus altindischen bis christlichen Lehren. Der Person Christi wies Steiner eine Zentralstelle in seinem System zu, doch verflüchtigte er sie ins Kosmische (so schon in »Das Christentum als mystische Tatsache«, 1902). Philosophisch bedeuten Steiners Ideen eine Vermischung der Wesen und Begriffe von Stoff und Geist, soziologisch eine Geheimlehre für wenige Auserwählte, geschichtlich ein Wiederaufleben des Gnostizismus.

Nachfolger Steiners in der Leitung des Goetheanums wurde ALBERT STEFFEN (1884–1963). Zu Murgenthal im Schweizer Kanton Bern geboren, lebte er längere Zeit in Berlin und München. 1907 kam er mit Rudolf Steiner in Kontakt und wurde 1920 Mitglied, 1925 Präsident der anthroposophischen Gesellschaft; seither lebte er in Dornach. Sein schriftstellerisches und poetisches Talent war schon hervorgetreten, ehe er sich der Anthroposophie verschrieb, als deren Dichter er angesprochen werden muß. Mit traumhaft beseelter, schicksalsgründiger Sprachkraft schrieb er seine Romane (»Ott, Alois und Werelsche«, 1907; »Die Bestimmung der Roheit«, 1912; »Die Erneuerung des Bundes«, 1915; »Der rechte Liebhaber des Schicksals«, 1916; »Sibylla Mariana«, 1917; »Lebensgeschichte eines Jungen Menschen«, 1928; »Wildeisen«, 1929; »Sucher nach sich selbst«, 1931; »Aus Georg Archibalds Lebenslauf und nachgelassenen Schriften«, 1950; »Oase der Menschlichkeit«, 1954; »Altmanns Memoiren aus dem Krankenhaus«, 1956; »Dreiunddreißig Jahre«, 1959; »Die Mission der Poesie«, 1962).

Oft genug erscheinen im Gesamtwerk Steffens allerdings Gestalten ohne individuelles Leben, also bloße Allegorien. Rudolf Steiner hat selbst noch die *Pilgerfahrt zum Lebensbau* (1925), die beste unter den kleinen Prosaschriften des Murgenthalers, anerkannt.

Der Dramatiker Steffen begann mit den *Manichäern* (1916, uraufgeführt 1918 im Zürcher Stadttheater) und dem *Auszug aus Ägypten* (1916); es folgten das *Viergetier* (1921), *Hieram und Salomo* (1925) und nach anderen Bühnendichtungen die *Friedenstragödie* (1936) mit dem USA-Präsidenten Wilson im Mittelpunkt, die *Fahrt ins andere Land* (1938) über den Untergang der »Titanic«, das *Pestalozzi*-Drama (1939), das von Friedrich Hiebel, einem Verehrer Steffens, »das neue, geistgemäße National-Drama der Schweiz« genannt wird, aber, wenn man von der Uraufführung in Basel absieht, nur im Goetheanum und dort, wo sich eine Rudolf-Steiner-Schule befindet, gespielt wird, die *Märtyrer* (1942) mit Henri Dunant, dem Gründer des Roten Kreuzes, im Hintergrund, der *Ruf am Abgrund* (1943), ein *Weihnachtsgeschehnis,* das im Zusammenhang mit dem Problem der Tötung angeblich lebensunwerten Lebens steht, die *Karoline von Günderode* (1946), der als »Osterspiel« etikettierte *Barabbas* (1949), das sich zwischen Tod und Wiedergeburt bewegende Stück *Alexanders Wandlung* (1953) und der im Fernen Osten zur Zeit des chinesischen Opiumkrieges spielende *Siu* (1957). Albert Steffen, so wollen es seine Gesinnungsfreunde, hat mit diesen Dichtungen aus dem lebendigen Geist der »Poetik« des Aristoteles gearbeitet und selbst *Dramaturgische Beiträge zu den Schönen Wissenschaften* (1955) geliefert; es ist dies einer seiner zahlreichen Essays auf dem Grunde anthroposophischer Weltanschauung. Mehrere Gedichtbände, angefangen von der *Wegzehrung* (1921), beschlossen mit *Im Sterben auferstehen* (1964), ergänzen die reiche Produktion des bis ins hohe Alter unermüdlichen Autors.

Ein Jünger Rudolf Steiners war auch CHRISTIAN MORGENSTERN (1871–1914), Sohn eines Professors für Kunstgeschichte aus niederdeutscher Malerfamilie und einer schwindsüchtigen Mutter. In München geboren, verbrachte er seine Jugend nach 1884 in Breslau. Studien an verschiedenen Fakultäten und Reisen im Gefolge der Eltern führten ihn durch weite Strecken Deutschlands, nach Norwegen, in die Schweiz, unter die Sonne Italiens. 1893 befiel ihn die von der Mutter ererbte Krankheit; sie zwang ihn zu Aufenthalten in manchen Sanatorien, erlaubte ihm jedoch zeitweise die Tätigkeit eines Schriftleiters und Journalisten und unterbrach nie sein dichterisches Schaffen sowie sein weltanschauliches Grübeln. Zuletzt lebte er in Meran, wo er der Tuberkulose erlag. Aus dem Einfluß Lagardes und Nietzsches befreite ihn zunächst die

Lektüre des Johannes-Evangeliums, dann die Begegnung mit Rudolf Steiner. Erschütternd sind des Dichters Verlassenheit und Ahnung frühen Todes (»Es ist bitter, sich sagen zu müssen, daß man zwischen 35 und 45 zu erledigen hat, was man zwischen 45 und 60 hätte erledigen können«); sie fand ergreifenden Niederschlag in den postum veröffentlichten *Stufen einer Entwicklung in Aphorismen und Tagebuchnotizen* (1918) und im *Tagebuch eines Mystikers.*

Mystiker, nicht gerade im tiefsten Sinn des Wortes, war Morgenstern auch im größeren Teil seiner Lyrik (»Auf vielen Wegen«, 1897; »Ich und die Welt«, 1898; »Ein Sommer«, 1899; »Und aber ründet sich ein Kranz«, 1902; »Melancholie«, 1906; »Einkehr«, 1910; »Ich und Du«, 1911; »Wir fanden einen Pfad«, 1914); in diesen Bänden, vor allem in den späteren, gestaltet sich jeder Natureindruck, jedes noch so unbedeutende Ereignis fast zum mystischen Symbol. Alles strebt, wie dann besonders die »Stufen« zeigen, zu dem einen, nämlich Gott, und dieser wird gefunden in jeder Erscheinung, in der Pflanze, im Tier, im Menschen, selbst im Mörder.

Das Suchen nach dem verlorenen Lebenssinn veranlaßte Morgenstern auch zu burlesken Versen; die Reihe begann mit dem *Horatius travestitus* (1897), der Parodie einiger Gedichte des großen Römers, die er in Sprache und Milieu Berlins übertrug. Als eigentlicher Nachdichter bewährte er sich aber an Shakespeare, Ibsen und Björnson. Auf den »travestierten Horaz«, den Leckerbissen für verhältnismäßig wenige Menschen, folgten dann die ergötzlichen Speisen für den Gaumen vieler: *In Phantas Schloß* (1895), *Galgenlieder* (1905), *Palmström* (1910), *Palma Kunkel* (1916), *Gingganz* (1919). In diesen Versbänden ironisiert sich die ganze Kunst jener Tage in liebenswürdigster und geistvoller Weise; dabei findet der vermeintliche Spaßmacher unmerklich Übergänge von Scherz zu Ernst, von Unsinn zu Tiefsinn. Schon 1896 schrieb er, man solle sich durch seine Ironie nicht irreführen lassen, sie sei naiv wie sein Pathos; ohne eine Spur frivoler Empfindung vermöge er Unglaubliches ironisch zu sagen. Seine Kunst auf diesem Gebiet bestand darin, die Sinnbilder wörtlich zu nehmen, die Klangbilder in grotesker Umdeutung abzuwandeln. Seine Begabung für Parodie schuf schließlich die erst nach dem Tod des Dichters veröffentlichte *Schallmühle,* Märchen, Gedichte und Szenen, graziös bei allem Witz und von Morgensterns eigener Hand bebildert.

Schutzumschlag von Karl Walser zu Christian Morgensterns Buch »Über die Galgenlieder«.

Die Gestalten des literarischen Lebens, die unter dem Titel »Symbolismus, Neuklassik, Neuromantik« nachgezeichnet sind, stehen alle irgendwie in Beziehung zu dem, was ihnen vorausgegangen war, sowie zu dem, was nach ihnen kam, mögen sie auf den ersten Blick auch noch so als Einzelgänger erscheinen. Bei Rilke wurde diese Verbindung zu Vergangenheit und Zukunft durch eine persönliche Verbindung hergestellt, und zwar durch LOU ANDREAS-SALOMÉ (1861–1937). Sie entstammte einer französischen Familie hugenottischen Bekenntnisses, die sich im Baltikum eingedeutscht hatte. Ihre Mutter kam aus dem Norden Deutschlands, ihr Vater war in St. Petersburg aufgewachsen. 1830 wurde er als Oberst vom Zaren nobilitiert, stieg dann weiter empor und starb als General und Staatsrat in der damaligen Hauptstadt des russischen Reiches. Er hatte bereits sechs Söhne, als ihm seine Tochter geboren wurde. Hendrik Gillot, der Prediger der reformierten Gemeinde St. Petersburg, war Rationalist; in ihn verliebte sich Lou von Salomé, trat aber dennoch mit 16 Jahren aus der Kirche aus. Mit 20 Jahren kam sie studienhalber nach Zürich und hier in Verbindung zu revolutionär eingestellten Studenten und Studentinnen russischer Nationalität. Nach dem Tode des Vaters lebte sie mit ihrer Mutter in den westeuropäischen Städten Berlin, Rom und Paris. Ihre soziale Stellung, ihre Sprachkenntnisse und ihre Konversationsgabe machten sie oft zum Mittelpunkt der großen Salons. Im römischen Hause der Baronin Malvida von Meysenbug lernte sie Friedrich Nietzsche kennen, der, oft stundenlang mit ihr in philosophische Gespräche verwickelt, gehofft hatte, sie ganz für sich zu gewinnen. Die Freundschaft dauerte vom Mai bis in den November 1882 und hatte eines der ersten Bücher über den Philosophen zur Folge: *Friedrich Nietzsche in seinen Werken* (1884). Zuvor hatte Lou von Salomé unter dem Pseudonym Henri Lou ihren ersten Roman *Im Kampf um Gott* (1885) veröffentlicht, dem später noch andere folgten; dazwischen schrieb sie über *Henrik Ibsens Frauengestalten* (1892).

Die Erzählung *Ruth* (1895) erregte durch den in ihr dargestellten Übergang von sinnlicher zu geistiger Liebe das Interesse Rilkes, der die Verfasserin bat, sie in München besuchen zu dürfen (Mai 1897). Dieser Besuch war Anbeginn einer langen Verbindung, während welcher Lou dauernd die Rolle der Mutter, zeitweise auch die der Geliebten spielte und zweifellos die Persönlichkeit des Dichters entscheidend beeinflußte, besonders während der beiden Reisen nach Rußland (1899 und 1900). Schon lange vorher hatte sie den

Göttinger Orientalisten Friedrich Carl Andreas geheiratet (1887) und sich von da an Lou Andreas-Salomé genannt, ohne je seine Gattin im gewöhnlichen Sinn des Wortes zu werden. Wieder war sie die erste, die nach Rilkes Tod über den Dichter ein Buch verfaßte: *Rainer Maria Rilke, Gedenkbuch* (1928); auch ihr Briefwechsel mit ihm wurde später (1952) veröffentlicht. 1911 lernte sie auf dem Weimarer Psychoanalytikerkongreß Sigmund Freud kennen und schloß auch mit diesem eine bis zu dessen Tod dauernde Freundschaft. *Mein Dank an Freud* (1931) und *In der Schule bei Freud* (1958) sind die literarischen Zeugnisse dieser Beziehung; außerdem sei der *Lebensrückblick* (1951) erwähnt, die Autobiographie einer Frau, deren Ruhm als Schriftstellerin nur kurz, deren Rolle im literarischen Leben jener Zeit jedoch außerordentlich bedeutend war.

In ihrer Nähe entfaltete Rainer Maria Rilke (1875–1926) sein Dichtertum. Sein Leben begann in Prag im Hause eines ehemaligen Militär- und damaligen Eisenbahnbeamten aus deutsch-böhmischem Bauerngeschlecht; die Mutter dagegen stammte aus einer gutbürgerlichen Familie des »goldenen« Prag. Ihr war es zweifellos willkommen, daß ein Bruder ihres Mannes nobilitiert wurde und, um seinen eigenen Adel nicht allzu jung zu zeigen, die Familie auf ein längst ausgestorbenes Kärtner Adelsgeschlecht Rülke zurückführte. Heute ist erwiesen, daß zwischen den beiden Geschlechtern ähnlichen Namens keine Beziehung bestand. Der Sohn, von der Mutter verzärtelt, nahm diesen Traum großer Vergangenheit in sein Wesen auf.

Vom Vater zur Offizierslaufbahn bestimmt, besuchte der spätere Dichter die Militär-Unterrealschule in St. Pölten, anschließend die Militär-Oberrealschule in Mährisch-Weißkirchen. Verschlossen und als Einzelgänger für ein Gemeinschaftsleben ungeeignet, wurden ihm diese Jahre zur Qual, die erst durch den frühzeitigen Austritt aus der militärischen Erziehungsanstalt (1892) beendet wurde. Weder die Handelsakademie in Linz noch die private Vorbereitung auf die Reifeprüfung, auch nicht die kunst- und literaturgeschichtlichen Studien an der Prager deutschen Universität konnten ihn zur Wahl eines Brotberufes bewegen; zudem war er seit der Matura weniger Studierender als Schriftsteller. Getauft auf die Namen René Karl Wilhelm Johann Josef Maria, nannte er sich damals noch »René Maria Caesar Rilke«, trug auffallende Kleider, hielt sich für seinen eigenen Gesetzgeber, König, ja Gott (mit dem katholischen Glauben seiner Eltern hatte er schon als Militärzögling gebrochen), sympathisierte mit den Tschechen – im Gegensatz zu seiner betont deutschen Umwelt – und gab im Selbstverlag *Wegwarten, Lieder, dem Volke geschenkt* heraus, die es auf drei Hefte brachten und nebst epigonenhafter Lyrik auch Theaterstücke (z. B. das 1896 sogar im Prager deutschen Volkstheater aufgeführte Drama »Jetzt und in der Stunde unseres Absterbens«) und Geschichten in eher naturalistischer Manier enthielten.

Seine Hoffnungen, die er auf diese nach allen Seiten gestreute, alle literarischen Möglichkeiten ausnützende Tätigkeit gesetzt hatte, wurden nicht erfüllt; so beschränkte er sich fortan auf lyrische Gedichte, und es erschienen *Leben und Lieder, Bilder und Tagebuchblätter* (1894), die Rilke später aus dem Buchhandel zurückzog, ferner die nachmals (1913) unter dem Titel »Erste Gedichte« vereinigten Sammlungen *Larenopfer* (1896), *Traumgekrönt* (1897) und *Advent* (1898). Im ersten dieser drei Bände finden sich Verse auf tschechische Persönlichkeiten, auf Prager Straßen, Kirchen und Brücken und – unter anderen Stimmungsbildern – das schöne Gedicht:

Mich rührt so sehr
böhmischen Volkes Weise,
schleicht sie ins Herz sich leise,
macht sie es schwer.

Wenn ein Kind sacht
singt beim Kartoffeljäten,
klingt dir sein Lied im späten
Traum noch der Nacht.

Magst du auch sein
weit über Land gefahren,
fällt es dir doch nach Jahren
stets wieder ein.

Hier zeigt sich bereits deutlich Rilkes Reimkunst und seine Vorliebe für das Enjambement (Übergreifen eines Satzes in den nächsten Vers). Die Gedichte des dritten Bändchens sind zum Teil schon in München entstanden, wo sich der Dichter 1896–1899 aufhielt und auch den Namen annahm, unter dem er in die Literaturgeschichte einging. In München lernte er, der Zweiundzwanzigjährige, die sechsunddreißigjährige Lou Andreas-Salomé kennen, in München entdeckte er die Werke des dänischen Dichters Jacobsen (1847–1885) und entschied er sich zur Berufslosigkeit und reinem Dichterdasein. Dieser Entschluß nötigte ihn, nach Gönnern und Gönnerinnen Umschau zu halten, die ihn beherbergten und ihm Unterhalt gewährten, eine Lebensweise, der er bis an sein Lebensende treu blieb. Man ist versucht, ihn deshalb mit den »Fahrenden« des Mittelalters zu vergleichen, aber einen Bohemien darf man ihn nicht nennen. In München entstand auch neben mancherlei anderem die erst aus dem Nachlaß veröffentlichte Novelle *Ewald Tragy* (1944), eine autobiographische Skizze, wenn auch ihre Zentralfigur zwei Jahre jünger ist, als der Dichter damals war, und Ewalds Vater als »der alte Offizier« und »Herr von Tragy« auftritt. Die beim späteren Rilke nie mehr vorkommende Ironie rückt den »Ewald Tragy« in die Nähe von Thomas Manns »Tonio Kröger«.

Rainer Maria Rilke.
Zeichnung von Emil Orlik.

Der lyrische Antrieb war bald stärker, und die Neigung zum Innerlichen, Subjektiven, Visionären gewann die Oberhand über den potentiellen Realisten. Dieser Prozeß der Entwicklung ward weniger durch die Reise nach Italien (1899) – mit den Stationen Florenz und Viareggio – endgültig abgeschlossen als vielmehr durch die beiden mit Lou Andreas-Salomé unternommenen Reisen nach Rußland (Mai 1899, Sommer 1900). Die Begegnung mit Tolstoi, das Erlebnis der Weite russischen Landes und der mystischen Frömmigkeit russischer Menschen leiten die schon zuvor vorbereitete musikalische Periode in Rilkes dichterischem Schaffen ein. »Daß Rußland meine Heimat ist, gehört zu jenen großen und geheimnisvollen Sicherheiten, aus denen ich lebe.« Rilkes Neigung zum Slawischen ist biologisch kaum zu begründen; aber die in guten Treuen angenommene Verwandtschaft mit den schon erwähnten Kärtnern (diese Rilkes oder Rülkes waren tatsächlich mit slawischen Adelsgeschlechtern versippt) bot dem Dichter die Begründung seiner Liebe zu Rußland. Ein ähnliches Landschaftsbild kam Rilke vor Augen, als er sich 1900 in Worpswede niederließ, wo sich eine Malerkolonie angesiedelt hatte. Ein Mitglied derselben, die Bildhauerin Clara Westhoff, wurde 1901 Rilkes Frau und schenkte ihm eine Tochter. Es gelang Clara Westhoff nicht, den Dichter dauernd an sich zu binden. Bald schon hatte man sich auseinandergelebt, und die Ehe wurde schließlich auch offiziell geschieden. 1902 reiste Rilke zuerst nach Paris, anschließend nach Italien, Dänemark und Schweden.

In diesen Jahren nach der Jahrhundertwende entstanden die Erzählungen *Vom lieben Gott und Anderes* (1900), später *Geschichten vom lieben Gott* genannt, Märchen, nicht Legenden, die erzählen und begreiflich machen wollen, daß jedes Ding Gott sein könne. Bald darauf vollendete er den Novellenband *Die Letzten* (1902), auch die aus einer angeblichen Familienchronik empfangene, ans Herz greifende *Weise von Liebe und Tod des Cornets Christoph Rilke* (allerdings erst 1907 gedruckt), ob ihrer Musikalität lange Zeit beliebtes Vortragsstück mancher Rezitatoren, ferner das zweiaktige Drama *Das tägliche Leben* (1901 in Berlin aufgeführt) und endlich den Gedichtband *Das Buch der Bilder* (1902), dessen erweiterte Ausgabe von 1906 einige der schönsten Balladen und Pariser Gedichte enthält. Es ist in beiden Fassungen an dichterischem Rang dem berühmteren »Stundenbuch« überlegen, das die erste Schaffensperiode abschließt. Dieses *Stundenbuch* ist eine lyrische Trilogie, gegliedert in das »Buch vom mönchischen Leben« (1899), das in zahlreichen Bildern und Analogien Gottes Allgegenwart anschaulich machen will, in das »Buch der Pilgerschaft« (1901), das in gleichem Bilderreichtum wie das erste Rilkes Gottsuchertum illustriert, und in das »Buch von der Armut und vom Tode« (1903), das in einen Lobgesang auf den hl. Franziskus ausmündet und dennoch, der Teil wie das Ganze, im Suchen und in der Sehnsucht steckenbleibt, nicht den Gott der Christen und der Offenbarung verkündet, sondern nur mit Worten und Wendungen an christliche Mystik, Liturgie, Legende erinnert. Jene, die etwa versuchen, Rilkes Gottesauffassung christlich zu interpretieren, erinnern an Angelus Silesius:

> Ich weiß, daß ohne mich Gott nicht ein Nu kann leben,
> Werd' ich zu nicht, er muß vor Not den Geist aufgeben,

und stellen Rilkes Verse daneben:

> Was wirst du tun, Gott, wenn ich sterbe?
> Ich bin dein Krug (wenn ich zerscherbe?)
> Ich bin dein Trank (wenn ich verderbe?)
> Bin dein Gewand und dein Gewerbe,
> mit mir verlierst du deinen Sinn.

Der »Cherubinische Wandersmann« jedoch spricht von jenem Gott, den der erste Johannesbrief »die Liebe« nennt, nachdem er im Kapitel zuvor von Christus gesagt hat: »Daran erkennen wir die Liebe, daß jener sein Leben für uns hingegeben hat.« Rilke hingegen hat, wie Gedichte zeigen, die erst seit 1959 bekannt sind, einen radikal antichristlichen Standpunkt eingenommen: 1893 dichtete er sein *Glaubensbekenntnis* und *Christus am Kreuz*, in den Jahren 1896–1898 die *Christus-Visionen*. Die Grundvorstellung dieser Gedichte ist, daß Christus von »maßloser Reue« wegen seiner falschen Lehre befallen wird, daß es ihn auch reut, mit Maria Magdalena kein Kind gezeugt zu haben, ja daß er Gott-Vater rügt, weil dieser ihn im Stich gelassen habe und überhaupt nicht existiere. Dennoch gibt es gelegentlich Verse, die in einem gewissen, aber eben nur vorübergehenden Gegensatz zu dieser Grundhaltung stehen:

Jetzt muß ich immer dein gedenken.
Als ich dich jüngst im Traume sah,
kamst du mit wunden Handgelenken
von einem roten Golgatha.

Bang rief ich dir: Vergib mein Kränken!
Du griffst in deiner Narben Glut:
»Ich will dir eine Rose schenken!«
Und gabst mir einen Tropfen Blut …

1912 schrieb er an die Fürstin Taxis von seiner »beinahe rabiaten Antichristlichkeit«; wenn er sich zu ihr öffentlich nicht bekannte, sich eher in subtile Doppeldeutigkeit der gedruckten Äußerungen hüllte, so lag das in einer Scheu vor Klarheit:

Ich fürchte mich so vor der Menschen Wort.
Sie sprechen alles so deutlich aus.

Diese Unklarheit war im Wesen Ratlosigkeit infolge existentieller Angst:

Die Siege laden ihn nicht ein,
Sein Wachstum ist: der Tiefbesiegte
von immer Größeren zu sein …

Das schloß nicht aus, daß Rilke an sein Künstlertum glaubte, und wenn nicht an sein eigenes, an dem er doch manchmal zweifelte, so doch an den Künstler an sich, der für ihn die Stelle einnahm, die der Übermensch bei Nietzsche innehat:

»Der Künstler wird nicht in aller Zeit neben dem Menschen bestehen. Bis der Künstler, der Beweglichere, Tiefere, reif und gattungsfähig ist, bis er lebt, was er jetzt träumt, verarmt der Mensch und stirbt nach und nach aus. Der Künstler ist die Ewigkeit, welche hineinragt in die Tage.«

Mit Recht betont E. C. Mason: »Diese Vorstellung, daß der Künstler als solcher von der übrigen Menschheit radikal abgeschnitten ist und zu ihr im Gegensatz steht, begleitet Rilke auf allen Stufen seines Lebens. Hieraus ergeben sich die umstrittensten Probleme der Rilkedeutung. Es fragt sich immer, wieweit seine Aussagen für die ganze Menschheit, wieweit sie nur für den Künstler gelten sollen, der in fast allem das genaue Gegenteil des eigentlichen Menschen ist.« Es fragt sich weiterhin, was man von dem halten soll, was Rilke den anderen Menschen als sein Gottesbildnis vorstellt. Auffallenderweise begann er schon 1898, den Namen Gottes »mit einer Innigkeit, die oft dem traditionellen religiösen Glauben fast zum Verwechseln ähnelt, auf eine eigene, seltsame, aber nunmehr meist positive Weise zu verwenden« (E. C. Mason). Der christliche Gott ist freilich nicht gemeint denn:

»Solange dieser Gott lebt, sind wir alle Kinder und unmündig. Er muß einmal sterben dürfen. Denn wir wollen selbst Väter werden. Aber er ist ja tot ...« oder: »Gott ist das älteste Kunstwerk. Er ist sehr schlecht erhalten, und viele Teile sind später ungefähr ergänzt. Aber es gehört natürlich zur Bildung, über ihn reden zu können und die Reste gesehen zu haben.«

Trotzdem ist es »durchaus möglich, Rilkes Dichtung zu schätzen, ohne in ihr eine große, völlig neue, einzigartige und allgemeingültige religiöse Offenbarung zu erblicken. Wenn sie die höchsten Versprechen metaphysischer Gewißheit und Tröstung zu machen scheint, ohne sie zu halten, so mag das ebensosehr an unserem Jahrhundert wie an dem Dichter liegen, der schließlich nur sein Bestes getan hat. Demjenigen, der einwendet, keine Dichtung könne groß sein, die nicht auch ›wahr‹ wäre, ist zu erwidern, daß Rilkes Dichtung wahr ist als visionäre Darstellung dessen, was ein höchst außergewöhnlicher, sensitiver und in vielem tief unglücklicher einzelner Mensch durchmachte und erstrebte in der besonderen geschichtlichen und persönlichen Lage, in der er sich befand ... Als Verkünder und Erlöser mag Rilke Zweifel und Bedenken hervorrufen, nicht aber als das, was er selbst letzten Endes allein zu sein Anspruch erhob – als Dichter« (E. C. Mason).

Die weltanschaulichen Bedenken gegen Rilke vorzubringen, bot das *Stundenbuch* die beste Gelegenheit. Es gehört der Form nach noch in die musikalische Schaffensperiode. Diese nahm ihr Ende in der Zeit, da der Dichter acht Monate Privatsekretär des französischen Bildhauers Auguste Rodin war (1905/1906). Bei ihm lernte er, Ding und Welt, Mensch und Tier neu zu erleben. Das bewahrte ihn davor, die bisher gepflegte Musik-Sprache über das erträgliche Maß hinaus zu steigern, und so trat er »aus dem bezwungenen Element der Musik kühn in das noch unbetretene der marmornen Plastik«, wobei er es unternahm, »nicht mehr wie bislang die metaphysische Verbundenheit und das metaphorische Ähnlichsein der Dinge im irdischen Raume, die mystische Verschwisterung aller Erscheinung im alles umfassenden Gefühl, sondern – furchtbares Unterfangen! – das schicksalhafte Alleinsein, die tragische Abgelöstheit jedes einzelnen Dinges von andern im Lebensraum grausam zu verwirklichen« (Stefan Zweig). In den *Neuen Gedichten* (1907) und in *Der Neuen Gedichte anderem Teil* (1908) haben wir die Zeugnisse dieses Wandels und des Strebens, das Innerste der Dinge, ihr wahres Sein mit Worten zu erfassen:

Der Panther

Sein Blick ist vom Vorübergehn der Stäbe
so müd geworden, daß er nichts mehr hält.
Ihm ist, als ob es tausend Stäbe gäbe
und hinter tausend Stäben keine Welt.

Der weiche Gang geschmeidig starker Schritte,
der sich im allerkleinsten Kreise dreht,
ist wie ein Tanz von Kraft um eine Mitte,
in der betäubt ein großer Wille steht.

Nur manchmal schiebt der Vorhang der Pupille
sich lautlos auf. – Dann geht ein Bild hinein,
geht durch der Glieder angespannte Stille –
und hört im Herzen auf zu sein.

Was in den beiden Bänden der »Neuen Gedichte« dargestellt wird, ist fast immer ein Symbol für irgendein »Geschehnis« im Innern des Dichters, der einmal in jener Zeit schrieb:

»Das Anschauen ist eine so wunderbare Sache, von der wir noch so wenig wissen; wir sind mit ihm ganz nach außen gekehrt, aber gerade wenn wirs am meisten sind, scheinen in uns Dinge vor sich zu gehen, die auf das Unbeobachtetsein sehnsüchtig gewartet haben, und während sie sich, intakt und seltsam anonym, in uns vollziehen, ohne uns, – wächst in dem Gegenstand draußen ihre Bedeutung heran, ein überzeugender, starker, – ihr einzig möglicher Name, in dem wir das Geschehnis in unserem Innern selig und ehrerbietig erkennen, ohne selbst daran heranzureichen, es nur ganz leise, ganz von fern, unter dem Zeichen eines eben noch fremden und schon im nächsten Augenblick aufs neue entfremdeten Dinges begreifend –.«

Neben den genannten größeren und einigen ungenannten kleineren Versbüchern kam damals auch das umfangreichste Prosawerk Rilkes zum Abschluß, der in Schwermut getauchte Roman *Aus den Aufzeichnungen des Malte Laurids Brigge*, begonnen schon 1904, gedruckt 1910. Seine Hauptfigur ist ein junger Mann, die letzte Blüte eines alten dänischen Adelsgeschlechtes, gewissermaßen das Gegen-Ich des Verfassers, der jenem so viele Züge gab, daß man das Buch für weithin autobiographisch halten darf, dem Dänen jedoch ein Schicksal zuwies, das sein eigenes nicht sein konnte. Das Buch ist wohl das erste kühne Experiment mit einer neuen Romanform, eine Aneinanderreihung von Eindrücken, Notizen, Betrachtungen eines jungen Mannes, der in und an Paris zugrunde geht, eine Abfolge beinahe aller Stilmöglichkeiten vom kindlich Frommen über das Gespenstische zum sarkastisch Zynischen, ein Dokument der Lebensangst. Sich von dieser durch ihre Darstellung zu befreien scheint die Absicht Rilkes gewesen zu sein.

Auf den Aufenthalt in Paris, beendigt durch einen Bruch mit Rodin, folgten Reisen nach Nordafrika, Ägypten und an viele Orte Europas, Zeichen innerer Unrast und scheinbar geringer dichterischer Inspiration. Die

Feder ruhte freilich nicht und betätigte sich im Nachdichten französischer und portugiesischer Sprachschöpfungen, wobei Vers und Prosa von Frauen keinen geringen Raum einnehmen; das entspricht ganz der weiblichen Schmiegsamkeit, durch die sich Rilke vom männlich-herben George unterscheidet und veranlaßt wird, Grenzgebiete – auch zwischen Leben und Tod – in für ihn charakteristischen und wahrscheinlich seinen Erfolg begründenden Zwischentönen zu behandeln. 1911/1912 lebte er als Gast der Fürstin Marie von Thurn und Taxis auf Schloß Duino bei Triest; hier entstanden die ersten der »Duineser Elegien«, Rilkes dritter Schaffensperiode zugehörig, und die noch der zweiten zuzuweisenden »unwichtigen Gedichte«, wie er sie selber nannte, des *Marien-Lebens* (1913), die später von Paul Hindemith vertont wurden. »Das Marien-Leben« ist nach Hans Egon Holthusen »eine der sublimsten Parodien Rilkes auf Figuren der christlichen Heilsgeschichte« und spielt die Gestalt der Jungfrau-Mutter gegen den Sohn und Mann Christus aus.

Bald darauf brach der Krieg aus; nach vorübergehendem Militärdienst in Wien verbrachte er die Kriegsjahre hauptsächlich in München. Schweizer Freunde ermöglichten ihm nach Kriegsende die Einreise und den Aufenthalt in der Schweiz, die er nur noch für kurze Aufenthalte in Frankreich verließ. Sein letzter Wohnsitz war, seit 1922, das Schloß Muzot bei Siders im Kanton Wallis. An zuerst nicht erkannter Leukämie erkrankt, starb er im Spital von Val-Mont bei Montreux; wie er es gewünscht hatte, ward er bei der Kirche von Raron im Wallis beigesetzt. Auf dem Grabstein stehen unter Wappen und Namen die hierfür vorbestimmten Zeilen:

> Rose, oh reiner Widerspruch, Lust,
> Niemandes Schlaf zu sein unter soviel Lidern.

So dunkel wie diese sind auch manche Teile der Dichtungen Rilkes aus seinem letzten Lebensabschnitt. Zur Hauptsache sind sie in zwei Gruppen gesammelt als *Duineser Elegien* und als *Sonette an Orpheus* (beide 1923). Unter einer Elegie versteht man gewöhnlich eine Abfolge von Distichen (Verbindung von Hexameter und Pentameter), unter Sonett eine aus zwei vier- und zwei dreizeiligen Strophen aufgebaute Gedichtform. Weder im einen noch im anderen Fall hielt sich der Dichter an die strenge Form des Regelmäßigen, nicht aus Unvermögen, sondern aus Überlegenheit..

Die Entstehungszeit der Elegien erstreckte sich über zehn Jahre. 1912 bis 1922 beschäftigte sich der Dichter mit ihnen. Reisen, der Erste Weltkrieg, zahlreiche Liebesbeziehungen, die Übersiedlung in die Schweiz lagen dazwischen. Bis November 1915 hatte Rilke immer wieder gute Arbeitszeiten und stellte die Hälfte des heutigen Textumfanges fertig. Die Erschütterung durch den Krieg aber hat seine dichterische Kraft vier Jahre lang stillgelegt. Erst in der Schweiz gelang die Vollendung. Wie es Stefan Zweig formulierte, forderte Rilke in dieser Richtung »die Sprache zum Äußersten heraus, zum Versuche, das kaum mehr Darstellbare darzustellen … Das Wortlose und dem Wort bisher Versagte, gerade das wollte hier sein ungenügsamer Schöpferwille erdeuten, Bildnis des bloß Begrifflichen, eine Metaphysik des Nichtmehr-Erschaubaren«.

Beide Zyklen »setzen uns«, so sagte E. C. Mason, »eine Apotheose der

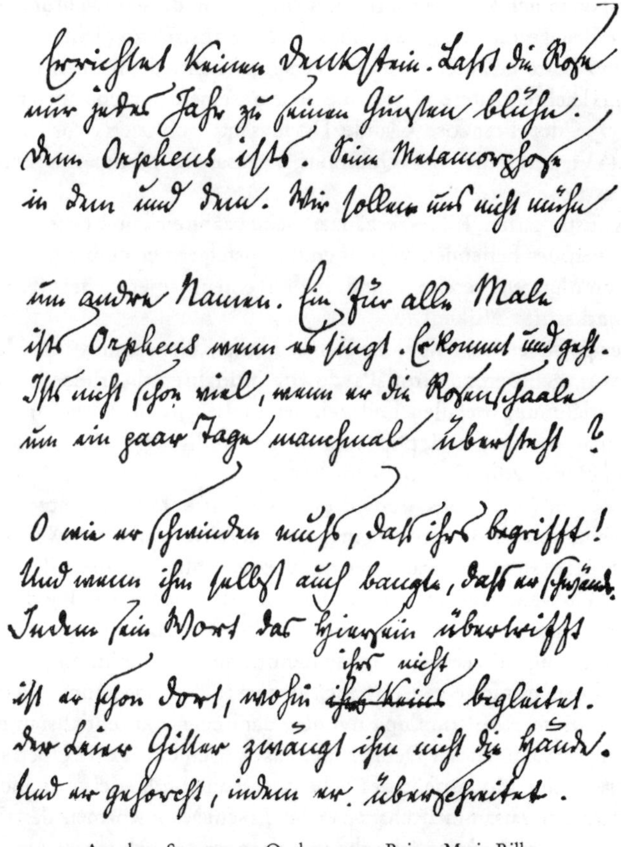
Errichtet keinen Denkstein. Laßt die Rose
nur jedes Jahr zu seinen Gunsten blühn.
Denn Orpheus ists. Seine Metamorphose
in dem und dem. Wir sollen uns nicht mühn

um andre Namen. Ein für alle Male
ists Orpheus, wenn es singt. Er kommt und geht.
Ists nicht schon viel, wenn er die Rosenschale
um ein paar Tage manchmal übersteht?

O wie er schwinden muß, daß ihrs begrifft!
Und wenn ihm selbst auch bangte, daß er schwände.
Indem sein Wort das Hiersein übertrifft,
ist er schon dort, wohin ~~ihr keiner~~ ihrs nicht begleitet.
Der Leier Gitter zwängt ihm nicht die Hände.
Und er gehorcht, indem er überschreitet.

Aus den »Sonetten an Orpheus« von Rainer Maria Rilke.

Kunst als der höchsten, ja einzigen im Dasein vorhandenen Macht vor; beide sind Verherrlichungen der dichterischen Innerlichkeit, aber während diese Innerlichkeit in den Elegien ängstlich in eine hypothetische unsichtbare Welt hinübergeleitet wird, ist sie in den Sonetten uneingeschränkt über die ganze wirkliche, sichtbare Welt ausgegossen«.

Nach 1922 dichtete Rilke nicht mehr in Zyklen; die *Späten Gedichte* (1934) und die zweite Hälfte der Nachlese *Gedichte* 1906–1926 (1953) sind sozusagen Bruchstücke eines für ihn nicht mehr erreichbaren Ganzen. Das gilt allerdings nur so weit, als er sich der deutschen Sprache bediente. Jedoch schon 1921 war er auf den französischen Dichter Paul Valéry gestoßen, hatte ihn auch persönlich kennengelernt und einiges von dessen Dichtungen übersetzt. Die Begegnung veranlaßte ihn, selbst französisch zu dichten (seinerzeit in Rußland hatte er auch russische Verse gemacht, doch blieben sie nicht erhalten), »leichte, heitere Werke, die seine unsichere Sprache noch reizvoller macht«, wie der Franzose Claude David sagt; publiziert wurden sie erst postum (»Vergers suivi des Quatrains Valaisans«, 1926; »Les Fenêtres«, 1927; »Les Roses«, 1927).

Das Kunstschaffen Rilkes ergänzen seine zahlreichen Briefe, die er zu Kunstwerken des helfenden Wortes emporzusteigern gewußt hat; sie sind in vielen Sammlungen vereinigt und bilden einen wesentlichen Teil seines Werkes und seines Wirkens.

In einer gewissen Beziehung zu Rainer Maria Rilke stand RUDOLF KASSNER (1873–1959), geboren zu Groß-Pawlowitz in Mähren, in früher Jugend von der Kinderlähmung befallen und zeit seines Lebens körperlich behindert, nach germanistischen und philosophischen Studien an den Universitäten Wien und Berlin zum Doktor befördert, trotz seines schweren Gebrechens viel auf Reisen (in Europa, Indien und Nordafrika), als Privatgelehrter in Wien lebend, seit 1946 allerdings in Siders im schweizerischen Wallis, wo er in hohem Alter starb. Er war einer der wenigen Männer, die Rilke nahekamen, und ein verständiger Interpret seines österreichischen Landsmannes. Früh vom Denken Nietzsches beeinflußt, schrieb der bedeutende Kulturphilosoph seine »Jugendwerke«, die er später nur mit Einschränkung gelten ließ. Den Durchbruch zum eigenen Wesen bewirkte die Begegnung mit altindischem religiösem Schrifttum und mit dem dänischen Existentialisten Kierkegaard. Seit 1903 ging dieser Denker, der das Wissen um älteste Überlieferungen mit sensibler Modernität des Sehens verband, folgerichtig seinen Weg eines deutenden Zusammenschauens aller Erscheinungsformen des Geistes, wobei seine zugleich philosophische und poetische Begabung in den Dingen einen Sinn fühlte, wie ihn bloße Wissenschaft nicht erkennen könnte. Gegenüber dieser ihm eigenen Weite der Schau wurde der Vorwurf der Dunkelheit erhoben, insofern kaum mit Recht, als Kassners Satzbau stets sauber, seine Sprache lebendig und unmittelbar ist, wenn auch ein zuweilen schrulliger Humor alles durchdringt. Am leichtesten zugänglich sind wohl die drei großen Erinnerungsbücher *Buch der Erinnerung* (1939 und 1954), *Die zweite Fahrt* (1946) und *Umgang der Jahre* (1949). Aus den vielen Bänden anderer Art wird der Leser vielleicht eher nach deren Titel eine ihm zusagende Auswahl treffen, und der eine von dieser, der andere von jener Überschrift angelockt werden (»Der indische Idealismus«, 1903; »Die Elemente der menschlichen Größe«, 1911; »Von der Einbildungskraft«, 1936; »Das neunzehnte Jahrhundert«, 1947).

Diesen und anderen Büchern liegt zugrunde, was in den *Grundlagen der Physiognomik* (1920) und im *Physiognomischen Weltbild* (1931) besonders abgehandelt wird:

»Jede Wissenschaft operiert, indem sie erklären will, mit Begriffen. Die Physiognomik erklärt nicht, sondern deutet. An Stelle von Richtig und Falsch setzt sie Tief und Flach und damit zugleich an Stelle von Begriffen das Bild.«

Diese Methode führte ihn dazu, die Entwicklung der Menschheit gleich der des Individuums als einen Übergang vom magischen Raumerleben der Jugend zum Zeiterleben des Alters zu deuten; Gesicht und Idee bilden für ihn ein Ganzes, sie können nur als Ganzes verstanden und aufgenommen werden. Wer allerdings das Buch *Der Gottmensch* (1938) oder das andere über *Die Geburt Christi* (1951) aufschlägt, wird zur Erfahrung kommen, daß der Verteidiger der christlichen Tradition gegen alle antichristlichen Richtungen ein geheimes, dogmenloses, kirchenfernes Christentum vertrat und, genau genommen, an Christus nicht glaubte, wenn er auch stets mit ihm rang. Erst ein Jahr vor seinem Tod söhnte er sich – anders als Stefan George und Rainer Maria Rilke – förmlich mit der Kirche aus; im literarischen Werk hat dies keinen Widerhall mehr gefunden.

Zwei Einsame:
Julius Langbehn und Ludwig Derleth

Dichter, die nach einem Wort Schillers auf der Menschheit Höhen wandeln, sind, im Grunde genommen, stets einsame Menschen, auch dann, wenn sich um sie ein Schwarm von echten Verehrern oder bloßen Bewunderern schart. Aber so einsam wie die führenden Gestalten des Symbolismus, Stefan

George, Hugo von Hofmannsthal, Rainer Maria Rilke, waren wenige von ihnen; trotzdem wurde auch ihre Einsamkeit noch überboten von jener, der sich Julius Langbehn und Ludwig Derleth freiwillig unterwarfen.

Der Niedersachse JULIUS LANGBEHN (1851–1907) steht geistesgeschichtlich und jahrgangsmäßig zwischen dem Berliner Paul Bötticher (1827–1891), der sich PAUL DE LAGARDE nannte, dem ehemaligen Gymnasiallehrer und späteren Orientalisten an der Universität Göttingen, Verfasser der *Deutschen Schriften* (1878–1881), deren Gedankengänge gefährliche Keime für den Nationalsozialismus enthielten und HOUSTON STEWART CHAMBERLAIN (1855–1927), dem Sohn eines britischen Generals und Schwiegersohn Richard Wagners, dem Autor des seinen Schwiegervater als eine der höchsten Offenbarungen arischen Geistes verherrlichenden Buches *Das Drama Richard Wagners* (1892) und der im Banne der Ideen des Franzosen Gobineau stehenden, den Geist der ›nordischen Rasse‹ als die eigentlich schöpferische Kraft unserer Kultur preisenden *Grundlagen des 19. Jahrhunderts* (1899). ›Deutsche Seelentiefe‹ gegen ›Franzosentum‹ und ›Demokratismus‹ beschwor auch das zunächst anonym erschienene Traktat *Rembrandt als Erzieher* (1890); seinen lange Zeit unbekannten Verfasser Julius Langbehn nannte man, weil er sich als einen »Deutschen« vorgestellt hatte, den »Rembrandtdeutschen«. Das Buch, mit Absicht möglichst billig angeboten, erreichte in wenigen Jahren 40 Auflagen, obwohl es Gericht hielt über den Schwund der Charakter- und Kulturwerte im Machtstaat nach 1870 und im Gegensatz zur herrschenden verstandesbetonten Bildungsidee eine Neuausrichtung des deutschen Wesens am Genius Rembrandts, also an der das Verstandesmäßige übersteigenden Kunst, forderte. 1891 erschienen, wieder anonym, die *Vierzig Lieder von einem Deutschen;* sie brachten die Gedankengänge des Prosabuches in Versen. Nicht ohne Grund hat man später Langbehn als einen Vorläufer nationalsozialistischer Ideen bezeichnet. Doch rechtzeitig geschah es, daß Bischof Paul Wilhelm von Keppler (1852–1926), ein damals viel gelesener religiöser Schriftsteller und Kunstgelehrter, in einer eingehenden Besprechung des Rembrandtbuches die Irrtümer des Verfassers nachwies und damit auf Langbehn solchen Eindruck machte, daß der hochgemute Sonderling – ein solcher blieb er zeitlebens – und bisherige Romfeind 1903 zur katholischen Kirche übertrat.

Sonderling wie Langbehn war auch LUDWIG DERLETH (1870–1948), ein Dichter, der, wie sein bester Kenner Dominik Jost sagt, »im Lauf der jetzigen Umwertung der deutschen Dichtung seit der Jahrhundertwende erst zu entdecken gewesen« ist. Er wurde als Sohn eines Amtsrichters in Gerolzhofen (Unterfranken) geboren. Seine Jugend verbrachte er unter anderem in Bischofsheim und Nürnberg. Nachdem er das Studium der Philosophie, Altphilologie und Germanistik in München abgeschlossen hatte, wurde er Gymnasiallehrer. 1906 trat er jedoch aus dem Staatsdienst aus und zog nach München. 1924 heiratete er Christina Ulrich in Rom, wohin er 1925 ganz übersiedelte. Nach zahlreichen Reisen und Wohnortswechseln lebte er seit 1935 in San Pietro di Stabio (Tessin), wo er rund 20 Jahre später starb.

Beziehungen zur literarischen Welt stellten sich früh ein: Derleths Schwester Anna verkehrte im Hause der Mutter von Thomas Mann; dieser karikierte Derleth in einer seiner frühen Erzählungen (»Beim Propheten») und porträtierte ihn 40 Jahre später ironisch als »Daniel zur Höhe« im »Doktor Faustus«. Ludwig Derleth selbst trat früh in Beziehung zu Schuler, Klages und Wolfskehl, bald zu Stefan George. Aber da er immer ein gläubiger, wenn auch eigenwilliger Katholik war, konnte er es auf die Dauer an der Seite des »Neuheiden« nicht aushalten. Erste Gedichte Derleths erschienen im »Pan« (1896–1898) und in den »Blättern für die Kunst« (1902, 1904, 1909, 1910); sein erstes Buch waren die *Proklamationen* (1904, Neuausgabe 1919), nach der Absicht des Verfassers »keine Literatur, sondern Herausforderung«, Aufruf zu einem radikal erneuerten Christentum. Die von Derleth zweifellos geplante Ordensstiftung kam allerdings nie zustande; Anna Derleth hat später, offenbar nach dem Sinn ihres Bruders, die »Proklamationen« anders interpretiert, nämlich lediglich als »dichterische Vision«. Damit mag es stehen, wie es will; wenn die Prosaschrift des Jahres 1904 ihre ursprüngliche Absicht auch nicht erreichte, so hatte sie doch den Erfolg, daß Derleth vom dichterischen Seher zum seherischen Dichter wurde.

Lange Zeit verstummte Derleth, da er an seinem Hauptwerk arbeitete, das er 1933 unter dem Titel *Fränkischer Koran* veröffentlichte. Es ist dies ein Band von rund 500 Seiten und als »des Werkes erster Teil« bezeichnet. Der Titel weist auf das heimatliche Franken und den islamischen Orient. Gegliedert ist der »Fränkische Koran« in Proömion (Vorrede), Anrufungen und Gebete, Ausfahrt der Argonauten, Frühlingsfeier, Weinlieder, Liebeslieder, die große Enttäuschung, Umschau und Kritik der Wissenschaft, Kritik der Geschichte, Auszug nach neuen Zielen. Vielfache Gegenstände sind zu einem, allerdings fragmentarischen Ganzen vereint, zusammengehalten durch die Grundidee der Suche nach dem verlorenen Paradies, getragen vom Glück der Gotteskindschaft, vom Erlebnis der Gemeinschaft in der Liebe Gottes, von der Hoffnung auf das ewige Leben.

»Ludwig Derleth war ein Symbolist, was hier besagt: Jedes Wort, jedes

Bild, jedes dichterische Ganze ist ihm mehr als es selber, meint sich und spricht zugleich ein anderes aus, kann in sich schon einen Gegensatz bergen und eigentlich etwas drittes sagen.« Diese Worte Dominik Josts gelten besonders von den Wein- und von den Liebesliedern.

Dem »ersten Teil« hätte noch vieles folgen sollen, z. B. das in klarer Prosa geschriebene *Buch vom Orden* (teilweise publiziert in »Ludwig Derleth, Gedenkbuch«, 1958). Dagegen traten an die Öffentlichkeit *Die Lebensalter* (1937), ein Auszug aus dem ersten Teil, die *Seraphinische Hochzeit* (1939) und *Der Tod des Thanatos* (1945), beides Fortsetzungen des »Fränkischen Korans«, sowie – im »Gedenkbuch« – das *Poem der magischen Natur;* andere vom Dichter abgeschlossene Teile harren noch des Druckes, wie *Das Paradies,* darin es heißt:

> Heiliger Friede, taue nieder auf Gerechte,
> regne nieder in goldner Fülle, Paradiesesüberfluß.

DIE GROSSEN ROMANAUTOREN

Die Schriftsteller, denen wir uns im folgenden widmen wollen, sind im Gegensatz zu den vorangegangenen Vertretern der Fin-de-siècle-Literatur wie auch zu den danach zu behandelnden Expressionisten keiner einheitlichen Stilrichtung, literarischen Schule oder gar Epoche zuzuordnen – allenfalls ihre ausgesprochene Individualität, ihre ästhetische Selbständigkeit und ein Beharren auf der eigenen Subjektivität als entscheidender Basis ihrer künstlerischen Produktivität scheint sie auf den ersten Blick miteinander zu verbinden. Dennoch gibt es bei genauerer Betrachtung einige nicht unbedeutende Bereiche, in denen ihr Leben und Werk gemeinsame Tendenzen oder gar offenkundige Parallelen aufweist; hierzu nur drei Hinweise: Da ist zunächst die Generationszugehörigkeit; alle später vorzustellenden Autoren entstammen dem 19. Jahrhundert – und zwar nicht nur rein biographisch, sondern auch was die literarische Tradition betrifft, in der sie wurzeln. Sie entfalten aber ihre größte literarische Kreativität und Wirksamkeit allesamt (mit Ausnahme Thomas Manns) im ersten Viertel des 20. Jahrhunderts, was sie zu eigentümlichen Grenzgängern zwischen den Epochen, und zwar den historischen (Kaiserreich und Republik) wie den literarischen (bürgerlicher Realismus und avantgardistische Moderne) macht. Zum zweiten verhalfen sie dem deutschen Roman zum ersten Mal zur Weltgeltung, – Storm und Raabe,

Keller und Stifter hatten zweifellos Bedeutendes geleistet, ihre Wirkung jedoch reichte kaum über den deutschsprachigen Bereich hinaus und war jedenfalls mit der Dostojewskijs und Tolstois, Zolas und Balzacs nicht im entferntesten zu vergleichen. Erst mit Thomas Mann und Robert Musil, Franz Kafka und Hermann Hesse überschritt der deutsche Roman buchstäblich die Grenze zur Weltliteratur. Schließlich bewährt das Werk beinahe aller dieser Autoren seine Bedeutung und Wirkmächtigkeit bis in unsere Tage hinein, und zwar in der Funktion der Traditionsvermittlung einerseits und als Ausgangspunkt für ästhetische Wandlungen der Romangattung andrerseits (man denke hier nur an Musils Bedeutung für den experimentellen Roman der fünfziger Jahre oder an Thomas Manns Behandlung des Mythos, von der z. B. Günter Grass nicht nur für den »Butt« so manches gelernt hat).

Mögen diese Andeutungen hinreichen, um die Behandlung so unterschiedlicher Autoren in einem gemeinsamen Kapitel notdürftig zu rechtfertigen, so soll doch eine weitere damit verbundene Schwierigkeit nicht verschwiegen werden. Es handelt sich hierbei darum, daß wir die Autorengruppe noch vor dem Ersten Weltkrieg und in der Form einheitlicher Monographien behandeln, obwohl doch jedermann klar ist, daß etwa Döblin vielleicht besser in der Zeit der Weimarer Republik und Thomas Mann im Kapitel über die Exilliteratur plaziert wären. Der Einwand ist gewiß gerechtfertigt, und doch haben nicht allein praktische, mit der generellen Anlage dieser Literaturgeschichte zusammenhängende Gründe dazu geführt, ihn zu vernachlässigen. Es sind große einzelne, die hier versammelt sind – als solche aber erweisen sie sich als Söhne des subjektivitätsgläubigen 19. Jahrhunderts, die jenseits aller Schulen und Tagesaktualitäten im literarischen Massenbetrieb des 20. Jahrhunderts ihre Individualität und Einzigartigkeit zu behaupten suchten.

Franz Kafka

Franz Kafka gilt heute als einer der bedeutendsten deutschsprachigen Schriftsteller dieses Jahrhunderts, doch diese Einschätzung setzte sich erst relativ spät durch. Obwohl wichtige seiner Werke bereits vor bzw. während des Ersten Weltkrieges entstanden (»Die Verwandlung«, »Das Urteil«, 1912, »Der Prozeß«, »In der Strafkolonie«, 1914), hatte Kafka bis zu seinem Tod nur eine bescheidene Wirkung. Das änderte sich, zumindest in literarisch interessierten Kreisen, erst allmählich, nachdem Kafkas Freund Max Brod ab 1924 Texte aus dem ihm anvertrauten Nachlaß zu veröffentlichen begann – und das obwohl Kafka ihn ausdrücklich gebeten hatte, seine sämtliche schriftliche Hinterlassenschaft zu vernichten. Wie bei so vielen Autoren der literarischen Moderne des Jahrhundertbeginns wurde auch im Falle Kafkas eine kontinuierliche Rezeptionsgeschichte durch die Hitlerzeit unterbrochen, so daß eine Breitenwirkung seines Werks erst nach dem Zweiten Weltkrieg einsetzen konnte. Dies jedoch geschah in der Bundesrepublik beinahe in Form eines abrupten Durchbruchs, nachdem ab 1950 die gesammelten Werke und Briefe erschienen, in denen viele eine Deutung der eigenen verzweifelten und entwurzelten Nachkriegssituation erkannten. In den folgenden Jahrzehnten haben Kafkas Schriften eine wahrhafte Deutungsflut hervorgerufen, in der religiöse und existenzialistische Ansätze ebenso vertreten sind wie marxistische und psychoanalytische Interpretationen. Auch das in Kafkas Fall außerordentlich verwickelte Problem der philologischen Texttreue – der sich sein Herausgeber Brod nicht überall verpflichtet hatte – scheint in jüngster Zeit durch die zögernd beginnende, den Manuskripten folgende Edition einer historisch-kritischen Ausgabe einer Lösung zugeführt zu werden.

Franz Kafka (1883–1924) wurde in Prag als Sohn eines wohlhabenden jüdischen Kaufmanns geboren – eine nicht nur biographisch-banale, sondern werkgeschichtlich bedeutsame Feststellung, denn schon in frühen Jugendjahren erwies sich Kafkas Verhältnis zu dem dominanten, prestige-orientierten Vater als äußerst problematisch und wurde später (nicht nur in dem berühmten »Brief an den Vater«, 1919) zu einem Leitmotiv seiner Erzählungen und Romane. Nach dem Besuch der Volksschule und des Deutschen Gymnasiums in Prag (1893–1901) studierte Kafka, dem Willen des Vaters folgend, Jura, legte 1903 sein Staatsexamen ab und promovierte 1906 zum Dr. jur. Im Sommer 1908 trat Kafka als Hilfsbeamter in die Arbeiter-Unfall-Versicherungsgesellschaft für das Königreich Böhmen in Prag ein. Der verachtete Brotberuf bewirkte einen noch stärkeren Rückzug des ohnehin eher Introvertierten auf sich selbst, wovon Kafkas Tagebuch, das er 1910 zu führen begann und das neben Werkskizzen und Aphorismen überaus scharfsichtige, analytisch-distanzierte Selbstbeobachtungen enthält, eindrucksvoll Zeugnis ablegt. Im August 1913 lernte er die Berlinerin Felice Bauer kennen, zu der er in den folgenden vier Jahren in einem sehr spannungsvollen Verhältnis stand, in dessen Verlauf er sich zweimal mit ihr verlobte (»Briefe an Felice und andere Korrespondenz aus der Verlobungszeit«). Eine tragische Wendung nahm Kafkas Leben, als 1917 die Kehlkopftuberkulose, an der er schon seit Jahren gelitten hatte, offen ausbrach; er ließ sich daraufhin in den vorzeitigen Ruhestand versetzen und hielt sich fortan bis zu seinem Tode in den unterschiedlichsten Sanatorien auf, in denen sein Leiden allenfalls gelindert, nicht aber geheilt werden konnte. Nur einmal noch verlebte er trotz physischer und materieller Leiden einige glückliche Monate, nachdem er im Sommer 1923 die damals 20jährige Dora Dymant kennengelernt hatte. Doch schon im Sommer 1924 holte Max Brod den Todkranken nach Prag zurück und brachte ihn von dort in das Sanatorium Kierling bei Wien, wo er am 3. Juni starb. Franz Kafka wurde beigesetzt auf dem jüdischen Friedhof in Prag-Straschnitz.

Kafkas Prosa besticht durch ihre äußerste Klarheit, Deutlichkeit und oft lakonisch wirkende Präzision. In einem scheinbaren Widerspruch dazu scheinen die inhaltlichen Grundkonstellationen seiner Werke zu stehen: In beinahe allen Romanen und Erzählungen nämlich sieht sich der jeweilige Protagonist unsichtbaren Mächten und undurchschaubaren Situationen konfrontiert, deren seine eigene Existenz beherrschende Anonymität er trotz aller verzweifelten Mühe niemals aufheben kann.

Kafka selbst datierte den Beginn seiner eigentlichen künstlerischen Produktion auf die Nacht vom 22. zum 23. September 1912, als er seine Erzählung *Das Urteil* niederschrieb, die er auch später noch »von allen Erzählungen die liebste« nannte:

Georg Bendemann, ein junger Kaufmann, schreibt eines Sonntagvormittags seinem Freund in Rußland. Er teilt ihm seine Verlobung mit und lädt ihn zur Hochzeit ein. Dann sucht er, nach Monaten wieder einmal, den Vater auf, um ihm von seinem Entschluß zu berichten. Der Vater antwortet mit Vorhaltungen. Es gelingt Georg jedoch, den Alten seiner schmutzigen Wäsche zu entkleiden und ins Bett zu tragen. Kaum ist der Vater zugedeckt, richtet er sich im Bett zu voller Größe auf. Dem Sohn wirft er vor, er habe schon immer mit dem fernen Freund gegen ihn intrigiert. Georgs Verhältnis zur Verlobten Frieda aber sei Verrat am Freund, an der toten Mutter und an ihm selbst, dem Vater. Er verurteilt den Sohn zum Tod durch Ertrinken. Georg läuft aus dem Zimmer, hört den Vater aufs Bett stürzen, jagt aus dem Haus zum Fluß hinab und ertränkt sich.

Der Erzählung kommt zunächst eine biographische Schlüsselrolle zu, indem Kafka hier seinen lebenslänglichen, tief in ödipaler Verstrickung wurzelnden und mithin kaum auflösbaren Konflikt mit dem eigenen Vater thematisiert und mit außerordentlicher Eindringlichkeit literarisiert. Aber darüber hinaus läßt sich in ihr auch der Nukleus der Kafkaschen Werkproblematik aufdecken: Denn der verzweifelt-erfolglose Kampf gegen die Autorität, eine als naturgegeben-unüberwindlich erscheinende Macht, die sich hier, noch verhältnismäßig ›konkret‹, in der patriarchalischen Gewalt des leiblichen Vaters manifestiert, prägt auch die Erzählungen *Die Verwandlung* und *Vor dem Gesetz,* namentlich aber die beiden Romane *Der Prozeß* (entstanden 1914/1915, erschienen 1925) und *Das Schloß* (entstanden 1922, erschienen 1926) – nur daß freilich hier ›die Macht‹ nicht mehr in einem monströsen Greis verkörpert ist, sondern hinter der Anonymität bizarrer bürokratischer Strukturen sich verbirgt, wodurch ihre Unbezwingbarkeit, quasi ins Mythische gesteigert, endgültig wird: Gegen den Vater mag eine Auflehnung immerhin noch denkbar sein, gegen die ›Behörden‹ und ›Institutionen‹ aber ist sie von vornherein sinnlos.

Im Prozeß sieht sich Josef K. plötzlich unter Anklage gestellt und in einen Prozeß verwickelt, ohne daß er die Anklage oder den Ankläger kennt. Der Prozeß findet geheim statt, das Gericht, das über ihn entscheidet, bleibt in geheimnisvollem Dunkel. Nach anfänglichen untauglichen Versuchen, in das Geschehen einzugreifen, resigniert K. schließlich und setzt seiner Hinrichtung keinen Widerstand mehr entgegen.

Das Bedrückende nicht allein dieser Erzählung ergibt sich unter anderem daraus, daß Kafkas Protagonisten zwar immer im Zustand des Ausgeliefertseins sich finden – aber nie wissen, wem denn eigentlich sie ausgeliefert sind; daß sie zwar immer auf einen ›Ruf‹ warten, der ihnen alles erklären und sie buchstäblich erlösen könnte – aber, selbst wenn dieser Ruf ergeht wie im *Landarzt* oder der *Kaiserlichen Botschaft,* nie wissen, von wem er ausgeht, welches sein Inhalt ist und ob er denn eigentlich an sie selbst gerichtet ist. In der Türhüterlegende aus dem Prozeß liegt wohl der Schlüssel dieser Problematik, den K. selbst freilich nicht zu benutzen versteht: Der Prozeß, so wird ihm in Form einer Parabel bedeutet, der gegen ihn geführt wird, ist ein Prozeß, der im Innern des Individuums stattfindet und in den nur erfolgreich eingreifen kann, wer dies erkannt hat und sich aus der autoritären Fixierung an äußere Mächte zu lösen lernt.

Auch der Landvermesser K. im »Schloß« sieht sich geheimnisvollen Gesetzen gegenüber, die er nicht kennt, deren Verletzung aber von der Schloß-Bürokratie mit äußerster Strenge geahndet wird. Der Versuch, ein selbstbestimmtes Leben zu führen und sich ein bescheidenes privates Glück zu schaffen, scheitert. K. bleibt ein Fremder im Dorf und reibt sich im langen und zähen Kampf gegen die unsichtbar-anonyme Bürokratie auf. Der Fragment gebliebene Roman sollte mit dem Tod des völlig entkräfteten K. enden.

Max Brod hat Franz Kafka einmal einen Seismographen genannt, der mit unbestechlicher Sensibilität und Genauigkeit Tendenzen angezeigt habe, die sich erst im Zuge und in der Folge des Zweiten Weltkrieges gesellschaftlich realisiert hätten; man könnte noch einen Schritt weitergehen und Kafka an die Seite George Orwells stellen, insofern beide in der Anonymisierung und Technologisierung der Macht die größte, subjektive Integrität und individuelle Identität bedrohende, existenzvernichtende Gefahr erkannt haben. Bei all dem aber – und hier ergibt sich eher eine Distanz zu Orwell – sollte man nicht übersehen, wie sehr bei Kafka die Kritik an den Institutionen stets vermittelt

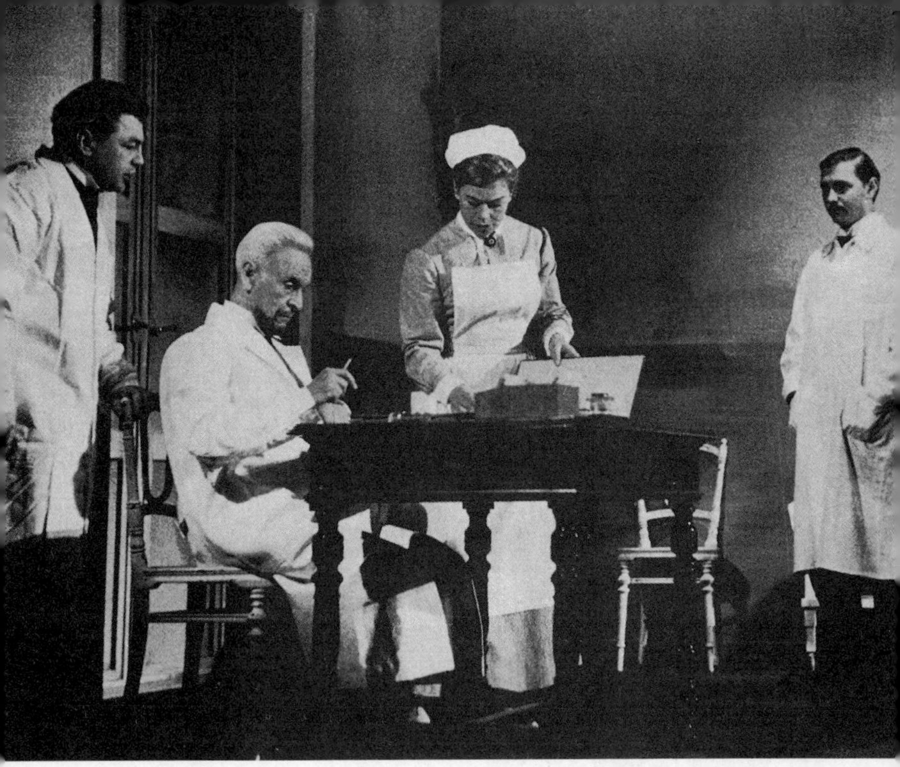

Szene aus einer Aufführung von Schnitzlers Komödie »Professor Bernhardi«, Burgtheater Wien.

Die österreichischen Schriftsteller Arthur Schnitzler (1862–1931) und Stefan Zweig (1881–1934).

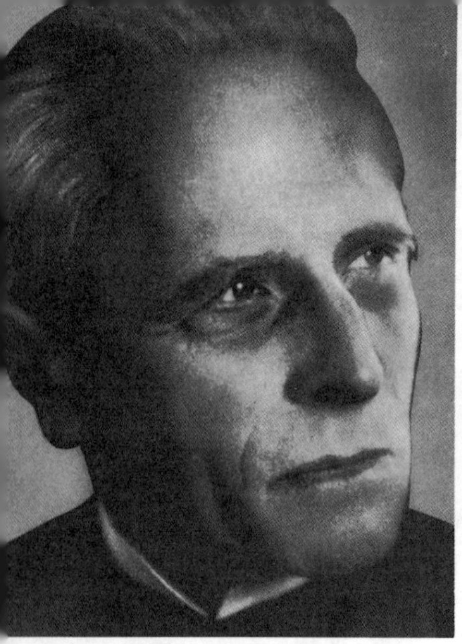

Der Psychologe und Philosoph Ludwig Klages (1872–1936) gehörte zum Freundeskreis Stefan Georges.

Rudolf Steiner (1861–1925), der Begründer der Anthroposophie.

Der österreichische Dichter Hugo von Hofmannsthal (1874–1929) ist einer der bedeutendsten Vertreter des Symbolismus.

Ein Anhänger Rudolf Steiners war der Dichter Christian Morgenstern (1871–1914).

Rainer Maria Rilke. Porträt von Paula Modersohn-Becker.

Der Untergang der Donaumonarchie ist das Thema mehrerer Romane des österreichischen Schriftstellers Joseph Roth (1894–1939).

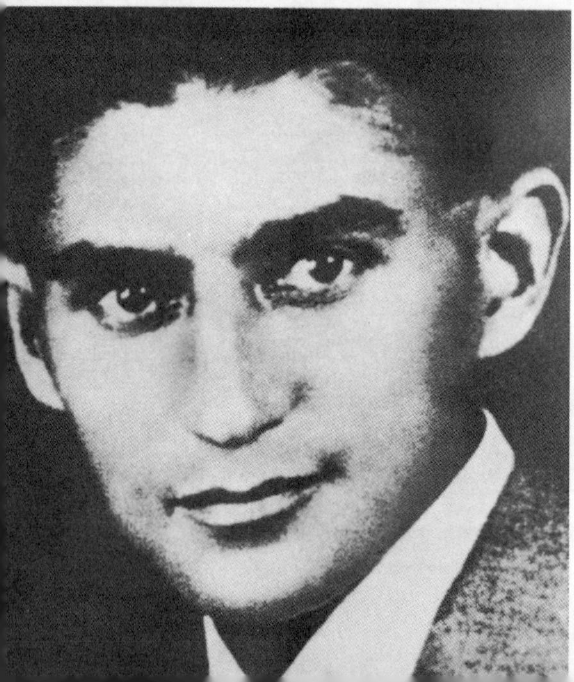

Der Prager Dichter Franz Kafka (1883–1924) verfaßte die viel interpretierten, aber schwer zu deutenden Romane »Der Prozeß« und »Das Schloß«.

ist mit der Bedrohung, der sich das Subjekt selbst ausliefert durch seine Autoritätshörigkeit, seinen para-religiösen Glauben an ›Die Macht‹ und letztlich durch seine Unterwerfungsbereitschaft. Es wird hier in erweiterter historischer Perspektive ein ganz anderer Aspekt des Kafkaschen Œuvres erkennbar, das wohl auch einen Appell darstellt, den noch immer unaufgelösten Auftrag der europäischen Aufklärung endlich einzulösen, nämlich, nach dem berühmten Diktum Kants: die Befreiung des Menschen aus seiner *selbstverschuldeten* Unmündigkeit.

Zum Schluß ein Wort zu Max Brod, dem Freund, Nachlaßverwalter und Biographen Kafkas, dessen Bedeutung zwar heute untrennbar mit seiner aufopferungsvollen Arbeit für die Edition und Verbreitung der Schriften des Freundes verknüpft ist, der aber zunächst als durchaus selbständiger Schriftsteller angetreten war. MAX BROD (1884–1968) wurde wie Kafka in Prag geboren, war Doktor der Rechte, zeitweise Beamter, später Theater- und Musikkritiker, seit 1913 Zionist, seit 1939 in Palästina als freier Schriftsteller und Dramaturg des »Habimah«-Theaters in Tel Aviv. Zum Unterschied von seinem Freund hat Brod auch der Lyrik (»Der Weg der Verliebten«, 1907; »Tagebuch in Versen«, 1910; »Das Buch der Liebe«, 1921) seine Aufmerksamkeit geschenkt, jedoch nicht viel Anerkennung gefunden; ähnlich ging es ihm mit seinen Dramen. Die politischen Ereignisse zwangen ihn schließlich zur Emigration. Sie haben, wie er selbst sagt, »sozusagen keine Mühe gescheut, mir jene Potenzen, die seit je mein Leben bestimmt hatten: Religion und Mathematik, Musik und andere Künste, aber vorzüglich das Wunder und die Wunderlichkeit der Liebe mit vereint greifbarer Macht in die Seele zu drücken. Es ist etwas daraus geworden, das mir nach Wahrheit ausschaut«. Mit diesen Worten zeigte der Autor sein zweibändiges Werk *Diesseits und Jenseits* (1946/1947) an, mit dem er »der gequälten Menschheit zu Hilfe zu kommen wünscht«, und zwar »nicht an der bewegten Oberfläche, sondern von Grund aus«, indem er den Verzicht in das Zentrum des Daseins stellt. 1960 veröffentlichte er, nachdem er sich schon zuvor als Biograph Heinrich Heines (1934) und Franz Kafkas (1937) betätigt hatte, seine Autobiographie *Streitbares Leben* (1960), einen Rückblick auf das Prag der Vorkriegszeit und auf seine vielen Zeit- und Weggenossen, natürlich auch auf Kafka und Werfel.

Wer sich wundert, daß Jakob Wassermann an dieser Stelle und in so prominenter Nachbarschaft Erwähnung findet, ist Opfer einer Eigentümlichkeit der Wirkungsgeschichte seines Werkes, die heute in der Tat so gut wie an ihr Ende gekommen zu sein scheint. Tatsächlich aber wurde Wassermann zu seiner Zeit zu den großen und publikumswirksamsten Romanautoren gerechnet; sein Werk wurde noch von Thomas Mann als eine »großartige Mischung von Virtuosität und heiligem Ernst« gepriesen und Wassermann selbst, wieder von Mann, zum »Welt-Star des Romans« proklamiert. Sein Ruhm ist rasch verklungen, und dennoch ist er literaturhistorisch hier am Platze.

Jakob Wassermann (1873–1934) aus Fürth in Bayern war der Sohn eines jüdischen Gemischtwarenhändlers und wurde Kaufmannslehrling; aber dazu fühlte er sich nicht berufen, sondern zu literarischer Betätigung. Wie bei Kafka führte dieser Drang zum Bruch mit der Familie. Der Sekretärposten bei E. v. Wolzogen, die Redaktion des »Simplicissimus« war nicht der goldene Boden des schriftstellerischen Handwerks. Die Heirat mit der Tochter eines Wiener Unternehmers bedeutete die Wende in Wassermanns Schicksal; so lebte er seit 1898 in und bei Wien, zuletzt in Alt-Aussee im Salzkammergut. In Wien befreundete er sich mit Hofmannsthal und Schnitzler, dann auch mit Thomas Mann.

Oskar Loerke, Lektor bei Wassermanns Verleger, vertraute seinem Tagebuch die Bemerkung an, die Romane dieses Autors seien »Edelschmarren« – und das erkläre ihren Publikumserfolg. In der Tat hatte der so Charakterisierte das Talent, sensationellen Stoffen eine Vorzugsstellung in seinem Schaffen einzuräumen und seiner überschäumenden, das Mystisch-Magische umkreisenden Phantasie keine Zügel anzulegen. Gleich Hermann Stehr war Jakob Wassermann Seelenzergliederer, gleich dem Schlesier ließ er seine Novellen und Romane aus dem Geheimnisvollen und Unbewußten emporsteigen. Wassermann begann mit den einfachen Erzählungen der Sammlung *Schläfst du, Mutter?* (1896), die die dargestellten Menschen in ein beinahe pedantisch naturalistisches Milieu versetzt (Straßennamen und Hausnummern sind wichtig scheinende Requisiten), doch ist deren persönliches Leben und Erleben eher das von Nachtwandlern. Im Dienste dieser Hintergründigkeit steht auch der um zehn Jahre jüngere Novellenband *Die Schwestern* (1906) und die dazwischen erschienenen Bücher sowie spätere Kurzerzählungen. Über die Art dieser Dichtungen gibt des Dichters Wort Aufschluß:

»Nicht im Wirklichen und Greifbaren spielt sich das entscheidende Leben des Menschen ab. Das Tiefste, woran der Sterbliche seine Seele bindet, ist Rauch, ist Traum.«

Zum von der Welt anerkannten Autor jedoch wurde Wassermann durch seine umfangreichen Romane; ihre Reihe eröffneten *Die Juden von Zirndorf* (1897). An sie schlossen sich *Die Geschichte der jungen Renate Fuchs* (1900), die die Frauenfrage vielgestaltig spiegelt, *Der Moloch* (1902), unter dem die Großstadt verstanden ist, *Alexander in Babylon* (1905) mit dem farbenglühenden Gemälde des Zuges durch die Wüste, *Caspar Hauser oder die Trägheit des Herzens* (1908) und – neben weniger berühmt gewordenen – *Das Gänsemännchen* (1915), die Geschichte des Nürnberger Musikus Daniel Nothafft, auf welchen die erotischen Beziehungen Gottfried August Bürgers

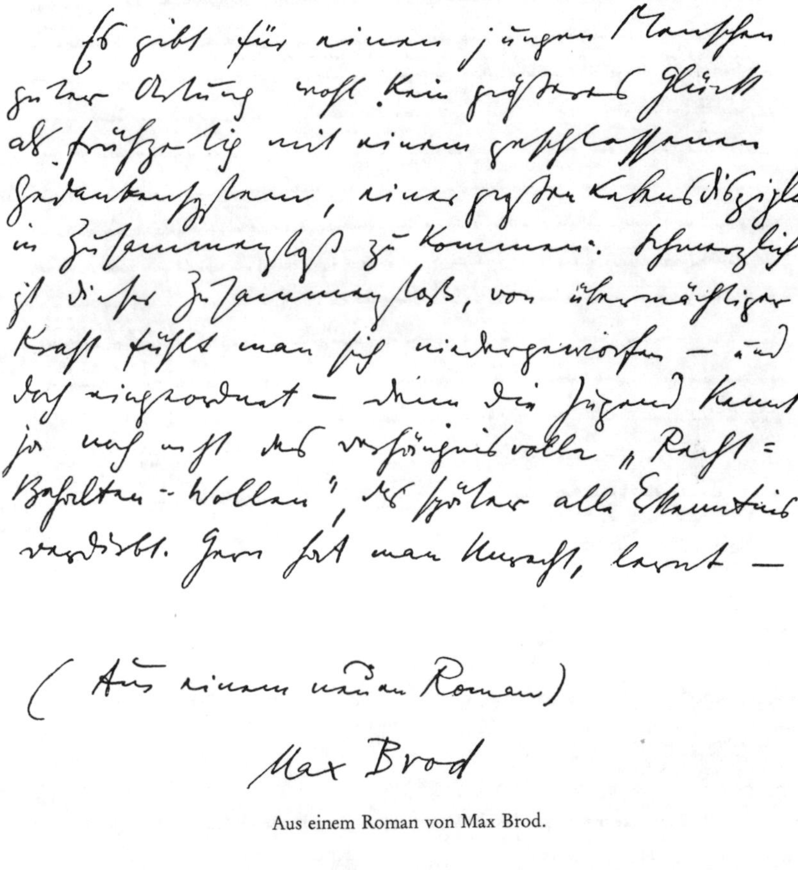
Es gibt für einen jungen Menschen guter Artung wohl kein größeres Glück als frühzeitig mit einem geschlossenen Gedankensystem, einer großen Lebensdisziplin in Zusammenstoß zu kommen. Schmerzlich ist dieser Zusammenstoß, von übermächtiger Kraft fühlt man sich niedergeworfen – und doch eingeordnet – denn die Jugend kennt ja noch nicht das verhängnisvolle „Recht-Behalten-Wollen", das später alle Erkenntnis verdirbt. Gern hört man Unrecht, lernt –

(Aus einem neuen Roman)

Max Brod

Aus einem Roman von Max Brod.

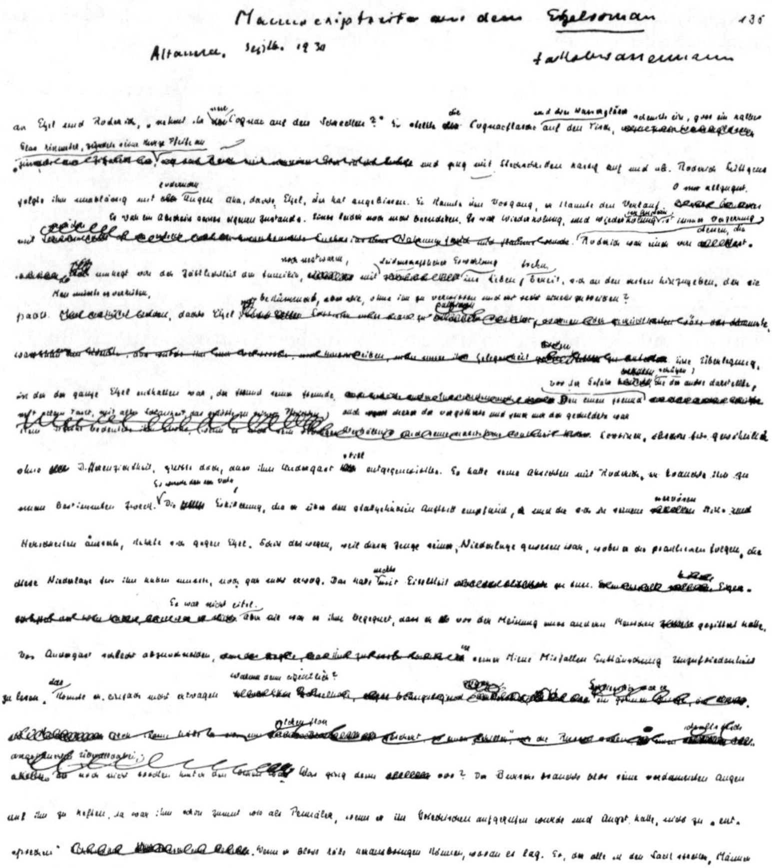
Manuskriptseite aus dem Etzelroman 135
Altaussee. Sept. 1930
Jakob Wassermann

Manuskriptseite aus Jakob Wassermanns Roman »Etzel Andergast«.

übertragen sind, ferner der zweibändige *Christian Wahnschaffe* (1919), in dessen kolportagehafter Überfülle Richard von Schaukal »die Schwäche eines gewaltsam gereckten Talents« sah, *Der Fall Mauritius* (1928), der sich gegen einen Justizirrtum wendet, sowie die beiden Romane *Etzel Andergast* (1930) und *Joseph Kerkhovens dritte Existenz* (1934), die das Bild der damaligen Gegenwart und ihrer zutiefst existenzialistisch verwurzelten Probleme darstellen.

Zwei dieser Romane sind von besonderem Interesse. So hat der historische Roman über die Zirndorfer Juden zwei Hauptpersonen, im ersten Teil Sabbatai Zewi, einen Schwärmer, der die im 17. Jahrhundert auf den Erlöser wartende Judengemeinde von Fürth und Nürnberg in ihren Erwartungen täuscht, im zweiten Agathon Geyer, der ersehnte neue Mann unter dem Einfluß der Kultur, der, wenn nicht sein Volk, so doch sich selbst durch Überwindung des engen Geistes von Gesetz, Sitte und Herkommen erlöst. – Der Titelheld des »Caspar Hauser« ist jener rätselhafte Findling, der 1828 in Nürnberg auftauchte und für den unehelichen Sohn einer Fürstin gehalten wurde. Wassermann sieht in ihm den reinen Menschen, den Menschen ohne Sünde, den Prüfstein für den Menschenwert; gegen ihn wehrt sich die herzensträge Gesellschaft, weil sie nichts Ungewöhnliches duldet, kein Genie und keinen Fremdling; so geht Hauser an ihr innerlich zugrunde, ehe ein Mörder seinem äußeren Leben ein Ende macht. Diese beiden Romane sind herausgegriffen, weil ihr Urheber in ihnen Seelenbilder des Juden und des Deutschen geben wollte, wie er eben selbst beides war; dazu bekannte er sich auch in dem Buch *Mein Weg als Deutscher und Jude* (1921); in ihm schrieb er, er fühle sich »heimatlich auf dem Boden, der ihn nähre, verpflichtet der Not und dem Glück des Volkes, Herz an Herz geschlossen an ihre Besten und geistig geformt durch ihre Sprache, ihre Ideen und ihre Ideale«. Als aber die für die Juden bedrohliche Situation offenbar wurde, schrieb er: »Die Verzweiflung über Deutschland lastet bergehoch auf meiner Brust – die Frage ist: Überlebt man's?« Er starb, ehe ihn das Schicksal vieler Leidensgenossen erreichte. Sein Werk aber ist wohl dem Untergang geweiht – mit Ausnahme seiner theoretischen Schriften, denen leider die Praxis nicht entsprach, aber tiefe Erkenntnisse nicht fehlen. Sie stammen teils aus der Frühzeit (»Die Kunst der Erzählung«, 1910; »Deutsche Charaktere und Begebenheiten«, 1915), teils aus späten Tagen (»Selbstbetrachtungen«, 1933; »Tagebuch aus dem Winkel«, 1935) und fanden durch den feinsinnigen Germanisten Paul Stöcklin eine behutsame Auswahl (»Bekenntnisse und Begegnungen«, 1950).

Eine Sonderstellung unter den deutschen Schriftstellern jüdischer Herkunft nimmt Alfred Döblin (1878–1957) ein. Er entstammte einer Kaufmannsfamilie, wurde in Stettin geboren, kam 1888 nach Berlin, wo er nach Medizinstudien (Berlin und Freiburg i. Br.) seit 1911 als Kassenarzt und Nervenspezialist tätig war. Ende 1914 mußte er als Militärarzt einrücken; 1918 trat er, allerdings nur vorübergehend, der Sozialdemokratischen Partei bei. Seine literarische Laufbahn begann 1910; in diesem Jahr wurde er Mitbegründer des Expressionistenorgans »Der Sturm«, doch wurde er dort, da er eben kein Expressionist war, bald ausgebootet. Immerhin erschienen in der genannten Zeitschrift eine Reihe seiner kleineren Erzählungen, die er später, mit anderer Kurzprosa, unter dem Titel *Die Ermordung einer Butterblume* (1913) herausgab; es handelt sich um Texte, in denen Mensch und Umwelt, Wirkliches und Unwirkliches, Sinnliches und Gedankliches dicht nebeneinanderstehen. Im »Sturm« erschien auch zuerst der erst 1919 als Buch publizierte Roman *Der schwarze Vorhang*, der mit einem Lustmord endet, das Werk mehr eines Psychiaters als eines Dichters, der hier immerhin schon sein zentrales Thema gefunden hat: das Ausgeliefertsein des Menschen an fremde Mächte. Aber noch fand er die Antwort auf die Frage nicht, wie der Mensch, um sich zu bewahren, auf dieses Ausgeliefertsein reagieren solle. Den ersten diesbezüglichen Versuch machten *Die drei Sprünge des Wang-lun* (1915). Döblin war nie in China gewesen, aber eingehende Lektüre versetzte ihn in die Lage, vor dem Leser China, durchaus subjektiv gefärbt, entstehen zu lassen.

Die ursprüngliche Absicht des Romans war, den Aufstand chinesischer Goldwäscher am Lena-Strom und dessen Unterdrückung durch russisches Militär zu schildern; was daraus wurde, ist ein streckenweise schrill-pointillistisches Roman-Mosaik, dessen Held zuerst einen Polizeioffizier tötet, weil die Polizei einen Unschuldigen massakriert hatte, dann, in die Wildnis der Berge geflüchtet, von einem ehemaligen buddhistischen Mönch in die Lehre der Nachgiebigkeit eingeführt wird und schließlich als Haupt einer Sekte, die diese Lehre verwirklichen will, auf Befehl des Kaisers mitsamt seinen Anhängern in einem grausigen Blutbad getötet wird. Die letzten Worte des Romans spricht die Todesgöttin zu einer Mutter, die ihre zwei Kinder verloren hatte: »Stille sein, nicht widerstreben, oh, nicht widerstreben.«

Im nächsten Roman *Wadzeks Kampf mit der Dampfturbine* (1919) widersetzt sich der Industrielle Wadzek dem neuen technischen Prinzip der Dampfturbine und unterliegt; daraus zieht er die Konsequenz: »Man braucht nicht den Charakter zu wechseln, man kann auch das Land wechseln.« – Der historische Zweibänder *Wallenstein* (1920) stellt dem Feldherrn Kaiser Ferdinand gegenüber, der inmitten der chaotischen Welt des Dreißigjährigen Krieges die Kraft der Demut beweist. Nochmals setzt sich dann Döblin mit der Technik auseinander und schreibt die Zukunftsvision *Berge, Meere und Giganten* (1924), in der »wie früher Epidemien die Menschen verheerten, Städte ausrotteten, so jetzt das ruckweise Anwogen neuer Erfindungen«. Diesem Roman gab er 1933 den neuen Titel *Giganten* und eine völlig neue Fassung:

»Hier das zweite Buch nimmt seinen Anlauf von der geschichtlichen Situation der heutigen Menschheit. Denn sie ist diese Maschinenmenschheit. Es wird geschildert, wie sie sich im Maschinenwesen einkrusten und einschalen will, wie die Kruste erstickend wirkt und wie die Menschen sie unter unsäglichen Anstrengungen sprengen.«

In die Zeit dieser Romane fallen neue Novellen, fallen Versuche dramatischer Dichtung, fällt die *Reise in Polen* (1924) auf der Suche nach den Spuren des verlorenen Vaters. Das nächste literarische Werk aber ist das in rhythmischer Prosa geschriebene Epos *Manas* (1927); Manas ist laut Brockhaus »die aus feiner Materie bestehende Denksubstanz«, die sich hier, d. h. an der Person des indischen Halbgottes Manas, als machtlos erweist und nur durch Bescheidung zu bestehen vermag. So liegen die Gedanken aus dem »Wang-lu« und aus dem »Wallenstein« auch dieser Dichtung zugrunde, in der Manas von seiner Frau den Dämonen entrissen wird; sie kehrt das antike Orpheus-Eurydike-Motiv um und steht im Zusammenhang mit den »kosmischen« Großgedichten, wie sie Julius Hart, Mombert, Däubler, selbst Gerhart Hauptmann geschrieben haben.

Berühmtheit erlangte Döblin allerdings erst mit dem Roman *Berlin Alexanderplatz* (1929).

Dem Inhalt nach ist es die Geschichte eines Arbeiters namens Franz Biberkopf, der, aus dem Gefängnis entlassen, ein guter Mensch werden möchte und doch wieder auf die Bahn des Verbrechens gestoßen wird, bis er lernt, mit einem Butterbrot zufrieden zu sein (das ist natürlich nur die milieuentsprechende Ausdrucksweise für das Stillesein im »Wan-lu«, für die Demut Ferdinands im »Wallenstein«).

So ist »Berlin Alexanderplatz« gewiß eine Fortsetzung der bisherigen Gedankengänge Döblins, der dem Leser zudem nichts von dem erspart, was damals in Berlins unteren Schichten alltäglich war, aber gerade dadurch als einziger die Großstadt Berlin zum Schauplatz, ja beinahe zur handelnden Person macht. Dazu kommt der diesem Berlin entsprechende Stil, eine Mischung von Berlinismen, von beruflichen Jargons, von eingeblendeten Informationen aus Zeitung, Wetterdienst, Fahrplan, aus Schlagertexten und Reklamen, aus medizinischen Fachausdrücken und ordinärsten Slangwörtern – und doch ist diese Sprache weit entfernt von jener der Naturalisten, denn

Schutzumschlag von Georg Salter für die Erstausgabe von Alfred Döblins Roman »Berlin Alexanderplatz«.

das Ganze ist verwandt, aber nicht abgelauscht dem Bewußtseinsstrom des Iren James Joyce und der Montagetechnik des Amerikaners Dos Passos, läßt bestimmte Motive immer wiederkehren (denn Döblin glaubt an die stete Wiederkehr des Gleichen) und entrückt (erstmals in der deutschen Literatur) das zeitliche Nacheinander in die Gleichzeitigkeit eines Darstellungsstils, der damit Zeit und Raum in Frage stellt und so den Weg in die Transzendenz öffnet; »Berlin Alexanderplatz« erweist sich somit als einer der großartigsten Romane seiner Zeit, mehr: als Bahnbrecher eines neuen Stils und einer neuen Haltung.

Und dann geschah das beinahe Tragische: Dieses Buch ist die letzte Veröffentlichung Döblins in Deutschland zu seinen Lebzeiten. Sein Verfasser mußte die Heimat verlassen, flüchtete zuerst nach Frankreich (1933), wo er 1936 Bürgerrecht erhielt und bei Kriegsausbruch dem Informationsministerium zugeteilt wurde; die militärischen Ereignisse nötigten Döblin 1940 zu weiterer Flucht, die in Los Angeles endigte, brachten ihn aber 1945 nach Europa zurück und erhoben ihn zum Chef des literarischen Büros der »Direction de l'éducation publique« in Baden-Baden, später in Mainz, zum Herausgeber der literarischen Zeitschrift »Das goldene Tor«, ferner zum Mitbegründer der Mainzer Akademie (1949). Über all dem waren nur 20 Jahre seit dem Erscheinen des Romans »Berlin Alexanderplatz« vergangen, doch hatten sie genügt, daß die Öffentlichkeit den einst berühmten Autor völlig vergessen hatte. So entschloß sich Döblin, wieder nach Frankreich zu ziehen (1951), doch kehrte er aus Krankheitsgründen nach Deutschland zurück (März 1956); in der Tat starb er in Emmendingen bei Freiburg i. Br. Der erste Frankreichaufenthalt hatte aber etwas reifen lassen, was schon vorher in Vorbereitung begriffen war; denn der vierzehnjährige Döblin hatte schon in seinem Tagebuch notiert: »Gott ist das Gute.« Dabei ging es freilich, um mit Pascal zu sprechen, um den Gott der Philosophen; zum lebendigen Gott jedoch fand Döblin 1940 in Mende und wurde katholisch (Aufschluß über diesen Weg gibt die »Schicksalsreise«, 1949). In die poetischen Werke seit der Emigration und seit der Konversion ist außer in die eben genannte Autobiographie (und in die Essay-Sammlungen »Der unsterbliche Mensch, ein Religionsgespräch«, 1946, und die »Zeitlupe«, 1962) davon wenig eingegangen.

Nach der Auswanderung erschien zunächst die *Babylonische Wanderung* (1934), der groteske und zugleich tragische Weg eines assyrisch-chaldäischen Gottes über die Erde, der seine Hoffart aufgibt und ein freundliches Wesen annimmt. Ihr folgte der auf Familienerinnerungen fußende Roman *Pardon wird nicht gegeben* (1935); das hier angeschlagene Thema der Flucht und Umsiedlung findet sich natürlich erst recht in den Schriften *Jüdische Erneuerung* (1933) und *Flucht und Sammlung des Judenvolkes* (1935) und erfährt eine dichterische Bearbeitung, allerdings »in einem referierenden Allerweltsstil« (Soergel-Hohoff), in der Südamerika-Trilogie: *Die Fahrt ins Land ohne Tod, Der blaue Tiger, Der neue Urwald* (1937–1948) mit der Begründung eines christlichen Staates durch die Jesuiten in Paraguay. Soweit es sich dabei um ein politisches Problem handelt, bietet die durchsichtige Erzählung *Der Oberst und der Dichter* (1946) eine ironische Behandlung des sogenannten Rechtes des Stärkeren.

Das jahrelange erzwungene Fernsein von der ursprünglichen Heimat, insbesondere von Berlin, hatte wohl mehr als die steigende Zahl der Jahre zu einem Erlahmen der dichterischen Kraft geführt, wie die zwar schon 1938 begonnene, aber erst 1949/1950 abgeschlossene Tetralogie *November 1918* zeigt (»Bürger und Soldaten«, in der Neuausgabe »Der Zusammenbruch«, »Verratenes Volk«, »Die Heimkehr der Fronttruppe«, »Karl und Rosa«). Eine Hauptgestalt der Romanserie, der bürgerliche Friedrich Becker, wird unter dem Einfluß des Mystikers Tauler zum Christentum bekehrt und kämpft am Schluß auf seiten der Roten gegen das Militär. Vom künstlerischen Standpunkt aus ist zu sagen, daß die Berliner Szenen weit unter der Unmittelbarkeit des großen Berlinromans von 1929 stehen. Die Urteile über den bereits in Kalifornien begonnenen Heimkehrerroman *Hamlet oder Die lange Nacht nimmt ein Ende* (1956) gehen weit auseinander; trotz seiner religiösen Grundhaltung nahm ihn kein westdeutscher Verlag an; er mußte in Ostdeutschland erscheinen.

Robert Musil

Im Exil, wenngleich ohne vertrieben worden zu sein, fand ROBERT MUSIL (1880-1942) den Tod. Die Asche seines Leichnams wurde in einem Wald bei Genf verstreut. Musil war in Klagenfurt geboren worden, wo damals sein Vater als Ingenieur tätig war; bald darauf trat dieser jedoch in den Staatsdienst über und zog mit seiner Familie nach Komotau, Steyr, Brünn; 1917 wurde er geadelt, doch machte der Sohn davon keinen Gebrauch. Er sollte nach dem Willen des Vaters Offizier werden, absolvierte die Militär-Unterrealschule in Eisenstadt, die Militär-Oberrealschule in Mährisch-Weißkirchen und trat dann in die Technische Militärakademie in Wien über, die er jedoch bald verließ, um an der Technischen Hochschule in Brünn Maschinenbau zu studieren. 1901 wurde er Ingenieur, anschließend absolvierte er sein Militärjahr, gleichfalls in Brünn. 1902/1903 war er Assistent an der Technischen Hochschule in Stuttgart; doch wie er seine militärische Laufbahn aufgegeben hatte, tat er es auch mit der des Technikers. Er ging nach Berlin, studierte Philosophie, besonders Logik und experimentelle Psychologie, mußte deshalb die Reifeprüfung nachholen (1904 in Brünn) und beschloß seine Universitätsjahre mit dem Doktorat (1908). Zum dritten Mal entschied sich nun Musil gegen eine mögliche Laufbahn, nämlich die akademische; er wagte den Schritt ins Ungewisse des Schriftstellerberufes, arbeitete in Berlin am »Pan« mit, entschloß sich dann jedoch, Bibliothekar an der Technischen Hochschule in Wien zu werden; denn er wollte heiraten und tat es auch. Seine künftige Frau war aus erster Ehe Witwe, in zweiter Ehe geschieden; um eine dritte, in Österreich gültige Heirat eingehen zu können, erwarb sie sich die ungarische Staatsbürgerschaft, und Musil mußte von der katholischen Konfession zur protestantischen wechseln, was für ihn gewiß nicht mehr als Erfüllung einer Formalität bedeutete.

Als der Krieg ausbrach, rückte er ein und avancierte in dessen Verlauf vom Reserveleutnant zum Landsturmhauptmann, wurde auch mehrmals dekoriert. Nach Kriegsende kehrte er nach Wien zurück, nahm seine publizistische Tätigkeit wieder auf, ließ sich sogar vorübergehend, etwa zwei Jahre, im Staatsamt für Heereswesen verwenden, doch abermals entschied er sich für den unsicheren Weg des freien Schriftstellers, ging nach Berlin, dann zurück nach Wien und kehrte schließlich 1938 nach Hitlers Einmarsch Österreich endgültig den Rücken. Über Italien kam er nach Zürich, wo sich der reformierte Pfarrer Robert Lejeune seiner annahm, dann nach Genf, wo ein Hirnschlag sein zuletzt einsames und fast mittelloses Leben beendete.

»Die Dichtung«, so lautet eine Notiz Musils aus dem Jahre 1936, »hat nicht die Aufgabe, das zu schildern, was ist, sondern das, was sein soll; oder das, was sein könnte, als Teillösung dessen, was sein soll ... Zur Dichtung gehört wesentlich das, was man nicht weiß, die Ehrfurcht davor. Eine fertige Weltanschauung verträgt keine Dichtung.«

Wenn das, was hätte sein können, und nicht das, was gewesen ist, als Gegenstand der *Verirrungen des Zöglings Törleß* (1906) in Betracht gezogen wird, dann mag man diesen Roman, der »in sachlicher Kühle die seelischen Nöte und sexuellen Verirrungen eines Heranwachsenden analysiert« (Adalbert Schmidt), mit Wilfried Berghahn als »Vorgeschichte der Diktaturen des 20. Jahrhunderts« ansehen: »Die Kruste bürgerlicher Wohlanständigkeit zerspringt, es knistert im Gebälk, das heimliche, lange unterdrückte Verlangen nach Demütigung und Vernichtung der rationalen Selbstsicherheit der

Epoche feiert seine ersten Triumphe. Unter der Oberfläche gewöhnlicher Schülertorheiten bricht die Barbarei hervor.«

Der Erzähler Musil ließ sich dann Zeit, bis er wieder ein Buch herausbrachte, die Novellen *Vereinigungen* (1911). – Ihnen folgten *Grigia* (1923), *Die Portugiesin* (1923), *Drei Frauen* (1924), in denen es, oberflächlicher Betrachtung zufolge, darauf ankommt, daß die Vereinigung in der Liebe und im körperlichen Liebesakt zustande komme; hintergründig handelt es sich aber um die Zeichnung von Menschen, die »dem Erlebnis der Zeit, des Raums, der Masse, aber auch den ordnenden Mächten im früheren Sinn, der Geschichte, dem Staat, dem Volk, der Gesellschaft, Religion, Kunst und Politik einsam gegenüberstehen« (Soergel-Hohoff). So ist hinter dem Erotismus eine umfassende Zeitkritik versteckt, die bereits zum Thema des damals schon im Entstehen begriffenen Hauptwerkes überleitet.

Zwischen diese novellistische Tätigkeit fällt jedoch noch Musils Bühnenschriftstellerei. Im Jahre 1920 erschien das Schauspiel *Die Schwärmer* (neun Jahre später mit vorübergehendem Erfolg gespielt), ein Ehebruchdrama, zugleich eine Ablehnung des vom Expressionismus verkündeten »neuen Menschen«. Von ihm sagt Franz Blei: »Herr Musil treibt das, was man das Psychologische nennt, bis an seine äußerst mögliche Grenze, in seine engste Enge, wie ich gern sagen möchte – dorthin, wo es nicht mehr aus kann; denn dort, an dieser Grenze, steht das Dogmatische oder dessen Notwendigkeit ... Der Verfasser hat sich bis auf das äußerste Maß von seinen Geschöpfen zurückgezogen, er hält sich in unendlicher Distanz.« Nicht auf gleicher Höhe hielt sich die Posse *Vinzenz und die Freundin bedeutender Männer* (1923), in der Musil seiner Spottlust freien Lauf läßt.

Obwohl die »Verirrungen des Zöglings Törleß« Musil bekannt gemacht hatten, konnte er vom Bücherschreiben allein nicht leben, zumal er sich mit diesem nie übereilte, nie übereilen wollte noch konnte; deshalb verfaßte er verschiedene Beiträge für verschiedene Zeitschriften und Zeitungen und sammelte sie schließlich zum Band *Nachlaß zu Lebzeiten* (1936). Aber die meisten dieser kleinen Arbeiten waren schon zwischen 1920 und 1929 entstanden; sie tragen Titel wie »Bilder«, »Unfreundliche Betrachtungen«, »Geschichten die keine sind« und erzählen u. a. die Begebenheit »Ein Mensch ohne Charakter« (da er keinen hat, kann er wie ein Schauspieler jeden darstellen) sowie die Geschichte »Die Amsel«; sie führt in jene seelischen Situationen, in denen man auf die natürlichste Weise bereit ist, an das Übernatürliche zu glauben. Auch hier wird »das , was sein könnte«, geschildert. Ferner sind noch aus jener Zeit zu erwähnen die *Rede zur Rilke-Feier* (1927) und jene *Über die Dummheit* (1937).

Und dann gab es für Musil nur noch sein Hauptwerk *Der Mann ohne Eigenschaften.* Im Tagebuch des Jahres 1905 wird der Plan zu diesem Roman erstmals erwähnt. Bis er zur Ausführung kommt, vergehen Jahre, ändern sich, fast wie von selbst, die Namen der Hauptgestalten, aber weder »das, was sein könnte«, noch »das, was sein soll«, wurde erreicht. Das Werk blieb ein Torso und mußte wahrscheinlich Fragment bleiben; denn ein »Mann ohne Eigenschaften« oder einer, der sich so vorkommt, ist ein Bruchstück, ist kein Ganzes. Das Buch wird also niemals aufbauend, geschweige denn erbauend, wirken; indessen lag eine solche Absicht dem Verfasser auch völlig fern:

»Kein Ding, kein Ich, keine Form, kein Grundsatz sind sicher, alles ist in einer unsichtbaren, aber niemals ruhenden Wandlung begriffen, im Unfesten liegt mehr von der Zukunft als im Festen, und die Gegenwart ist nichts als eine Hypothese, über die man noch nicht hinausgekommen ist.«

Deutlicher wird, was gemeint ist, wenn gegen Leibnizens prästabilierte Harmonie der Welt eine »prästabilierte Disharmonie der Schöpfung« gestellt wird, wenn gegen Adalbert Stifter, der an das Einfache und Gute im Menschen geglaubt hat, bei Musil gegen den einsinnig-guten Menschen alles psychologische Mißtrauen mobilisiert wird, wenn Ulrich, der Mann ohne Eigenschaften, in moralischer Doppelwertigkeit verharrt, also in der »Fähigkeit, an jeder Sache zwei Seiten zu entdecken«.

Dieses Lebenswerk Musils erschien stufenweise, zuerst der erste Band unter dem Sondertitel *Reise an den Rand des Möglichen* (1930), dann der zweite oder *Das Tausendjährige Reich* (1933), der dritte bereits nach des Autors Tod (1943). Jedoch erst als Adolf Frisé 50 bis dahin nicht veröffentlichte und durch weitere Bruchstücke und Anmerkungen vervollständigte Kapitel dem Bisherigen hinzugefügt und alles, in einem Dünndruckband von 1653 Seiten vereinigt, herausgegeben hatte (1952), begann »Der Mann ohne Eigenschaften« die deutschsprachige – und besonders die französische Welt zu erobern. Eine große Schwierigkeit für die Lektüre ergibt sich daraus, daß die Handlung oft genug durch essayartige Einlagen unterbrochen wird, mit anderen Worten: Die überlieferte Romanform ist offensichtlich zerschlagen.

Spielzeit des Romans ist das Vorkriegsjahr 1913/1914, sein Schauplatz das Land Kakanien (abgeleitet von k. k. – kaiserlich-königlich), also die österreichisch-ungarische Monarchie, im besonderen natürlich Wien. Allerdings wurden anachronistisch die Weltanschauungen der folgenden Jahrzehnte in die angegebene Periode hineingenommen, nicht ungewollt, weil Musil eben sagen wollte, ihre Keime seien schon damals vorhanden gewesen. Unter erfundenen Namen treten auch bedeutende Männer der dargestellten Zeit auf, z. B. Walter Rathenau (Arnheim), Ludwig Klages (Meingast), die Pädagogen G. Kerschensteiner (Hagauer) und Fr. W. Foerster (Lindun), und gaben Anlaß zu weitausgesponnenen Auseinandersetzungen. Sie alle aber, ja das ganze Werk, sind dazu da die geistigen Umwälzungen der Zwischenkriegszeit zu analysieren, die Verbindung mit dem Wesen des Menschen selbst, und zwar in der »Utopie der einmal gegebenen Zustände« herzustellen. Gesagt aber will sein, daß der Mensch nicht völlig durchschaubar ist, sich nicht mit den gängigen Begriffswerten beschreiben läßt; demnach bedeutet »ohne Eigenschaften sein« so viel wie gegenüber allem Unwesentlichen und Unpersönlichen Distanz zu wahren. Innerhalb der Handlung spielen seltsame, namentlich inzestuöse erotische Beziehungen eine nicht kleine Rolle (man hat deshalb Musil Perversität vorgeworfen), sollen aber wie vieles andere symbolisch verstanden werden.

Musils Roman hat sich als ausgesprochen wirkmächtig erwiesen. Nicht nur gingen von ihm wesentliche Impulse auf den experimentellen Roman der fünfziger und sechziger Jahre aus, sondern er beschäftigte und beschäftigt auch heute noch die akademische Literaturwissenschaft und Ästhetik in höherem Maße als beinahe alle anderen Romane aus der besprochenen Zeit. Zwar hat Musil selbst über sein Werk gesagt: »Der Hauptfehler lag in der Überschätzung der Theorie. Diese hat sich als unergiebig und nicht tragfähig herausgestellt« – dennoch sind es gerade die poetologischen Aspekte des Möglichkeitssinnes und der Erzähltechnik der ›kürzesten Linie‹, mit denen *Der Mann ohne Eigenschaften* seine literarische Aktualität bewahrt hat.

Joseph Roth

Bei keinem Autor ist die ambivalente, zwischen Heimweh und wissender Skepsis schwankende Haltung zum verlorenen Habsburgerreich deutlicher ausgeprägt als in Leben und Werk des in Schwabendorf bei Brody in Ostgalizien geborenen Joseph Roth (1894–1939). Er war der Sohn eines armen jüdischen Mädchens »von kräftiger, erdnaher, slawischer Struktur«; seinen Vater, der in Wahnsinn starb, hat er nie gesehen; wohlhabende Verwandte der Mutter ermöglichten ihm den Besuch des Gymnasiums in Brody; dann studierte er in Lemberg und Wien. Mütterlicherseits also gehörte er jenem galizischen Judentum an, das jiddisch sprach und den Deutschen der Habsburgermonarchie näherstand als der polnisch-ruthenischen Umgebung, in die es eingesprenkelt war; wohl löste sich Joseph Roth aus diesem Milieu, aber vergessen konnte er es nicht, weder als er im Ersten Weltkrieg freiwillig ins Feld zog noch als er, aus der Kriegsgefangenschaft entlassen, kurz in Wien, dann in Deutschland als Journalist (hauptsächlich bei der »Frankfurter Zeitung«) und freier Schriftsteller lebte; das Jahr 1933 zwang ihn zur Emigration, sein Weg führte über Wien, Salzburg, Marseille, Nizza nach Paris. Vergebens bemühte er sich, als Gegengewicht gegen Hitler, das Bekenntnis zu Habsburg aktiv zu machen; so verfiel er dem Alkohol und verschied im Armenhaus der Stadt Paris. Seine spätere legitimistische Einstellung stand in Gegensatz zu der seiner Jugendtage, als er in der österreichisch-ungarischen Monarchie die Quelle allen Unheils sah. Auch in religiöser Hinsicht gab es einen Wandel: vom freigeistigen Suchen nach der Wahrheit über das Interesse am Chassidismus zur katholischen Kirche.

Desgleichen ging der Schriftsteller einen nicht unbedingt geraden Weg: Aus einem sarkastischen Journalisten wurde unter dem Einfluß französischer und russischer Autoren ein psychologisierender Realist, unter dem Hofmannsthals und Schnitzlers beinahe ein Wiener Impressionist; aber Roth lebte, wie Fritz Martini bemerkt, »in schärferen Krisen, die ihn von der Skepsis und einem rebellierenden Radikalismus zum Konservativ-Religiösen des altösterreichischen Kaisertums führten, seinem Wesen eine Vielfalt innerer Spannungen, seinem Stil eine bewußtere Pointierung in Ironie und Melancholie gaben«. Roths literarische Frühwerke (»Die Rebellion«, 1924; »Die Flucht ohne Ende«, 1927; »Zipper und sein Vater«, 1927; »Rechts und Links«, 1929) wollen – nach Ernst Alker – in erster Linie als Ergebnisse der Beobachtung und nicht als traditionelle Dichtungen gewertet sein.

In dieser ersten Schaffenszeit schrieb er auch den *Stummen Propheten,* einen Roman um Friedrich Kargan, eine vom Verfasser erfundene Figur, in Odessa geboren, in Triest bei Verwandten aufgewachsen, in Rußland in die Auseinandersetzung zwischen Lenin und Trotzki geraten.

Dieses Buch war zu Lebzeiten seines Autors nicht veröffentlicht worden, das Manuskript lange Zeit verschollen und erst 1963 wieder aufgetaucht, und zwar in einem Zustand, der jede Publikation auszuschließen schien; doch Werner Lengning konnte es druckfertig machen. Es steht somit jetzt an der Grenze der Früh- und der Meisterwerke, ist zugleich Absage an die Revolution und Ausdruck der Trauer des Dichters, der gewußt hat, daß Traum und Wirklichkeit eine unüberschreitbare Kluft trennt.

Die eigentlichen Meisterwerke beginnen mit *Hiob* (1930), dem »Roman eines einfachen Mannes«, d. h. des ostjüdischen Lehrers Mendel Singer, der wegen seiner ihn bis nach New York verfolgenden Heimsuchungen (Vergewaltigung der Tochter durch Kosaken, Stummheit eines Sohnes, Tod der Frau, Irrsinn der Tochter, Erlebnisse im Judenviertel der amerikanischen Stadt usw.) mit Gott hadert, aber endlich den Sinn der ihm auferlegten Prüfungen begreift. Dieser Mendel Singer ist kein Held im gewöhnlichen Sinn des Wortes, eher ein schwacher Mann. Verwandte Naturen, die sich dann allerdings gehen lassen, haltlos dahingleiten, von Weibern, Spiel und Alkohol in ihr Unglück gezogen werden, weil sie nichts haben, was ihnen Halt sein könnte, finden sich in allen Werken Roths, auch in jenen, die man als seine größten Leistungen bezeichnen darf. Zu ihnen gehört zunächst *Der Radetzkymarsch* (1932). Die Hauptgestalt dieses Romans ist der Bezirkshauptmann Franz von Trotta, despotisch und gutmütig zugleich, im Äußeren Kaiser Franz Joseph ähnlich (er stirbt auch an dem Tag, da man den Monarchen in der Kapuzinergruft beisetzt), Nachfahre slowenischer Bauern, Sohn eines Offiziers, der in der Schlacht von Solferino seinem obersten Kriegsherrn das Leben rettete und deshalb in den Adelsstand erhoben wurde, Vater wieder jenes Offiziers, der im Ersten Weltkrieg fällt, nachdem er allerdings schon moralisch zugrunde gegangen ist. Joseph Roth selbst hat seine Figur wie folgt charakterisiert:

»Er selbst, der Bezirkshauptmann, hatte niemals den Wunsch gespürt, die Heimat seiner Väter zu sehen. Er war ein Österreicher, Diener und Beamter der Habsburger, und seine Heimat war die Kaiserliche Burg zu Wien. Wenn er politische Vorstellungen von einer nützlichen Umgestaltung des großen und vielfältigen Reiches gehabt hätte, so wäre es ihm genehm gewesen, in allen Kronländern lediglich große und bunte Vorhöfe der Kaiserlichen Hofburg zu sehn und in allen Völkern der Monarchie Diener der Habsburger. Er war ein Bezirkshauptmann. In seinem Bezirk vertrat er die Apostolische Majestät. Er trug den goldenen Kragen, den Krappenhut und den Degen. Er wünschte sich nicht, den Pflug über die gesegnete slowenische Erde zu führen. In dem entscheidenden Brief an seinen Sohn stand der Satz: ›Das Schicksal hat aus unserem Geschlecht von Grenzbauern Österreicher gemacht. Wir wollen es bleiben.‹«

Fortsetzung dieses Romans ist *Die Kapuzinergruft* (1938) mit teilweise gleichen Personen. Beide zusammen bilden ein bleibendes Denkmal Österreich-Ungarns. Die Musik des Unterganges klingt ferner, wenn auch in tragikomischer Weise, im Roman *Geschichte der 1002. Nacht* (1938), der im Zusammenhang mit einem Besuch des Schahs von Persien in der Donauresidenz Bericht gibt vom moralischen Versinken eines adeligen Kavallerieoffiziers der k.u.k. Armee. Gegenstück zu diesem ist der russische Offizier *Tarabas, ein Gast auf dieser Erde* (1934), der als büßender Vagabund sein irdisches Leben beschließt.

Roths Erzählungen »sind zwar nicht autobiographisch, wohl aber bringt er vielen Figuren ein zunehmendes Mitgefühl entgegen, das bis zur Identifikation reichen kann«. Diese Worte Gerhart Baumanns gelten besonders für die

Legende vom heiligen Trinker (1939), die sich um katholische Sinngebung bemüht. Selbstobjektivierung findet sich auch in der Gestalt des Korallenhändlers Piscenik, der von der Tiefe des Meeres träumt, aus dem seine Korallen kommen, vom Reich des *Leviathan* (1940) und in der *Beichte eines Mörders* (1936).

Diejenigen seiner journalistischen Arbeiten, die Roth der Vergänglichkeit des Zeitungspapiers entreißen wollte, sammelte er in den Büchern *Panoptikum* (1930), *Der Antichrist* (1934) und unter anderen Titeln; besonders bemerkenswert ist endlich seine soziologische Studie *Juden auf Wanderschaft* (1927), in der der Weg der Juden aus dem Osten nach Wien, Berlin und New York beschrieben wird. Die Zusammengehörigkeit von Judentum und Christentum war ihm wie Franz Werfel selbstverständlich: Wer gegen die Tradition der fünftausend Jahre der Zehn Gebote und der zweitausend Jahre des Liebesgebotes rebellierte, war in seinen Augen ein Helfer des Antichrists.

Hermann Hesse

Als das Werk von Hermann Hesse (1877–1962) Ende der sechziger Jahre in den USA – und daraufhin auch in Westeuropa – eine unerwartete, breitenwirksame (selbst eine Rockband nannte sich »Steppenwolf«) Renaissance erlebte, da sah die neuromantisch getönte Hippie- und Studentenbewegung in ihm eben den, den schon ein ganzes Menschenalter früher die Jugendbewegung der Jahrhundertwende anerkannt hatte: Hesse, den Romantiker. Dabei waren die *Romantischen Lieder*, denen 1902 die *Gedichte* folgten, also die ersten Ernten des Lyrikers, wenn man sie zunächst auch so beurteilte, keineswegs die Lieder eines Epigonen: Es gibt in Hesse zwar romantische Elemente, aber Romantiker ist er nicht; denn das Nicht-fertig-Werden mit dem praktischen Leben, die Weltflüchtigkeit, das Gefühl der Einsamkeit machen den Romantiker noch nicht aus, sie befähigen Hesse aber, seine Stimmungen und Empfindungen festzuhalten und sein »Geschick durch die Form zu überwinden«. Diese Form ist ein anspruchsloses und bescheidenes Wortgewand; auf ihm beruht die Beliebtheit von Hesses Versen.

Auch zu mir kommst du einmal,
Du vergißt mich nicht,
Und zu Ende ist die Qual,
Und die Kette bricht.

Noch erscheinst du fremd und fern,
Lieber Bruder Tod.
Stehest als ein kühler Stern
Über meiner Not.

Aber einmal wirst du nah
Und voll Flammen sein.
Komm, Geliebter, ich bin da,
Nimm mich, ich bin dein.

»Bruder Tod« heißt dieses Gedicht; es verrät uns den bei seinem Dichter immer deutlicher werdenden Wunsch nach reinigender (»voll Flammen«) Heimkehr ins Nirwana (die Bindungen an das Christentum schwinden zwar nie völlig, werden aber stets schwächer), ohne daß die Bejahung des Daseins völlig aufgegeben wird. Der Zwiespalt der beiden Stimmungen schuf die ins Reisebuch *Aus Indien* (1913) eingestreuten Verse sowie jene der Gedichtsammlung *Musik des Einsamen* (1915). Die zweite Auflage von *Unterwegs* (1915; 1. Auflage 1911) enthielt, was bei dem Dichter subjektiver Gefühle überraschen mußte, sogenannte »Zeitgedichte«, hervorgerufen durch den Ausbruch des Ersten Weltkrieges. Dieses Ereignis fegte die letzten Reste von Idyllik aus dem poetischen Schaffen Hesses, wie die strenge Sichtung der bisher entstandenen Lyrik in den *Ausgewählten Gedichten* (1921) zeigt. Nie zwar neigte er zum entfesselten Schrei der Expressionisten, aber gedacht hat er wie sie; dies offenbaren manche Verse aus der Sammlung *Krisis* (1928), die sich dem Nihilismus annähern.

Doch überwand er diesen Zustand; diesen Weg machen die Sammlungen *Trost der Nacht* (1929), *Jahreszeiten* (Privatdruck 1931), *Vom Baum des Lebens* (1934), *Neue Gedichte* (1937), *Zehn Gedichte* (Privatdruck 1939) deutlich und führen die *Stunden im Garten* (schon 1936) sowie die *Späten Gedichte* (1946) zu Ende. 1948 erschien die dritte Gesamtauflage der *Gedichte,* welche die ganze lyrische Ernte bot und nur wenig ausschied, 1961 eine vom Dichter selbst vorgenommene Auswahl, ergänzt aus späterer Produktion, mit dem symbolischen Titel *Stufen.*

Bei einem derart aus subjektivem Erleben schaffenden Dichter, wie es Hermann Hesse war, ist es natürlich nötig, seinen Lebensweg zu kennen. Sein Geburtsort ist das württembergische Städtchen Calw; dorthin hatte sich sein Vater, ein deutschbaltischer Missionsprediger, aus gesundheitlichen Gründen zurückgezogen. Auch Hesses Mutter stammte aus missionarischen Kreisen, war schwäbischer und schweizerischer Herkunft und in Indien geboren. »In diesem Vaterhaus wurden die Psalmen gesungen, die Bibel gelesen, wie nur katholische Priester ihr täglich Brevier verrichten« (Hugo Ball). Der Sohn hat früh gegen diese Atmosphäre rebelliert (»Ich möchte das verstehen, was die Rotkehlchen zueinander sagen. Und ich möchte auch einmal sehen, wie es die Bäume machen, daß sie mit ihren Wurzeln Wasser trinken«). 1881–1886 lebte die Familie in Basel, wo der Vater am protestantischen Missionsseminar tätig war. Er bestimmte den Sohn zum Theologiestudium und schickte ihn an die entsprechenden Schulen in Göppingen und Maulbronn; dies endete mit der Flucht des Fünfzehnjährigen (1892). Auch am Gymnasium in Cannstadt hielt er nicht aus; er war dann Buchhändlerlehrling in Esslingen, zeitweilig Gehilfe seines Vaters, Mechanikerlehrling in der Calwer Turmuhrenwerkstatt. Im Oktober 1895 kehrte er zur Buchhändlerlehre zurück (diesmal in Tübingen), von 1899 an war er Buchhändler und Antiquar in Basel. Nach den ersten literarischen Erfolgen gab er diese Beschäftigung auf und lebte seit 1904 als freier Schriftsteller in Gaienhofen am Bodensee. Dort knüpfte er Freundschaft an mit Ludwig Finckh; auch stand er in Verbindung zu dem elf Jahre älteren Emil Strauß.

1904 heiratete Hesse, siebenundzwanzigjährig, die sechsunddreißigjährige Maria Bernoulli aus Basel. 1911 reiste er nach Indien, »aus lauter innerer Not«, denn in Gaienhofen war »kein Leben mehr für ihn«. Aber das Wunderland und Geburtsland seiner Mutter enttäuschte ihn; trotzdem wurden die Einflüsse indischen Denkens immer stärker. Nach der Rückkehr aus dem Fernen Osten übersiedelte er nach Bern, wo ihn der Ausbruch des Krieges überraschte. Während der Kriegsjahre arbeitete er als Rotkreuzhelfer und in der deutschen Kriegsgefangenenfürsorge. Zu den durch die politischen und militärischen Ereignisse verursachten Sorgen kamen der Tod des Vaters, Krankheit eines Sohnes, seelische Erkrankung und Anstaltsversorgung der Gattin. All das wirkte so stark auf Hermann Hesse, daß er sich im Jahr 1916/1917 psychoanalytisch behandeln lassen mußte. Seine Ehe wurde 1919 geschieden, 1924 wurde eine zweite Ehe eingegangen (sie hielt ein Jahr), 1931 die dritte Ehe geschlossen. Von Bern zog Hesse 1919 nach Montagnola bei Lugano, wo er in eigenem Heim bis zu seinem Tode ein zurückgezogenes Leben führte. 1923 wurde er Schweizer Bürger.

Hesses dichterisches Vermächtnis ist sehr umfangreich (Horst Kliemann hat in einer zum 70. Geburtstag des Dichters aufgestellen Übersicht festgestellt, daß dessen Gesamtwerk 215 Bücher und Broschüren umfaßt, außerdem »sehr zahlreiche« Prosastücke, die nur in Zeitschriften oder Zeitungen erschienen waren, ferner über »tausend Buchbesprechungen«; dazu konnten 112 Werke aufgezählt werden, die Originalbeiträge und Geleitworte Hesses enthielten). Von den Prosadichtungen waren zuerst die Erzählungen *Eine Stunde hinter Mitternacht* (1899) und *Hinterlassene Schriften und Gedichte von Hermann Lauscher* (1901) erschienen; in diesem Buch schilderte Hesse mit einzigartiger Kunst seine früheste Entwicklung. Aber Erfolg hatte er erst mit dem Roman *Peter Camenzind* (1904), der Lebensgeschichte eines empfindsamen Schweizers, der auszog, an der Welt und an der Kultur teilzuhaben, doch, von beiden enttäuscht, in sein Heimatdorf zurückkehrt, um dort das Leben eines bäuerlichen Weinwirtes und Gelegenheitsdichters zu führen. Die an Handlung und Personen arme Erzählung ist Lyrik in Prosa, in einzelnen Stellen beispielhaft (in der schlichten Schilderung vom Tod der Mutter; im humorvollen Kapitel, darin Peter das Zechen lernt). Autobiographisches enthält vor allem auch die Erzählung *Unterm Rad* (1905), die gegen den staatlichen Schul-und Erziehungsbetrieb gerichtet ist. Jugendschicksale und allerlei Sonderlinge wurden in den nächsten Büchern geschildert (»Diesseits«, 1907; »Nachbarn«, 1908; »Umwege«, 1912); sie sind voll der »Camenzind«-Stimmung mit ihrer schmerzlich-lieben Versenkung in Bergzüge und Waldrücken, Wolkenbildungen und Bachläufe, Sommertöne und Nachtformen, getaucht in eine leichte Ironie über alle Himmelsstürmerei, die eigene nicht ausgeschlossen, begrenzt durch ein wehmütiges Wohlgefallen an vergangenen Zeiten.

Fast schien es, Gaienhofen würde für Hermann Hesse der Winkel stillen Glückes; aber »ein jeder Mensch hat seine Seele, die kann er mit keiner anderen vermischen. Zwei Menschen können zueinander gehen, sie können miteinander reden und nahe beieinander sein. Aber ihre Seelen sind wie Blumen, jede an ihrem Ort angewurzelt, und keine kann zu der anderen kommen, sonst müßte sie ihre Wurzel verlassen, und das kann sie eben nicht.« Diese Sätze sind die Grundmelodien der Romane *Gertrud* (1910) und *Roßhalde* (1914), in denen ein Musiker bzw. ein Maler einer geliebten Frau gegenüberstehen, doch bei ihr kein Verständnis finden; der Maler Veragruth aus der »Roßhalde« entflieht den ihn beengenden Verhältnissen nach Indien.

Dorthin war Hermann Hesse 1911 gereist; von dort brachte er das Reisebuch *Aus Indien* (1913) mit, darin sich die für die Weltanschauung des Verfassers charakteristischen Worte finden:

»Wir sind weit gekommen und es ist schön, daß wir, ein kleiner, winziger Teil der Menschheit, diese beiden nicht mehr brauchen, den blutigen Kruzifixus nicht und den glatten lächelnden Buddha nicht. Wir wollen sie und auch andere Götter auch weiter überwinden und entbehren lernen. Aber schön wäre es, wenn einst unsere Kinder, die ohne Götter aufgewachsen sind, wieder den Mut und die Freudigkeit und den Schwung ihrer Seele fänden, so klare, große, eindeutige Denkmäler und Symbole ihres Innern zu errichten.«

Dann kam die Zeit des Ersten Weltkrieges. Eine indirekte Reaktion darauf waren drei Bücher: *Drei Geschichten aus dem Leben Knulps* (1915), Selbstbekenntnisse, reifer als die vorangegangenen, eingebettet in den Bericht über das Leben eines Landstreichers ohne Freund oder Geliebte, eines halben Kindes und halben Poeten, darum, wie Hesse meint, eines Lieblings Gottes. Zum »Knulp« gehören die Erzählungen *Schön ist die Jugend* (1916), Heimkehr in längst verschollenes Kinderland, und die betont zeitabgewandten *Märchen* (1919). Direkt aber reagierte Hermann Hesse auf den Krieg mit dem Aufsatz *O Freunde, nicht diese Töne* (September 1914), für den er in der Presse Deutschlands schwer angegriffen wurde. Unter Frieden, für den er sich, zusammen mit dem Franzosen Romain Rolland einsetzen wollte, verstand er nicht nur einen das Militärische und Politische betreffenden, sondern den »Frieden jedes Menschen mit sich selbst und mit den Nachbarn, die Harmonie eines sinnvollen und liebevollen Lebens«.

Die weltgeschichtliche und die private Krise, von der schon die Rede war, hatten eine Zäsur im Schaffen Hesses zur Folge. An die Stelle der Erinnerungsbücher traten die Erziehungsromane. Ihr Hauptthema ist die Pubertät. Die Reihe wurde eröffnet durch den 1917 »vehement entstandenen« Roman *Demian* (»Die Geschichte einer Jugend. Von Emil Sinclair«, 1919). Das Pseudonym hatte Hesse von Isaak von Sinclair, einem Freund Hölderlins, entlehnt. Eduard Korrodi erkannte den wirklichen Verfasser; dieser mußte die Anonymität aufgeben, und so hieß das Buch von der neunten Auflage an »Demian. Die Geschichte von Emil Sinclairs Jugend. Von Hermann Hesse«.

Emil Sinclair, der Sohn christlicher Eltern, wird unter dem Einfluß seines Schulkameraden Demian dem Glauben seiner Jugend entfremdet und kommt zur Erkenntnis: »Es gab keine Pflicht für erwachte Menschen als die eine: sich selber zu suchen, den eigenen Weg vorwärts zu tasten, einerlei, wohin er führte. Er mochte als Dichter oder als Wahnsinniger, als Prophet oder als Verbrecher enden – dies war nicht seine Sache, ja dies war letzten Endes belanglos.«

Die Grundgedanken aus dem »Demian« tauchen ein Jahr später in *Zarathustras Wiederkehr* (1920) noch einmal auf. Nur scheinbar steht zu ihnen in Widerspruch die »indische Dichtung« mit dem Haupttitel *Siddharta* (1922) und ihrer buddhistisch gefärbten Lehre, die Welt sei ewige Wandlung, der Mensch ewiger Wanderer. Im *Steppenwolf* (1927), der, wie schon erwähnt, Hesses späteren Nachruhm begründete, gibt der Autor am Beispiel des Außenseiters Harry Haller ein überaus fesselndes Psychogramm der Nachkriegsgeneration, die auf der Suche nach einer neuen Existenzgrundlage dem Zwiespalt von Irrationalität und Intellektualität, Animalismus und Spiritualität ausgeliefert ist.

Den Zwiespalt von Geist und Trieb, von Sinnlichkeit und Sittlichkeit behandelt auch *Narziß und Goldmund* (1930); den Hintergrund bildet ein

Demian
Die Geschichte einer Jugend
von
Emil Sinclair
S. Fischer, Verlag
Berlin

Die erste Ausgabe von Hermann Hesses Roman »Demian«.

unbestimmt gezeichnetes Mittelalter, die Hauptgestalten sind der Künstler Goldmund und der Mönch Narziß, der eine vom Schicksal, von Irrgängen, Niederlagen und Enttäuschungen geschüttelt, der andere durch Entsagung und Askese zur Resignation gelangend. Von den kleineren Publikationen jener Zeit seien genannt die humorvollen Reiseaufzeichnungen von einer Badener Kur, *Kurgast* (1925) und *Die Nürnberger Reise* (1927), die das eigene Chaos bekennerisch abzureagieren versucht.

Den Höhepunkt von Hesses Schaffen bildet das 900 Seiten umfassende Alterswerk *Das Glasperlenspiel* (2 Bände, 1943). Seit 1931 hat der Verfasser daran gearbeitet und ihm den Untertitel »Versuch einer Lebensbeschreibung des Magister Ludi Josef Knecht samt Knechts hinterlassenen Schriften« gegeben:

Schauplatz des Romans ist die Provinz Kastalien, die Zeit der Handlung etwa um 2400; wir haben es also mit einer Utopie zu tun. In jenem fernen Land und jener fernen Zeit – die dem »feuilletonistischen« Zeitalter, das ist das 19. Jahrhundert, und dem »kriegerischen«, dem 20. Jahrhundert, gefolgt ist – bildet sich als Staat im Staat eine »unbeugsam gebliebene Schar der wahrhaft Geistigen«, der kastalische Orden, die Hüter der Kulturgüter; zu diesen gehört als Ausdruck der Sehnsucht nach Synthese der Kulturwerte und als Mittel der Meditation das Glasperlenspiel, dessen Regeln und Grammatik eine hochentwickelte Geheimsprache darstellen. An ihr nehmen Wissenschaft und Kunst teil, vor allem Musik und Mathematik. Der allein dieses Spiel »mit sämtlichen Inhalten und Werten unserer Kultur« beherrscht, ist der Magister Ludi. Um die Idee des Glasperlenspiels rankt sich die Lebensgeschichte des Spielmeisters Josef Knecht: seine Schülerzeit, Meisterschaft, der Amtsverzicht, sein Leben außerhalb des Ordens in der freien Welt. Auf diesem Wege liegt Knechts Aufenthalt bei den Benediktinern, seine Freundschaft mit Pater Jakobus, dem Historiker und Weisen, dem der Autor viele Züge Jacob Burckhardts verliehen hat. Der Gegensatz zwischen den beiden Orden, dem benediktinischen und dem kastalischen, ist nicht als jener von christlichem Credo und weltlicher Kultur gezeichnet, sondern als der von europäischer Dynamik und östlicher Passivität. Der Schluß des Buches, der Austritt Knechts aus der kastalischen Provinz und sein bald folgender Tod in der handelnden Welt, hat verschiedene Deutungen erfahren. Sollte damit gezeigt werden, daß der rein betrachtenden, geistig-humanistischen Welt keine Aussichten auf ein Fortbestehen beschieden sind? Haben die Christenheit und Europa Knecht verdorben, den »Kastalien« bewahrt hätte?

Der Autor selbst, wegen seiner Gleichgültigkeit gegenüber der Wirklichkeit des sozialen und täglichen Lebens zur Rede gestellt, äußerte sich dahin, er halte es nicht für eine Aufgabe des Dichters, seinen Lesern Normen für Leben und Menschentum aufzustellen.

Robert Walser

Einer seit der Mitte des 16. Jahrhunderts im Kanton Appenzell-Außerrhoden nachgewiesenen Familie entstammte ROBERT WALSER (1878–1956). Sein Urgroßvater war Arzt in Teufen, wo die Walsers seit dem Ende des 17. Jahrhunderts Bürgerrecht besitzen; der Großvater, zunächst protestantischer Pfarrer in Grub, vertauschte seinen geistlichen Beruf mit dem eines liberalen Publizisten und übersiedelte deshalb nach Liestal (Baselland); der Vater Roberts endlich war Buchbinder und hatte in Biel (Kanton Bern) ein nicht gerade florierendes Papier- und Spielwarengeschäft. Aus Adolf Walsers Ehe mit der Emmentaler Schmiedstochter Elise Marti gingen acht Kinder hervor (das älteste, der Sohn Ernst, und die Mutter starben 1894 in geistiger Umnachtung), von denen zwei künstlerisch hoch begabt waren: Robert als Dichter, Karl Walser (1877–1943) als Maler und Illustrator vieler damals gängiger Bücher, auch jener seines Bruders Robert, die sich allerdings noch nicht der Anerkennung der Allgemeinheit erfreuten, immerhin das Lob mancher Literaten, besonders Christian Morgensterns, erhielten und zur Lieblingslektüre Franz Kafkas gehörten.

Robert Walser machte auf Wunsch seines Vaters eine Banklehre, war Angestellter von Verlagshäusern in Basel und Stuttgart; hier gab er nach einer Unterredung mit dem großen Schauspieler Kainz die Absicht, sich der Bühne zu widmen, auf. Oft wechselte er seine Aufenthaltsorte und seine kurzfristigen Betätigungen als Schreiber, Buchhändler und Diener; sobald er über ein wenig Geld verfügte, gab er seine Stelle auf und wanderte zu Fuß, Brot und Tabak in der Tasche, »Tag und Nacht Hunderte von Kilometern« (Carl Seelig). 1907 rief ihn sein Bruder Karl nach Berlin, das er 1913 fluchtartig verließ; seines liederlichen Lebenswandels wegen war er in gesellschaftliche Vereinsamung geraten, infolge der Erfolglosigkeit seiner Bücher in Verarmung, ob düsterer Zukunftsahnung in eine tiefe seelische Krise. In seiner Geburtsstadt Biel erholte er sich einigermaßen. Die Mobilisation der Schweizer Truppen führte ihn an die Grenzen zum Schutz der Heimat. 1920 versuchte er es nochmals mit einem Brotberuf, doch nach einem halben Jahr stand er wieder auf der Straße. Einsam wurde es um ihn, der die geistige Zerrüttung nahen spürte und seine Verzweiflung mit Alkohol betäubte; Selbstmordversuche mißglückten. 1929 willigte er ein, sich in dem Sanatorium Waldau in Bern unterbringen zu lassen. Dort schrieb er noch für einige Zeitungen, plötzlich aber legte er die Feder hin und weigerte sich kategorisch, für einen Dichter zu gelten. 1933 nahm ihn die Heil- und Pflegeanstalt Herisau auf; nur mit Carl Seelig hatte er Kontakt, mit ihm wanderte er sonntags weit durch die Ostschweiz. Am Weihnachtsnachmittag 1956 brach er auf einem Alleingang zusammen; Kinder fanden ihn im Schnee liegend.

Seither sind Jahrzehnte vergangen, und in dem auf seinen Tod folgenden begann die Geschichte seines Erfolges. Sein Ruhm stützte sich auf zahlreiche Aufsätze, Berichte, Geschichten, Skizzen, die mit *Fritz Kochers Aufsätzen* (1904) begannen und heute in einer zwölfbändigen Gesamtausgabe (1978) zugänglich sind. In manchem erinnern sie oberflächlich an die ähnlichen Arbeiten Peter Altenbergs, wissen allerdings nichts von Griechenschönheit, wenig von Frauenleib, verwandeln dagegen Begegnungen in reizende Geschichten, stellen Betrachtungen an über historische Persönlichkeiten, mythische Figuren, Dichter und Schriftsteller, lassen den Alltag überall herein und verwandeln ihn in Poesie – doch immer wieder offenbart sich aus idyllischer Diesseitsfreude und verträumter Heiterkeit vieldeutig und paradox das Hintergründige der menschlichen Existenz. So sagt er selbst:

»Ich pflegte einen vertraulichen Umgang mit allem, was kein Mensch merkt. Daran, an was zu denken kein Mensch sich Mühe gibt, dachte ich tagelang; doch war es ein süßes Denken, und nur selten besuchte mich die Trauer. Ich tat niemand weh, und auch mir tat niemand weh. Ich war so hübsch, so schön beiseit.«

Ein scheuer, stiller, unaufdringlicher Mensch bewegt sich unter den Menschen; scheue, stille, unaufdringliche Menschen leben auch in den drei keineswegs dickleibigen Romanen *Geschwister Tanner* (1906), *Der Gehülfe* (1907), *Jakob von Gunten* (1908); auch sie sind »zärtlich erzählte Silberstiftzeichnungen« (Ernst Alker). Wenn sie eine Tendenz haben, so jene gegen die Betriebsamkeit, das Laute, den Materialismus der Zeit. Das gilt auch von seinen *Gedichten* (1909), und den *Unbekannten Gedichten* (1958), die Carl Seelig aus dem Nachlaß herausgegeben hat. Im ersten Roman heißt es: »Ich war nicht imstande, mir eine Wissenschaft anzueignen und dafür den Anblick der Sonne und des abendlichen Mondes zu entbehren.« In einem Gedicht aber heißt es:

Der Mond ist die Wunde der Nacht,
Blutstropfen sind alle Sterne,
Ob ich dem blutenden Glück auch ferne,
ich bin dafür bescheiden gemacht,
der Mond ist die Wunde der Nacht.

1907 schrieb Christian Morgenstern über Robert Walser ins Tagebuch: »Jetzt ist er noch ganz Dämmerung. Aber wenn einmal Sonne aus ihm brechen wird, wenn aus diesen Schleiern eines frauenhaften Jünglings einmal der Mann, der reife, eigene, bestimmen und befehlen wollende Geist wie ein Kern aus der Schale treten wird, so dürfte es ein unerhörtes Schauspiel werden.« Dazu ist es nicht gekommen; um so gültiger ist: »Jetzt gibt er noch wie ein Kind: die Nichtachtung dessen, was ich das Bürgerliche im Menschen nenne, und das Sehen der Welt als eines immerwährenden Wunders.«

Heinrich und Thomas Mann

Als Anfang der siebziger Jahre die hoch betagte Katia Mann, die seit 1905 mit Thomas Mann verheiratet war und ihm sechs Kinder geschenkt hatte, an ihren *Ungeschriebenen Memoiren* (1974) arbeitete, gab sie der Journalistin Elisabeth Plessen, der sie in mehreren Interview-Sitzungen ihre Lebenserinnerungen vortrug, zu Protokoll: Sie habe sich während ihres ganzen langen Lebens immer strikt im Hintergrund gehalten und sei nie hervorgetreten, da sie geglaubt habe, das schicke sich nicht; im übrigen aber habe sie stets darauf bestanden, daß es in ihrer Familie wenigstens *einen* geben müsse, der *nicht* schreibt. Die Ironie der alten Dame war verständlich: Ob Ehemann oder Schwager, Schwiegermutter oder Bruder, ob schließlich Erika oder Klaus, Golo oder Monika, Elisabeth oder Michael (so die Namen ihrer Kinder) – sie alle waren irgendwann einmal literarisch hervorgetreten oder hatten gar mehr oder weniger großen literarischen Ruhm erworben; da wollte sie das Kapitel »Mann« in den Literaturlexika nicht auch noch erweitern – und tat es dann doch am Ende, nicht schreibend zwar, aber plaudernd, und zwar geistreich, amüsant und mit stupendem Erinnerungsvermögen. – Die beiden bedeutendsten Repräsentanten der Familie jedoch sind ohne Zweifel die Brüder Heinrich und Thomas Mann, die mit ihrem Werk und Leben ein halbes Jahrhundert deutscher Literaturgeschichte prägend beeinflußt haben – ausschließlich von ihnen soll hier zunächst die Rede sein, während Klaus, Erika und Golo

Mann, ihrer Rolle in der Exilliteratur wegen, uns erst später beschäftigen werden.

Der ältere war HEINRICH MANN (1871–1950), wie sein Bruder Thomas in Lübeck geboren. Nach Absolvierung einer Buchhandelslehre in Dresden und kurzer Arbeit in einem Berliner Verlag widmete er sich in Berlin und München mancherlei Studien, versuchte sich auch als Maler, ging aber bald endgültig zur Schriftstellerei über. 1893 weilte er in Paris, hierauf bis 1898 in Italien, besonders in Palestrina und Florenz, gemeinsam mit Thomas. Es folgten längere Aufenthalte in München (bis 1925), dann in Berlin. Infolge seines überaus hohen Ansehens in der Weimarer Republik wurde er 1930 zum Präsidenten der Preußischen Akademie der Künste (Sektion für Dichtung) gewählt. Drei Jahre später, 1933, als Hitler die Macht ergriffen hatte, erging gegen ihn das Schriftenverbot. Heinrich Mann emigrierte zuerst in die Tschechoslowakei, dann nach Frankreich, 1940 über Spanien nach Kalifornien. Kurz vor der geplanten Rückkehr nach Deutschland starb er zu Santa Monica.

Heinrich Mann, stärker am mütterlichen Erbe beteiligt als Thomas, fühlte sich eigentlich nie als Deutscher, sondern stets als Europäer, war – nach Ernst Alker – ein mediterraner Mensch, ein deutsch schreibender Lateiner. Dementsprechend waren seine ersten Werke Studien nach französischen Mustern (z. B. der Paul Bourget gewidmete Roman »In einer Familie«, 1893). *Im Schlaraffenland* (1900) ist der Titel des ersten Buches eigener Art, eine aggressive Satire auf das Berliner Journalisten- und Börsentreiben. Burlesk ist eine noch zahme Bezeichnung für die *Jagd nach Liebe* (1903), den Roman, in dem »die Welt fast zu einem Bordell wird« (Soergel-Hohoff). Vor diesem, aber im gleichen Jahr, erschienen die drei Bände mit der Überschrift *Die Göttinnen oder die drei Romane der Herzogin von Assy.* Themen- und stilverwandt, Makarts und Tizians Farben mischend, sind die Novellenbände der nächsten Jahre (»Flöten und Dolche«, 1905; »Stürmische Morgen«, 1906; »Schauspielerin«, 1906; »Die Bösen«, 1908; »Das Herz«, 1911; »Die Rückkehr vom Hades«, 1911). In Italien spielt ferner der Roman *Die kleine Stadt* (1909), in dem der Einzug einer Komödiantentruppe eine italienische Kleinstadt völlig durcheinanderbringt; von den Komödianten sagt einer der Schauspieler, sie haben bildend auf die Einwohner gewirkt; auf einmal sei diesen der Mut gekommen, ihre Laster in Freiheit zu setzen.

Inzwischen betrat der Autor wieder den Schauplatz Deutschland mit dem *Professor Unrat* (1905) oder dem »Blauen Engel« (so nach der Verfilmung benannt), einem satirisch-treffsicheren Angriff gegen das verknöcherte Philistertum.

Der Roman ist gewissermaßen Einleitung zu weiterer Kritik am Wilhelminischen Zeitalter, fortgeführt in der Trilogie *Der Untertan* (geschrieben vor 1914, erschienen 1918), *Die Armen* (1917), *Der Kopf* (1925). Am wirkmächtigsten erwies sich dabei der – inzwischen mehrfach verfilmte – *Untertan,* eine satirisch brillant angelegte Analyse des Zusammenhangs von individualpsychologischer Autoritätshörigkeit und den gesellschaftlichen Strukturen des imperialistischen Wilhelminischen Reiches. Die Nichtswürdigkeit einer verlogen-pathetischen Welt aufzuzeigen ist auch das Ziel der Romane *Mutter Marie* (1927) und *Eugénie oder die Bürgerzeit* (1930), *Die große Sache* und *Ein ernstes Leben* (1932). Auf der – qualitativ einigen Schwankungen unterliegenden – Romanproduktion basierte Heinrich Manns Bedeutung für das öffentliche Leben der Weimarer Republik – sie manifestierte sich jedoch in der außerordentlich reichen publizistischen Arbeit des Autors, die ihn schließlich zu einem der profiliertesten Repräsentanten des literarischen Nachkriegsdeutschland werden ließ. Auch im Exil ließ Heinrich Manns republikanisches Engagement nicht nach. Erwähnenswert sind hier vor allem die gegen den Nationalsozialismus gerichteten Streitschriften (»Der Haß«, 1934; »Der Sinn dieser Emigration«, 1934; »Es kommt der Tag«, 1936), dann im künstlerisch ungenügenden Roman *Lidice* (1943) sowie vor allem die Abrechnung mit der eigenen Ära *Ein Zeitalter wird besichtigt* (1946), gegliedert in die Hauptteile »Von Bismarck bis Hitler« (Heinrich Mann war ja im Gründungsjahr des »Zweiten Reiches« geboren), »Napoleon«, »Das niedrigste Lebensgefühl« (gegen die deutsche Romantik) und »Die Nachahmung«. Ein immer wieder auftauchendes Thema ist das der »belogenen Masse«. Aus dem Erlebnis des Ausgewanderten stammt der vorletzte Roman Heinrich Manns, *Der Atem* (1949), ein kunstvoll verschlüsseltes Selbstbildnis hinter der Maske einer sterbenden Frau, die sich mit letzter Kraft durch ihr Exil, die Landschaft Südfrankreichs, schleppt.

Wichtiger ist, was zwischen den ersten und den letzten Schriften der Exilzeit liegt: der Doppelroman *Die Jugend des Königs Henri Quatre* (1935) und *Die Vollendung des Königs Henri Quatre* (1938). Thomas Mann sprach von ihm als der »Synthese aller Gaben dieses großen Künstlers«, der darin Heinrich IV. von Frankreich (1553–1610) als den ersten regierenden »Abgesandten der Vernunft und des Menschenglücks« feiert und zugleich als Bekenntnis zu seiner geistigen Heimat, nämlich zur französischen Kultur, ablegt.

Den ideologisierenden und an der Politik innerlichst beteiligten Schriftsteller mußte es reizen, sich auch auf der Bühne zu versuchen; doch seine Dramen erwiesen sich, um mit Ernst Alker zu sprechen, als Ausflüge in fremdes Terrain. Sie beabsichtigten, die »vorgeschrittenen Seelen« und »Zwitterwesen der Zeit« zu gestalten, z. B. in *Madame Legros* (1913; ein gequältes Wesen, länger als ein Menschenalter in der Bastille eingekerkert, entfesselt unbewußt die Französische Revolution, die dadurch als Ausbruch sittlicher Urgewalten legitimiert werden soll). Neben die eher rhetorischen als poetischen Bühnenstücke traten in jener Periode Aufsätze, Broschüren, Pamphlete, Proklamationen, Essays verschiedenster Art (etwa »Eine Freundschaft«, 1906, gemeint jene zwischen Flaubert und George Sand, »Geist und Tat«, »Voltaire–Goethe«, »Zola«, 1915, von Thomas Mann scharf kritisiert, »Sinn und Idee der Revolution«, 1918, Gedenkrede auf Kurt Eisner, 1919, das Haupt der Münchner Räterepublik). Gesammelt wurden die Blätter aus dieser Tätigkeit in *Macht und Mensch* (1920) und *Diktatur der Vernunft* (1923); seiner geistigen Wahlheimat sind die unter dem Titel *Geist und Tat, Franzosen 1790–1930* (1930) vereinigten Essays gewidmet. Heinrich Manns Glaube galt bis zuletzt den Errungenschaften der europäischen Aufklärung, d. h. einer kritischen, gesellschaftlich orientierten und engagierten, noch die Kunst dienstverpflichtenden Rationalität. Hier traf er sich mit den frühen Expressionisten, die in ihm einen Vorläufer verehrten oder ihn gar als den »Meister, der uns alle schuf« (Gottfried Benn) anerkannten. Sein Nachruhm aber gründet sich wohl vor allem darauf, daß in ihm ein Typus sich verkörperte, der namentlich in der deutschen Literaturgeschichte außerordentlich selten anzutreffen ist: der des literarischen Republikaners, der das Amt des Dichters nie von dem des kritisch Stellung nehmenden Publizisten trennen mochte, die Kluft zwischen Elfenbeinturm und Rednertribüne nicht anerkannte und die Kunst in den Dienst des Lebens, d. h. des gesellschaftlich verantwortlich handelnden Menschen stellte.

Thomas Mann (1875–1955) war Heinrichs jüngerer Bruder, wie dieser in Lübeck geboren; mit der mittleren Reife verließ er die höhere Schule seiner Vaterstadt, war hierauf kurze Zeit als Volontär in einer Versicherungsgesellschaft tätig, hörte in München, wohin seine Familie nach des Vaters Tod übersiedelt war, historische, literarische, volkswirtschaftliche Vorlesungen, besuchte mit seinem Bruder Italien und lebte von 1914 bis 1933 als freier Schriftsteller in München. Als die Nationalsozialisten zur Macht kamen, befand er sich gerade auf einer Vortragstournee im Ausland; nicht sicher, ob er nach Deutschland zurückkehren könne und dürfe, blieb er zunächst in Frankreich und der Schweiz. Ausgebürgert, ließ er sich 1939 in Amerika nieder; nach dem Zweiten Weltkrieg und unter dem Eindruck der McCarthy-Zeit zog es ihn wieder ins deutsche Sprachgebiet, in die Schweiz; er lebte bis zu seinem Tod in Kilchberg bei Zürich. Mehrmals kam er von hier in beide Teile des geteilten Deutschland.

Der Einfluß der französischen Literatur, dem er sich allerdings nie willentlich entzog, ist bei Thomas Mann bedeutend geringer als bei Heinrich, stark dagegen war der Einfluß der ungefähr zeitgenössischen skandinavischen, englischen und russischen Literatur auf sein Denken und Schaffen. Dieses begann, als Thomas Mann etwa neunzehnjährig war: Michael Georg Conrads »Gesellschaft« brachte ein Gedicht und eine Erzählung aus Thomas Manns Feder. Das erste Buch war die Novellensammlung *Der kleine Herr Friedemann* (1898). 1903 folgte die nächste, die *Tristan* (zugleich Titel eines Einzelstückes) genannt ist. Sowohl »Tristan« als auch die Novelle *Tonio Kröger* aus der ersten Sammlung, aber auch einige andere Erzählungen in beiden Bänden befassen sich mit der Künstlerproblematik, die Mann faszinierte wie kaum ein anderes Thema. Hierzu heißt es im *Tonio Kröger:*

»Das Gefühl, das warme, herzliche, ist immer banal und unbrauchbar, und künstlerisch sind bloß die Gereiztheiten und kalten Ekstasen unseres verdorbenen, unseres artistischen Nervensystems. Es ist nötig, daß man irgend etwas Außermenschliches und Unmenschliches sei, daß man zum Menschlichen in einem seltsam fernen und unbeteiligten Verhältnis stehe, um imstande und überhaupt versucht zu sein, es zu spielen, damit zu spielen, es wirksam und geschmackvoll darzustellen … es ist aus mit dem Künstler, sobald er Mensch wird und zu empfinden beginnt.«

Manns Thema zu dieser Zeit ist der Widerstreit zwischen Bürgertum und Künstlerschaft, wobei Kunst, Schönheit, Geist, Verfeinerung und Vergeistigung als Zerfallserscheinungen der Vitalität gewertet werden; aber weil Mann kraft seiner Herkunft sich nicht entbürgerlichen, zufolge seiner Neigung nicht auf die Kunst verzichten, mangels einer metaphysischen Weltanschauung keinen Standpunkt jenseits des Bedrohten und des Bedrohlichen gewinnen kann, bleibt ihm nur die Ironie. Sie herrscht in den schon genannten Novellenbänden des Anfangs und in allen späteren Kleinerzählungen, verschmilzt einmal – im *Tod in Venedig* (1913) – mit artistischer Virtuosität zu einem Bild sittlicher Morbidität. Meisterhaft aufgebaut und von strahlendem Glanz in der Schilderung Venedigs, ein Kunstwerk deutscher Prosa, behandelt sie das Bündnis von Kunst und Ungebundenheit und zeigt, wohin die

Kunst den Künstler führt, wenn er, seiner hohen Sendung uneingedenk, die Gebundenheit zerreißt.

Thomas Mann.
Zeichnung von E. Orlik, 1922.

Das erste Meisterwerk Thomas Mannscher Erzählkunst waren die *Buddenbrooks* (1901) mit dem Untertitel »Verfall einer Familie«. Unverkennbar ist darin die Erinnerung an die Geschicke des eigenen Hauses, deutlich die Beeinflussung durch den Pessimismus Schopenhauerscher Prägung (Schopenhauer, Nietzsche, Richard Wagner sind bestimmende Faktoren im Denken Manns). An diesem zweibändigen Buch arbeitete der Autor etwa sechs Jahre. Er hatte zunächst nur an eine Novelle gedacht, doch wie bei Richard Wagner aus dem Siegfriedmotiv die Oper von Siegfrieds Tod entstanden war, so war hier aus dem »kleinen Motiv« der geplanten Kurzerzählung der umfangreiche Roman geworden. Entscheidend dafür war das plötzlich begriffene Kunstprinzip des Leitmotivs. Gerade dessen Verwendung ist ein Charakteristikum für Thomas Manns Werk. Die dadurch entstehende »epische Breite« mochte zunächst der Aufnahme des Werkes durch Kritik und Lesepublikum hinderlich sein. Nur Samuel Lublinski setzte sich für die »Buddenbrooks« ein; erst mit der zweiten Auflage begann der einzigartige Erfolg. Die Begeisterung ergriff selbst Kreise, die sich mit »höherer« Literatur kaum abgeben, und führte innerhalb von ungefähr drei Jahrzehnten zu einer Auflagenziffer von einer Million. Dieser Roman hat der deutschen Erzählkunst wieder Weltgeltung verschafft.

Als Nachklang des Italienaufenthaltes darf man den einzigen dramatischen Versuch *Fiorenza* (1906) ansehen, eine Auseinandersetzung zwischen glaubendem Ethos und schönheitsgieriger Dämonie am Sterbetag Lorenzo Medicis. Im Jahr zuvor (1905) hatte Thomas Mann geheiratet; in der gelösten Stimmung des Ehefrühlings entstand das von Heiterkeit erfüllte Buch *Königliche Hoheit* (1909). Zwar schildert auch dieser Roman die Auflösung einer Welt, diesmal der höfischen, aber die »edle Zweisamkeit« zwischen dem

Schutzumschlag der Erstausgabe von Thomas Manns Novellensammlung »Der kleine Herr Friedemann«.

Prinzen eines deutschen Duodezfürstentums und einer amerikanischen Millionärstochter, deren Vermögen es dem zur Regierung kommenden Klaus Heinrich ermöglicht, sein Fürstentum vor dem finanziellen Zusammenbruch zu retten, strahlt beinahe Märchenglanz aus: »Weiß der gar nichts vom Leben, der von der Liebe weiß? Das soll fortan unsere Sache sein: beides, Hoheit und Liebe – ein strenges Glück.«

Auf die ironisch-graziöse Geschichte des einsamen Prinzen, der »geistigen Wendung zum Demokratischen, zur Gemeinsamkeit, zum Anschluß, zur Liebe«, folgten der »Tod in Venedig« und andere Novellen; gleichzeitig begann die Arbeit am »Felix Krull«. Dann kam der Erste Weltkrieg und brachte die poetische Produktion Thomas Manns zum Stillstand. Anders als sein Bruder Heinrich stellte sich Thomas zu den Ereignissen ein, wie der Essay *Friedrich und die große Koalition* (1915), ein »Abriß für den Tag und die Stunde« zeigt. Der Angriff Friedrichs II. von Preußen auf das Reich Maria Theresias war für Mann eine sittliche Tat.

In der gleichen Linie liegen die *Betrachtungen eines Unpolitischen* (1918), zum Teil schon vor der Buchausgabe in der »Neuen Rundschau« veröffentlicht und als Ganzes nach dem Zusammenbruch publiziert. Thomas Mann hat sich durch den Ausgang des Krieges nicht in seiner Haltung beirren lassen und erst in späteren Ausgaben einige Korrekturen angebracht. Nationalistische Kreise rechneten den Verfasser der »Betrachtungen« zu den Ihren und waren überrascht, als dieser sich auf den Boden der neuen Tatsachen stellte (»Von deutscher Republik«, 1923). Das Eintreten für die Republik behielt er dann bei (»Pariser Rechenschaft«, 1926; »Die Forderung des Tages«, 1930). In der Essaysammlung *Leiden und Größe der Meister* (1935) kritisierte er auch Richard Wagner, in den Aufrufen *Dieser Friede* und *Achtung, Europa!* (beide 1938) warnte er vergebens vor dem Nationalsozialismus; erst nach dem Ausbruch des Zweiten Weltkrieges hörte man auf seine Stimme (»Das Problem der Freiheit«, 1939; Rundfunkreden, gesammelt unter dem Titel »Deutsche Hörer«, 1945; »Leiden an Deutschland«, 1946). Politik war und blieb für Thomas Mann ein Instrument zur Verteidigung dessen, was er unter Humanität, Universalität, Autorität des Geistes verstand.

Nach dem Ersten Weltkrieg waren die ersten neuen Versuche auf poetischem Gebiet die Idylle *Herr und Hund* und der in Hexametern geschriebene *Gesang vom Kindchen* (beide 1919), ferner die Erzählung *Wälsungenblut* (1921), die von der Geschwisterliebe zweier jüdischer Kinder handelt, sowie die meisterlich geformte Erzählung *Unordnung und frühes Leid* (1926) aus der Inflationszeit. Vor dieser jedoch war *Der Zauberberg* (1924, 2 Bände mit über 1200 Druckseiten) erschienen, der auf dem Schauplatz Davos spielt, wo in einer Heilstätte Ärzte und Patienten, die das ganze sanatoriumsbedürftige Europa der Vorkriegszeit repräsentieren, ausgedehnte Gespräche führen. Im »Erziehungs- und Bildungsroman«, wie ihn der Autor selbst nennt, wird einmal die Ansicht geäußert, Hans Castorp, der Hauptfigur, wären Krankheit und Not erspart geblieben, wenn »seiner schlichten Seele aus den Tiefen der Zeit über Sinn und Zweck des Lebensdienstes eine irgendwie befriedigende Auskunft zuteil geworden wäre«.

Als Vorstudien für den »Zauberberg« können einige Essays in dem Sammelband *Bemühungen* (1926) angesehen werden, insofern Mann darin seine Ansichten über Erziehung und Politik niederlegt. Unter dem Titel *Rede und Antwort* hatte er schon früher (1922) eine gehaltvolle Sammlung seiner kleineren Schriften veröffentlicht. Weitere Essays, Studien und Reden schlossen sich diesen Reihen an (»Goethe und Tolstoi«, 1923; »Lübeck als geistige Lebensform«, 1926; »Goethe als Repräsentant des bürgerlichen Zeitalters«, 1932; »Freud und die Zukunft«, 1936; »Freud, Goethe, Wagner«, 1937; »Schopenhauer«, 1938; »Nietzsches Philosophie im Lichte unserer Erfahrung«, 1948; »Ansprache im Goethejahr«, 1949; »Goethe und die Demokratie«, 1949; »Michelangelo in seinen Dichtungen«, 1950; »Versuch über Schiller«, 1955; »Versuch über Tschechow«, 1955). Diese Schriften erschienen, mit anderen vereinigt, gesammelt in *Adel des Geistes* (1945), *Neue Studien* (1948), *Altes und Neues* (1953), *Nachlese-Prosa 1951–1955* (1956).

Immer wieder, so offenbaren es die eben angeführten Titel, beschäftigte sich Thomas Mann mit Goethe. Bei ihm las er: »Höchst liebenswürdig ist diese Geschichte: nur erscheint sie zu kurz, und man fühlt sich versucht, sie in allen Einzelheiten auszuführen.« Diese »liebenswürdige« Geschichte ist die des ägyptischen Joseph, deren »Ausführung in allen Einzelheiten« die Romantetralogie *Joseph und seine Brüder* (»Die Geschichte Jaakobs«, 1933; »Der junge Joseph«, 1934; »Joseph in Ägypten«, 1936; »Joseph der Ernährer«, 1942) geworden ist. Für das über 2000 Seiten füllende Werk konnte die Bibel als Quelle nicht ausreichend sein; historische, mythologische, archäologische, kulturgeschichtliche, geographische Veröffentlichungen wurden beigezogen und studiert, besonders religionsgeschichtliche und theologische. Das angestrebte Ergebnis ist eine »Vereinigung von Mythos und Humanität«, die der Autor »für menschheitlich zukünftiger« hält als den »einseitig-augenblicklichen Kampf gegen den Geist, das Sich-Beliebt-Machen bei der Zeit durch eifriges Herumtrampeln auf Vernunft und Zivilisation«; darüber hinaus stellt der Roman nach Manns eigenem Bekunden den Versuch dar, den Mythos vor dem Irrationalismus des Faschismus zu retten und ihn statt dessen mit Vernunft und Sittlichkeit zu vereinigen.

Hatte Goethe das Stichwort zum Josephsroman gegeben, so wurde er selbst Gegenstand des Romans *Lotte in Weimar* (1939). Lotte, das ist die Frauengestalt aus Goethes »Werther«. Deren Urbild war Charlotte Buff, als Goethe sie kennenlernte die Verlobte, nachmals die Gemahlin des Freundes Kestner aus Wetzlar. Thomas Mann läßt sie als alte Dame nach Weimar kommen und den »Olympier« besuchen; sie findet nicht den ihr einst vertrauten Menschen, sondern einen Titanen. Die ihn umgebende Domestikenatmosphäre, ein Meisterstück der Phantasie Thomas Manns, hebt ihn höher, als er selbst sich fühlt. In Dialogen mit verschiedenen Personen aus der Umgebung Goethes und in einem Monolog der Hauptperson selbst werden Daten, Gedanken und Ideen des Verfassers wie des dargestellten Dichters so ineinandergemengt, daß nur der sehr kundige Leser wissen kann, wo Goethe, wann Thomas Mann zu ihm spricht.

Es ist kein Zufall, sondern ein symbolisches Zusammentreffen, daß die »Lotte« entstand, während die Arbeit am Josephsroman noch nicht zu Ende war. Vor dessen Fertigstellung fällt dann noch die gleichfalls ins Mythische reichende »indische« Legende *Die vertauschten Köpfe* (1940), deren Diktion die mit »Lotte in Weimar« einsetzende Weitschweifigkeit fast zur Parodie werden läßt. Noch eigenwilliger, noch schwerer durchsichtig wird die Sprache in *Doktor Faustus, das Leben des deutschen Tonsetzers Adrian Leverkühn, erzählt von seinem Freunde* (1947).

Der Komponist Leverkühn, den eine venerische Krankheit als Folge einer syphilitischen Infektion, einer Begegnung seines hochmütigen Intellekts mit dem seelenlosen Trieb, zu höchster schöpferischer Leistung führte – seine Komposition »Doktor Faust Weheklage«, ein Werk der Zwölftontechnik, nimmt das Gute und Edle zurück, das Beethovens »Neunte« verkündete, und bedeutet das Ende des Goetheschen, d. h. des humanistischen Deutschlands – endet im Ausblick des Wahnsinns und in zweiter Kindheit, nachdem sein Gehirn durch die Krankheit völlig zerstört worden ist; eine rechtzeitig angestrebte Heilung verhinderte – der Teufel in Person. Das Leben Leverkühns ist, so will es die Form dieses Romans, aufgezeichnet durch den Apothekersohn Dr. phil. Serenus Zeitblom, eine »human temperierte« Gelehrtennatur, die sich mit Liebe und Treue sowie mit pedantischer Gründlichkeit ihrer Aufgabe unterzieht und dabei auch die sich dem Untergang nähernde Zeit schildert, in der sich Leverkühns Leben abspielt: »Wann wird aus letzter Hoffnungslosigkeit ein Wunder, das über den Glauben geht, das Licht der Hoffnung tagen? Ein einsamer alter Mann faltet seine Hände und spricht: Gott sei eurer armen Seele gnädig, mein Freund, mein Vaterland.«

In der Schrift *Die Entstehung des Doktor Faustus* (1949) hat Thomas Mann über manche Einzelheiten Aufschluß gegeben. Mit dem nächsten, bedeutend kleineren Roman *Der Erwählte* (1951) kehrte er zur Entmythologisierung zurück; die bekannte Verchristlichung der Ödipussage in der Legende von Gregorius auf dem Stein ist der nunmehrige Gegenstand des Schriftstellers, der hier – wie schon im »Faustus« – die Möglichkeiten der Romanform bis hin zum Experimentellen, zur virtuosen Montagetechnik ausschöpft.

Abschluß des Lebenswerkes bildet das in Romanform abgefaßte Satyrspiel *Bekenntnisse des Hochstaplers Felix Krull* (1954). Mit diesem Stoff hatte sich Thomas Mann schon lange beschäftigt: 1922 war eine erste, 1936 eine zweite erweiterte Fassung erschienen; die endgültige Ausgabe umfaßte schließlich nur einen ersten Band. Diese »Memoiren« sind eine Art Schelmenroman des bürgerlichen Zeitalters: Der Hochstapler – und mit ihm sein Dichter – hat sein Vergnügen daran, sich und der Welt, die betrogen sein will, etwas »vorzumachen«; tiefsinnige Heiterkeit und skandalöser Übermut lösen einander ab. Zugrunde liegt das in der Rede über Tschechow ausgesprochene Bewußtsein, daß man »auf die letzten Fragen ja doch keine Antwort wisse«.

DIE ÄRA DES EXPRESSIONISMUS

Das Wort Expressionismus ist geschaffen worden, um die neue Kunstrichtung vom Impressionismus zu unterscheiden. Hatte der Impressionist, ob Dichter oder bildender Künstler, den Eindruck, den er von außen her empfing, festhalten wollen, so geht es nun dem Expressionisten – wieder sowohl in der Dichtung als auch in der bildenden Kunst – darum, seelische Erlebnisse nicht mehr symbolisch, sondern unmittelbar zum Ausdruck zu bringen und wie die Musik reine Gefühle in Töne umzusetzen. Dabei sollte vielfach das Einmalige und Individuelle zurücktreten, dagegen das Typische, Wesenhafte, allen Gemeinsame betont werden. Damit mag es im Zusammenhang stehen, daß eine ganze Reihe expressionistischer Künstler Anschluß suchten und fanden bei politischen Strömungen, die den Menschen kollektivistisch banden oder für ihre Sehnsucht nach Gemeinschaft Erfüllung und Befriedigung im Religiösen entdeckten. So war der Expressionismus Reaktion auf Naturalismus, Impressionismus, Materialismus einerseits, andrerseits – als ästhetische Revolution – auf den Formalismus etwa des George-Kreises. Nur so neu, wie er sich gab, war er nicht; er hatte seine Vorläufer in den Stürmern und Drängern aller Zeiten, seine nächsten Vorbilder in Strindberg und Dostojewskij sowie in den neufranzösischen Dichtern, die nicht mehr Lateiner sein wollten. Auch findet sich der Expressionismus nicht nur in der Literatur deutscher Sprache, in Italien und in Rußland nennt man ihn Futurismus, wie man in Italien auch Verismus statt Naturalismus sagte, in England und in Nordamerika heißt er Imagismus.

VORLÄUFER DES EXPRESSIONISMUS

Die Dichter des Expressionismus sind nicht ganz leicht einzuordnen. Das überrascht am wenigsten bei Stanislaw Przybyszewsky (1868–1927); denn er ist Pole (aus der Gegend von Posen), schrieb jedoch zunächst in deutscher Sprache, obwohl er mit 30 Jahren die Redaktion einer polnischen Zeitschrift in Krakau übernommen und dadurch die damals österreichische Stadt zum Zentrum des polnischen Literaturlebens erhoben hatte. Als er sich der deutschen Sprache bediente, erwarb er sich zweifelhaften Ruhm als »deutscher Sataniker« und als Naturalist der »nackten Seele«; Richard Dehmel, wie wir wissen kein zimperlicher Mensch, nannte ihn »Jeremias der entarteten Instinkte«. Aber seine mystisch-brünstigen Visionen, niedergelegt in den Romanen *Totenmesse* (1893), *Vigilien* (1894), *Auf den Wegen der Seele* (1896), *Satans Kinder* (1897), *Homo sapiens* (1898) usw., in lyrischen Gedichten (»De profundis«, 1896; »In diesem Erdental der Tränen«, 1900), auch in dramatischen Werken (»Schnee«, »Totentanz der Liebe«, »Gelübde«, 1907), vor allem jedoch in den Essays *Zur Psychologie des Individuums* (1892) und *Edvard Munch* (1894), zeigen ihn auf dem Weg nach Damaskus, wo er jedoch nie ankommt, und erweisen ihn als Vorläufer der Expressionisten.

Ahnungen der Ausdruckskunst finden sich ferner bei (Johann) PETER BAUM (1869–1916) aus Elberfeld. Seine Erzählungen (am wichtigsten der vielleicht autobiographische Entwicklungsroman »Spuk«, 1905, und die Novelle »Im alten Schloß«, 1908) nehmen Kafkas Angstvorstellungen und Georg Heyms Visionen vorweg und mischen das Grauen vor der Entsetzlichkeit des Wirklichen mit abgründigen Gesichten, möglicherweise Ahnungen persönlichen Schicksals; denn der Autor fiel als Opfer des Ersten Weltkrieges. So blieb *Kymland* (1915/1916) unvollendet, ein frei ersonnener Göttermythos der Kyer, der vermutlich die Tragödie des dichterischen Menschen darstellen sollte.

In verhältnismäßig jungen Jahren starb auch VIKTOR HADWIGER (1878 bis 1911) aus Prag. Diese Stadt, mit den Augen Meyrinks gesehen, zeigte sich dem Dichter in »morguehaften Bildern einer enthumanisierten Technik« (Adalbert Schmidt) und wies ihn auf die »Pest des Daseins« oder »Des Daseins tolles Fest«, das dem gehetzten, gequälten Menschen den »Saft aus der Seele« preßt. 1903 war Hadwiger nach Berlin gezogen (doch gestorben ist er in seiner Geburtsstadt); 1903 erschien – nach den vorausgegangenen *Gedichten* (1900) – sein Versband *Ich bin* (1903), nach Ernst Alker »die Inkunabel des deutschen Expressionismus«, allerdings noch durchsetzt von »Resten einer übersteigerten Neuromantik«.

Hadwiger hat auch Erzählungen geschrieben (»Blanche, Des Affen Jogo Liebe und Hochzeit«, 1911; »Der Empfangstag«, 1911; »Abraham Abt«, 1912) und einen Gedichtband hinterlassen (»Wenn unter uns ein Wanderer ist«, 1912), Gottfried Benn nahm Verse Hadwigers in seine Sammlung

Lyriker des expressionistischen Jahrzehnts (1955) auf und reihte ihn neben Alfred Mombert, Else Lasker-Schüler und Ernst Stadler unter die Wegbereiter der neuen Bewegung.

Andere Vorläufer des Expressionismus waren die »Charontiker«, so genannt nach der Zeitschrift *Charon,* die Otto zur Linde und Rudolf Pannwitz gegründet hatten (1904). Der in Essen als Gastwirtssohn aus westfälischem Geschlecht geborene OTTO ZUR LINDE (1873–1938) hatte seine philosophischen und germanistischen Studien mit dem Doktorat beschlossen, bevor er sich zu mehrjährigem Studienaufenthalt nach London begab und später in Berlin-Lichterfelde Wohnsitz nahm. Literaturgeschichtlich wichtig bleibt seine Streit- und Verteidigungsschrift *Arno Holz und der Charon* (1911). Sie zeigt das Gemeinsame mit dem Begründer der naturalistischen Lyrik in den formalen Fragen der Dichtkunst, aber auch die Kluft, die die Charontiker von Arno Holz trennt, den starken Zug zum Mystischen und Irrationalen. In der Tat blieb der Dichter Otto zur Linde ein seltsamer Träumer, der darauf ausging, aus der Einheit von Denken und Schauen ohne Trennung zwischen Wissenschaft und Dichtung, Erkenntnis und Religion eine neue Welt von Mythen zu schaffen. Seine Gedichte erschienen in einer selbstverlegten zehnbändigen Gesamtausgabe (»Thule Traumland«, 1910; »Album und Lieder der Liebe und Ehe«, 1910; »Stadt und Landschaft«, 1911; »Charontischer Mythus«, 1913; »Wege, Menschen und Ziele«, 1913; »Das Buch Abendroth«, 1920; »Lieder des Leids«, Doppelband 1923; »Denken, Zeit und Zukunft«, Doppelband 1925); außerhalb dieser Reihe erschien *Die Kugel, eine Philosophie in Versen* (1909, vollständig 1923). Die charakteristischsten Gedichte findet man im »charontischen Mythus«: Wenn man sie mit denen der Kosmiker vergleicht, fehlt ihnen die Musikalität Däublers, die Prophetengewißheit Momberts, im Gegenteil: »Sie sind rauh, düster, wie betroffen von der Unruhe und Schlaflosigkeit des Dichters selbst ... ihre Form bestimmt ein gebrochener und springender Rhythmus, der sich erlaubt, mehrere Silben unbetont zu lassen, um der wichtigsten Sinnsilbe den starken Wortton zu geben« (Soergel-Hohoff). Auch durch seinen oft zum Surrealistischen neigenden Humor unterscheidet sich Otto zur Linde von den Kosmikern.

Nach 1925 hat der Dichter nichts mehr veröffentlicht, sondern nur emsig gearbeitet an seinem metaphysischen Weltgedicht *Die Hölle oder die neue Erde,* das in 70000 Versen wie ein riesiges Haus Lehre und Dichtung enthalten sollte. Da es nur in einzelnen Teilen veröffentlicht ist, fällt ein Urteil darüber schwer.

Mitbegründer des »Charon« war der Lehrerssohn RUDOLF PANNWITZ (1881–1969) aus Crossen an der Oder. Er studierte Altphilologie, Germanistik und Sanskrit. Nach Abschluß seines Studiums war er Erzieher im Hause des Soziologen G. Simmel und in dem des Malerehepaares Lepsius. Früh nahm er Kontakt auf mit Stefan George (zeitweise übernahm er sogar dessen eigenwillige Orthographie und Interpunktion), mit Wolfskehl, Hofmannsthal, auch mit Däubler und Mombert. Früh auch begann er mit seinen Veröffentlichungen (Epos »Prometheus«, 1902; »Landschaftsmärchen aus Crossen an der Oder«, 1902; zusammen mit Ludwig Gurlitt das Drama »Beim göttlichen Sauhirten«, 1904; endlich das Epos »Psyche«, 1905). Hierauf verband er sich mit Otto zur Linde zur Herausgabe des »Charon«; aus dieser Zusammenarbeit ergab sich *Kultur, Kraft, Kunst – Charonbriefe an Berthold Otto* (1906). Pannwitz sagt von seinem Kompagnon, er habe bei ihm gelernt »nicht zuletzt deutsch lesen, sprechen und schreiben – was man bei George nur zur einen hälfte lernen kann – nämlich nunmehr die wörter mit der wurzel ausziehen und wie hölzer fugen wie schäfte treiben in denen noch der pflanzensaft schießt: wortursprünglichkeit, bildgerechtigkeit und rythmik, die den prozeß der psyche widerbildet also nicht gebilde sondern gewächse hervorbringen«.

Es versteht sich, daß ein Autor solchen Stils keinen großen Leserkreis fand; nur eine kleine Schar von Anhängern stellte sich an seine Seite. Vielleicht wurde auch diese mehr von seiner Persönlichkeit als von seinen Werken angezogen; denn mit Ricarda Huch erklärte er nach Hitlers Machtergreifung den Austritt aus der Preußischen Dichterakademie. Außerdem zog er sich endgültig auf die Insel Koločep vor Dubrovnik zurück, wo er schon seit 1921 zu wohnen pflegte. 1948 übersiedelte er nach Ciona-Carona bei Lugano; von hier aus suchte er wieder kulturpolitischen Einfluß auf die Dinge in Deutschland zu nehmen. Als Dichter veröffentlichte er außer den schon genannten Jugendwerken *Dionysische Tragödien* (1913), das Drama *Baldurs Tod* (1919), die philosophischen Dichtungen *Das Kind Aion* (1919), *Die Deutsche Lehre* (1919), die neun Bände der *Mythen* (1919–1921), *Das Geheimnis* (1922), *Orplid* (1923), die Gedichtsammlung *Urblick* (1926), die *Hymnen aus Widars Wiederkehr* (1927), *Landschaftsgedichte* (1955), *König Laurin* (1956). Als Denker befaßte er sich mit den Aufgaben des Pädagogen (»Der Volksschullehrer und die deutsche Sprache«, 1907; »Der Volksschullehrer und die deutsche Kultur«, 1900; »Die Erziehung«, 1909; »Das Werk der deutschen Erzieher«, 1909), dann mit der *Formenkunde der Kirche* (1912), mit der *Krisis der europäischen Kultur* (1917, neu 1947), mit *Deutschland und Europa*

(1918) – dieser in gewöhnlicher Schreib- und Druckweise herausgegebene »Grundriß einer deutsch-europäischen Politik« nimmt viele Ergebnisse der politischen Entwicklung nach dem Zweiten Weltkrieg am Ende des Ersten vorweg und wurde 1931 ergänzt durch *Die deutsche Idee Europas* – mit der eigenen Lebensgeschichte (»Grundriß einer Geschichte meiner Kultur 1881 bis 1906«, 1921), mit der *Staatslehre* (1926), mit dem *Kosmos Atheos* (1926), mit *Logos, Eidos, Bios* (1930), mit *Ursprung und Wesen der Geschlechter* (1936), mit *Nietzsche und der Verwandlung des Menschen* (1940), mit dem *Frieden* (1950), dem *Nihilismus und der werdenden Welt* (1951), mit dem *Übergang von heute zu morgen* (1958) und dem *Aufbau der Natur* (1961). Zur Trennung von Otto zur Linde führte u. a. Pannwitz' mit zunehmendem Alter immer deutlicher hervortretender Nietzscheanismus, der darüber hinaus für eine sehr kritische Haltung gegenüber dem Christentum verantwortlich war.

Die beiden »Charon«-Häupter gehörten und gehören sicher nicht zu den volkstümlichen Autoren; aber Otto zur Linde förderte bewußt auch einen eher populären Schriftsteller, der noch dazu weltanschaulich kaum seiner Linie folgte. Gemeint ist Karl Röttger (1877–1942), ein Westfale aus Lübbecke, der als Schuhmacherssohn zum Lehrer aufstieg und seinen Beruf, von kurzer Unterbrechung abgesehen, in Düsseldorf ausübte. So sehr fühlte er sich dem »Charon« zu Dank verpflichtet, daß er eine eigene Zeitschrift, *Die Brücke* (1911–1914), herausgab, um die Ideen der Charontiker auf seine Weise zu propagieren. Karl Röttger war wie Otto zur Linde und Rudolf Pannwitz Mystiker, doch hatte seine Mystik eigene Quellen, neben Mombert und Rilke Angelus Silesius und Meister Eckhart. Was er also in den Kahn des »Charon« einbrachte, war der Hang, sich an das Unendliche hinzugeben, und dieses fand er verkörpert im Unscheinbaren, besonders im Kind (daher seine Abhandlung »Die Religion des Kindes«, 1918, und seine Aufsätze »Das Leben, die Kunst, das Kind« und »Kind und Gottesidee«) sowie in Christus (daher seine Anthologie »Die moderne Jesusdichtung«, 1907). Demnach begann er seine eigene literarische Tätigkeit unter der Devise *Wenn deine Seele einfach wird* (1909); es folgten die Gedichtbände *Tage der Fülle* (1910) und *Die Lieder von Gott und dem Tod* (1912), die Legendenbände *Christuslegenden* (1914), *Der Eine und die Welt* (1917) und *Das Gastmahl der Heiligen* (1920), die zu den tiefsten Bekenntnissen neuzeitlichen Gottsuchertums gehören und auch jenen Menschen Jesus nahebrachten, denen die kirchliche Interpretation verlorengegangen war.

Den Legendenton schlugen auch Röttgers sonstige Erzählungen an (»Die

Allee«, 1917; »Die Stimmen im Raum«, 1920; »Schmerz des Seins«, 1921; »Die fernen Inseln«, 1921). Mystisch versenkte er sich in das ›Seinsgeheimnis‹ Mozarts, Beethovens, Kleists, Hölderlins, in den Porträtskizzen aus dem Versband *Buch der Liebe* (1927), in die Geheimnisse der Mutterschaft, der Kindschaft, der Nacht, der Einsamkeit, des Todes und Gottes in den Gedichten des *Buches der Mysterien* (1929). Verwandt in Stil und Haltung sind auch Röttgers Romane (»Das Herz in der Kelter«, 1927; »Auf Sommerwegen«, 1929; »Kaspar Hausers letzte Tage«, 1933; »Wolfgang Amadeus Mozart«, 1941).

Der mystische Zug seines Herzens veranlaßte Röttger zur Aufsatzsammlung *Zum Drama und Theater der Zukunft* (1921). Sie warb für das religiöse Drama und das Märchenstück, wollte den gewaltsam Handelnden durch den weise Sprechenden ersetzt sehen, die Schaubühne in den »tönenden und singenden Raum« verwandeln. Dieser Forderung war, soweit er es konnte, der Dichter schon nachgekommen, als er sein »Kammerspiel« *Gespaltene Seelen* (1918) geschrieben hatte. Der vorausgegangene Krieg löste jene Gedanken aus, die weiteren Bühnenwerken (»Das Haus oder das versunkene Bild des Christ«, 1918; »Das Antlitz des Todes«, 1921) zugrunde liegen. Ein Gegenwartsdrama war *Die Krise* (1919) mit der Wandlung eines Herrenmenschen in einen Diener der Liebe; Läuterungsdramen sind auch *Das letzte Gericht* und *Des Königs Untergang* (beide 1922). Aus den Legendenspielen seien genannt *Die Heimkehr* (1921), ein Stück, das die Geschichte vom verlorenen Sohn behandelt, *Bruder Konrad, die Mutter mit dem Kinde* (1926), aus den Märchenspielen *Der treue Johannes* und *Die sechs Schwäne* (beide 1922), endlich noch das biblische Drama *Simson* (1921), ein sehr wirksames Bühnenstück, fern vom ausschließlich Heroischen oder vom prickelnd Erotischen wie bei Burte und Eulenberg.

Mehr vom Philosophischen als vom Religiösen her nährte sich die Lyrik, die Rudolf Paulsen (1883–1965), Sohn des Philosophen und Pädagogen Friedrich Paulsen und Mitbegründer des »Charon«, zum Urheber hat. *Töne der stillen Erinnerung und der Leidenschaft zum Kommenden* (1910), *Gespräche des Lebens* (1911), *Lieder aus Licht und Liebe* (1911), *Im Schnee der Zeit* (1922), *Und wieder geh ich unruhvoll* (1923), *Die kosmische Fibel* (1924), *Die hohe heilige Verwandlung* (1925) – diese Titel und die des späten Auswahlbandes *Musik des Alls und Lied der Erde* (1954) geben bereits die Themen der Zeit an: Leben, Licht, Liebe, Vergänglichkeit und Beunruhigung, Flucht in Kosmos und Religiosität. So entstand denn auch das *Berggespräch, Christus und der Wanderer* (1924): Zu Füßen des Kreuzes steht eine

Antichristfigur, der Schatten Nietzsches. Dessen Lehre wollte Paulsen mit einem »gereinigten Christentum« verbinden und erwartete sich die Erfüllung dieses Traumes vom – Nationalsozialismus. Den Weg dorthin kann man an Hand von Paulsens Prosa (»Der Mensch an der Waage«, 1926; »Aufruf an den Engel«, 1927; »Mein Leben«, 1936; »Wiederkehr der Schönheit«, 1937) verfolgen, die noch einmal von Versen begleitet wird (»Vor der See«, 1927; »Auf trunkenen Daseinswogen«, 1933; »Das festliche Wort«, 1935).

Zwischen Neuromantik und Expressionismus steht der in Bozen geborene, als Sektionschef im Innenministerium zu Wien verstorbene Albert von Trentini (1878–1933) aus alter Südtiroler Adelsfamilie. Sein erstes Buch war der Roman *Der große Frühling* (1908), sein letztes der Roman *Der Webstuhl* (1927). Der Anfang war überschwengliche Sentimentalität, prunkend in starken Worten, verschwommen in der Behandlung psychologischer, vornehmlich erotischer Probleme, das Ende, vorbereitet durch die Tragödie *Das Paradies* (1924), ein ernstes Gottsuchertum, in schöner Prosa. Seine Werke schwanken zwischen ekstatischer Höhe und Annäherung an die Wirklichkeit (»Der Sieg der Jungfrau«, 1910; »Komtesse Tralala«, 1911; »Kandida«, 1916; »Unser Geist«, 1916; »Stunden des Lebens«, 1913; »Der letzte Sommer«, 1915; »Die deutsche Braut«, 1921; »Die Geburt des Lebens«, 1924). Trentinis interessantestes Werk ist der »Künstlerroman des Expressionismus« (Adalbert Schmidt) *Goethe, der Roman von seiner Erweckung* (1923), eine starke, selbständige Leistung; allerdings darf man sich daran nicht stören, daß im Sprechen der Menschen des 18. Jahrhunderts die Denk- und Ausdrucksweise des beginnenden 20. Jahrhunderts laut wird.

DIE FRÜHVERSTORBENEN

Bei fast allen literarischen Strömungen können wir beobachten, daß die an ihnen Beteiligten die ursprünglich eingeschlagene Richtung wieder verlassen; so wurden Goethe und Schiller aus Stürmern und Drängern zu Klassikern, so näherten sich einige Romantiker dem Realismus. Auch die Expressionisten blieben, wenigstens zum Teil, nicht bei ihrem Ausgangspunkt stehen. Selbst bei den Frühverstorbenen läßt sich häufig eine Wandlung feststellen.

Vom westlichen Ende des deutschen Sprachraums kam Ernst Stadler (1883–1914), geboren im elsässischen Colmar, Gymnasiast und Universitätsstudent in Straßburg, hier auch Privatdozent (dazwischen lagen das Militärjahr sowie Studien in München und Oxford). 1912 wurde er an die freie Universität in Brüssel als Professor berufen, 1914 nötigte ihn der Krieg, als Reserveoffizier einzurücken, am 30. Oktober bereits fiel er in der Nähe von Ypern. Schon früh (seit 1902) betätigte sich der gelehrte Germanist und Romanist als freischaffender Dichter und arbeitete an der von seinem Freund René Schickele herausgegebenen Zeitschrift »Der Stürmer« mit. Sein erstes Buch erschien 1905 unter dem Titel *Präludien*, ihm folgte 1914 *Der Aufbruch;* beide Bände enthielten Gedichte. Dazu kam die Neuherausgabe der Wielandschen Shakespeare-Übersetzung und die Abhandlung *Wielands Shakespeare* (1910), ferner Übertragungen von Balzac (1913), Francis Jammes (1913) und Péguy. Anderes blieb zunächst unveröffentlicht oder nur in Zeitschriften publiziert. Erst 1954 edierte K. L. Schneider Stadlers *Dichtungen* in zwei Bänden.

Wer nur Stadlers Verse vor 1905 kennt, möchte ihn beinahe für einen Naturalisten halten, die »Präludien« zeigen ihn jedoch als Schüler Georges und Hofmannsthals, nicht ohne daß auch französische Dichter für diesen Symbolismus beispielhaft gewirkt hätten, aber im »Aufbruch« steht ein Gedicht mit der Überschrift »Form ist Wollust« – und Wollust genügt dem Dichter nicht, der »Ackerschollen umpflügen« will, der von sich sagt: »Ich will mein Sein in alle Weiten drängen«, den es »zu den Dumpfen, zu den Armen« treibt. So wenig diese zuletzt zitierten Worte naturalistisch, d. h. sozialistisch gemeint sind, sondern religiös, so wenig ist mit Form Reim, Regel und Rhythmus gemeint (das Gedicht bedient sich ja der überlieferten »Formen«), sondern das, was in einem andern Text »Worte, die von nackter Schönheit und Ahnung und zitterndem Verlangen übergingen« heißt. Die Stadler überlebenden Expressionisten mußten dies anerkennen: »Hier war das Leben unserer Tage in überzeugenden Lauten endlich rhythmisch gestanzt, und Freude des Schöpfers, Glück über die entdeckte Herrlichkeit strahlte durch alle Zeilen« (Carl Sternheim).

Die Fähigkeit, bei Ablehnung aller bloßen Form doch formgetreu zu dichten, hing wohl damit zusammen, daß Stadler nie in Rausch und Lebenstrunkenheit aufging, daß er im Grunde ein religiöser Mensch war und sein wollte. Das zeigt das Gedicht »Zwiegespräch«. Aber das neue Lebensgefühl (er formuliert es: »Mensch, werde wesentlich!«) wird bei ihm genauso Wort wie bei jenen, die glaubten, die überlieferten Formen sprengen zu müssen, um ihm Ausdruck verleihen zu können. Auch wo Stadler zu experimentieren scheint, setzt er sich nicht einfach über die alten Formen hinweg, etwa in der »Fahrt über die Kölner Rheinbrücke bei Nacht«. Dieses Gedicht unterscheidet sich merklich von thematisch gleichen und nur wenig älteren Versgebilden Liliencrons und Gerhart Hauptmanns. Dort haben wir naturalistische Sensation, hier unmittelbaren Ausdruck dafür, daß das Fahrterlebnis zum Lebensfest und zum – Untergang führt. Die pathetische Sprache von Stadlers Lyrik ist Ausdruck der Bereitschaft der jungen Generation, mit den überlieferten Konventionen zu brechen und sich dem Neuen zuzuwenden. Daher heißt einer seiner Gedichtbände »Aufbruch«. In diesem Band steht ein Gedicht gleichen Titels, das man für ein Ergebnis des Kriegserlebnisses halten könnte; doch wurde es noch vor dessen Ausbruch geschrieben.

Georg Heym und die Dichter des Grotesken

Nicht ohne Schulung an George und Hofmannsthal einerseits, an Baudelaire und Rimbaud andrerseits entstand, was Georg Heym (1887–1912) dichtete. Er entstammte einer begüterten Beamten- und Pfarrersfamilie und wurde in Hirschberg in Schlesien geboren. Das Verhältnis zu seinem streng bürgerlichen Vater blieb zeit seines Lebens gespannt. Das Jahr 1900 führte ihn nach Berlin; er studierte die Rechte in Würzburg, Berlin und Jena und beendete das Studium 1911 mit dem juristischen Staatsexamen und Doktorat. Mit seinem Freund Ernst Balcke ertrank er beim Eislauf auf der Havel zwischen Lindwerder und Schwanenwerder. Seine sprachgewaltige, jedoch äußerst formstrenge Lyrik veröffentlichte er in zwei Bänden, im *Ewigen Tag* (1911) und in *Umbra vitae* (1912); dieser zweite Versband ist bereits, von Freunden zusammengestellt, postum erschienen. Sein Titel (deutsch: »Schatten über dem Leben« zeigt, wie sich die Nacht vor den Tag schiebt, wie sich die Schau des Dichters verdüstert. Bald in düstren, bald in grellen Farben, immer in dämonischen Bildern von atemberaubendem Grausen malt Heym Hunger, Qual und Weh in Großstadt und Vorstadt, in Gegenwart und Vergangenheit. Was er sieht, sind apokalyptische Visionen kommender Katastrophen, Vorahnungen des blutigen Krieges, fürchterlicher Einsamkeit des Menschen. Sinnlos erscheint ihm das Dasein, und doch nicht hoffnungslos; denn zuweilen öffnet ein Wort, ein Bild am Ende des Gedichtes einen Ausblick auf eine Welt befreiter Gefühle.

Diese Technik waltet auch in Heyms Novellen, deren Ausgabe er unter dem Titel *Der Dieb* (1912) noch selbst vorbereitet hat. Überschriften wie *Der Irre, Die Sektion, Der Tote im Wasser* zeigen die innerste Verwandtschaft mit den Gedichten. In beiden Arten der Poesie steigt Heym vom Bild zum Sinnbild auf, von der Betrachtung zur Vision. In zwei Tragödien (»Der Athener Ausfahrt«, 1907; »Atalanta«, 1911), die nie aufgeführt wurden, konnte das Grauen und das Grausen nicht gesteigert werden. Fast sieht es wie ein Selbstporträt aus, wenn es in einem Landschaftsgedicht aus dem Jahr 1910 heißt:

Ein großer Kahn zieht in der Wasser Tal.
Es leuchtet düster, wenn das Dunkel weicht.
Ein Fährmann lenkt ihn, dessen Antlitz fahl
Und tot wie Stein hoch in die Wolken reicht.

Ein Freund Georg Heyms, Jakob van Hoddis (1887–1942), hat ihn anders beschrieben:

Feindselig reichst du mir die plumpe Hand,
Von neuem Zorn die starke Stirn betört.
Und als ich längst schon meinen Weg gerannt
Hat alle Schritte noch dein Traum gestört.

Die zitierten Verse stehen in dem dem Freunde Georg Heym gewidmeten Gedicht »Lietzensee« und bilden dessen Schluß. Sie kündigen die Freundschaft nicht auf, sie zeigen nur, wie schwer sie lastete. Es heißt, die beiden hätten sich oft gestritten, wobei Jakob van Hoddis' jäh wechselnde Stimmungen ihn unberechenbar machten. Wer war dieser Mann? Eigentlich hieß er Hans Davidsohn (das Pseudonym ist eine Buchstabenumstellung), war gebürtiger Berliner, Sohn eines Arztes, wandte sich 1907 in München der Architektur zu und wechselte dann zu klassischer Philologie über, der er sich in Jena widmete. Er kehrte später nach Berlin zurück und verkehrte in literarischen Kreisen. 1912 kam seine Schizophrenie zum Ausbruch; er ging noch einmal nach München (hier wurde er katholisch) und stand seit 1914 dauernd in Behandlung, sei es in Sanatorien, sei es in Privatpflege. 1933 wurde er in die einzige jüdische Irrenanstalt Deutschlands gebracht (Bendorf-Sayn bei Koblenz) und 1942 dort als Jude und Geisteskranker ermordet (das genaue Todesdatum ist unbekannt). 1918 erschien sein einziges Buch, der Versband *Weltende.* Den Titel gab ein schon 1911 veröffentlichtes und sogleich berühmt gewordenes Gedicht von nur acht Zeilen:

Dem Bürger fliegt vom spitzen Kopf der Hut,
In allen Lüften hallt es wie Geschrei,
Dachdecker stürzen ab und gehn entzwei
Und an den Küsten – liest man – steigt die Flut.

Der Sturm ist da, die wilden Meere hupfen
An Land, um dicke Dämme zu zerdrücken.
Die meisten Menschen haben einen Schnupfen.
Die Eisenbahnen fallen von den Brücken.

Die Mischung von salopper Sprache und grotesken Motiven einerseits und prophetischen und visionären Elementen andrerseits, wie sie in diesem Gedicht auffällt, ist charakteristisch für Jakob van Hoddis' ganze Lyrik.

Als Groteskendichter wurde van Hoddis von ALFRED LICHTENSTEIN (1889 bis 1914) übertroffen. Dieser wurde nach Abschluß seiner juristischen Studien in Erlangen Einjährig-Freiwilliger in einem bayerischen Regiment, mit dem er 1914 an die Front ging; er fiel in der Nähe von Reims im September des gleichen Jahres. Er hatte 1910 ein Kinderbuch, dann in Zeitschriften Gedichte veröffentlicht und sich vom »Weltende« anregen lassen, den Spuren von Jakob van Hoddis zu folgen. Was dabei herauskam, beschrieb er selbst:

»Lichtenstein weiß, daß der Mann (im Gedicht ›Dämmerung‹) nicht an dem Fenster klebt, sondern hinter ihm steht. Daß nicht der Kinderwagen schreit, sondern das Kind in dem Kinderwagen. Da er nur den Kinderwagen sieht, schreibt er: Der Kinderwagen schreit. Lyrisch unwahr wäre, wenn er schriebe: Ein Mann steht hinter einem Fenster ...«

In einem Gedicht mit dem Titel »Der Sturm« »fliegt« ein kleines Mädchen »von den Geschwistern«, hat ein Weg »seine Richtung ganz verloren«, »flieht« ein »junges« Auto »nach Ithaka«. Diese Koppelung alltäglicher Gegenstände mit sachlich bizarren Prädikaten soll die durch das Toben der Elemente hervorgerufene Verwirrung deutlich machen. Lichtensteins Gedichte enthalten also schon Merkmale des Surrealismus. Er hat allerdings auch andere Gedichte sowie Erzählungen geschrieben (»Gedichte und Geschichten«, 2 Bände 1919), aber seine Wirkung beruhte auf seiner expressionistischen Lyrik. Während die meisten Frühexpressionisten, selbst Stadler, längere Zeit in Vergessenheit gerieten, übte Lichtenstein noch Einfluß auf den Dadaismus aus.

Genau einen Tag nach Alfred Lichtenstein fiel an der Westfront als Kompanieführer ERNST WILHELM LOTZ (1890–1914). In Kulm an der Weichsel geboren, durchlief er militärische Erziehungsanstalten und wurde Berufsoffizier; doch nahm er vor dem Krieg seinen Abschied und lebte hierauf in Hamburg und Dresden. Als er noch des Kaisers Rock trug, entdeckte er seinen Freiheitsdrang und drückte ihn in Versen aus. War er Stürmer und Dränger oder Romantiker? Jedenfalls stand er dem, was sich Moderne nannte, fern, verhöhnte »das kosmische Schwätzen im Kaffeehaus« und den rußlandfreundlichen Sozialismus. Und dennoch schrieb er:

Wir fegen die Macht und stürzen die Throne der Alten,
Vermoderte Kronen bieten wir lachend zu Kauf,
Wir haben die Türen zu wimmernden Kasematten zerspalten
Und stoßen die Tore verruchter Gefängnisse auf.

Das galt nicht Deutschland allein, das war für die ganze Menschheit und den ganzen Kosmos gedacht. Sein Allgefühl kannte allerdings auch den engeren Raum der Frauenliebe, des entbundenen Triebes, der »tierischen« Instinkte. Seine Motive, die Inhalte seiner Gedichte waren nicht originell, jedoch wußte er das Alte gelegentlich neu zu sagen. Vor seinem Tod hatte Lotz noch kein Buch veröffentlicht, 1916 erschien der Versband *Wolkenüberflaggt*, der Verwalter seines Nachlasses edierte schließlich *Prosaversuche und Feldpostbriefe* (1955). Etwa sechzig Gedichte sind bis jetzt ungedruckt. Auch wissen wir von einem Plan zu einem »politischen Roman von ungeheurem Format«, dessen Held, ein zweiter Rimbaud, Europa verläßt und jenseits des Ozeans einen Idealstaat gründet. Jedoch reichen die erhaltenen Szenen nicht aus, um die Absichten des Romans weiterzuverfolgen.

Im Jahr 1915 fiel an der Ostfront AUGUST STRAMM (1874–1915), geboren in Münster i. W. Er wurde früh in den Postdienst aufgenommen und war als Beamter höheren Studien ergeben, die er 1909 mit dem Doktorat der Philosophie abschließen konnte. Er wurde Postdirektor im Reichspostministerium in Berlin, war verheiratet und Familienvater. Zweifellos war er ein intelligenter Mann und lebte in normalen bürgerlichen Verhältnissen. Daher überrascht seine Auffassung von der Poesie. »Er verzichtet auf den Satz und redigiert seine lyrische Aussage zu Wort, Bild und Begriffsketten, die grammatisch nahezu unverbunden hintereinanderstehen. Es ist ein Irrtum, diese Abbreviaturen ergänzen oder eine grammatische Logik zwischen den Gliedern herstellen zu wollen« (Soergel-Hohoff). Dazu kommt der Verzicht auf Zeichensetzung, das Rufzeichen ausgenommen. Interessant sind ferner die Versuche neuer Wortbildungen wie »schamzerpört«.

Nach den experimentellen Erfahrungen etwa mit der Konkreten Poesie wäre für Texte dieser Art heute wahrscheinlich leicht ein Verleger zu finden. Vor dem Ersten Weltkrieg war das noch anders. 20 Jahre vergingen, ehe Stramm gedruckt wurde, erstmals in der Zeitschrift »Sturm«, später in den zwei Bändchen *Du* (1914) mit erotischen Gedichten und *Tropfblut* (1919) mit Kriegsgedichten. Aus diesem diene als Probe »Patrouille«:

Die Steine feinden
Fenster grinst Verrat
Äste würgen
Berge Sträucher blättern raschlig
Gellen
Tod.

Bevor er Gedichte zu schreiben begann, verwendete Stramm diese »reduzierte« Sprache im Drama. *Sancta Susanna* (1914) – der Titel läßt auf den Fall einer Nonne schließen – eröffnete eine Reihe von 20 Stücken, die zusammen den Raum von nur 300 Seiten beanspruchen. Wie das erste sind auch die andern vielfach von der Dirnenproblematik des Jahrhundertendes bestimmt, zum Teil ins Kosmische hinaufgesteigert. Da diese kosmischen Wesen nicht mehr der Menschensprache bedürfen, werden die Kurzdramen zu bloßen Pantomimen, in denen nur noch Gesten und Schreie das Wort des Menschen ersetzen, während der Weltraum Sprache gewinnt. Kasimir Edschmid nannte Stramm »einen der wenigen wahrhaft echten Stotterer«, der das Blut errege wie javanische Instrumente, Bartänze und Niggersongs. Darüber darf man, wie es bei Soergel-Hohoff heißt, »nicht übersehen, daß auch kultische Elemente der katholischen Liturgie, das Instrumentarium der deutschen kosmischen Dichtung und des spätnaturalistischen Literaturjargons verwendet worden sind«. Stramms *Gesammelte Dichtungen* erschienen 1919 in zwei Bänden, die gesammelten Gedichte 1956 unter dem Titel *Dein Lächeln weint.*

Dichter gegensätzlicher Art

Dem von Stadler, Heym und anderen vorausgeahnten Krieg fielen 1916 noch zwei expressionistische Dichter zum Opfer, Gustav Sack und Reinhard Johannes Sorge; der eine fiel in Rumänien, der andere an der Somme. Das gemeinsame Schicksal verband zwei grundverschiedene Naturen. GUSTAV SACK (1885–1916), als Sohn eines Lehrers in Schermbeck bei Wesel geboren, führte als Universitätsstudent ein unstetes Leben. Er war ein Raufbold, dem Rausch der Liebe und des Weines verfallen, heiratete kurz vor dem Kriege und hielt sich bei dessen Ausbruch in der Schweiz auf, die er zunächst nicht verlassen wollte. Sein Schauspiel *Der Refraktair* gibt davon Kunde, wie überhaupt sein Gesamtwerk weithin autobiographisch bestimmt ist, ohne daß man allerdings die Hauptfiguren seiner Romane (»Ein verbummelter Student«, 1917; »Ein Namenloser«, 1919; »Paralyse«, Fragment geblieben) völlig mit ihrem Autor gleichsetzen dürfte. Zu seinen Werken (sie wurden, wie die Jahreszahlen zeigen, alle postum veröffentlicht) gehörten noch das

Kriegstagebuch *In Ketten durch Rumänien*, etwa 20 Novellen und Geschichten, das Bruchstück eines Versepos *Prometheus* (1906) und rund 70 Gedichte (fast alle im Winter 1913/1914 entstanden). Wenn man die Zeit, in der Gustav Sack lebte, als eine entgötterte Zeit bezeichnen darf, dann war er ganz ihr Kind und suchte den Sinn des Lebens in der Lust. Trotzdem muß er in seinen Versen gestehen, daß er ihn zwar »ewig sucht«, doch »niemals findet«. Das Christentum schien ihm im Gegensatz zu R. J. Sorge keine Lösung zu bieten, denn der Versuch, die Menschheit zu verchristlichen, war in seinen Augen ein zweitausendjähriger Irrweg, auf dem »nutzlose Kraft« um des »melancholischen Hebräers» willen »vergeudet« worden sei.

Wie Gustav Sack hatte sich auch REINHARD JOHANNES SORGE (1892–1916) mit Nietzsche auseinanderzusetzen. Er entstammte einer ursprünglich provenzalischen Emigrantenfamilie, war also von Haus aus Protestant. Geboren wurde er in Bixdorf bei Berlin als Sohn eines Stadtbauinspektors, der früh wahnsinnig wurde und in eine Anstalt überführt werden mußte. Das hinderte Reinhard nicht, in Berlin das Gymnasium zu besuchen und das Großstadtleben auch in seinen Schattenseiten kennenzulernen. Nach des Vaters Tod zog die Mutter mit dem Sohn nach Jena (1909); dieser hatte bereits im Sinn, ein Dichter zu werden, schloß sein Studium nicht ab und knüpfte Beziehungen mit Richard Dehmel und Ernst Hardt an; Dehmel führte ihn in die Welt Nietzsches, der Kunsthistoriker Botho Graef in die Georges ein. Als Gegengewicht diente die Beschäftigung mit Goethe.

In dieser zwiespältigen Seelenlage schuf Sorge das erste echt expressionistische Drama *Der Bettler* (1912); dessen Hauptfigur »der Dichter« (ohne Personenname wie die andern Gestalten des Stückes) sich zum Reformator der Menschheit wie der Kunst zugleich berufen fühlt.

Mit diesem Stück endet Sorges Nietzschekult; denn es ist nicht mehr im Sinne Zarathustras, wenn »der Dichter« am Schluß des Stückes um die Liebe der Menschen – bettelt und mit Liebe die andern beglückt. So erregt es keine Verwunderung, wenn Sorge in zwölf Gesängen von gewaltiger Sprachwucht *Gericht über Zarathustra* (1921 veröffentlicht) hält.

Es folgten zwei Italienreisen, die zweite mit der eben angetrauten Gattin, gipfelnd im Übertritt zur katholischen Kirche in Rom (1913), und Wohnsitznahme in Flüelen (Schweiz) bis 1914, d.h. bis zum Kriegsbeginn, der Sorge unter die Fahnen rief. Vor der Konversion schrieb er das Drama *Guntwar, die Schule eines Propheten* (1914), dessen Hauptheld als der von Gott zum Dienst der Menschenerneuerung Erweckte aus den wahlverwandtschaftlichen Beziehungen und Spannungen zweier Paare siegreich seiner Sendung entgegenwächst; nach der Konversion dichtete er zunächst die zwölf Gesänge *Mutter der Himmel* (1922), einen wegen der Fülle der Gesichte vergebens nach den rechten Worten ringenden Preisgesang auf Maria, dem später das unvollendet gebliebene Lourdes-Epos *Preis der Unbefleckten* (1924) folgte. Doch auch als Dramatiker bekannte er sich zu seinem neuen Glauben, zunächst in den drei Mysterienspielen *Metanoeite* (1915), dann im großen biblischen Drama *König David* (1916). Lyrische Durchdringung heilsgeschichtlicher Szenen bieten die fünf kleinen Dichtungen der *Mystischen Zwiesprache* (1922), Absage an das Bekenntnis, in dem Sorge aufgewachsen war, die in dramatischen Bildern wiedergegebene Vision *Der Sieg des Christos* (1924). Später ist sein Gesamtwerk in drei Bänden (1962ff.) erschienen.

Zu den Frühverstorbenen gehören auch expressionistische Dichter, die den Ersten Weltkrieg überlebt haben und eines natürlichen Todes gestorben sind. Von PAUL BOLDT (1886 bis etwa 1919), d.h. über seine Herkunft und sein Leben (er dürfte aus dem Mündungsgebiet der Weichsel stammen) wissen wir fast nichts. Fest steht immerhin, daß er lange Zeit in Berlin gelebt hat; während aber Sorge, wie einige Szenen des »Bettlers« zeigen, wohl die Schattenseiten der Großstadt gesehen hat, warf sich Boldt ganz in ihren Strudel. Im Gegensatz zu Heym sah er in ihr allerdings nicht dämonische Züge, vielmehr ein künstliches Gehäuse der eleganten Jüdinnen und verführerischen Mädchen. Davon sprechen zur Hauptsache die 40 Gedichte in klassischen Formen, vor allem Sonette, die anfangs 1914 unter dem Titel *Junge Pferde, junge Pferde* erschienen sind, wohl die krassesten Verherrlichungen des nackten Frauenleibes und der brennenden Begierde in deutscher Sprache. Darüber hinaus freilich ist Boldt ein Dichter, für den der entfesselte Schrei an sich bereits religiösen Charakter gewinnt.

Ein Autor, der sich nicht auf die Lyrik festlegte, hieß Alfred Henschke (1890–1928) und nannte sich KLABUND, d.h. Wandlung. In Crossen an der Oder geboren, wurde er bereits mit 16 Jahren lungenkrank, absolvierte das Gymnasium in Frankfurt an der Oder, studierte Literatur und Philosophie in München und Lausanne, lebte als freier Schriftsteller in München und Berlin, wo er mit Gottfried Benn Freundschaft schloß, wurde in moralische und politische Skandale verwickelt und der Gotteslästerung angeklagt, war zweimal verheiratet und oft genötigt, Sanatorien aufzusuchen, und starb in Davos. Den Tod suchte er durch rastloses, aber z.T. flüchtiges Schaffen zu betrügen. Sein Pseudonym ist das Eingeständnis eines Sehnsüchtigen, dessen

Sehnsuchtsinhalt nie der gleiche ist, eines haltlosen Menschen, der das Gefühl frühen Endes oft hinter Zoten versteckt, zwischen die er – nach der Art Heinrich Heines – harmlose und zarte Gedichte streut, oder in der Nachahmung zeitlich wie geographisch ferner Weisen zu beruhigen sucht, wobei ihm auch dabei das ungezügelte Temperament manchen Streich spielt. Eine runde Leistung erlesener Versbemeisterung sind die 30 Sonette der *Totenklage* (1928); ein in manchem befriedigender Versuch, dem historischen Roman eine neue Form zu geben, ist die Geschichte *Moreau* (1915) des französischen Revolutionsgenerals, dem Bonaparte entgegentritt, um ihn zu verdrängen; eine, was die Richtigkeit der Nachdichtung betrifft, von mancher Seite angezweifelte Übersetzung orientalischer Dramatik *Der Kreidekreis* (1924); ein an Aphorismen und eigenen Bekenntnissen reicher, aber für viele darin berührte Gebiete verständnisloser Kurzfilm über das Schrifttum aller Völker der Erde die postum erschienene *Literaturgeschichte.* Im übrigen ist Klabunds literarische Hinterlassenschaft in den sechs Bänden der Gesammelten Werke (1930) vereint; die *Totenrede für Klabund* (1928) hielt Gottfried Benn. Dieser zitierte darin ein Wort Chopins: »Meine Versuche sind nach Maßgabe dessen, was mir zu erreichen möglich war, vollendet.«

In der Gruppe der frühverstorbenen Expressionisten die Rolle des ausgesprochenen Sozialrevolutionärs spielte der Berliner LUDWIG RUBINER (1881 bis 1920), freier Schriftsteller, während des Krieges in der Schweiz, der keine Biographie über seine Taten, Werke und Daten wünschte – in der Überzeugung, daß von Belang für die Gegenwart und die Zukunft nur die anonyme, schöpferische Zugehörigkeit zur Gemeinschaft sei. Wohl hatte er Gedichte (»Das himmlische Licht«, 1916) geschrieben, darunter – zusammen mit Friedrich Eisenlohr und Livingstone Hahn – die *Kriminalsonette* (1913), auch ein Drama verfaßt (»Die Gewaltlosen«, 1919), dessen Figuren wie in Sorges »Bettler« keine Personennamen tragen. Daneben übersetzte er Tolstois Tagebücher (1918), desgleichen die Romane und Erzählungen Voltaires (1919). Aber Einfluß übte er hauptsächlich durch die Jahr für Jahr erlassenen Aufrufe aus, die unter dem Titel *Der Mensch in der Mitte* (1917) gesammelt wurden, ebenso durch die Herausgabe revolutionärer Dichtungen (»Kameraden der Menschheit, Dichtungen zur Weltrevolution« 1919; »Die Gemeinschaft, Dokumente der geistigen Weltwende«, 1919), in denen sich Namen deutscher, französischer, russischer Herkunft finden. Aus jedem seiner Sätze spricht der fanatische Schwärmer, der auch das gewaltsamste Mittel billigt, wenn es nur die Änderung der Welt zur klassenlosen Gesellschaft verspricht.

Die Aktion

WOCHENSCHRIFT FÜR POLITIK, LITERATUR, KUNST

IV. JAHR HERAUSGEGEBEN VON FRANZ PFEMFERT NR. 22

INHALT: Heinrich Vogeler (Worpswede): Ekstase (Titelzeichnung) / Franz Pfemfert: Mit ungleichen Waffen / Hugo Kersten: Wir sind der Aufruhr! / N. O. Kent: Gutmann / Richard Huelsenbeck: Disziplin der Gegenwart / Hans Leybold: Mirjam Horwitz / Carl Einstein: Totalität / Kurt Kersten: Aus Othello / Hugo Ball: Die Sonne / Käte März: Liebe / Schmidt-Rottluff: Aktstudie / Leo Sternberg: Im Menschenstrom / Wilhelm Klemm: Schwüle / P. Sombart entdeckt Rußland / Das Spitzelproblem / Ludwig Bäumer: Senna Hoy / Senna Hoy: Erinnerungen an die russische Revolution / Aufruf für Wedekind / Die nächsten Sondernummern.

VERLAG / DIE AKTION / BERLIN-WILMERSDORF

HEFT 30 PFG.

Titelseite einer Ausgabe der »Aktion«.

Die »Aktivisten«

Der frühverstorbene Ludwig Rubiner stand nicht allein, ja er war nicht einmal die Hauptgestalt jener Expressionistengruppe, die das betrieb, was man heutzutage »poésie engagée« nennt, d.h. politisch engagierte Poesie. Damals sprach man von Aktivismus, daher nannte sich das Organ der Gruppe *Die Aktion.* In Deutschland hatten schon früher einige Dichter der romantischen Schule sowie eine Generation später Ludwig Börne und Heinrich Heine literarische und politische Tätigkeit verbunden, aber so radikal wie die neuen »Aktivisten« waren ihre Vorgänger nicht gewesen. Deshalb hatte die »Aktion« zwar bald zahlreiche Leser und Anhänger, fand jedoch nicht weniger starke Ablehnung, einerseits, weil sie für gefährlich gehalten wurde, andrerseits, weil ihre Gegner die Verbindung von Poesie und Politik grundsätzlich ablehnten. Dabei war die »Aktion» nicht einmal etwas vollkommen Neues, Maximilian Hardens »Zukunft« war unmittelbar vorausgegangen.

Der Gründer der »Aktion« war Franz Pfemfert (1879–1954) aus Lötzen in Ostpreußen, der seit früher Jugend in Berlin lebte und Schriftleiter und Photograph wurde. 1933 verließ er nach mehreren Hausdurchsuchungen seitens rechtsradikaler Elemente die Spree-Hauptstadt, begab sich nach Karlsbad, 1936 nach Paris, 1940 nach Spanien, von hier über Portugal nach New York, 1941 nach Mexico City, wo er mit seiner Frau wie bereits in Karlsbad ein Photoatelier eröffnete und vor der Vollendung des 75. Lebensjahres starb. Die erste Nummer der *Aktion* erschien am 1. März 1911; politisch stand sie weit links, denn Pfemfert war mit Karl Liebknecht und Rosa Luxemburg befreundet, den Urhebern des Spartakusbundes, der ein Vorläufer der kommunistischen Partei war. Zwar übte Pfemfert an der Praxis der Kommunisten früh Kritik, aber er blieb ein politischer Utopist und radikaler Pazifist:

> »Die ›Aktion‹ tritt, ohne sich auf den Boden einer bestimmten politischen Partei zu stellen, für die Idee der großen deutschen Linken ein ... In den Dingen der Kunst und der Literatur sucht ›Die Aktion‹ ein Gegengewicht zu bilden zu der traurigen Gewohnheit der pseudoliberalen Presse, neuere Regungen lediglich vom Geschäftsstandpunkt aus zu bewerten, also sie totzuschweigen. Bei vollkommener Unabhängigkeit von Rechts und Links ist die ›Aktion‹ eine Tribüne, von der aus jede Persönlichkeit, die Sagenswertes zu sagen hat, ungehindert sprechen kann.«

Tatsächlich kam in den ersten Jahrgängen der Zeitschrift fast jeder junge Dichter oder Wortführer der Jungen zu Wort; besonders offenen Raum fanden die Lyriker. Während des Krieges zwangen die Zensurvorschriften die »Aktion«, »als politisches Organ zu schweigen«; so wurde sie »ein Asyl für die internationale Literatur und Kunst«. Schon vorher war manches Heft als Anthologie moderner Poesie gestaltet, seit 1916 gab es auch Sonderhefte für einzelne Autoren. Zu diesen traten die Bände der »Aktions-Lyrik«, eröffnet durch die *Antikriegs-Anthologie 1914–1916*, fortgesetzt durch *Jüngste tschechische Lyrik* usw. Pfemfert selbst veröffentlichte die Sammlungen eigener Gedichte *Menschliche Stimmen von den Schlachtfeldern* (1915) und *Sternnacht im All*. Unter dem Titel *Der rote Hahn* bot er anderen Autoren die Möglichkeit zu Erstveröffentlichungen. Zu ihnen gehörten Jakob van Hoddis, Karl Otten, Claire Studer und Max Herrmann-Neisse.

Karl Otten (1889–1963) stammte aus der Gegend von Aachen. Er unternahm eine Reise nach Albanien und Griechenland, über die er sein erstes Buch schrieb (»Die Reise durch Albanien«, 1913). Er war ein Freund von Erich Mühsam, Heinrich Mann, Carl Sternheim und Franz Blei. Während des Ersten Weltkrieges kam er wegen seiner Ablehnung des Krieges ins Gefängnis. Später gab er die Zeitschrift *Der Friede* (1918) heraus, lebte 1924–1933 in Berlin als freier Schriftsteller und Redakteur und emigrierte schließlich über Spanien und England in die Schweiz. Seine ersten Gedichte (»Die Thronerhebung des Herzens«, 1918), ebenso seine frühen Erzählungen und Romane zeigen ihn als Pantheisten und Verehrer des bolschewistischen Rußland, als Verächter der Bourgeoisie und des Maschinenzeitalters. Außerdem war er als Herausgeber expressionistischer und jüdischer Dichtung tätig. Auswanderung, Reife des Alters, Erblindung (1944) wandelten ihn zum stark gedanklichen Lyriker der strengen Form (»Herbstgesang«, 1961).

Die Nürnbergerin Claire Studer (1901–1977) fing früh an, Verse zu machen; im »Roten Hahn« erschien ihr erstes Buch, der Gedichtband *Mitwelt* (1918); seither schrieb sie Romane, Novellen und weiterhin Lyrik (»Versteinerte Tränen«, 1957; »Das tätowierte Herz«, 1959; »Klage um Yvan«, 1960); die späteren Bücher tragen als Autornamen die Bezeichnung Claire Goll; denn seit Ende des Ersten Weltkrieges war sie mit Yvan Goll (1891–1950) verheiratet. Dieser war der Sohn eines Elsässers und einer Lothringerin, in Frankreich geboren, in Metz, Straßburg und Paris Gymnasiast und Universitätsstudent. Während des Krieges hielt er sich – aus ähnlichen Gründen wie René Schickele – in der Schweiz auf; 1919 nahm er in Paris Wohnsitz, ab 1939 in New York; 1947 kehrte er wieder in die Stadt an der Seine zurück. Aber auch hier war er nicht eigentlich daheim. Da er sich also an kein Land gebunden fühlte (die Herausgabe »Lothringischer Volkslieder«, 1912, seines ersten Buches, steht zu dieser Behauptung in nur scheinbarem Widerspruch), bekannte er sich leidenschaftlich zu einer neuen Liebes- und Mitleidsethik, schrieb bald deutsch, bald französisch, später auch englisch (seine Frau übersetzte das meiste davon ins Deutsche). Er entwickelte sich vom Neuromantiker über den Jugendstil (Zeugnis dafür sind die beiden Fassungen des Zyklus »Der Panamakanal«, 1912 bzw. 1918) zum expressionistischen Anwalt der stumm leidenden Kreatur, des Proletariers wie des Tieres, aber auch unbeseelter Dinge, die seine Liebe mit Leben und Seele erfüllte. So entstanden das *Requiem pour les morts de l'Europe* (1916), deutsch das *Requiem für die Gefallenen in Europa* (1917), die Stanzen und Dithyramben *Der Torso* (1918), endlich neben anderem *Der neue Orpheus* (1923 in der deutschen Fassung, bald von Kurt Weill vertont): Golls Orpheus ist modern, sein Signalement ist den Polizeipapieren entnommen und kann in einer Welt, darin die Löwen sich langweilen, die Bäche altern, die Vergißmeinnicht an Selbstmord denken, nicht verstanden werden.

Die satirischen Elemente innerhalb dieser Dichtung machten sich selbständig im Drama *Methusalem oder der ewige Bürger* (1922), das, im Dialog absichtlich banal, »die Wirklichkeit des Scheins zugunsten der Wahrheit des Seins« entlarven will. Für Yvan Goll begann der Weg in den Surrealismus mit der Sammlung *Der Eiffelturm* (1924), die, was französische Dichter dieser Richtung, was van Hoddis und Lichtenstein geboten hatten, spielerisch aufnahm und mit neuer Bedeutung versah, nämlich daß alles mit allem vertauschbar wäre:

Hier schluchzen Abende,
Hier lagen Engel in der Morgenmulde:
Wie floß der Hügel nymphenschwebend dir zu Füßen,
Du Gott der Feen! Und nun:
O Birnbaum der Verzweiflung!
Dein schlaffer Bettelarm
Zerkratzt die müde Sonne!
Hier hockt des Nachts der Mörder und höhnt den Herbst ...

Der »Eiffelturm«-Stil noch experimentellen und kabarettistischen Charakters erweiterte sich durch die Aufnahme magischer, alchimistischer, kabbalistischer Metaphorik, vor allem in den französisch geschriebenen Gedichten, die in der Übertragung durch Claire Goll erst spät den Weg nach Deutschland fanden (»Zehntausend Morgenröten« 1952, entstanden 1924/1925; »Malaiische Liebeslieder«, 1934; »Die magischen Kreise«, 1942–1944; »Neila«, 1947/1948; »Der durchbrochene Felsen«, 1952; »Pariser Georgika«,

1956). Das Hauptwerk dieser Schaffensperiode ist »La chanson de Jean sans Terre« in drei Bänden (1936–1939); es ist noch nicht in deutscher Sprache wiedergegeben. Auf sie griff Yvan Goll kurz vor seinem Tode nochmals zurück – in den Gedichten der Sammlung *Traumkraut* (1951), die nur vollendet werden konnte, weil dem an Leukämie erkrankten 16 Dichter verschiedenster Nationalität hintereinander ihr Blut zur Verfügung stellten. Er war der Meinung, er sei erst in diesen dunklen Gedichten dem »Geheimnis des Wortes« nahegekommen.

Stärker als bei Claire und Yvan Goll tritt der aktivistische Charakter im Werk des Schlesiers Max Herrmann-Neisse (1886–1941) hervor. Er studierte in München und Breslau Literatur und Kunstwissenschaft, betätigte sich dann in Neisse und seit 1917 in Berlin als freier Schriftsteller, Theater- und Kunstkritiker und war ebenfalls Mitarbeiter des »Roten Hahnes«. Im Frühjahr 1933 ging er in die Emigration, zuerst in die Schweiz, dann über Holland und Frankreich nach London, wo er bis zu seinem Tod einsam und zurückgezogen lebte. Was ihn, der wie seine Gedichte zeigen, der Form und der Sprache nach kein Expressionist war, in die Nähe der Ausdruckskünstler brachte, war die Idee der Menschheitsverbrüderung, das Eintreten für die Unterdrückten, der Anschluß an die radikale Linke. Den kleinen, verwachsenen Mann rühmte Loerke als »genialischen Improvisator« unter den Lyrikern (»Ein kleines Leben«, 1906; »Das Buch Franziskus«, 1911; »Porträte des Provinz-Theaters«, 1913; »Sie und die Stadt«, 1914; »Empörung, Andacht, Ewigkeit«, 1917; »Die Preisgabe«, 1919; »Verbannung«, 1919; »Im Stern des Schmerzes«, 1924; »Einsame Stimme«, 1927; »Abschied«, 1928; »Musik der Nacht«, 1932). Er erreichte allerdings erst nach der Auswanderung die Höhe seiner Kunst, als er dem Emigrantenschicksal ergreifenden Ausdruck gab (»Um uns die Fremde«, 1936; »Letzte Gedichte«, 1941; »Mir bleibt mein Lied«, 1942; »Heimatfern«, 1945; »Erinnerung und Exil«, 1946). Außerdem verfaßte Herrmann-Neisse Romane, Novellen, Komödien, gab 1925 eine Reihe *Dichter für das revolutionäre Proletariat* heraus und zuvor seinen Vortrag *Die bürgerliche Literaturgeschichte und das Proletariat* (1922), der weithin unliebsames Aufsehen erregte.

Der in Neuwied geborene und später in Berlin lebende Carl Einstein (1885–1940) war Mitarbeiter der »Aktion«. Er schrieb eine kunsthistorische Arbeit über *Negerplastik* (1915) und verfaßte die Romane *Bebuquin oder die Dilettanten des Wunders* (1912) und *Der unentwegte Platoniker* (1918), in denen er seine eigenen Vorstellungen vom Roman verwirklichen wollte. Er meinte, das Wesen des Romans bestehe in Bewegung, die seiner würdigen

Gegenstände seien Enthaltsamkeit, Gott, Denken. »Denken ist eine Leidenschaft ersten Ranges, die von den Philosophen, der Schule, dem Militär, dem Staat, vor allem der Ehe vergewaltigt, nur mühsam im Religiösen fortbesteht.« Einsteins Ideen kommen aus der jüdisch-religiösen Überlieferung und stehen Musils Essayismus nahe, aber in der Form der Groteske, die »Bebuquin« annahm, ließen sie sich kaum überzeugend verwirklichen. In der Essaysammlung *Anmerkungen* (1916) wurden sie theoretisch entwickelt. Wie weit links er stand, zeigen die 20 Szenen *Die schlimme Botschaft* (1921). Sie trugen ihm einen Gotteslästerungsprozeß ein, dem er durch die Flucht nach Frankreich auswich. Von hier aus nahm er auf republikanischer Seite am Spanischen Bürgerkrieg teil; nach dem Einmarsch der deutschen Truppen beging er Selbstmord.

Carl Einstein stand in enger Verbindung mit dem Schmiedsohn aus Varel in Oldenburg Ferdinand Hardekopf (1876–1954), der Parlamentsstenograph und Journalist in Berlin war, später in Paris und an der Riviera lebte, endlich in der Schweiz eine reiche Übersetzertätigkeit entfaltete (André Gide, Jean Cocteau, Georges Duhamel, Jules Laforgue, André Malraux) und infolge übermäßigen Gebrauches von Drogen im Burghölzli, der Zürcher Heilanstalt, den Abend seines Lebens verdämmerte. An eigenen Werken hat er wenig hinterlassen, man sagte von ihm, er übe »mehr Verheimlichung als Veröffentlichung« (erst 1962 erschien seine »Gesammelte Dichtung«). Kurt Hiller forderte den literarischen Nachwuchs auf: »Lernet bei ihm ... la formule; die Verdichtung psychischer Nebelschwaden zu Kristallkörpern, Fassung des Verfließenden, Klärung des Dumpfen. Lernet bei ihm die Klarheit der Tiefe, die göttliche lucidité.« Diesem Lobpreis dürfte einigermaßen widersprechen, was der so Gefeierte unter dem Pseudonym Stefan Wronski in seiner Programmschrift *Die Äternisten, erste Proklamation des Äternismus* (1916) äußerte:

> »Bisher gemachte Kunst ... Derlei langweilte uns sehr. Wir Äternisten wünschen uns keineswegs zu langweilen! ... Hier wird, auf einem Kap, Extremes geformt. Unsere Bücher werden euch unfaßlich sein, Bürger.«

Darauf folgen Sätze, die fast nur aus Fremdwörtern bestehen und den neuen Stil aus der Sphäre der großstädtischen Bars, wo auch Einsteins »Bebuquin« seine Nächte verbrachte, begründen, im Grunde dem Naturalismus ähnlich, der vier Jahrzehnte zuvor die Hure zum Prototyp des »Weibes« erhoben hatte.

Die Biographien der Aktivisten zeigen, daß die meisten von ihnen sich entweder durch Aufenthalt in der Schweiz oder auf andere Weise der

Teilnahme am Ersten Weltkrieg entzogen haben. Der in Leipzig geborene Mediziner Wilhelm Klemm (1881–1968) dagegen war als Oberarzt an der Westfront tätig. Schon von seinem ärztlichen Beruf her ein scharfer Beobachter der körperlichen und seelischen Gegebenheiten, bot er eine Kriegspoesie, die an harter Sachlichkeit nichts zu wünschen übrig ließ (»Gloria«, 1915; »Verse und Bilder«, 1916; »Aufforderung«, 1917; »Ergriffenheit«, 1919), die im Leser jene Gefühle auslöst, die der Dichter selbst als Gegner des Krieges empfand. Ähnlich wie das Kriegserlebnis gestaltete Klemm das Erlebnis der eigenen Zeit überhaupt, für die er nach einem neuen Gemeinschaftsgefühl suchte (»Traumschutt«, 1920; »Verzauberte Ziele«, 1921; »Die Satanspuppe«, 1922). Klemm war, obwohl Mitarbeiter an der »Aktion«, kein politischer Dichter, benutzte auch nicht die oft zur Phrase verkommenen Schlagwörter der Frühexpressionisten (Recht, Freiheit, Menschlichkeit) und strebte nach Kürze in der Formulierung. Nach dem Krieg gab er seinen bisherigen Beruf auf und wurde Leiter verschiedener Verlage; seit 1922 verstummte er.

»Der neue Club«

Maßgeblich beteiligt an der Gründung der Zeitschrift »Die Aktion« war außer Pfemfert und Rubiner der Berliner Doktor der Rechte Kurt Hiller (1885–1972). Da er mit dem Linksdrall Pfemferts nicht einverstanden war, trennte er sich jedoch von diesem, gründete den »Neuen Club«, eine literarische Vereinigung, der u. a. auch Jakob van Hoddis angehörte, hierauf das »Neopathetische Cabaret« und wollte mit deren Hilfe einen neuen Geist in die Politik einführen, den er in zahlreichen Manifesten gegen die Reaktion, gegen die mißverstandene Demokratie, gegen den »gottverlassenen« Marxismus zu propagieren suchte (charakteristisch der »Aufbruch zum Paradies«, 1922). Hiller wollte »Litterat« sein (er schrieb das Wort mit zwei t) und deutete das so:

> »Wir werden nicht musisch sein, wir werden moralisch sein, nicht betrachten, sondern bewirken; Redner, Lehrer, Aufklärer, Aufwiegler, Bündegründer, Gesetzgeber, Priester, Religionsstifter werden wir sein, wir werden Litteraten sein. Untätiger Tiefsinn sank im Kurse, er sinke weiter; Geist ist Ziel. Man schimpfe uns fortan nicht mehr Intellektuelle; Willentliche wollen wir heißen.«

Seinen Aktivismus nannte er den »logokratischen«. Im aufsteigenden Nationalsozialismus erkannte er die schimpflichste unter allen verdummenden Barbareien. Deshalb steckte man ihn 1933/1934 in ein Konzentrationslager; nach der Entlassung konnte er über Prag nach England fliehen. In der Emigration erschienen die gesammelten Aufsätze *Profile* (Paris 1938), in einem Privatdruck die Gedichte »Der Unnennbare« und »The Problem of Constitution« (London 1945). Nach dem Krieg erregte die Rede *Geistige Grundlagen eines schöpferischen Deutschlands* (1947) noch einmal großes Aufsehen; gelassener nahm man die *Köpfe und Tröpfe* (1950), *Rote Ritter* (1951) und die *Hirn- und Haßgedichte* (1957) entgegen.

Im Geiste des »Litteraten« Kurt Hiller schloß sich Ernst Blass (1890 bis 1939) – sein Leben begann und endete in Berlin, wo er an Tuberkulose starb – zuerst der »Aktion«, dann dem »Neuen Club« an. Außerdem gründete er eine eigene Monatsschrift, *Die Argonauten* (1914–1917), an der nicht nur Expressionisten mitarbeiteten. Als Dichter begann er mit dem Versband *Die Straßen komme ich entlang geweht* (1912), in dessen Vorwort er sich selbst zu den »zukünftigen intellektuellen Lyrikern« rechnete, deren Aufgabe es wäre, »für die Klärung der irdischen Phänomene zu sorgen – ob er gleich weiß: Der Kern der Lyrik ist etwas anderes«. Diese »steile« Art des Dichtens findet sich noch in den *Gedichten von Trennung und Licht* (1915), aber allmählich weicht sie einer elegischen Haltung, einem fast allzu populären Ton (»Die Gedichte von Sommer und Tod«, 1918; »Der offene Strom«, 1921). Um »Litterat« zu sein, schrieb Blaß in verschiedenen Publikationsorganen Kritiken und schließlich die Essays *Über den Stil Stefan Georges* (1920) und *Das Wesen der neuen Tanzkunst* (1921). Dann verstummte er als Dichter wie als »Litterat«, wurde krank, auch augenleidend, und mußte noch erfahren, daß 1933 seine Bücher verboten wurden.

Das Schriftenverbot wurde auch über die Werke des in Elberfeld geborenen, in Breslau, Zürich und Berlin zum Juristen ausgebildeten Armin Theophil Wegner (1886–1978) verhängt, der – bereits Doktor der Rechte – bei Max Reinhardt Schauspielschüler war. Er diente 1914–1917 bei der Sanität an der Ostfront und unternahm später weite Reisen durch ganz Europa und den Nahen Osten. Nach der Machtergreifung Hitlers protestierte er, der dem neuen Regime schon als Pazifist unwillkommen war, gegen die Judenverfolgung und mußte dieses »Vergehen« in Gefängnissen und Konzentrationslagern büßen. Nach geglückter Emigration kam er über England und Palästina nach Italien und nahm Wohnsitz in Padua, Pontano, Rom und endlich in Stromboli. Mit 15 Jahren begann Wegner zu dichten. Die ersten Bände erschienen 1908 und 1910, *Zwischen zwei Städten* mit den Untertiteln »Gedichte im Gange einer Entwicklung« und »Gedichte in Prosa, Skizzenbuch aus Heimat und Wanderschaft«; dem ersten gab der Autor später die

Überschrift *Der Vorhof*, sie hätte auch zur zweiten gepaßt. Denn der Lyriker Armin T. Wegner erreichte sein Ziel erst mit dem zwischen 1909 und 1913 verfaßten Versband *Das Antlitz der Städte* (1917), d.h. mit der Schilderung einer seelischen Reise durch die Straßen und Gassen, die Parks und Plätze der Großstadt, vorbei an Erwachsenen und Kindern, an Irrenhäusern und Tanzsälen, an Warenhäusern und Schlachthallen, an den Tempeln des Götzen, »vor denen die Seelen der Menschen knieen«. Geschult an Verhaeren und Whitman, dennoch ein eigenständiger Dichter, vermochte er die Schilderung in Bewegung umzusetzen, in der die Stadt, die »steinerne Welle«, die Saaten, die Bäume, die Menschen überflutet. Der Sänger des furchtbaren Wunders von heute, der Weltstadt, schreitet später durch andere Landschaften »zu den erdgefalteten Bergen« und ergreift in den hinreißenden Rhythmen des Gedichtbandes *Die Straße mit den tausend Zielen* (1924) Besitz von der ganzen Welt.

Inzwischen freilich hatte er die Greuel des Krieges erlebt – in Polen, in Mesopotamien – und die ein Volk vernichtenden Greueltaten der Türken an den Armeniern ansehen müssen. So entstand sein Kriegsbuch *Der Weg ohne Heimkehr, ein Martyrium in Briefen* (1919), das zum Erschütterndsten gehört, was aus dem Krieg über den Krieg gesagt worden ist. So wurde Wegner zum Pazifisten, der in den politischen Schriften *Der Ankläger* (1921) und *Die Verbrechen der Stunde – die Verbrechen der Ewigkeit, drei Reden wider die Gewalt* (1922) sein Bekenntnis niederlegte. Diese Leidenszeit ergab den rein dichterischen Niederschlag in den »türkischen Novellen« *Der Knabe Hussein* (1921). Die Romane *Das Geständnis* (1921), die Beichte einer Dirne, die sich nach erlösender Liebe sehnt, und *Moni oder die Welt von unten* (1929), die Geschichte eines zweijährigen Kindes, führten zurück in die westliche Großstadtwelt. Außerdem schrieb Wegner verschiedene Reiseberichte (»Im Hause der Glückseligkeit, Aufzeichnungen aus der Türkei«, 1920; »Fünf Finger über dir«, 1929 über Rußland; »Am Kreuzweg der Welten«, 1930, d.h. vom Kaspischen Meer zum Nil; »Jagd durch das tausendjährige Land«, 1932, nämlich durch Israel; »Maschinen im Märchenland«, 1932 und »Die Silberspur«, 1952).

Die Verbindung von Politik und Dichtung bei Ernst Toller

Enge Verbindung fanden Politik und Dichtung im Werk von Ernst Toller (1893–1939). Er wurde in Samotschin bei Bromberg als Sohn wohlhabender jüdischer Bürger geboren. In seiner Autobiographie *Eine Jugend in*

Deutschland (1933) wies er auf das früh empfundene »Anders«-Sein hin, das sich als Minderwertigkeitskomplex auswirkte, »anders« war er als Jude, »anders« als reicher Mann. So konnte er es sich leisten, im Ausland zu studieren; doch während er in Grenoble Rechtswissenschaft studierte, brach der Krieg aus. Unter allerhand Abenteuern schlug er sich zur deutschen Grenze durch und meldete sich als Kriegsfreiwilliger, verschwieg überstandene Krankheiten und durfte einrücken, bald auch an die Front. Im Grauen des Stellungskrieges wich seine Begeisterung einem grundsätzlichen Pazifismus, mit dem er das Bekenntnis zum Sozialismus verband. Aus gesundheitlichen Gründen aus dem Militärdienst entlassen, nahm er seine juristischen Studien an den Universitäten Heidelberg und München wieder auf. Hier gründete er einen pazifistischen Studentenbund und schloß sich Kurt Eisner an, dem intellektuellen Führer der Unabhängigen Sozialdemokraten. Seiner politischen Propagandatätigkeit wegen kurze Zeit inhaftiert, gelangte er nach der Entlassung aus dem Gefängnis in den Strudel der Revolution in Bayern; als Beteiligter an der Räterepublik wurde er nach deren Sturz zu fünf Jahren Festungshaft in Niederschönenfeld verurteilt (1919). 1933 floh er vor dem Nationalsozialismus über die Schweiz, Frankreich (1935) und England (1936) nach Amerika; sein dortiges Leben unter schweren Verhältnissen beendete er bald nach Ausbruch des Zweiten Weltkrieges durch Selbstmord.

Seine literarische Tätigkeit begann 1917; bereits fertige Szenen aus dem werdenden Revolutionsdrama *Die Wandlung* (1919) vertrieb er in Flugblättern.

Wohl wurde dieses Theaterstück in Berlin aufgeführt, aber aufsehenerregenden Erfolg hatte erst das in der Festung Niederschönenfeld geschriebene, den Proletariern gewidmete Drama *Masse Mensch* (1921), in dem – es will »ein Stück aus der sozialen Revolution des zwanzigsten Jahrhunderts« sein – Sonja, die Frau eines bürgerlichen Professors, sich aus idealistischen Gründen der Revolution anschließt, doch gegenüber »dem Namenlosen« – d.h. gegenüber der Masse – und seiner klassenkämpferischen Einstellung unterliegt, da sie die Forderung der Gewaltlosigkeit erhebt und durchzusetzen sucht. Während der Held in der »Wandlung« Erfolg hat, erleidet Sonja Schiffbruch – demnach wäre »Masse Mensch« ein Drama der Enttäuschung Tollers über die Münchner Revolution, die nicht den Verlauf genommen hatte, den er gewünscht haben mochte.

In den *Maschinenstürmern* (1922), dem Kampfstück gegen eine vierjährige Kinder ausbeutende wirtschaftliche Ordnung, wie sie in der Epoche des Frühkapitalismus in England herrschte, unterliegt wiederum der vernünftige

Arbeiterführer Jimmy Cobbeth, der einsieht, daß es mit der Zerstörung der Maschinen nicht getan ist, der Masse der Maschinenstürmer. Doch wie es in der »Wandlung« hieß: »Wer zu den Menschen gehen will, muß erst in sich den Menschen finden«, wie Sonja verkündet: »Kein Mensch darf Menschen töten um einer Sache willen. Unheilig jede Sache, die es verlangt. Wer Menschenblut um seinetwillen fordert, ist Moloch. Gott ist Moloch. Staat war Moloch, Masse ist Moloch. Heilig ist nur werkverbundene, freie Menschheit, Werkvolk«, so beschließt der alte Reaper, der Gott suchende und ihm zugleich fluchende, die »Maschinenstürmer« mit den Worten: »Man muß einander helfen und gut sein.« Die drei Revolutionsstücke liegen also auf der gleichen Linie eines Idealkommunismus, an dessen Verwirklichungsmöglichkeit der Autor selbst zu zweifeln scheint, das dritte ist jedoch insofern etwas Neues, als es sich von den Bilderfolgen des Stationendramas ab- und zum alten durch Handlung und Charaktere festgefügten Drama im Sinne Shakespeares zurückkehrt.

Trotzdem wurde Toller kein Shakespeare, auch nicht ein Wedekind, den er sich für die Groteske *Der entfesselte Wotan* (1923) zum Vorbild wählte, auch nicht ein Büchner, dem er in der grotesken Tragödie *Der deutsche Hinkemann* (1923) zu folgen bestrebt war. Unter den weiteren Bühnenwerken Tollers erregt Interesse das zwar Mitleid heischende, aber nicht eigentlich erschütternde Drama eines Menschen, der hinter der Zeit marschiert, *Hoppla, wir leben!* (1927), nicht seiner Handlung oder seiner Helden wegen, sondern weil es eine merkwürdige Inszenierung verlangt (ein in Etagen aufgebautes und keinen Umbau erforderndes Gerüst) und Filmszenen einblendet, die im Notfall durch einfache Projektionsbilder ersetzt werden sollen. Ähnliches – soweit die Szenerie in Frage kommt – hatte schon vor dem Krieg Sorge für den »Bettler« vorgesehen. Trotzdem ist dieses Modell keine theatergeschichtliche Neuheit, da es auf die Wiener Posse und das spanische Degen- und Mantelstück zurückgeht.

Toller hat aber nicht nur Theaterstücke geschrieben, sondern auch Aufsätze, Reden, Manifeste, einen Reisebericht über Amerika und Rußland (»Quer durch«, 1930), die schon erwähnte Autobiographie, ferner *Briefe aus dem Gefängnis* (1935) und Gedichte (»Chorwerke«, »Der Tag des Proletariats«, 1920; »Requiem den gemordeten Brüdern«, 1920; »Gedichte der Gefangenen«, 1921; »Weltliche Passion«, 1934; endlich das in freien Rhythmen abgefaßte »Schwalbenbuch«, 1923, eine von Tendenz nicht ganz freie, jedoch menschlich rührende Idylle aus der Festungszeit auf Niederschönenfeld).

»Der Geist rebelliert im Individuum, in der Persönlichkeit, sobald er aber die Tat, zu der er die Masse als Gemeinde braucht, seine persönliche Tat, bestätigt sieht, wird er immer der Zauberlehrling sein, der die Kräfte, die er rief, nicht mehr zu bannen vermag.«

Diese Sätze könnten von Ernst Toller stammen, doch geschrieben hat sie im Jahr 1928 HANNS JOHST (geb. 1890), ein Sachse, der 1907 das Leipziger Gymnasium verließ, um sich als Krankenpfleger zu betätigen, später die Reifeprüfung nachholte, um Medizin zu studieren, endlich zur Philosophie und zur Kunstgeschichte überging (in München, Wien, Berlin) und Schauspieler werden wollte. 1914 meldete er sich als Kriegsfreiwilliger, und 1918 nahm er in Oberallmannshausen am Starnberger See Wohnsitz, um sich ganz dem Dichten zu widmen. Was er vor dem Ersten Weltkrieg und während desselben veröffentlichte, die Szenen *Stunde der Sterbenden* (1914), die Komödie *Stroh* (1915), die Gedichte *Wegwärts* (1916), die Dramen *Der junge Mensch* (1916) und *Der Einsame* (1917), der Roman *Der Anfang* (1917), die Gedichte *Rolandruf* (1918), ja noch das Drama *Der König* (1920) ist rauschhaftes Aufbegehren eines jungen Mannes, ekstatische Anlehnung an Wedekind und Strindberg, an Verhaeren und Whitman, ist Mischung von Naturalismus und Expressionismus, kurz ist ein brodelndes Chaos aus Gottsuchen und Zotenfreude aus eigenem Erleben und stiller Sehnsucht, aus dem irgendeinmal ein Kosmos werden soll. Die Elemente dazu liefern ihm Familie, Heimat, Hingabe an die Natur, Deutschland und die deutsche Sprache. Davon sprechen die nächsten Werke, die Gedichtsammlung *Mutter* (1921), der Arztroman *Der Kreuzweg* (1922), das Lutherdrama *Propheten* (1923), der Versband *Lieder der Sehnsucht* (1924).

In diesen und den folgenden Jahren entstehen die Essays, die ihr Verfasser unter den Titeln *Wissen und Gewissen* (1924) und *Ich glaube* (1928) zu Büchern vereinigt hat. Darin stehen Sätze wie die folgenden:

»Dichter heißt – dicht sein; heißt so dicht sein, daß ich des Dinges bin. Des Dinges, des Menschen, der Natur, die ich künstlerisch erfassen möchte.« »Das deutsche Drama muß vom Blute deutschen Wesens geboren sein und dieses war immer persönlich ... Die Persönlichkeit aber als die Summe aller lebendigen Gegenwart muß naturgemäß als Zentralpunkt ihrer Gestaltung das Gleichnis ihres Wesens suchen und dieser Versuch bedeutet die Erneuerung des deutschen Dramas.«

Nach diesem selbst ersonnenen Konzept schrieb Johst nunmehr die Komödie *Wechsler und Händler* (1923), ein Gaunerstück aus der Inflationszeit, die Tragödie *Die fröhliche Stadt* (1925) und sein wirksamstes und tatsächlich vielgespieltes Drama *Thomas Paine* (1927) – aber die erhoffte Erneuerung des deutschen Dramas trat nicht ein. Neben den Bühnenwerken entstanden noch *Consuela* (1924), das Tagebuch einer Spitzbergenfahrt, der Roman vom sterbenden Adel *So gehen sie hin* (1930) und ein weiterer Roman *Die Begegnung* (1930).

Hinter des Autors Worten steckt, ohne daß es Johst selbst bewußt gewesen zu sein scheint, nichts anderes als eine »naturalistische« Auffassung von Psyche, Temperament und Vitalität, nichts anderes auch als der biologische Materialismus des 19. Jahrhunderts. Und so verfiel Johst dem verhunzten Materialismus des Nationalsozialismus; dieser erhob ihn zum preußischen Staatsrat und zum Präsidenten der Reichsschrifttumskammer und der Deutschen Akademie der Dichtung (1935); selbst die Uniform eines SS-Brigadeführers wurde ihm zuerkannt. Den Übertritt zur Hitlerschen Ideologie erklärte Johst im schmalen Essayband *Standpunkt und Fortschritt* (1933); diesem folgte noch der Dienstreisebericht *Maske und Gesicht* (1935) und dann – nichts mehr. Hatten die amtlichen Aufgaben alle Zeit beansprucht? Es muß so gewesen sein, jedenfalls wurde Johst 1949 als Hauptschuldiger eingestuft. Als er wieder publizieren durfte, hatte er nur ein neues Buch anzubieten, den völlig unpolitischen, stilistisch matten Roman *Gesegnete Vergangenheit* (1955); sein Schauplatz ist das Leipzig vor dem Ersten Weltkrieg in der Haltung der bürgerlichen Wohlanständigkeit; sein Tenor: »Es gibt keine gute Gesellschaft mehr … und keinen guten Ton.«

KUNST UND KULTUR IM »STURM«

Wenn auch fast alle Expressionisten eine Zeitlang politisch engagiert waren, so ist doch die Ausdruckskunst weder in ihren Ursprüngen noch in ihrer Praxis politisch gebunden. Das läßt sich schon chronologisch feststellen, denn noch vor Pfemferts »Aktion« war die Zeitschrift *Der Sturm* erschienen und nannte sich zuerst »Wochenschrift für Kultur und die Künste«. Aus der Wochenschrift (Geburtsdatum: 3. März 1910) wurde allerdings bald eine Halbmonatsschrift, darauf eine Monatsschrift, in dieser Gestalt hielt sich »Der Sturm« bis 1932. Sein Gründer war Herwarth Walden (eigentlich Georg Levin, 1878–1941?) aus Berlin, der zeitweilige Gatte der Dichterin Else Lasker-Schüler, der 1931 nach Moskau auswanderte, wo er sich als Sprachlehrer betätigte und 1941 anläßlich einer Stalinschen Säuberungswelle verhaftet wurde (seither ist er verschollen). Durch die Veranstal-

Während fast vierzig Jahren arbeitete Robert Musil (1880–1942) an seinem Hauptwerk »Der Mann ohne Eigenschaften«, einem der bedeutendsten Romane des 20. Jahrhunderts.

Der Berliner Arzt Alexander Döblin (1878–1957) schrieb den Großstadtroman »Berlin Alexanderplatz«.

Drei expressionistische Dramatiker.
Oben links: Ernst Barlach (1870–1938), Selbstbildnis;
oben rechts: Carl Sternheim (1878–1942);
unten: Georg Kaiser (1878–1945).

◀ Hermann Hesse. Porträt von Ernst Morgenthaler.

Der Schriftsteller Heinrich Mann (1871–1950) kritisierte in seinen Romanen »Der Untertan« und »Professor Unrat« das Bürgertum der wilhelminischen Zeit.

tung von Vortragsabenden und Kunstausstellungen, durch verlegerische und redaktionelle Tätigkeit förderte er die bildende Kunst und die Dichtung und repräsentierte in Theorie und Praxis den linken Flügel. Eigene Werke publizierte er erst seit 1916. Romane, Dramen, Gedichte; da sie den von Walden selbst aufgestellten Forderungen kaum entsprechen, können sie nicht als Beispiel für seine Theorien dienen, einen Wert darüber hinaus vermögen sie auch nicht zu beanspruchen. Seine Theorie sprach Walden außer in zahlreichen »Sturm«-Beiträgen in den Schriften *Kunstkritiker und Kunstmaler* (1916), *Einblick in die Kunst* (1917), *Die neue Malerei* (1920) aus.

DER STURM

HALBMONATSSCHRIFT FÜR KULTUR UND DIE KÜNSTE

Redaktion und Verlag Berlin W 9 / Potsdamer Straße 134 a	Herausgeber und Schriftleiter HERWARTH WALDEN	Ausstellungsräume Berlin W 9 / Potsdamer Straße 134 a

FÜNFTER JAHRGANG 1915 BERLIN ERSTES UND ZWEITES JANUARHEFT NUMMER 19/20

Inhalt: **Adolf Knoblauch:** Kranz der Heimat / **Adolf Knoblauch:** Die schwarze Fahne / **August Stramm:** Gedichte / **Paul Zech:** Das Vorgesicht / **Ernst Wilhelm Lotz:** Gedichte / **Desider Kosztolányi:** Der Detektiv / **Kurt Heynicke:** Gedichte / **H. W.:** Kunstvorsteher / **Albert Ehrenstein:** Erkenntnis / **Adolf Behne:** Expressionistische Architektur / **Jacoba van Heemskerck:** Stilleben / Originalholzschnitt / **Carl Mense:** Originallinoleumschnitt / **Wachlmeier:** Originallinoleumschnitt

Jacoba van Heemskerck: **Stilleben / Originalholzschnitt**

Titelseite einer Ausgabe der Zeitschrift »Der Sturm«.

»Der Sturm« diente sowohl der Literatur wie der bildenden Kunst. So ist hier der Platz für einige Dichter, die zugleich auch eine Rolle in der Kunstgeschichte spielen. Der älteste von ihnen ist ERNST BARLACH (1870–1938), als Enkel eines evangelischen Pastors und Sohn eines Arztes in Wedel (Holstein) geboren. Vom kunstfreundlichen Milieu seiner Familie angeregt, entschloß er sich, Maler zu werden, wechselte aber später zur Holzbildhauerei und zur Holzschnittgraphik. Da er mit seinen akademischen Lehrern in Hamburg, Dresden und Paris nicht gut auskam, experimentierte er auf eigene Faust (1900 und 1904 Ausstellungen in Berlin), bis ihn die Rußlandreise im Jahr 1906 »die verblüffende Einheit von Innen und Außen« lehrte. Barlach nahm, von Rußland zurückgekehrt, für drei Jahre Wohnsitz in Berlin, später im mecklenburgischen Güstrow; gestorben ist er in Rostock, begraben in Ratzeburg, wo er einen Teil seiner Jugend verbracht hatte.

Als Dichter trat Barlach erst auf, als er als Künstler schon bekannt war und bereits mehr als 40 Jahre zählte. Sogenannte »Jugendwerke« aus seiner Feder gibt es deshalb nicht; das gesamte dichterische Werk, das heute in drei Bänden gesammelt ist (1956–1959), können wir in drei Gruppen einteilen: Dramen, Romane, Autobiographisches. Zur letztgenannten gehört die Lebensgeschichte *Ein selbsterzähltes Leben* (1928) sowie die bisher bekannt gewordenen ca. 1200 Briefe (»Aus seinen Briefen«, 1947; »Leben und Werk in seinen Briefen«, 1952; »Zehn Briefe an einen jungen Dichter«, 1954; »Frühe und späte Briefe«, 1962), gehört aber auch manches in anderen Werken, besonders der unvollendete Roman *Seespeck* (1948, geschrieben 1913/1914), der das Leben des Künstlers in norddeutschen Kleinstädten zum Gegenstand hat. Sich selbst, seine Geschwister, seine Nachbarn hatte der Autor dieser dichterisch stilisierten Prosa leicht übermalt, dagegen den Kosmosdichter Theodor Däubler mit vollem Namen leibhaft dargestellt und dabei deutlich gemacht, daß er dessen Art, das Ich in den Mittelpunkt der Welt zu stellen, mißbilligte. Gewissermaßen Fortsetzung dieses Romans sind die *Güstrower Fragmente* (1951), eine Art Tagebuch aus den Jahren 1914–1917.

Ans Ende von Barlachs Leben führt der unvollendete Roman *Der gestohlene Mond* (1948, geschrieben zwischen 1936 und 1938). Der Titel kommt von einer Fabel, nach welcher der Teufel vorgibt, der Mond sei gestohlen, und dient als Sinnbild menschlicher Schuld. Hauptpersonen sind Wau und Wahl, zwei Menschen, die zugleich Freunde und Feinde sind. Es heißt von ihnen:

»Keine Uneinigkeit konnte verhindern, daß ihrer beider Einigkeit völlig war, und wenn es keine irdischen und menschlichen Leiden gab, die Wau von Wahl nicht erfuhr, so war es doch die urerschaffene Lauterkeit selbst, die alles zubereitete und vollzog und die der Geist der reinsten Wohlbeschaffenheit, am Grunde aller Dinge liegend, beschloß und erwog. Daß Feindschaft sich mit den gefälligsten Formen und Farben der Freundschaft schmücken kann, wer möchte darüber noch ein Wort verlieren.«

Es werden also Freundschaft und Feindschaft, Außen und Innen als Lebensstrom des Ur-Einen erlebt und erscheinen vertauschbar; ebenso sind Raum und Zeit durchlässig geworden. Dieses Auswiegen aller Vertauschbarkeiten rückt Barlach, der als expressionistischer Dichter und Künstler den Naturalismus überwand, in die Nähe von Robert Musil und Hermann Broch und macht ihn zugleich zum Vorläufer des magischen Realismus.

Den gleichen Weg ging Barlach als Dramatiker. Von seinen Werken sagt der Franzose Claude David, sie seien tief und naiv zugleich, ihre allegorischen Gestalten erinnerten an hölzerne Figuren, der Mystizismus des Themas verbinde sich mit einer Art handwerklicher Unbeholfenheit.

Der vor allem im »Gestohlenen Mond« häufig aufblitzende Humor fehlt noch im Drama *Der tote Tag* (1912):

Drei Menschen und drei Fabelwesen treten in dem Stück auf. In dem Flur eines nordischen Hauses leben Mutter und Sohn. Dort soll der Sohn weiter dahindämmern, von der Mutter, der irdischen, diesseitigen, bewacht, ohne seinen Vater zu kennen, der Geist ist und Gott. Der ferne Gott, der geistige Vater, sendet dem Sohn zum Ritt in die Welt das Roß Herzhorn. Die Mutter, die den Sohn nicht verlieren will, ersticht das Pferd. Verzweifelt über ihre voreilige Tat gibt sie sich selbst den Tod, in den ihr der Sohn, der ohne sie nicht leben kann, folgt.

Diese »Handlung« wird von den Kommentaren zweier Gnome und eines blinden Greises begleitet – sie kommen zu dem Schluß: »Sonderbar ist nur, daß der Mensch nicht lernen will, daß sein Vater Gott ist.« Dies zwar begreift der *Arme Vetter* (1918), nur zieht er daraus nicht die letzten Konsequenzen. Seine Unruhe ergreift in den *Echten Sedemunds* (1920) eine größere Anzahl von Menschen und wühlt sie bis ins Innerste auf. Dadurch daß Barlach treffender als je ein impressionistischer oder ein expressionistischer Dramatiker unverwechselbare Charaktere aus dem ihm vertrauten Niederdeutschland herauszumeißeln versteht und ihnen zum Teil groteske Züge verleiht, überschreitet er die Grenze, die das ernste Stück von der Tragikomödie trennt. Aber er verwischt diese Linie nicht dadurch, daß er einen viehisch wilden und wollüstigen Vater infolge der aus unbegreiflichen Tiefen kommenden Leidenschaft dem Göttlichen näherkommen läßt als dessen »gerechten«, aber kühlen Sohn. Dergleichen findet man bei Dostojewskij und selbst in der Bibel, zumindest angedeutet. Im *Findling* (1922) sind die Menschen nach Jahren des

Krieges und des Terrors zur Zeit des roten Kaisers zu Menschenfressern geworden, doch werden sie durch die Barmherzigkeit gerettet, weil ein junges Paar ein ausgesetztes Kind aufnimmt, ein häßliches Kind, das in den Armen seiner Retter plötzlich zu strahlen beginnt.

Biblischen Stoff greift *Die Sündflut* (1924) auf. Hier wird dem frommen Noah der gottlose Calan gegenübergestellt; doch ringen beide auf ihre Weise mit Gott, und auch Calan anerkennt schließlich dessen Größe und Weisheit. Neben dem »Toten Tag« ist die »Sündflut« die größte Dichtung Barlachs. Im Drama *Der blaue Boll* (1926) treten der Herr, der Teufel und dessen Frau auf, ohne daß die Sphäre der Kleinstadt deswegen gesprengt wird.

Die schwächere *Gute Zeit* (1929) steht – ebenso wie Boll mit Boll – im Kampfe mit der bösen Zeit (nur sind die Personen zu allegorisiert, auch die Sprache blaß), wobei jedermann die gute und die böse Zeit in sich trägt, ein Exempel für die »verblüffende Einheit von Innen und Außen«. 1927, also zwischen den beiden letztgenannten Bühnenwerken, begann Barlach mit dem *Grafen von Ratzeburg* (1951), doch gab er ihn noch nicht frei und überarbeitete ihn zwischen 1934 und 1936, also in der Zeit der Vereinsamung.

Zum Unterschied von jenen Dichtern, die wie Goethe und Gottfried Keller eine Zeitlang zwischen zwei Möglichkeiten der Kunst schwankten und die eine aufgaben, bedurfte Barlach beider; so sagte er selbst in einem Brief aus dem Jahre 1889: »Nun kann mir aber die Plastik nicht genügen, deshalb zeichne ich, und weil mir auch das nicht genügt, schreibe ich.« 1926 dagegen schrieb er:

> »Ich bin überzeugt, daß bei mir ein sinngemäßes Arbeiten erst möglich war, nachdem sich das plastische und dichterische Vermögen, jedes für sich, zu seiner Form gefunden hatte. Solange ich aus dem Vollgefühl, aus dem allgemeinen Drang heraus gestaltete oder besser: werden ließ, konnte nichts anderes als Verschwommenheit entstehen, noch jetzt muß ich kämpfen, das eine nicht durch das andere verwischen zu lassen.«

Dem Kampf um die Kunst ging stets das Ringen mit Gott parallel. Daher stellt sich die Frage: War Barlach ein christlicher Dichter? und die andere: War er ein Mystiker? Die zweite Frage bejahen die einen Interpreten, die anderen verneinen sie und wollen Barlach nur als Visionär gelten lassen. Auf die erste gibt es gleichfalls positive Antworten – man nennt ihn dann den deutschen, den protestantischen Claudel, man verbindet ihn mit Angelus Silesius –, aber auch negative, wenn angenommen wird, für ihn seien das Jüdische und das Christliche nur eine Station des »unterwegs« befindlichen Menschen gewesen. Diese Doppeldeutigkeit geben auch die folgenden Zitate aus dem »Grafen von Ratzeburg« wieder. Als Graf Heinrich »aufbricht«, sagt er: »Er (Gott) läßt sich nicht besitzen, denn sonst wäre er ein besessener Gott!«, am Ende aber: »Ich habe keinen Gott, aber Gott hat mich.«

Oskar Kokoschka und andere Maler-Dichter

Sieben Jahre jünger als Ernst Barlach war ALFRED KUBIN (1877–1959), aus Leitmeritz in Böhmen, der seit 1906 auf Schloß Zwickledt bei Schärding in Oberösterreich wohnte. Sein Hauptberuf war Malen, Zeichnen und Illustrieren. Seine eigenwilligen und dämonischen Zeichnungen machten ihn zum

»Die Blätter mit dem Tod« von Alfred Kubin.

kongenialen Schwarz-Weiß-Graphiker, der zu den Werken poetischer Gestalter seelischer Zwischenreiche (E. T. A. Hoffmann, Edgar Allan Poe, Dostojewskij, Strindberg) und denen etwas kauzhafter und skurriler Dichter (Hauff, Balzac, Jean Paul) unübertroffene Illustrationen schuf. Daneben aber schrieb er auch und nahm diese Tätigkeit nicht weniger ernst; er bezog einerseits Stellung zu Fragen seiner Kunst (»Vom Schreibtisch eines Zeichners«, 1939; »Abenteuer einer Zeichenfeder«, 1941), setzte andrerseits seine Vorstellungen von den real-irrealen Grenzbezirken der Seele mit Stift und Feder zugleich aufs Papier (»Die andere Seite« 1909; »Von verschiedenen Ebenen«, 1922; »Der Guckkasten«, 1925; »Phantasien im Böhmerwald«, 1951) und sprach über deren Werden in seiner Autobiographie (»Dämonen und Nachtgesichte«, 1959). Über den literarischen wie graphischen Werken Kubins liegt ein düsterer, bizarr zerrissener Himmel, unter dem Natur und Menschenbild dämonisch erscheinen.

16 Jahre jünger als Barlach, neun Jahre jünger als Kubin ist OSKAR KOKOSCHKA (1886–1980). Er entstammt einer Prager Künstlerfamilie, wurde in Pöchlarn an der Donau geboren, verbrachte Kindheit und Jugend in Wien, war 1910/1911 Mitglied des »Sturm«-Kreises in Berlin, kehrte aber wieder nach Wien zurück; 1915 stand er als Kriegsfreiwilliger an der österreichischen Front gegen Rußland. Er lehrte 1918–1924 als Professor an der Kunstakademie in Dresden, begab sich später abermals nach Wien und von da 1934 nach Prag, von wo aus er 1938 nach England emigrierte; seit 1954 war Villeneuve am Genfersee sein Wohnsitz, den er im Sommer verließ, um in Salzburg zu dozieren. Im Unterschied zu Barlach und Kubin ist seine Kunst die Malerei, dem Dichten hat er sich nur zeitweise gewidmet. Seine poetischen Werke, außerdem Aufsätze und Briefe, sind heute im Band der *Schriften 1907–1955* (1956) vereint. Auf den Dichter Kokoschka wirkten die Dramen Büchners und Wedekinds, Strindbergs und Claudels, die Schriften Nietzsches und der damals noch lebenden Karl Kraus und Sigmund Freud, vor allem aber OTTO WEININGER (1880–1903), dessen Buch *Geschlecht und Charakter* (1903) zu den Bestsellern des beginnenden 20. Jahrhunderts zählte. Freud hatte Weiningers These als »ziemlich unbesonnen« abgetan, sie deutete den Dualismus von M(ann) und W(eib) als »Dualismus des höheren und des niederen Lebens, des Subjekts und Objekts, der Form und der Materie, des Etwas und des Nichts«, als das »Unbegreifliche, das Motiv des Sündenfalles, das Ur-Rätsel«; was Weininger als wissenschaftliche Hypothese vorlegte, verwandelte sich ihm unwillkürlich zum Mythos:

»Vielleicht hat der Mann bei der Menschwerdung durch einen metaphysischen außerzeitlichen Akt das Göttliche, die Seele für sich behalten ... Dieses sein Unrecht gegen die Frau büßt er nun in den Leiden der Liebe, in und mit welcher er der Frau die ihr geraubte Seele wieder zurückzugeben sucht, ihr eine Seele schenken will, weil er sich des Raubes wegen vor ihr schuldig fühlt ... Die Aussichtslosigkeit eines solchen Rückgabeversuches, durch den er seine Schuld zu sühnen würde trachten wollen, könnte wohl erklären, warum es glückliche Liebe nicht gibt. So wäre dieser Mythos kein übler Vorwurf für ein dramatisches Mysterium.«

KOKOSCHKAS visionäre Kurzdramen (ebenso die Erzählgedichte »Die träumenden Knaben«, 1908, und »Der weiße Tiertöter« oder in der endgültigen Fassung »Der gefesselte Kolumbus«, 1916) erfüllten diese Erwartung, wenn auch nicht ganz im Sinn Weiningers. Sie bauen Menschengesichter zu Kompositionen auf, in welchen Wesen mit Wesen streiten, zersprengen die Bedingungen der Logik und unterwerfen die Personen einem Übermaß an Affekten, das sich in ekstatischen Worteruptionen offenbart. Denn das Sichtbare ist für Kokoschka nur eine der Masken des Wahren (das bezeugen auch die unter dem Titel »Spur im Treibsand« 1956 edierten Geschichten). Die ersten »Schauspiele« – so sagt der Dichter bewußt statt »Dramen« – wurden 1907 geschrieben, also noch vor Sorges »Bettler«. Sie wurden oft mehrmals überarbeitet und manchmal mit neuen Titeln versehen. Zu ihnen gehören die surreale Groteske *Sphinx und Strohmann* (1907, »Hiob«, 1917), in der eine Frau dem Mann buchstäblich den Kopf verdreht, worüber dieser seinen Kopf ebenso buchstäblich verliert, und das nur zehn Seiten umfassende, 1920 von Paul Hindemith in Musik gesetzte Stück *Mörder, Hoffnung der Frauen* (1916), worin eine Frau »das wilde Tier« (gemeint ist der Mann) in einen Käfig setzt und ihm gerade dann unterliegt, als sie es zu zähmen meint. 1913 entstand *Der brennende Dornbusch* (1917): In ihm ist »die Polarität der Geschlechter, Sinnbild für das zwischenmenschliche Verhalten überhaupt, am Schluß aufgehoben in der durch die Wandlung der einzelnen herbeigezwungenen Welt gewandelter, neuer, guter Menschen« (Horst Denkler).

Das längste Stück Kokoschkas ist *Orpheus und Eurydike* (zwischen 1915 und 1918 entstanden, 1919 im Buch »Vier Dramen« gedruckt, 1925 von Ernst Křenek vertont): Eurydike kehrt in die Unterwelt zurück, nicht weil Orpheus sich zu früh nach ihr umwendet, sondern weil sie in ihm keine schöpferische Persönlichkeit zu erkennen vermag. Da der Maler-Dichter, wenn es möglich war, die Bühnenbilder selbst entworfen, ja sogar Regie geführt hat, könnte man vermuten, seine Texte und Szenarien seien Kommentare zu seinen Theatergemälden (und nicht umgekehrt). Kennzeichnend für seine Künstlerpersönlichkeit sind folgende Sätze:

»Worin das Erlebnis von aller grauen Theorie sich unterscheidet, ist, daß sozusagen ein Diesseits hier ein Jenseits umarmt, ein Augenblick da als die Unendlichkeit erscheint, und daß die Dumpfheit menschlicher Triebe erst den göttlichen Lichtstrahl bedingt, wie ein Schrei eine vorhergehende Stille durchbricht, oder wie das Unerwartete, das Unvorhergesehene die Dumpfheit der Gewohnheit beendet. Expressionismus ist Gestaltung des Erlebnisses, solcherart mittelbar und Botschaft vom Ich zum Du. Wie zur Liebe braucht es dazu zwei. Expressionismus lebt nicht im elfenbeinernen Turm, er wendet sich an den Nächsten, den er erweckt.«

Ein weiterer Maler (und Graphiker), der zugleich Dichter war, begegnet uns außerdem im Schlesier LUDWIG MEIDNER (1884–1966) aus Bernstadt, ausgebildet in Breslau und Paris, zur »Sturm«-Gruppe gehörig, 1933 verfemt, 1939 nach England emigriert, seit 1953 in Marxhausen im Taunus wohnhaft. Für »Kürschners deutschen Literaturkalender« gab er selbst als schriftstellerisches Fach »lyrische und erzählende Prosa« an, was nicht ausschließen soll, daß sich in seinen Büchern »richtige« Gedichte finden. Aber im allgemeinen schrieb er nicht Verse, sondern rhythmische Rede in hymnischer Höhe; mit den »Hymnen« verbinden sich gelegentlich »Lästerungen« (beide Wörter stehen als Titel über der Ausgabe von 1959). Dennoch ist Meidner nie ein Frevler gewesen; denn die Erlebnisse des Ersten Weltkrieges haben die religiösen Tiefen seiner Seele aufgerissen: *Im Nacken das Sternemeer* (1918) und *Septemberschrei* (1920) sind die Titel seiner ersten Dichtungen, die in der Hauptsache apokalyptische Visionen sind, geboren aus den Schrecken der Schlachten: »Ich sah nur immer einen Tausendreigen der Skelette tänzeln, viel Gräber und verbrannte Städte durch die Ebene sich winden.« Ja, was damals noch nicht geschehen war, sah er voraus:

Auf, zu Himmeln auf
schreien Häuserreihen,
trümmern Wände sich hebend und schreien.

Wind um weiß Gesicht,
Essen, Türme, Wolken flattern weit.
Asphalt, der zu Bergen saust,
sprüht die Kinder hoch.

Freilich kannte er auch einen anderen Ton, wie die *Autobiographische Plauderei* (1923) und das Buch *Gang in die Stille* (1929) zeigen.

Theorie und Dichtung: Rudolf Blümner, Lothar Schreyer, Kurt Heynicke

Wenn wir nun zum »Sturm« zurückkehren, bedeutet dies Hinwendung zu theoretischen Erörterungen über den Expressionismus durch Lothar Schreyer und Rudolf Blümner. Der radikalste Durchdenker des Neuen war der in der Schweiz aufgewachsene Schauspieler RUDOLF BLÜMNER (1873 bis

1945). Walden und dessen engster Anhang feierten ihn wegen seiner Fähigkeit, »Sprechkunstwerke« gestalten zu können. Sein eigener Ehrgeiz aber ging darüber hinaus und strebte nach einer absoluten, abstrakten Dichtung jenseits der »realen Sprache«, deren Wörter nach seiner Ansicht ihre ursprüngliche »Bildung« und damit ihre Urkraft verloren hatten; auch versicherte er, der »Sinn« der älteren Dichtungen habe ihn am guten Sprechen gehindert. Darüber schrieb er in der Abhandlung *Der Geist des Kubismus und die Künste* (1921) und verwirklichte seine Theorien in der *Quirlslanze* (1921), vor allem in der absoluten Dichtung *Ango Laina* (1921), in der sich keines der »realen« Wörter findet, sondern klangreiche, aber sinnlose Neuschöpfungen.

So weit konnte und wollte LOTHAR SCHREYER (1886–1966) nicht gehen; er war ein Sachse aus Blasewitz, Doktor der Rechte, Dramaturg in Hamburg, Gründer und Leiter der »Kunstbühne« in Berlin, Professor am Bauhaus in Weimar, Leiter der Wegschule in Berlin und Dresden, Verlagsredakteur in Hamburg. Nach ihm scheidet »die Weltwende« des Expressionismus »die armen Menschen, die behaupten, zu wissen, was Liebe ist, von den Menschen, die Liebe haben. Sie scheidet die Menschen, die behaupten, zu wissen, was Kunst ist, von den Menschen, die Kunst haben«. Diese bedürfen daher nicht der »willkürlichen Erfindungen«, die Kunsterziehung, Kunstwissenschaft, Kunstpflege und Kunstkritik heißen. Außerdem ist es ein Wahn, Kunstwerke zu erklären. »Die Gegenwart« bezeichnet er als den »Tod der Persönlichkeit. Der einzelne hat keinen Wert. Es gibt kein Recht auf Glück. Wir wissen, daß wir für unser Werk sterben.« Und worin besteht dieses Werk? In der rhythmischen Gestaltung einer Vision, die nichts mit Logik zu tun hat und nichts mit der alten Harmonie, an deren Stelle die Bewegung des Rhythmus treten soll. »Unvollkommen, unendlich ist der Rhythmus. Er ist die Auflösung jedes Maßes.« Für Schreyer wie für Walden war August Stramm der Prototyp des neuen Dichters, aus dessen Gedichten die Theorie entwickelt werden konnte, nach der Worte gekürzt (»bären« für gebären), Endungen und Artikel fortgelassen (»Die Bäume und die Blumen blühen« kann z. B. zu »Baum blüht Blume« werden), Verben zu Substantiven und Substantive zu Verben umgebildet werden können (aus »Kind« wird »kinden«).

Einem besonders schweren Angriff wird das Theater ausgesetzt; seit das von Euripides begründete psychologische Drama sich »gegen den großen Expressionisten Aischylos aufgelehnt« habe, meint Schreyer, sei das Theater »eine Angelegenheit des Publikums und nicht der Kunst« geworden; nichts künde heute mehr von seinem Ursprung aus der Ekstase religiöser Kulthandlung. Dieser Auffassung entsprechend schuf er eine Reihe von »Bühnenwerken« (»Jungfrau«, 1917; »Meer-Sehnte-Mann«, 1918; »Kreuzigung«, 1921; »Geburt«, 1921), die vor einem kleinen Kreis mit Masken und Figurinen als »graphische Kunstwerke« gespielt und gesprochen wurden, wobei freie Stellen offenblieben, die durch die »Arbeit« des Spielers, Lesers, Zuschauers, Hörers gefüllt werden sollten. Durch Schreyer wurden die Seiten des »Sturmes« auch dem Franzosen Charles Péguy (wir würden ihn heute als »Linkskatholiken« bezeichnen) zur Verfügung gestellt, dem Verkünder einer neuen Gemeinschaft. Er selbst konvertierte 1933 zur katholischen Kirche und schrieb seither Legenden (»Die Liebe der heiligen Elisabeth«, 1933; »St. Ursula und die Jungfrauen«, 1935, usw.), Laienspiele (»Anbetung des göttlichen Kindes«, 1950; »Die Vogelpredigt«, 1951), Romane (»Der Falkenschrei«, 1939; »Der Untergang von Byzanz«, 1940; »Agnes und die Söhne der Wölfin«, 1956; »Siegesfest in Karthago«, 1961), Essays (»Die Gottesgeburt im Menschen, Gespräche um Meister Ekkehard«, 1935; »Der gefangene Glanz, aus den religiösen Werken des Paracelsus«, 1940) und Erinnerungen an die »Sturm«-Zeit (»Expressionistisches Theater«, 1948; »Erinnerungen an Sturm und Bauhaus«, 1956).

Ein anders gearteter Dichter ist Kurt Heynicke (1891–1985), der Sohn eines Arbeiters im schlesischen Liegnitz, der zuerst Büro- und Bankangestellter war (zwischenhinein Soldat im Ersten Weltkrieg), später Dramaturg in Düsseldorf, Mitarbeiter der Ufa in Berlin, endlich freier Schriftsteller in Merzhausen bei Freiburg i. Br. Seine Lyrik (»Rings fallen Sterne«, 1917; »Gottes Geigen«, 1918; »Das namenlose Angesicht«, 1920; »Die hohe Ebene«, 1921) ist von Anfang an frei von schrillen Klängen, von gesuchten Wortbildungen, von bewußten Angriffen auf Logik und Grammatik. Zwar war er wie die Dichter des »Sturm« nicht blind gegenüber dem, was andere niederdrückte, doch beherrschte das Chaos nie sein Werk, das durch seinen reinen Klang gefangennimmt und jedes Wort zum Ton einer unbewußten Melodie werden läßt. Im »Spiel über den Sinnen« mit dem Titel *Der Kreis* (1920) gestaltete er das Menschenschicksal als einen ewigen Kreislauf von Tod und Wiedergeburt, demgegenüber die Religionen unzulänglich, die Sinnenlust bloßer Trug, das Geld wertlos, die Wissenschaft begrenzt erscheinen. Auf dieser Basis entstanden der essayistische *Weg zum Ich* (1922), die Skizzen *Buntes Abenteuer* (1924) und die Erzählungen *Eros inmitten* (1925) und *Sturm im Blut* (1925). Nachdem sich Heynicke vom »Sturm«-Kreis gelöst hatte, schrieb er historische Dramen, Märchen- und Lustspiele (»Der Prinz von Samarkand«, 1925; »Kampf um Preußen«, 1926; »Frau im Haus«,

1936; »Die Nichte aus Amerika«, 1955; »Steckenpferd und Staatssekretär«, 1959), heiter-besinnliche Unterhaltungsromane (z. B. »Fortuna zieht in die Welt«, 1929; »Herz, wo liegst du im Quartier?«, 1938; »Rosen blühen auch im Herbst«, 1942; »Der Hellseher«, 1951) und zahlreiche Hörspiele (darunter »Das Lächeln der Apostel«, 1957).

DIE HERAUSGEBER VON ANTHOLOGIEN

Unter den Expressionisten herrschte keineswegs dauerndes Einvernehmen; sonst hätte es neben dem »Sturm« keine »Aktion« gebraucht, sonst wären nicht noch andere, vergänglichere Zeitschriften erschienen, sonst hätten sich nicht die einen über die anderen kritisierend ausgesprochen. Auf der anderen Seite aber gab es Vermittler, Leute, die zu sammeln und zu sichten suchten. Einer von diesen ist HEINRICH EDUARD JACOB (1889–1967), Berliner, Doktor der Philosophie, Feuilletonredakteur und Reiseberichterstatter für Zeitungen seiner Geburtsstadt. Er übersiedelte später von der Spree an die Donau, dann von Wien nach New York und nahm schließlich Wohnsitz in Hamburg. 1924 ließ er die Anthologie *Verse der Lebenden* erscheinen und wagte es, das erste Jahrzehnt des 20. Jahrhunderts mit dem ersten des 19. zu vergleichen; dabei wußte er freilich, daß »kein Goethe da ist«, aber:

> »eine Akademie von Dichtern ist da, die sich ergänzt. Der Qualität wird die Quantität hilfreich ... eine Mischung von Adel und Sinnlichkeit, von Dithyrambik und Schwere, von Charakter und Leichtmut, eine Flugkraft – und welch ein Können!«

Als Gegner des Krieges schrieb Jacob die *Reise durch den belgischen Krieg* (1915). Weitere Werke sind *Der Zwanzigjährige* (1918), den man einen »Werther in Berlin« genannt hat, und der in der Nachkriegszeit spielende Roman *Die Magd von Aachen* (1931). Dramatische Versuche (»Beaumarchais und Sonnenfels«, 1919; »Die Physiker von Syrakus«, 1920; »Der Tulpenfrevel«, 1920) schlugen fehl. So wandte sich der Autor der Künstlernovelle zu (»Das Flötenkonzert der Vernunft«, 1923; »Untergang von 13 Musiklehrern«, 1924; »Jacqueline und die Japaner«, 1928), später der Künstlerbiographie (»Johann Strauß, Vater und Sohn«, 1938; »Joseph Haydn, seine Kunst, seine Zeit, sein Ruhm«, 1950; »Mozart oder Geist, Musik und Schicksal«, 1956; »Felix Mendelssohn und seine Zeit«, 1959) und dem kulturgeschichtlichen »Tatsachenroman« (»Sage und Siegeszug des Kaffees«, 1934; »Sechstausend Jahre Brot«, englisch 1944, deutsch 1954).

Den wichtigsten expressionistischen Beitrag zur Geschichte des Expressionismus bot der in Erfurt geborene, später in New York lebende Dr. phil. Kurt Pinthus (1886–1975), selbst nur gelegentlich Dichter, doch Propagandist für Georg Büchner, Mentor des jungen Hasenclever und Betreuer seiner literarischen Hinterlassenschaft. In der Anthologie *Menschheitsdämmerung* (1920 mit dem Untertitel »Symphonie jüngster Dichtung« versehen) sammelte er die Gedichte von mehr als 20 Expressionisten, soweit sie die Grundstimmung der neuen Lyrik aussprachen: Gegnerschaft zum überkommenen Alten nach Inhalt und Form, Erweckung des Herzens, Aufruf und Empörung, Liebe zur Menschheit, nie wieder Krieg. Die »Menschheitsdämmerung«, der 1962 noch die *Dokumente des Expressionismus* folgten, hat seit ihrem ersten Erscheinen ungezählte Neuauflagen erlebt und gilt noch heute als die repräsentative Lyrik-Anthologie des Expressionismus.

In zwei Bänden, in den Jahrbüchern *Die Erhebung* (1919 und 1920), sammelte Alfred Wolfenstein (1883–1945) expressionistische Dichtung. Sein Leben begann in Halle an der Saale, führte über Berlin in die Emigration nach Prag (1933) und Paris (1938); während des Krieges drei Monate gefangen (1940), war er nachher ständig auf der Flucht vor den Nationalsozialisten und schließlich vor dem Leben, dem er freiwillig ein Ende setzte, obwohl die Bedrohung von außen bereits aufgehört hatte. »Reif ist der Mensch zur Erhebung, reif aus sich die Welt zu schaffen, die Seelenwelt der Liebe, Wahrheit, Freiheit, die neue Welt einer neuen Seelenleidenschaft« – das ist die Grundmelodie seiner Lyrik (»Die gottlosen Jahre«, 1914; »Die Freundschaft«, 1917; »Der gute Kampf«, 1917; »Die Nackten«, 1918; »Menschlicher Kämpfer«, 1919; »Der Flügelmann«, 1924; »Bewegungen«, 1928), seiner Novellen (»Der Lebendige«, 1918; »Unter den Sternen«, 1924; »Die gefährlichen Engel«, 1936), selbst seiner dramatischen Dichtungen (»Sturm auf den Tod«, 1921; »Der Mann« 1922; »Mörder und Träumer«, 1923; »Der Narr der Insel«, 1925; »Bäume in den Himmel«, 1926; »Die Nacht vor dem Beil«, 1929; »Celestina«, 1929). Von literatur- und kulturgeschichtlichem Interesse ist Wolfensteins Essay *Jüdisches Wesen und neue Dichtung* (1922).

Mehr als eine gewöhnliche Anthologie war die Schriftenreihe *Tribüne der Kunst und Zeit* (1919–1923), deren Herausgeber und Mitarbeiter Kasimir Edschmid (ursprünglich Eduard Schmidt, 1890–1966) war. Er war Sohn eines Gymnasialprofessors in Darmstadt, studierte Romanistik in München, Genf, Gießen, Paris und Straßburg, war seit 1913 literarischer Referent der »Frankfurter Zeitung« sowie französischer, belgischer und italienischer Zeitungen, später freier Schriftsteller in seiner Geburtsstadt, soweit er diese nicht für ausgedehnte Reisen (in West- und Südeuropa, in den Mittelmeerländern, in Afrika, Kleinasien, Südamerika, in Skandinavien) verließ. 1933 wurde über ihn das Rede- und Rundfunkverbot, 1941 das Schreibverbot verhängt. Er lebte in dieser Zeit meistens in Italien oder in Südtirol; sobald er konnte, kehrte er nach Darmstadt zurück.

Verse, Hymnen, Gesänge (1911) hieß sein erstes Buch, das erst spät ein Gegenstück in den *Italienischen Gesängen* (1948) fand. Edschmids eigentliches Arbeitsfeld ist die Prosa, die durch eine betörende, wuchernde, oft gekünstelte Sprache gekennzeichnet ist. Er versuchte sich zuerst an Novellen (»Timur«, 1913; »Die sechs Mündungen«, 1915; »Das rasende Leben«, 1916; »Die Fürstin«, 1920; »Frauen«, 1922; »Hallo Welt«, 1930; »Erika«, 1938; »Im Diamantental«, 1948; »Der Bauchtanz«, 1952). In den Essays *Über den Expressionismus in der Literatur und die neue Dichtung* (1919) und *Die doppelköpfige Nymphe* (1920, beide Schriften sind heute vereint unter dem Titel »Frühe Manifeste. Epochen des Expressionismus«, 1957) setzte sich Edschmid mit dem Expressionismus auseinander. Weiterhin beschäftigte sich mit literarischen Fragen *Das Bücher-Dekameron* (1923); ihm folgten geraume Zeit später das *Tagebuch 1958–1960* (1960), *Lebendiger Expressionismus* (1961) und *Portraits und Denksteine* (1962).

Diese Bücher bezeugen die Stetigkeit von Edschmids Gedankengängen und Schreibweise. Dennoch hatte die theoretische Auseinandersetzung mit den Problemen der Literatur eine gewisse Schwächung des Praktikers zur Folge, wie die nach ihr geschriebenen Novellen und kürzeren Erzählungen zeigen. Der Elan der Frühwerke ist gebrochen; aus dem Dichter wird, wie Wilhelm Duwe meint, jetzt »ein für die Völkerverständigung eintretender Literat von Weltbedeutung, der zur Elite eines geistigen Europa gehört«. Bei Soergel-Hohoff heißt es dagegen, bezogen auf den Roman *Die achatnen Kugeln* (1920): »Die Denkweise Edschmids wollte die des großen Herrn im Sinne des achtzehnten Jahrhunderts sein, gewaltsamer Amoralismus mit Sensibilität. Darüber wurde der neue Stil allzu forciert: Wo die Anstrengung nachläßt, wird banal erzählt.« Dem ersten folgte ein zweiter Roman *Der Engel mit dem Spleen* (1924), diesem *Die gespenstigen Abenteuer des Hofrats Brüstlein* (1927) oder (in der Neuausgabe von 1947) *Pourtalès' Abenteuer.*

Aus der »Geschichte« kehrte auch der Autor in die Gegenwart zurück, in der der Sport große Bedeutung hat. Daher stellte Edschmid fest: »Die Geschichte der Menschheit ist möglich ohne Äschylus und Dante, aber ausgeschlossen ohne Segelei«, und schrieb *Sport um Gagaly* (1928), einen Roman um einen italienischen Rennfahrer, den er als den vorbildlichen

Menschen darstellt, weil er seelisch und körperlich vollkommen sei. Mehr als dieser Menschentyp sagt Edschmid jedoch die Gestalt des Freiheitskämpfers zu, die er in *Lord Byron* (1929) und später in seinem Landsmann Georg Büchner (»Wenn es Rosen sind, werden sie blühen«, 1950) verkörpert sieht. Die Romane *Das gute Recht* (1946), *Der Zauberfaden* (1949) und *Drei Häuser am Meer* (1958), die mit dem Nationalsozialismus ins Gericht gehen, zeigen, daß Freiheit und Recht zusammengehören. Als Bekenntnis zum eigenen Volk sollen die Romane *Deutsches Schicksal* (1932) und *Das Südreich* (1933) verstanden werden, denn schon im »Bücher-Dekameron« stand zu lesen: »Man erlangt nur Europa, wenn man sein Volkstum auf die Spitze treibt, nicht, indem man es wegwirft.« Die beiden Bände repräsentieren wie andere davor und auch einige Novellen jenen historischen Roman, dem es nicht eigentlich um die Darstellung geschichtlicher Ereignisse zu tun ist, sondern um die Gestaltung immer wieder gleicher Menschheitskämpfe. Wenn man sich dessen bewußt bleibt, wird man den Roman *Der Marschall und die Gnade* (1954) als die Spitzenleistung Edschmids ansehen dürfen. Er hat zehn Jahre an dieser Geschichte Simón Bolívars (1783–1830), des Befreiers von Venezuela, Kolumbien und Perú, gearbeitet und sie weithin in der Ichform erzählt, die es ihm ermöglichte, eigene Erlebnisse und Erkenntnisse seinem Helden in den Mund zu legen. Die Wahl des südamerikanischen Stoffes ist zurückzuführen auf seine zahlreichen Reisen. Sie machten ihn zu einem unverkennbar eigenartigen Reiseschriftsteller, der in zahlreichen Büchern bewies, daß der expressionistische Stil und die expressionistische Art des Schauens auch für dieses Gebiet anwendbar sind und zu beachtlichen Leistungen führen (»Basken, Stiere, Araber«, 1927; »Afrika nackt und angezogen«, 1929; »Glanz und Elend Südamerikas«, 1931; »Zauber und Größe des Mittelmeeres«, 1932; »Westdeutsche Fahrten – im Spiegel des Rheins«, 1933; »Italien«, in 5 Bänden 1935–1948; »Das Auto-Reisebuch«, 1938; »Europäisches Reisebuch«, 1953; »Stille und Stürme am Mittelmeer«, 1959).

Albert Ehrenstein (1886–1950), ein Wiener aus einer ursprünglich ungarisch-jüdischen Familie, lebte seit 1910, nachdem er in seiner Geburtsstadt historische und philologische Studien mit dem Doktorat abgeschlossen hatte, meistens in Berlin als freier Schriftsteller und Kritiker, wenn er nicht Europa, Afrika und Asien bereiste. Seine ersten Gedichte erschienen in der von Karl Kraus herausgegebenen »Fackel«, spätere im »Sturm«, mit dem er durch Kokoschka, der ihn für die »Aktion« porträtiert hatte, in Beziehung gekommen war. Trotz seiner Zugehörigkeit zur Gruppe der Expressionisten war

Ehrenstein stets ein einsamer Mensch, einer, der am Rande der Verzweiflung lebte. Am Christentum nahm er Ärgernis (»ich wagte es, mich einige Tage vor Weihnacht in die Welt zu drängen, dem gekreuzigten Zwingherrn der Erde den Vortritt nicht zu lassen«), die angestammte Religion verleideten ihm die Rabbiner, seiner möglichen Glaubensgenossen Geschäftsgeist erbitterte ihn, den Zionismus hielt er für »unfruchtbaren Historizismus«. Es blieb ihm also nichts als der Gedanke an den Tod, schwankend zwischen Sehnsucht und Grauen.

Diese innere Leere suchte er zunächst in der Groteske seiner Prosabücher *Tubutsch* (1911) und *Der Selbstmord eines Katers* (1912, oder »Bericht aus einem Tollhaus«, 1919) zu überdecken. Der Ausbruch des Krieges rang ihm erbitterte Anklagen gegen die zerstörenden Mächte des Krieges und der Großstadtzivilisation ab, die in Gedichten (»Die weiße Zeit«, 1914; »Der Mensch schreit«, 1916; »Die rote Zeit«, 1917), in Skizzen (»Nicht da, nicht dort«, 1916) und in dem Essay *Den ermordeten Brüdern* (1919) ausgesprochen wurden. Als sich dieser oft zynische Nihilismus auch in den folgenden Jahren nicht verlor (»Briefe an Gott«, 1921; »Menschen und Affen«, 1926), suchte Ehrenstein nach einem Geistesverwandten und glaubte ihn in dem Halbgriechen Lukian zu finden, den er 1925 übersetzte. Außerdem fand er eine Art Ruhe im Nachdichten chinesischer Poesie und Prosa (»Schiking«, 1922; »Be-Lo-Thien«, 1923; »China klagt«, 1924; »Po-Chü-J«, 1924; »Räuber und Soldaten«, 1927; »Mörder aus Gerechtigkeit«, 1931; »Das gelbe Lied«, 1934). Das ergab eine Anthologie anderer Art, die zeigt, daß Ehrenstein Europa innerlich schon verlassen hatte, als er 1932 ahnungsvoll in die Schweiz, von dort 1941 nach New York emigrierte, wo er verbittert in einem Armenspital starb.

PROSA IM EXPRESSIONISMUS

Vom »Experimentalroman« zum Realismus

Die Ausdruckskunst hat auch Autoren beeinflußt, die nicht unbedingt ihr zugerechnet werden können, wie z. B. Musil und Kafka. Als des letztgenannten Vorläufer mag PAUL ADLER (1878–1946) angesehen werden. Er gehörte zu jener Gruppe, die in Prag geboren war und wegen ihrer jüdischen Herkunft sich isoliert fühlte. Er studierte Rechtswissenschaft, verzichtete aber auf sein Richteramt und führte ein Wanderleben, das ihn über Paris und Florenz nach

Hellerau brachte. Diese Garten- und Künstlerstadt begründete er mit und schrieb hier seine wichtigsten Bücher. Der Krieg von 1914 lenkte ihn von der dichterischen Arbeit ab (der Literatur diente er weiterhin durch Übersetzungen des spanischen Dichters und Philosophen Miguel de Unamuno und gelehrte Studien zum japanischen Schrifttum), die Machtergreifung Hitlers trieb ihn zurück nach Prag, wo ihn Freunde auch zur Zeit des Protektorates versteckt hielten, so daß er nach sieben Jahren der Bettlägerigkeit schließlich in seiner Vaterstadt starb.

Es gibt von Paul Adler Gedichte und eine »Tragische Szene«; sie sind nur in Zeitschriften gedruckt und nie zu einem Buch vereinigt worden. Als Buch erschienen der Geschichtenkreis *Elohim* (1914), die Aufzeichnungen »Nämlich« und der Roman *Die Zauberflöte.* »Elohim« bleibt durch geheimnisvolle Beziehungen zur althebräischen Mystik weithin unverständlich, obwohl die Sätze knapp und grammatikalisch klar sind. Albert Ehrenstein und Kasimir Edschmid haben dem Werk enthusiastische Anerkennung gezollt, ihm aber ein größeres Publikum nicht gewinnen können. Noch weniger Echo fand das autobiographische Werk *Nämlich* (der Titel stammt aus dem Hölderlin-Zitat »Da nämlich ist Heinrich gegangen«), dessen Held in einem Irrenhaus von seinen sexuellen, kulturellen, religiösen Komplexen befreit wird und in der Sprache der Verrückten seine teils närrischen, teils tiefsinnigen Aufzeichnungen macht. Darin greift Adler die abendländische Überlieferung an und tut dies in einem neuen Stil, in dem des »Experimentalromans«, der die logischen Zusammenhänge, sogar die Identität der Person aufgibt.

Aus einer Adler benachbarten Gegend stammte der in Brünn geborene ERNST WEISS (1884–1940), der als Schiffsarzt viele Orientreisen machte; seine Studien hatte er in Wien und Prag absolviert, im Ersten Weltkrieg war er Regimentsarzt; 1938 emigrierte er nach Paris, wo er sich beim Herannahen der deutschen Truppen das Leben nahm. Er hat hauptsächlich Romane und Erzählungen geschrieben (nur »Das Versöhnungsfest« – während des Krieges verfaßt, doch erst 1920 gedruckt – in Versen). Franz Kafka, der von Weißens Erstling *Die Galeere* (1913) beeindruckt war, nahm sich während seiner Arbeit an der »Verwandlung« vor, die »Konstruktion« des andern zu meiden. Dem ersten Werk folgten *Der Kampf* (1916), *Tiere in Ketten* (1918), *Mensch gegen Mensch* (1919), *Stern der Dämonen* (1920), das Drama *Tanja* (1920), dann wieder Prosa-Epik (»Nahar«, 1922; »Autua«, 1923; »Die Feuerprobe«, 1923; »Männer in der Nacht«, 1925; »Boetius von Orlamünde«, 1928; »Der Geisterseher«, 1934; »Der Gefängnisarzt«, 1934; »Der arme Verschwender«, 1936; »Der Verführer«, 1937; »Der Augenzeuge«,

1963 aus dem Nachlaß). Soweit es sich bei den Titeln nicht um Eigennamen handelt, verraten sie, was den Autor beschäftigte: Knechtschaft, Hörigkeit, Verfallensein an Trieb und Leidenschaft; dem Erotischen und Grausamen ist ein weiter Spielraum gelassen. Manchmal ist die Rede von Gott, aber der Anruf an ihn dringt nicht über die Wolken hinaus; öfter ist die Rede vom Gegengott, der blind ist und blinde Gefangene will – Mörder, Dirnen, Ausgestoßene, Unfreie, und nur eine Erlösung ist möglich, der Tod. Was Adler – trotz »Elohim« – nicht fand, war Weiss gegeben, ein großer Rückhalt in der jüdischen Überlieferung. So entstand die erschreckende Details aus dem Leid der babylonischen Gefangenschaft zeichnende Erzählung *Daniel* (1924). Auch den eigenen Berufsstand schonte Weiß nicht (»Georg Letham, Arzt und Mörder«, 1921). Sein Stil entwickelte sich vom expressionistischen Experimentieren der frühen Werke zum Prunk ausschwingender Perioden in den späteren Büchern.

Aus einer ganz anderen Gegend des deutschen Sprachraumes stammt OTTO FLAKE (1880–1963). Seine Geburtsstadt ist Metz, von dort kam er nach Colmar, als Student der Germanistik, Philosophie und Kunstgeschichte nach Straßburg; während des Ersten Weltkrieges war er in Brüssel, nach dessen Ende in Zürich, dann wechselte er zwischen dem bayerischen Partenkirchen und Preußens Hauptstadt Berlin, nahm 1927 Wohnsitz auf dem Ritten bei Bozen und mußte von dort fort, weil er für Südtirol eintrat (auch im »Sommerroman«, 1927). Seit 1928 lebte er in Baden-Baden. Mehr noch als René Schickele ist Otto Flake Kosmopolit, und mehr als jener untermauerte er seine Gedankenwelt philosophisch in den Büchern *Pandämonium, eine Philosophie des Identischen* (1921), *Das neu-antike Weltbild* (1922), *Die Unvollendbarkeit der Welt, eine Chemie Gottes* (1923), in denen wie in anderen Schriften verwandter Art der Einfluß Nietzsches (über ihn schrieb er 1946) und des Grafen Hermann Keyserling unverkennbar ist. Doch wenn man ein Wort Guido K. Brands umkehren darf, kann man sagen: Otto Flake ist in seinen philosophischen Büchern so romanhaft, wie er in seinen Romanen philosophisch ist. Die ersten Romane spielen im Elsaß und in Lothringen (»Schritt für Schritt«, 1912; »Freitagskind«, 1913, in der endgültigen Fassung »Eine Kindheit«, 1928; die fünf Romane um »Ruland«, 1926–1928, in denen Schickele und Stadler trotz ihrer Maske identifizierbar sind), sind autobiographisch gefärbt und schildern (wie auch die Alterswerke in je zwei Bänden »Fortunat«, 1946, und »Ein Mann von Welt«, 1947) das Europa, das ihr Verfasser erlebt hatte.

Besonders der Stil seiner späteren Werke gleicht dem eines von den

Franzosen verfeinerten Naturalismus (Flake hat auch viele Werke französischer Literatur übersetzt, z. B. solche von Stendhal, Balzac, Dumas, Gobineau, La Bruyère, Suarez und – zusammen mit Wilhelm Weigand – Montaigne). Das war freilich nicht zu erwarten, nachdem sich Flake eine Zeitlang als Deuter und Propagandist des Expressionismus ausgegeben hatte, mit Kurt Hiller und Alfred Wolfenstein in naher Beziehung gestanden war und sogar mit den Dadaisten geliebäugelt hatte; in jener Periode veröffentlichte er auch den Roman *Die Stadt des Hirns* (1919), den er mit einem aufsehenerregenden Vorwort versah, in dem er, »um den Roman zu retten«, eine Sprengung seiner überlieferten Form verlangte.

Doch schon im nächsten Jahr verkündete Flake in mehreren Aufsätzen *Das Ende der Revolution* (1920). Im Gegensatz dazu stehen die Erfolge, zu denen die literarische Revolte wenig später in Albrecht Schaeffers »Helianth« und in Döblins »Berlin Alexanderplatz« sowie bei Musil und Broch geführt wurde.

In dem »Roman aus dem Jahre 1917« *Ja und Nein* (1920) stellte Flake Hans Arp als einen Laotse und Jakob Böhme lesenden Einzelgänger vor. Es folgten die »Ruland«-Reihe und viele Bücher, in denen er endgültig auf das Experimentieren verzichtete. Statt dessen wird mit Anmut und Grazie lustig fabuliert, die Weiblichkeit charmant verehrt, französischer Esprit mit deutschem Ernst glücklich verbunden, besonders in den historischen Romanen der »Badischen Chronik«, bestehend aus *Hortense oder die Rückkehr nach Baden-Baden* (1933) und dem Doppelband *Die Monthiver-Mädchen* (1933/1934). Ist diese »Chronik« aus der Sicht einer erlebnishungrigen und wagemutigen Frau verfaßt, so kommt der Mann im »Fortunat« und seiner Fortsetzung zu Wort. Und noch ruhte die stets fleißige Feder nicht, doch sei bloß verwiesen auf die Selbstdarstellung unter dem Titel *Es wird Abend* (1960).

Georg Britting und andere Erzähler in Bayern

Ein echter Expressionist begegnet uns in Hermann Kesser (eigentlich Kaeser-Kesser, 1880–1952), der, in München geboren, in Zürich studierte und als Doktor der Philosophie Journalist in Berlin, Rom und Wiesbaden wurde, seit 1913 als freier Schriftsteller lebte, 1933 in die Schweiz, 1938 in die Vereinigten Staaten emigrierte, doch 1945 nach Basel zurückkehrte. 1925 veröffentlichte er außer anderen Essays *Vom Chaos zur Gestalt;* die Titel der Aufsätze *Revolution der Erlösung, Der Journalismus und die politische Seele, Strindberg, ein Beispiel, Beethoven, der Held* weisen bereits auf jene Welt hin, der er als Romancier (»Lukas Langkofler«, 1912; »Die Stunde des Martin Jochner«, 1917; »Die Peitsche«, 1919; »Musik in der Pension«, 1928) und als Dramatiker (»Summa Summarum«, Tragikomödie, 1920; »Brüder«, 1920; »Rettung«, 1923; »Talleyrand und Napoleon«, 1938) diente. Auch wenn seine Stücke und seine Bücher von vergangenen Zeiten reden, immer meinen sie die Gegenwart, stemmen sich gegen den Krieg und wollen das Chaos durch Leben, Atem, Kraft zum Kosmos gestalten; seine Menschen, unter Umständen neuen Göttern huldigend, sind Hinstürmende und Berauschte und wollen Hörer und Leser mitreißen.

Zwischen Expressionismus und Surrealismus steht die literarische Hinterlassenschaft des gleichfalls in München geborenen ALEXANDER MORITZ FREY (1881–1957). Sein Vater war Maler und später Galeriedirektor in Mannheim, der Sohn studierte Jurisprudenz und Philosophie in Heidelberg, Freiburg i. Br. und München, konnte sich weder für die eine noch die andere Fakultät entscheiden und begann mit gut 30 Jahren zu schreiben; er schrieb Erzählungen und Romane, teils phantastische, teils satirische Grotesken (»Dunkle Gänge«, 1913; »Solneman der Unsichtbare«, 1914; »Kastan und die Dirnen«, 1918; »Spuk des Alltags«, 1920; »Sprünge«, 1922; »Phantastische Orgie«, 1924; »Robinsonade der Zwölf«, 1925; »Die Pflasterkästen«, 1929; »Das abenteuerliche Dasein«, 1930; »Birl, die grüne Katze«, 1945; »Verteufeltes Theater«, 1957). Zwischen 1914 und 1918 lag die Zäsur des Ersten Weltkrieges, den Frey als Sanitäter im gleichen Regiment wie Adolf Hitler mitmachte, doch als dieser zur Macht kam, ging Frey nach Salzburg (1933), später nach Basel (1938); das ergab die zweite Pause in der Arbeit, die erst nach dem Zweiten Weltkrieg wieder aufgenommen und fortgesetzt wurde, bis ihr der Tod in Zürich das Ende setzte.

1882 wurde der dritte hierher gehörige Autor geboren. LEONHARD FRANK (1882–1961) aus Würzburg. Diese Stadt und ihre Landschaft im dichterischen Bild erfaßt zu haben, ist das unvergeßliche Verdienst des Romans *Die Räuberbande* (1914). Wahrscheinlich ist diese erste Leistung des Autors zugleich seine beste; es handelt sich dabei um den Entwicklungsroman einer Schar junger Menschen, voll von Karl-May-Romantik, deren kindlichen Ernst im Spiel der Verfasser ernst nimmt. Der vom Verständnis für die jugendliche Psyche bestimmte Roman wurde fortgesetzt mit dem *Ochsenfurter Männerquartett* (1927). Es handelt von den Überlebenden der »Räuberbande«, nunmehr gesetzten, doch immer noch tatenfrohen Männern, deren Tun und Treiben mit heiterer Ironie geschildert wird. Leonhard Frank war der Sohn eines Schreiners und selbst lange Zeit Arbeiter (Fahrradmechaniker,

Fabrikarbeiter, Chauffeur, Anstreicher, Krankenhausdiener), dann lernte er in München Malerei und Graphik und übersiedelte 1910 von der Isar an die Spree. 1915 flüchtete er vor dem Krieg aus Berlin in die Schweiz, 1918 kehrte er nach München zurück, 1920 in die Reichshauptstadt und lebte hier als freier Schriftsteller. 1933 begab er sich wieder auf die Flucht, zuerst nach Zürich, 1937 nach Paris, nach mehrfacher Internierung in Frankreich nach Lissabon (1940), von hier nach Hollywood und New York; erst 1950 fand er nach München heim. Die »Räuberbande« war ein bloß heimlicher Widerspruch gegen die konservative Ordnung, er wurde zum lauten Protest im Roman *Die Ursache* (1919).

Bis in die späten Werke der Emigration und in jene nach der Rückkehr wirkt sich das expressionistische Pathos Franks aus und verbindet sich mit einer sozialrevolutionären Tendenz. Wenn die in der Schweiz geschriebenen Erzählungen *Der Mensch ist gut* (1918) noch damit zufrieden sind, wenn der Mensch Mensch sein will, empfiehlt der Roman *Der Bürger* (1924) der bürgerlichen Jugend den Anschluß an das revolutionäre Proletariat. Auch in den Tendenzwerken gegen Krieg, Massenmord, Todesstrafe, für klassenlose Gesellschaft, Brüderlichkeit und Revolution (darunter »Karl und Anna«, 1927, als Drama 1929, und »Bruder und Schwester«, 1929) bewahrt sich Leonhard Frank stets einen gewissen Individualismus.

Nicht ganz ein Jahrzehnt jünger als Leonhard Frank ist Georg Britting (1891–1964), ein Sohn der Stadt Regensburg, 1914 Kriegsfreiwilliger, seit 1920 freier Schriftsteller in München, in der Jugend und auch später oft auf Reisen. Sein Werk liegt in der sechsbändigen Gesamtausgabe (1957–1961) gesammelt vor. Britting hatte als Student vor dem Ersten Weltkrieg die Uraufführung von Büchners »Woyzeck« in München gesehen, bald nach dem Ende des Krieges gab er mit einem älteren Freund, dem Maler Josef Achmann, *Die Sichel* heraus, eine Zeitschrift für Dichtung und Graphik, die allerdings nur zwei Jahrgänge erlebte, da die Inflation die Einstellung des Unternehmens erzwang. In dieser Zeitschrift veröffentlichte Britting seine ersten Gedichte und Erzählungen. 1921 erschien sein Name erstmals auf dem Titelblatt eines Buches, *Der verlachte Hiob,* dessen Hauptfiguren außer Hiob Kain, der verlorene Sohn und Don Quijote sind. Bei dessen Tod waren »seine Gedanken schon nicht mehr bei ihm. Sie hatten sich von seinem Befehl gelöst wie meuternde Truppen. Sie führten einen Feldzug auf eigene Faust. Sie wogten hin und her, kämpften geschlossen und aufgelöst, drangen vor und zurück, stritten im Nahkampf und schossen mit Pfeilen ...« Das Zitat gibt nicht nur eine Stilprobe, sondern vermittelt auch die Arbeitsweise des

Dichters, in dessen Phantasie jedes Bild ein neues hervorruft, dessen Kompositionsweise dem naturalistischen und psychologischen Ablauf widersprechen kann, der sich dessen bewußt ist, daß das von ihm Erzählte oft unwahrscheinlich klingt; somit steht Britting an der Grenze zwischen Expressionismus und Surrealismus.

Die »Hiob«-Erzählungen sowie die späteren Geschichten (»Michael und das Fräulein«, 1927; »Die kleine Welt am Strom«, 1933; »Das treue Eheweib«, 1934; »Der bekränzte Weiher«, 1937; »Das gerettete Bild«, 1938; »Der Schneckenweg«, 1941; »Der Eisläufer«, 1948; »Afrikanische Elegie«, 1953) sind fast alle kurz. Sie sind geprägt durch das Land an der Donau, in dem der Dichter seine Jugend verbrachte, durch seine Wanderungen durch die Urlandschaften Albaniens und Bosniens und durch das Erlebnis des Krieges. Die Novellen, in denen häufig die vom Schicksal Verfolgten an der Wirklichkeit zugrunde gehen, finden mit der Zeit von der Groteske zu echtem Humor und enden oft in einem symbolischen Schluß. Ihre mundartlich beeinflußte Barocksprache ist der natürlichen Sprechweise abgelauscht und dennoch künstlerisch gestaltet.

Nur einen Roman hat Britting geschrieben, den *Lebenslauf eines dicken Mannes, der Hamlet hieß* (1932). Dieser Hamlet hat wenig oder nichts zu tun mit Shakespeares Hamlet, denn er ist ein bewährter Feldherr, allerdings wider Willen in die Händel und Kriege des dänischen Königshauses verstrickt, ein mächtiger Trinker und Esser, darin eher einem Falstaff gleich, wäre er nicht zugleich ein Skeptiker, dem Leben und Lieben, Intrigieren und Töten, selbst die Macht keine unreflektierte Lust bieten. So zieht er sich zuletzt mit seinem gleichnamigen Sohn ins Kloster zurück; der Sohn aber ist das Kind Ophelias, die seit Rimbaud und Heym wieder Thema der Literatur geworden ist, deren Tod im Wasser das ursprünglich als selbständiges Werk geplante Eingangskapitel »Das Landhaus« beherrscht. »Szenen von dämonischer Größe und grotesker Heiterkeit« (E. Wiechert) füllen ein Buch, dessen dichterische Bilder wirklicher sind als die Realität und erst den wahren, poetischen Zusammenhang des sinnlos flutenden Seins herstellen.

Schon vor und während des Krieges entstanden Brittings früheste Gedichte, die mit den späteren zusammen unter den Titeln *Gedichte* (1931), *Der irdische Tag* (1935), *Rabe, Roß und Hahn* (1939), *Lob des Weines* (1944). *Die Begegnung* (1947), *Unter hohen Bäumen* (1951) veröffentlicht wurden. Die ersten Gedichte sind ein einziger Preisgesang der Natur (doch finden sich auch biblische Balladen darunter) und bestehen aus den verschiedensten metrischen Gebilden, als hätte der Autor alle Möglichkeiten spielerisch erproben wollen. Später fügte er schlicht Spruch an Spruch und meisterte zuletzt die antiken Odenformen und das Sonett. Nur eine Episode in seinem Schaffen blieb seine Tätigkeit als Dramatiker. Die Komödie *Das Storchennest* (1921) wurde von Karl Otten in seinen Sammelband des expressionistischen Theaters aufgenommen; außerdem schrieb er die in München beziehungsweise Dresden aufgeführten »surrealen« Stücke *Die Stubenfliege* (1923) und *Bianca und Maria* (1928).

Österreichische Erzähler

Der Wiener Albert Conrad Kiehtreiber (1887–1975) oder, wie er sich nennt, Albert Paris von Gütersloh wollte zuerst Schauspieler werden, doch wandte er sich bald der bildenden Kunst sowie der Dichtung zu. 1911–1913 lebte er als Korrespondent in Paris; dann kehrte er an die Donau zurück, war in Wien Bühnenbildner und Regisseur, hielt sich 1919–1921 in München auf, doch auch von der Isar fand er wieder heim und lehrte 1930 bis 1938 an der Kunstgewerbeschule. Seit 1945 war er Professor an der Akademie der bildenden Künste (in der Zeit des Nationalsozialismus war er Hilfsarbeiter und Büroangestellter). In seinem Leben spielte also das Malen, das er auch während seiner literarischen Betätigung nie aufgab, eine große Rolle. Seine Tätigkeit als Schriftsteller begann er 1911 mit der *Tanzenden Törin*, einem der ersten expressionistischen Romane; in knapp verdichtender oder auch rauschhaft abstrakter Sprache schildert das Buch das junge, reiche, versnobte, erotisierte Wien der Jahrhundertwende.

Ein Jahrzehnt später verband Gütersloh in dem von dichterischen Bildern durchsetzten Essay *Die Vision vom Alten und vom Neuen* (1921) seine im ersten Buch begonnene Zeitkritik mit der mystischen Verheißung, daß das Innere jegliches Außen forme. Im folgenden Jahr (1922) wurden zwei Romane veröffentlicht, der schon 1914 geschriebene *Innozenz oder Sinn und Fluch der Unschuld* und *Der Lügner unter Bürgern*, ferner *Die Rede über Blei*, mit dem Gütersloh 1918/1919 *Die Rettung, Blätter zur Erkenntnis der Zeit* herausgegeben hatte. Das Thema des »Innozenz« ist die »männliche Angst um das von der gesichtslosen Unzahl gefährdete Gesicht«, d. h. die Angst vor dem Chaos, »das innig hofft, ich vergäße ›Eins‹ zu sagen! Ich aber sagte – Eins! Da flog das volle Ich vor mein Aug und entzückte mich.« Diese Worte stehen in dem 1912 entstandenen Gedicht »Erster Sieg über die Stofflichkeit«, aufgenommen in den Versband *Musik zu einem Lebenslauf* (1957).

Autobiographisch sind auch die *Bekenntnisse eines modernen Malers* (1926). Der Titel des Buches stammt vom Verleger, der Autor nannte das Buch »Meine Große und Kleine Geschichte, Lebensbeschreibung quasi un'allegoria«, und wandte sich in ihr in aller Schärfe gegen das Literatentum, die Unwahrhaftigkeit des Berufskünstlertums und die Entwertung der Kunst als Folge ihrer Verbürgerlichung. Vor diesem Bekenntnisbuch erschien die Legende *Kain und Abel* (1924), die der Versuchung Abels, des Hörenden und Mittlers, die Unerlöstheit der irdisch Blinden, Adam und Kain, gegenüberstellt. Gütersloh war noch nicht ganz vierzigjährig, als er die Feder zur Seite legte und nur noch der bildenden Kunst lebte. Doch als er ungefähr 60 Jahre zählte, begann er wieder zu publizieren (vermutlich manches, das er schon früher geschrieben hatte); er veröffentliche die Erzählung *Die Bekehrung* (1945) und den Roman *Eine sagenhafte Figur* (1946), beide zum Andenken an Franz Blei, die Novellenbände *Die Fabeln vom Eros* (1947) und *Laßt uns den Menschen machen* (1962) sowie den Roman *Sonne und Mond* (1962), endlich Aufsätze und Reden *Zur Situation der modernen Kunst* (1963). Der letzte Roman umfaßt 800 Seiten, das Produkt einer sich über zweieinhalb Jahrzehnte hinziehenden Arbeit, in denen von einer Handlung kaum die Rede ist. »Das dürftige Geschehen«, sagt Adalbert Schmidt, »dient nur zum Anlaß, eine unübersehbare Fülle von Einfällen, Reminiszenzen, Assoziationen, in barocken Formen und Farben um dieses Fabelgerüst wuchern zu lassen. Zwischen Ernst und Ironie, Realität und grotesken Verzerrungen verliert sich der Leser in einem Labyrinth von phantastischem Beiwerk, in Abschweifungen und Ausschweifungen, in paradoxen Sentenzen, spielerischen Exkursionen, überraschenden Analogien aller Art in materieller, geistiger und sprachlicher Beziehung.«

Um ein gutes Jahr jünger als Gütersloh war der in Linz geborene, in Wien als Staatsbeamter verstorbene Egmont Colerus von Geldern (1888–1939). Man kann von ihm nur sagen, daß er vom Expressionismus ausging, nicht, daß er Expressionist geblieben sei. Sein erster Roman *Antarktis* (1920) ist gewiß noch von der Energie der Ausdruckskunst erfüllt, zugleich von rauschhafter Sinnlichkeit, die sich in *Sodom* (1920) noch steigert. Das erotische Motiv steht auch im Zentrum des Gegenwartsromans *Weiße Magier* (1922), der Erzählung von einem Bund junger Menschen, die bis zur Ehe keusch leben wollen, und zwar nicht aus ethischen oder religiösen Überzeugungen heraus, sondern aus bloßer Opposition gegen die alte Geschlechtsmoral. Bekannt wurde Colerus mit seinen gemeinverständlichen Büchern über Mathematik (»Pythagoras«, 1924; »Vom Einmaleins zum Integral«,

1934; »Vom Punkt zur 4. Dimension«, 1935; »Von Pythagoras bis Hilbert«, 1937; »Leibniz«, 1934). Andere Werke des österreichischen Edelmannes führen in vergangene Zeiten, z. B. der Roman *Zwei Welten* (1926), der von den Reisen Marco Polos handelt. Sein letztes Buch ist die Erzählung *Archimedes in Alexandria* (1939).

Noch vor Colerus begann der in Wien zur Welt gekommene Oskar Maurus Fontana (1889–1969) seine literarische Tätigkeit. Die Bühnenstücke (»Das Märchen der Stille«, 1910; »Die Milchbrüder«, 1912; »Der Studentengeneral«, 1913; »Marc«, 1917) zeigen, wie neuromantische Stimmung in expressionistische Schau übergeht. Zur Ausdruckskunst bekannte er sich durch die *Aussaat* (1916), eine Anthologie österreichischer expressionistischer Lyrik, und durch eigene Gedichte, die in Emil Alphons Rheinhardts Sammlung *Die Botschaft* (1920) erschienen. Aber Fontana entfernte sich immer mehr von seinem Ausgangspunkt und wurde als Erzähler Realist. Seine besten Romane sind wohl *Die Gefangene der Erde* (1938), ein Roman, der eine in Krieg und Nachkriegszeit sich bewährende Muttergestalt zum Mittelpunkt hat, der Gotthard-Roman *Der Weg durch den Berg* (1936), der sich ebenso wie *Der Atem des Feuers* (1954) mit der Welt der Technik auseinandersetzt, und *Der Engel der Barmherzigkeit* (1950), unter welchem Namen die englische Vorkämpferin werktätiger Nächstenliebe, Florence Nightingale, verstanden wird. Der ehemalige Bühnenbildner widmete sich seit 1945 gerne der Theaterkritik und schrieb Essays über *Wiener Schauspieler* (1948), *Else Wohlgemuth* (1950) und *Paula Wessely* (1960).

Expressionistische Prosa im nördlichen Deutschland

Aus den nördlichen Bezirken des deutschen Sprachraumes stammen Adolf von Hatzfeld und Hermann Kasack. Adolf von Hatzfeld (1892–1957) wurde im westfälischen Olpe geboren, machte in Hamburg eine kaufmännische Lehre, wollte sich dann der Offizierslaufbahn widmen, doch 1913 schoß er sich in Potsdam eine Kugel in den Kopf, so daß er erblindete. Der Schwund des Augenlichtes beraubte ihn nicht der Möglichkeit, literaturwissenschaftlichen und philosophischen Studien in Münster i. W., Freiburg i. Br., Marburg und München zu obliegen, ja sogar weite Reisen zu unternehmen. Seit 1925 lebte er als freier Schriftsteller in Bad Godesberg am Rhein. Was er zuerst und später wieder veröffentlichte, waren Gedichte (»Gedichte«, 1916; »An Gott«, 1919; »Jugendgedichte«, 1923; »Ländlicher Sommer«, 1936; »Melodie des Herzens«, 1951). Auf Grund der Titel läßt sich unschwer feststellen, woher die Motive kommen. Hatzfelds Poesie war ohne Zweifel Natur- und religiöse Lyrik, vielleicht flossen beide zusammen; denn des Dichters Gott ist eher der des Pantheismus als der christliche; zuweilen wird man an Rilke, zuweilen an expressionistische Vorstellungen erinnert (aber nie in der Formgebung). Zur Poesie im engeren Sinne gehört auch die Dramatik; Hatzfeld huldigte ihr mit dem Bühnenstück *Das zerbrochene Herz* (1926), das jedoch weithin auf des Engländers John Ford gleichnamigem Drama aus dem Ende der Hochrenaissance beruht.

Die Stärke des westfälischen Talents bewährte sich vor allem im Roman, im weithin autobiographischen *Franziskus* (1918), dessen Hauptgestalt nach allerhand Irrwegen durch einen selbstmörderischen Schuß erblindet, dadurch aber zum Dichter wird, der ohne äußere Wahrnehmung die Dinge vor sein seelisches Auge zu bannen weiß. Der Roman *Die Lemminge* (1923) handelt von der unheimlichen Macht des Helden, Iwan Wagners, über die Frauen und erzählt, wie er im Gefängnis durch die Kugel eines Wärters getötet wird. In dem fast lyrischen Rheinroman *Das glückhafte Schiff* (1931) entwickelt der rotrussische Außenminister Tschitscherin Thesen über den später offiziell gewordenen »Sozialistischen Realismus«. Hatzfelds persönliche Bekanntschaft mit dem russischen Minister, der ihn zu einem Besuch nach Moskau einlud, gab den Anstoß zum *Flug nach Moskau* (1942). Das Ergebnis eines Aufenthaltes in Italien, wo ihm die Mischung von Volksfrömmigkeit und heidnischer Überlieferung auffiel, war der Reisebericht *Positano* (1925). Ebenso bewunderte er später anläßlich einer Begegnung mit dem flämischen Schriftsteller Felix Timmermans dessen Verbindung der dichterischen mit der religiösen Wahrheit.

Wenn also das Christliche im Denken Hatzfelds eine Rolle spielte, läßt sich Gleiches nicht von Hermann Kasack (1896–1966) sagen, in dessen Werk bewußt Unchristliches, gelegentlich auch Antichristliches einging. Der in Potsdam geborene Arztsohn studierte nach der Reifeprüfung am humanistischen Gymnasium und nur kurzem Militärdienst (1914), den er aus gesundheitlichen Gründen aufgeben mußte, Germanistik und Nationalökonomie an den Universitäten Berlin und München, widmete sich dann als Lektor oder Leiter der Verlagsarbeit, lebte schließlich als freier Schriftsteller und betätigte sich bis zum Verbot der Vortragstätigkeit (1933) als Rundfunkautor. 1941 wurde er wieder Verlagslektor und unternahm nach Kriegsende Reisen nach Belgien und England, durch die Schweiz und Italien, Finnland und Rußland; seit 1949 lebte er wieder als freier Schriftsteller in Stuttgart. Am Beginn seines literarischen Schaffens stand Lyrik, die zuerst stark vom Expressionismus beeinflußt war, sich später aber von ihm entfernte (»Der Mensch«, 1918; »Die Insel«, 1920; »Echo«, 1933; »Das ewige Dasein«, 1943; »Aus dem chinesischen Bilderbuch«, 1955).

Im gleichen Jahr wie der erste Versband erschien auch das erste Drama Kasacks *Das schöne Fräulein* (1918), ihm folgten *Die tragische Sendung* (1920), *Die Schwester* (1920). Im letzten Stück *Vincent van Gogh* (1924) stellte Kasack dem Titelhelden Paul Gauguin gegenüber. »Hier prallt«, so sagt Wilhelm Duwe, »die abwägende Skepsis Gauguins mit van Goghs von Himmel und Hölle besessenem Temperament zusammen ... Die zwischen beiden lagernde Spannung kommt unverhüllt mit aller Stärke zum Ausbruch, als Gauguin die Kaufmannsgattin Lenan Meunier verführt, deren Bildnis van Gogh malt.« Nach Gauguins Rückkehr nach Paris bleibt van Gogh einsam in Arles zurück: »Nur *die* Welt«, meint er, »wird Wirklichkeit sein, die hier in dieser Brust verschlossen ist. Ich werde jetzt mit einem Selbstporträt beginnen.« Wir sehen, Kasack ist noch Expressionist, aber während andere Vertreter der Ausdruckskunst der Dichtung und der Malerei dienten, gestaltet hier ein Angehöriger der einen Gattung einen Vertreter der anderen.

Spät erst wandte sich Kasack dem Gebiet zu, auf dem er die größten Leistungen vollbringen sollte. Seine erste Erzählung erschien zwar schon 1919 (»Die Heimsuchung«), später schrieb er ein Jugendbuch (»Tull, der Meisterspringer«, 1935), aber erst 1947 wurde Kasack als Epiker mit dem Roman *Die Stadt hinter dem Strom* berühmt, den er schon 1942 begonnen hatte: Dieses Jahr bedeutet weniger den Krieg als vielmehr die Existenz des totalen Staates, für den die gespensterhafte Stadt als Sinnbild dienen soll; ihre schattenhaften Bewohner warten auf ihre Erlösung durch das Nichts (existentialistisches Gedankengut, buddhistische Vorstellungen, Schopenhauersche Philosophie sind die weltanschaulichen Grundlagen des Buches); der Einfluß Kafkas ist unverkennbar, der geistige Zusammenhang mit jener deutschsprachigen Nachkriegsliteratur, die man »Trümmerliteratur« nannte, nicht zu leugnen.

Weitere utopische Romane, teils grotesker Natur, verspotten die Bürokratie (»Der Webstuhl«, 1949), die Ohnmacht des Menschen gegenüber den Organisationen (»Das große Netz«, 1952), die Fragwürdigkeiten selbst im Bereiche der Kunst (»Fälschungen«, 1953). Merkwürdigerweise hängte Kasack an eine Neuausgabe des »Webstuhls« das *Birkenwäldchen* (1958) an, das, um nochmals mit W. Duwe zu reden, eine letzte Oase inmitten einer durch den Krieg aus den Fugen geratenen Welt darstellt.

Einer der eigenwilligsten expressionistischen Autoren ist Hans Henny

Jahnn (1894–1959). Er entstammte einer Hamburger Schiffbauerfamilie, besuchte in seiner Vaterstadt die Oberrealschule, war von den pubertären Nöten so sehr ergriffen, daß man an seiner geistigen Gesundheit Zweifel hegte, versuchte sich früh an einem Christusroman und an einem Christusdrama (als Folge einer schnell vorübergehenden Bekehrung) und schrieb zahlreiche andere, ungedruckt gebliebene Werke (Lustspiele, Tragödien, Erzählungen). Er konnte sich mit Hilfe eines ärztlichen Zeugnisses der Einberufung zum Militärdienst entziehen und verbrachte als Kriegsgegner die Zeit des Ersten Weltkriegs in Norwegen. Dort begann seine Beschäftigung mit dem Orgelbau; dieses Musikinstrument schätzte er wegen seines antik-heidnischen Ursprungs (die christlichen Kirchen des Ostens lehnen es bis heute bekanntlich ab); ihm wollte er die musikalisch-dämonische Fülle wieder zurückgeben (dennoch blieb ihm nichts anderes übrig, als hauptsächlich für christliche Gotteshäuser Orgeln zu bauen oder bei deren Errichtung als beratender Fachmann tätig zu sein). Als er von Norwegen zurückkam, wohnte er zunächst in Eckel südlich von Hamburg, dann in seiner Vaterstadt. 1920 gründete er eine neuheidnisch-musikalische »Glaubensgemeinde Ugrino«, 1921 den Ugrino-Musikverlag, der in Vergessenheit geratene Komponisten für Orgel neu edierte. Als 1933 Jahnns Bücher verboten wurden, emigrierte er zunächst in die Schweiz, seit 1934 lebte er auf seinem Gut Bondegaard auf Bornholm, das 1945 als »deutsches Eigentum« von den Dänen enteignet wurde; während dieses Jahrzehnts betätigte sich Jahnn als Landwirt, Pferdezüchter und Hormonforscher; von 1950 lebte er bis zu seinem Tode wieder in Hamburg.

Diese in Kürze aufgeführten Betätigungen auf verschiedensten Gebieten hätten allein ein Leben ausfüllen können, dennoch steht daneben ein umfangreiches literarisches Werk. Es setzte mit einer Reihe von Dramen ein, die wegen ihrer Länge kaum ungekürzt spielbar sind. Mit großer Kühnheit stellt Jahnn geradezu besessen und in vielen Wiederholungen die dämonischen Triebkräfte des Fleisches bis zum Abnormen und Exzessiven dar und versucht die geistige Sehnsucht nach Erlösung aus der Triebgebundenheit zum Ausdruck zu bringen. Es entsteht ein rein biologisch begründetes, anarchistisches, unchristliches Menschenbild, ob es sich um die Titelfigur in dem Drama *Pastor Ephraim Magnus* (1919), für das er mit dem Kleistpreis ausgezeichnet wurde, um den König in der *Krönung Richards III.* (1921), um die drei Hauptpersonen im Bühnenstück *Der Arzt, sein Weib, sein Sohn* (1922), um den *Gestohlenen Gott* (1924) oder um *Medea* (1926) handelt.

Den Höhepunkt erreichte Jahnns Werk mit den Romanen. Den ersten,

Perrudja (1929), stellte der Autor bewußt in Gegensatz zum traditionellen Roman: Es soll nicht mehr die Geschichte eines Helden erzählt werden, dessen Lebensumstände dem Leser bekannt sind, der eine Entwicklung durchmacht, ein bestimmtes Ziel erreicht und mit dem sich der Leser identifizieren kann, vielmehr möchte Jahnn bewirken, daß der Leser »die Anschauung von einer neuen Art Mensch gewinnt, die noch recht unbekannt« ist. Scheinbar unzusammenhängende Kapitel werden aneinandergereiht und erhalten ihren Zusammenhalt erst durch die Gestalt Perrudjas; in ihnen werden die Themen behandelt, die in Jahnns ganzem Werk immer wiederkehren: Sehnsucht nach Natürlichkeit und Unschuld, dargestellt durch das Verhältnis zum Pferd, Unwissenheit über die eigene Herkunft, vielerlei erotische Beziehungen, Einsamkeit, Suche des unbekannten Gottes, Angst vor dem Tod und Kampf gegen ihn und die Atomwaffen, die dem Autor damals einen gewissen Schutz zu versprechen schienen und doch eine unheimliche Bedrohung bildeten. Das Buch blieb unvollendet, da der zweite Band, der von »den späten Monaten dieses Perrudja berichten« sollte, nicht mehr geschrieben wurde.

Nach diesem Roman, den man für das charakteristischste Werk Jahnns ansehen darf, erschienen wieder Dramen (»Straßenecke«, 1931; der »Neue Lübecker Totentanz«, 1931; »Armut, Reichtum, Mensch und Tier«, 1933), sie stehen in der Nachfolge Ibsens und Wedekinds, nur daß Jahnn in stärkerem Maß als jene Chaotiker und Einzelgänger ist.

Sein zweites Romanwerk war die Trilogie *Fluß ohne Ufer* (»Das Holzschiff«, 1949; »Die Niederschrift des Gustav Anias Horn«, 1949/1950; »Epilog«, 1961). Die Geschichte des Musikers Horn, der wegen seiner sexuellen Verirrungen in absurder Freundschaft mit dem Mörder seiner Braut lebt, nimmt Motive des »Perrudja« wieder auf. Was folgt, sind Reden und Essays (»Klopstocks 150. Todestag«, 1953; »Über den Anlaß«, 1954; »Zur Tragödie Thomas Chattertons«, 1955; »Das schriftliche Bild der Orgel«, 1955; »Lessings Abschied«, 1956; »Thesen gegen Atomrüstung«, 1957 u. a.), sind neue Bühnenwerke (»Spur des dunklen Engels« 1952; »Thomas Chatterton«, 1955), ein verhältnismäßig kurzer Roman (»Die Nacht aus Blei«, 1956) und, erst aus dem Nachlaß ediert, das stofflich aktuelle Drama *Der staubige Regenbogen* (1959) gegen die Atombombe; sie bedeutet – nach Jahnn – nicht Sicherheit, wie er es vor dem Abwurf der ersten Atombombe noch für möglich gehalten hatte, sondern Untergang; in bewußt provokativer Haltung ringen um diese furchtbare Waffe in einer abgeschlossenen Stadt Forscher und Politiker: Das Ende ist Mord und Selbstmord.

Das Fazit? Der Maler Gustav Anias Horn aus dem »Fluß ohne Ufer« schreibt:

»Ich stehe auf dem schwachen Platz eines einzelnen, ein Abtrünniger, der zu deuten versucht ... in dessen Ohren die Worte gellen, die man spricht, lehrt, verkündet, nach denen man richtet, in denen man stirbt – und der ihnen nichts mehr glaubt ... Vergeblich flehe ich den Segen auf Wälder und Tiere herab. Vergeblich segne ich ein einziges Geschöpf: das Pferd. Vergeblich wähle ich die Partei der Schwachen und Besiegten – ich errette keinen ...«

Erzähler aus Sachsen: Max Krell und Bruno E. Werner

Um einiges älter als Hans Henny Jahnn war der Sachse MAX KRELL (1887 bis 1962), sein Leben begann in Hubertusburg; er studierte in Jena Germanistik, lebte in Weimar als Dramaturg, in München und Berlin als Student und Schriftsteller. Später verbrachte er sein Leben zuerst freiwillig, dann unter Zwang des »Dritten Reiches« auf Reisen in fremden Ländern und starb in Florenz. Seine theoretischen Betrachtungen über den Expressionismus, zu dem er sich unter dem Einfluß Kasimir Edschmids bekannte, legte Krell im Vorwort zur Sammlung *Die Entfaltung, Novellen an die Zeit* (1925) dar:

»Eine ganz neue Sprache entringt sich der Verwüstung, die Begriffe anders packend, zergliedernd, wieder ordnend; dringt schon ein in den Bereich auch der wissenschaftlichen Darstellung und zerfetzt mit eigenwilliger Neuschöpfung die urbildhaften Standardbegriffe.«

Diese Theorie versuchte er in seinen Romanen und Novellen zu verwirklichen (»Die Maringotte«, 1919; »Entführung« 1920; »Der Spieler Cormick«, 1922; »Der Henker«, 1924; »Orangen in Ronco«, 1930), die von Guido K. Brand folgendermaßen charakterisiert werden: »Max Krell schraubt seine Menschen, Erfindungen und Temperamente auf eine Höhe, die nur von Schriftstellers Gnaden gehalten wird. Fällt eine Karyatide aus, bröckelt das Gebäude langsam zusammen. Es sind vom Beiwerk befreite, ausgeschälte Menschen ohne bürgerliche Verzierungen, Menschen, die alles und nichts sein können, anständig und klassisch, Autofahrer oder amerikanische Luxusgirls.« Der expressionistische Autor publizierte in Edschmids »Tribüne der Kunst und Zeit« einen programmatischen Essay *Über neue Prosa* (1919); als er sich schon vom Expressionismus entfernt hatte und einen beruhigten, realistischen Stil schrieb (»Der Regenbogen«, 1950; »Schauspieler des lieben Gottes«, 1951; »Die Dame im Strohhut«, 1952), schaute er zurück auf sein Leben, vornehmlich auf das künstlerische Treiben der Zwischenkriegsjahre in München und Berlin, und bot eine sehr anschauliche Darstellung jener Periode in der Autobiographie *Das alles gab es einmal* (1961).

Wie Max Krell blickte auch BRUNO E. (ERICH) WERNER (1896–1964), ebenfalls ein Sachse, nach dem Zweiten Weltkrieg auf die zwanziger Jahre zurück. In Leipzig geboren, studierte er, aus dem Ersten Weltkrieg heimgekehrt, in München und Berlin Literatur- und Kunstgeschichte; zum Doktor promoviert, war er zunächst als Kunsthistoriker tätig, später als Feuilletonredakteur. Seit 1929 gab er die von ihm mitbegründete Monatsschrift *Die neue Linie* heraus, die nach der Machtergreifung Hitlers nicht mehr erscheinen durfte. Der Zensur des »Dritten Reiches« verfielen auch Werners zwei Bücher *Vom bleibenden Gesicht der deutschen Kunst* (1934) und *Deutsche Plastik der Gegenwart* (1940), ihr Autor wurde aus der Reichsschrifttumskammer ausgeschlossen und mußte sich im letzten Kriegsjahr vor der Gestapo verbergen. Nach der Befreiung von 1945 war er bei »Radio Hamburg« tätig, anschließend Feuilletonredakteur in München, 1954–1961 Kulturattaché der Deutschen Botschaft in Washington, nach der Rückkehr aus Amerika lebte er in München und starb in Davos. Werners literarische Leistung im engeren Sinn gipfelt im Roman *Die Galeere* (1949), der eine Fülle von Einzelschicksalen mosaikartig zu einem Gesamtbild der Nazizeit zusammenfügt und in seinen letzten 50 Seiten die Schilderung des zerstörten Dresden zur apokalyptischen Vision steigert. Ironische Lichter beleben den Roman *Die Götter* (1957), der verschiedenste Menschentypen der Kriegs- und Nachkriegszeit schonungslos entlarvt. Wir begreifen, daß dieser Mann gerne auf die *Zwanziger Jahre* (1962) zurückschaute und von ihnen ein interessantes Gemälde in Wort und Bild entwarf.

Schriftsteller aus Prag: Willy Haas und Johannes Urzidil

Aus Prag kam Willy Haas (1891–1973), ein Freund Werfels, Kafkas und Brods, dessen Haupttätigkeit die Kritik und die Anregung war; schon seit 1914 lebte er in Deutschland, wo er 1925 zusammen mit Ernst Rowohlt die Zeitschrift *Die literarische Welt* gründete und bis 1933 leitete; dieses Jahr sah seine Flucht nach Prag, 1939 floh er nach Indien; Willy Haas war Verfasser zahlreicher Drehbücher und Essays und kehrte 1947 nach Deutschland zurück, veröffentlichte hierauf eine Monographie über *Bert Brecht* (1958), Studien über *Die Entgötterung Richard Wagners* und *Richard Wagner und das neue Bayreuth* (1961). Die Autobiographie *Die literarische Welt* (1957) zeichnet viele Erinnerungen an Prag und an Gestalten der Literaturgeschichte auf, bleibt aber oft bei unverbundenen Momentaufnahmen stehen, die nicht immer zuverlässig sind. Gut gelungen ist jedoch die Darstellung des großen Theatermannes Reinhardt. Das von Haas entworfene Bild der Donaumonarchie ist ebensosehr eine Verzeichnung wie dasjenige, das in der von ihm herausgegebenen Autobiographie *Mein Leben* (1960) der Frau Alma Mahler-Werfel geboten wird.

Anders steht es mit JOHANNES URZIDIL (1896–1970), bei dem der Schmerz um das Vergangene im Moll-Ton seiner Sprache deutlich ist, wenn auch selten direkt davon gesprochen wird. Als Sohn eines Eisenbahnbeamten war Urzidil in Prag geboren, absolvierte dort Gymnasium und Universität, diente während des Ersten Weltkrieges in der österreichisch-ungarischen Armee, kehrte nach dessen Ende in die Moldau-Stadt zurück, die er 1939 verließ, und emigrierte zuerst nach England, dann nach Amerika. Wie sehr er sich als »Böhme« fühlte, zeigt die Tatsache, daß er während des Krieges für tschechische Zeitungen schrieb, die in London erschienen. Die starke Bindung an die Heimat tritt auch in seinen literarischen Werken zutage. Da er in enger Verbindung mit Werfel und Kafka stand, gehören seine ersten Gedichtbände durchaus zur expressionistischen Lyrik (»Sturz der Verdammten«, 1920; »Die Stimme«, 1930), später tritt das Mitleidspathos hinter die Naturlyrik zurück (»Die Memnonssäule« 1957). Bedeutender ist Urzidil als Erzähler. Er begann erst mit fünfzig Jahren Erzählungen zu schreiben, nachdem er, vom Vater her technisch begabt, in der Emigration neben schriftstellerischem Tun handwerklich gearbeitet und »im Dienst am Rohmaterial Demut und Geduld« gelernt hatte. Großen Einfluß auf ihn hatten Goethe und Stifter, mit denen er sich intensiv beschäftigte (»Goethe in Böhmen«, 1932, erweitert 1962; »Der Trauermantel«, 1945 – eine Novelle über Stifters Jugend – und »Das Glück der Gegenwart, Goethes Amerikabild«, 1958). Sein Amerika-Erlebnis schildert der Roman *Das große Halleluja* (1959). Ferner veröffentlichte er Erzählungen in kräftiger und zugleich sensibler Prosa unter den Titeln *Magische Texte* (1961) und *Das Elefantenblatt* (1962). Der Autor sagt einmal: »Groß ist, was im Geist des Herzens errichtet bleibt«, und diese Größe dürfen wir jenen seiner Bücher zuerkennen, die »das Prag von einst und ehedem in die Allgegenwart der Dichtung zurückrufen« (Adalbert Schmidt), nämlich *Die verlorene Geliebte* (1956), *Prager Triptychon* (1960) und *Da geht Kafka (1965).*

Otto Wirz, ein Expressionist aus der Schweiz

Urzidils Demut und Geduld fehlten dem einzigen Schweizer Expressionisten von Bedeutung, dem in Olten geborenen, in Gunten am Thunersee verstorbenen OTTO WIRZ (1877–1946). Er war Sohn eines Ingenieurs, erlernte selbst den Beruf seines Vaters und diente der oft gescholtenen Heimat als Artillerieoffizier und als Experte am Eidgenössischen Patentamt in Zürich. Seit 1926 war er freier Schriftsteller, zuweilen auch Maler, in seiner Darmstädter Studienzeit sogar Tondichter, indem er »des Nachts Schubertlieder auf Hessesche Texte« komponierte. Hesses »Peter Camenzind« war der Anstoß zur eigenen literarischen Tätigkeit; persönlichen Kontakt mit Hesse fand Wirz allerdings nicht. Daran hinderte ihn sein »dämonischer Charakter«, seine Zerrissenheit, die ihn andrerseits zum Expressionisten machte und ihn befähigte, in den *Gewalten eines Toren* (1923) das Bild eines zerrissenen Menschen des 20. Jahrhunderts zu zeichnen. In diesem zweibändigen Roman wie in seinen späteren Büchern (»Novelle um Gott«, 1925; »Die geduckte Kraft«, 1928; »Das magische Ich«, 1929; »Prophet Müller-Zwo«, 1933; »Lüthy & Co.«, 1935; »Späte Erfüllung«, 1936; »Rebellion der Liebe«, 1937; »Maß für Maß«, 1944; »Rebellen und Geister«, 1965 postum veröffentlicht) erweist sich Wirz als leidenschaftlich grüblerischer Erzähler von erschütternder Sachlichkeit, steht also einerseits in der Tradition schweizerischer Prosa, will sie jedoch andrerseits expressionistisch sprengen und erreicht im Monologischen seine Höhepunkte (Dialoge kommen bei ihm kaum je zustande). Expressionistisch sind seine »wahnschaffenen« Phantasmagorien, neben denen andrerseits Texte von klinischer Genauigkeit stehen, seine schizophrenen Gestalten, seine Auffassung der ruhenden Landschaft, die bei ihm zum ungeheuren Vorwurf an den Menschen wird. Aber gerade an Wirz erweist sich die Grenze expressionistischen Prosaschaffens.

DAS DRAMA ZUR ZEIT DES EXPRESSIONISMUS

Wer die dramatischen Bemühungen von Sorge, Johst, Toller, Kokoschka, Yvan Goll und Barlach im Auge hat, begreift, daß kritische Betrachter der expressionistischen Bühnenkunst die Frage aufwarfen, ob diese nicht der Anarchie verfallen sei. Eine Antwort ist hier noch nicht zu geben, eher scheint es am Platz, Autoren vorzustellen, die entweder ausschließlich oder vornehmlich für das Theater arbeiteten.

Da sind zunächst zwei Söhne des gleichen Jahres, Sternheim und Kaiser. Carl Sternheim (1878–1942) wurde als Sohn eines Bankiers jüdischer Herkunft, der auch eine Tageszeitung besaß und als Theaterkritiker tätig war, in Leipzig geboren; seines Geburtstages wegen nannte man ihn später den »sächsischen Aprilscherz der deutschen Literatur«. Sternheim war ein reicher Mann und führte das Leben eines Grandseigneurs, wo immer er wohnte; doch die Wohnorte wechselte er oft: Hannover, Berlin, München, Göttingen, Leipzig, abermals Berlin und München, dann Belgien, Harzburg, Königstein im Taunus, Brüssel, Scheweningen, Uttwil im Schweizer Kanton Thurgau, Dresden, wieder Berlin, und zum Schluß lebte er auf seinem Schloß bei Brüssel, wo er nervenkrank, einsam und vergessen starb. Verheiratet war er dreimal, zuletzt (seit 1930) mit Pamela Wedekind. Sein Leben war das eines Bourgeois, und gerade diesen nahm er in den späteren Werken hauptsächlich aufs Korn.

Der Anfang seiner schriftstellerischen Laufbahn stand mit erfolglosen Dramen verschiedener Art allerdings eher im Zeichen der Neuromantik und sollte eine Gegenbewegung gegen den Naturalismus sein, dessen Hauptvertreter, Gerhart Hauptmann und Arno Holz, er »Orkane entfesselten Banausentums« nannte. Die damals bereits ihren Zenit überschreitenden Naturalisten, aber auch die Expressionisten (ausgenommen Stadler, Benn und Blei), lehnte er samt und sonders ab, nicht weniger Goethe und den Großteil der Romantiker; das geschah in seinen theoretischen Schriften *Berlin oder Juste Milieu* (1920) und *Tasso oder Kunst des Juste Milieu* (1921), aus denen nur er selbst als absoluter Dramatiker und Erzähler hervorging. Diese groteske Behauptung entspricht der grotesken Schreibart des Autors. Ganz im Sinne Sternheims stellen wir fest, daß er wohl ein Zeitgenosse des Expressionismus war (und natürlich auch von ihm beeinflußt, sobald er sich von seinen Anfängen gelöst hatte), aber nicht eigentlicher Expressionist; dazu fehlt in seiner Aussage jegliches positive Element. Bruno E. Werner spricht daher in seinem Buch über die zwanziger Jahre vom »bösen bürgerlichen Grabgesang« und von den »bissigen Satiren« Sternheims.

Dieser hat in seinem letzten Buch, in der Autobiographie *Vorkriegseuropa im Gleichnis meines Lebens* (1936), behauptet, ganz von sich aus den damaligen Schwindel durchschaut zu haben, und in seinem Roman *Europa* (1919/1920) sich einen Plebejer genannt. In dieser Haltung dichtete er seine »Komödien aus dem bürgerlichen Heldenleben«, in deren Mittelpunkt verschiedene Generationen einer Familie mit dem bezeichnenden Namen Maske stehen. Die erste war *Die Hose* (1911), damals von der Zensur verboten, geschrieben gegen den Typus des »strebsamen« Subalternbeamten, *Der Snob* (1914) karikierte das Sozialgebaren der Parvenus und *1913* (1925) das dünkelhafte Benehmen neureicher Erben. Aber auch die sogenannten Proletarier entgingen nicht dem Spott Sternheims: Im *Bürger Schippel* (1913) wird der in bürgerliche Kreise aufgenommene Arbeiter, in *Tabula rasa* (1916) der sozialdemokratische Parteifunktionär verhöhnt. *Die Kassette* (1912), deren Inhalt schon längst der Kirche vermacht ist, enthüllt die Habgier unproduktiver Erben. Was in diesen und in anderen Stücken auf die Bühne gestellt wird, sind bloße Schemen ohne jegliche menschliche Regung, die eine Sprache möglichst ohne Artikel und überflüssige Beiwörter sprechen und oft zur Pantomime übergehen. Diese stilistische Eigenart, von der Guido K. Brand sagt, sie sei manchmal ins Deutsche unübersetzbar, eignet auch den Novellen und Romanen des Autors, z. B. der *Chronik von des 20. Jahrhunderts Beginn* (1918), dem schon genannten Roman »Europa« und der besten Erzählung *Napoleon* (1915), deren Held nicht der Kaiser der Franzosen ist, sondern ein Pariser Koch, der die Gaumen befriedigt und die Hohlheit der Menschen durchschaut.

Nach dem Ersten Weltkrieg dichtete er historische Dramen, die dazu dienen sollten, dem alten Spießerhaß neuen Stoff zuzuführen oder sich zur selbstherrlichen Verwirklichung des Künstler-Individuums zu bekennen. Dazu eigneten sich die Gestalt *Oscar Wildes* (1924), dafür war schon lange geplant, aber nie zu Papier gebracht ein Drama über Heinrich Heine. Persiflage der Steinerschen Anthroposophie ist zweifellos die Gottfried Benn gewidmete »böse« Komödie *Die Schule von Uznach oder Neue Sachlichkeit* (1926), Relativierung einstiger Invektiven gegen Bildung und Literatur das letzte Lustspiel *Aut Caesar – aut nihil* (1931), in dem Sternheim bekennt, er wollte einst und wolle jetzt nicht die Klassik treffen, sondern nur das Zerrbild, das der bequeme Bürger von ihr gemacht habe. Das Zerrbild, das Sternheim selbst von seiner Zeit gemacht hatte, versuchte er mit seiner Definition der Kunst zu rechtfertigen: »die nicht für Sittliches oder Vernünftiges voreingenommene, über tatsächlichen Ereignissen stehende Sichtbarmachung der zwischen beiden Kräften des wirklichen Seins, Vernunft und Sitte, ewig stattfindenden Zusammenstöße mittels eigener künstlerischer Maßgesetze«.

Georg Kaiser

Carl Sternheims Jahrgangsgenosse war Georg Kaiser (1878–1945). Als Kaufmannssohn geboren, machte er nach Gymnasialstudien eine Kaufmannslehre durch und übte diesen Beruf drei Jahre in Buenos Aires aus; auf einem Ritt durch die argentinischen Pampas holte er sich die Malaria, die ihn zur Heimkehr über Spanien und Italien zwang. Zu freies Schalten mit fremdem Eigentum brachte ihn vor Gericht – wo er sich mit der Sendung des Dichters vergeblich zu verteidigen suchte – und ins Gefängnis. Er hatte schon bald nach der Rückkehr aus fernen Landen zu dichten begonnen, doch blieben seine Werke lange Zeit in der Schreibtischschublade liegen, wurden weder gedruckt noch aufgeführt. Er schrieb ungefähr 70 Dramen, dazu kommen Romane und zuletzt lyrische Gedichte. Zwischen 1913 und 1922 erzielte er nicht weniger als 21 Uraufführungen, die bisherige Höchstzahl im Raum deutschsprachigen Theaters. 1933 wurde für seine Stücke das Aufführungsverbot ausgesprochen, nur die Bühnen in Wien (bis 1938) und in Zürich konnten ihn noch spielen. 1938 emigrierte er über Holland in die Schweiz, wohnte in Engelberg, Zürich, St. Moritz und am Monte Verità bei Ascona, wo er vergessen und fast mittellos starb.

Wie Carl Sternheim war auch Georg Kaiser ursprünglich kein Expressionist, sondern wurde allmählich ein Kind des expressionistischen Zeitalters. Von den echten Expressionisten unterscheidet ihn mancherlei, der Verzicht auf den »Schrei«, die Ich-Betontheit, der »Anarchismus« im Bau der Bühnenstücke, mit ihnen hat er jedoch gemeinsam die Suche nach dem »neuen Menschen«. Seine sprachliche Eigenart, die manchmal stark an Sternheim erinnert, ist geprägt durch die Zeit, in der er lebte, die versuchte, wie mit den Maschinen mit dem Instrument der Gedankenvermittlung zu hantieren.

Der junge Georg Kaiser muß viel gelesen haben, einerseits George und Hofmannsthal, andrerseits Wildenbruch, Sudermann, G. Hauptmann und Wedekind, drittens aber Nietzsche und Wagner. Aus solcher Lektüre, nicht aus irgendeinem Erlebnis, entstanden die ersten Werke, die zum Teil nur Freunden bekannt, zum Teil erst später veröffentlicht wurden. Wolfgang Paulsen charakterisiert Kaisers Entwicklung mit folgenden Worten: »Es ist (und bleibt weitgehend) kennzeichnend für Kaiser, daß er sich und seinen ›Stil‹ in einem letztlich wahrhaft schöpferischen Läuterungsprozeß fand, der offenbar in zwei Etappen vor sich ging; erst wurde ihm das Vorbild fragwürdig, und er bezog eine kritische Position zu ihm, dann überwand er es und ließ sich von der so im Abstoß gewonnenen Energie in die eigenen Bereiche emportreiben: Der Expressionismus sollte da eines Tages dann von ›Erhebung‹, ›Aufbruch‹ oder ›Verwandlung‹ sprechen. Dieses eigentümliche Umschlagen eines negativen Einsatzes in die positive (oder positiv gemeinte) ›Tat‹, die freilich Illusion bleiben mußte, charakterisiert logischerweise nicht nur Kaisers Verhältnis zur literarischen Tradition, sondern auch zu seiner Zeit und Umwelt: Seine soziale Kritik war (wie die Sternheims) letzten Endes bloße Reibungselektrizität.«

Bei der großen Zahl der Werke, die Kaiser schuf, kann hier nur auf jene eingegangen werden, die von Bedeutung sind, sei es für den Autor, sei es für die Zeit. Zuerst sei *Die jüdische Witwe* (zwei Fassungen: 1904, 1908, veröffentlich 1911) genannt, worin die Gestalt Judiths völlig aus dem Pathos religiöser Leidenschaft und dem Rahmen heroischer Schicksale gelöst wurde und der Glaube an die biblische Heldengeschichte erschüttert werden sollte. Das Werk entstand zweifellos unter Wedekinds Einfluß, wird aber heute als »Persiflage der Hebbelschen ›Judith‹« gedeutet. Jedenfalls gehört »die jüdische Witwe« zu jenen Komödien Kaisers, in denen der Dichter das Verharren der Menschheit in ihrer alltäglichen Bequemlichkeit belächelt und triebhaftes Verhalten bejaht. In einer Reihe von Tragödien bekommen diese Dinge allerdings ein anderes Gesicht, als Beispiel diene *Gilles und Jeanne* (1923):

Jeanne d'Arc und Gilles de Rai, Frankreichs Marschall, begegnen einander dreimal: Bei der ersten Begegnung umwirbt dieser die Siegerin, bei der zweiten fordert er die Preisgabe ihres Leibes (andernfalls würden ihre Truppen niedergemetzelt), bei der dritten stellt er ihr in Aussicht, sie vor Gericht zu rechtfertigen oder zum Scheiterhaufen verurteilen zu lassen; bei allen drei Gelegenheiten widersteht Jeanne, wird also verurteilt und zwingt dennoch Gilles, seine Verbrechen freiwillig mit dem Tod zu sühnen.

In der Schaffensperiode, aus der dieses Bühnenspiel stammt (es überragt die irgendwie verwandten Stücke dichterisch weit), entstand auch die *Flucht nach Venedig* (1923), ein Stück, das die Flucht Alfred de Mussets vor George Sand behandelt, also ein Literaturstück, darüber hinaus charakteristisch für Kaisers Auffassung, daß von Schuld so lange keine Rede sein könne, wie die Ereignisse einen zwangsläufigen Verlauf nähmen, demgegenüber es nur ein zuversichtliches Erleben gebe (diese Auffassung liegt auch dem Roman »Es ist genug«, 1932, zugrunde). Im Mittelpunkt des Stückes *Die Papiermühle* (1927) steht ein Dichter namens Ollier, mit dem Georg Kaiser zugleich sich selbst charakterisiert:

»Aber man glaubte Ollier die Echtheit seines Feuers nicht ... Er gilt als kalt und konstruktiv. Das Hirn macht bei ihm alles. Gefühl ist dürr ... Ich wurde anderer Meinung. Es kann kein Mensch ohne erschütterndes Erlebnis solche flammende Sätze schreiben ... Der kalte Ollier ist ein glühender Ollier. Das starke Hirn ist ein starkes Herz. Die schweigende Seele ist eine schreiende Seele.«

Das ist offenbar eine Antwort auf Bernhard Diebolds Monographie *Der Denkspieler Georg Kaiser* (1924), der vielleicht trotzdem nicht ganz unrecht hat.

Als Beweis für diese Behauptung läßt sich der erste größere Erfolg Kaisers anführen, *Die Bürger von Calais* (1914), das große historische Drama des Expressionismus (sein naturalistisches Gegenstück war Gerhart Hauptmanns »Florian Geyer« – 18 Jahre vorher). Nach der berühmten Froissartschen Chronik lieferten sich sechs Bürger von Calais freiwillig dem König von England aus, um ihre Stadt zu retten (Rodin hat ihren Opfergang in seinem Meisterwerk dargestellt). Anders als Froissart deutet Georg Kaiser die Geschichte:

Der englische König fordert von dem belagerten Calais gegen das Versprechen, den Hafen unversehrt zu lassen, die Auslieferung von sechs Bürgern. Eustache de Saint-Pierre erklärt sich im Interesse des Gemeinwohls zum Opfer bereit, und sechs Bürger folgen seinem Beispiel. Als der Morgen des Opfertodes herannaht und sich herausstellen soll, wer von den sieben als überzählig zurückbleibt, fehlt Eustache. Er hat sich in der Nacht zuvor getötet, damit keiner aus der Gemeinschaft ausscheide und die Idee des Opfers rein erhalten bleibe. Eustaches Vater bekennt: »Ich habe den neuen Menschen gesehen – in dieser Nacht ist er geboren!« In der gleichen Nacht hat der Belagerer die Nachricht erhalten, daß ihm ein Sohn geboren sei, so verzichtet er auf die Geiseln und begibt sich zum Dank in die Kirche von Calais, in der Eustache aufgebahrt ist.

Diese ergreifende Dichtung opferbereiter Gesinnung ist feierlich inszeniert, erfordert neben dem Wort das stumme Spiel und gibt wenigen Figuren ein persönliches Relief. Daß es bei seiner Uraufführung im Jahr 1917 dem deutschen Volk pazifistische Mahnung sein sollte, sei nur nebenbei bemerkt.

Wie hier der »Soldat« abgewertet wird, so geschieht es später mit dem »Bürger«, den Georg Kaiser nur als unentschiedenen, schwankenden, auf Profit erpichten Menschen sieht. Ein solcher »Bürger« begegnet uns in Kaisers meistgespieltem Stück, in der Tragikomödie *Von Morgen bis Mitternacht* (1912 entstanden, 1916 erschienen). Im Grunde ist dieses Stück ein Drama der Desillusionierung; das gleiche ist von der Gastrilogie (»Die Koralle«, 1916/1917; »Gas«, 1918; »Gas, zweiter Teil«, 1920) zu sagen.

Im Vorspiel (»Die Koralle«), das für das Verständnis der beiden Teile von »Gas« entbehrlich ist, muß ein Milliardär, der sich aus äußerster Not emporgearbeitet hat, nur mit Schaudern an seine Jugend zurückdenkt und deshalb seinen Sohn in luxuriöser Umgebung aufwachsen läßt, erleben, daß dieser einfacher Arbeiter sein möchte. Der Sohn – und damit stehen wir im Doppelstück »Gas« – ist nun Chef der ungeheuren, aber vollsozialisierten Gasfabrik, also Arbeiter unter Arbeitern; nach einer das Werk vernichtenden Explosion will er die Leute auf eigener Scholle ansiedeln, doch sie weigern sich; die Arbeit muß weitergehen. Verzweifelnd fragt der Milliardärssohn seine Tochter, wo »der Mensch« sei; sie antwortet: »Ich will ihn gebären.« Das bedeutet Aufschub ins Ungewisse, die Desillusionierung ist perfekt.

Das Stück, das nicht einmal zu den besten Georg Kaisers gehört, wurde wieder und wieder gespielt, weil es irgendwie zeitgemäß war. Noch kannte man ja die Automation nicht; darum wirkte etwa die folgende Stelle packend, die ein Mädchen spricht:

»Von meinem Bruder sage ich das! – Ich wußte nicht, daß ich einen Bruder hatte. Ein Mensch ging morgens aus dem Hause und kam abends – und schlief. Oder er ging abends weg und war morgens zurück – und schlief! – Eine Hand war groß – die andere klein. Die große Hand schlief nicht. Die stieß in einer Bewegung hin und her – Tag und Nacht. Die fraß an ihm und wuchs aus seiner ganzen Kraft. Diese Hand war der Mensch!«

Über das Zeitgeschichtliche hinaus offenbart die zitierte Stelle, daß Kaiser von der Mitleidsdramatik des Naturalismus beeinflußt wurde. In seinem Schaffen blieb »Gas« allerdings so etwas wie eine Episode.

Der Naturalist Gerhart Hauptmann hat sich mit der Antike auseinandergesetzt, der Expressionist Georg Kaiser ging ihr gleichfalls nicht aus dem Weg. Erstmals nahm er einen antiken Stoff auf für das fünfaktige Tanzspiel *Europa* (1915 bzw. 1920), das noch ganz der Weise der »Jüdischen Witwe« zugehört. Dem ersten, die Antike eher mißbrauchenden Stück folgte *Der gerettete Alkibiades* (1920), in dem Geste und Pantomime ebenso wichtig sind wie im frühen Naturalismus und die Sprache dem längst überwunden geglaubten Stil von Paul Ernst und Herbert Eulenberg gefährlich nahe ist. Andrerseits zeigt das Drama, daß sich der Autor viel mit Platon beschäftigt (im Essay »Das Drama Platons«, 1914, hat er sich zu ihm bekannt und besonders die Dialoge »Symposion« und »Phaidon« gerühmt), mit dem aber, was der große Philosoph über Alkibiades und Sokrates berichtet, frei umspringt.

Zum dritten Mal dichtete Kaiser gegen Ende seines Lebens *Griechische Dramen* (1948): *Pygmalion* (1943/1944 entstanden), *Zweimal Amphitryon* (1943 entstanden) und *Bellerophon* (1944 entstanden). Ihr gemeinsamer Sinn ist, keine irdische Gerechtigkeit könne dem Menschen das erträumte Paradies bringen, sondern nur die Teilnahme an den Bereichen hinter und über der Wirklichkeit, oder, wie das ihr Herausgeber Caesar von Arx formulierte, die Erlösung sei »Dank der Götter« für den Künstler (der Schweizer Dramatiker fügte hinzu, es handle sich hier um eine christliche Idee und Kaisers letzte Pläne hätten um die Gestalt Christi gekreist). Es ist nicht unmöglich, gewisse Deutungen Kaisers mit griechischen Auffassungen zusammenzubringen, aber daß er Griechenland neu geschaffen habe, kann man nicht von ihm sagen. Aus dem Spätwerk sei noch hingewiesen auf die Satiren auf den Nationalsozialismus *Das gordische Ei* (zwischen 1937 und 1939) und *Der englische Sender* (1939/1940), auf *Napoleon in New Orleans* (verfaßt zwischen 1937 und 1941), das den falschen Heroenkult der Lächerlichkeit preisgibt. Außerdem schrieb Kaiser Szenen aus dem Zweiten Weltkrieg *Die Spieldose* (1942) und *Das Floß der Medusa* (1940–1943) sowie das in Japan spielende Stück *Soldat Tanaka* (1940).

Anton Wildgans

Anton Wildgans (1881–1932), ein Wiener aus alter österreichischer Juristenfamilie, war selbst nach absolviertem Rechtsstudium zwei Jahre am Oberlandesgericht seiner Vaterstadt tätig, nachdem er Seereisen nach Indien und Australien unternommen hatte. Er fühlte sich in seinem Beruf nicht glücklich und gab ihn auf, lebte seit 1912 als freier Schriftsteller, leitete zweimal als Direktor das Wiener Burgtheater (1921–1923 und 1930/1931) und starb in Mödling bei Wien. Er liebte die niederösterreichische Landschaft und suchte immer wieder Erholung in Mönichkirchen am Wechsel. Wildgans war keineswegs nur Dramatiker, jedoch war er zu Lebzeiten am bekanntesten als Bühnendichter. Begonnen hat er als Lyriker, dem Reim und Wort in Fülle entströmten, bisweilen allerdings zu leeren Worten und hohlen Tönen wurden; seit *Vom Wege* (1903) und *Herbstfrühling* (1909) gab er manchen Gedichtband heraus (»Und hättet der Liebe nicht«, 1911; »Die Sonette an Ead«, 1913; »Österreichische Gedichte«, 1915; »Mittag« 1917; »30 Gedichte«, 1917; »Die sämtlichen Gedichte«, 3 Bände, 1923; »Sonette aus dem Italienischen«, 1924; »Wiener Gedichte«, 1926; »Gedichte um Pan«, 1928; »Buch der Gedichte«, 1929). Seine Gedichte dienten absichtlich nie einer reinen Formkunst, sondern waren von einem warmen Gefühl für die Armen, für das Leiden der Welt und die eigene, schmerzlich empfundene Einsamkeit erfüllt. Wien und die von ihm geliebte niederösterreichische Landschaft wurden Gegenstand seiner Lyrik.

Wie sich der Erste Weltkrieg in einem niederösterreichischen Dorf, d. h. in Mönichkirchen oder, wie er es hier nennt, in Übelbach am Volland, auswirkte, ist der Gegenstand des Hexameterepos *Kirbisch oder der Gendarm, die Schande und das Glück* (1927). Es ist zunächst kein erfreuliches Bild, das darin entworfen wird, es ist weithin beherrscht von der Selbstsucht niedrigen Schmarotzertums und derber Gier, dennoch siegt schließlich das Menschliche über das Unmenschliche. Wie könnte das auch anders sein bei diesem Dichter, der in der anmutigen *Musik der Kindheit* (1928) ein feines Heimat- und Bekenntnisbuch geschrieben, in der *Rede über Österreich* (1929) den Preis seines Vaterlandes ausgesprochen hat! Wildgans stand mit Hofmannsthal in Briefwechsel (1935 veröffentlicht), wie er auch *Briefe an einen jungen Freund* (1932) schrieb und *Ein Leben in Briefen* (1947 in 3 Bänden) der charakteristische Titel für seine weitverzweigte Korrespondenz ist.

Stilgeschichtlich steht Wildgans zwischen Naturalismus und Expressionismus, d. h., er ist von beiden Richtungen beeinflußt. Nirgendwo zeigt sich das deutlicher als in seinen Dramen, von denen Ernst Alker sagt: »Nach dem dritten Akt ging dem plastisch sehenden Menschengestalter Wildgans regelmäßig der dramatische Atem aus; er vermochte keinen sinnvollen realistischen Abschluß zu finden und füllte den Hohlraum mit melodischer, aber nicht stets tiefsinniger Lyrik.« Ganz falsch ist das Gesagte nicht, aber auch nicht ganz richtig. Denn Wildgans bedarf auch auf der Bühne seiner gewohnten lyrischen Aussage – in Versen, oft auch in Reimen. Da er zudem noch vom Barock beeinflußt ist, steigert er den Schlußakt meist ins Phantastische oder Mystische. Es mag sein, daß unsere nüchterne Gegenwart davon befremdet wird, aber die Zeit, in der Wildgans dichtete, nahm diese seine Eigenart gerne hin. Sie kam noch nicht zur vollen Auswirkung in dem etwas rührseligen Einakter *In Ewigkeit Amen* (1913), einer Reminiszenz an die erst vor kurzem aufgegebene richterliche Tätigkeit. Hier – wie später – ging es ihm darum, für die Stiefkinder des Lebens einzutreten, wie auch das nächste fünfaktige Bühnenstück *Armut* (1914) zeigt, das die Familie eines kleinen Beamten in ihrer trostlosen Existenz vorführt, den sich im grauen Alltag des Dienstes verzehrenden Vater, die glücklose Mutter, die fast schattenhaften Kinder, Sohn und Tochter. Doch der Sohn begreift am Sterbebett des Vaters dessen stilles Heldentum und wächst dadurch über sich selbst hinaus zu einem neuen Menschentum jenseits von arm und reich.

In der Tragödie *Liebe* (1916) finden wir die qualvolle Klage zweier Eheleute und ihren Zweifel an der Ewigkeit der Liebe, da wilde Begierde Erlösung auf den Pfaden der Untreue sucht; doch im Schlußakt führt die Dichtung durch die Setzung überirdischer Ziele zur Überwindung irdischer Unzulänglichkeit. *Dies irae* (1918) schließt mit einem Akt, in dem der Selbstmord des lebensuntüchtigen und liebesunfähigen Sohnes zur sozialen Anklage wird: Der Vater wird (im Gegensatz zu den expressionistischen Dramen des Generationenproblems) nicht als Erzieher, sondern als Erzeuger eines »ungewollten« Kindes verurteilt. Das letzte vollendete Drama heißt *Kain* (1920); es war der erste Teil einer geplanten biblischen Trilogie, zu der »Moses« und »Jesus« gehören sollten.

Mag Anton Wildgans kein echter Expressionist gewesen sein, das Jahr 1885 schenkte der Ausdruckskunst drei Dichter, auf die sie unbedingt Anspruch erheben kann. Unter ihnen ist der älteste Fritz von Unruh (1885–1970). Die Familie von Unruh gehört zum schlesischen Uradel und stellte, nachdem das Land preußisch geworden war, dem König von Preußen manchen Offizier, so auch den Vater des Dichters, der in Koblenz geboren wurde. In der Kadettenschule Plön zusammen mit Prinzen aus dem Hause Hohenzollern erzogen, konnte er auf Grund seiner Begabung wie wegen seiner Herkunft (der Vater brachte es bis zum General) auf eine glänzende militärische Laufbahn rechnen. Doch der öde Garnisonsdienst sagte ihm nicht zu, so zog er des Kaisers Rock aus (im Krieg rückte er wieder ein) und wurde Schriftsteller. Er ist weder der einzige noch der erste, der diesen Schritt tat, nur unterscheidet er sich von Standesgenossen dieser Art dadurch, daß er sofort gegen das zu schreiben begann, was sozusagen sein angeborener Beruf war. Denn sein erstes Werk, ein Drama, sind die *Offiziere* (1912).

In breiten Eröffnungsszenen werden diese bei Spiel und Trunk, Flirt und Scherz gezeigt, sie sprechen preußischen Jargon und laufen Gefahr, ins Fahrwasser von Hartlebens »Rosenmontag« zu geraten (so nahe steht das Stück dem Naturalismus); doch ein Aufstand der afrikanischen Hereros gegen die deutsche Kolonialmacht scheint ihrem Leben endlich das ersehnte Ziel zu geben (vorher sagte einer: »Na – mein Friedensbedarf ist gedeckt. Aber reichlich.«); daß es auch im Ernstfall nur Pflicht und Gehorsam gibt, wird ihnen bald schmerzlich klar.

Unruhs nächstes Bühnenwerk *Louis Ferdinand, Prinz von Preußen* (1913) behandelt das gleiche Thema, die Frage nach der Grenze militärischer Pflichterfüllung, auf historischer Ebene (zur Zeit der napoleonischen Kriege): Louis Ferdinand sucht und findet die Lösung des inneren Konfliktes im Reitertod. Das Thema ist nicht neu, Heinrich von Kleist hat es bereits im »Prinzen von Homburg« behandelt und ethisch wie poetisch besser einer Lösung zugeführt.

Der Krieg wandelte den Soldaten zum Pazifisten. 1914 entstand das mythische Spiel *Vor der Entscheidung* (erst 1919 veröffentlicht) eine Folge eindringlicher Szenen, die einen Totentanz neuer Art darstellen, aber auch Shakespeare und H.v. Kleist (diesen als Haßsänger) bemühen und echt expressionistisch im Ruf der von den Kosmikern zuerst verkündeten Lichtsymbolik enden:

Lügengötter stürzen nieder!
Sonne! Sonne leuchtet wieder!

1916 folgte das Prosabuch *Opfergang* (erst 1918 erschienen), ein Abbild der Hölle vor Verdun, erlebt von allen Kriegern jener Tage, vom General bis zum Landsturmmann. Seine hämmernde Sprache zeigt viele stilistische Eigenheiten Sternheims.

Das Weltleid des Krieges wurde hierauf in einer Trilogie eindringlich geschildert und zu überwinden gesucht. Der erste Teil war *Ein Geschlecht* (1917).

Personen dieser Dichtung sind die Mutter, die einerseits das Vaterland, andrerseits das alte Geschlecht verkörpert, drei Söhne von sehr verschiedenem Charakter, eine Tochter, zwei Soldatenführer. Der älteste Sohn, ein zwar tapferer Krieger, aber durch den Krieg entmenscht (er lädt Frauenschändung und Blutschande mit der Schwester auf sich), gibt sich selbst den Tod, die überlebenden Geschwister, Vertreter der jungen Generation, wollen die Mutter töten, um den Quell zu verstopfen, aus dem immerzu dem Lebenshungrigen Beengung und Beschämung zufließen. Aber nun wandelt sich die Mutter (das Prinzip der Ordnung kommt also aus dem alten Geschlecht) und will die Menschen in eine neue Welt führen; aber ihre Worte haben die Zuhörer so aufgewühlt, daß die Soldatenführer die Mutter töten. Ihr jüngster Sohn (er wird in den beiden anderen Teilen der Trilogie Dietrich, d. h. Volkskönig heißen) übernimmt ihr Programm mit den Worten: »Zu dir, zu dir, o Mutter!«

Der zweite Teil der Trilogie heißt *Platz* (1920):

Dieser Platz ist von Staatsgebäuden umgeben und von den Schatten der alten Welt umgeistert, d. h. von den Vertretern des Machtprinzips und adligen Kriegertums (Oberherr, Greis, Graf Gutundblut); ihnen steht »ein Zeitgenosse« mit dem deutenden Namen Schleich gegenüber, ein Demagoge, dem es nur um Macht zu tun ist; zwischen beiden Gruppen steht Dietrich, er ahnt, daß das Machtproblem nicht zu lösen ist, erfährt aber die »wahre Revolution« durch die Liebe zur Tochter des alten Oberherrn; ihr Name ist Irene, d. h. Friede; dennoch geht es hier nicht um die abstrakte Liebe zur Menschheit, sondern um die konkrete Zuneigung zu einer bestimmten Person; Schleich möchte nun Dietrich beseitigen, aber die Truppen der alten Mächte retten Dietrich.

Mit diesem Ablauf der Geschehnisse ist allerdings der Traum des Expressionismus in Frage gestellt, und es ist bezeichnend, daß Unruh den dritten Teil der Trilogie, *Dietrich*, erst 1936 in Frankreich geschrieben hat. »Ein Geschlecht« und »Platz« galten als die Höchstleistungen expressionistischer Dramatik; doch die ineinandergestopften Bilder erzeugten schon damals nur das Gefühl einer rasenden Unklarheit; sie sind eher ein Fiebersymptom als ein Entwurf gesellschaftlicher Programmatik.

Der dritte Teil der Trilogie hatte auf sich warten lassen; das um Ehe und Liebe kreisende Drama *Stürme* (1922) bot dafür keinen Ersatz und zeigte den Dichter in bedenklicher Nähe zu Herbert Eulenberg. Höher darf man das vom damaligen Kölner Oberbürgermeister Konrad Adenauer in Auftrag gegebene Festspiel *Heinrich aus Andernach* (1925) einschätzen. Inzwischen hatte Fritz von Unruh, der gerne als Redner eingeladen wurde, eine Reihe seiner Ansprachen veröffentlicht (»Stirb und Werde«, 1922 während der

Frankfurter Goethe-Woche; »Vaterland und Freiheit«, 1923, in Mannheim 1922 gehalten; »Reden«, 1924), außerdem ein Buch über eine Reise durch Frankreich und England (»Flügel der Nike«, 1925) geschrieben. Dann kam wieder ein Drama, das Schauspiel *Bonaparte* (1927), in dem Napoleons Erhebung zum Kaiser der Franzosen in unmittelbare Beziehung zur Ermordung des Herzogs von Enghien gesetzt wird. Unruhs Protest gegen die Scheinwerte einer mechanisierten Zivilisation suchte Ausdruck in zwei Komödien (»Phaea«, 1930; »Zero«, 1932).

Der Dichter war schon 1932 nach Italien gezogen und von dort nach Frankreich, wo er 1940 interniert wurde; er konnte jedoch fliehen und sich nach Amerika einschiffen; in New York lebte er als Maler und Schriftsteller; nach dem Krieg kehrte er vorübergehend, 1962 endgültig, auf seinen Familiensitz Oranien bei Diez an der Lahn zurück. Auch der Emigrant und Remigrant hielt und veröffentlichte Reden (»Politeia«, 1933; »Europa, erwache«, 1936; »Friede auf Erden«, 1948; »Rede an die Deutschen«, 1948; »Seid wachsam«, 1948; »Mächtig seid ihr nicht in Waffen«, 1957; »Wir wollen Frieden«, 1962), schrieb Romane (»Der nie verlor«, 1948, über Adolf Hitler; »Die Heilige«, 1950, über Katharina von Siena; «Fürchtet nichts«, 1952, über den russischen Fürsten Gallitzin), Dramen (»Duell an der Havel«, 1953; »Wilhelmus von Oranien«, 1953; »17. Juni«, 1954) und eine romanhafte Autobiographie (»Der Sohn des Generals«, 1957), aber die Gegenwart begreift kaum noch die beschwörende Kraft der früheren Werke und steht zumeist verständnislos dem verbitterten Pathos der späteren gegenüber.

Berthold Viertel und Franz Theodor Csokor

Das Jahr, in dem Fritz von Unruh geboren wurde, schenkte auch zwei Österreichern das Leben, Berthold Viertel und Franz Theodor Csokor. Berthold Viertel (1885–1953) wurde in Wien geboren und starb auch dort; sein Stammbaum aber führt nach Galizien, dem österreichischen Teil des damals geteilten Polens, sein Lebensweg von Wien, wo er, solange Karl Kraus Mitarbeiter an der »Fackel« duldete, in dieser Zeitschrift die ersten literarischen Arbeiten veröffentlichte und als Dramaturg tätig war, über den Militärdienst im Ersten Weltkrieg (in Serbien und Galizien) nach Prag, Dresden, Berlin und Düsseldorf, 1928 nach Hollywood (hier betätigte er sich als Drehbuchautor), dann zurück in verschiedene europäische Länder (Deutschland, Frankreich, England), 1938 wieder nach Amerika, 1947 zurück nach Wien, von wo aus er als Gastregisseur auch in Zürich und Berlin wirkte. Wahrscheinlich war seine Rolle in der Geschichte des Theaters größer als in der der Literatur, aber auch diese darf ihn nicht übergehen. Viertel begann als Lyriker und blieb diesem Zweig der Posie stets treu (»Die Spur«, 1912; »Die Bahn«, 1921; »Fürchte dich nicht«, 1940; »Der Lebenslauf«, 1946), wagte auch einmal ein Bühnenstück, die Komödie *Die schöne Seele* (1925), und darf besondere Anerkennung finden für den eher dem Impressionismus, und zwar in dessen Wiener Prägung, als dem Expressionismus nahestehenden Roman *Das Gnadenbrot* (1927), der von der Einsamkeit des alternden Schauspielers handelt. Wie Viertel seinem seinerzeitigen Protektor ein Denkmal gesetzt hat (»Karl Kraus«, 1921), so hat ein Schauspieler hoher Qualität, der in Hannover geborene, in Zürich verstorbene Ernst Ginsberg (1904–1964), der selbst einen an Umfang geringen, doch wertvollen literarischen Nachlaß hinterließ (»Abschied«, 1965), eine postume Auslese seiner poetischen Werke ediert (»Dichtungen und Dokumente«, 1956).

Franz Theodor Csokor (1885–1969) ist in Wien geboren, studierte dort Kunstgeschichte, nahm am Ersten Weltkrieg als Reserveoffizier teil, reiste später viel (Rußland, Polen, Italien, Frankreich), wurde Dramaturg in Petersburg und 1923–1927 am Raimund- und am Deutschen Volkstheater in Wien, emigrierte 1938 beim Einmarsch der Deutschen in Österreich nach Polen, 1939 nach Rumänien, 1941 nach Jugoslawien (hier wurde er auf der Insel Korčula interniert); seit der Rückkehr in die Heimat (1946) lebte er in Wien. Sein erstes Buch war die Balladensammlung *Die Gewalten* (1912); auch später übte er sich in dieser Gattung (»Ewiger Aufbruch«, 1926) und in verwandter Lyrik (»Der Dolch und die Wunde«, 1918; »Immer ist Anfang«, 1952).

Auch als Dramatiker war Csokor zugleich Balladendichter, deshalb nannte er eines seiner Bühnenstücke *Die Ballade von der Stadt* (1925). Was vor der »Ballade« geschrieben wurde (z. B. »Die rote Straße«, 1916; »Die Sünde wider den Geist«, 1918), stand im Banne Strindbergs und Wedekinds, kreiste um die Mann-Weib-Problematik und erörterte sie in einer auf das Wesentliche und Notwendige bedachten Sprache, ohne der radikalen Knappheit des Berliner »Sturms« und verwandter Geister zu verfallen. Für den damals noch einseitigen Expressionisten Csokor war Georg Büchner ein Vorbild; deshalb bearbeitete er dessen Tragödie *Woyzeck* (1928) und machte Büchner zum Haupthelden seines Dramas *Gesellschaft der Menschenrechte* (1929), das im Spiegel der Jahre um 1830 die Not der eigenen Zeit gestaltete. Deren Erlebnis erweiterte in Csokors Herz das expressionistische »O Mensch!« zu einem christlichen Humanismus, der in drei zu verschiedenen Zeiten entstandenen,

1952 zur *Europäischen Trilogie* zusammengefaßten Dramen zum Ausdruck kommt. Von diesen erschien zunächst das jetzt an zweiter Stelle stehende Stück *Besetztes Gebiet* (1930), in dem der Dichter die inneren Fehden im linksrheinischen Gebiet zur Zeit der französischen Besetzung (1922/1923) aufzeigt.

Der erste Teil der »Europäischen Trilogie« ist das Drama von der untergehenden österreichisch-ungarischen Monarchie *3. November 1918* (in erster Fassung 1923 geschrieben, jedoch erst 1936 veröffentlicht), ein Preislied auf die Toleranz Österreichs, das vielen Völkern und Völkersplittern ein Zusammenleben in einem Reich ermöglicht hatte.

Am Ende der »Europäischen Trilogie« steht *Der verlorene Sohn* (1947). Die Titelfigur ist ein meuternder Matrose aus dem Jahr 1918, nunmehr jugoslawischer Partisanenführer, der die Welt rücksichtslos erneuern möchte. Das tragische Zeitalter, dem die »Europäische Trilogie« ihre Themen entnahm, lieferte dem Dichter weiterhin Stoff für die Bühnenwerke *Wenn sie zurückkommen* (1941) und *Medea postbellica* (1947). Ignatius von Loyola, der Gründer des Jesuitenordens, ist die Hauptperson des Dramas *Gottes General* (1938), das nicht die Darstellung einer Heiligenlegende sein soll, sondern ein Gleichnis für die damalige Zeit und für alle Zeiten, »wo es wichtiger ist, der Menschheit ihre Märtyrer und ihre Bekenner zu zeigen als ihre schimmernden Könige und Helden«.

Christliche Sicht und Toleranz zugleich liegt auch der »Trilogie einer Weltwende« mit dem Titel *Olymp und Golgatha* (1954) zugrunde, bestehend aus den drei Dramen *Kalypso, Cäsars Witwe* und *Pilatus*. Ihr Gegenstück ist die Komödie *Hebt den Stein ab!* (1957), die, mit surrealistischen Mitteln arbeitend, einen erbärmlichen Sünder aus dem Jenseits zurückruft, damit er sich diesmal bewähre – und er bewährt sich, auch im Zusammenleben mit seiner Frau, in der »Zerreißprobe auf den Werkstoff des menschlichen Herzens«, und durch die Rettung einiger Männer aus Lebensgefahr; danach kann er mit besserem Gewissen sterben. Das Gewissen hatte Csokor 1933 bewogen, öffentlich seine Stimme gegen die Bücherverbrennungen im nationalsozialistischen Deutschland zu erheben. Die Folge war das Verbot seiner Werke und die Flucht, als das Hakenkreuz auch Österreich beherrschte. Die Erlebnisse im Exil sind der Inhalt zweier Bücher (»Als Zivilist im polnischen Krieg«, 1940; »Als Zivilist im Balkankrieg«, 1947), die in gestraffter Fassung unter dem Titel *Auf fremden Straßen* 1955 erschienen und das beste Prosawerk Csokors darstellen. Dazu kommen die Erzählungen *Über die Schwelle* (1937) und der Wiedertäuferroman *Der Schlüssel zum Abgrund* (endgültige

Fassung 1953) sowie die Briefe aus dem Exil (»Zeuge einer Zeit«, 1964). Über dem Erzähler steht dennoch der Dramatiker; von ihm sagt Herbert Ihering: »Csokor hat in deutscher Sprache vieles vorweggenommen, was auf englisch, französisch und italienisch unsere Bühnen bevölkert.«

Verschiedenartige Versuche im Drama

Zwei bis drei Jahre jünger als die genannten Dichter sind die vier folgenden Autoren. Am frühesten – und zwar freiwillig – schied REINHARD GOERING (1887–1936) aus dem Leben. Sein Vater war Regierungsbaumeister, lebte bei der Geburt des Sohnes im Schloß Bieberstein bei Fulda und setzte seiner irdischen Existenz früh ein gewolltes Ende, die Mutter starb als Geisteskranke. Reinhard Goering studierte Medizin in Jena, München, Berlin, Bonn und Paris. Bei Kriegsausbruch (1914) legte er sein Examen ab und wurde Feldarzt im Saarland; in Ausübung seines Berufes erkrankte er an Tuberkulose, derentwegen er vier Jahre in Davos verbrachte. Dem erfolgreichen Kuraufenthalt folgte ein unstetes Leben mit stets vergeblichen Versuchen, eine eigene Praxis aufzutun. Weder Berlin noch Freiburg i. Br. wurden ihm Wohnsitz. In Flur Bucha bei Jena wurde er tot aufgefunden.

1912 veröffentlichte er in einer Anthologie erste Gedichte, 1913 den Roman *Jung Schuk,* der mit neuen Formen der Erzählkunst experimentierte und die Titelfigur als das schildert, was der Verfasser war, als Arzt, Dichter und Selbstmörder. In Davos entstand dann Goerings erstes Drama *Seeschlacht* (1917) unter dem Eindruck der Geschehnisse am Skagerrak (1916). Es ist ein echt expressionistisches Theaterstück, stellt den Kampf als Tatsache dar (nimmt also nicht Partei für oder gegen den Krieg) und spiegelt ihn im Erleben von sieben in einem Geschützturm eingeschlossenen Matrosen (ohne Namen und doch nicht ohne Individualität). Ein ähnliches Thema behandelt das Drama *Scapa Flow* (1919), das zuerst auf dem deutschen, nachher auf dem britischen Flaggschiff spielt und in nobler Ausgewogenheit der Trauer der Unterlegenen ergreifende Worte widmet, während die Sieger Ernst und Mitgefühl für den Besiegten zeigen. Zwischen den beiden Marinestücken und nach ihnen dichtete Goering seltsam symbolisierende Bühnenwerke, von denen wohl das surrealistische Spiel *Die Retter* (1919) am meisten Bedeutung hat.

Darin sind Töne dessen, was man heute absurdes Theater nennt; doch ihnen entriß sich Goering, wandte sich der sogenannten Neuen Sachlichkeit zu und schuf das Bühnenstück *Die Südpolexpedition des Kapitäns Scott*

(1930). Obwohl dargestellt wird, wie Scott vergebens mit Amundsen um den Sieg rang, wirkt das Werk nicht wie die Tragödie eines großen Schicksals, sondern wie eine große, spannende Reportage; es wurde Grundlage für die Oper *Das Opfer* (1937) des Schönberg-Schülers W. Zillig. Auch der zusammen mit Robert Büschgens verfaßte Roman *Der Vagabund und das Mädchen* (1931) ging den Weg der Neuen Sachlichkeit.

In Königsberg geboren, in Bayreuth gestorben ist Rolf Lauckner (1887 bis 1954), Stiefsohn Sudermanns, Jurist und Staatswissenschaftler, zeitweise Schriftleiter, zeitweise Dramaturg, seit 1925 freier Schriftsteller, meistens in Berlin wohnhaft. 1912 trat er mit »Gedichten« an die Öffentlichkeit, doch der Lyriker wurde bald Dramatiker; *Der Sturz des Apostels Paulus* (1918) war sein erstes Bühnenstück, dessen Titelfigur ein Sektierer ist, der dem göttlichen Wesen ein seiner Zeit entsprechendes neues Reich bereiten will, sich immer weiter von den Menschen entfernt und schließlich im Elend zugrunde geht. Die unerfreuliche Komödie *Christa die Tante* (1919) handelt von einer alten Jungfer, die einen um vieles jüngeren Neffen als Liebhaber zu gewinnen versucht. Die *Predigt in Litauen* (1919) behandelt das bei den Expressionisten beliebte Generationenproblem innerhalb der Mauern eines protestantischen Pfarrhauses, die Tragödie *Wahnschaffe* (1920) das Scheitern eines Idealisten, das Drama *Die Reise gegen Gott* (1923) das Schicksal eines Malers (der Franzose Gauguin gab gewisse Züge für ihn her), der die von Gott entstammende Schöpferkraft verliert, statt in der Heimat in der Fremde Vorwürfe für sein Schaffen sucht und erst sterbend in den Armen der Mutter Ruhe findet. Mit dem historischen Schauspiel *Bernhard von Weimar* (1933) und späteren Werken näherte sich Lauckner der nationalsozialistischen Ideologie, ohne ihr freilich ganz zu verfallen.

Dagegen schloß sich Friedrich Wolf (1888–1953) völlig an den Kommunismus an. Er wurde in Neuwied am Rhein als Sohn einer kleinbürgerlichen Familie jüdischer Herkunft geboren, entzog sich früh dem Elternhaus und wollte in München Maler werden. Von dort wanderte er zu Fuß nach Rom, wurde dann Schiffsjunge auf Rheindampfern und zeitweise Heilsarmee-Soldat, studierte endlich Medizin und war vor dem Krieg Arzt auf einem Schiff, im Krieg beim Militär. Seit 1918 war er bei den Linkssozialisten, seit 1928 bei den Kommunisten eingeschrieben. Er wurde 1939 in Frankreich interniert. 1941 gelangte er nach Sowjetrußland, von dort kehrte er 1945 als russischer Truppenarzt nach Deutschland zurück. In den Jahren 1949–1951 war er als Botschafter der DDR in Warschau, dann wohnte er in Ostberlin und starb im benachbarten Lehnitz. Aus seinem meist im Agitatorischen steckengebliebenen Gesamtwerk seien angeführt das groteske Schauspiel *Der Unbedingte* (1919), unter dessen Personenverzeichnis zu lesen ist: »Einzelne Personen gehen ineinander über«, die mit dem bezeichnenden Titel versehene Aufsatzsammlung *Kunst ist Waffe!* (1928), das gegen den Abtreibungsparagraphen des Strafgesetzbuches gerichtete und weithin berüchtigte Theaterstück *Cyankali* (1929), die Bauernkriegsdramen *Der arme Konrad* (1924) und *Thomas Münzer, der Mann mit der Regenbogenfahne* (1953), das den geschichtlichen Ereignissen nicht ganz entsprechende Bühnenwerk *Die Matrosen von Cattaro* (1930), vor allem aber *Professor Mamlock* (1935), schon 1933 in der Emigration geschrieben und die bald einsetzende Rassenverfolgung des *»Dritten Reiches«* ankündigend.

Zeitweiliger Mitarbeiter Brechts – er war an der Dramatisierung von Maxim Gorkis *Die Mutter* (1931) beteiligt – war der Rheinländer (aus Velbert) GÜNTHER WEISENBORN (1902–1969), der nach medizinischen und philologischen Studien in Köln und Bonn 1928 nach Berlin ging, 1930 nach Argentinien auswanderte, wo er Farmer und Postreiter war, bald nach Deutschland zurückkehrte und, als sein Werk »verboten und verbrannt« war, seit 1933 unter den Pseudonymen Eberhard Forster und Christian Munk weiterschrieb, bald jedoch als Lokalreporter in New York tätig war, 1937 wieder remigrierte und sich einer Widerstandsgruppe anschloß, 1942 ins Zuchthaus Luckau (Brandenburg) gesteckt und daraus 1945 befreit wurde, im gleichen Luckau kurze Zeit den Posten des Bürgermeisters bekleidete, hierauf Dramaturg in Berlin, 1951 Chefdramaturg in Hamburg wurde. Weisenborn steht in der Nachfolge Brechts, wenngleich schwächer im Angriff und politisch nicht so entschieden wie dieser. »Gedankliche Absicht und künstlerische Ausführung sind bei Weisenborn selten ganz adäquat, es bleibt immer ein Rest zuviel an reflektierendem Kommentar, der nicht umgesetzt wird« (Gertraude Wilhelm). Er begann als Bühnenautor mit dem Antikriegsstück *U-Boot S 4* (1928) und dem Drama *SOS oder die Arbeiter von Jersey* (1929).

Zwischen 1933 und 1938 wandte er sich, der Not gehorchend, bewußt unpolitisch gehaltener Literatur zu; da finden sich der Liebesroman *Das Mädchen von Fanö* (1935, 1937 verfilmt) und das erfolgreiche Drama aus der Theatergeschichte *Die Neuberin* (1935). Aus dem Erlebnis der Widerstandsarbeit und der Verurteilung erwuchsen die dramatischen Werke *Die Illegalen* (1946) – ein junger Widerstandskämpfer läßt sich erwischen, um seine Gruppe zu retten – und *Memorial* (1947). Hier und sonst wirkt »ortlose Dramaturgie«, die nur durch das Wort, also durch »gesprochene Dekoration«, wirken will, um den Zuschauer nicht durch das Bild abzulenken. In dieser Manier ist auch das Theaterstück *Drei ehrenwerte Herren* (1951) geschaffen, das komödiantisch Nachkriegsverhältnisse anvisiert. Zeitkritik übten davor schon die Romane *Der dritte Blick* (1956) über Berlin und *Auf Sand gebaut* (1956) über Bonn. Da er als Dramatiker und als Romancier am wirksamsten ist, wo er aus dem eigenen Erleben berichtet oder darstellt, enttäuscht in gewisser Weise seine Autobiographie *Der gespaltene Horizont, Niederschriften eines Außenseiters* (1965), in der viele Notizen – aus der Zeit 1945–1964 – nach dem Urteil Franz Schonauers kaum das Niveau eines mittelmäßigen Feuilletons haben.

Schneiderssohn wie Friedrich Wolf war dessen Jahrgangsgenosse Leo Weismantel (1888–1964), geboren als siebtes und lange Zeit kränkliches Kind seiner Eltern zu Obersinn in der Rhön; er absolvierte dennoch das Gymnasium in Münnestadt, die Universität in Würzburg, war dann Studienrat, freier Schriftsteller, Abgeordneter im bayerischen Landtag, Gründer der von den Nationalsozialisten 1936 geschlossenen »Schule der Volkschaft« (in Marktbreit) zur Erforschung der seelischen und geistigen Kräfte der verschiedenen Kindesaltersstufen, wurde wegen seiner katholischen Haltung 1939 und 1944 in Haft genommen, 1945 kommissarischer Schulrat in Gemünden am Main, 1947 Professor am pädagogischen Institut in Fulda; seinen Lebensabend (seit 1951) verbrachte er in Ingenheim an der Bergstraße.

Seine literarische Tätigkeit begann und endete mit Romanen, solche heimatlicher Färbung (»Mari Madlen«, 1918; »Das unheilige Haus«, 1922; »Das alte Dorf«, 1928; »Die Geschichte des Hauses Herkommer«, 1932), solche, die um Künstlergestalten kreisen (»Dill Riemenschneider«, 1936; »Gericht über Veit Stoß«, 1939; »Mathis Nithart«, in 3 Bänden 1940–1943; »Albrecht Dürer«, in 2 Bänden 1950) oder religiöse Themen berühren (»Gnade über Oberammergau«, 1934; »Der Prozeß Jesu«, 1935; »Die guten Werke des Herrn Vinzenz«, 1937; »Franz und Clara«, 1938; »Die letzten von St. Klaren«, 1940); dazu kamen zahlreiche schul- und volkspädagogische Arbeiten sowie die Autobiographie *Mein Leben* (1936). Dies alles wäre allein schon eine reiche Lebensernte; dennoch scheint uns die Bedeutung Weismantels noch größer, wenn wir bedenken, daß er es verstand, das Neue, das der Expressionismus bot, mit dem Alten der christlichen Überlieferung zu verbinden und so dem geistlichen Spiel neue Impulse zu vermitteln (»Die Reiter der Apokalypse«, 1919; »Der Wächter unter dem Galgen«, 1920; »Der Totentanz«, 1921; »Das Spiel vom Blute Luzifers«, 1922; »Die Kommstunde«, 1924; »Lionardo da Vinci«, 1925). Weismantel war leidenschaftlich der Politik verhaftet, der er aus dem Glauben heraus dienen wollte (jede andere nannte er »Gespensterpolitik«); im Dienste seiner Auffassung von Politik, nämlich daß der Mensch »sein Leben und seinen Tod wage für die Erlösung seines Nächsten«, schrieb er das patriotische Spiel *Der Kurfürst* (1925).

PAUL KORNFELDS (1889–1942) Geburtsstadt ist das »goldene« Prag, aber für ihn war es doch eher – wie für die anderen jüdischen Mitglieder der Prager Dichtergruppe – der Ort der Gespenster Meyrinks und der dunklen Visionen Kafkas. In Deutschland betätigte er sich als Schriftsteller und als Dramaturg, zunächst bei Reinhardt, anschließend am hessischen Landestheater in Darmstadt. Soweit ihn nicht der Beruf zu anderem Verhalten zwang, lebte er zurückgezogen, erst recht, als er 1933 nach Prag heimkehrte; dennoch wurde er hier 1941 verhaftet und dann ins Vernichtungslager Lodz gebracht, wo er auch starb. Sein größter Bühnenerfolg war sein Erstlingswerk *Die Verführung* (1916): In dieser Tragödie erwürgt eine echt expressionistische Figur aus Haß gegen die Mittelmäßigkeit einen scheinheiligen Philister. Im zweiten Stück *Himmel und Hölle* (1919) tritt an die Stelle der Protesthaltung der Gedanke der opferbereiten Liebe.

Im Essay *Der beseelte und der psychologische Mensch* (1918) forderte Kornfeld die Überwindung der Psychologie durch »Beseelung«, das will sagen durch absolute Humanisierung aller Lebens- und Dichtungsformen. Und so erklärt er als Aufgabe der Kunst »nichts als das: die Menschheit zu erinnern, daß sie aus Menschen besteht, um den Menschen zu erinnern, daß er Gottes ist und eine Seele hat«. Diesem Pathos war der »beseelte« Dichter auf die Dauer doch nicht gewachsen. Er dämpfte es in den Komödien, sozialkritischen Lustspielen, die mit dem *Ewigen Traum* (1922) eingeleitet wurden. Sie entstanden möglicherweise mehr aus der Aufgabe des Dramaturgen als aus poetischer Sendung. So erklärt sich auch die Bearbeitung von *Sakuntala* (1925), einem Werk des indischen Dichters Kalidasa, für die deutsche Bühne und der Rückgriff ins Historiendrama (»Jud Süß«, 1931). Schon früh hatte Kornfeld eine *Legende* (1917) geschrieben, lange auch an einem Roman (»Blanche oder das Atelier im Garten«), der, postum (1957) erschienen, einen etwas realistischeren Autor zeigt, dessen Menschen trotzdem wie heimatlose Fremde in einer anderen Welt wirken.

Als das vorletzte Jahrzehnt des 19. Jahrhunderts zu Ende ging, wurde in Aachen WALTER HASENCLEVER (1890–1940) geboren. Er studierte Literaturgeschichte, Philosophie und Geschichte in Oxford, Lausanne und Leipzig, schloß Freundschaft mit Pinthus und Werfel, reiste durch Italien, rückte freiwillig in den Kriegsdienst des Ersten Weltkrieges ein und wurde – Pazifist. Nach Kriegsende wechselte er oft seine Wohnsitze, zu denen auch Paris und Hollywood gehörten. 1933 ausgebürgert, blieb auch der Emigrant nicht lange am gleichen Ort und ging im Lager Les Milles (Frankreich) freiwillig aus dem Leben, als die deutschen Truppen heranrückten. *Der Jüngling* (1913), später *Tod und Auferstehung* (1917) und die *Gedichte an Frauen* (1922) sind echt expressionistische Lyrik. Sein erstes Drama war *Der Sohn* (1914):

Ein bei der Reifeprüfung durchgefallener Gymnasiast sieht im eigenen Vater den Unterdrücker, wird von einem Freund in dieser Meinung bestärkt und von anderen jugendlichen Hitzköpfen mit falschen Freiheitsbegriffen fast dazu gebracht, zum Vatermörder zu werden. Doch bevor es so weit kommt, trifft den Vater der Schlag.

Hasenclever hat tatsächlich gemeint, mit seinem revolutionären Stück die Parallele zum jungen Schiller ziehen zu können. – Er modernisierte die *Antigone* des Sophokles (1917) und formte sie zum Urbild einer pazifistischen und zugleich revolutionären Gewerkschaftssekretärin um. Später wandte er sich erfolgreich dem leichten Lustspiel zu, z.B. in der Heiratsschwindlerkomödie *Ein besserer Herr* (1926) und in der Wachsfigurenhistorie *Napoleon greift ein* (1930); in ihnen war der Telegrammstil der Tragödien überwunden, die dramaturgische Technik dem Film angenähert, dem sich Hasenclever kurze Zeit verschrieben hatte.

Walter Hasenclever.
Zeichnung von Ludwig Meidner.

War dieser rheinländische Autor ein echter Sohn des expressionistischen Zeitalters, wird man das gleiche nicht vom Ostpreußen ALFRED BRUST (1891–1934) behaupten können. Sein Geburtsort war Insterburg, seine Wohnorte hießen Heydekrug, Königsberg und Cranz; in diesem Seebad an der kurischen Nehrung verbrachten Thomas Mann und Walter von Molo gerne ihre Sommertage; Brust aber wohnte dort auch im Winter, fern dem »Leichenweg, den ein falscher Jubel erschüttert«. Wie Barlach wurde Brust vom »Dritten Reich« geächtet, obwohl seine Erzählungen und Romane (»Himmelsstraßen«, 1923; »Die verlorene Erde«, 1926; »Jutt und Jula«, 1928; »Festliche Ehe«, 1930) fast zur Heimatliteratur zu rechnen wären, wenn aus ihnen nicht immer wieder Johann Georg Hamann und Ernst Theodor Amadeus Hoffmann sprächen (und das hätte nach der Meinung der braunen Diktatur nicht sein dürfen); andrerseits scheidet sie von jener Literaturgattung auch die bereits in den vorausgegangenen Dramen (»Der ewige Mensch«, 1919; »Die Schlacht der Heilande«, 1920; »Spiele«, 1921; »Der singende Fisch«, 1921; »Der Tag des Zorns«, 1921; Trilogie »Tolkening«, 1921–1924; »Cordatus«, 1927) zutage tretende Mischung von Sinneslust und entkörperter religiöser Ekstase, von dumpfer Erdhaftigkeit und mystischer Innenschau. In Brusts einzigem Gedichtband (»Ich bin«, 1929) steht die ihn kennzeichnende Strophe:

Ich bin, was vordem nicht gewesen:
Der tiefste Fall, der höchste Sinn.
Ich bin nicht Sanftmut, bin nicht Besen,
Nicht Siechtum bin ich, nicht Genesen,
Bin Opfer Euch: all-ein ich bin.

Wenn Alfred Brust schon schwer mit dem Expressionismus in Verbindung zu bringen ist, so gilt das auch von Ferdinand Bruckner (eigentlich Theodor Tagger, 1891–1958) und einigen noch jüngeren Dramatikern. Sie sind aus dem Expressionismus hervorgegangen, entfernten sich aber mehr und mehr von ihm. Bruckner wurde in Wien geboren, wandte sich nach verschiedenen Studien (Philosophie, Musik, Medizin, Jura) in Wien und Paris der Bühne zu, gründete und leitete das Renaissancetheater in Berlin (1923–1928), verließ 1933 das »Dritte Reich« (er kam über Österreich, die Schweiz und Frankreich 1936 nach Amerika), kehrte 1951 nach Berlin zurück und betätigte sich seit 1953 als Dramaturg am dortigen Schiller- und Schloßparktheater. Unter seinem amtlichen Namen Th. Tagger veröffentlichte er zunächst eine sozialwissenschaftliche Studie (»Morgenröte der Sozialität«, 1914), arbeitete an Schickeles »Weißen Blättern« mit und gab selbst eine Zweimonatsschrift (»Marsyas«, 1917–1919) heraus. Er bot dem Lesepublikum »steile«, d. h. expressionistische Gedichte an (»Der Herr in den Nebeln«, 1917; »Der zerstörte Tasso«, 1918) und fast zur selben Zeit eine Erzählung (»Die Vollendung eines Herzens«, 1917), der die *Psalmen Davids* (1918) folgten, ein weithin gelungener Versuch, den biblischen Text in neue Sprache zu fassen.

Doch allmählich empfand Tagger den Expressionismus als »literatenhaft«, lehnte vor allem die Metapher als ausgesprochen expressionistische Unart ab und wandte sich der »neuen Sachlichkeit« zu. Diese Wendung mochte ihn zur Annahme eines Pseudonyms bewogen haben. Lange Zeit blieb die Identität Bruckners mit Tagger unbekannt, begreiflich, da Bruckner war, was Tagger nie gewesen, ein bühnensicherer Dramatiker, der in krassestem Naturalismus reißerische Zeitstücke (»Krankheit der Jugend«, 1929; »Die Verbrecher«, 1929; »Die Kreatur«, 1930) verfaßte, die, beeinflußt von Freuds Psychopathologie, aktuelle Probleme (Erotik, Homoerotik, Justizirrtum) behandelten, an Offenheit nichts, an Poesie fast alles zu wünschen übrig ließen. Das zweite der angeführten Bühnenwerke arbeitete mit der Simultanbühne, so daß verschiedene Schauplätze gleichzeitig gezeigt werden konnten. Die gleiche Technik verwendete Bruckner auch in seinem ersten Historienstück *Elisabeth von England* (1930), in dem man den spanischen Hof mit betenden Kardinälen und Mönchen und Elisabeth mit ihrem Kronrat gleichzeitig auf der Bühne sieht und die gesprochenen Texte in faszinierender Weise einander korrespondieren. Das Drama macht den Versuch, Geschichte auf die ihr innewohnenden menschlichen Elemente und Impulse zurückzuführen.

Nachdem er ein historisches Thema behandelt hatte, griff Bruckner bald nach literarischen Vorbildern, nach Shakespeare (»Timon«, 1932) und Kleist (»Die Marquise von O.«, 1933) später nach Euripides und Racine (»Pyrrhus und Andromache«, 1951/1952), daneben schrieb er weiter historische Dramen (»Napoleon der Erste«, 1936/1937; »Heroische Komödie«, 1942–1946; »Simón Bolívar«, 1942). Durchaus zeitbedingt ist das gegen den Antisemitismus gerichtete Stück *Rassen* (1933) – Friedrich Wolfs »Professor Mamlock«, ist dem Stück Bruckners überlegen – und die in Norwegen bzw. in Italien spielenden Widerstandsdramen (»Denn seine Zeit ist kurz«, 1943–1945; »Die Befreiten«, 1943–1945). Der zeitweise große, jedoch nur vorübergehende Erfolg Bruckners zeigt, daß die Beherrschung der Theatertechnik allein noch kein Kunstwerk zu schaffen vermag.

Das gleiche gilt für Arnolt Bronnen (1895–1959). Auch er war in Wien geboren, allerdings um etliche Jahre später; aber nachdem er den Ersten Weltkrieg, teils in Gefangenschaft, mitgemacht hatte, wandte er sich nach Berlin, war dort Warenhausangestellter, bis er es sich leisten konnte, nur der Schriftstellerei zu leben. Seine schriftstellerische Laufbahn begann mit der *Geburt der Jugend* (1914 bzw. 1922) und dem *Vatermord* (1915 bzw. 1920); beide Theaterstücke bilden nach der Aussage ihres Verfassers eine Einheit und wollen »am Zusammenbruch einer winzigen Vorstadtfamilie den Zusammenbruch eines ganzen Staates, eines Staatssystems verdeutlichen«, sie offenbaren, daß Bronnen politisch links stand; wohl ertönt aus ihnen ein mißverstandener und übertriebener Expressionismus, der im Erotischen eine mystisch-kosmisch gemeinte Vereinigung aller mit allen und dem All anstrebt; aber der Akzent liegt so sehr auf dem Erotischen wie sonst nirgendwo, und die Stücke lösten daher die entsprechende Sensation aus. Bruckner nahm sich des jungen Mannes an, Brecht inszenierte sein Werk (und manches bei Brecht ist ohne Bronnen kaum denkbar).

Den beiden Dramen folgte die *Septembernovelle* (1922): Sie kennt weder große Anfangsbuchstaben noch Satzzeichen. Sie ist Ausdruck einer gegen alles Alte revoltierenden Jugend und verrät die Rechtsschwenkung des Autors. Brecht scheint das allerdings noch nicht gemerkt zu haben; die beiden Avantgardisten der Bühne hielten weiterhin zusammen, und Bronnen schrieb sein Lustspiel *Exzesse* (1923), das gegen das Schiebermilieu der Nachkriegszeit gerichtet war. Dann arbeitete er einen älteren Entwurf »Verrat« zum Drama *Anarchie in Sillam* (1923) um, ließ die Waterloo-Novelle *Napoleons Fall* (1924) und das Kriegsstück *Katalaunische Schlacht* (1924) erscheinen, wandte sich dann der aktuellen Gegenwart zu und gewann mit den Dramen *Die rheinischen Rebellen* (1924), *Ostpolenzug* (1925), dem Lustspiel *Reparationen* (1926), dem Roman *O S*, d. h. Oberschlesien (1929) den Ruf eines Rechtsradikalen. Trotzdem gab es im bald etablierten »Dritten Reich« Schwierigkeiten wegen des Arierparagraphen (Bronnen war ein angenommenes Kind); sie wurden überbrückt, dann gab es neue Mißhelligkeiten; die Dramen *N*, d. h. Napoleon (1935), und *Gloriana*, d. h. Elisabeth von England (1941), wurden als Versuche inneren Widerstandes angesehen (aufgeführt wurden sie nie); ernst genommen wurde Bronnen von keiner Seite mehr, daran änderte auch nichts die Veröffentlichung der Autobiographie *arnolt bronnen gibt zu protokoll, beiträge zur geschichte des modernen schriftstellers* (1954), gekleidet in die Form einer Gerichtsverhandlung gegen das eigene chamäleonhafte Verhalten, einer weitschweifigen Selbstkritik nach sozialistischem Muster. Bronnen wandte sich wieder dem Kommunismus zu und lebte nach dem Krieg in Ostberlin, wo er auch starb.

Weniger verworren ist der Bericht von einem weiteren Autor aus dem alten Österreich, dem frühverstorbenen Hans Kaltneker (1895–1919). Sein Vater war Offizier der k.u.k. Armee, so wurde der Sohn in Temesvár im Banat geboren, kam aber bald nach Wien, wo er das Gymnasium und die juristische Fakultät besuchte und erfahren mußte, daß er von unheilbarer Tuberkulose erfaßt sei (er starb im Sanatorium Gutenstein in Niederösterreich). Sein zur Hauptsache postum veröffentlichtes Werk (»Dichtungen und Dramen«,

1925; »Die drei Erzählungen«, 1929) umfaßt alle drei Gebiete der Literatur. Kaltnekers Lyrik zeigt manche Berührungspunkte mit der des Frühexpressionisten Georg Heym (Vorliebe für das Sonett, Ablehnung der Großstadt als Sündenbabel, Aufsteigen dämonischen Grauens), doch immer wieder versucht sie (wenn es auch nur selten gelingt), aus Fieberphantasie und Todesahnung den Blick aufs Jenseits zu richten, »denn in das Leben führt uns nur der Tod«. Die Sehnsucht nach Erlösung ist ebenso das Leitmotiv der drei Erzählungen *Die Liebe, Die Magd Maria, Gerichtet! Gerettet!;* sie sind – kein Wunder bei der Jugend des Verfassers – nicht frei von Verstiegenheiten, streben aber insgesamt von beschaulichem Ästhetizismus hinweg und nach einem neuen Verhältnis zu Gott und Mitmensch, typisch expressionistisch durch den Hang zu ekstatischen Bildern und Metaphern, doch stilistisch ebenmäßiger als die zerhackte Prosa gleichzeitiger oder gleichgestimmter Berliner Autoren.

Am deutlichsten tritt uns Kaltnekers Eigenes in den Dramen entgegen. In der Tragödie *Die Opferung* (1918) will ein junger Mensch die Welt erlösen, indem er nicht nur ihr Leid zu tragen bereit ist, sondern schwere Schuld, Ermordung eines geliebten Menschen, auf sich nimmt, um sich so auch seelisch zu opfern; am Tage der Hinrichtung erkennt er seine Tat als Ausfluß der Hoffart und bekehrt sich zu der von Christus vorgelebten demütigen Liebe. *Bergwerk* (1921) zeigt die Wandlung zweier verschütteter Arbeiter: Der eine, der früher ein Anführer war, sehnt sich nach dem Frieden mit und in der Arbeit, der andere wird zum Revolutionär und tötet den Arbeitskameraden. *Die Schwester* (1919) findet schließlich aus ihrer Verstricktheit in die Geschlechtlichkeit und ihrer Eigensucht zur opferbereiten Nächstenliebe. Was in Kaltnekers erstem Drama ausgesprochen wird, ist der Grundgedanke seines Gesamtwerkes: »Wir werden nicht geboren, um zu sterben, wir sterben, um geboren zu werden.«

Carl Zuckmayer

Auch Carl Zuckmayer (1896–1977) ging aus dem Expressionismus hervor. Sein Leben begann in Nackenheim am Rhein und führte den Fabrikantensohn aus einer Weinhändlerfamilie nach Mainz ans Gymnasium und 1914 in den Krieg; um diese Zeit fing Zuckmayer an, Gedichte im Stil des Expressionismus zu schreiben. Nicht nur als Lyriker, auch als Dramatiker begann er als Expressionist – mit dem *Kreuzweg* (1921), einem schwärmerischen Theaterstück, aus dem er später einzelne Abschnitte als Gedichte in den Versband

Der Baum (1926) aufnehmen konnte – und dieser zeigt, daß sein Verfasser von der »Literatur« zur »Volksdichtung« gefunden hat. Diesen Weg kann man auch im Sammelband *Gedichte 1916–1948* (1948) verfolgen. Origineller sind seine Erzählungen (»Ein Bauer aus dem Taunus«, 1927; »Die Affenhochzeit«, 1932; »Eine Liebesgeschichte«, 1934; »Salwâre oder die Magdalena von Bozen«, 1936; »Ein Sommer in Österreich«, 1937; »Herr über Leben und Tod«, 1938; »Der Seelenbräu«, 1945; Die Fastnachtsbeichte«, 1959), die alle Licht- und Schattenseiten seiner dramatischen Werke aufweisen.

Zum Bühnenruhm führte allerdings nicht der schon genannte »Kreuzweg«, auch nicht *Pankraz erwacht* (1925), sondern der zur selben Zeit entstandene *Fröhliche Weinberg* (1925), ein handfestes und derbes Lustspiel. Die zeitgenössische Kritik schwankte zwischen Entrüstung über die allzu dick aufgetragenen Farben und zwischen Begeisterung, weil hier der Expressionismus mit Wärme, Vitalität und Humor überwunden wurde. Die rheinhessische Heimat bot neuen Stoff im Volksstück *Schinderhannes* (1927), die Zirkuswelt wurde in *Katharina Knie* (1928) eingefangen. Was in diesen drei Bühnenwerken immer deutlicher wird, die Kunst intensiver Menschengestaltung und der Sinn für die Möglichkeiten der Bühne (erworben in dramaturgischer Tätigkeit an verschiedenen Theatern, auch unter Max Reinhardt), erreicht einen ersten, ja vielleicht den Höhepunkt im *Hauptmann von Köpenick* (1931), dem »deutschen Märchen« von dem Schuster Voigt, der nach einem Fehltritt vergebens ins bürgerliche Leben zurückstrebt und in angemaßter Hauptmannsuniform den wilhelminischen Staat durch dessen eigene Grundsätze überspielt.

Diese Komödie hätte allein schon ausgereicht, ihn für das »Dritte Reich« untragbar zu machen; dazu hatte sich Zuckmayer 1932 offen als Antifaschist bekannt. Glücklicherweise hatte er schon 1926 das Haus »Wiesmühle« in Henndorf bei Salzburg erworben; dorthin zog er sich 1933 zurück. 1938 wurde dieser Besitz jedoch beschlagnahmt, und Zuckmayer emigrierte zuerst in die Schweiz, im Herbst 1939 nach Amerika, wo er 1940 bis 1946 als Pächter einer Farm bei Barnard (Vermont) sein Leben fristete (seine ihm 1925 angetraute Gattin Alice von Herdan beschrieb 1949 unter ihrem Mädchennamen diese Epoche aus Zuckmayers Leben im Buch *Die Farm in den grünen Bergen;* er selbst verfaßte in Amerika die nur englisch erschienene Selbstbiographie »Second Wind«, 1940). Nach dem Krieg amtete er eine Zeitlang als Zivilangestellter der amerikanischen Regierung zur Untersuchung des kulturellen Lebens in Deutschland und Österreich; seit 1958 lebte er in Saas-Fee im Wallis, wo er 1966 Schweizer Bürger wurde. Noch während des Amerika-Aufenthaltes schrieb Zuckmayer das Drama *Des Teufels General* (1946), das auf der Bühne und im Film ein Welterfolg wurde:

Es spielt in Fliegerkreisen des »Dritten Reiches«, Hauptfigur ist General Harras (sein Vorbild war Ernst Udet), der sich dem Nationalsozialismus zur Verfügung stellt und schließlich Opfer des Regimes wird; er endet in einem selbstmörderischen Flug mit einer unbrauchbar gemachten Maschine und begründet dies mit den Worten: »Wer auf Erden des Teufels General wurde und ihm die Bahn gebombt hat – der muß ihm auch Quartier in der Hölle machen.«

Erstaunlich ist, »wie echt die geistlose Verwirrung mit Nazijargon und SS-Gepflogenheiten auf der einen Seite sowie der im Verborgenen fortlebende und wirkende Idealismus auf der anderen Seite von Zuckmayer ohne jedes Ressentiment völlig lebenswahr gezeichnet worden ist« (Wilhelm Duwe).

Ein zweites Kriegsstück heißt *Der Gesang im Feuerofen* (1950) und schildert den Leidensweg einer französischen Widerstandsgruppe, die das Weihnachtsfest in einem nach ihrem Zusammentreffen von den Deutschen angezündeten Schloß erlebt; zu ihr gehört Sylvaine: Der deutsche Unteroffizier Sylvester will sie retten und muß mit ihr verbrennen (der symbolhafte Gleichklang der Namen ist zu beachten). »Fünfundzwanzig verschiedene Menschen, die man nach wenigen Worten schon kennt, weil sie nämlich sprechen, wie sie gewachsen sind ...« (Heinz Beckmann) werden auf die Bühne gerufen, doch das Grauen der Vorgänge zwingt den Autor, auch die himmlischen Mächte zu beschwören und durch Engel die Geschehnisse deuten zu lassen. Dieser »letzte Naturbursche des Dramas«, wie ihn Heinz Beckmann nennt, machte dieses Experiment nur einmal. Er wiederholte es nicht im Atomdrama *Das kalte Licht* (1955), dessen Stoff er nicht gewachsen war, auch nicht im »historischen Drama aus der Gegenwart« mit dem Titel *Die Uhr schlägt eins* (1961), darin ein junger Mensch in der Erkenntnis sterben muß, daß an dem Schicksal des einzelnen niemals die andern schuld sind, daß jeder Mensch Herr seiner eigenen Seele sein muß, auch nicht in den historischen Stücken *Barbara Blomberg* (1949) – sie ist die Mutter des Don Juan d'Austria – und in *Das Leben des Horace A.W. Tabor* (1964), das in Amerika spielt. Zum Schluß sei noch verwiesen auf den Essay *Die Brüder Grimm* (1948) und die Gerhart-Hauptmann-Rede *Ein voller Erdentag* (1962); sie zeigen seine seit der Auswanderung vertiefte Verbundenheit mit der geistigen Tradition Deutschlands. 1966 erschien Zuckmayers Autobiographie *Als wär's ein Stück von mir.*

FRANZ WERFEL

Franz Werfel (1890–1945) gehörte nicht nur zu den Expressionisten, sondern er hat auch den ganzen Weg dieser Bewegung durchschritten, so daß an ihm die Größe und die Grenze dieser poetischen Richtung völlig offenbar wird; dazu kommt, daß er alle Gebiete der Dichtkunst mit Erfolg gepflegt hat. Er wurde als Sohn eines wohlhabenden jüdischen Industriellen in Prag geboren, besuchte dort das Gymnasium (Mitschüler waren Willy Haas, Paul Kornfeld und der später bedeutende Schauspieler Ernst Deutsch) und lernte auch die älteren Franz Kafka und Max Brod kennen. Er absolvierte sein Einjährigenjahr bei einem Artillerieregiment in Böhmen, begab sich hierauf nach Hamburg, um nach dem Wunsch seines Vaters in einer Speditionsfirma als Volontär tätig zu sein, übersiedelte jedoch bald zum Kurt-Wolff-Verlag nach Leipzig, wo er das Lektorat übernahm. Mit Hasenclever und Pinthus begründete er die Buchreihe *Der jüngste Tag* (1913–1921) und trat für Georg Trakl ein. Der Krieg rief ihn unter die Fahnen; infolge eines Unfalls während eines Bozener Urlaubs wurde er des Waffendienstes ledig und konnte im Mai 1918 eine Propagandareise in die Schweiz machen, wo er eigene und fremde Gedichte von Menschenverbrüderung und Weltfrieden las und Vorträge hielt. Schon 1917 war er nach kurzem Berliner Aufenthalt in die Donau-Residenz übergesiedelt, wo er als freier Schriftsteller lebte. Hier heiratete er Alma Mahler (1879–1964), die Witwe des Komponisten Gustav Mahler; in ihrem Buch *Mein Leben* (1960) zeigte sie durchaus Verständnis für das Werk ihres zweiten Mannes.

Nur vorübergehend setzte sich Werfel für pazifistische und kommunistische Ideen ein; schon 1916 hatte er in der *Christlichen Sendung*, einer Bekenntnisschrift, allem expressionistischen Aktivismus abgesagt, auch von Karl Kraus, in dessen »Fackel« einige der ersten Gedichte Werfels erschienen waren, trennte er sich bald. Von Wien aus reiste er nach Italien, nach Ägypten, nach Palästina. 1938 emigrierte er zunächst nach Frankreich, mußte dann vor der deutschen Invasion weiterfliehen, gelangte dabei nach Lourdes, versprach für den Fall seiner Rettung ein Buch über die Entstehung dieses Marienwallfahrtsortes und entkam tatsächlich zu Fuß über die Pyrenäen nach Spanien; in Portugal schiffte er sich nach Amerika ein (1940) und lebte bis zu seinem Tod in Beverley Hills (Kalifornien).

Zuerst trat Werfel als Lyriker an die Öffentlichkeit. Schon die Titel seiner frühesten Gedichtbände verraten den Expressionisten (»Der Weltfreund«, 1911; »Wir sind«, 1913; »Einander«, 1915; »Gesänge aus den drei Reichen«,

1917; »Der Gerichtstag«, 1919; »Beschwörungen«, 1923); ihnen folgten *Gesammelte Gedichte* (1927), *Schlaf und Erwachen* (1935), *Gedichte aus 30 Jahren* (1939), *Zwischen Gestern und Morgen* (1942) und die von E. Gottlieb und F. Guggenheim betreuten *Gedichte aus den Jahren 1908 bis 1945* (1946). Von allen Lyrikern der Ausdruckskunst war Werfel der am meisten gelesene, denn er überforderte den Empfänger seiner poetischen Botschaft nicht mit sprachlichen Verstiegenheiten, im Gegenteil, eine gewisse Lässigkeit gegenüber »künstlerischen« Ansprüchen wird man ihm vorwerfen können. Um seine Schwächen hat er selbst gewußt: Des öfteren erscheint in seinen Werken »die fiktive Figur des Literaten, dem der Dichter das ankreidet, was auch gegen ihn selbst seitens der Forschung häufig geltend gemacht wird: intellektuelle Spielerei, Neigung zu unkontrolliertem Vielschreiben, Flüchtigkeit des Ausdrucks, Vorliebe für barocke Übertreibung und opernhafte Schlußszenen« (Anneliese Bach). Diese Selbstkritik betrifft natürlich nicht bloß, ja nicht einmal in erster Linie den Lyriker Werfel, dessen geheimnisvoll raunender Ton eine neue Glut spüren ließ, den »Glauben an irdische Heilande und Pfingsten über dem Werktag« (Lissauer).

Dennoch, was er verkündete, war so neu nicht, wie man meinte (und das gilt für viele Expressionisten); Sturm und Drang, Romantik, Nietzsche, die Russen Dostojewskij und Tolstoi, der Amerikaner Whitman, der Tscheche Březina, Dehmel und Rilke waren längst vorangegangen; aber wie er es verkündet, unterscheidet Werfel von seinen Vorgängern und von seinen Zeitgenossen, ob er die herkömmlichen Strophenformen verwendet, ob er sich der einfachen Vierzeiler des Volksliedes bedient oder in musikalisch hinströmenden Lang- und Kurzzeilen singt. Hauptthemen seiner Verse sind die Bruderliebe und das inbrünstige Kreisen um Gott; aber zunächst ist sein Glaube pantheistisch, ist vielleicht überhaupt kein Glaube, sondern nur Liebe (man vergleiche diesbezüglich sein »Veni creator spiritus« aus dem Gedichtband »Einander« mit dem kirchlichen Hymnus gleichen Titels), eine Liebe allerdings, die ihn auch das bei den Expressionisten so beliebte Generationenproblem anders als jene sehen läßt (»Vater und Sohn«, eines seiner bekanntesten Gedichte, zeigt die beiden im Titel Genannten wohl entzweit, doch auch ihnen »sind Abende beschieden / An des Tisches hauserhabenem Frieden / Wo das Wirre schweigt, / Wo wir's nicht verwehren, trauten Mutes, / Daß, gedrängt von Wallung gleichen Blutes / Träne auf- und niedersteigt«), eine Liebe endlich, deren Gefühlsüberschwang der Dichter später selbst als überheblich erkennt und nur noch als göttlichen Gnadenstrom gelten lassen will. Denn – und das unterscheidet Werfel von Rilke und

Kafka, um nur diese beiden »Prager« zu nennen – er wagt den Durchbruch in die Transzendenz und gelangt, um mit Wilhelm Grenzmann zu reden, in die Vorhöfe der Glaubenswelt, deren Inneres er bereits sieht und deren Luft er schon atmet, in gleicher Weise die Diesseitigkeit des materialistischen sowie anarchistischen Naturalismus und die weltfremde sowie weltverfremdende Abgeschlossenheit einer nur auf die schöne Form gerichteten Kunst hinter sich lassend.

Schon früh wandte sich Werfel dem Drama zu; Spiel und Gegenspiel, Rede und Gegenrede finden wir, wenn auch verdeckt, in manchen seiner Gedichte. In der *Versuchung, ein Gespräch des Dichters mit dem Erzengel und Luzifer* (1913), erkennt sich der Autor als Ausnahmemenschen, für den die Gesetze der übrigen Menschen nicht gelten, da er in Beziehung zu ganz anderen, höheren Gewalten stehe; das bestätigt ihm der Erzengel, indem er sagt: »... in dieser Welt der Gesandte, der Mittler, der Verschmähte zu sein, ist dein Schicksal. Kein Gesetz, keine Moral gilt für dich, denn du bist der unsrigen, der unendlichen Geister einer.« Doch während die »Versuchung« gedruckt wurde, schrieb Werfel bereits seine freie Bearbeitung der *Troerinnen* (1914) des Euripides, »die all die beschwörende Kraft und in den Bann zwingende Magie einer zur Melodie gewordenen Wortgebung besitzt« (Wilhelm Duwe).

Werfels nächste dramatische Dichtung ist das eigenartige symbolische Stück *Die Mittagsgöttin* (1919), das zuerst den Abschluß des Versbandes »Der Gerichtstag« bildete. Noch seltsamer als dieses Drama ist *Spiegelmensch* (1920), von Werfel als »magische Trilogie« bezeichnet; der Schauplatz ist Indien, beim Buddhismus werden weltanschauliche Anleihen gemacht und mit satirischen Anspielungen auf zeitgenössische politische Richtungen, Geistesströmungen und literarische Moden vermengt (Freud und Kraus werden besonders aufs Korn genommen; dieser rächte sich mit der »Magischen Operette, Literatur oder Man wird doch da sehen«). Wenn der Verfasser mit diesem Werk zu seiner Zeit Aufsehen erregte, ist trotzdem der »Spiegelmensch« kaum ein dauerndes Kunstwerk. Immerhin scheint es die Absicht gehabt zu haben, mit der Eitelkeit des selbsternannten Erlösertums abzurechnen.

Erlösung ist ferner nach Werfel auch nicht möglich durch eine »Rasse« oder eine »Klasse«, wie das nächste Drama *Bocksgesang* (1921) zeigen wollte; der Titel ist eine wörtliche Übersetzung des Wortes »Tragödie«, zugleich aber eine Anspielung auf das schier tierische Verhalten der im 18. Jahrhundert an der slawischen Donau lebenden Landlosen, die sich gegen die Bauern auflehnen und ihren Kampf um eine eigene Scholle zu einem Kampf um eine neue Erde überhaupt steigern; so entstand eine Verflechtung von Gier und Blutrausch, Un- und Aberglauben, die zeigen sollte, daß nicht Gewalt, sondern nur die Liebe aufbauen könne. Diesem in höherem Sinn politischen Drama (es ist eine Absage an die Revolution) folgte wieder ein Stück aus dem privaten Bereich, *Schweiger* (1922).

Danach kamen historische Dramen. Von seinen historischen Romanen hat der Dichter gesagt, was auch für die Bühnenstücke dieser Art gilt:

»Künstlerische Bedenken wirkten lähmend. Bedenken, die der historischen Erzählung im allgemeinen gelten. Sie spielt ja auf zwei Ebenen, auf der dichterischen und auf der geschichtlichen, in der erfabelten Welt und in der Welt erforschbarer Wirklichkeit. Dadurch schon kann ein Mißklang entstehen.«

Wer wollte leugnen, daß solche »Mißklänge« bei allen, auch den größten, Dramatikern, Epikern, Romanciers und Balladendichtern feststellbar sind, sobald sie die »Welt erforschbarer Wirklichkeit« mit der »erfabelten Welt« zusammenbringen? Es mag sogar sein, daß diese sozusagen natürlichen Disharmonien bei Franz Werfel gelegentlich nicht aufgelöst werden. Dennoch gehören gerade seine historischen Dramen (und auch seine geschichtlichen Romane) zu den größten Leistungen seines Könnens. Das erste Theaterstück dieser Art ist *Juarez und Maximilian* (1924); es handelt von dem Sieg des Mexikaners Juarez über den gütigen, aber schwachen österreichischen Erzherzog Maximilian.

Das zweite historische Drama Werfels ist sein bühnenwirksamstes Stück, *Paulus unter den Juden* (1926), gipfelnd in der Gegenüberstellung des vor Damaskus zum Christen gewordenen Paulus und seines ehemaligen Lehrers Gamaliel, zweier groß gesehener Persönlichkeiten, die sich trotz aller gegenseitigen Zuneigung nicht finden können. Der Grund hierfür liegt in folgendem:

»Und dennoch glaubt kein Jude an den andern. Nur eine Sekte gibts, die an einen gekreuzigten Juden glaubt. Aber schon, weil sie an einen anderen Juden glauben, sind sie keine Juden mehr.«

Es geht also in diesem Drama nicht um das Geschick des Paulus, sondern um die Tragödie des jüdischen Volkes, das an einen kommenden Messias glaubt und auf ihn hofft, aber in Jesus sein Kommen nicht anerkennen will. Daß für das Göttliche die geschichtliche Tradition zur Gefährdung werden könne, liegt auch dem dritten historischen Drama Werfels zugrunde, das davon handelt, wie die Hussiten *Das Reich Gottes in Böhmen* (1930) errichten wollen, aber die gleichzeitig politische und moralische Revolution zusammenbrechen muß, da der Erlösungsweg keine menschgewollten Abkürzungen kennt. Es verging mehr als ein Jahrzehnt, bis Werfel wieder für die Bühne schrieb. Und was er schrieb, war die Komödie *Jacobowsky und der Oberst* (1944); den Stoff dazu erhielt er während des Frankreichaufenthaltes auf der Reise ins Exil: Ein polnischer Jude und ein polnischer Oberst fliehen wie der Dichter selbst durch das von den Deutschen bedrohte Land; das ergibt Abenteuer, aber auch Szenen, die eben eine Komödie (im höchsten Sinn des Wortes) möglich machen, und zeigt in erster Linie die parallelen Wege des Christen und des jüdischen Menschen, die sich erst in der Ewigkeit kreuzen.

Zu diesem in der Ewigkeit liegenden Kreuzungspunkt führt zuletzt auch das erzählende Werk Franz Werfels. Sein Anfang liegt allerdings anderswo. Es gab seinerzeit einen trefflichen Merkvers:

> Und es werfelt und brodelt und kafkat und kischt,
> Wie wenn Rilke mit Meyrink sich mengt.

Er faßt die wichtigsten Schriftsteller des »okkulten« Prag zusammen, wirft sie jedoch alle in einen Topf; Werfel lebte aber nur vorübergehend in dieser Atmosphäre, etwa um das Jahr 1920, in dem sein Drama vom Spiegelmenschen erschien und seine ersten »epischen« Bücher, die rätselhafte Geschichte vom *Spielhof,* eine Traumerzählung von der Suche nach der gestörten Einheit mit Gott, und das durch seinen Umfang eher als Roman denn als Novelle zu bezeichnende Werk *Nicht der Mörder, der Ermordete ist schuldig* mit dem Vater-Sohn-Problem: Echt expressionistisch hat der Vater mehr unrecht als der Sohn, aber bezeichnend für Werfel ist, daß der Sohn durch den ihm erscheinenden Geist seines zukünftigen Kindes gehindert wird, zum Mörder des Vaters zu werden.

Doch zum Romancier wurde Werfel mit dem *Verdi* (1924). Schon als Gymnasiast hatte er sich für Verdi begeistert, und als erster übersetzte er die Briefe des Komponisten ins Deutsche (1926). Thema des Romans ist der Gegensatz von Verdi und Wagner, d. h. von Oper und Musikdrama, von Überlieferung und Moderne. Seither erworbene genauere Kenntnisse über Verdis »Theorie« lassen die Deutung Werfels als überholt erscheinen, beeinflussen aber nicht die Popularität des Romans.

Drei Jahre nach dem »Verdi« erschienen die Novelle *Der Tod des Kleinbürgers* (1927) und die Novellensammlung *Geheimnis eines Menschen* (1927); beide Bände wandeln das Problem der Opferliebe ab. Ihnen folgten bald Roman um Roman, *Der Abituriententag* (1928), in dessen Mittelpunkt ein Untersuchungsrichter steht, der durch die Erinnerung an eine Schuld, die er an einem Kollegen begangen hat, zur Sühne gestimmt wird, *Barbara oder die Frömmigkeit* (1929), eine Erinnerung an das sinnlose Ende der Donaumonarchie und an jene Barbara aus dem Elternhaus Werfels, die Franz manches Katholische erschloß (sie vermacht im Roman dem im Leben irrenden Ferdinand ihren Glauben als gegen alle materialistischen Wertinflationen gefeiten Goldschatz), ferner die weniger hochstehenden Bücher *Kleine Verhältnisse* (1931) und *Die Geschwister von Neapel* (1931), endlich *Die vierzig Tage des Musa Dagh* (1933), eine ergreifende Schilderung des Widerstandes von sieben armenischen Gemeinden gegen die während des Ersten Weltkrieges erfolgte Verschleppung durch die Türken, zugleich eine Vorahnung kommender Dinge, die auch Werfels persönliches Schicksal bestimmten.

Mit dem Erzählwerk *Höret die Stimme* (unter dem Titel »Jeremias«, 1956) schlug Werfel den Weg zum religiösen Roman ein. Dem *Veruntreuten Himmel* (1939) liegt eines der ernstesten Probleme christlicher Lebensführung zugrunde, der Wille zum Verzicht auf alle Versicherungen und die bedingungslose Hingabe an Gottes Gerechtigkeit und Barmherzigkeit.

Noch tiefer in die Situation des religiösen Menschen führt das in Lourdes versprochene, mit bewußt nüchterner Wirklichkeitstreue geschriebene *Lied von Bernadette* (1941), hervorgegangen aus genauem Studium der Akten um Bernadette Soubirous, ein Lied auf die verwandelnde Kraft des Göttlichen – Bernadette ist Werkzeug des verborgenen Gottes – und auf die Ordnung stiftende Macht des Jenseits und dadurch ein Gericht über den Zustand der gottfernen Welt, die in den gegen Bernadette auftretenden Behörden und Einzelpersonen verkörpert wird.

Die Reihe der vollendeten Romane Werfels endet mit dem zwei Tage vor dem Tode des Autors abgeschlossenen *Stern der Ungeborenen* (1946), dem allerdings jene Klarheit fehlt, die durch die beiden vorausgegangenen Bücher vorbereitet zu sein schien (aber ein gewisses Auf und Ab findet sich ja im gesamten Werk des Verfassers). Allerdings, da es sich um einen utopischen Roman handelt (er spielt etwa 100000 Jahre nach unserer Zeit), war der dichterischen (man ist fast versucht zu sagen journalistischen) Freiheit keine Grenze gesetzt.

Ein Problem hat Werfel fast zeit seines Lebens beschäftigt: Er war Jude und wollte es sein, er sympathisierte jedoch dauernd mit der katholischen Kirche (ob er sich über sie je völlige Klarheit verschafft hat, ist eine Frage, die sich nicht beantworten läßt). Wir erinnern uns seiner Bekenntnisschrift von der christlichen Sendung, wir nehmen dazu die Sammlung seiner Essays und Reden *Zwischen Oben und Unten* (1946), in der sich früher Veröffentlichtes

(»Realismus und Innerlichkeit«, 1931; »Können wir ohne Gottesglauben leben?«, »Von der reinsten Glückseligkeit«, 1938) und die zwischen 1942 und 1944 unter dem Titel *Theologumena* niedergeschriebenen Notizen finden; diese Aphorismen versuchen u. a., dem Judentum eine neue Aufgabe zuzuweisen, die im Zeugnis für Christus und damit für das Neue Testament bestehe und umgekehrt es dem einzelnen Juden verwehre, Christ zu werden, da er dadurch seinen ihm angewiesenen Platz in der Heilsordnung verlassen würde.

Außerdem gibt es einen unvollendeten Roman *Cella oder die Überwinder* (1954), in den »Die wahre Geschichte vom wiederhergestellten Kreuz« eingebaut ist, stilistisch vielleicht die größte Leistung Werfels, eine Erzählung von der Vertreibung burgenländischer Juden, deren Seelsorger Rabbi Aldar Fürst ein Hakenkreuz, dem er die Querbalken abgebrochen hat, einem katholischen Priester als »wiederhergestellt« überreicht; dieser wandert mit dem Juden über die Grenze, damit das Kreuz nicht wieder geschändet werde. Wie der französische Philosoph Bergson mag unter den besonderen Belastungen jener Zeit auch Franz Werfel einen Übertritt als Flucht aus dem Judentum aufgefaßt haben. Dazu kommt noch ein anderes: Alle Bücher Werfels haben – mit Ausnahme des »Stern der Ungeborenen« – eine genau erkennbare Landschaft, zumeist die österreichische (im älteren Sinne des Wortes), in der Verbannung verliert aber der Dichter allmählich den sicheren Boden unter den Füßen. In der Erzählung *Eine blaßblaue Frauenschrift* (1954) – auch sie ist postum erschienen – fragt die auswandernde Jüdin Vera im Anschluß an die Bemerkung ihres Gesprächspartners, daß Montevideo entsetzlich weit sei: »Weit von wo?« Und der Verfasser erläutert die Frage: »Sie zitiert die melancholische Scherzfrage der Exilierten, die ihren geographischen Schwerpunkt verloren haben.« Nur den geographischen?

DER »BRENNER«-KREIS

Dichter und Denker um Ludwig von Ficker

Zur gleichen Zeit, als die Frühexpressionisten mit ihren Gedichten das Publikum aufschreckten, begann in Innsbruck eine Zeitschrift zu erscheinen, deren Herausgeber mit starkem persönlichem Einsatz den gleichfalls zur Ausdruckskunst zu rechnenden Dichter Georg Trakl förderte; trotzdem war *Der Brenner* kein ausschließliches Organ einer bestimmten literarischen

Richtung, zumal sein Anliegen nicht die Poesie allein war. Gegründet wurde er von Ludwig von Ficker (1880–1967). Sein Geburtsort war München, seine Studienorte (Kunstgeschichte war sein Hauptfach) waren Wien, Berlin und Rom. Früh zog es ihn zurück nach Innsbruck, wo sein Vater gewirkt hatte, in jene Stadt, die auch der Heimat seiner Mutter nahe lag. Nord- und Südtirol verbindet der Brenner, nach ihm benannte er seine Zeitschrift, nicht ohne freilich dem Wort zugleich seine andere Bedeutung zu nehmen und sie in Parallele zur »Fackel« des Wieners Karl Kraus zu setzen.

Als 1910 die erste Nummer erschien, ahnte der Herausgeber allerdings nicht, auf welche Abenteuerfahrt des Geistes er sich damit eingelassen hatte. Finanzielle Schwierigkeiten gefährdeten häufig das Erscheinen der Zeitschrift, und von den Nationalsozialisten wurde sie verboten. Doch sobald die Hindernisse überwunden werden konnten, erschien »Der Brenner« immer wieder; erst 1954 stellte er sein Erscheinen endgültig ein, es war seine achtzehnte Folge. Am Ende der »Nachträge und Notizen« steht der lakonische Vermerk: Ende des Brenner. In ihm und fast nur in ihm ließ Ludwig von Ficker drucken, was er selbst geschrieben hat, und sammelte nichts davon in Büchern. Freunde haben dafür gesorgt, daß wenigstens zu seinem 85. Geburtstag eine *Erinnerungspost* (1965) erschien; sie umfaßt einen bisher unveröffentlichten Brief aus dem Jahr 1934 über den Dichter Georg Trakl und einen bereits 1937 publizierten Brief über die Judenfrage (es wird hoffentlich einmal eine Zeit kommen, die uns Fickers Briefe zugänglich macht, denn er ist auf diesem Gebiet ein Meister) sowie die 1964 gehaltene Lobrede auf die Dichterin Christine Lavant. Wenn je ein Mensch ganz in seinem Werk aufging, so ist dies Ludwig von Ficker.

Sein »Brenner« nun war von Anfang an als ein Raum gedacht, der den Stimmen einzelgängerischer Wahrheitssucher offenstehen sollte. So war er auch dem eigenwilligen Carl Dallago (1869–1952) zuliebe gegründet worden, dessen Beiträge die ersten Jahrgänge bestimmten. Dieser Südtiroler war in Bozen geboren, lebte lange Zeit in Italien und starb in Innsbruck. Er machte sich zuerst als Lyriker einen Namen; seine Gedichte sind aus der südtirolischen Landschaft geboren, soweit sie naturselig sind, und stehen in der Nachfolge Nietzsches und Walt Whitmans, soweit in ihnen ein Einsamer Zwiesprache mit dem All hält (»Mensch und Dasein«, Sammelband aus früheren Versbänden, 1930). Als Lyriker, Idylliker und Einsamer schrieb er die Prosa der Bücher *Der Süden* (1904) und *Geläute der Landschaft* (1906). Auch als Dramatiker versuchte er sich (»Erich Tagusen«, 1904). Seine eigentliche Bedeutung aber lag in seinen weltanschaulichen Veröffentlichungen, die einzelnen Persönlichkeiten galten (»Otto Weininger und sein Werk«, 1912; »Karl Kraus der Mensch«, 1913; »Jesus von Nazareth«, 1914; »Laotse«, 1921; »Der Christ Kierkegaards«, 1922), ebenso der eigenen Person (»Nach dreißig Jahren«, Autobiographie, 1929), und in dem umfangreichen Werk *Der große Unwissende* (1921) gipfelten, an dem er seit 1912 arbeitete (es erschien zunächst kapitelweise im »Brenner«). Solange er Mitarbeiter war, ging vom »Brenner« eine religiöse Welle aus (und das bedeutete einiges angesichts der weit verbreiteten Gleichgültigkeit), aber kein eigentliches Bekenntnis.

Bald erstand Dallago ein Gegner, und zwar auf dem Boden des »Brenner« selbst. Zu diesem war nämlich der Württemberger Theodor Haecker (1879 bis 1945) gestoßen, zunächst als Übersetzer und Deuter Kierkegaards, ferner als Verfasser wuchtiger Aufsätze (»Der Krieg und die Führer des Geistes«, 1915; »Über Kardinal Newmans Glaubensphilosophie«, 1921; »Humor und Satyre«, 1928; »Betrachtungen über Vergil, Vater des Abendlandes«, 1932). Sein Wesen wurde entscheidend geformt durch den Dänen Kierkegaard und den Engländer Newman, unter dessen Einfluß er katholisch wurde (1921); dies wieder beeinflußte Ludwig von Ficker, so daß er sich 1926 von Dallago trennte. Von da an kann man den »Brenner« als katholische Revue betrachten, ohne daß er konfessioneller Verengung unterlag.

Haecker besaß in hohem Grade die Gabe der Satire, darin mit Karl Kraus vergleichbar, und bediente sich auf diesem Gebiet, auch nach der Konversion, »lutherischer Schimpfmächtigkeit« (Friedrich Punt). Er sammelte die einschlägigen »Brenner«-Aufsätze unter dem Titel *Satire und Polemik* (1922) und wurde gerade durch sie zur unerbittlichen Unterscheidung der Geister getrieben. Positiv wirkte sich dies aus, sobald er älter und weniger unduldsam geworden war, in seinen darstellenden Werken (»Dialog über Christentum und Kultur«, 1927; »Wahrheit und Leben«, 1930; »Vergil, Vater des Abendlandes«, 1931; »Was ist der Mensch«, 1933; »Der Christ und die Geschichte«, 1935; »Schönheit«, 1936). Das inzwischen errichtete »Dritte Reich« widersprach allerdings allem, was ihm heilig war; so mußte er schweigen. Als aber noch der Krieg entfesselt worden war, griff er wieder zur Feder und begleitete in München, wo er lebte, und noch in Usterbach bei Augsburg, wo er später starb, in seinen *Tag- und Nachtbüchern* (1947) die Ereignisse der Jahre 1939–1945 weniger in ihrem äußeren Verlauf als vielmehr als Entfaltung des Abfalls vom Glauben, um ihnen im Geist des Thomas von Aquin die ewigen Ordnungen des Seins entgegenzuhalten. Darüber aber seien nicht vergessen die Übersetzungen, durch die uns Haekker entweder von neuem oder überhaupt als erster Vergil, Hilaire Belloc, Sören Kierkegaard, J.H. Newman und Francis Thompson nahebrachte. In den eigenen Schriften wie in den Übertragungen fremder erwies sich Haecker als Meister der Sprache, immerhin ohne daß er leicht zu lesen wäre. Lange Perioden, eingeschachtelte Sätze, ungewöhnliche Wortstellungen, ermöglichen kein rasches Darüberhinweggleiten, bieten aber in ihrer sachlichen Bestimmtheit und Anschauungsfülle selbst dort, wo man nicht sofort zuzustimmen geneigt ist, einen reichen geistigen Genuß und zeigen, wie hoch ihr Verfasser den Menschen als Sprechenden einschätzte; deswegen stand ihm, dem Liebhaber Bachs und Mozarts, die Dichtung über der Musik.

Bald nach Theodor Haeckers Namen taucht im »Brenner« der eines Österreichers auf, FERDINAND EBNER (1882–1931), letztes von sieben Kindern eines Landwirtes und Fleischhauers in Wiener-Neustadt; die zerrütteten Verhältnisse seines Elternhauses und die andersartigen Interessen seiner Geschwister ließen ihn früh vereinsamen. Auch der in Waldegg im Piestingtal, in Wien, zuletzt in Gablitz im Wienerwald ausgeübte Lehrerberuf füllte ihn nicht völlig aus, so beschäftigte er sich mit Dichtung und Philosophie, stieß – ähnlich wie Haecker – auf Kierkegaard und begann selbst zu schreiben. Er schrieb zuerst Gedichte, Skizzen und kleine Novellen, dann Aphorismen und Tagebuchblätter, auch viele Briefe (all dies ist in den drei Bänden der »Schriften«, 1963/1964, gesammelt) und Aufsätze im »Brenner« (seit 1919), aus denen dann durch Sammlung und Erweiterung seine Bücher entstanden (»Das Wort und die geistigen Realitäten«, 1921; »Wort und Liebe«, 1935; »Das Wort ist der Weg«, 1949), wobei sein geplantes Hauptwerk über das Problem der Wahrheit leider nie zustande kam. Es ist unmöglich, Ebner in irgendeine philosophische Schule einzuordnen, diesen bohrenden Denker, der nach einer Periode des Atheismus und zwei Selbstmordversuchen seine Sicherheit im Christlich-Religiösen gefunden hatte und im Wort die Fülle der Gnade Gottes erblickte. Er erkannte »das Wort als das wahre Wunder des menschlichen Geistes und als den objektiven Grund aller Menschlichkeit«. Zwei Gottesgelehrte, der Protestant Emil Brunner und der Katholik Karl Rahner, machten Ebners philosophische Einsichten zu Ausgangspunkten theologischer Überlegungen, ein Literaturwissenschaftler, Ignaz Zangerle, zur Basis einer christlichen Poetik (»Die Bestimmung des Dichters«, 1947).

Zwei jüngere Tiroler Dichter wurden erst durch ihre Mitarbeit beim »Brenner« bekannt. JOSEPH GEORG OBERKOFLER (1889–1962), geboren im südtirolischen St. Johann im Ahrntal, besuchte das Gymnasium in Brixen und in Trient, studierte Theologie, Philosophie und Jurisprudenz, beschloß sein Studium in Innsbruck mit dem Doktorat, nahm am Ersten Weltkrieg teil und betätigte sich nachher als Schriftleiter und Verlagsredakteur, zuletzt in Innsbruck. Er begann als Lyriker und stand dem Expressionismus recht nahe; seine Versbände verraten das schon zum Teil durch ihre Titel (»Stimmen aus der Wüste«, 1921; »Triumph der Heimat«, 1925; »Nie stirbt das Land«, 1937; »Und meine Liebe, die nicht sterben will«, 1948; »Verklärter Tag«, 1950); ein anderer Teil der Titel weist auf die Heimat hin, aus deren Boden die Prosawerke Oberkoflers erwuchsen (»Die Knappen von Prettau«, 1921; »Sebastian und Leidlieb«, 1926; »Drei Herrgottsbuben«, 1934; »Das Stierhorn«, 1938; »Das rauhe Gesetz«, 1938; »Der Bannwald«, 1939; »Die Flachsbraut«, 1942) und ihren Verfasser mit seiner männlich starken Diktion nicht nur zum repräsentativsten Vertreter der neuern Tiroler Heimatdichtung machten, sondern ihn geradezu als vollgültigen Beweis für die Notwendigkeit dieser Literaturgattung ausweisen.

Josef Leitgeb (1897–1952) war zwar im salzburgischen Bischofshofen geboren, entstammte aber einer Tiroler Familie, wurde schon 1899 in Innsbruck heimisch und hier zum Doktor der Rechte promoviert, ging von hier aus in beiden Weltkriegen an die Front und beschloß hier sein Leben als Stadtschulinspektor. Rilke und Trakl sind sozusagen die Paten seiner Lyrik (»Musik der Landschaft«, 1935; »Läuterungen«, erzählende Sonette mit autobiographischen Zügen, 1938; »Vita somnium breve«, 1943; »Lebenszeichen«, 1951; »Sämtliche Gedichte«, 1953), neben der auch seine Prosa wohl bestehen kann, besonders der Roman *Kinderlegende* (1934), mit dem Leidensweg eines als »Hexer« verfolgten Tiroler Hirtenjungen, und das eigene Kindheitserinnerungen feinsinnig verarbeitende Buch *Das unversehrte Jahr* (1948); daneben stehen die Romane *Christian und Brigitte* (1936), die *Kleinen Erzählungen* (1951) sowie die Sammelbände *Abschied und fernes Bild* (1959) und *Von Blumen, Bäumen und Musik* (1947).

Georg Trakl, seine Zeitgenossen und Nachfolger

Der Dichter dagegen, dem die Liebe Ludwig von Fickers weit über dessen frühes Grab hinaus gehörte, war kein Tiroler, sondern ein Salzburger, Georg Trakl (1887–1914), Sohn eines Eisenhändlers aus protestantischer, kunstliebender, jedoch literaturfremder Familie; nur Georgs Schwester Margaretha (sie starb 1914 in Berlin), teilte die Interessen ihres Bruders. So wurde ihre gegenseitige Neigung mehr als geschwisterliche Liebe und Quelle von des

Dichters immer wieder zutage tretendem Schuldbewußtsein; dies aber lehrte ihn, die Zeit und die Welt durch die dunkle Brille der Schwermut zu betrachten und in düsteren Visionen das kommende Chaos zu verkünden. Bei dieser seelischen Verfassung war es ihm unmöglich, die obersten Klassen des Gymnasiums bis zur Reifeprüfung durchzuhalten, doch kam er immerhin so weit, daß er sich dem Apothekerberuf zuwenden konnte, was damals nach sechs Mittelschuljahren gestattet war. Sein Beruf eröffnete ihm den Zugang zu verschiedensten Drogen, deren Genuß er mehr und mehr verfiel. Das Praktikum machte er in Salzburg, die Studien in Wien (1908–1910); menschenscheu entfloh er einem geordneten bürgerlichen Dasein; 1912 lebte er als Militärapotheker im Garnisonsspital zu Innsbruck, 1914 kam er als Sanitätsleutnant nach Galizien, wo ihn das Grauen der Schlacht von Grodek an den Rand des Wahnsinns trieb. Zur Untersuchung seines Geisteszustandes wurde er ins Garnisonsspital Krakau verbracht, wo er infolge Einnahme einer gewollten oder versehentlichen Überdosis von Medikamenten starb. Ludwig von Ficker hat 1925 die sterblichen Überreste des Dichters exhumieren lassen und auf dem Friedhof von Mühlau bei Innsbruck beigesetzt.

Georg Trakl trat schon 1906 mit zwei Einaktern (»Totentag« und »Fata Morgana«), die am Theater seiner Heimatstadt aufgeführt wurden, an die Öffentlichkeit; aus Ärger über den Mißerfolg des zweiten vernichtete er beide. Ihre Helden, so scheint es, suchten den Tod, als sie aus der illusionären Welt, in der sie lebten, heraustraten und die Wirklichkeit erkannten. Von späteren dramatischen Versuchen hat sich außer Fragmenten nur das Puppenspiel *Blaubart* erhalten. Zu jener Zeit dürfte der Dichter unter dem Einfluß Ibsens und Maeterlincks gestanden sein. Dieser wurde bald abgelöst durch den des französischen Symbolismus (Baudelaire, Rimbaud, Verlaine). Die Gedichte, die so entstanden, lassen nur gelegentlich – in der Wahl der Motive, seltener im Tonfall – etwas von Trakls späterer Poesie ahnen. Diese hat – in den vollendeten Gedichten und in den Entwürfen – eine innere Gliederung gemeinsam: »Schauen und Lauschen, Wasser und Antlitz, Fremdling und Magd, hinauf oder hinab kehrten fast immer in abgewandelter Form wieder ... und bewirkten jenes merkwürdig-faszinierende Gefühl ..., das traurig-schön Gesagte schon einmal gehört, einmal erkannt zu haben und ihm dennoch als einem ganz Neuen gegenüberzustehen« (Walter Killy). Dazu trägt viel das Vokabular der Traklschen Verse bei; der Dichter Josef Leitgeb ist diesem bis ins Detail nachgegangen und hat als bevorzugte Substantive Wald, Stern, Nacht, Abend und vor allem Schatten, als häufigste

Eigenschaftswörter sanft, leise, dunkel, blau und – schwarz nachgewiesen. Zu Schatten, Abend und Nacht gehört der Tod:

> O die Nähe des Todes. Laßt uns beten.
> In dieser Nacht lösen auf lauen Kissen
> vergilbt von Weihrauch sich der Liebenden schmächtige Glieder.

»Das ist Barock, Katholizismus, fast spanische Bilderwelt«, sagt Leitgeb und widerspricht damit jenen, die behaupten, das katholische Salzburg habe keinen Einfluß auf den protestantischen Trakl gehabt (auch daß Maria bei ihm vorkommt, dürfte nicht nur folkloristisch bedingt sein), auch weist er nach, wie fern und fremd Georg Trakl die Antike blieb, selbst wenn er etwa von »Helios« redet; denn er spricht ihn an: »O süßer Helios!« und entführt ihn durch das Beiwort »süß« dem griechischen Götterkreis: »Helios« ist »nur noch eine Farbe, ein starkes Goldgelb, ein heißeres Wort für Mittag. Wie anders klänge es bei Schiller oder Hölderlin!« Wichtig ist auch Leitgebs Feststellung: »Die Farben Trakls sind nur selten der Natur nachgemalt, sie entspringen aber auch nicht kunstgewerblichem Schmucksinn, sie stammen aus ganz anderem Bereich, aus dem der Symbolik. Sie sagen nicht die Oberfläche der Dinge aus, sondern ihre Bedeutung.« Das wird durch Hans Szklenars Feststellung ergänzt: »Ja, es erhebt sich die Frage, ob nicht bei Trakl das Wort überhaupt seinen Mitteilungscharakter verloren hat und Zeichen nur vom Dichter erfahrener Beziehungen geworden ist, die jedem Versuch der Interpretation dieser Poesie ein besonders hohes Maß von Behutsamkeit auferlegen.« Dazu kommt, daß der Dichter bei Neufassungen älterer Gedichte häufig die Adjektive vertauscht hat, um bestimmte Klangwirkungen zu erzielen, womit er, wohl als erster Dichter deutscher Sprache, in den Bereich der »absoluten Poesie« vorgestoßen wäre.

Trakls Anfänge berühren sich, wie gezeigt wurde, mit dem Naturalismus, Impressionismus, Symbolismus; über diese Stufe stieg er weiter zum Expressionismus; am nächsten steht er wohl seinem Jahrgangsgenossen Heym, den er aber kaum gekannt hat: Indem er den Salzburger mit diesem und überhaupt mit den Frühexpressionisten vergleicht, stellt Karl Ludwig Schneider fest: »Trakl ist in seiner Landschaftsschilderung zu einer Polarität gelangt, die eigentlich die Grundspannung der ganzen expressionistischen Epoche darstellt. Einerseits nämlich haben die Autoren dieser Bewegung in ihren Dichtungen den Untergang der alten Zeit angekündigt, ersehnt oder wie Trakl erlitten. Andrerseits versuchten sie, die Utopie einer besseren Zeit und eines neuen Menschen zu entwerfen. Im allgemeinen zeigen sich die Frühexpressionisten stärker beeindruckt von den Phänomenen des Verfalls und des

Untergangs, während in den späteren Phasen der expressionistischen Epochenentwicklung die Neigung zur Utopie vorherrscht. Trakl zeigt beide Seiten der Entwicklung in seinem Werk, und das scheint mir ein Zeichen dafür zu sein, daß er nicht nur oberflächlich vom Expressionismus berührt war, sondern stärker als mancher andere Expressionist in der Grundspannung der Epoche stand.« Demgegenüber verweist man verschiedenenorts auf die beiden Tatsachen, daß Trakl der bewußten Sprachzertrümmerung vieler Expressionisten völlig fern steht und durchaus keine Neigung zu deren revolutionärem Pathos verrät.

Seine gültigen Gedichte erschienen zuerst im »Brenner«, zwei Buchausgaben (»Gedichte«, 1913; »Sebastian im Traum«, 1914) wurden noch von Trakl selbst zusammengestellt (die zweite erlebte er allerdings nicht mehr); dann gab Karl Roeck *Die Dichtungen* (1917) heraus; andere Veröffentlichungen sind *Der Herbst des Einsamen* (1920), *Gesang des Abgeschiedenen* (1933), *Aus goldenem Kelch, Jugenddichtungen* (1939), *Die Dichtungen* (1945), *Offenbarung und Untergang* (1947), Prosadichtungen, denen nur der Vers fehlt, die sonst aber ganz der Diktion Trakls entsprechen. Die Literatur über den großen Salzburger ist unübersehbar und oft widersprüchlich. Das hat seine Ursache vor allem darin, daß man ein Wort des Dichters aus dem Jahre 1913 überspannt: »Es ist ein so namenloses Unglück, wenn einem die Welt entzweibricht ...« Daraus schließt z.B. Hans Szklenar: »und es scheint, als sei auch die christliche Heilsbotschaft von diesem Zerfall der Welt in ihre Elemente nicht ausgenommen gewesen.« Aber der im Mai 1914 gedichtete »Gesang einer gefangenen Amsel« spricht eine andere Sprache:

Dunkler Odem im grünen Gezweig.
Blaue Blümchen umschweben das Antlitz
Des Einsamen, den goldenen Schritt
Ersterbend unter dem Ölbaum.
Aufflattert mit trunknem Flügel die Nacht.
So leise blutet Demut,
Tau, der langsam tropft vom blühenden Dorn.
Strahlender Arme Erbarmen
Umfängt ein brechendes Herz.

Zweifellos liegt diesem Gedicht eine Vision der Gethsemane-Nacht zugrunde. Diese Nacht ist der Grund, auf dem Trakl der Erlösung gewiß wird. Eduard Lachmann schließt daraus, Trakl sei nicht ein »Mystiker der Verwesung«, sondern ein Dichter der Erlösung. In seinem »Psalm« sprach dieser die nie widerrufene Erwartung aus: »Schweigsam über der Schädelstätte öffnen sich Gottes goldene Augen.«

Niemand wußte besser um »die wahre, die ganze Fragwürdigkeit von Trakls Person und Erscheinung, samt allem Mißverständlichen, das sie umgab«, als Ludwig von Ficker. Und dieser nun setzt zu ihm eine Dichterin in Parallele, »die nicht minder eigentümlich, ja absonderlich im Sprachraum ihrer Dichtung haust wie Trakl einst in dem seinen, mögen auch die Verlautbarungsweisen dessen, was ihrem Aufschließungsbedürfnis im Wort den Charakter einer unumgänglichen Notwendigkeit verleiht, bei beiden völlig verschieden sein«. Diese Worte des großen Mäzens aus Menschlichkeit berechtigen uns, CHRISTINE LAVANT, obschon sie einer jüngeren Dichtergeneration angehört, schon hier vorzustellen. St. Stefan im Lavanttal (Kärnten) ist ihr Wohnort, in dessen Nähe sie als neuntes und letztes Kind eines Bergarbeiters in Groß-Edling zur Welt kam. Ihr Name ist eigentlich Christine Habernig, geb. Thonhauser (1915–1973); verheiratet war sie seit 1939; die Ehe hat an den bescheidenen Verhältnissen, unter denen sie aufgewachsen war, nichts geändert, durch Stricken verdiente sie lange Zeit ihren Lebensunterhalt. Ihr Werk umfaßt fünf Gedichtbände sowie vier Bücher erzählenden Inhalts. »Bewunderungswürdig ist ... die traumwandlerische Sicherheit, mit der Christine Lavant ... von Anfang an ihre Form, ihren Ton, ihre Sprache findet. Da ist nirgendwo ein Zögern und Tasten zu spüren, diese Dichterin ist reif und vollendet, da sie zum erstenmal an die Öffentlichkeit tritt« (Helmut Scharf).

Von geringerer, wenn auch nicht geringer Bedeutung ist ihr Prosawerk, bestehend aus Erzählungen, die in »sprunghafter Verschwommenheit und märchenhafter Entrücktheit« (Wieland Schmied) teils in die Welt des Kindes führen (»Das Kind«, 1948; »Das Krüglein«, 1949; »Die Rosenkugel«, 1956), teils Sphären triebhafter Abwegigkeit berühren (»Baruscha«, 1952) teils derben Humor mit naiver Frömmigkeit verbinden (»Lumpensammler«, 1961). Die Lyrik ist gesammelt in den Büchern *Die unvollendete Liebe* (1949), *Die Bettlerschale* (1956), *Spindel im Mond* (1959), *Der Sommervogel* (1960), *Der Pfauenschrei* (1963). In Prosa und Vers finden wir jene oft kräftigen, derben, bilderreichen, drastischen Ausdrücke der Volkssprache, mit der vor allem die Lyrik der Christine Lavant durchsetzt ist. »Aller Neutönerei zum Trotz reimt die Dichterin immer noch Traum auf Baum und Sand auf Hand. Aller Auflösung des Silbenmaßes entgegen gestaltet sie auch ihre ungereimten Gedichte wenigstens in strenger Metrik. Sie ist eine Virtuosin der Form, eine Meisterin der Metapher, die die Möglichkeiten der Sprache mit unzähligen Neubildungen, aber auch mit mundartlichen Formen und Fügungen erweitert und bereichert. Jeder ihrer Verse ist ein Muster der

Anschaulichkeit und Aussage gegenüber blutleeren Wortkonstruktionen der Nur-Modernen.« Diese Worte Helmut Scharfs könnten beinahe die Modernität der Kärntnerin in Zweifel stellen, aber »was die Christine Lavant für sich darstellt, für sich und, durch das Sprachrohr ihrer Dichtung, auch für uns, die wir ihr Auftauchen staunend verfolgten, das reicht in Abgründe einer Leiderfahrenheit hinab, die niemand mit ihr teilen kann.« Diese Worte sprach Ludwig von Ficker in seiner »Lobrede auf eine Dichterin«.

Im Verlauf der Rede scheut er sich nicht, von Geistesgestörtheit zu sprechen, und Christine Lavant scheint ihm recht zu geben, wenn sie in namenloser Qual zu Christus aufschreit:

Meine Angst umkreist das Irrenhaus
schon seit Jahren, denke! – schon seit Jahren.
Hast du wirklich auch die Qual erfahren
einst am Ölberg, dann – dann steh mir bei.
Schau, ich weiß, vielleicht den nächsten Schrei
hört der Nachbar schon und es geschieht,
daß ein Wächter auf der Brust mir kniet
und mich lachend in den Wagen schafft.

Ach, mein Jesu, gib mir etwas Kraft,
etwas Gnade für die ärgste Zeit,
daß mein Leib sich nicht noch selbst befreit,
um dem nächsten Zustand zu entfliehn.
Hilf mir, hilf mir, laß mich nicht so knien,
nicht umsonst mein Augenlicht verderben,
tu ein Wunder, laß mich heut noch sterben!

Also muß Christine Lavant zumindest am Rande des Pathologischen vorbei durch Bedrohung und Daseinsangst den Weg ihrer Gottessehnsucht suchen, denn »auf Erden sind die Wunder oft den Wunden nah«.

Doch wir müssen von ihr zurückkehren in die Frühperiode des »Brenner«, wo sich Ludwig von Ficker der Mitarbeit auch aus Wien erfreut: Altenberg und Karl Kraus, Ehrenstein und Csokor sind Schriftsteller, die sich und ihren Ruhm ihm zur Verfügung stellten, damals noch unbekannte, aber später hochgekommene Größen waren dagegen Martina Wied und Hermann Broch.

Martina Wied (eigentlich Alexandrine Martina Augusta Schnabl, 1882 bis 1957) war die Tochter eines Wiener Juristen; 1910 heiratete sie den Fabrikanten Sigmund Weisl, der 1930 starb. Schon in ihrem Elternhaus kam sie mit Literatur in Berührung; ihre so erworbenen Kenntnisse vertiefte sie durch philosophische, historische und kunstgeschichtliche Studien sowie durch ausgedehnte Reisen in Polen, Frankreich, England und Italien. Bei einem

Besuch Schottlands wurde sie 1939 vom Krieg überrascht, wirkte dort als Lehrerin und kehrte 1947 nach Wien zurück; sie beschloß ihr Leben, wo sie es begonnen hatte. 1912 eröffnete sie mit Gedichten ihre Mitarbeit am »Brenner«, der erste Sammelband trug den Titel *Bewegung* (1919), das lyrische Gesamtwerk liegt vor unter der Überschrift *Brücken ins Sichtbare* (1952); es umfaßt Gedankliches und Stimmungshaftes, Gesagtes und Gesungenes, Landschaftliches und Seelisches; Gedankenlyrik, oft in eigenwilliger Metrik, überwiegt und zeigt männliche Gestaltungskraft. Ihre Dramen (»Spuk«, 1922; »Der Gast«, 1923; »Der Spielberg«, 1924) wurden wohl in Wien aufgeführt, aber bisher nicht gedruckt.

Die stärkste Begabung Martina Wieds lag auf dem Gebiet der Erzählung. Hier zeigen sich gut verarbeitete Einflüsse Otto Stoeßls und des Neoklassizismus sowie ein Stil, der gelegentlich das Reportagehafte nicht vermeidet, andere Male aber dazu reizen könnte, das Deutsch der Autorin ins Lateinische zu übersetzen. Ihr erster Roman trug, da er 1934 in der »Wiener Zeitung« erschien (geschrieben wurde er 1925/1926), den Titel *Das Asyl zum obdachlosen Geist* und wurde als Buch nach der Hauptgestalt *Kellingrath* (1950) benannt; dieser Kellingrath ist Arzt an einer niederösterreichischen Irrenanstalt und wird infolge seiner Wirksamkeit unter Kranken, die sich auf der Flucht vor sich selbst befinden, von Zweifeln an der Realität seines eigenen Daseins befallen. Das Werk sucht in einer verworrenen Welt den Weg zur göttlichen Barmherzigkeit. Religiöses wird auch sonst bei Martina Wied angedeutet, vordergründig aber ruht ihr Schaffen doch eher auf bloßer Humanität. Das zeigt die Gestalt des Dr. Ambros im *Rauch über Sankt Florian* (oder »die Welt der Mißverständnisse«, 1936 bzw. 1949): die Ortsbezeichnung ist vermutlich Deckname für St. Georgen an der Stiefing in der Steiermark, wo seinerzeit Paul Ernst, das Vorbild des Dr. Ambros, lebte. Der Rauch dagegen ist Symbol für die vernebelnde Düsternis unseres chaotischen Jahrhunderts, in dem der Vertreter des Geistes zur Ohnmacht verurteilt ist. An das umfangreiche Buch reihte sich eine Reihe kürzerer Erzählungen (»Das Einhorn«, 1948; »Das Krähennest«, 1951; »Das unvollendete Abenteuer«, 1953), unter denen *Der Ehering* (1954) hervorragt, die Biographie *Jakobäa von Bayern* (1951) und abermals ein mehrere hundert Seiten umfassendes Romanwerk, *Die Geschichte des reichen Jünglings* (1952), begonnen in Zakopane 1928, abgeschlossen in Glasgow 1943, in welcher das Schicksal des jungen polnischen Fabrikantensohnes Adam Leontjew inmitten der satten Selbstzufriedenheit des Großbürgertums gezeigt wird.

Hermann Broch

Einer der bedeutendsten Schriftsteller im Umkreis »Brenner« war HERMANN BROCH (1886–1951). Er kam in Wien als Sohn eines Textilfabrikanten zur Welt, trat nach einschlägigen Studien in Wien und Mülhausen (Elsaß) in die Firma des Vaters ein und war 1916–1927 deren Leiter, zugleich Vorstandsmitglied des österreichischen Industriellenverbandes und oft mit Schlichtungstätigkeit zwischen Arbeitgebern und Arbeitnehmern betraut. 1927 gab er seine geschäftlichen Verpflichtungen auf und studierte an der Universität seiner Geburtsstadt Mathematik, Philosophie, Psychologie. 1935 zog er sich nach Mösern in Tirol und anschließend nach Alt-Aussee im Salzkammergut zurück, um sich ungestört als Schriftsteller betätigen zu können. Nach dem Anschluß Österreichs an das »Dritte Reich« wurde er als Jude verhaftet, jedoch auf Grund der Intervention ausländischer Freunde zur Emigration entlassen; in New York ermöglichte ihm die Unterstützung durch Stiftungen weitere wissenschaftliche und literarische Arbeit; schließlich erhielt er nach massenpsychologischen Studien an der Universität Princeton eine Professur an der Yale-Universität in New Haven (Connecticut). Ein Herzschlag setzte seinem Leben und seiner »krebsartig angeschwollenen Arbeit« ein Ende. Schon 1913 finden wir seinen Namen unter zwei Essays und unter dem Gedicht »Mathematisches Mysterium«, die im »Brenner« Aufnahme fanden. Man tut aber Hermann Broch gewiß kein Unrecht, wenn man seine Lyrik unbeachtet läßt, zumal ein Teil derselben ohnehin in seine Romane eingestreut ist. Dieser Literaturgattung wandte er sich zu, als er die industrielle Tätigkeit aufgab und sich neuerdings den Studien widmete.

Das erste Ergebnis ist die Romantrilogie *Die Schlafwandler* (1931/1932); ihre drei Teile haben die Überschriften *1888. Pasenow oder die Romantik; 1903. Esch oder die Anarchie; 1918. Huguenau oder die Sachlichkeit.* Die Jahreszahlen legen die Vorkommnisse des Gesamtwerkes scheinbar auf einen Zeitraum von drei Jahrzehnten fest und teilen diesen mathematisch genau in zweimal 15 Jahre; doch Wilhelm Duwe bemerkt richtig: »In Wirklichkeit spielt der erste Roman … unmittelbar vor dem Ersten Weltkrieg, der zweite spiegelt die animalische Lebensgier nach Kriegsende und der dritte verlängert die Schatten, die der Nationalsozialismus wirft, bis ins Jahr 1918 zurück.« Ferner geben die Untertitel der drei Teile Namen an, die andeuten, daß die drei Hauptpersonen beispielhafte Figuren sind. Pasenow steht für den in Militärkreisen, besonders Preußens, übertriebenen Kult der »Ehre« (es handelt sich also um eine falsche Romantik), Esch für verantwortungsloses

Triebleben, Huguenau für schamloses Machtstreben, das zum Selbstzweck geworden ist. Gesamtthema ist der Zerfall der Werte, aufgezeigt an Mitgliedern des Adels, des Militärs, des Bürgertums. Diese werden Schlafwandler genannt, weil sie entweder animalisch-vegetativ dahindämmern oder sich nach Vereinigung, Erlösung, Licht nur sehnen oder – und das wäre die oberste Stufe des Schlafwandels – »die höhere platonische Wirklichkeit der Welt« wahrnehmen.

Dazu kommt keine der Titelfiguren, aber – jedes auf seine Weise – ein Heilsarmeemädchen und der Erzähler des dritten Bandes, Dr. phil. Bertrand Müller. Im Epilog der Trilogie wird die Hoffnung ausgesprochen auf einen (natürlich nicht politischen, sondern geistigen) »Führer, der leicht und milde bei der Hand ihn nimmt, ordnend und den Weg weisend, der Führer, der keinem mehr nachfolgt und der vorangeht auf der unbeschrittenen Bahn des geschlossenen Ringes, aufzusteigen zu immer höheren Ebenen, aufzusteigen zu immer hellerer Annäherung, er, der das Haus neu erbauen wird, damit aus Totem wieder das Lebendige werde, er selber auferstanden aus der Masse der Toten, der Heilsbringer, der in seinem eigenen Tun das unbegreifbare Geschehen dieser Zeit sinnvoll machen wird, auf daß die Zeit neu gezählt werde. Das ist die Sehnsucht«. Wir sehen: dieser ersehnte Führer ist weder der jüdische noch der christliche Messias (für die mosaische Religion und für die beiden christlichen Konfessionen zeigte Broch stets Respekt, aber nicht mehr), sondern eher eine neuplatonische oder gnostische Gestalt. In einem anderen Roman Brochs kommt die Mutter Gisson vor; die Buchstaben ihres Namens ergeben, anders geordnet, das Wort Gnosis; Gisson ist das Symbol einer mystischen Einheit alles Seins.

Unmittelbar auf die »Schlafwandler« folgte der später vom Autor unterdrückte Roman *Die unbekannte Größe* (1933), den wir also übergehen können, und das aus Brochs Erfahrungen als Schiedsrichter bei Arbeitskonflikten hervorgegangene Drama *Die Entsühnung* (1934 in Zürich uraufgeführt, Hörspielfassung »Denn sie wissen nicht, was sie tun« von Ernst Schönwiese, 1961), das sein einziges Bühnenstück blieb. Zur gleichen Zeit ungefähr erschienen zwei der wichtigsten Essays des »Dichters wider Willen«, wie er sich selbst nannte, *Das Böse im Wertsystem der Kunst* (1933) und *James Joyce und die Gegenwart* (1936). Der erste begreift das Kunstproblem als ein ethisches und lehnt den ›Kitsch‹ ab, der das Böse in der Kunst darstelle (Kitsch ist ihm auch l'art pour l'art, sofern diese literarische Richtung Selbstzweck und selbständiger Wert sein will; dazu sind noch zu vergleichen die Untersuchungen »Das Weltbild des Romans«, 1933, und »Einige Bemerkungen zum Problem des Kitsches«, 1950/1951). Der zweite vertritt die Meinung, wahre Modernität sei erst dann gegeben, »wenn der Geist wissenschaftlichen Denkens die ganze übrige rein dichterische Darstellung durchdränge. Ob dann überhaupt noch wissenschaftliche Themen behandelt werden, ist herzlich gleichgültig, das Thema wird einfach zur Funktion des Dichterischen.« Wegen Brochs Beschäftigung mit James Joyce hat man den Wiener gerne mit dem Iren verglichen, noch mehr aber mit seinem Landsmann Robert Musil. Doch während dieser das Übel seiner Zeit nur bloßlegt, sucht Broch nach einem Gegenmittel; während Musil spöttisch und ironisch schreibt, ist der Ton des anderen oft lyrisch, bisweilen pathetisch (und Musil selbst wollte nicht, daß man Broch mit ihm verglich). Die bedeutendste kritische Arbeit aus Brochs Feder ist endlich *Hofmannsthal und seine Zeit* (1951); sie erreicht ihren Höhepunkt in der Deutung des »Briefes des Lord Chandos«.

Schon nach der Machtübernahme Hitlers in Deutschland machte der Autor der »Schlafwandler« den Versuch, in einem neuen Roman das Ausbrechen des Massenwahns um eine Führergestalt in einem tirolischen Dorf zu schildern; das werdende Buch sollte bald »Bergroman«, bald »Demeter«, bald »Wanderer« heißen; es bekam zunächst eine Urgestalt und wurde dann noch zweimal überarbeitet. Die gedruckte Ausgabe, herausgegeben von Felix Stößinger, zog alle drei Fassungen zusammen, wobei stilistisch die erste das Übergewicht hat, so daß *Der Versucher* (1953) trotz seines späten Erscheinens chronologisch hier eingeordnet werden darf:

Er ist die Geschichte von dem bösen Marius Ratti, der in ein Bergdorf Unordnung und Raserei bringt (Aufstieg des Nationalsozialismus) und in Mutter Gisson ein Gegengewicht findet. Als Erzähler fungiert der humanistisch gebildete Landarzt, der zuweilen dem Charme Rattis verfällt. Neun Monate beansprucht die Handlung, an deren Ende die Dienstmagd Agathe ein Kind zur Welt bringt, in dem man den kommenden Heiland sehen soll.

Der Messianismus Brochs tritt am deutlichsten in Erscheinung in dem Roman, der ihn weltberühmt machte: *Der Tod des Vergil* (1945). Er erschien, von Amerika aus, zuerst in englischer, bald darauf in deutscher Sprache. Schon Jahre zuvor hatte sich der Autor mit dem römischen Dichter beschäftigt (Radioskizze »Die Heimkehr des Vergil«, 1936), wie überhaupt die von Broch gewählten Themen ihn auch sonst Jahre hindurch beschäftigen. Dieses neue Buch ist zur Hauptsache ein innerer Monolog, den der sterbende Vergil in den letzten 18 Stunden seines Lebens mit sich (und mit dem Kaiser Augustus) hält. Es geht dabei vordergründig um den Wunsch, daß die unvollendet gebliebene »Aeneis« verbrannt werde, und um den Gegenwunsch des Caesars, daß Roms Nationalepos erhalten bleibe; das entspricht ungefähr den historischen Begebenheiten. Im Hintergrund steht aber eine andere Frage, das Problem der Daseinsberechtigung des Kunstwerkes: »Wenn die Pflichten des Menschen, wie eben heutzutage, anderswo als in der Kunst liegen, so hat er gar keine Wahl, er muß die Kunst und nicht zuletzt auch die Achtung vor ihr fallen lassen.« Aber selbst dies ist nicht das Hauptthema des Bandes, der am ehesten als Prosa-Gedicht in oft lyrischer Diktion über den Tod verstanden werden mag: »Das Antlitz des Todes ist der große Erwecker.« Demgemäß schwebt die scheidende Seele Vergils zwischen dem »Noch nicht« und dem »Doch schon«, wird die Zeit von damals ein Bild unserer Zeit; verschwommen ahnt Vergil die Ankunft Christi, wir stehen noch zwischen zwei Zeitaltern. Die Begeisterung, mit der das Buch seinerzeit begrüßt wurde, wich in den seither vergangenen gut 20 Jahren einer nüchterneren Beurteilung. Die Mitte zwischen beiden hält wohl der Ausspruch des französischen Germanisten Claude David: »Ein Buch an der Grenze und zweifellos eine Verirrung, aber dennoch ein Buch, dem man eine gewisse Größe nicht absprechen kann.«

Wenn mit diesem Buch der Verfasser der Dichtung in unserer Zeit die Berechtigung abzusprechen scheint, hat er dennoch, obwohl er sich in seinen letzten Lebensjahren stärker denn je der Wissenschaft ergeben hat, der Poesie nicht den Abschied gegeben. Denn »er war nicht einfach nacheinander Wirtschaftsführer, Dichter, Wissenschaftler und politischer Denker. Sah er doch gerade in der Verselbständigung einzelner Lebensgebiete und ihrer besonderen Logik das Hauptsymptom des Zerfalls (Auseinanderfalls) der Werte, der unsere Zeit kennzeichne« (Walter Weiß).

Brochs letzter Roman, eigentlich nur eine lose Verknüpfung von elf Erzählungen, die zu verschiedenen Zeiten entstanden sind, nennt sich und seine Gestalten *Die Schuldlosen* (1950). Es handelt sich in der Hauptsache um jene Leute, die ahnungslos und daher irgendwie schuldlos den Aufstieg des Nationalsozialismus ermöglicht haben. Seine drei Teile spielen in den Jahren 1913 (letzte Friedenszeit), 1923 (wirtschaftlicher Tiefpunkt) und 1933 (moralischer Tiefpunkt); als verantwortungsbewußter Dichter fühlt sich Broch nicht schuldlos:

»Wir sind in die Verantwortung hineingeboren, und ausschließlich dies, ausschließlich der magische Platz unserer Geburt und unseres Seins ist ausschlaggebend; nur unser Selbstopfer als Zeichen unserer ständigen Auflehnung könnte uns freisprechen.«

Diese Worte spricht ein Herr A. (die anderen Personen haben richtige Namen), er ist also verwandt mit Kafkas K. (aber Broch war sich bewußt, daß es zur gleichen Zeit nicht zwei Kafkas geben könne). Ihren Gipfel erreicht die Rahmenerzählung im »Steinernen Gast«, einer in die Gegenwart übertragenen Don-Juan-Geschichte, ihre Klammer bildet die chassidische »Parabel von den Stimmen«. Diese »Stimmen«, rauhen Sprechversen anvertraut, setzen 1913 ein und enden 1923, doch künden sie 1933 an. Die Begegnung mit dem von Martin Buber der westlichen Welt vermittelten Chassidismus ist in den »Schuldlosen« nichts Neues, sie ist schon in den »Schlafwandlern« feststellbar. Überhaupt wandelt sich Hermann Broch nicht; er bleibt, wie ihn Clara Menck charakterisiert, ein homo religiosus ohne Glaubensbekenntnis; er läßt Gott in den »Schuldlosen« sagen: »Sei fromm um meinetwillen, selbst ohne Zugang zu mir.«

Christliche Dichtung: Gertrud von Le Fort und Paula Schlier

Mit Broch haben wir den letzten bedeutenden Autor österreichischer Herkunft genannt, der einmal Mitarbeiter am »Brenner« war. Doch Ludwig von Ficker hatte auch Verbindungen nach Deutschland. So enthält seine Revue so gegensätzliche Namen wie Else Lasker-Schüler und die katholischen Dichterinnen Gertrud von Le Fort, die dem »Brenner« noch in seiner letzten Phase die Treue hielt, und Paula Schlier. Die Freiin GERTRUD VON LE FORT (1876–1971) stammte aus einer ursprünglich savoyardischen Familie; ihre Ahnen waren zur Zeit der Reformation nach Genf gezogen. Ein Zweig dieses nun hugenottischen Geschlechts gelangte über Rußland nach Deutschland. Der Familienbesitz befand sich am mecklenburgischen Müritzsee, dort, auf Gut Bök, verbrachte die Dichterin einen Teil ihrer Jugendjahre, den anderen in verschiedenen Städten, in denen ihr Vater Dienst tat. Sie widmete sich dem Studium der evangelischen Theologie sowie der Geschichte und der Philosophie. An ihrem Studienort Heidelberg war der sie am meisten anregende Lehrer Ernst Troeltsch. Ihm folgte sie nach einem Umweg über Marburg nach Berlin; sein letztes Werk, die »Glaubenslehre«, gab sie nach seinem Tode 1925 heraus. Schon damals trug sie sich mit dem Gedanken, katholisch zu werden; die Konversion erfolgte 1926 in Rom. Mit ihr verbunden ist die endgültige Hinwendung zum literarischen Schaffen, das sie, von öfteren Reisen nach Italien abgesehen, zwischen 1918 und 1939 in Baierbrunn (Isartal), dann in Oberstdorf (Allgäu) betrieb; nach längerem Aufenthalt in der Schweiz (1946–1949) kehrte sie dorthin zurück.

Über ihr Leben gab sie selbst in zwei Schriften Auskunft (»Mein Elternhaus«, 1941; »Aufzeichnungen und Erinnerungen«, 1951). Schon 1903 hatte sie Gedichte (»Die Königskinder«), 1912 *Lieder und Legenden* veröffentlicht; das war, wie die Jahreszahlen zeigen, nicht viel, vor allem war es nichts irgendwie Bedeutendes. Zur Größe wurde sie durch die Konversion gebracht. »Ich weiß kein anderes Beispiel von einer so strahlenden Erwekkung und so tiefer Befruchtung eines Talentes durch die religiöse Bekehrung«, schrieb um 1935 Hermann Hesse. Die erste Offenbarung der poetischen Meisterschaft waren die freirhythmischen *Hymnen an die Kirche* (1924), wie das Datum zeigt, noch vor dem Übertritt zum Katholizismus niedergeschrieben und veröffentlicht. Der Neudruck von 1929 ist um einige Stücke vermehrt. Das Auffallende an diesen Hymnen ist der Einbezug alles Vorchristlichen:

Ich war heimlich in den Tempeln ihrer Götter, ich war dunkel in den Sprüchen aller ihrer Weisen.
Ich war auch der Türmer ihrer Sternsucher, ich war bei den einsamen Frauen, auf die der Geist fiel.
Ich war die Sehnsucht aller Zeiten, ich war das Licht aller Zeiten, ich bin die Fülle aller Zeiten.
Ich bin ihr großes Zusammen, ich bin ihr ewiges Einig.
Ich bin die Straße aller ihrer Straßen; auf mir ziehen die Jahrtausende zu Gott.

Mit ähnlicher Sprachgewalt schrieb Gertrud von Le Fort ihre *Hymnen an Deutschland* (1932); sie besingen das »Schicksal«, die »Sendung« und den »Sieg« des Reichsgedankens in der Geschichte und im Zeichen der Heilsgeschichte; der Zeitpunkt ihres Erscheinens brachte die Dichterin in den Verdacht, mit dem »Dritten Reich« zu sympathisieren; in der Tat aber gibt es keinen stärkeren Widerspruch zu diesem Pseudo-Reich als jene Hymnen. Wie diese beiden Bände sind auch die spätern *Gedichte* (1949) lebendige Zeugnisse eines tiefen Christentums, das dann die Bewährungsprobe in den Stunden des Grauens vor, in und nach dem Zweiten Weltkrieg bestand.

Mit diesen drei Gedichtbänden allein hätte Gertrud von Le Fort schon einen Ehrenplatz in der Geschichte der deutschen Literatur verdient; doch gleichwertig stehen neben ihnen die Prosawerke. Der Doppelroman *Das Schweißtuch der Veronika* steht zeitlich den »Hymnen an die Kirche« nahe und hat wie diese als Thema die Begegnung mit der Kirche. Der erste Teil, *Der römische Brunnen* (1928), bietet vor dem Hintergrund des »ewigen« Rom, das mit seiner heidnischen Vergangenheit, seiner modernen Gegenwart und seiner christlichen Ewigkeit aufgefangen wird, das Ringen dieser verschiedenen Geistesrichtungen, in ebenso verschiedenen Menschen verkörpert, um die Seele des heranwachsenden Mädchens Veronika, genannt das »Spiegelchen«. Diese Veronika wird die Zentralfigur des zweiten Teiles *Der Kranz der Engel* (1946), in dem sie in unbedingter Liebe zu Enzio seine Gottlosigkeit besteht und freiwillig an seiner Schuld teilnimmt (sie verzichtet

Oskar Kokoschka und Alma Mahler. Gemälde von Oskar Kokoschka.

Bühnenwirksame Stücke schrieb Carl Zuckmayer (1896–1977). Nächste Seite: Szene aus seinem berühmtesten Schauspiel »Der Hauptmann von Köpenick«. Deutsches Schauspielhaus Hamburg, 1966.

◀ Szene aus Carl Sternheims Theaterstück »Der Snob«. Thalia-Theater Hamburg, 1969.

auf die kirchliche Trauung) und schließlich an der Übersteigerung des Opfergedankens fast zugrundegeht. Die Reichweite des Selbstopfers in einer Welt ohne Glauben wurde in diesem Buch bis an die äußerste Grenze getrieben. Hier handelt es sich nach der Feststellung des Jesuiten Erich Przywara um ein »Bekenntnis zur eigentlichen Wahrheit der Menschwerdung, wie sie wirklich ist: Gottes Sichtbarkeit allein im Zeichen der Ohnmacht und Narrheit und Schande, von Krippe und Kreuz.«

Begegnung in der Kirche ist das Thema des auf den »römischen Brunnen« folgenden Romans im Chronikstil *Der Papst aus dem Ghetto* (1930).

Der Jude Pier Leone hat es verstanden, die Stufen der kirchlichen Hierarchie emporzusteigen, läßt sich mit Hilfe seines Goldes zum Gegenpapst Anaklet wählen und vertreibt den rechtmäßigen Innozenz II. aus Rom; die Heimsuchung wächst sich zum Segen für die Kirche aus.

In diesem zweiten Bild der Tiberstadt wird auch die Spannung zwischen Judentum und Christentum thematisiert. Zwanzig bis dreißig Jahre zuvor hatte Enrica von Handel-Mazzetti in ihren Werken das Verhältnis der beiden christlichen Konfessionen zueinander zum Gegenstand »ökumenischer« Romane gemacht. Der Wandlung der Zeit entspricht es, daß Gertrud von Le Fort der katholischen Kirche das Neuheidentum und das Judentum gegenüberstellt; sie unterscheidet sich von ihrer Vorgängerin darin, daß sie Grausiges nicht schildert, sondern nur andeutet, es aber dennoch nicht weniger wirksam sein läßt.

Die Novelle *Die Letzte am Schafott* (1931) ist die Schilderung (durch den Brief eines klugen Aristokraten des Frankreichs vor der Revolution) des Unterganges der Karmeliterinnen zu Compiègne in den blutigen Wogen der Französischen Revolution. Die junge Novizin Blanche de la Force schreckt zuerst vor dem Fallbeil zurück, bringt aber schließlich doch psalmensingend ihr Leben Gott dar. Der französische Schriftsteller Georges Bernanos hat in weitestgehender Anlehnung an Le Fort deren Novelle zum Gegenstand seiner »Dialogues des Carmélites« (unter dem Titel »Die begnadete Angst« ins Deutsche übersetzt) gemacht; doch gab er dem Ganzen eine neue Richtung: Bei Le Fort ist Blanche zuletzt eine völlig zerstörte Persönlichkeit ohne die Möglichkeit zu eigener Initiative, nur die Gnade ermöglicht ihre Opferbereitschaft, bei Bernanos siegt der Mensch Blanche über die Todesangst.

Das Thema »Frau«, das in dieser ersten Novelle angeschlagen wird, sowie theoretisch in den Büchern *Die ewige Frau* (1934) und *Die Frau und die Technik* (1959) erörtert wurde, liegt den meisten anderen Novellen Gertrud von Le Forts zugrunde: in der Wiederholung, doch vollkommenen Neugestaltung des Grundmotivs der »Letzten am Schafott« durch die *Abberufung der Jungfrau von Barby* (1940), in der Erzählung *Das Gericht des Meeres* (1943), die das Wesen des Mütterlichen und den Opfermut der Frau behandelt, in der den Sieg der Gewaltlosigkeit und des Friedens durch die erbarmende Liebe einer Frau darstellenden *Tochter Farinatas* (1950), in der den Irrtum ihres Mannes sühnenden *Frau des Pilatus* (1955).

Einige dieser Novellen sind geschichtliche oder legendäre Erzählungen; in den anderen Prosawerken kreist das Geschehen um den schon in den »Hymnen an Deutschland« angeschlagenen Reichsgedanken, zuerst in der Novelle *Das Reich des Kindes* (1933), gewissermaßen Vorspiel zu einem geplanten, aber nie ausgeführten Roman über das mittelalterliche Kaisertum, dann im Roman *Die Magdeburgische Hochzeit* (1938), der in geschichtsphilosophischer Schau die Zerstörung Magdeburgs durch Tilly (für ihn ist diese Stunde Sieg und Niederlage zugleich) als Symbol für das Ende des Heiligen Römischen Reiches sieht, ferner in der Novelle *Plus ultra* (1950), wo die Staatsräson über das Leben Donna Arabellas am Hofe Kaiser Karls V. entscheidet. Verwandt mit dieser Reihe sind die beiden Erzählungen des Bandes *Gelöschte Kerzen* (1953), die eine Episode aus dem 17. Jahrhundert mit Geschehnissen aus jüngster Vergangenheit abwägen und einen Ausweg aus unseliger Verstrickung zeigen wollen. Aus dem übrigen Schaffen der Dichterin seien noch herausgegriffen die Galilei-Novelle *Am Tor des Himmels* (1954), die Hugenotten-Erzählung *Turm der Beständigkeit* (1957) und die die Schuld an den Juden berührende Novelle *Das fremde Kind* (1961). Endlich sei zurückerinnert an das Jahr 1938, in diesem erschien *Die Opferflamme* und entwickelte Gedanken über den Sinn der Dichtung: Tod und Untergang sind – nach Gertrud von Le Fort – ihr Gegenstand, doch sind Tod und Untergang »nichts anderes als Formen der Liebe – letzte unwiderstehliche«, die die Welt aus der Finsternis wieder ins Licht zu führen berufen sind.

War Gertrud von Le Fort bloß gelegentlich, aber dennoch getreulich Mitarbeiterin am »Brenner«, darf Ludwig von Ficker zugesprochen werden, daß er die in Neuburg an der Donau geborene, in Tutzing am Starnberger See lebende Paula Schlier (geb. 1899) entdeckt hat. Diese Dichterin war seit 1926 am »Brenner« beteiligt (sie hat ihm in der Schrift »Der Brenner 1926–1954« ein Denkmal gesetzt), konvertierte 1932 zur katholischen Kirche, leitete jahrelang (1934–1942) ein Nervensanatorium und befand sich 1942–1945 in Gestapohaft. Bevor von der Dichterin die Rede sein kann, muß auf ihre Gedankenwelt hingewiesen werden. In einem an Karl Thieme gerichteten Brief, betitelt *Die Kirche* (»Brenner«, XIV. Folge, 1933), wird die Kirche als legitime Künderin rettender Glaubenswirklichkeit, als gegenwärtiger Christus anerkannt. Dieser Brief, ferner ihr nächster »Brenner«-Beitrag *Die Menschwerdung* (XV. Folge) sowie das *Zwiegespräch* im Abschlußband der Fickerschen Revue bilden den Hintergrund ihres apokalyptischen Schrifttums. Danach ist jede Stunde Gericht, in dem sich die Mächte der Finsternis wie die des Lichtes enthüllen müssen. Das Gegenstück zu diesen Deutungen der Schrift und der Zeit sind die religiös visionären Traumdichtungen (»Choronoz, ein Buch der Wirklichkeit in Träumen«, 1927; »Der kommende Tag«, 1948; »Legende zur Apokalypse«, 1949; »Die mystische Rose«, 1949; »Das Menschenherz, Traumdichtungen«, 1954), auch jene, für die die Autorin nur Mitverfasserschaft angibt (»Zeit und Stunde«, 1955; »Die letzte Weltennacht«, 1958). Ihr Anliegen ist, durch die poetische Gestaltung realer Traumerlebnisse, die im Leser zu einer Verfremdung der Alltagswirklichkeit führt, das Ausgeliefertsein des Menschen an die Mächte sowohl der oberen wie der unteren Sphären begreiflich zu machen.

WERKLEUTE UND ARBEITERDICHTER

Im Sommer 1912, also zur Zeit des Frühexpressionismus, erschien eine neue Zeitschrift, nämlich *Quadriga, Vierteljahrschrift der Werkleute auf Haus Nyland;* sie hielt sich bis zum Frühjahr 1914. Die Artikel erschienen ohne Verfassernamen, auch wo Haus Nyland liege, wurde nicht verraten (es war der Wincklersche Familienbesitz in Hopsten bei Rheine, Westfalen). Werkleute aber nannten sich die Mitarbeiter, weil sie nicht Literaten sein wollten, sondern am Werk deutscher Kultur und Freiheit zu arbeiten im Sinne hatten, fern von bloßem Ästhetentum und »unfruchtbarer l'art-pour-l'art-Anmaßung«, doch ebenso fern von sentimentalem Bedauern über den Rauch der Schlote und der Hochöfen, über »die menschenverschlingende Großstadt und das landüberzitternde Gestampf der Maschinen«. Mit Richard Dehmel, der zum ersten Ehrenmitglied ernannt wurde, ergab sich tatsächlich ein »Viergespann«; denn, wie sich auf die Dauer doch nicht geheimhalten ließ, waren es noch drei, die für die Zeitschrift maßgebend waren, einst Studienfreunde an Bonns Universität und 1904 gemeinsame Herausgeber eines Versbuches *Wir Drei;* ihre Namen sind Wilhelm Vershofen, Josef Winckler, Jakob Kneip.

Dem Alter nach ist zuerst Wilhelm Vershofen (1878–1960) zu nennen.

Sein Lebensweg begann in einer rheinischen Handwerkerfamilie zu Bonn, führte durch deutsche und englische Schulen und über eine Kaufmannslehre zum akademischen Studium (Philosophie, Germanistik, Kunstgeschichte), dann zur Lehrtätigkeit am Gymnasium in Jena, anschließend zu neuem Studium (Volkswirtschaft) und zu diesem entsprechender Tätigkeit (Syndikus der Handelskammer Sonneberg, Leiter des Verbandes der Thüringer Spielwarenindustrie, Vorsitzender der wirtschaftlichen Organisation der deutschen Porzellanindustrie), die schließlich in der Professur (seit 1923) für Wirtschaftswissenschaften an der Handelshochschule Nürnberg gipfelte. An seinem Lebensabend zog sich Vershofen nach Tiefenbach im Allgäu zurück. Als Lyriker hat er sich nur in dem schon erwähnten Gemeinschaftsbuch »Wir Drei« betätigt; sein literarisches Hauptarbeitsfeld wurde die Epik in Prosa und Vers.

Aufsehen erregte zunächst der Roman *Der Fenriswolf* (1914); mit diesem Ungeheuer der gemanischen Sage wird das Kapital als freßgierige, rücksichtslose und gedankenlos verzehrende Macht verglichen (Schauplatz ist Norwegen). Aber nicht so sehr der Inhalt als vielmehr die Form gab diesem Buch das Sensationelle: Es arbeitete mit den erst heute geläufigen Mitteln der Kollage, d.h. mit der Verwendung von Zeitungsausschnitten, Briefen, Telegrammen, Protokollen und Aktennotizen. Diese auf alles Menschliche kühl verzichtende Sachlichkeit hat der Verfasser in stofflich verwandten Büchern nicht mehr durchgehalten, außer natürlich in seinen wissenschaftlichen Publikationen (aus diesen sei das für ihn am meisten charakteristische Werk »Wirtschaft als Schicksal und Aufgabe«, 1929, erwähnt); in diesen Kreis gehören auch die 13 Wirtschaftsgrotesken *Zwischen Rhein und Hudson* (1930). Den Menschen dagegen stellte Vershofen dar im Buch *Swennenbrügge, das Schicksal einer Landschaft* (1928). Die Entwicklung der ganzen Menschheit im Industriezeitalter, d.h. seit der Erfindung des Webstuhls, wird dann Gegenstand von Vershofens Hauptwerk, dem Versepos *Der große Webstuhl* (1954). Aus den übrigen Schriften Vershofens seien herausgegriffen die *Gedanken zur Technik des Dramas* (1907) und das Tagebuch *Das Jahr eines Ungläubigen* (1942), das die Rückkehr des Autors zum Christentum schildert.

Der führende Geist unter den Werkleuten auf Haus Nyland war Josef Winckler (1881–1966), der Sohn eines Salinendirektors zu Hopsten bei Rheine, von Beruf Zahnarzt, jedoch seit 1932 freier Schriftsteller in Bensberg bei Köln. In einem längeren »Quadriga«-Aufsatz *Kunst und Industrie* begründete er, weshalb die Werkleute nicht »den Weltschmerz der Dekadenz« teilten: »Die Wunder der Technik, die Märchen naturwissenschaftlicher Erkenntnis sind viel fabelhafter als die kühnsten Phantastereien alter Poeten und Mythen.« Aus dieser Haltung entstanden die zunächst gleichfalls anonym erschienenen *Eisernen Sonette* (1914; veränderte Auflage »Eiserne Welt«, 1930), der erste deutschsprachige Lobgesang auf das Industriezeitalter und die Errungenschaften der Technik, der allerdings auch nicht verschweigt, daß diese neue Epoche gottlos ist. In den Versbänden *Mitten im Weltkrieg* (1915), *Ozean, des deutschen Volkes Meergesang* (1917) und in jenen Gedichten, die er zur Kriegssammlung der Werkleute auf Haus Nyland (»Das brennende Volk«, 1915) beisteuerte, steigerte er das »deutsche Ungestüm« zur dichterischen Begeisterung.

Um so peinlicher wurde für den Dichter das Erwachen nach dem Zusammenbruch. Er verlor den Glauben an den schaffenden Sinn der Welt, brach mit der katholischen Tradition seines Elternhauses und bot im bewußten Gegensatz zu Dante durch den *Irrgarten Gottes* (1922) mit dem Untertitel »Die Komödie des Chaos« ein Abbild seiner Erschütterung. Der Wucht des Erlebens entspricht eine solche Ausdrucksfähigkeit im Wort, daß Mombert und Däubler nicht an ihn heranreichen. Was die »Eisernen Sonette« gepriesen hatten, wurde nun verneint; die Tatkraft des Menschen erscheint als »Arbeits-Aberwitz«. Die gleiche Auffassung vertritt die *Trilogie der Zeit* (1924) und die phantastische Erzählung *Der chiliastische Pilgerzug* (1923).

Es verwundert daher nicht, daß mehr Galgen- als echter Humor den westfälischen Schelmenroman *Der tolle Bomberg* (1924) beherrscht, der dennoch für den Autor ein großer Erfolg war. Das Buch bedeutet zugleich die Hinwendung Wincklers zur sogenannten Heimatdichtung, der er mit *Pumpernickel* (1927) und mit *Doktor Eisenbart* (1929), dem Roman eines Vaganten aus der Zeit nach dem Dreißigjährigen Krieg, ein bisher nicht beackertes Feld erschloß. Mit diesen und inhaltlich verwandten Erzählwerken wurde Winckler einer der populärsten Autoren Westfalens. Daß er in *Haus Nyland* (1929) und in *Fest der Feste, Weihnachtsfeiern auf Haus Nyland* (1948), dem von ihm mitgegründeten Bund ein Denkmal setzte, ist nicht nur von literarhistorischem Interesse; denn wenigstens das zweite der eben genannten Bücher bedeutet wohl auch eine weltanschauliche Rückwendung, zu der auch die Biographie *Bischof Ketteler* (1948) zu rechnen ist. Von seinem schweren Leben unter dem Nationalsozialismus hat Winckler in Erinnerungen an seine Freunde und Leidensgefährten Leo Sternberg und Alfons Paquet berichtet, später seine Verse unter dem Titel *Gesammelte Gedichte* (1957) neu herausgegeben; die *Gesamtausgabe der Westfalenbücher* erschien 1961.

Der dritte im Bund der Werkleute war JAKOB KNEIP (1881–1958); er war ein Bauernsohn aus Morshausen im Hunsrück, nach dem Gymnasium (in Koblenz) landwirtschaftlich tätig, besuchte hierauf das Priesterseminar in Trier, ging aber dann zu philologischen Studien an die Universitäten Bonn, London und Paris. 20 Jahre verbrachte er im höheren Schuldienst, zuletzt in Köln; seit 1941 lebte er in Pesch in der Eifel; er starb an den Folgen eines Eisenbahnunfalls. *Bekenntnis* (1917) heißt sein erstes Versbuch und gibt in vier Abteilungen (»Die frühe Zeit«, »Ausfahrt«, »Gewalten«, »Wandlung«) Kunde von den Wegen einer Seele aus dem Kinderglauben über manche Schwierigkeiten und Zweifel zu einem neuen Gottesverständnis, das sich allerdings nicht völlig mit dem der eigenen Jugend und der Kirche deckt. Unter dem Einfluß des Krieges stand die Dichtung *Barmherzigkeit* (1918). Ihr folgte ein neues Bekenntnisbuch, *Der lebendige Gott* (1919). In einem Buch mit dem Titel *An Frankreich* wendet sich Kneip an einen französischen Freund, klagt über das Fehlen der nachbarlichen Beziehungen und spricht die Hoffnung aus, echte Menschlichkeit werde den Krieg aus der Welt schaffen. Diesem Manifest in Prosa folgte der »fröhliche Roman«, wie Kneip selbst sein Erzählwerk nannte, *Hampit der Jäger* (1927), ein heimattreues, heiteres und zugleich religiöses Buch, das zahlreiche satirische Partien enthält. Dem ersten Roman folgte die weithin autobiographische Trilogie *Porta Nigra oder die Berufung des Martin Grimhorn* (1932), *Feuer vom Himmel* (1938) und *Der Apostel* (1955). Zwischen diesen drei Bänden erschienen Gedichte (»Bauernbrot«, 1934; »Gesammelte Gedichte«, 1953), ein Roman (»Frau Regine«, 1941), Essays (»Das Siebengebirge«, 1941; »Weltentscheidung des Geistes am Rhein«, 1953), die Autobiographie (»Spiegelbild und Traum«, 1950), eine Erzählung (»Johanna, eine Tochter unserer Zeit«, 1954). Den Abschluß des Gesamtwerkes bildet ein Versband (»Der neue Morgen«, 1959).

Die drei Herausgeber der »Quadriga« ließen die Zeitschrift 1918 von neuem unter dem Namen *Nyland* erscheinen. Etliche ihrer Mitarbeiter wurden später als Arbeiterdichter bekannt. Einen von ihnen, GERRIT ENGELKE (1890–1918), entdeckte Jakob Kneip. Er wurde in Hannover geboren; obwohl er Arbeitersohn war, wollte er Kunstmaler oder Musiker werden. Es blieb ihm nichts anderes übrig, als eine Malerlehre anzufangen und als Geselle die Kunstgewerbeschule zu besuchen. Auch kaufte er Bücher – mit mühsam erspartem Geld – und besuchte Konzerte. Der Krieg rief ihn unter die Waffen; kurz vor Kriegsende wurde Engelke schwer verwundet und starb im englischen Lazarett bei Cambrai. Unter den Büchern, die er gelesen hatte, waren auch die Verse des Amerikaners Whitman, die auf ihn mehr Einfluß ausübten als die der deutschen Dichter. Aber so jung dieser erfolgreiche Autodidakt war, er hat es verstanden, die Weise von jenseits des Ozeans in seine eigene Art zu übertragen. Die Buchausgabe seiner Gedichte hat er nicht mehr erlebt; Jakob Kneip gab sie heraus und beließ den von Engelke vorgesehenen Titel *Rhythmus des neuen Europa* (1921). »So vieles (darin) auch jung und unreif erscheint, nirgends ist es seicht und banal« (Soergel-Hohoff), ein echter Dichter tritt uns entgegen, der Stadtlandschaften metaphysischen Charakters zu entwerfen wußte und im chaotischen Schlagen der tausend Lebenstakte den Gottesrhythmus spürte. Seit der Ausgabe des »Rhythmus« sind noch andere poetische und schriftstellerische Arbeiten Engelkes bekannt geworden, seit 1960 im *Gesamtwerk* vereint, darunter die ergreifenden *Briefe der Liebe* (erstmals 1926 veröffentlicht), in denen auch von den leider nie verwirklichten Zukunftsplänen des Autors die Rede ist. Auch ein Romanfragment *Don Juan* ist aufgefunden worden.

Der älteste deutschsprachige Arbeiterdichter war ALFONS PETZOLD (1882 bis 1923), ein Wiener, dessen Familie aus Mitteldeutschland stammte. Sein Vater war Arbeiter, der Sohn mußte schon in frühester Jugend trotz gesundheitlicher Schäden schwere Arbeit verrichten, verdiente sich mit 15 Jahren sein Brot als Bauhilfsarbeiter, später als Fabrikarbeiter, Laufbursche, Kellner, Fensterputzer und sonstwie. Lange Zeit verbrachte er als Lungenleidender im Sanatorium Alland bei Wien; gestorben ist er in Kitzbühel (Tirol). Mit ungefähr 40 Jahren schrieb er seine Selbstbiographie *Das rauhe Leben* (1920), den »Roman eines Menschen«, der bis zum 20. Jahr nur Not, Qual, Hunger, Demütigungen und Mißhandlungen erlebte. Zu seinen Gedichten (»Trotz alledem«, 1910; »Seltsame Musik«, 1911; »Das Ewige und die Stunde«, 1912; »Krieg«, 1914; »Der stählerne Schrei«, 1916; »Dämmerung der Herzen«, 1917; »Der Pilgrim«, 1922; »Gesicht in den Wolken«, 1923; »Totentanz«, 1923) gesellten sich Skizzen, Erzählungen, Romane (»Memoiren eines Auges«, 1911; »Erde«, 1913; »Der feurige Weg«, 1918; »Sevarinde«, 1923).

Der eher weichen Lyrik Petzolds steht die härtere von KARL BRÖGER (1866–1944) gegenüber; dieser war ein Sohn der Stadt Nürnberg, wo er auch starb. Aus einer Arbeiterfamilie hervorgegangen, verbrachte er eine harte Kindheit, wurde zuerst Kaufmannslehrling, später sozialdemokratischer Journalist und Schriftleiter. Im Ersten Weltkrieg schwer verwundet, neigte er zur Zeit der Weimarer Republik zum Sozialismus, wandelte sich aber zum Nationalisten und schloß sich endlich dem Nationalsozialismus an, von dem er die Auflösung der Klassengegensätze erhoffte. Er begann vor dem Krieg zu dichten (»Die singende Stadt«), fuhr fort mit Kriegsgedichten (»Kamerad, als wir marschiert«, 1916; »Soldaten der Erde«, 1918 – das erste Buch ist ein Bekenntnis zur Kameradschaft, das zweite Ausdruck einer Gemeinschaft aller Liebenden). Es folgten das Nachkriegsbuch *Die Flamme* (1920) und weitere lyrische Werke (»Deutschland«, 1923; »Unsere Straßen klingen«, 1925; »Sturz und Erhebung«, gesammelte Gedichte, 1944). Außerdem schrieb er dramatische Dichtungen, die sich aber auf einzelne Szenen beschränkten (die Oratorien »Kreuzabnahme«, »Kanaan«, »Der junge Baum« und »Tod an der Wolga«, 1923, ein Drama über den Hungertod eines Volkes). Zwischenhinein schrieb Bröger Prosa, die mutige und wahrhaftige Selbstschau des Romans *Der Held im Schatten* (1920), das Legendenbuch *Die vierzehn Nothelfer* (1920), das die Heiligen in die Fabriklandschaft stellt, das sein Erzähltalent am besten offenbarende *Buch vom Eppele* (1926) mit den Streichen des Nürnberger Erzschelms, ein Gegenstück zu Wincklers thematisch verwandten Büchern, den Kriegsroman *Bunker 17* (1929) und später noch manche Erzählungen, die heute übergangen werden können.

Den gleichen Weg wie Bröger ging auch Max Barthel (1893–1975), ein Sachse aus Dresden-Loschwitz, obwohl er vor 1933 viel weiter links stand als jener. Sein Vater war Maurer, starb früh und hinterließ eine Frau mit sechs Kindern. Als ungelernter Arbeiter schloß sich Barthel der sozialistischen Jugendbewegung an, durchwanderte – zu Fuß – Deutschland, die Niederlande, Belgien, Österreich, die Schweiz und besonders Italien. 1914–1918 stand er als Musketier an der Westfront; 1920/1921 und 1923 bereiste er Rußland bis Sibirien und Astrachan. Dann wohnte er in Berlin, seit 1938 als freier Schriftsteller und Schriftleiter in Dresden, 1951 ließ er sich in Niederbreisig am Rhein nieder; er starb in Waldbröl.

Als Dichter fand er während des Ersten Weltkrieges seinen eigenen lyrischen Klang und rief in an Klassik und Volkslied geschulten Formen, doch in meist harten Rhythmen nach Freiheit und Frieden (»Verse aus den Argonnen«, 1916; »Freiheit«, 1917). Der Grundgedanke dieser Gedichte ist: »Kein Blut mehr! Hoch die Internationale!« Stimme des Proletariats ist vor allem die Sammlung *Arbeiterseele* (1920), die »die Entwicklungskurve nicht eines einzelnen, sondern einer ganzen Generation« aufzeigen soll und viele Gedichte aus der Vorkriegszeit enthält, teils »Verse von Fabrik, Landstraße, Wanderschaft, Krieg und Revolution«, die das äußere und innere Leben ihres Schöpfers widerspiegeln und rebellische Gedanken gegen Elend, Hunger und Qual aussprechen, teils Erinnerungen an weite Reisen und fremde Länder. Diesem Buch folgten die gleich gestimmten Versbände *Die Faust* (1920), *Laßt uns die Welt gewinnen* (1924), *Utopia* (1920) und die Novellen *Das vergitterte Land* (1922). Auch was Barthel weiterhin veröffentlichte, ist voll von Parteileidenschaft; diese schweigt im ersten größeren Erzählwerk *Das Spiel mit der Puppe* (1925), das den Kampf der Armen um die Weite und Schönheit der Welt schildert. Persönliches Erleben gestaltete ferner die Romane *Der Mensch am Kreuz* (1927), Passionsweg eines Pfarrers, *Das Gesicht der Medusa* (1931) und das Reisebuch *Der große Fischzug* (1931). Zum Zeichen seiner politischen Schwenkung gab er mit Bröger und Lersch den Gedichtband *Schulter an Schulter* (1934) heraus. Seine Selbstbiographie *Kein Bedarf an Weltgeschichte* (1950) zieht das Fazit aus den absurden Versuchen, Geschichte zu machen.

Zu Berg am Starnberger See erblickte Oskar Maria Graf (1894–1967) das Licht der Welt, die ihm bald nicht gefiel. Sein Vater war Bäckermeister, seine Mutter entstammte einer alten Bauernfamilie. Von klein auf leidenschaftlicher Leser, kam er nach München, um den ererbten Beruf zu erlernen. Doch dabei blieb er nicht; er wurde Postaushelfer und Arbeiter, Simulant, um nicht einberufen zu werden, verharrte in seinem Antimilitarismus und Anarchismus, schloß sich der bayerischen Räterepublik an, übernahm die Dramaturgie der Münchner Arbeiterbühne und wandte sich dem freien Schriftstellertum zu. 1933 ging er nach Wien, 1934 emigrierte er nach Moskau, von dort begab er sich nach Brünn und Prag, 1938 nach den Vereinigten Staaten und war bis zu seinem Tode in New York ansässig.

Sein literarisches Schaffen hat drei Quellen: revolutionären Idealismus, die Heimatverbundenheit, das eigene Erleben. Der Revolutionär bevorzugte die Lyrik (»Die Revolutionäre«, 1918; »Amen und Anfang«, 1920), in der sich jedoch auch *Altmodische Gedichte eines Dutzendmenschen* (1962) finden. Der Heimatschriftsteller setzte genau die Linie fort, die Ludwig Thoma und Lena Christ eingeschlagen hatten (die gegen diese bestehenden Bedenken gelten daher auch für Oskar Maria Graf): Er schrieb schlichte Kalendergeschichten und drastische Bauernromane (»Bayerisches Lesebücherl, Kulturbilder«, 1924; »Kalendergeschichten«, 1930, erweitert 1958; »Bayerisches Dekameron«, 1930; »Der große Bauernspiegel«, 1962; »Der harte Handel«, 1935; »Der Abgrund«, 1936; »Anton Sittinger«, 1937; »Unruhe um einen Friedfertigen«, 1947); mit ihnen können sich Grafs Zeit- und Zukunftsromane nicht messen (»Die Eroberung der Welt«, 1948/1949 oder »Die Erben des Untergangs« in der Fassung von 1959), in denen er es unternimmt, »seine humane Ideologie in den freien Raum gedanklicher Konstruktion zu projizieren« (Hans Mollier). Sobald nämlich dieser Schriftsteller versucht, die

Grenze des persönlich Erlebten zu überschreiten, versagt er; um so besser gelingen dagegen die Bücher, in denen er kraft seiner Kreatürlichkeit sein Leben beschreibt, mit einer Offenheit, die nichts verherrlicht oder beschönigt; es sind die Selbstbiographien *Frühzeit* (1920), *Wunderbare Menschen* (1928), *Wir sind Gefangene* (1927), *Dorfbanditen* (1931), das satirische *Notizbuch des Provinzschriftstellers O. M. G.* (1932) und endlich Grafs schönstes Buch *Das Leben meiner Mutter* (englisch 1940, deutsch 1947 und wieder 1959), der Lobpreis auf eine in ihrer Einfachheit und gar nicht bigotten Frömmigkeit unvergleichliche Frau. Thomas Mann charakterisierte seinerzeit den damals noch jungen Autor (aber er hat sich später kaum geändert) als »ungeschlacht und sensibel, leicht idiotisch, tief humoristisch, unmöglich und gewinnend«.

Zu den Personen, die an der bayerischen Revolution an führender Stelle teilnahmen, gehörte der in Berlin geborene Erich Mühsam (1878–1934). Seine Jugend verbrachte er in Lübeck, von Beruf war er Apotheker, doch seit 1901 freier Schriftsteller. 1902 redigierte er die anarchistische Zeitschrift *Der arme Teufel* in Friedrichshagen, 1905 den *Weckruf* in Zürich, 1911–1919 das Literaturblatt *Kain* als »reines Revolutionsorgan«. Seine Weigerung, sich während des Ersten Weltkrieges am »vaterländischen Hilfsdienst« zu beteiligen, brachte ihm einen Zwangsaufenthalt auf der Festung Traunstein ein. Für seine Beteiligung an der Räterepublik Bayern wurde er zu 15 Jahren Festungshaft verurteilt, die er bis zur Amnestierung (1924) in Niederschönefeld absaß. Zwischen 1926 und 1933 gab er die Monatsschrift *Fanal* heraus. Die Nationalsozialisten verhafteten ihn bald nach der Machtübernahme, brachten ihn ins Konzentrationslager Oranienburg, wo er unter bestialischen Folterungen von SS-Schergen ermordet wurde. Mühsams Schriften waren in namhaften Verlagen erschienen, so seine Gedichtbände (»Die Wüste«, 1904; »Der Krater«, 1909; »Wüste, Krater, Wolken«, 1914; »Brennende Erde«, 1920; »Revolution«, 1925), ebenso seine Dramen, ein Lustspiel (»Die Hochstapler«, 1906) und der *Judas* (1921), der vor 5000 Arbeitern aufgeführt wurde und den Zwiespalt zwischen dem Imperialismus und dem sogenannten vierten Stand aufriß. Stilistisch war Mühsam dem Expressionismus verpflichtet, in dessen Pathos seine anklagende und radikal anarchistische Lyrik des öfteren steckenblieb. »Zweck meiner Kunst«, sagte er selbst, »ist der gleiche, dem mein Leben gilt: Kampf! Revolution! Gleichheit! Freiheit!« Seine »Räte-Marseillaise« wurde in Bayerns Festungsanstalten von den verurteilten Rotgardisten viel gesungen.

So wenig wie Mühsam war Paul Zech (1881–1946) Arbeiter im engeren

Sinn des Wortes; sein aus westfälischem Bauern- und Bergarbeitergeschlecht stammender Vater war Landschullehrer im westpreußischen Briesen, als Paul zur Welt kam; dieser verbrachte seine Jugend im Sauerland, besuchte die Schulen von Wuppertal-Elberfeld, studierte in Bonn, Heidelberg und Zürich. Nicht der Not, sondern eigenem Triebe gehorchend, war er zwei Jahre lang Bergarbeiter in den Kohlengruben des Ruhrgebiets, Belgiens und Nordfrankreichs. Diese nach seinem Urteil reichsten Jahre seines Lebens bestimmten ihn, »von Machthabern, von Schwerhörigen, Feisten und Blinden Hellhörigkeit und Güte für alle auf Erden zu fordern«. Später wurde er Schriftleiter, Industriebeamter, Schriftsteller, blieb jedoch immer sozial eingestellt, wie sehr auch seine Neigungen zur Literatur wuchsen. Aus seiner Bibliothekarsstelle in Berlin wurde er 1933 fristlos entlassen und emigrierte im Jahr darauf nach Südamerika, wo er 1937 in Buenos Aires seßhaft wurde; hier erlag er einem Herzleiden. Man kann Paul Zech zu den Expressionisten zählen; wenigstens arbeitete er an der »Aktion« mit und benützte dort für Rezensionen seiner eigenen Werke den Decknamen Paul Robert. Sein Interesse an Villon, Mallarmé, Rimbaud, Balzac, Verhaeren machte ihn zum Übersetzer, mit dem nur noch Rilke konkurrieren kann, auf sein eigenes dichterisches Schaffen blieben jedoch die genannten Franzosen ohne Einfluß.

Der Autor Paul Zech gestaltete vor allem mit Wucht, Schärfe und Hellsichtigkeit in eigenartigen Bildern das Industrieleben. Darauf deutet zwar der Titel seines ersten Versbuches *Waldpastelle* (1910, erweitert: »Der Wald«, 1919) nicht hin, auch nicht die zweite Gedichtsammlung *Schollenbruch* (1911). Aber mit der *Eisernen Brücke* (1914) richtet er das »gebirgichte Ufer« des unverhüllten Lebens erstmals vor uns auf, das rheinische Industriegebiet, und vom *Feurigen Busch* (1912–1917) an werden des Dichters Verse zur Bekenntnisdichtung, zum wilden Lied der Räder und Maschinen, der Hochöfen und Schächte, der Kohlenhügel und Schlackenhalden, zu einem Lied voll ohnmächtiger Liebe und voll kochendem Haß. Das gilt vom *Schwarzen Revier* (1913) und späterer Lyrik, von den Novellen (»Der schwarze Baal«, 1916; »Das Ereignis«, 1920 usw.), vom Roman *Peregrins Heimkehr* (1925) und von den lyrischen Dramen, besonders vom Zyklus *Sebastian oder die vier Weltkreise eines Geschlagenen* (»Das Rad«, 1918; »Der Turm«, 1920; »Verbrüderung«, 1919; »Steine«, 1919), dessen Grundgedanken der Verfasser selbst in die Formel faßte:

»Sozialrevolutionäre Schwingung zum Himmelreich auf Erden ist nur dann ein Heilsweg, wenn wir erst alle wieder wie die Kinder werden. Nicht nur du, auch ich und ich.«

Dieses Wort beschränkt er auf die bloße Menschenliebe, den Menschen indessen stellt er gerne dem Tier gegenüber (»Neue Balladen von den wilden Tieren«, 1931). Der Aufenthalt in Südamerika erschloß ihm eine neue Welt (Indio-Legenden »Die schwarze Orchidee«, 1947; Roman »Kinder vom Paraná«, 1952; Drama »Der letzte Inka«, ohne Jahresangabe; Erzählungen »Die grüne Flöte vom Rio Beni«, 1955). Der alten hatte er auch in Abwandlungen und Essays gedient, u. a. über Rilke (als einer der ersten »R. M. Rilke«, 1913, dann nochmals: »R. M. Rilke, der Mensch und das Werk«, 1930), Grabbe und Stefan Zweig, über Rimbaud und Verlaine.

Wirkliche und sogenannte Arbeiterdichter hat es damals noch mehr gegeben, die Mehrzahl ist vergessen. Haus Nyland jedoch beherbergte nicht nur Schriftsteller dieser Art, es verlangte ja bloß nach Werkleuten, d.h. nach solchen, die einen Beruf ausübten und mindestens nicht zur Bohème gehörten. Autoren, die diese Bedingungen erfüllten, ob sie an der Zeitschrift »Nyland« mitarbeiteten oder nicht, werden uns nun beschäftigen.

Der älteste von diesen ist Ernst Lissauer (1882–1937). Berlin war seine Geburtsstadt, sein Vater war ein Kaufmann aus einer jüdischen Familie, deren Stammbaum sowohl nach Portugal als auch nach Osteuropa weist. Er studierte in Leipzig und München Philosophie, seit 1906 lebte er wieder in Berlin als freier Schriftsteller. Im Ersten Weltkrieg diente er als Landsturmmann und leitete zeitweilige Frontzeitungen. Die Alpenwelt Bayerns und Tirols, die Residenzstadt an der Donau zogen ihn immer wieder an; so lebte er schon früher vorübergehend in Wien, seit 1933 endgültig. Ungefähr vier Monate vor dem »Anschluß« bewahrte ihn der Tod vor neuer Auswanderung. In Essays und Aufsätzen, gesammelt unter den Titeln *Von der Sendung des Dichters* (1922) und *Festlicher Werktag* (1922), hat er viel Schönes über die Aufgabe des literarisch, besonders des poetisch tätigen Menschen geschrieben, in seinen eigenen Werken suchte er dies zu verwirklichen. Am Anfang und auch später immer wieder finden sich Gedichte (»Der Acker«, 1907; »Der Strom«, 1912; »1813«, 1913; »Der brennende Tag«, 1916; »Die ewigen Pfingsten«, 1919; »Bach«, 1919; »Der inwendige Weg«, 1920; »Flammen und Winde«, 1923; »Zeitenwende«, 1936); sie gehen – die Titel sagen es – vom Boden aus, wenden sich dem Vaterland zu (unter den Kriegsgedichten steht der »Haßgesang auf England«, von dem sich der Verfasser später ausdrücklich distanziert hat) und werden zuletzt religiös.

In einem religiösen Bezug sah Lissauer auch bekannte Gestalten der Literatur- und Musikgeschichte: So ist dem großen Komponisten Bach ein eigener Gedichtband gewidmet (»Bach«, 1916), so feiert er die *Gloria Anton*

Bruckners (1921) in Versen und Prosa. Andere Namen, die in diesem Zusammenhang auftauchen, sind Homer, Luther, Goethe, Beethoven. Der Einfluß des Expressionismus auf Lissauers Lyrik ist unverkennbar; er selbst verlangte von der Dichtung, sie müsse »Chiffren- und Bildersprache« sein (leider hat er diese Forderung bisweilen überspannt). – Zu Beginn der zwanziger Jahre wandte sich der Dichter auch dem Drama zu (»Eckermann«, 1921; »Yorck«, 1921; »Luther und Thomas Münzer«, 1929). Unter den Gedichten Lissauers finden sich (vor allem im »Strom« und in »1813«) einige historische Balladen, die mit heftig hervorgestoßenen Sätzen groteske Bilder malen. So verwundert es nicht, daß ihr Schöpfer auch für andere Balladendichter Interesse zeigte; in seiner Sammlung *Deutsche Balladen, von Bürger bis zur Gegenwart* (1923) bot er ein Zeugnis seiner Auffassung von dem, was Dichtung heißt. Eine andere Anthologie hat den Titel *Das Kinderland im Bilde deutscher Lyrik von den Anfängen bis zur Gegenwart* (1924), eine dritte nannte er *Der heilige Alltag* (1926): Sie umfaßt deutsche bürgerliche Dichtung von 1770–1870. *Glück in Österreich, Bilder und Betrachtungen* (1925) war geschrieben als Bekenntnis seiner Liebe zu diesem Land und besonders zu Wien.

In Wien starb auch THEODOR KRAMER (1897–1958), als Sohn eines Landarztes in Niederhollabrunn (Niederösterreich) geboren. Erst nachdem er Bäkkerjunge, Taglöhner, Zimmermaler und Vagabund gewesen war, studierte er an der Exportakademie und an der Universität zu Wien. Aus dem ersten Weltkrieg schwer verwundet heimgekehrt, wurde er Beamter, Buchhändler, freier Schriftsteller; 1939 wanderte er nach England aus, 1957 kehrte er, im Jahr vor seinem Tod, nach Wien zurück. Seine ersten Gedichte *Die Gaunerzinke* (1929) erinnern an die Landsknechtlieder aus dem 16. Jahrhundert. Was in ihnen schon anklang, die unromantisch gesehene Landschaft der engeren Heimat, des Neusiedler Sees, des Marchfeldes, des Buckellandes, nimmt in den späteren weiten Raum ein (»Wir lagen in Wolhynien im Morast«, 1931; »Mit der Ziehharmonika«, 1936). Diese Neigung zur Neuen Sachlichkeit machte Kramer zum berufenen Sänger der Emigrationserlebnisse (»Verbannt aus Österreich«, 1943) und der Bitternisse des Lebens überhaupt (»Die untere Schenke«, 1946; »Lob der Verzweiflung«, 1947; »Vom schwarzen Wein«, 1956).

Wie Vershofen, der Mitbegründer des Bundes der Werkleute, zum Hochschullehrer aufstieg, so stellte sich in der Zeitschrift »Nyland« auch ein anderer künftiger Universitätsprofessor ein, der in Töppendorf zur Welt gekommene Schlesier WILL-ERICH PEUCKERT (1895–1969), zuletzt Inhaber des

Lehrstuhls für deutsche Volkskunde in Göttingen, dann wohnhaft in Darmstadt-Mühlthal. Seine gelehrten Arbeiten bevorzugen in der Folklore das Geisteskundliche und regen ihn an, die Ergebnisse seiner Forschung in Romanform weiteren Kreisen nahezubringen (»Apokalypse 1618«, 1921; »Das Leben Jakob Böhmes«, 1924; »Leben des Theophrast Paracelsus«, 1925; »Hofer oder der Bauernkrieg in Tirol«, 1926; »Zwei Lichte in der Welt«, 1928; »Die Rosenkreutzer«, 1928; »Zauber der Steine«, 1937; »Märchen und Sage«, 1937; »Schwarzer Adler unterm Silbermond«, 1940 oder neu: »Schlesien«, 1947; »Der Alchemist und sein Weib«, 1956). Gelegentlich greift er zu dramatischen Formen (»Passion«, 1918; »Kleine Komödie«, 1921; »Maria in der Ackerstraße«, 1929); große Verdienste erwarb er sich durch die Herausgabe verschiedenster Sagen- und Märchenbücher (darunter die »Irischen Elfenmärchen«, 1949) und der sämtlichen Werke von Jakob Böhme.

BEMÜHUNGEN UM DIE RELIGIÖSE DICHTUNG

Die Epoche des Expressionismus war reich an programmatischen Zeitschriften; an sie reihte sich wohl als letztes Organ dieser Art *Der weiße Reiter* (1920), ein »Sammelbuch«, herausgegeben von Karl Gabriel Pfeill (1889 bis 1942) aus Neuß am Rhein, der später seine Gedichte unter dem symbolischen Titel *Vom Licht bedacht Der Mund der Nacht* (1923) herausgab und diesen den Hymnenzyklus *Morgengabe* (1930) sowie ein Fackelspiel *Der ewige Tag* folgen ließ. Im »Weißen Reiter« stand sein »Morgenruf«, mit dem er die Dinge zu Sinnbildern ordnen wollte. In Prosa ergänzte er den Gedanken seiner Verse:

»Die neuzeitliche Kultur ist einen Damaskusweg gegangen ... (deshalb) glauben wir heute, blind fast und noch taumelnd, im Flammengewand des Weltkrieges in den Wolken immer deutlicher die Züge einer ungeheuren Wiederkunft Christi zu schauen ... Weltuntergang oder christliche Welterneuerung: das ist, so scheint es, die gewaltige Damaskusentscheidung, vor welche die abendländische Kulturmenschheit nun gestellt ist.«

Wie also bei den »Werkleuten auf Haus Nyland«, wie bei den Mitarbeitern am »Brenner« ging es auch hier nicht in erster Linie um Literatur, vielmehr war das Ziel ein neues Christentum mit Hilfe der neuen Literatur und Kunst. Der weiße Reiter sollte niemand anders als Christus sein, wie er in der Apokalypse von Johannes auf einem weißen Roß reitend geschaut worden war. Der damals schon gefallene Reinhard Johannes Sorge war hier wohl

Vorbild; auch waren im Jahr zuvor die »Proklamationen« Ludwig Derleths neu aufgelegt worden. Die Tendenzen Pfeills lagen also sozusagen in der Luft, aber demütig stellte er die Frage: »Wird er aus unseren Reihen erstehen, der Retter, der Deuter und Prophet: Wir wissen es nicht. Und werden wir nicht die Erfüller sein, so die Wegbereiter?« Er mag sich selbst für einen dieser Wegbereiter gehalten haben, aber lud auch andere ein, dabei zu helfen, z. B. Ernst Thrasolt und Leo Weismantel.

Ein Mitarbeiter Pfeills war auch KONRAD WEISS (1880–1940), ein Württemberger aus Rauenbritzingen, Bauernsohn, Student der Philosophie und Theologie, der Kunstgeschichte und Germanistik an den Universitäten von Tübingen, München und Freiburg i. Br. Von 1905 bis 1920 war er Schriftleiter am »Hochland« (Meinungsverschiedenheiten trennten ihn schließlich von Carl Muth), seit 1920 Kunstkritiker der »Münchner Neuesten Nachrichten«, befreundet mit Hofmannsthal, Borchardt, Th. Haecker, J. Pieper u. a.; er starb in München. Friedhelm Kemp hat durch die Neuausgabe der *Dichtungen und Schriften* des bedeutenden Württembergers (1961 ff.) die Aufmerksamkeit auf den zu Unrecht Vergessenen wieder hingelenkt. Allerdings, ein Dichter für viele wird Konrad Weiß nie werden. Seine Verse enthalten hebräische und griechische Elemente, daneben Anklänge an den Minnesang, verwenden Reime, Assonanzen, Metaphern, Klangspiralen, wie sie seit Spee und Brentano nicht mehr verwendet wurden, und vor allem sind sie von großer Dichte und daher zunächst dunkel; das wußte er selbst:

> Alle meine Worte sind
> wie das Wasser um ein Kind
> dunkel, weil die bange Frucht
> nicht aus mir zum Lichte sucht.

Die »bange Frucht« ist des Dichters Glaube, ausgedrückt in großen Allegorien: Aktäon, vom Blitz der Gnade getroffen, soeben noch Jäger, jetzt das gejagte Wild; der Sämann, dessen Weg über das Feld dem menschlichen Leben entspricht, der Kurs eines Schiffes usw.

Für diesen Spätexpressionisten (die vielen Vogelmotive entsprachen bei Weiß dem »Schrei«, mit dem die Ausdruckskunst zu Gott hatte vordringen wollen) gibt es nur eine Parallele, den Frühexpressionisten Trakl. Der Salzburger freilich wäre nie fähig gewesen, Gedichte für Kinder zu schreiben, wie es Konrad Weiß mit der *Kleinen Schöpfung* (1926) tat, der Tochter seines Freundes, des Malers Karl Caspar, zugedacht, der manchen Gedichtband des andern mit seinen Steinzeichnungen versehen hat. Die Verse des Dichters erschienen unter den Titeln *Tantum dic verbo* (1919), *Die cumäische Sibylle*

(1921), *Das Herz des Wortes* (1929), *Das Sinnreich der Erde* (1939); dazu kommt in Kemps Neuausgabe die unvollendete Versdichtung *Largiris*, von der der Herausgeber sagt: »Wäre sie vollendet worden, so besäßen wir in ihr wohl eine poetische Summe seines Lebens und Sinnens, gewissermaßen ein großes Gewebe, dessen Zettel eine christliche Anthropologie und marianische Geschichtslehre gewesen wäre, durch den sich der vielfarbige Faden einer inneren Biographie des Dichters als Einschlag hindurchgeschlungen hätte.« Die dichterische Prosa von Konrad Weiß, umfassend die vier Traumerzählungen des Bandes *Die Löwin* (1928) und die drei Stücke des Bändchens *Tantalus* (1929), »kann man nicht realistisch lesen. Sie spricht von Erfahrungen der meditierenden, schlafenden Seele, der die Realia transparent geworden sind« (Soergel-Hohoff). Außerdem sind noch die Essays (»Zum geschichtlichen Gethsemane«, 1919; »Das gegenwärtige Problem der Gotik«, 1927; »Der christliche Epimetheus«, 1933) und die Reisebücher (»Deutschlands Morgenspiegel«, 1950; »Wanderer in den Zeiten«, 1958) zu beachten. Endlich hat sich Konrad Weiß auch als Dramatiker versucht, im historischen Schauspiel *Konradin von Hohenstaufen* (1938) und in den Hörspielen *Das kaiserliche Liebesgespräch* (1934) und *Die König Heinrich-Ballade mit den deutschen Vorstimmen* (gesendet 1936, gedruckt 1951). Wir haben hier Weihespiele mit Königen im Mittelpunkt, entsprechend der Vorliebe des Dichters für das mittelalterliche Reich und seine sakrale Deutung.

Konrad Weiß hat sich mit seinem Glauben hart auseinandersetzen müssen (das Theologiestudium gab er auf, weil ihn die damaligen Debatten um den Modernismus beunruhigten), sicher dagegen stand immer auf dem Boden der Kirche der in Hannover zur Welt gekommene, lange Zeit in Breisach wohnhafte, später in Hondingen (Landkreis Donaueschingen) lebende Franz Johannes Weinrich (1897–1978). Nach Abschluß einer kaufmännischen Lehre war er Zeitungsausträger, Dachdecker, schließlich doch im angestrebten Beruf tätig, aus dem ihn der Erste Weltkrieg riß. Während des Krieges begann er zu dichten und gab sich, schwer verwundet heimgekehrt, der neuen Bestimmung völlig hin. Seine poetischen Anfänge sind die apokalyptische Dichtung *Himmlisches Manifest* (1919), die Szenenfolge *Ein Mensch* (1920), und der Versband *Mit dir ertanze ich den höchsten Stern* (1921). Am meisten liegt Weinrich das Mysterienspiel (»Spiel vor Gott«, 1921; »Der Tänzer unsrer lieben Frau«, 1921, bis zum »Welttheater Luzifers«, 1956), das er weniger für die Berufsbühne als vielmehr für Laienspielscharen dichtete und gelegentlich in die Liturgie einzubauen suchte (»Xantener Domspiel«, 1936). Selbst an sich eher weltliche Stoffe werden mit einigem Geschick einbezogen, z.B. im *Tellspiel der Schweizer Bauern* (1925), das nur die Apfelschußszene, die Tötung des Vogtes und den Rütlischwur bietet, in diesem aber das Bekenntnis zur Freiheit religiös untermauert.

Auch als Lyriker verstummte er nicht (»Mittag im Tal«, 1924; »Der Reichsapfel«, 1934; »Der Rosenkranz von Anno Domini«, 1942; »Trost in der Nacht«, 1947; »Alles, was Odem hat, Nachdichtung der Psalmen«, 1957; »Lobgesang auf das lebendige Brot«, 1957). Außerdem schrieb er die großangelegte Tragödie *Columbus* (1923), in der die Entdeckungsfahrt zum Ringen mit Gott wird. Neben den angeführten Werken zeigen sich zahlreiche Erzählungen, Romane, Biographien weniger bedeutsam, wenn auch anerkennenswert.

Der wichtigste Mitarbeiter an Pfeills »Weißem Reiter« war ROMANO GUARDINI (1885–1968). Seine Eltern, denen er in Verona in die Wiege gelegt wurde, waren Italiener, der Vater, mit ihm die ganze Familie, übersiedelte im konsularischen Dienst bald nach Deutschland, kehrte später nach Italien zurück, nicht aber der Sohn. Er verbrachte seine Jugendjahre und – nach dem Theologiestudium in München, Tübingen, Freiburg i. Br. – die ersten Priesterjahre in Mainz. Er sah seine erste große Aufgabe darin, der durch den Krieg ortlos gewordenen katholischen Jugend einen neuen Lebensgrund zu geben, begründete deshalb den »Quickborn« mit der Burg Rothenfels als Zentrum und schuf ihm als Organ *Die Schildgenossen;* Burg und Zeitschrift wurden vom »Dritten Reich« 1939 geschlossen bzw. aufgehoben. Inzwischen hatte sich Guardini an der Universität Bonn für systematische Theologie habilitiert (1922), war – der Form nach – zum ordentlichen Professor an der theologischen Fakultät von Breslau ernannt, in Wahrheit aber beauftragt worden, als »ständiger Gast« an der Universität Berlin Vorlesungen über »Religionsphilosophie und katholische Weltanschauung« zu halten, ein Unikum in der Geschichte der deutschen Hochschulen; stets scharte sich um ihn ein großer, nicht nur aus Katholiken bestehender Hörerkreis, doch – wieder 1939 – mußte er auf Befehl der damaligen Machthaber auf die Ausübung seines Lehrauftrages verzichten. 1945–1948 hatte er einen Lehrstuhl der philosophischen Fakultät in Tübingen inne, von 1948 bis zu seiner Eremitierung (1963) einen gleichen Lehrstuhl in München. Aus dieser Tätigkeit entstanden jene Bücher, die ihren Verfasser in erster Linie zum Gegenstand der Literaturgeschichte machten.

Wie schon angedeutet, setzte Guardini als »Lehrer« an der Stelle an, wo die Not unmittelbar vor Augen lag; so begann er als Priester und Jugendführer mit Arbeiten zur Deutung der Liturgie (»Vom Geist der Liturgie«, 1918;

»Liturgische Bildung«, 1923; »Heilige Zeichen«, 1944), als Seelsorger befaßte er sich mit *Ehe und Jungfräulichkeit* (1926), mit dem *Leben des Glaubens* (1935), mit den Themen *Das Gute, das Gewissen und die Sammlung* (1929), *Wille und Wahrheit* (1937), *Vorschule des Betens* (1943), als Theologe schrieb er eines der interessantesten Christusbücher der Gegenwart *Der Herr* (1944), für den literarisch und zugleich philosophisch interessierten Leser aber deutete er eine ganze Reihe Dichter und Denker, Dostojewskij in *Der Mensch und der Glaube* (1933), Pascal in *Christliches Bewußtsein* (1935), *Hölderlin* (1939), Sokrates, bzw. Platon in *Tod des Sokrates* (1943), Rilke in *Zu Rainer Maria Rilkes Deutung des Daseins* (1946). (Ferner gehören hierher »Die Bekehrung des heiligen Augustinus«, 1935; »Unterscheidung des Christlichen«, 1935; »Der Engel in Dantes Göttlicher Komödie«, 1937; »Welt und Person, Versuche zur christlichen Lehre vom Menschen«, 1930: »Über das Wesen des Kunstwerks«, 1947; »Freiheit, Gnade, Schicksal, drei Kapitel der Deutung des Daseins«, 1948; »Gegenwart und Geheimnis«, eine Auslegung von fünf Gedichten Eduard Mörikes, 1957; »Sprache, Dichtung, Deutung«, 1962, mit dem Anhang »Bemerkungen über Sinn und Weise des Interpretierens«.) Eine weitere Gruppe von Büchern nimmt Stellung zur Gegenwart (»Der Heilbringer in Mythos, Offenbarung und Politik«, 1946; »Das Ende der Neuzeit«, 1950; »Die Macht, Versuch einer Wegweisung«, 1951; »Verantwortung, Gedanken zur jüdischen Frage«, 1952; »Der unvollständige Mensch und die Macht«, 1956; »Die Sorge um den Menschen«, 1962). Hermann Kunisch, der Herausgeber des »Handbuches der deutschen Gegenwartsliteratur«, nennt Romano Guardini einen »der großen Europäer, an die sich die Hoffnung des Überstehens bindet«.

DER DADAISMUS

Der Dadaismus leitet seinen Namen vom Dada ab, nur waren sich die Dadaisten selbst darüber nicht einig, was Dada bedeutet, noch, wer das Wort er- oder gefunden hat. Hans Arp, der zu den Gründern dieser Bewegung gehört, hat anläßlich des goldenen Jubiläums derselben folgende Lösung gefunden:

Vor 50 Jahren war dada da,
da dada da war,
eh dada da war,
war dada da,
als dada da war.

Zwar glaubt man, im Dadaismus einen bizarren Scherz vor sich zu haben, aber man gewinnt bei näherer Betrachtung die Überzeugung, daß seine Bekenner ernst genommen sein wollen – und können. Ihre Vorläufer sind die Expressionisten und die Futuristen (soweit sich auch bildende Künstler unter ihnen befanden); doch zur dadaistischen Entladung wäre es ohne den Ersten Weltkrieg nicht gekommen. Die meisten Dadaisten flüchteten nach Zürich, um dem Krieg und dem Militarismus zu entgehen, und kündigten hier den »Kampf gegen alles« an. Aus Abneigung gegen die im Krieg zutagetretenden Monstrositäten der Überzivilisation und Überkultur erstrebten sie ironisch und zynisch die Rückkehr in den Bereich kindlicher Primitivität, nannten dies »Mut zum vollkommenen Blödsinn« und forderten ein Schrifttum »ohne Rücksicht auf den Sinn der Worte«.

Der Historiker des Dadaismus war RICHARD HUELSENBECK (1892–1974) aus Frankenau in Hessen, Apothekerssohn, Arzt, studierte aber auch Philologie, Philosophie und Kunstgeschichte. 1916 begab er sich nach Zürich und gründete im »Cabaret Voltaire« mit Hugo Ball, Hans Arp und Literaten anderer Sprachen den Dadaismus, den er, im Januar 1917 nach Deutschland zurückgekehrt, nach Berlin übertrug. Nach dem Krieg war er Schiffsarzt und Auslandskorrespondent deutscher Zeitungen, dann freier Schriftsteller in Berlin; 1936 emigrierte er nach New York, wo er als Arzt und Psychoanalytiker lebte. Seine ersten Schriften waren die Gedichtsammlungen *Phantastische Gebete* (1916) und *Schalaben, Schalomei, Schalamezomai* (1918), die Novellen *Azteken oder die Knallbude* (1918) und *Die Verwandlungen* (1918). Diesen Sprachexperimenten folgten die dadaistischen Manifeste (»Dada siegt«, »En avant Dada, Geschichte des Dadaismus«, »Deutschland muß untergehen«, »Der neue Mensch«, »Dadaistisches Manifest«, alle 1920) und der *Dada-Almanach* (1920); sie beabsichtigten, »gegen angemessene Preise alles, was mit Geist, Kultur und Innerlichkeit zusammenhängt, symbolisch abzuschlachten«. Dann verharrte Huelsenbeck zunächst auf dem eingeschlagenen Weg, mit dem Roman *Dr. Billig am Ende* (1921), dem Essay *Die freie Straße* (1921) und der Komödie *Das Geld unter die Leute* (1924), änderte jedoch hierauf seinen Kurs und schrieb weniger anspruchsvolle Reiseromane (»Afrika in Sicht«, 1928; »Der Sprung nach Osten«, 1928; »China frißt Menschen«, 1930). Mit dem *Traum vom großen Glück* (1932) und der Biographie *Schweinfurt* (1933) nahm er gewissermaßen Abschied von Deutschland und emigrierte nach Amerika, obwohl er um 1920 der Meinung war, der Dadaismus sei eine »deutsche bolschewistische Angelegenheit«. Über das große Wasser kamen dann viel später die Gedichtbände *Die New*

Yorker Kantaten (1952) sowie die Memoiren *Mit Witz, Licht und Grütze* (1957).

Als Huelsenbeck noch in Zürich war, demonstrierte Dada dort die grotesken Züge der modernen Literatur und Kunst. Als »Vater« des Dadaismus galt, wie das spätere Publikationen der Beteiligten zeigen, HUGO BALL (1886 bis 1927) aus Pirmasens, zuerst Kaufmann, dann Dramaturg in München. Mit seinem Freund Huelsenbeck zusammen veranstaltete er 1915 den ersten deutschen Expressionistenabend, bei dem auch – mitten im Krieg – der Franzose Charles Péguy rezitiert wurde. In dieser Bohème-Zeit entstand nach der Tragikomödie *Die Nase des Michelangelo* (1911) und dem Drama *Der Henker von Brescia* (1914) der Roman *Flametti oder vom Dandyismus der Armen* (gedruckt erst 1918); er gehört wie Otto Flakes »Ja und Nein« zu den Schlüsselromanen der Bewegung. Deutlichere Auskunft bieten die später veröffentlichten Tagebücher (»Die Flucht aus der Zeit«, 1927) sowie die *Briefe 1911–1927* (1957). Aus ihnen geht hervor, daß als »Mitarbeiter und Gäste« nicht nur die eigentlichen Dadaisten galten, sondern auch Else Lasker-Schüler, Wedekind, Jakob van Hoddis, Werfel, Morgenstern, Lichtenstein, Mühsam, Kokoschka nebst modernen Musikern und Malern deutscher und anderer Herkunft. So konnte Hugo Ball wohl sagen: »Es ist jetzt eine Unsumme von Geist unterwegs, nach der Schweiz ganz besonders ... Es gibt eine Partei der Geistigen, eine Politik des Geistes«, war sich aber durchaus bewußt, daß das Ganze »ein Narrenspiel aus dem Nichts« sei, »daß die auf Barzahlung drängende Zeit einen Ramschausverkauf der entgötterten Philosophen eröffnet hat.« Das »Narrenspiel« machte er mit, indem er die Sinnlosigkeit des Alten und die Unartikulierbarkeit in Verse ohne Worte brachte, die er, fast gegen seinen Willen, wie eine liturgische Kadenz vortrug.

Aber schon im Mai 1916 hatte Hugo Ball erkannt, daß die Dinge, die dem Dadaismus möglich waren, »erschöpft« seien, und so wurde sein Manifest beim ersten öffentlichen Dada-Abend zu einer kaum verhüllten Absage an die Freunde. Das Ergebnis seines Nachdenkens war die Streitschrift *Zur Kritik der deutschen Intelligenz* (1919), ein Bekenntnis zum Anarchismus und zur Revolution, eine Ablehnung des modernen Deutschland und des offiziellen Katholizismus. Aber das Nein dieser Schrift befriedigte den Verfasser selbst nicht: unerbittlich suchte er weiter nach einem Ankerboden für sein Lebensschiff und fand ihn – bei der katholischen Kirche. Er heiratete Emmy Hennings, mit der er schon 1915 nach Zürich gezogen war, und konvertierte; seither lebte er zurückgezogen in San Abbondio (Tessin); nur eine Reise nach Italien, besonders nach Rom (1924/1925) unterbrach diesen Aufenthalt in der Stille. Die literarische Frucht der Bekehrung, zugleich eine großartige stilistische Leistung, war das Buch *Byzantinisches Christentum* (1923), in dem drei Arbeiten zur Geschichte der altchristlichen Askese zusammengefaßt sind, weltanschaulich wie der Form nach ein hochinteressantes Gegenstück zur formsprengenden und anarchistischen Tendenz der Dada-Periode.

Man hat Hugo Ball vorgeworfen, er sei seit seiner Konversion fanatisch geworden; nichts könnte diesen Vorwurf besser entkräften als Balls Buch über *Hermann Hesse* (1927) zu dessen 50. Geburtstag; der so gefeierte Freund revanchierte sich seinerseits, indem er das Vorwort schrieb zum Buch *Hugo Ball, sein Leben in Briefen und Gedichten* (1929), dessen Autorin Balls Witwe war, EMMY BALL-HENNINGS (1885–1948), die in Flensburg geborene, in Sorengo bei Lugano verstorbene Schauspielerin und Schriftstellerin; sie war schon während des Dada-Taumels an Hugo Balls Seite, hatte zuvor den Versband *Die letzte Freude* (1913), später die Romane *Gefängnis* (1919) und *Das Brandmal* (1920) veröffentlicht, folgte dem Gatten in den Schoß der Kirche und in die tessinische Wahlheimat. Dort entstanden die Dichtung *Das ewige Lied* (1923), die Schrift *Der Gang zur Liebe* (1926), die aus dem Sagengut der italienischen Schweiz geschöpften *Märchen am Kamin* (1943) und die liebevoll gezeichneten Bilder aus dem eigenen Leben wie jene von Hugo Balls Werden und Wachsen (»Hugo Balls Weg zu Gott«, 1931; »Blume und Flamme«, 1938; »Das flüchtige Spiel«, 1940; »Ruf und Echo«, 1953). Es runden das Bild die Erzählung *Die Geburt Jesu* (1932), die Gedichte *Der Kranz* (1939), die *Briefe an Hermann Hesse* (1956).

Der dritte Literat unter Zürichs Dadaisten war HANS ARP (1887–1966), ein Elsässer aus Straßburg (vgl. Band VI, Seite 277–278). Seine literarischen Produkte entstanden aus einem Protest gegen den bürgerlichen Geist, gegen die Annahme einer kausalen Ordnung der Welt. Die Ablehnung jeglicher Gesetzmäßigkeit und der Wille zur vollkommenen Konfusion erzeugen das »inhaltslose Gedicht«; die simultane Zusammenraffung aller denkmöglichen Vorgänge, die nach Huelsenbeck eine erhöhte Sensibilität für den zeitlichen Ablauf der Dinge voraussetzt (»Simultaneität ist gegen das Gewordene für das Werden«), schafft groteske Gebilde, reich an Phantastik und Humor, später mit tragischem Grundzug, und bedient sich der Sprache der Kinder, der Clowns und des Volksliedes, um in einer dichterischen Wortwelt Träume zu erzeugen, welche die konsequente Verneinung alles Bestehenden und Überkommen-Sinnfälligen darstellen. Die Konsequenz seines Werkes, die

Melodik vieler (nicht aller) seiner Verse verleihen diesem bedeutendsten aller Dadaisten hohen künstlerischen Rang. Natürlich war man schockiert und belustigt, wenn Hans Arp zusammen mit dem Rumänen Tzara und dem Deutschen Serner in Zürich *Die Hyperbel vom Krokodil-Coiffeur und dem Spazierstock* verfaßt hat; aber vom *Vogel selbdritt* (1920) an bis zum *Pyramidenrock* (1924) zum Gedichtband *wortträume und schwarze sterne* (1953) oder zum *Mondsand* (1960) kann man an der Echtheit des grotesken Worterlebnisses nicht zweifeln. Von gleicher Art sind die zwischen 1920 und 1950 entstandenen und unter dem Titel *Auch das ist nur eine Wolke* (1951) gesammelten Prosadichtungen; dazu sind noch zu beachten die Erinnerungen aus den Jahren 1914–1954 (»Unsern täglichen Traum ...«, 1957).

1920 begegnete Hans Arp dem ihm geistesverwandten Kurt Schwitters (1887–1948), der gleichfalls Lyriker und Maler war; er stammte aus Hannover, studierte in Dresden, emigrierte 1935 nach Norwegen, 1940 nach England und starb in Arnblinde auf der britischen Insel; 1923–1927 gab er die dadaistische Zeitschrift *Merz* heraus und produzierte davor und danach »Merz«-Kunst und »Merz«-Literatur. Er hat mehrere Gedichtbände veröffentlicht, doch mit keinem hat er so Aufsehen erregt wie mit den dadaistischen Gedichten *Anna Blume* (1919); wer es erlebt hat, weiß sich heute noch zu erinnern, daß das Titelpoem in der erschütternden Feststellung gipfelte:

> Man kann dich auch von hinten lesen, und du, du
> Herrlichste von allen, du bist von hinten wie von
> vorne: »a-n-n-a«.

In Ostberlin und in Leipzig lebt noch der Universitätsprofessor Wieland Herzfelde (geb. 1896); die Tage seiner Kindheit verbrachte er zu Weggis in der Schweiz. Den Titeln seiner ersten Bücher (Gedichte »Sulamith«, 1917, Erzählungen, »Tragigrotesken der Nacht«, 1920) sieht man sein politisches Bekenntnis nicht an, aber schon 1921 gab er den Essayband *Gesellschaft, Künstler und Kommunismus* heraus. Von späteren Werken sind bekannt *Immergrün* (1949), Erzählungen, *Das Steinerne Meer* (1955), ungewöhnliche Begebenheiten, und *Im Gehen geschrieben* (1956), Verse aus 44 Jahren.

ZWISCHEN DEN WELTKRIEGEN

Am 29. Mai 1945, anläßlich seines siebzigsten Geburtstags, hielt Thomas Mann in der Library of Congress in Washington in englischer Sprache eine Rede, die wenige Monate später auf deutsch in der »Neuen Rundschau« veröffentlicht wurde: *Deutschland und die Deutschen.* Mann behandelt darin – in direktem Zusammenhang mit seinem Roman *Doktor Faustus* – unter anderm das hoch problematische, verstockt-ressentimentgeladene und eben dadurch unverantwortliche Verhältnis vieler deutscher Intellektueller, Dichter und Musiker zur Gesellschaft, zum Staat, zur Politik sowie, bezogen auf die aktuellen Ereignisse, den Zusammenbruch der Hitler-Diktatur, das Verhältnis der deutschen Geistesgeschichte vor allem des 19. und 20. Jahrhunderts zur barbarischen Ideologie des Nationalsozialismus. Dabei geht es ihm vor allem darum, zu zeigen, daß die spezifisch deutsche Form des Faschismus auch spezifisch deutsche Wurzeln hat, also keine isolierbare »Verirrung« der deutschen Geschichte ist, sondern mit dieser in einem fundamentalen Wirkzusammenhang steht, dergestalt, daß es beinahe keine Erscheinung der Philosophie-, Musik- und Literaturgeschichte gebe, die nicht von den Nazis und ihren akademischen Helfershelfern in Anspruch genommen, ausgebeutet, verhunzt wurde – und in Anspruch genommen werden *konnte,* wie die Beispiele Nietzsche, Wagner und Hauptmann zeigen. Thomas Mann sagte mit deutlichem Verweis auf die Faust-Gestalt: »Ein einsamer Denker und Forscher, ein Theolog und Philosoph in seiner Klause, der aus Verlangen nach Weltgenuß und Weltherrschaft seine Seele dem Teufel verschreibt – ist es nicht ganz der rechte Augenblick, Deutschland in diesem Bilde zu sehen, heute, wo Deutschland buchstäblich der Teufel holt?«

Es scheint der rechte Augenblick, an diese Rede zu erinnern, bevor der geistesgeschichtliche Hintergrund der Weltkriegszeit geschildert werden soll. Das bedeutet nun nicht, daß die ihm folgenden behandelten Denker allesamt mit dem Nationalsozialismus in Verbindung gebracht oder gar als seine Vorläufer beschrieben werden sollen; ganz im Gegenteil sind viele darunter, die sich eben ganz und gar nicht »dem Teufel verschrieben« haben, sondern fliehen mußten, um nicht von ihm »geholt« zu werden. Nur läßt sich eben nicht übersehen, daß die Biographie all dieser Schriftsteller einen entscheidenden Bruch aufweist – wie die deutsche Geistesgeschichte selbst; daß mit den Ereignissen von 1933 und der Haltung, die die Autoren dazu einnahmen, die Bewertung und Bedeutung ihres Werkes untrennbar verknüpft ist, – gleichviel ob es in den Sog der Nazi-Ideologie geriet (Nadler), ob es diese immerhin tolerierte (Heidegger) oder ob es schließlich davon aufs äußerste gefährdet wurde (Freud). Die zwölf Jahre Hitlerzeit haben die deutsche Geschichte verändert – und eben nicht nur die neuere, die zur Gründung zweier deutscher Staaten führte, sondern auch die Geschichte des 19. und 20. Jahrhunderts, die »im Lichte unserer Erfahrung« eine völlig neue, hoch prekäre Problematik gewonnen hat.

DER GEISTESGESCHICHTLICHE HINTERGRUND

Philosophie und Psychologie

Der für den darzustellenden Zeitraum älteste Vertreter der Philosophie, WILHELM DILTHEY (1833–1911), in Biebrich bei Wiesbaden geboren, Professor in Basel, Kiel, Breslau und Berlin, gestorben in Seis am Schlern (Tirol), unternahm es, die Selbständigkeit der Geisteswissenschaften gegenüber der vorwärtsdrängenden Naturwissenschaft klarzustellen und ihnen eine neue Grundlage zu geben. Die Anregungen zu seinem Antimaterialismus erhielt Dilthey aus der Romantik (aus der Beschäftigung mit ihr entstanden sein »Leben Schleiermachers«, 1870, und seine »Jugendgeschichte Hegels«, 1905) und aus seiner Auffassung der Geschichte, die ihm als ein Strom galt, aus dem sich langsam eine Welt erhebt, deren Gehalt und gesetzmäßigen Aufbau wir aus Urkunden, Denkmälern, literarischen Werken heraus sehen müssen – eine Welt, die zugleich einem ewig Transzendenten, der Gottheit selbst, zustrebt, ja in gewissen Höhepunkten in sie überzufließen scheint (»Der Aufbau der geschichtlichen Welt in den Geisteswissenschaften«, 1910). Diltheys Historismus war allerdings recht skeptisch eingestellt gegenüber der Möglichkeit, objektive Werte zu fixieren, und schloß eine wissenschaftliche Metaphysik aus; Diltheys künstlerische Intuition dagegen befähigte ihn, nicht nur in die Art, wie die einzelnen Zeiten die Welt erleben, sondern auch in die Seele des Dichters einzudringen, und schuf so eine eigene Psychologie des poetischen Schaffens in seinem Werk *Das Erlebnis und die Dichtung* (1906).

Weniger auf psychologische Intuition als vielmehr auf unbestechliche Analyse stützte sich der im mährischen Freiberg als Sohn eines jüdischen Textilkaufmanns geborene SIGMUND FREUD (1856–1939), indem er von seinem Lehrstuhl in Wien aus (erst im Greisenalter mußte er in die Emigration und starb in London) die Psychologie allererst wissenschaftlich begründete. Schon bei Leibniz und Kant, erst recht bei Schopenhauer, findet sich das Bild von unbewußten Vorstellungen und Kräften. Freuds Psychoanalyse erweiterte diese zu einem komplexen psychischen Modell und verfolgte ihre Auswirkungen im Traum (»Die Traumdeutung«, 1900) und in den Fehlhandlungen des Sich-Versprechens und des Wortwitzes (»Der Witz und seine Beziehung zum Unbewußten«, 1905), im Alltag (»Zur Psychopathologie des Alltagslebens«, 1901) und in der Masse (»Massenpsychologie und Ich-Analyse«, 1921), wobei er schließlich dazukam, das *Unbehagen in der Kultur* (1930) zu behandeln. Freud gilt als einer der bedeutendsten Wissenschaftler des 19. und 20. Jahrhunderts; seine Psychoanalyse schuf die Grundlage für beinahe sämtliche Formen der (Tiefen-)Psychologie.

Von Sigmund Freud trennte sich etwa 1912 der Schweizer CARL GUSTAV JUNG (1875–1961), geboren im thurgauischen Keßwyl, gestorben in Küsnacht am Zürichsee, 1913–1933 Professor in Zürich. Neben das persönlich Unbewußte stellte er ein kollektives Unbewußtes heraus; seine Methode war ausgerichtet auf die Herstellung einer lebendigen Beziehung zwischen allen persönlichen Gegensatzpaaren und führte wenigstens dort, wo Jung glaubte, daß es dem persönlichen Typus entspräche, zur Religion hin. Das Buch *Wandlungen und Symbole der Libido* (1912) steht an der Wende von »Freud« zu »Jung«, ihm folgte eine ganze Bibliothek tiefschürfender und von Auflage zu Auflage neuüberarbeiteter Werke, aus denen wegen ihrer Beziehung zu aktuellen Ereignissen hervorgehoben seien *Nach der Katastrophe* (1945/1946), *Aufsätze zur Zeitgeschichte* (1946) und *Ein moderner Mythus* (1958–1963), der Versuch, das Auftauchen der »fliegenden Untertassen« als Manifestationen des kollektiven Unbewußten zu deuten. Eine Art Autobiographie ist das Buch *Erinnerungen, Träume, Gedanken von C. G. Jung,* aufgezeichnet und herausgegeben von Amelia Jaffé (1962).

Der Protestant FRIEDRICH WILHELM FOERSTER (1896–1966), als Sohn des Astronomen und Führers der freigeistigen Bewegung für ethische Kultur Wilhelm Foerster in Berlin geboren, forderte eine Rechristianisierung der Pädagogik und der politischen Erziehung, dort das Hauptgewicht auf die Charakterbildung, hier auf die Verwirklichung christlicher Sittenlehre im öffentlichen Leben und im Spiel der Völker legend. Seine Werke, die selten ihre protestantische Herkunft, viel häufiger eine starke Neigung zum Katholizismus verraten, sind bewußt teilweise an Kinder, Jugendliche, Heranwachsende gerichtet. Als wichtigste Bücher dürften wohl gelten *Jugendlehre* (1904), *Lebenskunde* (1904), *Schule und Charakter* (1907), *Sexualethik und Sexualpädagogik* (1907), *Christentum und Klassenkampf* (1908), *Lebensführung* (1909), *Autorität und Freiheit* (1911); umstritten waren lange Zeit die nach dem Ende des Ersten Weltkrieges geschriebenen Werke über politische Fragen, wie *Weltpolitik und Weltgewissen* (1919), *Mein Kampf gegen das militaristische und nationale Deutschland* (1920), *Angewandte politische Ethik* (1925) und *Europa und die deutsche Frage* (1937, erweitert zu den Memoiren »Erlebte Weltgeschichte 1896–1953«, 1954).

Wegen der ihm daraus erwachsenen Gegnerschaft verließ Foerster 1920 Deutschland, wo er Universitätsprofessor in München gewesen war; zunächst wandte er sich in die Schweiz, dann nach Frankreich, von hier wegen der Besetzung durch deutsche Truppen wieder in die Schweiz, von dieser jedoch ausgewiesen, über Portugal nach Amerika; die letzten Lebensjahre verbrachte er, von Freunden unterstützt, in Kilchberg bei Zürich; weder das wilhelminische Kaiserreich noch die Weimarer Republik, aber auch nicht die nach dem Zweiten Weltkrieg entstandene Bundesrepublik konnten den »Propheten alter Wahrheiten« ertragen, nur die Stadt Berlin ehrte ihn mit einer kleinen Rente. Gewisse Einseitigkeiten wird man seinen Büchern nicht abstreiten können, doch verzeihen müssen, zumal die Grundlinie respektabel ist. Keineswegs aber war Foerster in jenen Jahren zum Nur-Politiker geworden, wie *Christus und das menschliche Leben* (1923) sowie *Alte und neue Erziehung* (1936) beweisen.

Was Foerster versagt blieb, wurde EDUARD SPRANGER (1882–1963) zuteil, die Anerkennung als einer der führenden Pädagogen Deutschlands. Auch er war gebürtiger Berliner, Sohn eines Spielwarenhändlers, seit 1912 Professor an der Universität seiner Heimatstadt; 1944 wurde er von den Schergen Hitlers verhaftet, 1945 wurde er Rektor, aber schon im Oktober von sowjetischen Dienststellen abgesetzt; so folgte er 1946 einem Ruf nach Tübingen, wo er auch nach seiner Emeritierung (1955) bis zu seinem Tode blieb. Er war ein Schüler Diltheys und griff über ihn hinaus zurück auf Wilhelm von Humboldt (»Wilhelm von Humboldt und die Humanitätsidee«, 1909); sein Grundgedanke war, daß den wichtigsten Wertrichtungen der geistigen Welt die vorwiegenden seelisch-geistigen Orientierungen entsprechen müssen (»Lebensformen«, 1914–1921); von dieser Basis aus hat er eine große Zahl von Einzelstudien verfaßt; soweit sie Gestalten der Literaturgeschichte betreffen, seien sie hier aufgeführt: *Hölderlin und das deutsche Nationalbewußtsein* (1919), *Der deutsche Klassizismus und das Bildungsleben der Gegenwart* (1927), *Der psychologische Perspektivismus im Roman* (1930), *Goethes Weltanschauung* (1933, erweitert 1943), *Schillers Geistesart, gespiegelt in seinen philosophischen Schriften und Gedichten* (1941), *Pestalozzis Denkformen* (1947, stark überarbeitet 1959); gegen Oswald Spenglers »Untergang des Abendlandes« nahm er Stellung mit *Die Kulturzyklentheorie und das Problem des Kulturverfalls* (1926), das positive Gegenstück dazu sind die *Aufgaben des Geschichtsschreibers* (1952).

Von der Logik ging der in Proßnitz (Mähren) geborene Österreicher EDMUND HUSSERL (1859–1938), Professor in Göttingen und Freiburg i. Br., aus, um die *Philosophie als strenge Wissenschaft* (so der Titel eines Werkes aus dem Jahr 1912) zu erweisen. Zur Logik hatte er von der Mathematik her gefunden (»Philosophie der Arithmetik«, 1891), die Logik als Grundlage der Philosophie wollen die *Logischen Untersuchungen* (1900ff.) erweisen, die zugleich den Mode gewordenen Psychologismus bekämpfen, d. h. das »Überwiegen psychologischer Gesichtspunkte in an sich nicht psychologischen Wissenschaften wie Philosophie, Jurisprudenz, Kunst- und Literaturgeschichte«. In den *Ideen zu einer reinen Phänomenologie und phänomenologischen Philosophie* (1913) wurde dann die neue Grundlage geschaffen, um der Philosophie den Charakter strenger Wissenschaftlichkeit zu verleihen. Die Phänomenologie, wie man seither Husserls Philosophie nennt, will die Begriffe klären an dem anschaulich Gegebenen, den »Phänomenen« (phainomenon: das Erscheinende) und sie zurückführen auf die ihnen ursprünglich zugrundeliegenden »originären« Anschauungen, worin er mit dem Schotten David Hume (1711–1776) und mit dem Positivismus übereinstimmt; aber von Hume unterscheidet sich Husserl durch die Anerkennung der Funktion des Denkens; neben und vor dem Denken stand für Husserl jedoch die »Wesensschau« (Intuition), durch welche über die Anschauung des gegebenen einzelnen hinaus das allgemeine »Wesen« erfaßt wird – Platon hätte gesagt: die »Idee« –, und in der Tat ist Husserl der erste Denker der Neuzeit, der im Sinne Platons, dessen Renaissance auf Husserl zurückzuführen ist, philosophierte.

Eine der bedeutendsten Schülerinnen Husserls war die in Breslau geborene, 1922 katholisch, 1933 Karmeliterin gewordene EDITH STEIN (1891 bis 1942); sie starb in Auschwitz den Tod der Juden, nachdem sie zuvor aus Deutschland vergebens nach Holland geflüchtet war. Von ihr stammt der

Versuch, die Begriffswelt des Thomas von Aquin mit phänomenologischen Methoden neu zu begründen (»Husserls Phänomenologie und die Philosophie des hl. Thomas von Aquin«, 1929).

Von Rudolf Eucken wie von Edmund Husserl beeinflußt zeigte sich Max Scheler (1874–1928), gebürtiger Münchner, Professor in Köln und Frankfurt a. M., wo er starb. Seine Zeitgenossen sahen Schelers Weg der christlichen Weltanschauung sich nähern und sich wieder von ihr entfernen. Seinem ersten Werk *Die transzendentale und die psychologische Methode* (1900) folgte nach verhältnismäßig langer Pause *Der Formalismus in der Ethik und die materiale Wertethik* (1913–1916), worin die formalistische Pflichterfüllung des Kantschen Systems abgelehnt und an ihrer statt inhaltliche und gegenständliche Werte betont, personale Vorbildtypen erarbeitet wurden. Die Distanzierung von Kant und die Hinbewegung zu Platon erreichte den »letzten Gipfel« innerhalb der Geschichte der neueren Philosophie in Schelers Buch *Vom Ewigen im Menschen* (1921). Sofern dieses zu den Werken der christlichen Philosophie gerechnet werden darf, gehört es der Sphäre des Augustinismus, nicht der des Thomismus an. In späteren Werken (»Stellung des Menschen im Kosmos«, 1928; »Philosophische Weltanschauung«, 1929) wird dann deutlich, daß Schelers Metaphysik mit den Dogmen der katholischen Kirche und den Prinzipien der scholastischen Philosophie unvereinbar ist, behauptet sie doch, daß Gott in der Bildungswelt des Menschen aus dumpf vitalem Trieb zum erlösenden Geist drängt, was einer Selbsterlösung des Menschen, ja einer Gotterlösung durch den Menschen gleichkommt. Bedeutungsvoll bleibt Schelers Soziologie des Wissens (»Versuche zu einer Soziologie des Wissens«, 1924; »Die Formen des Wissens und der Bildung«, 1925; »Die Wissensformen und die Gesellschaft«, 1926), wichtig seine Stellungnahme zur Frage *Idee des Friedens und des Pazifismus* (1931).

Neben den Philosophieprofessoren sind hier noch Männer zu nennen, die nie auf einem Lehrstuhl der Philosophie saßen. Der älteste heißt Salomo Friedländer (1871–1946), geboren in Gollantsch (Provinz Posen), zunächst Medizin-, später Philosophiestudent in München und Jena, wo er mit einer Dissertation über Schopenhauer und Kant promovierte, dann freier Schriftsteller in Berlin, endlich Emigrant (1933) nach Paris, wo sein Leben endete. Seine philosophischen Bücher bezeugen seine geistige Herkunft vom deutschen Idealismus, von Schopenhauer und Nietzsche, doch kritisierte er die »Feigheit« des deutschen Idealismus angesichts der Realität und suchte sie im Sinne des kosmischen Materialismus, etwa eines Max Stirner, durch eine Philosophie des »schöpferischen Ich« zu überwinden. Sein Hauptwerk ist

Die schöpferische Indifferenz (1918), die den »Schöpfer« zu einem über andere Macht ausübenden Zauberer und Magier mache, weil er sein Ich »differenzlos« beherrsche und sich sogar »ekstatisch in Gott verzücken« könne. Ganz wohl muß Friedländer dabei nicht gewesen sein, darum schrieb er unter dem Pseudonym Mynona (Umkehrung des Wortes »anonym«) Gedichte und Grotesken, die ein ähnliches schmerzlich-einsames Lebensgefühl zum Ausdruck bringen wie seine philosophischen Bücher und eine gewisse Parallele zu Christian Morgenstern bieten, doch auch zu Wedekind und Kubin in Beziehung stehen. Die Gedichte sammelte er unter dem Titel *Durch blaue Schleier* (1908), die Grotesken erschienen in mehreren Bänden (z. B. »Rosa, die schöne Schutzmannsfrau«, 1913; »Die Bank der Spötter«, 1919; »Ich möchte bellen«, 1924; »Der lachende Hiob und andere Grotesken«, 1935).

Eine ganz andere Gestalt war der baltische GRAF HERMANN KEYSERLING (1890–1946), geboren in Könno (Livland). Er philosophierte bereits, als er noch als »Herr« auf seinen Gütern saß, und blieb durchaus Aristokrat, auch als die Revolution nach dem Ersten Weltkrieg ihn vertrieb; Ernst Ludwig, der abgedankte Großherzog von Hessen, bot ihm seine Unterstützung; so konnte Keyserling in Darmstadt seine »Weisheitsschule« gründen (1920); er überlebte das »Dritte Reich«, das ihn nicht liebte, mußte aber am Ende des Zweiten Weltkrieges wieder auf Fluchtwege und starb in Innsbruck. Am Anfang stand er unter dem Einfluß Kants, dann unter dem Bergsons; so betonten schon seine ersten Schriften (»Das Gefüge der Welt«, 1906; »Unsterblichkeit«, 1907; »Prolegomena zur Naturphilosophie«, 1910) den irrationalen Charakter der Welt, neigten zugleich einem relativistischen Wahrheitsbegriff zu. Diesem stand zur Seite eine ungewöhnliche Virtuosität, sich in die verschiedensten Kulturen, besonders in die des Fernen Ostens, einzuleben (»Reisetagebuch eines Philosophen«, 1919). Darüber verlor Keyserling allerdings nie die Distanz zu den von ihm behandelten Kulturen, wie seine Kritik an der Schweiz im *Spektrum Europas* (1928) verriet. Das Buch über unsern alten Kontinent wurde ergänzt durch *Amerika, der Aufgang einer neuen Welt* (1930) und die *Südamerikanischen Meditationen* (1932). So war denn das Reisetagebuch eines Philosophen zur Tetralogie erweitert, die Erde in allen Gegenden beschaut, und es blieb als Gegenstand der Darstellung nur noch das eigene Ich (»Das Buch vom persönlichen Leben«, 1936; »Betrachtungen der Stille und Besinnlichkeit«, 1941).

Am Ende des Jahrzehnts der Philosophen ohne Lehrstuhl, zu denen auch Ludwig Klages gehörte, steht LEOPOLD ZIEGLER (1881–1958) aus Karlsruhe;

schon ehe er die Universität Heidelberg bezog, hatte er zwei Schriften (»Metaphysik des Tragischen«, 1902; »Das Wesen der Kultur«, 1903) verfaßt, nach seiner Promotion (1905) wollte er sich habilitieren, doch infolge einer schweren Erkrankung gab er diesen Plan auf; er lebte fortan als Privatgelehrter, zuerst in Ettlingen, später (1925 bis zu seinem Tode) in Überlingen am Bodensee. Bekannt wurde er durch das zweibändige Werk *Gestaltwandel der Götter* (1922), die weitgespannte Geschichte des religiösen Bewußtseins von Homer bis zur Entgötterung der Welt durch die Naturwissenschaft. Einem ganz anderen Thema wandte sich das gleichfalls zweibändige *Heilige Reich der Deutschen* (1925) zu, eine Besinnung über das deutsche Schicksal und das Selbstverständnis des Reiches. *Spätlese eigener Hand* (1953) faßt frühere Kleinschriften über die Manifestationen des Geistes in Wirtschaft, Staat, Erziehung und Kunst zusammen. Inzwischen war für Ziegler die Religion Triebkraft seines Denkens geworden, das das Erbe Hegels, Schellings, Franz von Baaders kritisch fortsetzte. Die wichtigsten Schriften dieser Periode sind: *Überlieferung* (1936), *Menschwerdung* (2 Bände 1948), *Von Platons Staatheit zum christlichen Staat* (1948), *Die Neue Wissenschaft* (1951), *Das Lehrgespräch vom Allgemeinen Menschen* (1956). Die Grundlinien dieser Werke sind erstens: Die verschiedenen geschichtlichen Religionen sind Variationen ein und derselben Uroffenbarung, zweitens: Das Christentum hat die gesamte außerchristliche Religiosität in sich einbezogen; das Ziel ist, Universalgeschichte und Heilsgeschichte zu versöhnen. Nach Zieglers Tod wurde seine Korrespondenz veröffentlicht (»Reinhold Schneider – Leopold Ziegler«, 1960; »Leopold Ziegler, Briefe 1901–1958«, 1963).

Mit dem in Riga geborenen Nicolai Hartmann (1882–1950) kehren wir in die Universitätsphilosophie zurück (Hartmann lehrte in Köln und Berlin), und zwar in die neue Ontologie, deren Mitbegründer er mit Samuel Alexander (1859–1938) und Alfred North Whitehead (1861–1947), zwei Angehörigen des englischen Sprachraums, war. Unbefriedigt vom Neukantianismus, von dem er ausging, beeinflußt von Husserls Phänomenologie, deren Wert er innerhalb gewisser Grenzen anerkannte, bekannte er sich mit den *Grundzügen einer Metaphysik der Erkenntnis* (1921) zum Realismus, ohne einfach Aristoteles zu kopieren; denn, was in den Werken des großen Philosophen wirklich wiegt, seien nicht Systeme, sondern die Probleme; damit steht im Zusammenhang, daß sich Hartmann sogar vom klassischen Sprachgebrauch trennt, z. B. wenn er am Irrationalen zwei Seiten unterscheidet, eine unerkennbare (mit ihr befasse sich die Metaphysik, die keine Wissenschaft sei) und eine erkennbare (Gegenstand der Ontologie, Hauptanliegen der Werke »Möglichkeit und Wirklichkeit«, 1938; »Der Aufbau der realen Welt«, 1940; »Philosophie der Natur«, 1950). Zum Unterschied von Aristoteles und der diesem folgenden Scholastik kennt endlich Hartmann keine Teleologie, Sinn und Zweck kommt für ihn erst durch den Menschen in die Welt. Für ihn schrieb er seine *Ethik* (1926); sie fußt auf Aristoteles (Tugend) und Scheler (Werte) und entwickelt eine eigenartige Theorie der Freiheit, in der die Existenz eines persönlichen Gottes bestritten wird, da ein solcher teleologisch das Universum determinieren würde.

Der Existentialismus ist eine Folge des Krieges und der Revolution bzw. der durch diese Ereignisse hervorgerufenen Unsicherheit und Angst. Der Name geht zurück auf den Begriff »Existenz«, der etwas anderes meint als das »Sein«; er ist in dieser Unterscheidung geprägt vom Dänen Kierkegaard (1813–1855), bei dem eine Vorstufe der Existenzphilosophie festzustellen ist, die andere bei Nietzsche; beiden gemeinsam ist das Bewußtsein von der geistigen Krise des Abendlandes; als diese durch Krieg und Revolution offenbar wurde, fanden die im folgenden zu nennenden Männer, sie sei mit den Mitteln des bisherigen philosophischen Denkens nicht überwindbar, weil dieses an der Krise mitschuldig sei. Ausgangspunkt der Existenzialphilosophie ist die Erfahrung der Angst, des Todes, auch des Selbstmords (ähnliche Ausgangspunkte zeigt im deutschen Sprachraum auch der Dichter Rilke). Das Positive und auf viele Menschen Anziehungskraft Ausübende der Existentialphilosophie ist dagegen die Beschäftigung mit dem Menschen; aber gerade ihm, der von ihr Hilfe erwartet, vermag sie nicht zu helfen, da sie die Kluft zwischen dem Menschen und seiner Umwelt nicht schließt, sondern eher erweitert. Natürlich sind die verschiedenen Negativa und Positiva bei den verschiedenen Vertretern dieser Richtung verschieden verteilt, wie überhaupt der gemeinsame Nenner gerade hier eine noch nicht ganz abgeklärte Angelegenheit ist (das gilt für die gesamteuropäische Existenzialphilosophie).

Ihm will sich z.B. Martin Heidegger (1889–1976) nicht untergeordnet sehen; von Haus aus Katholik (seine Wiege stand im badischen Meßkirch, sein Vater war Küfer) und nach der Reifeprüfung kurze Zeit Novize im Jesuitenorden, wurde er später Schüler Husserls (und dessen Nachfolger auf dem Katheder in Freiburg i. Br.) und Schelers. Der Titel seines Hauptwerkes ist *Sein und Zeit* (1927) und, wie der Verfasser betont, nicht »Existenz und Sein«; es stellt die Frage nach dem Sinn als dem eigentlichen Sein des Seienden und sucht den Wesensunterschied des Menschen von allem sonst Vorhandenen dadurch zu bestimmen, daß er ihn ein in der Welt seiendes, in seinem

Sein an Welt und Mitmenschen gekoppeltes, verstehend-tätiges, sich zur Umwelt besorgend, zu sich selbst sorgend verhaltendes Wesen beschreibt, das – ähnlich wie bei Kierkegaard – als eine zwischen Geburt und Tod gestellte, angsterfüllte, schuldige Kreatur erscheint, aufgerufen durch den Tod zu seinem eigensten Seinkönnen; so ist also das Sein des Menschen ein »Sein zum Tode« oder ein »Hineingehaltensein ins Nichts«, Martin Heidegger also ein säkularisierter Kierkegaard, seine Philosophie eine verweltlichte Theologie mit antichristlichem Gehalt; denn in Heideggers Anschauung vom Menschen ist kein Platz für Gott, für eine überweltliche Wirklichkeit, wohl kennt sie ein Gewissen, aber keinen Gesetzgeber, eine Schuld, doch keine Erlösung, eine Kreatur, doch keinen Schöpfer. Von solchen Voraussetzungen aus deutet Heidegger Kant (»Kant und das Problem der Metaphysik«, 1929), Hölderlin (»Hölderlin und das Wesen der Dichtung«, 1936; »Erläuterungen zu Hölderlins Dichtung«, 1944, erweitert 1951) und Hebel (»Hebel, der Hausfreund«, 1957) – Walter Muschg, der Basler Germanist, nannte Heideggers Beschäftigung mit Poesie allerdings »zerschwatzte Dichtung« –, endlich auch Platon (»Platons Lehre von der Wahrheit«, 1942).

Von Martin Heidegger unterscheidet sich durch eine relativ leichtverständliche Sprache KARL JASPERS (1883–1969) aus Oldenburg. Nach der Reifeprüfung wandte er sich zunächst der Jurisprudenz zu, gab diese zugunsten des medizinischen Studiums auf, das er 1909 abschloß, betätigte sich hierauf als Psychiater in Heidelberg, habilitierte sich hier 1913 für Psychologie und wurde endlich Philosophieprofessor (1921) ebenda; 1937 wurde er, weil mit einer Jüdin verheiratet, entlassen, 1946 wieder ins Lehramt eingesetzt; 1948 nach Basel berufen, blieb er dieser Stadt auch nach seiner Emeritierung (1961) treu. »Die Philosophie«, so formuliert er deren Aufgabe, »sucht die Universalität zu verwirklichen, die Offenheit des Menschen zu bewahren, das Einfache herauszuheben, es zu konzentrieren und in seiner Unergründlichkeit zu erhellen«. Der Psychiater Jaspers behandelte in seiner Dissertation das Thema *Heimweh und Verbrechen* (1909) und veröffentlichte wenige Jahre später seine *Allgemeine Psychopathologie* (1913), auch später interessierte sich Jaspers für große Geister an der Grenze des Pathologischen (»Strindberg und van Gogh«, 1922; »Nietzsche«, 1936); den Übergang zur Philosophie bot die *Psychologie der Weltanschauungen* (1919), Gericht über die Gegenwart hielt *Die geistige Situation der Zeit* (1931), Hauptwerk ist die dreibändige *Philosophie* (1932).

Von seinen Fachgenossen unterscheidet sich Jaspers durch das sichtliche Bemühen um Metaphysik (Philosophie ist ihm ihrem Wesen nach eigentlich nur Metaphysik) und eine Art natürliche Theologie. Diese jedoch wird in einen unüberbrückbaren Gegensatz zur Offenbarungstheologie gestellt; Religion und Philosophie sollen einander wohl respektieren, vorausgesetzt, daß sie beide echt sind und nicht in objektives Wissen abgeglitten, können sich aber gegenseitig nicht verstehen; denn entweder wirft man sich der Autorität in die Arme oder man wagt das Dasein auf eigene Gefahr; am schärfsten sind diese Gedanken in der Schrift *Der philosophische Glaube angesichts der Offenbarung* (1948) formuliert. Im letzten Jahrzehnt wandte er sich Fragen der Politik zu (»Die Atombombe und die Zukunft des Menschen«, 1957; »Wahrheit, Freiheit und Friede«, zusammen mit H. Arendt, 1958; »Freiheit und Wiedervereinigung«, 1960; »Wohin treibt die Bundesrepublik?«, 1966) und scheute sich nicht, gewisse Tabus zu berühren.

Ernst Bloch (1885–1977) aus Ludwigshafen war der Sohn eines bayerischen Staatsbeamten, studierte in München, Heidelberg und Würzburg, lebte zunächst als freier Schriftsteller in München, seit 1913 in Bern, von wo aus er die pazifistischen Bestrebungen des Franzosen Romain Rolland, der deutschsprachigen Schriftsteller Stefan Zweig und Hermann Hesse unterstützte; erst nach dem Ersten Weltkrieg begab er sich nach Berlin und veröffentlichte hier seine ersten größeren Werke (»Geist der Utopie«, 1918, erweitert 1923; »Thomas Münzer, Ideologie der Revolution«, 1923). 1933 kehrte er von einem Aufenthalt in der Schweiz nicht nach Deutschland zurück; die Emigrantenjahre verbrachte er zuerst in der Tschechoslowakei, dann in Paris, endlich in Nordamerika. In New York gründete er mit Feuchtwanger, Berthold Viertel, Oskar Maria Graf, Wieland Herzfelde den »Aurora-Verlag«, der deutschsprachige Literatur herausgab. Literarisch (im engeren Sinn des Wortes) war er immer interessiert; Verteidiger des Expressionismus gegen Georg Lukács und die »Neuklassizisten von links«, die jene Richtung als »bürgerliche Dekadenz« ablehnten, schrieb er selbst das Parabelbuch *Spuren* (1935, neu 1959), das die poetische Methode Brechts entscheidend beeinflußte.

Lukács, mit dem er seit den Heidelberger Studienjahren befreundet war, hatte ihn für den Marxismus gewonnen. Da er sich zu diesem bekannte, wurde Bloch, obwohl nie Mitglied der kommunistischen Partei, 1949 an die Leipziger Universität berufen, geriet jedoch bald in Gegensatz zur offiziellen Lehrmeinung und wurde Anfang 1957 fristlos entlassen; seine Schüler wurden verhaftet oder flohen nach Westdeutschland; ihnen folgte er 1961, ließ sich in Tübingen nieder und lehrte dort als Gastprofessor an der philosophischen Fakultät. Seine Hauptwerke sind das zum Teil schon in Amerika entstandene *Prinzip Hoffnung* in drei Bänden (1954–1959), das Hegel-Buch *Subjekt – Objekt* (1951) und *Atheismus im Christentum* (1968). Aus ihnen und dem Frühwerk *Geist der Utopie* läßt sich Blochs Philosophie ablesen: Das »umfängliche Triebwesen« Mensch ist auf eine mögliche paradiesische Zukunft hin entworfen; seine Lebensäußerungen sind sämtlich als Utopien angelegt; aber dem im verwirklichten Sein unvollkommenen Menschen korrespondiert eine im Wirklichen ebenso unvollkommene Natur; daraus ergeben sich die »Aporien der Verwirklichung«. Bis zu seiner Flucht in den Westen stützte sich Bloch nur auf Marx und Hegel; seither orientierte er sich auch an den Existenzialisten u. a. (»Ontologie des Noch-Nicht-Seins«, 1961).

Philosoph im engeren Sinn des Wortes war auch der Wiener LUDWIG WITTGENSTEIN (1889–1951), ursprünglich Mathematiker, ausgebildet in Berlin, Manchester und Cambridge. In England geriet er in den Bannkreis von Bertrand Russell (1872–1970) und A. N. Whitehead, die beide den Jüngeren als ebenbürtigen Partner annahmen; jenseits des Ärmelkanals entstand auch sein *Tractatus logico-philosophicus,* den er während des Ersten Weltkrieges (er machte ihn als Offizier in der k.u.k. Armee mit) beendete und 1921 in deutscher, 1922 in deutscher und englischer Sprache veröffentlichte. Nach dem Zusammenbruch der österreichischen Monarchie verschenkte er sein ererbtes Vermögen, unterrichtete an Volksschulen, half Mönchen bei der Gartenarbeit; erst ein Jahrzehnt nach Kriegsende begab er sich wieder nach England und wurde 1939 Philosophieprofessor in Cambridge; der Zweite Weltkrieg unterbrach abermals seine wissenschaftliche Arbeit, er machte ihn als medizinischer Helfer in der englischen Armee mit; 1947 schied er aus dem akademischen Lehramt, um seine *Philosophischen Untersuchungen,* an denen er seit den dreißiger Jahren arbeitete, ungestört fortsetzen zu können; mit ihnen, die erst postum (1953) deutsch-englisch erschienen, erregte er den Widerspruch und Unwillen Russells. Das erste Hauptwerk schloß mit den Worten: »Wovon man nicht sprechen kann, darüber muß man schweigen«; er entwarf in fast aphoristischem Stil eine Theorie, wie Welt und Sprache zueinanderstünden, wie Tatsachen sich in Aussagen zeigen; unter »Sprache« ist anscheinend nur die Sprache der Logiker gemeint; dies ändert sich im zweiten Hauptwerk, das viele Sprachen kennt wie Befehlen, eine Hypothese aufstellen, eine Geschichte erfinden, Bitten und Danken, Fluchen und Beten usw. Doch hat Russell, der den einen gegen den anderen Wittgenstein ausspielen möchte, sicher unrecht; denn die *Tagebücher 1914–1916* (1960 mit dem »Tractatus« unter dem Titel »Schriften« ediert) zeigen, daß der Philosoph seine Denkbewegung nie geändert hat.

Wir können diese Umschau in der Philosophie nicht abschließen, ohne eines Mannes zu gedenken, der sich auch theologischen Fragen widmete und von dem ein Nachruf in der Überschrift sagt: »Ein großer Jude ging hin.« Dieser hieß MARTIN BUBER (1878–1965); seine Geburtsstadt war Wien, doch schon mit drei Jahren wurde er ins Haus seines Großvaters Salomon Buber nach Lemberg gebracht; er war Kaufmann, jedoch zugleich ein Gelehrter und Sammler alter rabbinischer Literatur; hier fand auch Martin Bubers erste Berührung mit dem Chassidismus statt, einer um die Mitte des 18. Jahrhunderts entstandenen jüdisch-mystischen Bewegung. Sie sollte später bestimmenden Einfluß auf die religiösen Vorstellungen und auf das Menschenbild des lange Zeit Suchenden gewinnen, der vorerst in den Westen Europas zurückkehrte und an den Universitäten Wien, Leipzig, Berlin, Zürich mit Eifer aufnahm, was ihm die deutsche Kultur zu bieten vermochte. Ihr bewahrte er seine Anhänglichkeit auch nach den Jahren des Schreckens unter dem Nationalsozialismus; was sie ihm bot, war zweierlei, das strenge denkerische Rüstzeug der Philosophen und die damalige Auflockerung der Sprache durch den Expressionismus; diesem gehören Bubers *Ekstatische Konfessionen* (1909) eindeutig an. Doch ihr Verfasser fühlte sich immer als Jude und wurde vorerst von der zionistischen Bewegung gewonnen; im Dienste ihrer politischen und kulturellen Ideen war er Herausgeber der Zeitschrift *Die Welt* (1901–1904), später der deutsch-jüdischen Zeitschrift *Der Jude* (1916–1924) und endlich, zusammen mit dem katholischen Joseph Wittig und dem Protestanten Victor von Weizsäcker, der sozialpädagogischen Veröffentlichung *Die Kreatur* (1926–1930).

Neben dieser Redaktionstätigkeit gelangte er auch als Schriftsteller und Vortragender bereits zu großem Ansehen. Aber der Zionismus konnte ihn nicht befriedigen, so griff er bald die Anregungen aus dem Hause des Großvaters auf und erzählte zunächst in der *Legende des Baalschem* (1907) die Geschichte des Begründers der chassidischen Lehre. Jedoch erst der Erste Weltkrieg zwang ihn, das bisher Erreichte neu zu durchdenken. Zeugnis dieses Umdenkens ist das Buch *Ich und Du* (1922) mit seiner Erkenntnis des »dialogischen« Verhältnisses zwischen Mensch und Mensch sowie zwischen den Menschen und Gott, dem »Ewigen Du«. Danach bedeutet Leben »Ruf und Sendung«, ist eine Bewegung aus dem »Ich-Welt«-Verhältnis zur »Ich-Du«-Beziehung, ein Aufsteigen aus der »bedingten Natur« des Menschen zu einer »endlichen Unendlichkeit«. Jetzt ist die Bahn frei, die eigene Deutung des Chassidismus dem Lesepublikum anzubieten; das geschieht in den *Erzählungen der Chassidim* (1928, spätere Ausgaben von 1950 und 1957 bieten noch mehr Material), im *Weg des Menschen* (1948), in der *Chassidischen Botschaft* (1952).

Daneben gibt es allerdings eine abweichende Auffassung, vertreten durch den gebürtigen Berliner, seit 1923 in Palästina wohnhaften GERSCHON (GERHARD) SCHOLEM (1897–1982), der *Die jüdische Mystik in ihren Hauptströmungen* (1957, zusammen mit N. Katzenstein-Nurro) und das Buch *Zur Kabbala und ihrer Symbolik* (1960) veröffentlichte. Aber schon vorher hatte sich Buber mit anderen Geistern auseinanderzusetzen; das zeigen seine in den Jahren zwischen 1922 und 1941 gehaltenen Reden und geschriebenen Aufsätze (im Sammelband »Dialogisches Leben«, 1947), die anregende Gedanken zu Philosophie und Soziologie enthalten. Bubers warme Menschlichkeit, entsprossen aus religiöser Haltung und den Weg zu wahrer Gemeinschaft suchend, bleibt auf den »Kommenden« ausgerichtet, dem er sein großes Werk über das *Königtum Gottes* (1933) widmete. Bei aller Achtung vor dem Christentum betont er hier wie anderswo die wesentlichen Unterschiede zwischen den beiden Religionen. Dem Chassidismus ist *Gog und Magog* (1949) verpflichtet, ein Roman von geradezu magischer Sprachgewalt.

Bubers Gattin Paula, geborene Winkler (1877 in München geboren, 1958 in Venedig gestorben), hat unter dem Pseudonym GEORG MUNK sprachgewandte, tiefsinnige Romane und Erzählungen verfaßt: *Die unechten Kinder Adams* (1912), *Irrgang* (1916), *Sankt Gertrauden Minne* (1921), *Die Gäste* (1927), *Muckensturm* (1951), *Am lebendigen Wasser* (1952), *Geister und Menschen* (1961).

Aber wir müssen zur Biographie dieses einflußreichen Autors zurückkehren: 1924–1933 war er Honorarprofessor für jüdische Religionswissenschaft und Ethik an der Universität Frankfurt a. M. und sollte Ordinarius für Religionswissenschaften werden, als die Machtübernahme durch Adolf Hitler diesen Plan zerschlug. Eine neue Arbeitsstätte fand er einige Jahre später an der hebräischen Universität in Jerusalem, wo er 1938–1951 Sozialphilosophie dozierte. Zum Unterschied von den meisten seiner Landsleute forderte er einen binationalen Staat von Juden und Arabern und erregte dadurch eine heftige Opposition gegen seine Person; nicht weniger stieß er dadurch an, daß er sich nach dem Zweiten Weltkrieg zu Vorträgen in Deutschland einladen ließ, den Goethepreis der Stadt Hamburg (1951) und den Friedenspreis des deutschen Buchhandels (1953) annahm und die ihm überreichten Beiträge zur Subventionierung einer hebräischen Zeitschrift für jüdisch-arabische Verständigung und für ein Stipendium an der hebräischen Universität für Forschungsarbeiten auf dem Gebiet der Völkerverständigung zur

Verfügung stellte. Erst als er gestorben war, beugte sich die ganze Nation des jungen Staates vor der Bahre ihres großen Sohnes.

Bubers größtes Geschenk an das deutsche Volk ist aber wohl die zuerst mit Franz Rosenzweig begonnene, später allein durchgeführte Übersetzung der heiligen Bücher des Alten Bundes ins Deutsche (»Die Schrift«, 1925–1938, neu 1954–1962). Es ging bei diesem gewaltigen Unternehmen, das die Bibel nicht nur als religiöses, sondern auch als dichterisches Dokument verstehen wollte, nicht um Leichtverständlichkeit; angestrebt wurde vielmehr größte Genauigkeit nach Sinn, Form und Laut, gerichtet nicht an einen stummen, sondern an einen lauten Leser, also an einen Hörer; denn, wie es in *Logos, zwei Dialoge* (1962) heißt:

»Nie ist Sprache gewesen, ehe Ansprache war; Monolog konnte sie immer erst werden, nachdem der Dialog abbrach oder zerbrach. Den frühen Sprecher umgeben nicht Gegenstände, die er mit Namen belegt, noch auch stoßen ihm Begebenheiten zu, die er mit Namen abfängt: im Partnertum erst wird ihm Welt und Geschick zur Sprache. Auch noch wenn ihm in zurufloser Einsamkeit das hörerlose Wort die Kehle bedrängt, haftet diesem das von urher Mögliche, das Empfangenwerden an.«

Die Autobiographie *Begegnungen* (1961) vollendet das Bild dieser einmaligen Persönlichkeit.

Von der Kunstgeschichte nahm seinen Ausgang das literarische Schaffen von Max Picard (1888–1965). Geboren im badischen Schopfheim, studierte er zunächst Medizin, erwarb sich den Doktorhut und wirkte auch als praktischer Arzt; doch wandte er sich, abgestoßen von der mechanisch-materialistischen Richtung der damaligen Heilkunde, bald der Philosophie zu, der er in Heidelberg oblag, als Troeltsch dort lehrte; seit dem Ersten Weltkrieg lebte er im Schweizer Kanton Tessin (zuletzt in Neggio), weil nach seinen eigenen Worten »die natürlichen Gegebenheiten, die dem Menschen geschenkt worden sind, im allgemeinen hier noch weniger verdorben waren« (in dieser seiner Wahlheimat wurde er auch katholisch). Picard trat zuerst mit kunstphilosophischen Büchern (»Das Ende des Impressionismus«, 1916; »Expressionistische Bauernmalerei«, 1917; »Mittelalterliche Holzfiguren«, 1919) hervor, ging aber bald dazu über, den Menschen und sein Wesen zu deuten. Am Anfang dieser Hauptarbeit steht *Der letzte Mensch* (1921), so genannt, weil der Mensch im 20. Jahrhundert Gefahr laufe, sein Wesen zu verlieren. Im nächsten Buch *Das Menschengesicht* (1929) und in allen folgenden prüft der »Deuter der Urphänomene« alle Erscheinungsformen des menschlichen Lebensbereiches auf ihren Gehalt, hier das Menschenantlitz nach der ewigen Norm der Gottebenbildlichkeit, bald sieht er ihn auf der

Flucht vor Gott (1934), erkennt aber selbst *Die Grenzen der Physiognomie* (1937), erörtert *Die unerschütterliche Ehe* (1942), schreckt auf durch das leider nur zu gut charakterisierende Buch *Hitler in uns selbst* (1946) und weist auf *Die Welt des Schweigens* (1948) hin, beobachtet reisend *Zerstörte und unzerstörte Welt* (1951), konstatiert *Die Atomisierung der modernen Kunst* (1953), fragt *Ist Freiheit heute überhaupt möglich ...* (1955), zeigt im Buch *Der Mensch und das Wort* (1955) die tröstende und zusammenhaltende Kraft des Unvergänglichen in der Sprache, warnt jedoch vor der *Atomisierung der Person* (1958) und interpretiert Totenmasken von Shakespeare bis Nietzsche (»Das letzte Antlitz«, 1959).

Naturwissenschaft und Philosophie vereint der Hamburger Professor und Diplomatensohn CARL FRIEDRICH FREIHERR VON WEIZSÄCKER (geb. 1912) aus Kiel in seinen Werken *Die Atomkerne* (1937), *Zum Weltbild der Physik* (1943), *Die Geschichte der Natur* (1948), *Atomenergie und Atomzeitalter* (1957), *Die Verantwortung der Wissenschaft im Atomzeitalter* (1957), *Christlicher Glaube und Naturwissenschaft* (1959).

Geschichte und Kunstgeschichte

Das Vergangene zu untersuchen, festzustellen und der Gegenwart, ferner der Zukunft dienstbar zu machen ist seit dem griechischen Historiker Thukydides Aufgabe der Geschichtsschreibung. Von deren Vertretern gilt GEORG SIMMEL (1858–1918), geboren in Berlin, Philosophieprofessor in Berlin und Straßburg, als der Erkenntnistheoretiker der historischen Wissenschaft (»Die Probleme der Geschichtsphilosophie«, 1892, umgearbeitet 1905); er warf die Frage auf, »wie aus dem Stoffe der unmittelbar gelebten Wirklichkeit das theoretische Gebilde werde, das wir Geschichte nennen«, und sah in dieser etwas prinzipiell anderes als eine Nachbildung der erlebten Wirklichkeit, nämlich eine Schöpfung des Geistes. Seine Theorie wandte er dann in der Darstellung wichtiger Persönlichkeiten an (»Goethe«, 1913; »Rembrandt«, 1916), wobei das Herausgreifen eines Dichters und eines bildenden Künstlers und der Verzicht auf die Biographie einer Gestalt der politischen Geschichte die Grenzen dieser Art, geschichtliche Vorgänge zu sehen und zu deuten, genau markieren.

Daß der Historiker selbst aus der Geschichte lernt, beweist wohl niemand besser als FRIEDRICH MEINECKE (1862–1954), neun Jahre vor der Gründung des Bismarckschen Reiches im altmärkischen Salzwedel geboren und neun Jahre nach dem Ende des Hitlerschen Machtstaates in Berlin gestorben

(Universitätsprofessor war er in Straßburg, Freiburg i. Br. und seit 1914 in Berlin; längst emeritiert, nahm der Vierundachtzigjährige 1946 die Lehrtätigkeit abermals auf und wurde 1948 der erste Rektor der soeben gegründeten Freien Universität Berlin). Als Historiker war er »der Forscher, der die Grundlagen der deutschen Geschichtswissenschaft am gründlichsten untersucht und die Zusammenhänge mit dem Geistesleben der Neuzeit festgestellt hat. Und gleichzeitig suchte er das deutsche Schicksal dieser Jahrzehnte des deutschen Aufstiegs und des Zusammenbruches zu deuten: die Frage von Schuld und Schicksal, von Sturz und Wiederaufstieg, von Erneuerung durch sittliche Kräfte, die aus der deutschen Vergangenheit kommen« (Walter Goetz). Mit diesem Zitat ist die Trilogie der großen ideengeschichtlichen Werke Meineckes gekennzeichnet, *Weltbürgertum und Nationalstaat* (1907), *Die Ideen der Staatsraison* (1924), *Die Entstehung des Historismus* (1936). Meineckes Arbeit war natürlich 1936 nicht beendet, sie fand ihren Abschluß – als Bestätigung dessen, was er in den genannten Büchern vorausgeahnt hatte – im Buche *Die deutsche Katastrophe* (1946), das ihn als Vertreter einer tragischen Geschichtsauffassung zeigte, dessen Weg in der unmittelbaren Nähe von Ranke, den er noch gehört hatte, begann und nahe bei Jacob Burckhardt endete.

In Blankenburg (Harz) geboren und in München verstorben ist OSWALD SPENGLER (1880–1936); in München, Berlin und Halle hatte er Biologie, Mathematik, Philosophie studiert, hatte in Saarbrücken, Düsseldorf und Hamburg an Oberschulen unterrichtet, jedoch 1910 seinen Abschied genommen, 1911 seinen Wohnsitz in München aufgeschlagen, um sich der Schriftstellerei widmen zu können. Spengler zog die »Summe seiner Epoche« mit seinem zweibändigen Werk *Der Untergang des Abendlandes* (1918–1921). Als der bereits 1917 abgeschlossene erste Teil erschien, brachten es die Umstände des Katastrophenjahres mit sich, daß das Buch – schon um seines Titels willen – ein Bestseller wurde.

In Basel kam CARL J(ACOB) BURCKHARDT (1891–1974) zur Welt; er war Diplomat, Historiker und Essayist. Schon in seiner beruflichen Laufbahn eine nicht alltägliche Erscheinung (Universitätsprofessor, Völkerbundskommissar in Danzig, Präsident des Internationalen Roten Kreuzes während des Zweiten Weltkrieges, Gesandter der Schweiz in Paris in der Nachkriegszeit), trägt auch sein Werk den Stempel einer überragenden Leistung, ob er selbst Literatur hervorbringt (»Drei Erzählungen«, 1952) oder Gestalten der Literaturgeschichte deutend umreißt (»Erinnerungen an Hugo von Hofmannsthal«, 1940; »Ein Vormittag beim Buchhändler«, 1943; »Goethes Idee der

Gerechtigkeit«, 1950; »Begegnungen«, 1954; »Briefwechsel mit Hugo von Hofmannsthal«, 1956), ob sie die Welt befährt (»Kleinasiatische Reise«, 1926; »Gespräche in Peking«, 1942) oder in ihr Schicksal eingreift (»Meine Danziger Mission 1937–1939«, 1960). Am größten aber ist Carl J. Burckhardt als Biograph (»Carl Christoph Burckhardt«, 1916; »Der Berner Schultheiß Charles Neuhaus«, 1925; »Briefe des Fürsten Metternich-Winneburg an den Grafen Buol-Schauenstein«, 1934; »Gestalten und Mächte«, 1942) und als Historiker (»Die Kaiserin Maria Theresia«, 1930; »Richelieu«, 2 Bände, 1935, 1965; »Vier historische Betrachtungen«, 1953; »Gedanken über Karl V.«, 1954): Immer begegnet uns bei diesem Basler Patrizier europäische Tradition, geschichtsbewußter Humanismus, Offenheit für die politischen und geistigen Bewegungen und Krisen der Gegenwart (»Reden und Aufzeichnungen«, 1952), gelegentlich auch für Fragen der bildenden Kunst (»Rodin«, 1950; »Hans Erni«, 1964), formuliert in einer künstlerisch geschliffenen Prosa.

Ebenfalls Schweizer war der Kunsthistoriker HEINRICH WÖLFFLIN (1864 bis 1945) aus Winterthur, ein Schüler Jacob Burckhardts. Ausgehend von der Betrachtung der italienischen Renaissance, vornehmlich auf dem Gebiete der Baukunst, stellte er *Renaissance und Barock* (1884) einander gegenüber, wobei er den Barock einseitig als »malerisch«, d. h. aufgelöst und unbestimmt beurteilte. Aus dieser Antithese gewann er die Normen für *Die klassische Kunst, Einführung in die italienische Renaissance* (1899) und entwickelte sie später zu den *Kunstgeschichtlichen Grundbegriffen* (1915), die seither vielfach auch in die Literaturgeschichte Eingang fanden. Neben dieser Hauptidee förderte Wölfflin auch das Verständnis der deutschen Kunst und der ihr eigenen Wertmaße (»Die Kunst Albrecht Dürers«, 1905; »Italien und das deutsche Formgefühl«, 1931).

HANS SEDLMAYR (1896–1984) aus Hornstein im Burgenland war 1936–1945 Universitätsprofessor in Wien, seit 1951 in München. Seine Arbeiten zur Barockarchitektur (»Fischer von Erlach«, 1925, 1956; »Die Architektur Borrominis«, 1930; »Österreichische Barockarchitektur«, 1930) sowie sein umfassender Beschreibungs- und Deutungsversuch der gotischen Kathedrale (»Die Entstehung der Kathedrale«, 1950) sind unbestrittene Leistungen; dort allerdings, wo Sedlmayr Kritik an der modernen Kunst übt (»Verlust der Mitte«, 1948; »Die Revolution der modernen Kunst«, 1955), findet er Widerspruch. Zu Theorie und Methode der Kunstgeschichte äußert er sich in der Schriftensammlung *Kunst und Wahrheit* (1958), zur Kunstgeschichte in den zwei Bänden *Epochen und Werke* (1959/1960).

Die Altertumswissenschaft als Hauptfach vertrat um die Jahrhundertwende geradezu mit Weltruhm der in Markowitz (Provinz Posen) geborene Berliner Professor ULRICH VON WILAMOWITZ-MOELLENDORF (1848–1931); seine Hauptwerke waren *Ilias und Homer* (1916), *Platon* (zwei Bände 1919), *Pindaros* (1922), *Der Glaube der Hellenen* (1931/1932) und die vier Bände der von ihm übersetzten *Griechischen Tragödien* (1898 ff.). Das scharfe Urteil über diese von Franz Blei: »Tönt wie eine Memnonssäule mit Hilfe eines Grammophons deutsche sogenannte Verse in antikischen Metren. Bürger halten's für Griechisch. Dichter halten's für gar nichts« traf zeitlich zusammen mit der ablehnenden Kritik aus dem George-Kreis. Oft sind es auch Wilamowitzens eigene Schüler, die eine ganz andere Bahn einschlugen; trotzdem gilt er auch heute noch als einer der bedeutendsten Vertreter seines Faches.

Lebendig aber sind die Götter der Griechen (und zwar im ausdrücklichen Gegensatz zum Gott der Christen) bei WALTER F. OTTO (1874–1958), der, in Hechingen geboren, von den Kathedern in Wien, Basel, Frankfurt a. M., Königsberg und Tübingen lehrte und sein Hauptaugenmerk auf den Mythos legte (»Die Manen«, 1923; »Die Götter Griechenlands«, 1929; »Dionysos, Mythos und Kultus«, 1933; »Der junge Nietzsche«, 1936; »Der Dichter und die alten Götter«, 1942; »Gesetz, Urbild und Mythos«, 1951; »Die Musen und der göttliche Ursprung des Singens und Sagens«, 1955).

Mit Walter F. Otto, aber auch mit E. R. Curtius und M. Kommerell, in Freundschaft verbunden war KARL REINHARDT (1886–1958), geboren in Detmold, aufgewachsen in Frankfurt a. M., Student in Bonn und Berlin, als Wilamowitz dort lehrte, selbst Professor in Marburg, Hamburg, Leipzig und Frankfurt a. M. Der persönlichen Verbindung mit Romanisten und Germanisten entsprach schon vorher eine Beeinflussung durch die zeitgenössische Philosophie und Poesie, besonders aus dem George-Kreis; dabei blieb Reinhardt jedoch strenger Wissenschaftler und entwickelte sich zum »Meister der Frage«; dies andrerseits schloß eine überdurchschnittliche Beherrschung der deutschen Sprache nicht aus, die weiteste Wirkung über den Kreis der klassischen Philologie hinaus zur Folge hatte. Die Hauptwerke Reinhardts sind *Platons Mythen* (1927), *Sophokles* (1933), *Aischylos als Regisseur und Theologe* (1949), *Poseidonios von Apameia* (1954), *Die Ilias und ihr Dichter* (1961).

Dank auch seiner Sprachbeherrschung – Franz Egermann sagt: »Man wird (ihn) ohne Bedenken einen der hervorragendsten Stilisten der Geisteswissenschaften in deutscher Zunge nennen dürfen« – wirkte weithin in die gebildete Welt WERNER JAEGER (1888–1961). In Lobberich (Rheinland) geboren, besuchte er, obwohl Protestant, das katholische Gymnasium in Kempten, wo sich ihm, wie er versicherte, die Einheit der klassischen und christlichen Hemisphären der antiken Weltkultur von Anfang an als selbstverständlich darbot; hierauf besuchte er die Universitäten Marburg und Berlin; 1914 wurde er Professor in Basel (hier hatte er den einstigen Lehrstuhl Nietzsches inne), 1915 in Kiel, 1921 in Berlin als Nachfolger seines einstigen Lehrers Wilamowitz; 1936 nahm er infolge der politischen Verhältnisse im Dritten Reich einen Ruf nach Chicago an, 1939 an die Harvard University in Cambridge (Mass.), der er bis zu seinem Tode angehörte. Für die Fachgenossen wurde er wichtig durch seine Arbeiten über Aristoteles und die altchristliche Literatur, für weitere Kreise durch die Darstellung der Formung des griechischen Menschen (»Paideia« in drei Bänden, 1934–1944) und durch die Wiederherstellung des wahren Demosthenesbildes (»Demosthenes«, 1939); beide Werke sind im Sinn und Geist des sogenannten Dritten Humanismus verfaßt und wollten gegen die braune (und rote) Flut Dämme errichten.

Aus Ungarn (Temesvár) stammte KARL KERÉNYI (1897–1973), der nach Universitätslaufbahn in der Heimat seit 1943 in der Schweiz lebte und innerhalb und außerhalb derselben vielbesuchte Gastvorlesungen hielt. Mit Walter F. Otto war er einer der einflußreichsten Vertreter der modernen Religionswissenschaft und Mythologie, nicht unbeeinflußt von C. G. Jung; wenn dieser im »Archetypus« (d. h. im »Urgeprägten«) eine wichtige psychologische Tatsache sieht, so Kerényi im »Mythos« (dem »wahren Sachverhalt«) eine religionshistorische. Die Zahl seiner Bücher und Abhandlungen ist zu groß, um daraus eine kennzeichnende Auswahl zu treffen; dagegen sei verwiesen auf Kerényis Briefwechsel mit Thomas Mann (»Gespräch in Briefen«, 1960, erster Teil: »Romandichtung und Mythologie«, zweiter Teil: »Humanismus – schweres Glück«); der Gelehrte aus Ungarn und der Dichter aus Deutschland hatten vor allem einen Berührungspunkt in der Erkenntnis der Bedeutung des Hermes; Kerényi reiht das Hermetische als dritte Seinsweise gleichberechtigt neben das Apollinische und das Dionysische (»Hermes der Seelenführer«, 1944).

Von der klassischen zur romanistischen Philologie ist nur ein kurzer Schritt; deren wichtigster Vertreter zu Beginn des 20. Jahrhunderts war KARL VOSSLER (1872–1949) aus Hohenheim bei Stuttgart, dessen akademische Laufbahn in Heidelberg begann und über Würzburg nach München führte. Der Einfluß des Italieners Benedetto Croce (1866–1952) lockte ihn zur ästhetischen Sprachbetrachtung (»Positivismus und Idealismus in der Sprachwissenschaft«, 1904; »Sprache als Schöpfung und Entwicklung«, 1905; »Frankreichs Kultur im Spiegel seiner Sprachentwicklung«, 1913; »Aufsätze zur Sprachphilosophie«, 1923; »Geist und Kultur in der Sprache«, 1925). Deren Ziel war ein immer engeres Bündnis von Geschichte und Philosophie. Diesem Ziel dienten ferner Voßlers literarhistorische Arbeiten über Dante (»Die göttliche Komödie, Entwicklungsgeschichte und Erklärung«, 3 Bände, 1907–1910), dessen »Divina Commedia« er selbst 1942 übersetzte, über verschiedene Franzosen (»La Fontaine und sein Fabelwerk«, 1919; »Racine«, 1926) und vor allem über spanische Autoren (»Lope de Vega und sein Zeitalter«, 1932; »Die zehnte Muse von Mexico, Sor Juana Inés de la Cruz«, 1934; »Einführung in die spanische Literatur des goldenen Zeitalters«, 1939; »Die Poesie der Einsamkeit in Spanien«, 1939/1940; »Luis de Leon«, 1941; »Spanien und Europa«, 1952). Altspanien wurde Voßlers geistige Zuflucht, als er einsehen mußte, daß jedes Ineinandergreifen von Forschung und Politik im totalitären Staat unmöglich war; im Gegensatz zu den literarischen Zuständen der eigenen Heimat fand er dort »die stilvoll gefestigte, in religiöser und nationaler Gemeinschaft verwurzelte und das Leben bejahende Dichtung«. Dennoch engte er sein Blickfeld nicht ein, sondern überschaute immer – sogar im Gegensatz zu den Gelehrten romanischer Herkunft – das Universalhistorische (»Südliche Romania«, 1940; »Aus der romanischen Welt«, 3 Bände, 1940–1942; »Die Dichtungsformen der Romanen«, 1951).

Von einem humanistischen Standpunkt aus beschäftigte sich ERNST ROBERT CURTIUS (1886–1956) mit Fragen der abendländischen Kultur. (Sein Großvater Ernst Curtius war ein bekannter Vertreter der Altertumswissenschaft.) Er wurde in Thann (Elsaß) geboren. Enge Freundschaften aus der Elsässer Zeit (mit Albert Schweitzer und Ernst Stadler) dauerten an, als er die Landschaft seiner Kinder- und Jünglingsjahre verließ. Nach dem Ersten Weltkrieg, den er als Offizier an der Front mitmachte, wurde er Universitätsprofessor in Bonn, Marburg, Heidelberg, wieder in Bonn (1929–1951); gestorben ist er in Rom. Das leidenschaftliche Interesse für das französische Kultur- und Geistesleben, das ihn von früh auf beseelte, veranlaßte ihn, schon bald nach Ende des Krieges, *Die literarischen Wegbereiter des neuen Frankreich* (1919) dem deutschen Volk vorzustellen, diesem Werk folgten gleichartige Studien über *Barrès* (1921), *Balzac* (1923), über den *Französischen Geist im neuen Europa* (1925) und über *Die französische Kultur* (1930). Der Entdeckerfreude des Gelehrten hatten sich indessen neue Bereiche der europäischen Literatur erschlossen, Spanien und sogar England (ein Buch über Joyce aus dem Jahr 1929 und die gleichzeitige Übersetzung von Eliots »Waste Land« sind dafür Zeugen). Nicht ausgeschlossen war dabei die Beschäftigung mit Römern und Deutschen, wie die frühe und späte Arbeiten sammelnden *Kritischen Essays zur europäischen Literatur* (1950, erweitert 1954) deutlich machen. Diesem Manne konnte nicht verborgen bleiben, was sich an Unheil drohend zusammenbraute; so warnte er, leider vergebens, mit dem Buch *Deutscher Geist in Gefahr* (1932) vor Hitler, dessen Knechte über keines der von Curtius geforderten *Elemente der Bildung* (1932) verfügten. Als sie die Macht ergriffen hatten, mußte er sich auf seine akademische Lehrtätigkeit zurückziehen; aber die Einheit der europäischen Kultur blieb auch jetzt Mittelpunkt seines Denkens; unversehrt, so fand er, war sie zuletzt im Mittelalter; darum ging er dessen antiken Traditionen nach; so entstand das bedeutendste Werk aus Curtius' Feder *Europäische Literatur und Lateinisches Mittelalter* (1949).

Germanistik

In Freiburg i. Ue., Königsberg und Wien war der Literarhistoriker Josef Nadler (1884–1963) als Universitätsprofessor tätig. 1912 erschien der erste Band seiner *Literaturgeschichte der deutschen Stämme und Landschaften*; das Werk des damals verhältnismäßig jungen Gelehrten erregte die Bewunderung bedeutender Literaten wie Hofmannsthal, Borchardt, Hofmiller und Erstaunen innerhalb der Fachwelt; denn an die Stelle bisheriger Wertungen moralischer und ästhetischer Natur trat das Stammesgeschichtliche und Soziologische. Schon in seiner Königsberger Zeit geriet der Verfasser in den Bannkreis der nationalsozialistischen Rassenideologie und brachte dadurch in den späteren Auflagen sein eigenes »in der Anlage großartiges Werk um seinen Wahrheitsgehalt« (Soergel-Hohoff). Diese tragische, aber wohl auch zwangsläufige Entwicklung ist selbst in der letzten Bearbeitung (»Geschichte der deutschen Literatur«, 1950) nicht völlig überwunden worden. Die stilistischen Vorzüge des fast sensationellen Erstlings eignen auch den anderen Werken, der *Literaturgeschichte der deutschen Schweiz* (1932), den Monographien über *Grillparzer* (1948), *Weinheber* (1952) und dem autobiographischen *Kleinen Nachspiel* (1954).

Aus dem Raum des einstigen Habsburgerreiches stammte GEORG LUKÁCS (1885–1971), der Sohn eines Budapester Bankiers; seine Studienorte waren außer seiner Geburtsstadt Paris und Berlin, besonders jedoch Heidelberg, wo er zum Kreis um Gundolf gehörte und rasch Anerkennung im »bürgerlichen« Lager fand. Doch er schwenkte zur Linken über, trat 1918 der kommunistischen Partei bei und wurde von ihr zur Zeit der Räterepublik unter Béla Kun zum Volksbeauftragten für Unterrichtswesen bestellt. Es folgte die Flucht nach Wien, in die Schweiz, nach Paris, in die Sowjetunion; dort entwickelte sich Lukács vom Literarhistoriker zum Philosophen und Theoretiker des Marxismus; erst nach dem Zweiten Weltkrieg kehrte er nach Ungarn zurück und erhielt eine Professur an der Universität Budapest; der Volksaufstand vom Jahre 1956 brachte ihm die Verbannung in einen rumänischen Badeort, von wo er später zurückkehren durfte, aber nicht mehr in Amt und Würden. Er ist zweifellos der angesehenste marxistische Literaturkritiker. Seine meistens in deutscher Sprache verfaßten Schriften (»Theorie des Romans«, 1927; »Literatur im Zeitalter des Imperialismus«, 1947; »Goethe und seine Zeit«, 1947; »Der russische Realismus in der Weltliteratur«, 1948; »Wider den mißverstandenen Realismus« 1950; »Realisten des 19. Jahrhunderts«, 1951; »Literatursoziologie«, 1961; »Deutsche Literatur in zwei Jahrhunderten«, 1964) fußen auf einer wirklichen Kenntnis der bearbeiteten Gebiete und einer gründlichen Beherrschung des dialektischen Materialismus sowie seiner Hegelschen Quellen, faszinieren durch bemerkenswerte Gewandtheit in der Argumentation und rücken soziale Gesichtspunkte in den Vordergrund.

MAX KOMMERELL (1902–1944) kann als Grenzfall der Literatur bezeichnet werden. Als Sohn eines Arztes im württembergischen Münsingen geboren, studierte er Germanistik und war dann Reisebegleiter Stefan Georges in der Schweiz und in Italien. Je mehr sich jedoch seine eigene Persönlichkeit entfaltete, desto mehr entzog er sich dem Einfluß des »Meisters«. Mit der Habilitation für Literaturwissenschaft in Frankfurt a. M. (1930) wurde die Entfremdung perfekt, an die Stelle des George-Kreises trat die Freundschaft mit Karl Reinhardt, Walter F. Otto, Ernst Robert Curtius. Der Tod nahm ihn früh hinweg, als er Ordinarius in Marburg war. Kommerells poetische Leistungen, Lyrik (»Leichte Lieder«, 1931; »Das letzte Lied«, 1933; »Dichterisches Tagebuch«, 1935; »Mein Anteil«, 1938; »Die Lebenszeiten«, 1942; »Mit gleichsam chinesischem Pinsel«, 1946), Erzählungen (»Der Lampenschirm aus den drei Taschentüchern«, 1940; »Hieronyma«, 1954), Dramatisches (»Das kaiserliche Blut«, 1938; »Die Gefangenen«, 1948; »Kasperlespiele für große Leute«, 1948) sind, wie die Daten dartun, zum Teil erst postum erschienen, zeigen ein großes Formtalent mit selbstbewußt ironischen Tönen, stehen für ihren epischen Zweig unter dem Einfluß Jean Pauls, für die Bühnendichtung im Banne Calderóns und bestätigen Hans Egon Holthusens Urteil: »Grundsätzlich darf behauptet werden, daß Kommerell die stärksten Beweise seines künstlerischen Vermögens nicht in den eigenen Dichtungen gegeben hat, sondern in den Essays über fremde Dichtung.« Diese zugleich künstlerische wie gelehrte Tätigkeit begann mit der Abhandlung *Der Dichter als Führer in der deutschen Klassik* (1928); sie verrät schon durch den Titel die Herkunft der Gedanken aus Georges esoterischer Elite. Aber das Bekenntnis zu *Hugo von Hofmannsthal* (1930) in der Frankfurter Antrittsvorlesung bedeutet bereits Distanzierung. Es folgten die alarmierende Studie *Jugend ohne Goethe* (1931), das die geistige Erscheinung am Werk deutende Buch über *Jean Paul* (1933), die Untersuchungen über die Theorie der Tragödie *Lessing und Aristoteles* (1940) und schließlich *Geist und Buchstabe der Dichtung* (1940) sowie *Gedanken über Gedichte* (1943): Neben der Wertung der symbolischen und konventionellen Elemente der Kunst wird hier die Deutung der Dichtung als »Selbsterkenntnis«, als Gestaltung von »Stimmungen« offensichtlich.

Bevor wir zu einer Art Gegenstück Kommerells übergehen, sei kurz Wolfgang Kayser (1906–1959) erwähnt, der die Stilanalyse als Mittelpunkt der Literaturwissenschaft betrieb (»Das sprachliche Kunstwerk«, 1948). – Wenn Kommerell existentialistische Gedankengänge in seinen Hauptwerken aufzeigt, so ist dies nicht weniger der Fall bei Hans Egon Holthusen (geb. 1913) aus Rendsburg, wo sein Vater Pfarrer war. Doch er, der in Tübingen, Berlin und München Germanistik studierte, dann als Verlagsleiter und Privatlehrer tätig war, von 1939 an Soldat sein mußte und sich 1945 aktiv an der Erhebung gegen das nationalsozialistische Regime beteiligte, hierauf als freier Schriftsteller lebte und seit 1961 Programmleiter am Goethe-Haus in New York war, seit 1964 Wohnsitz in München hat, gründet sein letztes Urteil auf die christlichen Wertbegriffe. Seine Dissertation besprach *Rilkes Sonette an Orpheus* (1937); so verwundert es nicht, daß ihr Verfasser als Lyriker zuerst den Spuren Rilkes folgte, jedoch auch denen der englischen Dichter Eliot und Auden, von denen ihn der Letztgenannte offenbar bewog, politische Meinungen energisch in Elegien einzuflechten (»Klage um den [gefallenen] Bruder«, 1947; »Hier in der Zeit«, 1949; »Labyrinthische Jahre«,

1952). Holthusens Lyrik erweist sich als zwiespältig, ebenso sein Roman *Das Schiff* (1956).

Weniger umstritten ist Holthusen als Essayist. Der Dichter, dem seine wissenschaftliche Erstlingsarbeit galt, beschäftigte ihn weiterhin, doch *Der späte Rilke* (1949) verurteilt die Titelfigur des Buches trotz aller ihr entgegengebrachten Bewunderung für deren Poesie als Propheten falscher Ideale. Den Mut zum eigenen Urteil besitzen gleichfalls die Essaybände *Der unbehauste Mensch* (1951), *Ja und Nein* (1954), *Das Schöne und das Wahre* (1958), *Kritisches Verstehen* (1961), in denen sich Holthusen nicht nur als Erklärer und Historiker der Dichtung, sondern auch als echter Kritiker erweist, sich gegen die deutsche Vorliebe für das Gefühl wendet und die Rolle der Sprache in der Poesie betont.

Kommerell und Holthusen sind ein Gegensatzpaar, ein anderes die beiden Schweizer Muschg und Staiger. Emil Staiger (geb. 1908) aus Kreuzlingen am Bodensee, seit 1943 Ordinarius an der Universität Zürich, hat in seiner Schrift *Die Zeit als Einbildungskraft des Dichters* (1939) – er deutet in ihr drei Gedichte von Brentano, Goethe und Gottfried Keller – seine eigene »phänomenologische« Methode entwickelt (und lehnt jede kausale oder psychologische Erklärung der Literatur ab). In ihr zeigt er sich verwandt mit der auf »Verstehen« gerichteten Weise Kommerells und beeinflußt von Heideggers Philosophie. In den *Grundbegriffen der Poetik* (1946) weist er, der eben genannten Lehre folgend, das Lyrische der Gegenwart zu, das Epische der Vergangenheit, das Dramatische der Zukunft. Das Buch über *Goethe* (1952 bis 1956) vereint historische und stilistische Methoden mit der Bemühung um ein neues existentialistisches Weltgefühl, die *Kunst der Interpretation* (1956) bietet neue Textdeutungen deutscher Poesie. Gleiches ist zu sagen vom *Stilwandel* (1963). Die Staiger eigentümliche Sprachkunst bewährt sich in der Nachdichtung antiker Poesie (Sophokles, Lyrik, Kallimachos).

Sein Widerpart auf Schweizer Boden war Walter Muschg (1898–1965) aus Witikon (Zürich), seit 1936 Ordinarius in Basel, obwohl auch er von existentialistischen Einflüssen nicht frei blieb. Dennoch lehnte er Heideggers Interpretationen ab; das davon handelnde Kapitel »Zerschwatzte Dichtung« steht in dem Buch, das *Die Zerstörung der deutschen Literatur* (1956) durch die Moderne und durch den Nationalsozialismus behandelt. Am bekanntesten ist Muschgs *Tragische Literaturgeschichte* (1948, neu 1953), eine Enzyklopädie der Leiden, Mißerfolge und Tragödien von Dichtern und Schriftstellern aller Zeiten und Zonen, eine zweifellos interessante, aber überaus einseitige Schau. Besondere Verdienste erwarb sich Walter Muschg durch sein Bemühen um Jeremias Gotthelf, über den er zwei Monographien verfaßte (1931, 1954). *Von Trakl zu Brecht* (1961 bzw. 1963) führt des plötzlich vom Tod hinweggerafften Gelehrten letztes Werk.

Politisches Schrifttum

Auf christlicher (protestantischer) Basis wollte Friedrich Naumann (1860 bis 1919) aus Störmthal bei Leipzig, in Travemünde gestorben, die soziale Frage lösen; stärker wurde bei ihm das Bestreben, den sozialen Gedanken mit dem nationalen zu verbinden (»Demokratie und Kaisertum«, 1911; »Der Kaiser im Volksstaat«, 1917); aus dieser Haltung entstand auch sein durch die Ereignisse überholtes, aber als Zeitdokument noch heute Interesse weckendes Werk *Mitteleuropa* (1915). Theodor Heuss gab endlich Naumanns *Gestalten und Gestalter* (1919) heraus.

Wie dieser und weitgehend mit ihm gemeinsam trat für eine nationale und zugleich soziale Demokratie der aus Erfurt stammende, in München gestorbene Max Weber (1864–1920) ein, Professor in Berlin, Freiburg i. Br., Heidelberg und München. Ausgehend von den gesellschaftswissenschaftlichen Lehren Hegels, Comtes, Marxens sowie den geschichtslogischen Untersuchungen Diltheys, Windelbands, Rickerts und Simmels, erstrebte er eine Synthese von theoretischer und historischer Methode der Sozialwissenschaften in Gestalt der »idealtypischen« Begriffsform (»Wirtschaft und Gesellschaft«, 1921/1922; »Gesammelte Aufsätze zur Wissenschaftslehre«, 1922; »Gesammelte Aufsätze zur Sozial- und Wirtschaftsgeschichte«, 1924; »Gesammelte Aufsätze zur Soziologie und Sozialpolitik«, 1924; »Wirtschaftsgeschichte«, 1923; »Gesammelte politische Schriften«, 1921). Der Soziologe Max Weber interessierte sich auch für die Religionssoziologie, stellte sich dabei auf den Standpunkt strenger Wertungsfreiheit, anerkannte aber zugleich die Unentbehrlichkeit der Wertbeziehung für Erkenntnisziel und Stoffauswahl, wollte dagegen die weltanschauliche Wertung der objektiv ermittelten Tatsachen den außerwissenschaftlichen Bereichen vorbehalten (»Gesammelte Aufsätze zur Religionssoziologie«, 3 Bände, 1920/1921).

Zur Schule Naumanns gehörte auch Theodor Heuss (1884–1963) aus Brackenheim in Württemberg; seine politische Heimat war die liberale Partei, die er 1924–1928 und 1930–1933 im Reichstag vertrat und 1946 neu gründen half. Nachdem er von den Nationalsozialisten kaltgestellt worden war, trat er nach dem Zusammenbruch des »Dritten Reiches« wieder in die Politik ein, war 1945/1946 Kultusminister für Württemberg-Baden, von 1947 an Professor für neuere Geschichte und politische Wissenschaften an der Technischen Hochschule Stuttgart, von 1949 an in zwei Amtsperioden (bis 1959) Bundespräsident der Bundesrepublik Deutschland; seitdem lebte er in Stuttgart. Seine schriftstellerische Tätigkeit beschränkte sich nicht auf das Gebiet der Politik (»Kriegssozialismus«, 1915; »Die Bundesstaaten und das Reich«, 1918; »Die neue Demokratie«, 1920; »Staat und Volk«, 1926; »Politik«, 1926; »Führer aus deutscher Not«, 1928; »Hitlers Weg«, 1932; »Kräfte und Grenzen einer Kulturpolitik«, 1951; »Formkräfte einer politischen Stilbildung«, 1952), versenkte sich gerne in die engere Heimat oder in das Leben bedeutender Menschen (»Schwaben und der deutsche Geist«, 1915; »Friedrich Naumann«, 1937; »Hans Poelzig«, 1939; »Anton Dohrn in Neapel«, 1940; »Justus von Liebig«, 1942; »Robert Bosch«, 1946; »Johann Peter Hebel«, 1952) und stellte in mehreren Büchern das eigene Leben und Erleben dar (»Vorspiele des Lebens, Jugenderinnerungen«, 1954; »Von Ort zu Ort, Wanderungen mit Stift und Feder«, 1959; »Lust der Augen«, 1960; »Vor der Bücherwand«, 1961).

Zurecht wird ARTHUR MOELLER VAN DEN BRUCK (1876–1925) aus Solingen, durch Selbstmord in Berlin geendet, als Vorläufer des Nationalsozialismus angesehen. Er war wie Ernst Jünger ein Rechtsintellektueller und Anhänger einer »konservativen Revolution« außerhalb der Parteien, unter Abkehr vom westlichen Liberalismus. Sein Ausgangspunkt war übrigens die Geschichte, vornehmlich die der Kunst, seine Kulturkritik ging aus Stilgeschichte und Geschichtsphilosophie hervor, auch fehlte nicht Interesse an der Literatur, bewiesen durch die Förderung Theodor Däublers, dem er die Erstausgabe der Dichtung »Nordlicht« ermöglichte. In acht Bänden schrieb er über *Die Deutschen* (1904–1910) mit dem bezeichnenden Untertitel »Unsere Menschengeschichte«, andere Bücher haben *Die Zeitgenossen* (1906), *Die italienische Schönheit* (1913), den *Preußischen Stil* (1916), *Das Recht der jungen Völker* (1919) zum Gegenstand. Das letzte Buch trug den Titel *Das dritte Reich* (1923), das zehn Jahre später den Nazis schlagkräftige Argumente bei der Errichtung ihrer Herrschaft lieferte.

Altösterreicher war der in Tokio zur Welt gekommene RICHARD NIKOLAUS GRAF VON COUDENHOVE-KALERGI (1894–1972) aus flämischem Uradel, Enkel einer Griechin (daher der zweite Teil seines Namens), Sohn einer Japanerin; schon 1923 entwarf er ein Programm für »Pan-Europa«, schilderte dann den Einsatz für sein Ideal im dreiteiligen *Kampf um Pan-Europa* (1925–1928), erreichte mit dem Buch *Pan-Europa* (1932) einen Welterfolg und scheiterte zunächst; 1938 mußte er aus Österreich emigrieren, wurde 1940 Professor für

Geschichte an der Universität New York; sobald es jedoch möglich war, kehrte er in den alten Kontinent zurück, organisierte die paneuropäische Bewegung neu und gab fast gleichzeitig die beiden Bücher *Aus meinem Leben* (1949) und *Kampf um Europa* (1949) heraus.

KRIEG UND REVOLUTION IN DER LITERATUR

Im folgenden werden u. a. Autoren besprochen werden müssen, deren Werk z. T. unverhohlene Kriegsbegeisterung, ja Kriegstreiberei widerspiegelt und deren politische Haltung nationalistisch-reaktionär bis hin zum blanken Chauvinismus war. Daß sie hier dennoch vorgestellt werden sollen, hat seinen Grund nicht allein in dem Bemühen um literarhistorische Vollständigkeit; wichtiger ist, daß diese Bücher einen, gar nicht einmal sonderlich verzeichneten Eindruck geben mögen von der irrationalistisch tingierten Begeisterung, die der Kriegsausbruch im August 1914 auch und gerade bei Intellektuellen und Schriftstellern hervorgerufen hatte und von der so mancher auch nach der Niederlage sein Leben lang nicht wieder lassen wollte. Insofern haben die zu besprechenden Werke nicht nur ihr Repräsentatives, sondern auch ihr Lehrreiches: Sie zeigen, wie deformierend und pervertierend blinder Militarismus sich auf literarische Erscheinungen beinahe zwangsläufig auswirkt – und mögen eben dadurch signalisieren, wie er überwunden werden kann.

Kriegsliteratur in Deutschland und Österreich nach dem Ersten Weltkrieg

Das Kriegsgeschehen aus chauvinistisch-patriotischer, militaristisch-kriegsbegeisterter, oft weit über die Grenze des Erträglichen hinausführender Perspektive spiegelt sich in den Büchern der folgenden Autoren: An die Front gegen Italien führte zunächst der Wiener Walter Neuwirth (geb. 1896) mit dem Roman der Isonzo- und Piavekämpfe *Helden* (1933), nachdem er zuvor ganz allgemein *Das Erwachen der Heimat* (1922) dargestellt hatte. Auf dem südlichen Kriegsschauplatz erlebte *Lustiges und Leides aus trüben Tagen* (1926) auch der Vorarlberger Richard Benzer (1888–1974) aus Hohenems, aber der Mensch und der Christ in ihm bäumte sich gegen das unmenschliche Morden, so daß jeder Gedanke ein Bekenntnis zum Frieden unter den Völkern wird. Das Inferno in den Tiroler Bergen sowie jenes zwischen Isonzo und Piave geben wieder die Kriegsbücher des in Salzburg lebenden Wieners Fritz Weber (geb. 1895); sie führen die Titel *Das Ende einer Armee* (1931, jetzt »Das Ende der alten Armee«, 1959), *Isonzo 1915, Insonzo 1916, Isonzo 1917* (alle drei Bände 1933), *Alpenkrieg* (1934), *Frontkameraden* (1935), *Die Trommel Gottes* (1936), *Die Toten der Svea* (1936). Außer diesen schrieb Fritz Weber noch andere Romane, deren Gegenstand offenbar die Liebe ist (»Im Feuerkreis der Liebe«, 1937; »Maria und Marietta«, 1941; »Das Paradies ohne Engel«, 1957; »Unsterbliche Geliebte«, 1960).

Eines der berühmtesten Schlachtfelder an der italienischen Front ist Gegenstand des Buches *Pasubio* (1933) aus der Feder des Innsbruckers Robert Skorpil (geb. 1894), der nach dem Krieg die richterliche Laufbahn einschlug, Kinder- und Jugendbücher verfaßte, *Schlichte Geschichten von schlichten Leuten* (1935) erzählte, unter dem Pseudonym Roger Bellarmin das auf religiöser Grundlage ruhende, eigenartige Buch *Meine Rache ist anders* (1955) veröffentlichte und das Lebensbild der *Heiligen Notburga* (1956) entwarf.

In Stuttgart geboren, doch als Österreicher und deshalb in dessen Armee dienend, dann in Wien lebend und hier gestorben war Bodo Kaltenboeck (1893–1939); so hatte er einen besonderen Sinn für den Unterschied zwischen der deutschen Armee und der österreichischen und entwarf ein verklärtes Bild der österreichischen Armee in seinem Buch *Armee im Schatten* (1932).

Der k.u.k. Kriegsmarine gehörte Josef Günther Lettenmair (geb. 1899) an, ein Linzer aus oberösterreichischem Bauerngeschlecht des Raumes von Kremsmünster; mit 14 Jahren trat er in die Maschinenschule der österreichisch-ungarischen Flotte in Wien ein, kam im Ersten Weltkrieg an Bord eines U-Bootes und geriet in italienische Gefangenschaft; nach der Entlassung in die Heimat siedelte er sich in Wels an; der Zweite Weltkrieg zwang ihn zum Dienst in der Flotte Hitlers und führte ihn abermals in Gefangenschaft; aus ihr kehrte er nach Wels zurück. Neben verschiedenen Brotberufen übte er bald den des Schriftstellers aus und brachte es darin zu einigem Erfolg. Die Seemannsjahre des Ersten Weltkrieges fanden Niederschlag im Buch *Rot-Weiß-Rot zur See* (1934), doch fast gleichzeitig erschien auch Lettenmairs erster Roman *Der Spruch aus dem Dunkel* (1934), die Geschichte des Klosterschülers Christoph, den ein mißverstandener Spruch aus der Klosterchronik von Genuß zu Genuß taumeln läßt, bis sich seine Leidenschaft im Erlebnis reiner Liebe klärt.

Literarisch wenig höher steht der Roman *Verwurzeltes Blut* (1937), zudem ein kulturgeschichtlich kauziges Bild des oberösterreichischen Sensenhandwerks. Ein Erfolgsbuch wurde hierauf *Roter Adler auf weißem Feld* (1938) mit einem Stück preußischer Kolonialgeschichte in Afrika. Doch der ehemalige Marineur vergaß nie die geographische Umgebung seiner österreichischen Dienstjahre, daraus entstanden die dalmatischen Erzählwerke (»Mirko und Alke«, 1941, neu »Dalmatisches Jahr«, 1954; »Thode«, 1944; »Das Kind Maria und die Piraten«, 1942). Gegenstück zu ihnen ist die vom Eiswind des Nordens durchbrauste Welt in der mythischen Geschichte *Aska weint* (1943). Vom Mythos zum Märchen, d. h. zum *Seltsamen Auftrag* (1948), vom Märchen zur Wirklichkeit im kulturhistorischen Buch *Gehen, Fahren, Fliegen* (1955) – so kehrt der Autor zur Erde zurück.

Die Kriegsbücher in Deutschland nach dem Ersten Weltkrieg entstanden aus ganz anderen Voraussetzungen. Hier ging es nicht darum, das Andenken an Untergegangenes zu bewahren, sondern den Weg in die Zukunft zu weisen. Dieser Wege aber gab es zwei, die eine Straßentafel trug die Inschrift »Nie wieder Krieg«, die andere reimte darauf »... heißt nie wieder Sieg«. Wir wissen aus der Geschichte, welche Partei gewann.

Einer ihrer ersten Wortführer war der Hamburger Franz Schauwecker (1899–1964), der schon 1919 unter dem Titel *Im Todesrachen* sein erstes Kriegsbuch schrieb und es als *Frontbuch* 1927 neu herausgab. Ihm folgte 1930 der Kriegsroman *Aufbruch der Nation*, 1933 das Drama *Die Entscheidung*, 1939 *Der Panzerkreuzer*, 1944 *Der weiße Reiter*. Begleitet war dieser Titel von Schauweckers Produktion vom Tierroman *Ghavati* (1930) über den Untergang der afrikanischen Tierwelt, darin die Rechte der Tiere auf Kosten des Menschen überbewertet werden, vom Liebesroman *Hilde Roxh* (1921, oder »Die Geliebte«, 1931) sowie vom kosmischen Prosaepos *Die Götter und die Welt* (1922), das die Götter, germanische, indische, persische, ägyptische, griechische, als »Traum der Menschen«, als »bunte Schatten ihrer Ängste und Wünsche« deutet. Die letztgenannten Bücher sind nur versteckte Varianten zu jenen über den Krieg, ihre Absicht aber hat Schauwecker im Vorwort zu einem Werk Ernst Jüngers so formuliert: »Wir können nur glauben, was das Schicksal will. Und das Schicksal will einen neuen Kampf, eine wahre Revolution, einen aufrichtigen Sieg: den Sieg des Nationalismus.«

Dieser Devise folgte der Pfarrerssohn aus Traben-Trarbach an der Mosel Werner Beumelburg (1899–1963) mit seinen Berichten über *Douaumont* (1925), *Ypern* (1925), *Loretto* (1925), *Flandern* (1927) und den Kriegsromanen *Sperrfeuer um Deutschland* (1929), *Gruppe Bosemüller* (1930). Dem »Dritten Reich« diente Beumelburg durch eine Reihe seinerzeit vielgelesener historischer Romane und Novellen – nach dessen Zusammenbruch zog er sich auf das Allgemein-Menschliche zurück (»100 Jahre sind wie ein Tag«, 1950; »Nur Gast auf dunkler Erde«, 1951 usw.).

Von Anfang an religiös bestimmt ist das Werk des aus Bernbach (Rhön) stammenden, in München lebenden Josef Magnus Wehner (1891–1973). Dieser jüngere Landsmann Leo Weismantels könnte für Teile seines Schrifttums unter die Heimatdichter gerechnet werden, so mit dem idyllischen Hexameterepos *Der Weiler Gottes* (1920) und einigen Romanen (»Der blaue Berg« oder »Erste Liebe«, 1940; »Die Hochzeitskuh«, 1928), endlich mit dem Drama *Das Gewitter* (1926) und den *Geschichten aus der Rhön* (1935), wozu dann noch *Das Fuldaer Bonifatiusspiel* (1954) käme. Und weil er seine Heimat liebte, war er im Ersten Weltkrieg freiwillig in die Armee eingetreten, kämpfte in Serbien, Italien und Frankreich, wurde schließlich vor Verdun schwer verwundet. Der Eindruck des Kriegserlebnisses deutet sich schon an im bereits genannten Roman »Die Hochzeitskuh«, später in der Erzählung *Als wir Rekruten waren* (1938), zuvor in der Autobiographie *Mein Leben* (1934) und vor allem im Roman *Sieben vor Verdun* (1930). Dann veröffentlichte Wehner sein Buch *Über das unsterbliche Reich* (1933!), ließ den historischen Roman *Stadt und Festung Belgrad* (1936) folgen und wandte sich der Biographie zu (»Hindenburg«, 1936; »Hebbel«, 1938; »Mohammed«, 1952), gesellte unter deren unterschiedliche Themen historische und andere Erzählungen, das Drama *Johannes der Täufer* (1953) und das Märchen *Die schöne junge Lilofee* (1953).

Zu den heroisierenden Schriftstellern gehört ferner Edwin Erich Dwinger (1898–1981), ein Sohn der Stadt Kiel, mit 16 Jahren Kriegsfreiwilliger (1914), jedoch 1915 schwer verwundet in russische Gefangenschaft geraten, bei einem Fluchtversuch in die Revolutionskämpfe verwickelt. 1921 kehrte er magen- und lungenkrank nach Deutschland zurück, wurde Siedler und Erbhofbauer in Tanneck bei Weiler (Allgäu) und Guts- und Reitschulbesitzer auf dem Wiesengut Hedwigshof in Seeg (Allgäu). Seine Erlebnisse abzureagieren, schrieb er zunächst zwei Romane, den *Korsakoff* (1926, jetzt »Hanke«, 1953), die Geschichte eines heimatlos gewordenen russischen Fürsten, und *Das letzte Opfer* (1928). Der Erfolg dieser Bücher war gering, um so größer jener der Trilogie *Die deutsche Passion*, deren erster Band *Armee hinter Stacheldraht* (1929) die Zustände in den Gefangenenlagern

Sibiriens, deren zweiter *Zwischen Weiß und Rot* (1930) das Widerspiel von Revolution und Gegenrevolution in den weiten Räumen des asiatischen Rußlands widerspiegelt, während der dritte Teil *Wir rufen Deutschland* (1932) das Kriegserlebnis ins Heroisch-Mystische steigert. Er wandte sich weiter der Reportage zu, diesmal über den spanischen Bürgerkrieg (»Und Gott schweigt«, 1936; »Spanische Silhouetten«, 1937), bald über den Zweiten Weltkrieg (»Der Tod in Polen«, 1940). Als dieser zu Ende war, berichtete er vom Untergang Ostpreußens im unendlichen Leid des Winters 1944/1945 (»Wenn die Dämme brechen«, 1950) und vom Schicksal eines Antibolschewisten (»General Wlassow«, 1951), ferner beschäftigten ihn die Flüchtlinge aus dem Osten (»Sie suchten die Freiheit«, 1952; »Die verlorenen Söhne«, 1956). All diesen Autoren ist – neben ihrer schriftstellerischen Mittelmäßigkeit – gemein der widerstandslos vollzogene Übergang vom Bürgerlich-Nationalen über das Chauvinistisch-Nationalistische hin zum Faschistisch-Nationalsozialistischen, mit dessen Doktrin sie schließlich verschmolzen. Obwohl er in der Zeit des Nationalsozialismus nichts mehr schrieb, gehörte ERNST VON SALOMON (1902–1972) zu seinen Wegbereitern. Da er Offizier werden sollte, war er Kadett in Karlsruhe und Berlin-Lichterfelde; doch der Zusammenbruch beschloß die militärische Laufbahn, die nur noch in den im Baltikum und Oberschlesien kämpfenden Freikorps eine provisorische Erfüllung finden konnte. Als es auch damit aus war, schloß sich Ernst von Salomon scheinlegalen politischen Verbänden an und war am Rathenau-Mord beteiligt; die Folge war jahrelanger Aufenthalt im Zuchthaus. Nach seiner Entlassung machte er eine Karriere beim Film; seiner politischen Vergangenheit wegen war er 1945/1946 in einem amerikanischen Lager interniert. Sein erster Roman *Die Geächteten* (1930) erschien gleichzeitig mit dem *Sprengstoff* (1930) von Friedrich Wilhelm Heinz; beide Bücher schildern die Kriegs- und vor allem die Nachkriegszeit unter dem Gesichtspunkt von Leuten, die eigentlich nicht wissen, wofür sie kämpfen, und sehen im »Killen« der politischen Weisheit letzten Schluß. Man kann von naturalistischem Stil, man muß von kriegstreiberischer Auffassung reden; das gilt auch vom Nachkriegsroman *Die Stadt* (1932). Das ihnen folgende autobiographische Buch *Die Kadetten* (1933) will ein betont preußisches Gegenstück zu Musils »Törleß« sein. Während des »Dritten Reiches« veröffentlichte er nur den Essay *Nahe Geschichte* (1936). Erst 1950 begann er wieder zu publizieren, die im genannten Jahr erschienene Geschichte *Boche in Frankreich* ging im folgenden in dem umstrittenen, ironischen Roman *Der Fragebogen* (1951) auf, in dem der Autor den

Fragebogen der amerikanischen Militärregierung in Deutschland zu einem peinlich-sarkastischen Bericht über sein Leben benützt.

Ernst Jünger

Von den Autoren, die als Bejaher des Krieges auftraten, ist wohl der berühmteste ERNST JÜNGER (geb. 1895). Seine Wiege stand in Heidelberg. Er verbrachte seine Jugend in der Nähe von Hannover und am Steinhuder Meer, bis er 1913 vom Gymnasium aus durchbrannte und in der französischen Fremdenlegion landete, aus der ihn der Vater allerdings befreien konnte. Bald kam der Krieg: Abenteuerlust und Patriotismus forderten den jungen Mann auf, sich freiwillig zu melden; als Stoßtruppführer im Westen erwarb sich der Infanterieleutnant die höchste Kriegsauszeichnung, den Orden »Pour le mérite«. Er war mit gewissermaßen romantischen Vorstellungen zur Armee gestoßen (wie übrigens die meisten seiner Kameraden) und empfand bald deren Gegensatz zu den tatsächlichen Verhältnissen des Grabenkrieges und der Materialschlachten. Diese erforderten einen neuen Soldatentypus, und Ernst Jünger nahm ihn nicht nur notgedrungen an, sondern bejahte ihn, außerdem suchte er ihn auch schriftstellerisch darzustellen. Das geschah in den Büchern *In Stahlgewittern* (1920), *Der Kampf als inneres Erlebnis* (1922), *Das Wäldchen 125* (1925), *Feuer und Blut* (1925). In der Mitte der zwanziger Jahre bejaht Jünger den Krieg, und dieser lehrt ihn:

> »Jedes Zeitalter hat seine eigene Sprache, und was tut es, daß unsere Sprache so gar nicht romantisch ist? Sie ist vielmehr spät, schneidend und scharf, sachlich und bestimmt, aber sie ist die Sprache des höchsten Lebens und der höchsten Wirklichkeit. Sie ist die Formulierung ewiger Gesetze im Ausdruck unserer Zeit.«

Damit ist jenes literarische Phänomen gekennzeichnet, das man »Neue Sachlichkeit« nennt. Nach den Tatsachenberichten aus den Kampfjahren 1914–1918 wandte sich Jünger einer großangelegten Essayistik zu, deren Stil die dargelegten Dinge und Ideen oft blitzartig wie aus eisiger Ferne aufleuchten läßt; die Reihe beginnt mit dem kaleidoskopischen Buch *Das abenteuerliche Herz* (1929, neu 1938), wendet sich dann dem wichtigen Problem *Der Arbeiter, Herrschaft und Gestalt* (1932) zu, das in seiner historischen Entwicklung dargestellt wird und in einem Entwurf zu einer neuen kollektivistischen Lebensgestaltung ausmündet; aber dennoch steht Jünger dem bolschewistischen Kollektivismus völlig ferne, wie er sich auch immer mehr vom nationalsozialistischen innerlich entfernte (er verbat es sich, im »Völkischen Beobachter« gedruckt zu werden, und wurde gegen Ende des Zweiten Weltkrieges mit dem Schreibeverbot bestraft); denn mit dem den beiden Systemen zugrundeliegenden Materialismus konnte er nichts anfangen; das zeigt sein Roman *Auf den Marmorklippen* (1939) und vor allem die den Krieg Hitlers begleitenden Tagebücher, wie *Gärten und Straßen* (1942) und *Strahlungen* (1949). In diesen Aufzeichnungen findet man aber keineswegs bloß Notizen zum politischen und kriegerischen Geschehen, sondern auch Bemerkungen literarischen Bezugs und prachtvolle Pflanzenschilderungen (im Zusammenhang damit sei auf das Bekenntnis hingewiesen: »Der gute Stil setzt heute naturwissenschaftliche Bildung voraus, wie einstmals theologische«; Jüngers Gegner nennen ihn freilich »einen in sein Laboratorium gebannten kalten Alchimisten der Sprache« und diese »ein kristallisches Stilpräparat« und haben damit kaum unrecht), endlich eine eigenwillige Auslegung der Bibel, gipfelnd in der Erkenntnis, daß der Weg vom Nihilismus nur über die Hinwendung zum Christentum erfolgen könne; so preist er denn auch das Gebet und in der Schrift *Über die Linie* (1951) das Gewissen.

Diese Wandlung im Denken Jüngers vollzog sich in Paris, wo er seit 1941 dem Stab des deutschen Militärbefehlshabers zugeteilt war und ein recht sorgenfreies Leben führen konnte (1944 wurde er wegen Wehrunwürdigkeit entlassen), zugleich aber sich von den »heroischen« Idealen zu lösen begann, so daß er sich im Buch *An der Zeitmauer* (1959) das Bekenntnis abrang, das humanistische Ideal sei dem heroischen überlegen.

»Über die Linie« und »An der Zeitmauer« umschließen die ähnlichen Schriften *Der Waldgang* (1951) und *Der gordische Knoten* (1953); aus ihnen spricht jemand, der – als Nichtchrist – im Vorhof der Religion steht und eine »ruhende Ordnung von höherem Rang« postuliert. Aber zu ihr die Brücke zu schlagen, vermag er nicht, den Beweis dafür findet man in den erzählenden Schriften, im schon genannten Roman »Auf den Marmorklippen«, in der Utopie *Heliopolis* (1949), in *Besuch auf Godenholm* (1952) und in den *Gläsernen Bienen* (1957); deren Figuren (nicht Personen) wirken »zusammengesetzt, alexandrinisch, maskenhaft und eitel« (Karl August Horst), wirken nie plastisch, sondern durchsichtig. Körperhafte Wirklichkeit findet sich dagegen in den Reisebüchern über Rhodos (»Ein Inselfrühling«, 1949) und über Sardinien (»Am Sarazenenturm«, 1955), darin Jünger »die auf den Menschen sich reimende ganze Natur im pflanzenhaften Gewebe von Landschaft, Tieren, Geschichte und Menschengegenwart wie zeitlos aufleuchten läßt« (Fritz Martini). Keineswegs alle Bücher dieses umstrittenen Autors, der dort, wo er bei den Menschen und bei den Dingen bleibt, sich als Meister des Wortes erweist, konnten hier vorgeführt werden; das geschieht nicht einmal in der von ihrem Verfasser selbst betreuten Ausgabe der *Werke in zehn Bänden* (1960 ff.), welche die vorwiegend politischen Zeitschriftenaufsätze der zwanziger und dreißiger Jahre nicht aufnahm und nicht chronologisch, sondern thematisch gegliedert ist; den Schluß bildet der Essay *Auf eigenen Spuren*. Aufsätze und Reden veröffentlichte Jünger unter dem Titel *Ad hoc* (1970).

Antikriegsliteratur

Der Stil der »Neuen Sachlichkeit« verbindet Jünger mit seinem Gegenspieler Ludwig Renn, der ursprünglich Arnold Friedrich Vieth von Golssenau (1889–1979) hieß; er gehörte also dem sächsischen Uradel an und wurde dem als Prinzenerzieher tätigen Vater in Dresden in die Wiege gelegt, er widmete sich – nach Kindheitsjahren in der Schweiz und in Italien – der militärischen Laufbahn, nahm als Offizier am Ersten Weltkrieg teil und wurde in ihm – wie Fritz von Unruh – Kriegsgegner, danach war er Polizeioffizier in seiner Vaterstadt; als der Kapp-Putsch seine Schatten nach Dresden warf, verließ Renn den Dienst (1920), studierte die Rechte und Nationalökonomie, Russisch und Kunstgeschichte, bereiste zu Fuß Südeuropa, den Vorderen Orient, Ägypten; seit 1928 Mitglied der Kommunistischen Partei Deutschlands und ihr zugehöriger Organisationen, wurde er in der Nacht des Reichstagsbrandes verhaftet, bald darauf zu zweieinhalb Jahren Zuchthaus verurteilt. Nach seiner Entlassung begab er sich über die Schweiz nach Spanien und nahm dort als Stabsoffizier auf der roten Seite am Bürgerkrieg teil; zwischen 1939 und 1947 lebte er in Mexiko (1940/1941 als Professor für europäische Geschichte an der indianischen Universität Morelia), von dort kehrte er in die DDR zurück, wo er eine Professur für Anthropologie in Dresden innehatte, bevor er sich als freier Schriftsteller zurückzog.

Das Buch, mit dem er in die Literatur eintrat, war der Roman *Krieg* (1928), einer der ersten Versuche, den Krieg aus der Sicht des einfachen Soldaten zu beschreiben, bewußt unpersönlich, nüchtern, rapportierend, das deutsche Gegenstück zu des Franzosen Barbusse »Feuer«, das schon während des Weltkriegs geschrieben und gedruckt wurde. Ihm folgten später die Kriegsbücher *Langemarck* (1931) und *In vorderster Linie* (1933), vor diesen erschien *Nachkrieg* (1930), das die innenpolitische Auseinandersetzung der Jahre 1919 und 1920 behandelte. Der ehemalige Offizier behandelte ferner die *Entwicklung der Kriegstechnik von den Schweizerkriegen bis zum Gift- und Gaskrieg* (1932), hielt – nicht ohne Sympathie für die Schicht, der er angehört hatte, aber doch in ironisierender Distanzierung – autobiographische Rückschau in *Adel im Untergang* (1944) und in *Meine Kindheit und Jugend* (1957) und erweiterte die Darstellung der eigenen Erlebnisse in den Büchern *Morelia – eine Universität in Mexiko* (1950), *Vom alten und neuen Rumänien* (1952), *Der Spanische Krieg* (1955). Wie andere Verfasser von Kriegsbüchern ins Märchenland flüchteten, wandte sich Renn der Jugendliteratur zu und stellte in *Trini* (1954) sowie im *Neger Nobi* (1955) zwei jugendliche Helden vor, die am Befreiungskampf ihres Volkes teilnehmen; auch hier entpuppt sich der Pazifist Renn als einer jener Kriegsgegner, die im Kampf gegen den Faschismus zu den Waffen griffen.

Renns »Krieg« war auf dem nationalen und internationalen Büchermarkt ein großer Erfolg, den größeren jedoch hatte Erich Maria Remarque (eigentlich Erich Paul Remark, 1898–1970), ein Sohn der Stadt Osnabrück, wo sein Vater Buchbinder war und er selbst das Lehrerseminar besucht hatte (den Lehrerberuf vertauschte er später mit dem eines Kaufmanns, hierauf mit dem eines Journalisten) mit seinem Buch *Im Westen nichts Neues* (1929), einer reportagehaften, desillusionierenden Kriegsschilderung. Das Buch und dessen Verfilmung wurden von Anfang an heftig (und handgreiflich) bekämpft, und natürlich wurden nach der Machtübernahme Hitlers Remarques Bücher (inzwischen war noch »Der Weg zurück« 1931, erschienen) öffentlich verbrannt und der Autor ausgebürgert (1938). Dieser war schon längst ins Ausland gegangen, 1939 nach Amerika, wo er 1947 das Bürgerrecht erhielt; seither lebte er abwechselnd in New York und in Porto Ronco bei Ascona. Schon vorher setzte er aber seine literarische Tätigkeit fort; besonderen Verkaufserfolg erzielte der Emigrantenroman *Arc de Triomphe* (1946). In den späteren Romanen und Filmtexten wurde Remarque zum Boulevardautor. Postum wurde 1971 sein Roman *Schatten im Paradies* veröffentlicht.

Auch das Andenken an die k.u.k. Armee und an Österreich-Ungarn blieb nicht unkritisiert. Karl Kraus leistete dazu seinen Beitrag, ferner Rudolf Jeremias Kreutz (1876–1949), geboren in Rosdalowitz (Böhmen), gestorben in Grundlsee (Steiermark), einst Berufsoffizier, später Schriftsteller, Verfasser von Gedichten, Romanen, Dramen und Satiren (»Aus dem Affenkasten der Welt«, 1914; »Der vereitelte Weltuntergang«, 1919). Welterfolg erreichte er mit dem Antikriegsbuch *Die große Phrase* (1919).

Aus Österreich, wie es einst war, stammte auch Egon Erwin Kisch (1885 bis 1948), ein Prager aus jüdischer Familie, der seine Vaterstadt in allen Erscheinungsformen, vor allem von der »Unterwelt«-Seite her, kannte und

Aus Prager Gassen und Nächten (1912) Altes und Neues, ja Phantastisches zu erzählen wußte, sich im Zuhälterroman *Der Mädchenhirt* (1914) sowie in den *Abenteuern in Prag* (1920) als scharfer Beobachter der Prager Typen seiner Zeit erwies. Kisch war nämlich Journalist mit Leib und Seele, Reisender aus Passion und Begründer der Reportage als Literaturform des sozialistischen, gesellschaftskritischen Kampfes. Daß er sich aktiv als Kommunist betätigte und 1918 in Wien als Führer der Roten Garde auftrat, brachte ihm drei Monate Haft sowie die Ausweisung aus Österreich (1919). Nach einer Fahrt durch Frankreich (1920) ließ er sich in Berlin nieder, unternahm von hier aus abenteuerliche Reisen durch Rußland, Afrika, Amerika und China, wurde nach der Machtergreifung Hitlers in der Nacht des Reichstagsbrandes verhaftet und als tschechoslowakischer Staatsbürger ausgewiesen; in Prag wurde er nun beruflich tätig, und von Prag aus bereiste er Spanien, Belgien, die Niederlande, selbst Australien; das Jahr 1935 sieht ihn in Paris, 1937/1938 kämpfte er im spanischen Bürgerkrieg auf der Seite der Republikaner; 1939 emigrierte er nach New York, 1940 nach Mexiko; von hier kehrte er 1946 nach Prag zurück, wo er auch starb. Er stellte sich selbst in einem Buch als *Rasenden Reporter* (1925) vor und schilderte in einem anderen seine *Hetzjagd durch die Zeit* (1926); das erste dieser Bücher bietet eine Fülle dramatisch bewegter Bilder über die Verhältnisse im damaligen kommunistischen Rußland; diesem Gebiet widmete er auch seine dritte Reportage *Zaren, Popen, Bolschewiken* (1927); das Charakteristikum der »schmissigen«, dabei jedoch stets wahrheitsverpflichteten, engagierten Reportage eignet auch den weiteren Veröffentlichungen Kischs (»Asien gründlich verändert«, 1932; »China geheim«, 1933; »Geschichten aus sieben Ghettos«, 1934; »Abenteuer in fünf Kontinenten«, 1934; »Landung in Australien«, 1937; »Entdeckungen in Mexiko«, 1947).

Nicht weit vom Prager E. E. Kisch entfernt war der Berliner Theodor Plivier (eigentlich Plievier, 1892–1955), Sohn einer kinderreichen Arbeiterfamilie, der schon mit zwölf Jahren für seinen Unterhalt sorgen mußte; als Siebzehnjähriger verließ er sein Elternhaus (1909) und vagabundierte durch halb Europa, wurde Matrose, Koch, Viehtreiber, Goldwäscher, Barmixer – in Australien und Südamerika; seit 1914 in der Kriegsmarine, beteiligte er sich 1918 am Matrosenaufstand in Wilhelmshaven; 1933 wurden seine inzwischen erschienenen Bücher öffentlich verbrannt, er selbst emigrierte über Prag, Paris, Schweden nach Moskau, arbeitete dort im »Nationalkomitee Freies Deutschland« mit und kehrte mit der Roten Armee nach Deutschland zurück (1945), lebte zuerst in Berlin, dann in Weimar, hier als Vorsitzender des »Kulturbundes zur demokratischen Erneuerung Deutschlands« sowie als

Verlagsleiter; doch der ideologische Zwang wurde ihm zu stark, so übersiedelte er nach Wallhausen am Bodensee (1947) und schließlich nach Avegno bei Lugano, wo er starb.

Im Stil der Neuen Sachlichkeit und mit radikaler politischer Tendenz zeichnete er im Roman *Des Kaisers Kuli* (1929, als Drama 1930) ein düsteres Bild des Lebens auf einem Kriegsschiff, von der trostlosen Leere der Mannschaft, die oft monatelang zum Nichtstun verurteilt ist, und deckte die Urgründe auf, aus denen die Revolution von 1918 ihren Anfang nahm. Zum Kampfbuch der Sozialisten wurde Pliviers Roman *Der Kaiser ging, die Generäle blieben* (1932), Revolutionsbuch ist ferner *Der 10. November 1918* (1935). Dieser wurde schon – neben anderem – in der Emigration geschrieben. In Rußland entstand dann auf Grund der Aussagen zahlloser Gefangener *Stalingrad* (1945), eine aus unzähligen Gestalten, Szenen, Augenblicken zusammengesetzte Reportage, in der die Schwäche Pliviers, allzu lockere Fügung beispielhafter Ereignisse, zur literarischen Tugend wurde. Mit den Romanen *Moskau* (1952) und *Berlin* (1954) erweiterte der Verfasser das Stalingradbuch zur Trilogie vom Zusammenbruch des Hitlerreiches.

Zum Schluß sollen noch zwei Autoren erwähnt werden, die mit ihren durchaus pazifistisch getönten Romanen einen ungewöhnlichen Publikumserfolg ernteten, nämlich Frank Thieß und Josef Martin Bauer. Aus dem Baltikum stammt FRANK THIESS (1890–1977). Sein Vater war Architekt in Eluisenstein bei Uexküll (Livland), wanderte aber schon 1893 nach Deutschland aus; der Sohn besuchte die Gymnasien in Berlin und Aschersleben, studierte Germanistik, Geschichte und Philosophie in Berlin und Tübingen, machte die ersten Monate des Weltkrieges mit, war dann Journalist in Berlin, Dramaturg und Regisseur in Stuttgart, Theaterkritiker in Hannover; seit 1923 lebte er als freier Schriftsteller in Berlin bzw. in Steinhude. Dem nationalsozialistischen Regime suspekt (Bücherverbrennung 1933!), wechselte er oft seine Wohnsitze (Wien, Rom, Bremen) und zog nach dem Sturz Hitlers nach Darmstadt. Seine Jugendromane (»Der Tod von Falern«, 1921; »Angelika ten Swaart«, 1923; »Die Verdammten«, 1923; »Der Leibhaftige«, 1924; »Narren«, 1926; »Abschied vom Paradies«, 1927 usw.) bevorzugten seelische Konflikte, entstanden aus erotischen Verwirrungen und bohrten mit scharfem Intellekt in den Seelen der dargestellten Personen; ihre virtuose und effektvolle Darstellungsweise machte ihren Autor zu einem der meistgelesenen Schriftsteller der zwanziger Jahre; gleichen Erfolg hatten auch die Essaysammlung *Das Gesicht des Jahrhunderts* (1929) und die unter dem Titel *Die Zeit ist reif* (1932) veröffentlichten Reden.

Zu wirklicher Bedeutung stieg das Schaffen des Baltendeutschen jedoch erst empor, als er den Roman *Tsushima* (1936) erscheinen ließ; dieses Erzählwerk aus der Zeit des russisch-japanischen Krieges wurde schnell in 16 Sprachen übersetzt. Von da an wandte sich Thieß zur Hauptsache dem Kulturbild aus Übergangszeiten zu, wobei er die Grenze zwischen Roman und Tatsachenbericht mit Absicht nach beiden Seiten überschritt. In direktem Bezug auf das »Dritte Reich« stand der die ausgehende Antike behandelnde Roman *Das Reich der Dämonen* (1941), er war im Nu vergriffen und wurde dann verboten. Der Darstellung einer dunklen Zeit Ostroms dienen *Die griechischen Kaiser* (1959), dem gleichen Ziel der Abhandlung *Ideen zur Natur- und Leidensgeschichte der Völker* (1949). Doch Frank Thieß wandte sich auch der Einzelpersönlichkeit eines berühmten italienischen Sängers zu (Caruso I: »Neapolitanische Legende«, 1942; II: »Caruso in Sorrent«, 1946). Neuere Romane sind *Geister werfen keine Schatten* (1955) und *Sturz nach oben* (1961). Der historisch gebildete Autor äußerte sich zur Spannung zwischen Okzident und Orient (»Ursprung und Sinn des Ost-West-Gegensatzes«, 1958, neu »Die geschichtlichen Grundlagen des Ost-West-Gegensatzes«, 1960), der literarisch Tätige zu Angelegenheiten seines eigensten Faches (»Dichtung und Wirklichkeit«, 1952; »Über das Recht des Dichters auf freie Stoffwahl«, 1954; »Die Wirklichkeit des Unwirklichen, Untersuchungen über die Realität der Dichtung«, 1954).

Seit der Verfilmung seines bedeutendsten Buches, *So weit die Füße tragen,* berühmt ist Josef Martin Bauer (1901–1970) aus Taufkirchen a. d. Vils; sein Vater, altem Bauerngeschlecht entstammend, war Bäcker und wollte seinen Sohn Priester werden lassen, deshalb schickte er ihn an die Lateinschule in Scheyern, an das Gymnasium in Freising; aus dem Seminar aber wich Josef Martin aus, betätigte sich als Land- und Fabrikarbeiter, als kaufmännischer Angestellter und schließlich als Schriftleiter der Lokalzeitung von Dorfen in Oberbayern; hier blieb er wohnen, als er sich 1935 entschloß, freier Schriftsteller zu werden (nur der Zweite Weltkrieg entführte ihn aus dieser Wahlheimat, und zwar bis in die Höhen des Elbrus). Die bäuerliche Welt des bayerischen Voralpenlandes dient diesem realistischen Erzähler von herber, kerniger, breiter Sprache oft als Schauplatz für Romane und Erzählungen (»Achtsiedel«, 1931; »Die Nothafften«, 1931; »Die Salzstraße«, 1932; »Bäuerliche Anabasis«, 1933; »Simon und die Pferde«, 1934; »Das Haus am Fohlenmarkt«, 1936; »Der Doppelgänger«, 1938; »Die barocke Kerze«, 1938; »Das Mädchen auf Stachet«, 1940).

Zu diesem Themenkreis kam bald die Lust, dem Leben von Einzelgängern nachzuspüren und die rätselhaften Verflechtungen ihres Schicksals mit Hilfe der Psychologie aufzudecken; diese Linie, besonders nach dem Zweiten Weltkrieg hervortretend, findet sich stark ausgeprägt in Hörspielen (»Der glaubwürdige Lügner«, 1954; »Glanz und Elend der Republik Asumara«, 1955, usw.), aber natürlich auch in den epischen Werken der zweiten Schaffensperiode, an deren Beginn Josef Martin Bauer zuerst mit dem Erlebnis des Krieges fertig werden mußte (»Die Kraniche der Nogaia«, Tagebuch 1942; »Kaukasisches Abenteuer«, 1950), während er gleichzeitig geistig noch z. T. in der Vorkriegszeit lebte (aus diesem Zwiespalt entstand der Roman »Am anderen Morgen«, 1949). Erst als er das seelische Gleichgewicht wieder gefunden hatte, konnte er seine bisher größten Werke verfassen, den Zeitroman *So weit die Füße tragen* (1955) mit seinem dichterischen Nachvollzug eines von Leid, Trotz und Glück gezeichneten Schicksals und den historischen Roman *Kranich mit dem Stein* (1958), dessen Hauptgestalt Kardinal Petuel viele Züge des Münchner Kirchenfürsten Michael von Faulhaber trägt. Zeichen des seelischen Gleichgewichts ist übrigens die Heiterkeit, darum entstanden jetzt auch der Roman *Der Sonntagslügner* (1957) und die Erzählung *Opa, du bist mein Freund* (1961). Bauers gesamte dichterische Welt ist eingefangen in dem Roman *Der Abhang* (1961), in dem das Geschick einer Familie zum Spiegel der Zeit geworden ist.

IM UMKREIS DER NEUEN SACHLICHKEIT

Zwischen den beiden Weltkriegen wandte sich ein großer Teil der Schriftsteller und bildenden Künstler vom Expressionismus ab. Ernüchtert mißtrauten sie dem Pathos und Überschwang der Expressionisten und bevorzugten nun eine kühle, sachliche Darstellungsweise, die die Wirklichkeit betont nüchtern und rationalistisch zu erfassen suchte. Das Bestreben nach Desillusionierung und Entheroisierung führte häufig zur Darstellung des »kleinen Mannes« und zur parodistischen und satirischen Entlarvung von Zeiterscheinungen. Zur Neuen Sachlichkeit rechnet man eine Reihe sonst sehr unterschiedlicher Autoren wie Joseph Roth und Alfred Döblin, Remarque und Renn, Leonhard Frank, Bert Brecht, Hermann Kesten und, vor allem, Erich Kästner.

Der Düsseldorfer Heinrich Spoerl (1887–1955), Rechtsanwalt von Beruf, lebte lange Zeit in Rottach-Egern am Tegernsee und starb auch dort. Dem literarischen Niveau nach gehört er zu den erfolgreichen Verfassern gehobener Unterhaltungsromane (»Die Feuerzangenbowle«, 1935; »Wenn wir alle Engel wären«, 1936; »Der Maulkorb«, 1936; »Der Gasmann«, 1940, usw.) und witziger Geschichten und Plaudereien (»Man kann ruhig darüber sprechen«, 1937; »Ich vergaß zu sagen«, 1956). – Sein Talent hat er auf seinen Sohn Alexander Spoerl (1917–1978) vererbt, der Dramaturg und Ingenieur war, mit seinem Vater am Tegernsee lebte und später in Biogna di Breganzona bei Lugano wohnte. Vater und Sohn haben zusammen den Roman *Der eiserne Besen* (1949) verfaßt, der Sohn schrieb allein die *Memoiren eines mittelmäßigen Schülers* (1950), den zweiten Roman *Ich habe nichts damit zu tun* (1951; später »Der Mann, der keinen Mord beging«), den dritten *Ein unbegabter Liebhaber* (1952) usw.; dem Vater folgte er auch mit Kurzgeschichten und Plaudereien (»Moral unter Wasser«, 1953; »Gentlemen in Unterhosen«, 1955) und dem Schauspiel *Kleiner Mann baut im Tessin* (1955).

Der Darsteller des Lebens des »kleinen Mannes« in der aus den Fugen geratenen Welt nach dem Ersten Weltkrieg ist Hans Fallada, eigentlich Rudolf Ditzen (1893–1947); als Sohn eines Landrichters in Greifswald geboren, übte er verschiedene Berufe aus, erwarb 1930 den Landsitz Carwitz (Mecklenburg) und bearbeitete ihn mitsamt seiner Familie; 1945 kehrte er nach Berlin zurück, wo er früher schon als Journalist und Schriftsteller gelebt hatte; dort starb er, nachdem er nach schwerer Krankheit starken Betäubungsmitteln verfallen war. Aus eigenem Erleben verarbeitete er die Bitterkeiten der Arbeitslosenzeit zu Büchern, die ihren Erfolg seinem optimistischen Glauben an die Lebenskraft des Volkes und der Übernahme von Kolportage-Elementen verdankten, vor allem zu den Romanen *Bauern, Bomben, Bonzen* (1931) und *Kleiner Mann, was nun?* (1932). Zum Unterschied vom Naturalismus erging sich Fallada nicht in Elendsschilderungen, sondern zeigte seine Menschen zwar in durchaus unheroischer Haltung, aber in einer Verfassung, die das Leben mit manchmal bitterem Humor, wenn nicht meistert, so doch ertragen lernt. Nach der Machtergreifung Hitlers beschrieb er, nicht ohne Tendenz gegen das System der Weimarer Republik (»Wer einmal aus dem Blechnapf frißt«, 1934) seine eigene Gefängniszeit, dann wieder den mehr persönlichen Roman *Wir hatten mal ein Kind* (1934), und später noch manches gewandte Buch mit ebenso zügigen, an einprägsame Slogans erinnernden Titeln, zuletzt *Im Namen des deutschen Volkes* (1947), eine Abrechnung mit dem »Dritten Reich«.

Der bekannteste und – obwohl aus anderen Gründen – auch populärste Vertreter der Neuen Sachlichkeit ist Erich Kästner (1899–1974). Er war in Dresden zur Welt gekommen und bereitete sich auf die pädagogische Tätigkeit vor, als ihn der Krieg unter die Waffen rief (1917); infolge eines schweren Herzleidens wurde er entlassen, betätigte sich als Bankbeamter und Schriftleiter, studierte anschließend Germanistik in Berlin, Rostock und Leipzig, erlangte 1925 das Doktorat der Philosophie und widmete sich bald nur noch der Schriftstellerei, indem er in Berlin Wohnsitz nahm. 1933 verfielen seine Bücher dem Verdikt des Regimes, er selbst blieb in Deutschland, konnte aber im Ausland eine Zeitlang seine Schriften drucken lassen. 1945 ging er nach München, leitete bis 1948 die unter amerikanischer Obhut stehende *Neue Zeitung* und gründete 1946 die Jugendzeitschrift *Der Pinguin*. Kästners Ruhm gründet auf seinen Jugendbüchern (»Emil und die Detektive«, 1929; »Das doppelte Lottchen«, 1949; »Als ich ein kleiner Junge war«, 1957, sind die bekanntesten) und auf anspruchsvollen Unterhaltungsromanen (»Drei Männer im Schnee«, 1934; »Die verschwundene Miniatur«, 1935; »Der kleine Grenzverkehr«, 1949, u. a.); mag da der Film noch mitwirken, Kästners Ruhm zu verbreiten, der eigentliche Kästner ist das nicht.

Umschlagzeichnung von Georg Grosz zu Falladas Roman »Kleiner Mann, was nun?«

Dieser begann als Lyriker (»Herz auf Taille«, 1927; »Lärm im Spiegel«, 1929; »Ein Mann gibt Auskunft«, 1930; »Gesang zwischen den Stühlen«, 1932), d. h. als Gebrauchsdichter der Großstadt, der seinen Hohn auf die sächsisch-norddeutschen Puritaner ausgoß und ihre Heuchelei in der neuen Sozialwelt an den Pranger stellte, rückblickend auf den Krieg die Niederlage feierte und Staats- und Kirchenwesen unter die scharfe Lupe der zornigen jungen Männer nahm; das ging nicht ab ohne Blasphemien und Obszönitäten, aber dennoch blieb

▶
Gertrud von Le Fort
(1876–1971).

▶▶
Franz Werfel
(1890–1945).

▶
Hermann Broch
(1886–1951).

▶▶
Georg Trakl
(1887–1914).

▶
Ernst Jünger
(geb. 1895).

▶▶
Ernst Wiechert
(1887–1950).

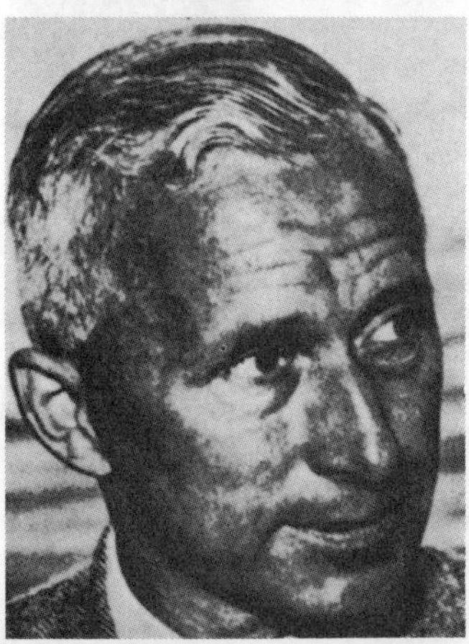

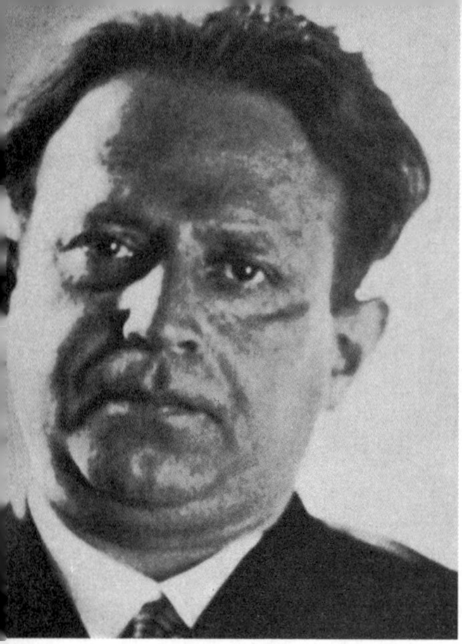

Der Satiriker Kurt Tucholsky (1890–1935).

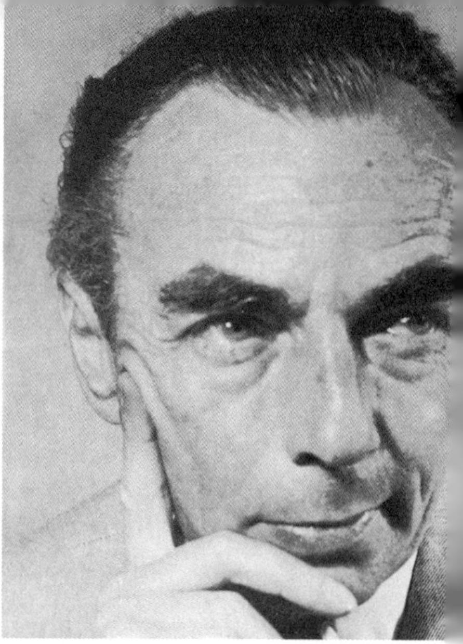

Erich Kästner (1899–1974), Autor zeitkritischer, satirischer Gedichte und Romane.

Der Literaturkritiker und Schriftsteller Walter Benjamin (1892–1940).

Alfred Kerr (1867–1948), der einflußreichste und gefürchtetste Theaterkritiker seiner Zeit.

Der Baltendeutsche Werner Bergengruen (1892–1964) schrieb historische Romane, Erzählungen und Lyrik. In der Gestaltung seiner Novellen erreichte er eine im 20. Jahrhundert seltene Meisterschaft.

Einer der bedeutendsten Schriftsteller, die sich mit Geschichte und Geschichtsphilosophie beschäftigen, ist Reinhold Schneider (1903–1958).

◄◄
Albrecht Goes
(geb. 1908).

◄
Hans Carossa
(1878–1956).

◄◄
Manfred Hausmann
(geb. 1898).

◄
Stefan Andres
(1906–1970).

◄◄
Heimito von Doderer
(1896–1966).

◄
Ina Seidel
(1885–1974)

der Ernst des Moralisten und des Warners spürbar, z. B. in dem Goethe parodierenden Gedicht »Kennst du das Land, wo die Kanonen blühn?«. Der Form nach gab sich diese Poesie ironisch-konservativ, brav gereimt und übersichtlich in Strophen gegliedert. Daran hat sich auch nichts geändert, als Kästner nach 1945 daran ging, positive Aufbauarbeit zu leisten (»Bei Durchsicht meiner Bücher«, 1946; »Der tägliche Kram«, 1949; »Kurz und bündig«, 1950; »Die kleine Freiheit«, 1952; »Die 13 Monate«, 1955). Als Beispiel seiner parodistischen Metrik stehe hier die »Moral«:

Es gibt nichts Gutes
außer: man tut es.

Den Weg des Satirikers und Moralisten beschritt Kästner mit dem teils reißerischen, teils sentimentalen Roman *Fabian* (1931), den des Autobiographen – außer im schon erwähnten Jugendbuch »Als ich ein kleiner Junge war« – im Tagebuch *Notabene 45* (1961). Der Sammelband *Kästner für Erwachsene* (1966) bietet eine Auswahl aus dem, was Kästner zwischen 1914 und 1966 geschrieben hat, und erweist den Autor als treffsicheren Satiriker ebenso wie als glänzenden Stilisten. Übrigens hatte sich Kästner zeitweilig mit dem Münchner Kabarett »Die Schaubude« ein kritisch-witziges Podium geschaffen.

Umschlagzeichnung von Ringelnatz' »Reisebriefe eines Artisten« mit einem Porträt des Autors von Olaf Gulbransson.

Somit finden wir Erich Kästner in den Bahnen einer weit zurückreichenden Tradition; man denke an Wolzogens »Überbrettl« in Berlin, an Wedekinds Mitwirkung bei den »11 Scharfrichtern« in München und an seinen Landsmann Hans Bötticher (1883–1934), der unter dem Namen Joachim Ringelnatz bekannt geworden ist. In Wurzen als Sohn des Jugendschriftstellers Georg Bötticher geboren, kam er ans Gymnasium Leipzig bis in die Sekunda, ging dann ohne Wissen seiner Eltern als Schiffsjunge zur See und übte später verschiedene Berufe aus; 1909 wurde er Hausdichter am Münchner »Simplicissimus«, später Bibliothekar beim Vater des Dichters Börries von Münchhausen; im Ersten Weltkrieg war er zur Kriegsmarine einberufen; danach wurde er arbeitslos, Archivangestellter, seit 1920 wieder Mitarbeiter am »Simplicissimus«, schließlich von H. v. Wolzogen für die Berliner Kleinkunstbühne »Schall und Rauch« entdeckt; bis 1933 trat er dort mit eigenen Gedichten auf; in Berlin starb er auch. Er hat autobiographische (»Reisebriefe eines Artisten«, 1927; »Als Mariner im Krieg«, 1928; »Mein Leben bis zum Kriege«, 1931) und andere Prosabücher geschrieben, doch literarisch zählt er nur als Lyriker; als solcher steht er zwischen Christian Morgenstern und Erich Kästner; eher als jener mit sentimentalen Hörern rechnend, naiver und impulsiver als dieser verkündet er: Die Welt ist absurd. Seine Gedichte, mit deren Veröffentlichung er 1912 begann, sind heute in der Gesamtausgabe *Und auf einmal steht es neben dir* (1950) und im Auswahlband *Es zwitschert eine Lerche im Kamin* (1953) leicht zugänglich.

Außerordentliche Wirkung auf das grotesk-surrealistische Theater hatte Karl Valentin (eigentlich Valentin Ludwig Fey, 1882–1948), ein Münchner, der seine Vaterstadt nur hie und da für Gastspiele in Berlin, Wien, Zürich usw. verließ und mit seiner Partnerin Lisl Karlstadt in den zwanziger und dreißiger Jahren Weltruhm genoß, auch den Mut besaß, die Bonzen des »Dritten Reiches« zu karikieren. In Stegreifkomödien und gedruckten Werken (»Karl-Valentin-Buch«, 1932; »Brillantfeuerwerk«, 1938; »Valentiniaden«, 1941; »Lachkabinett«, 1950; »Der Knabe Karl«, 1951; »Panoptikum«, 1952) verband er hintergründig absurden Unsinn, zur Unlogik ausschlagende Logik und aggressive Zeitkritik mit grotesken Wortspielen.

Jedoch läßt sich Erich Kästner kaum mit Ringelnatz oder Valentin in Beziehung setzen, eher mit Walter Mehring (1896-1981), dem Sohn des aus Breslau stammenden Journalisten und Villon- und Whitman-Übersetzers Sigmar Mehring. In seiner Geburtsstadt Berlin und in München studierte er Kunstgeschichte. Im expressionistischen »Sturm« veröffentlichte er seine ersten Polemiken und Gedichte (1916); bald darauf wurde er Mitbegründer des Berliner Dada (von ihm handeln seine Memoiren »Berlin-Dada«, 1959) und Gründer des linksradikalen »Politischen Cabaretts« (1920), schrieb auch Texte für die Kleinkunstbühne »Schall und Rauch«, begab sich jedoch als Korrespondent deutscher Zeitungen 1921 nach Paris. 1928–1933 finden wir ihn wieder in Berlin, anschließend in Wien; 1938 wurde er an der Schweizer

Grenze gefaßt, konnte aber entkommen; 1939 wurde er in Frankreich interniert, doch 1940 gelang die Flucht nach Amerika; später kehrte er nach Europa zurück; nach unruhevollem Pendeln zwischen Zürich und München starb er in einem Züricher Altersheim. Sein Name war berüchtigt, als sein von Piscator inszeniertes Stück *Der Kaufmann von Berlin* (1929), eine schockierende Inflationstragödie, den größten Theaterskandal auslöste, den das keineswegs skandalarme Berlin jener »goldenen zwanziger Jahre« jemals erlebt hatte. Schonungslos griff Mehring die bürgerliche Moral (und später den Ungeist und Rassenwahn des Nationalsozialismus) in seinen Gedichten von unerbittlicher Schärfe an; er bediente sich dabei des französischen Chansons und – noch vor Bert Brecht – des englischen Songs. Gesammelt sind sie unter den Titeln *Das politische Cabarett* (1920), *Das Ketzerbrevier* (1921), *Die Gedichte, Lieder und Chansons* (1929), *Arche Noah SOS* (1931), *Und Euch zum Trotz* (1934), *Morgenlied eines Gepäckträgers* (1959), *Das neue Ketzerbrevier* (1962). Im Exil entstand außerdem der antifaschistische Zeitroman *Müller, die Chronik einer deutschen Sippe von Tacitus bis Hitler* (1935) und der zweite Roman *Die Nacht des Tyrannen* (1937). In Amerika schrieb Mehring das persönlichste und menschlichste seiner Bücher *Die verlorene Bibliothek, Autobiographie einer Kultur* (1952, erweitert 1964), in der er mit staunenswertem Gedächtnis von den Büchern in der Bibliothek seines Vaters spricht, Erinnerungen an zeitgenössische Literatur und skeptische Rückschau auf die geistig-politische Entwicklung des 20. Jahrhunderts miteinander verbindet.

Älter als Walter Mehring war KURT TUCHOLSKY (1890–1935), in Berlin als Sohn des Kaufmanns Alex Tucholsky und seiner Ehefrau Doris, geborene Tucholski, zur Welt gekommen, in Jena zum Doktor der Rechte promoviert, doch früh Schriftsteller in Berlin und in Paris, Mitarbeiter und zeitweiser Herausgeber der linksintellektuellen »Weltbühne«, oft versteckt hinter Pseudonymen (Ignaz Wrobel als Satiriker, Peter Panter als Theater- und Bühnenrezensent, Theobald Tiger als Dichter von Versen, Kaspar Hauser, wenn er schrieb, daß er die Welt nicht mehr verstehe). 1929 wanderte er nach Schweden aus, wurde 1933 ausgebürgert und nahm sich im selben Jahr das Leben; in Mariefred ist er begraben. Er schrieb zwei für die damalige Zeit schockierend freie Liebesromane (»Rheinsberg, ein Bilderbuch für Verliebte«, 1912; »Schloß Gripsholm«, 1931) und verfaßte mit Walter Hasenclever eine Komödie (»Christoph Columbus«, 1932). Zur Hauptsache aber übte er in Prosa und in Versen Zeitkritik an der Weimarer Republik und polemisierte scharf gegen den Nationalsozialismus; bei seinen Angriffen auf die

Börse und das Militär, auf Theater und Kirchen entfaltete er ein einzigartiges radikal-demokratisches polemisches Talent; sein Spott galt auch zeitgenössischen Literaten, z. B. Hermann Bahr und Stefan Zweig, jenen »österreichischen Essayisten, von denen jeder so tut, als habe er gerade mit Buddha gefrühstückt, dürfe uns aber nicht mitteilen, was er zu essen gegeben habe, weil das schwer geheim sei«, ferner z. B. Frank Thieß und Hermann Graf Keyserling, die zu viel Verstand hätten, um dumm zu sein, und zu wenig, um nicht schrecklich eitel zu sein. Neben den genannten Büchern ist heute Tucholskys Werk in drei Bänden (1960 f.) gesammelt, dazu kommen die *Ausgewählten Briefe 1913–1935* (1962). Sein Stil ist stark berlinerisch gefärbt, bis zur vollständigen Übernahme des Jargons. Hinter der satirischen Schärfe und Schnoddrigkeit seiner Sprache verbergen sich oft Melancholie und Güte.

Ein Kabarettist, der von der Politik Abstand nahm, war PETER PAUL ALTHAUS (1892–1965). Zum Apotheker ausgebildet, studierte er nach dem Ersten Weltkrieg, an dem er als Offizier teilnahm, Philologie, blieb aber nicht an der Universität, sondern betätigte sich als Schauspieler und Regisseur und übersiedelte 1921 nach München-Schwabing, von hier aus als Rundfunkautor tätig, 1939 bis 1941 sogar als Chefdramaturg des Deutschlandsenders (aus dieser Stellung wurde er wegen »politischer Unzuverlässigkeit« entlassen). Nach dem Zweiten Weltkrieg wollte er das alte »Schwabing« restaurieren; tatsächlich gelang es ihm, in der Gastwirtschaft »Seerose« das traditionelle »Brettl« wiederzubeleben, er trat dort selbst als Interpret seiner »Tramstadt«-Lyrik auf und begleitete seine Rezitationen mit einer Negertrommel; als aber die Fremdenindustrie aus Schwabing eine Touristenattraktion machte, verließ er in seinen letzten Lebensjahren seine Wohnung nicht mehr. Wie der Mensch war auch der Dichter ein Kauz; skurrile Züge, verspielte Grazie, hintersinniger Humor sind die Kennzeichen seiner Lyrik (»Das vierte Reich«, 1929; »Schaut her, ich bin's«, 1936; »In der Traumstadt«, 1951; »Dr. Enzian«, 1952; »Flower Tales«, 1953; »Wir sanften Irren«, 1956; »Seelenwandertouren«, 1961), die uns oft in der Tiefe anrührt und nachdenklich stimmt; darum überrascht es nicht, daß Althaus ein Buch über *Liebe, Musik und Tod des J. S. Bach* (1933) geschrieben, des Inders Kalidasa *Sakuntala* nachgedichtet (1923) sowie *Mystische Lyrik aus dem Indischen Mittelalter* (1923) und *Altrussische Kirchenlieder* (1927) übersetzt hat. Man kann Althaus als Nachfahren Christian Morgensterns und Joachim Ringelnatz' einstufen und ihn »an der Peripherie eines wohltemperierten Surrealismus« (K. H. Kramberg) wandeln sehen.

Die Parodie ist das literarische Gebiet, auf dem sich ROBERT NEUMANN

(1897–1975) mit großem Erfolg betätigte. Sein Großvater, ursprünglich Haugerman geheißen, war in Russisch-Polen daheim gewesen und 1848 als Revolutionär zum Tode verurteilt worden, doch konnte er fliehen und machte in einem slowakischen Bergdorf ein Wirtshaus auf, nachdem er für sein neues Leben den neuen Namen angenommen hatte. Dessen Sohn Samuel kam dreizehnjährig nach Wien, wurde dort später Bankdirektor und ein Mitbegründer der sozialdemokratischen Partei. So erblickte denn Robert Neumann in Wien das Licht der Welt, absolvierte hier das Gymnasium, wandte sich zuerst dem Studium der Medizin zu, hierauf dem der Germanistik, schloß auch dieses nicht ab, sondern widmete sich kommerzieller Tätigkeit, geriet in Konkurs, übte verschiedene Berufe aus, auch auf hoher See zwischen Amerika und Südrußland, konnte dann bis 1933 vom freien Schriftstellertum leben, mußte schließlich – als Jude und Sozialist – emigrieren, fing in England englisch zu schreiben an, reiste 1951 nach Indien und zog schließlich in die Schweiz. 1966 wurde er Vizepräsident des internationalen PEN-Zentrums. Robert Neumann starb am 31. Januar 1975 in München. Viele seiner Bücher sind in zahlreiche Sprachen übersetzt worden. Literarisch umstritten sind seine Kolportageromane, angefangen von der *Pest von Lianora* (1927), sogenannten »Sachberichten über abenteuerliche oder sonst etwa der Mitteilung werte Erlebnisse«, über *Die Sintflut* (1929), d. h. den Zusammenbruch der Inflationsmenschen, die *Hochstaplernovelle* (1930, seit 1952 »Die Insel der Circe«), das *Panoptikum* (1930) mit seinen modernen Ehebildern, den Roman *Macht* (1932), der stilistisch zur Neuen Sachlichkeit gehört, die an historische Stoffe knüpfenden Bücher *Sir Basil Zaharoff* (1934) und *Struensee* (1935, seit 1953 »Der Favorit der Königin«) usw. bis zum Kriegsverbrecherroman *Der Tatbestand oder der gute Glaube der Deutschen* (1966).

Interessant sind die zwar etwas selbstgefälligen, aber humorvollen und amüsanten Autobiographien *Mein altes Haus in Kent* (1957) und *Vielleicht das Heitere* (1968), und am besten gelungen sind die Parodien *Mit fremden Federn* (1927, 2. Band 1955); deren »phantastische Einfühlung in die Stileigentümlichkeit der Zeitgenossen und historisch gewordenen Vorgänge ist erstaunlich ..., seine Stilübungen über Th. Mann, Rilke sind von grotesker Ähnlichkeit mit jenem Gran Ironie, Satire und Witz, die aus geistiger Überlegenheit nicht nur meisterliche Handfertigkeit, sondern ein Stück eigene Schöpfung machen« (Guido K. Brand). Außer den im Zitat Genannten werden hier – und im Buch *Unter falscher Flagge* (1932) – Hermann Hesse bis Bert Brecht, Carl Zuckmayer, Heinrich Böll, außerdem zahlreiche Autoren fremder Sprache, parodiert, und zwar mit der Absicht, das Parodierte durch die Übertreibung seiner eigenen Mittel zu entlarven, z. B. läßt Robert Neumann Erich Kästner sagen: »Uns Erwürger des Gefühls erwürgt ja doch nur das Gefühl.« Zum Zweck von Parodie und Travestie machte der Autor auch die Schwester von Thomas Manns Hochstapler Felix Krull zur Hauptgestalt des Romans *Olympia* (1961).

Eine eigenartige Gestalt ist Albert Vigoleis Thelen (geb. 1903) aus Süchteln am Niederrhein; er besuchte zuerst das Gymnasium in Viersen, ging dann aber an die Textilfachschule in Krefeld über, übte später verschiedene Tätigkeiten aus, wanderte 1931 durch ganz Europa, kam 1939 nach Frankreich, floh – anläßlich des Kriegsausbruches – 1939 nach Portugal und begab sich 1947 in die Niederlande und ließ sich schließlich in der Schweiz nieder. Als Dichter stand er unter dem Einfluß des portugiesischen Dichters Teixeira de Pascoaes, der den herumirrenden Deutschen in seinem Schloß aufnahm. Zum Dank dafür übersetzte Thelen Schriften des bedeutenden und von ihm hochverehrten Autors ins Holländische und ins Deutsche (»Das dunkle Wort«, 1949) und widmete ihm einen Band »sehr ernster« Gedichte (»Schloß Pascoaes«, 1942).

Die Literatur der iberischen Halbinsel kennt mehr als die Literatur anderer Völker den Schelmenroman; es bedurfte dann nur noch der Anregung eines holländischen Verlegers, und Thelen machte sich daran, einen großangelegten autobiographischen Abenteuerroman zu schreiben; jene Abschnitte, die sich auf Mallorca ereigneten, veröffentlichte er unter dem Titel *Die Insel des zweiten Gesichts, aus den angewandten Erinnerungen des Vigoleis* (1953): Der Held des Buches – wir zitieren ungefähr K. H. Kramberg – namens Vigoleis (so benannt nach der Titelfigur des mittelalterlichen Volksbuches vom Wigolais) ist das Produkt einer literarischen Persönlichkeitsspaltung, Thelens schalkhaftes alter Ego, das auf die Feststellung Wert legt, keines seiner Abenteuer sei erfunden, alle vorkommenden Personen hätten wirklich gelebt oder lebten noch; gleichwohl ist die Romanhandlung überreich an bizarren Mystifikationen und Vexierbildern der Vorstellungskraft; die äußere Realität und die Kapriolen des diese Realität aufhebenden Witzes werden in einer hochstilisierten epischen Prosa organisch zusammengeführt. Weder in seinen grotesken (»Vigolatria«, 1954) und ernsthaften (»Der Tragelaph«, 1955) Gedichten noch im zweiten Band der Vigoleis-Abenteuer (»Der schwarze Herr Bahßetup«, 1956) hat Thelen diese Übereinstimmung seiner Mittel und Kräfte wiedergefunden.

Die Wirklichkeit mit dem Phantastischen verbindet in anderer Weise Kurt

Kusenberg (1904–1983); seine Wiege stand in Göteborg (Schweden), wo er als Sohn eines deutschen Ingenieurs zur Welt kam; die Kindheit verbrachte er in Lissabon, erst die Jugendjahre in seinem Vaterland; nachdem er in München, Berlin, Freiburg i. Br. Kunstgeschichte studiert hatte, reiste er als junger Doktor der Philosophie durch Italien und Frankreich; als Kunstschriftsteller, Feuilletonist, Schriftleiter lebte er hierauf in Berlin und Freiburg i. Br.; 1943 bis 1945 mußte er als Soldat dienen; nach der Rückkehr aus der Kriegsgefangenschaft (1947) ging er zunächst nach München, dann nach Hamburg, wo er als Schriftsteller, Übersetzer, Herausgeber und Lektor tätig war. Er hatte sich bereits als Schriftsteller einen Namen gemacht, als seine Erzählungen, die unter dem Titel *La Botella* (1940) gesammelt wurden, erschienen; weitere Kurzgeschichtenbände heißen *Der blaue Traum* (1942), *Herr Crispin reitet aus* (1948), *Die Sonnenblumen* (1951), *Mal was anderes* (1954), *Wein auf Lebenszeit* (1955), *Im falschen Zug* (1960); es sind samt und sonders »Magische Bagatellen« oder phantastische Grotesken im Genre E. T. A. Hoffmanns und G. Meyrinks, geschrieben in einer an den »rheinischen Hausfreund« erinnernden, sanft moralisierenden Prosa, die sich zum Inhalt schier paradox verhält und bei der Lektüre Schwindelgefühle hervorzurufen vermag; sie zeigen, mit K. H. Kramberg zu reden, spiegelverkehrt das Bild einer Welt, die komisch, grotesk, verrückt, aber nicht gutartig ist.

Gesellschaftskritische Literatur

Mit Erich Kästner befreundet war Hermann Kesten (geb. 1900), der als Sohn eines ostjüdischen Kaufmanns in Nürnberg zur Welt kam; er studierte die Rechte und die Volkswirtschaft, dann Geschichte, Philosophie und Germanistik, reiste durch Europa und Afrika, war Lektor und Verlagsleiter in Berlin, mußte 1933 emigrieren und gelangte über Paris, Brüssel, Nizza und London nach Amsterdam, wo er bis 1940 den Albert-de-Lange-Verlag für Emigrantenliteratur leitete; von den Niederlanden fuhr er über den Ozean und erwarb die amerikanische Staatsbürgerschaft; nach dem Krieg lebte er, arbeitend und diskutierend, abwechselnd in New York, München, Rom, Wien und Paris. In der Bundesrepublik wurden ihm zahlreiche Ehren zuteil: 1972–1976 Präsident des PEN-Zentrums, 1974 Büchner-Preisträger, 1977 Träger des Nelly-Sachs-Preises. Nach dem Tod seiner Frau (1977) zog er sich zu seiner Schwester nach New York zurück. – Als er die literarische Laufbahn betreten hatte, stufte man ihn bald in die »Asphaltliteratur« ein; denn der Doppelroman *Josef sucht die Freiheit* (1927) und *Ein ausschweifen-*

der Mensch (1929) ist nach Heinrich Mann die Geschichte eines »pessimistischen Taugenichts«, der im Milieu der Vorkriegszeit, wie K. H. Kramberg meint, das Für und Wider des dem Roman vorangestellten Lenin-Wortes erfahren hat, daß Freiheit ein bürgerliches Vorurteil sei. Zur Zeit der Weimarer Republik spielen die Erzählwerke *Glückliche Menschen* (1931) und *Der Scharlatan* (1932) und zeigen Kestens Lieblingsfigur, den skeptischen Moralisten, im Zusammenstoß mit der Trägheit der Philister.

Bald nach Kestens Emigration erschien *Der Gerechte* (1934) und deutete das deutsche Unheil als ein Problem der Generationen. Die Geschichte Spaniens sollte daraufhin die faktische Ohnmacht des vernünftigen Individuums gegenüber der Tyrannis der Gläubigen und dem Terror der Dumpfen demonstrieren (»Ferdinand und Isabella«, 1936, seit 1952 »Sieg der Dämonen«; »König Philipp II.«, 1938, seit 1950 »Ich, der König«; »Um die Krone«, 1952) und Spaniens Gegenwart, der damalige Bürgerkrieg, das Thema unterstreichen (»Die Kinder von Gernika«, 1939); die Heimsuchung der Vernunft durch den Glauben behandelt dann nochmals der Roman *Die fremden Götter* (1949), in dem ein durch die Verfolgung religiös gewordener Jude seine katholische Tochter solange zur Rückkehr in den Väterglauben zu bewegen sucht, bis ein durchaus areligiöser junger Mann die standhafte Christin zum Glück der Liebe verführt, und Kesten stellt – charakteristisch für seine Einstellung – fest: »Es gibt viele Arten zu irren, aber die Umarmungen der Liebe sind, solange sie dauern, etwas, woran man sich hält.« Vom literarischen Standpunkt aus hat Kästner gesagt: »Kesten konnte seine Romanfiguren nicht auf ihr bescheidenes Eigenleben beschränken. Und so unternahm er es, sie nach seinem Kopf denken zu lassen. Sie zerbrechen sich den Kopf über ihr Schicksal. Aber nur das Schicksal ist ihr Eigentum – der Kopf, den sie sich zerbrechen, gehört Hermann Kesten.« Wilhelm Duwe zieht daraus den Schluß, daß Kestens Romane somit ein Stück Literatur im Kästnerschen Sinne verkörpern, aber ohne dessen Fähigkeit zur politischen Vision. Deshalb wirkt Kesten stärker in seinen Essays, in denen er *Meine Freunde, die Poeten* (1953) und *Lauter Literaten* (1963) intuitiv erschaut oder in den *Dichtern im Café* (1959) und in den *Filialen des Parnaß* (1961) dem Betrieb der literarischen Kaffeehäuser innerhalb der letzten drei Jahrhunderte nachgeht.

In Westberlin lebt Martin Kessel (geb. 1901); mit 20 Jahren kam er aus Plauen im Vogtland in die damalige Reichshauptstadt, studierte an ihrer Universität (aber auch in München und Frankfurt a. M.) Germanistik, Philosophie, Musik- und Kunstwissenschaft, wurde zum Doktor promoviert und nahm 1923 endgültig Wohnsitz in Berlin-Wilmersdorf. Diese Wahlheimat nannte er einmal die »sokratische Stadt« und machte sie bald zum Schauplatz seiner Erzählungen, des großen Romans *Herrn Brechers Fiasko* (1932) und des weniger bedeutenden *Die Schwester des Don Quijote* (1938) sowie der verschiedenen Novellenbände, besonders der *Eskapaden* (1959, in der Neufassung »Korrektur der Illusion durch die Wirklichkeit« betitelt). Martin Kessel ist weder ein Fontane noch ein Döblin; denn er liebt nicht jenes »Zwischenreich ohne Fundament, mit sehr wenig Existenz in der Realität und sehr viel poetischem Nebengeräusch«, sondern sieht es als »die schönste Aufgabe der Komik« an, »das Leben am Geist, den Geist an den Alltagsformen des Lebens zu brechen«. So bietet er, wie Kurt Ihlenfeld sagt, oft »scharf gewürzte Kost« und zeigt eine besondere Neigung zum Aphorismus; Derartiges ist gesammelt unter den Titeln *Aphorismen* (1948) und *Gegengabe* (1960), verwandt damit sind die mit der Überschrift *Kopf und Herz* (1963) versehenen »Sprüche im Widerstreit« und die *Romantischen Liebhabereien* (1938), erweitert als *Essays und Miniaturen* (1947). Die »Sprüche im Widerstreit«, geschult an Goethe und Logau, an Wilhelm Busch, vielleicht auch an Nietzsche und George, bilden die Brücke zu Kessels lyrischem Schaffen (»Gebändigte Kurven«, 1925; »Erwachen und Wiedersehen«, 1940; »Gesammelte Gedichte«, 1951), das, jeder Experimentiererei abhold, den Reim und bewährte Metren dazu gebraucht, »das ganze Leben« nicht so sehr in seiner Frag- als vielmehr in seiner Merk-, ja Denkwürdigkeit zur Erscheinung zu bringen.

Gesellschaftskritik ist ein Anliegen von W(ILHELM) E(MANUEL) SÜSKIND (1901–1970) aus Weilheim in Oberbayern, doch schwäbischer Herkunft. Er war im Hauptberuf Schriftleiter, in Ambach am Starnberger See wohnhaft, Erzähler um Probleme und Schicksale junger Menschen (»Das Morgenlicht«, 1925; »Tordis«, 1927; »Jugend«, 1930; »Mary und ihr Knecht«, 1932), später Berichterstatter über den Nürnberger Prozeß (»Die Mächtigen vor Gericht«, 1949 und 1963), von pädagogischen Absichten erfüllt in den sprachkritischen Büchern *Vom ABC zum Sprachkunstwerk* (1940) und *Aus dem Wörterbuch des Unmenschen* (1957, zusammen mit Dolf Sternberger und Gerhard Storz), Vertreter der engagierten Literatur in der Essaysammlung *Abziehbilder, Notizen aus dem Alltag eines Zeitgenossen* (1963), getragen von konservativer Gesinnung, beunruhigt durch die mangelnde Kraft der Gegenwart »zur Nachfolge und zur Bewunderung«.

Jahrgangsgenossin dieser Autoren ist MARIELUISE FLEISSER (1901–1974) aus Ingolstadt; sie verließ ihre Heimat, um in Berlin als freie Schriftstellerin zu leben, kehrte aber 1933 dorthin zurück und starb dort auch (verschiedene Reisen führten sie, nachdem sie Germanistik und Theatergeschichte studiert hatte, nach Schweden, Frankreich und Spanien). In Berlin hatte Lion Feuchtwanger Marieluise Fleißer mit Bert Brecht zusammengebracht, außerdem wirkten auf sie Richard Billinger und der bayerische Komiker Karl Valentin; dennoch bewahrte sie sich – sagen wir, innerhalb der Neuen Sachlichkeit – ihre Eigenart. *Fußwaschung* (1926) hieß das erste ihrer Dramen, blieb jedoch unbeachtet. Um so mehr Beachtung fanden dagegen die Bühnenstücke *Fegefeuer in Ingolstadt* und *Pioniere in Ingolstadt* (beide 1929) und brachten der Verfasserin eine Klage wegen Verunglimpfung des Soldatenstandes ein. Gleichzeitig mit diesen beiden Romanen erschien der Band Erzählungen *Ein Pfund Orangen* (1929) und erwies die Autorin als scharfsichtige Beobachterin des Alltäglichen. Umstrittener hingegen ist ihr Roman *Mehlreisende Frieda Geier* (1931). Zwar spiegelt sich in ihm das Leben der modernen Massengesellschaft, bestimmt von Geld und Sexus, vergiftet von Lüge und Verdrängung, aber nur die Beobachtung an sich unbedeutender Nebenzüge erhält ihn am Leben, die breit ausladende Komposition fehlt. Das kleinstädtische Milieu der engeren Heimat wurde verlassen in den *Andorranischen Abenteuern* (1932). Und dann kam die große Pause des aufgenötigten Schweigens. Erst nach dem Zusammenbruch des »Dritten Reiches« konnte Marieluise Fleißer wieder mit dem Trauerspiel *Karl Stuart* (1946) und dem bayrischen Dialektlustspiel *Der starke Stamm* (1946) vor die Öffentlichkeit treten.

Zeitkritik übte Ernst Glaeser (1902–1962); er stammte aus Butzbach in Oberhessen, studierte in Freiburg i. Br. und München, war Dramaturg in Frankfurt a. M., emigrierte 1933 nach Locarno bzw. Zürich, kehrte aber 1939 nach Deutschland zurück, wohnte nach 1945 in Heidelberg, Stuttgart, Bensheim, Wiesbaden und starb in Mainz. Er war der Ansicht, sein Jahrgang, der im Ersten Weltkrieg noch nicht eingezogen wurde, bei der Revolution erst halbwüchsig war, eine nur lückenhafte Schulbildung genoß, sei ohne eigenes Verschulden im Sittlichen noch mehr verwahrlost als im Geistigen; so habe sich das Sexuelle in den Mittelpunkt von Denken, Fühlen und Wünschen gedrängt und mit dem Kritischen und Politischen verquickt. Diese für viele Menschen der gleichen Generation anfechtbare Zustandsschilderung ist Gegenstand seines in 23 Sprachen übersetzten Romans *Jahrgang 1902* (1928, 1958, auch verfilmt); das gleiche Milieu verwendete Glaeser im Roman *Frieden* (1930, oder »Frieden 1919« oder »Die zerstörte Illusion«, 1947 bzw. 1960) und übertrug es in die Zeit des Wirtschaftswunders (»Glanz und Elend der Deutschen«, 1960).

Anklage gegen die Zustände in Deutschland erhob PETER MARTIN (eigentlich Joachim Friedrich Martin) LAMPEL (1894–1965), Sohn eines in Schönborn (Schlesien) amtierenden Pfarrers, Freiwilliger im Ersten Weltkrieg und Fliegeroffizier, Freikorpskämpfer im Baltikum und in Schlesien, Oberleutnant bei der Schutzpolizei in Thüringen, dann Universitätsstudent in Breslau, Berlin und München, Kunstschüler der Münchener Akademie, anchließend Sportlehrer, Buchhändler, Jugendhelfer, Journalist, 1930/1931 Mitarbeiter am Aufbau des Freiwilligen Arbeitsdienstes, von keinem Beruf, von keinem Studium befriedigt, deshalb unzufrieden mit dem, was der Jugend geboten wurde; deshalb schrieb er nach einigen Kriegsbüchern den Bericht *Jugend in Not* (1928), das Schauspiel *Revolte im Erziehungshaus* (1928) und den Roman *Verratene Jungen* (1929), um nur die wichtigsten seiner Werke zu nennen. Seine Bücher verfielen bald nach 1933 der Ächtung durch das Regime; er emigrierte über die Schweiz, den Balkan, Indien und Australien in die Vereinigten Staaten von Amerika, verdiente sich dort sein Brot als Kunstmaler, lebte als freier Schriftsteller in Hamburg und schrieb weiterhin Romane und Schauspiele, ohne wie einst Aufsehen zu erregen.

Die Spannungen zwischen Überlieferung und Fortschritt stellte BERNHARD VON BRENTANO (1901–1965) dar. Der Sproß jener Familie, die zuerst durch Clemens Brentano berühmt wurde (sie hat noch andere illustre Namen aufzuweisen, jedoch diese außerhalb der schönen Literatur), hatte zum Geburtsort Offenbach a. Main, zu Studienorten Freiburg i. Br., München, Berlin; hier wirkte er als Korrespondent der »Frankfurter Zeitung« und wandte sich dem Sozialismus zu, später überwand er diese Phase seiner Entwicklung; 1933 ging er über Wien (Karl Kraus sagte damals zu ihm: »Die Ratten betreten das sinkende Schiff«) nach Zürich und ließ sich im Jahr darauf im nahe gelegenen Küsnacht nieder, wo er bis 1949 blieb; hierauf siedelte er sich in Wiesbaden an. Er schrieb lyrische Verse (»Gedichte«, 1922; »Die Gedichte an Ophelia« 1924), das Drama *Phädra* (1939, Neufassung 1948) und Romane, die man mit Karl August Horst als Gegenwartsmemoiren bezeichnen kann: *Theodor Chindler* (1936) und *Franziska Scheler* (1945). In den Schweizer Jahren entstand ferner das Buch über *August Wilhelm Schlegel* (1943), d. h. über eine Brentano wahl- und qualverwandte Natur. Gleichzeitig erschien das *Tagebuch mit Büchern* (1943), später durch die *Streifzüge* fortgesetzt. Ein Meisterwerk der Selbstdarstellung ist das autobiographische Werk *Du Land der Liebe* (1953), Stellungnahme zu Tagesfragen finden sich in den Büchern *Kapitalismus und schöne Literatur* (1930) aus der Zeit, da

Brentano sozialistisch dachte, *Der Beginn der Barbarei in Deutschland* (1932), *Die geistige Situation der Kunst in der Gesellschaft* (1955) und *Schöne Literatur und öffentliche Meinung* (1962).

Väterlicherseits aus einer lothringischen, mütterlicherseits aus einer österreichischen Familie stammt der in Koblenz zur Welt gekommene, als Kaufmann in großen Handelshäusern tätig gewesene, seit 1929 in Paris lebende JOSEPH BREITBACH (1903–1980). Sein literarisches Wirken gilt der Verständigung zwischen Deutschen und Franzosen einer-, zwischen den Klassen andrerseits. Die Überwindung dieses Gegensatzes war die Absicht der Erzählungen *Rot gegen Rot* (1928), die auch in der Sowjetunion erschienen, aber bald unterdrückt wurden. Heitere Kritik an der Bourgeoisie übte dann der zur Zeit der französischen Besetzung des Rheinlandes (1918–1923) spielende Roman *Die Wandlung der Susanne Dasseldorf* (1932).

Beide Bücher, in ihrer deutschen und in ihrer französischen Fassung stark beachtet, wurden im Hitler-Deutschland verboten. So blieb für die Uraufführung des Lustspiels *Fräulein Schmidt* (1933) nur Paris als Stätte übrig; diese »handfeste und doch anmutige Volkskomödie«, wie man sie genannt hat, wurde vollständig neu gefaßt unter dem Titel »La Jubilaire« 1960 in Paris, mit der deutschen Bezeichnung *Das Jubiläum* 1962 in Nürnberg aufgeführt.

Zwischen 1932 und 1939 schrieb Breitbach am Roman *Clemens*, der Geschichte einer jugendlichen Rebellion gegen religiöse und väterliche Autorität. Ernst Robert Curtius kannte das Manuskript und sah darin »nichts Geringeres als einen leichter zu fassenden, Gestalt gewordenen Ausdruck des Kierkegaardschen Entweder-Oder«; infolge der Zerstörung der Breitbachschen Bibliothek durch die Gestapo blieb nur ein Fragment des Werkes erhalten und wurde 1958 in französicher, 1963 in deutscher Sprache publiziert. Im Roman *Bericht über Bruno* (1962) stehen sich zwei Generationen gegenüber (Großvater und Enkel), die zwei verschiedene ethische und politische Grundhaltungen verkörpern: Der Liberalismus und Reformwille eines alten aufrechten Politikers wird von seinem Enkel, einem jugendlichen Empörer, dem Prototyp des »Immoralisten«, überrannt.

Walter Hoffmanns (geb. 1908) – er nannte sich WALTER KOLBENHOFF – Lebenslauf begann in einem Berliner Proletarierviertel; mit 17 Jahren verließ er, nachdem er die Volksschule besucht hatte und dann als Fabrikarbeiter tätig gewesen war, die Hauptstadt an der Spree, durchstreifte jahrelang

Europa, Nordafrika, Kleinasien, schlug sich als Gelegenheitsarbeiter, Straßensänger und Maler durch, unternahm auch die ersten schriftstellerischen Versuche, kehrte in seine Heimatstadt zurück und wurde Journalist an linksgerichteten Zeitungen, ging 1933 nach Dänemark, verließ es jedoch nach der Besetzung des Landes durch deutsche Truppen und stellte sich zum Dienst in der deutschen Wehrmacht; nach Teilnahme an den Kämpfen von Sewastopol, El Alamein und Monte Cassino geriet er in amerikanische Gefangenschaft, wurde, aus dieser entlassen, Redakteur in München, Mitbegründer der »Gruppe 47« und lebt jetzt als freier Schriftsteller in Schondorf am Ammersee. Mit dem Roman *Untermenschen* (1933), d. h. dem Versuch, der Aufgewühltheit des eigenen Innern Herr zu werden, begann er seine bald unterbrochene Tätigkeit im Rahmen der engagierten oder sozialkritischen Literatur. Der Untergang eines siebzehnjährigen »Werwolfs« steht im Mittelpunkt des während der Kriegsgefangenschaft geschriebenen Kriegsromans *Von unserem Fleisch und Blut* (1947) und dient als Beispiel für das Elend der im Krieg »verheizten« jungen Generation. Im Nachkriegsroman *Heimkehr in die Fremde* (1949) wird der völlige Zusammenbruch zur Hoffnung auf einen Neubeginn, ohne daß die Erfahrung maßlosen Leidens und die Kräfte des kreatürlichen Lebens als ausreichend anerkannt würden. Kolbenhoff ist auch Autor zahlreicher Hörspiele, des Romans *Kopfjäger* (1960) und des Prosabandes *Das Wochenende* (1970).

Hermann Stahl (geb. 1908) aus Dillenberg im Westerwald ging nach harter Jugend nach München, um hier an der Staatshochschule für angewandte Kunst zu studieren; schon hatte er sich als Maler und Bühnenbildner einigermaßen etabliert, als seine Bilder als »entartete« Kunst abgelehnt wurden. Er zog sich in den Westerwald zurück, reiste nach Italien und Frankreich und siedelte sich 1937 in Dießen am Ammersee an. Sein erstes Buch, der Roman *Traum der Erde* (1936) befaßt sich mit dem ersten großen Liebeserlebnis eines Stadtmädchens in einem Dorf des Westerwaldes, ist ausgezeichnet durch die Beschreibung hessischer Berglandschaft und atmet den Geist romantischer Naturverbundenheit, ja Hamsunscher Naturmystik. Bei dem ehemaligen Vertreter der bildenden Kunst verwundert die Erfassung der Welt durch das Auge und die Anschauung vermittelnde Sprache keineswegs, eher ist es eine Überraschung, daß Stahl gesagt hat: »Wir agieren in nie dechiffrierten Träumen« und seine Leser inmitten bisher vertrauter Wirklichkeit plötzlich Fremde und Unvertrautheit erleben läßt. Dementsprechend verfallen seine Personen oft schwermütigen Grübeleien, hervorgerufen durch die Hetze der modernen Zeit und lieblose Umgebung, besonders in den Spätwerken, unter denen der Roman *Tage der Schlehen* (1960) aus der unmittelbaren Nachkriegszeit dem »Schlußball« Gerd Gaisers verwandt erscheint. An Stahls Hörspielen wird die Dialogtechnik gerühmt, seine Gedichte sind unter dem Titel *Wolkenspur* (1954) gesammelt.

Max René Hesse (1885–1952) aus Wittlich, väterlicherseits aus niederrheinischer, mütterlicherseits aus französischer Adelsfamilie, vielseitig gebildeter Arzt, schon 1910 bis 1927 in Argentinien, nach Aufenthalten in Wien und Madrid wieder nach Südamerika ausgewandert und in Buenos Aires gestorben, schrieb gesellschaftskritische, psychologische Romane. Ihre morbide Atmosphäre und die deutliche Gier nach Lebensgenuß verraten die innere Zwiespältigkeit des Autors, ob er in *Partenau* (1930) die militärische Welt, im Doppelroman *Morath schlägt sich durch* (1933) und *Morath verwirklicht einen Traum* (1935) die Geschichte eines Einzelgängers, in der Trilogie *Dietrich Kattenburg* (»Dietrich und der Herr der Welt«, 1937; »Jugend ohne Sterne«, 1943; »Überreife Zeit«, 1950) das Wilhelminische Deutschland oder in *Liebe und Lüge* (1950) die Zähmung eines widerspenstigen Junggesellen unter die Lupe nimmt.

Schon ein Kind der Ersten-Weltkriegs-Zeit ist Heinrich Schirmbeck (geb. 1915) aus Recklinghausen; er absolvierte nach der Reifeprüfung eine Buchhändlerlehre, reiste nach Nordfrankreich, Belgien, Wales und an die Nordsee, wurde im Zweiten Weltkrieg Soldat und geriet in amerikanische Gefangenschaft. Er war dann nach der Katastrophe abwechselnd Schriftleiter, freier Journalist, Werbeleiter sowie Texter und lebt jetzt in Frankfurt a. M. Sein erstes Buch, der Novellenband *Die Fechtbrüder* (1944) hat noch romantisches Gepräge; darunter ist nach Karl August Horst vor allem die eigentümliche Doppelung von realistischer Darstellung und allegorisierender Mystik zu verstehen. Romantisch ist auch die Parallelisierung von gesteigertem Wissensstreben mit tyrannischer Überheblichkeit; was aber als das für Schirmbeck Typische dazukommt, ist die sicher richtige Behauptung, der Mensch sei seinen technischen Möglichkeiten noch nicht gewachsen; deshalb würden ihn diese noch »fester an die Anarchie seines ihm unbekannten Selbst« versklaven. Dieses Thema, das bei dem zur Zeit einzigen deutsch schreibenden Vertreter jener intellektuell phantastischen Literatur, die im englischen Sprachraum mit E. A. Poe und H. G. Wells begonnen hat, immer wieder variiert wird, begegnet uns in der Erzählung *Gefährliche Täuschungen* (1947, 1958 zum Roman »Der junge Leutnant Nikolai« erweitert), im Novellenband *Das Spiegellabyrinth* (1948) und im Roman *Ärgert dich dein rechtes Auge* (1957).

Auch in verschiedenen Essays – die wichtigsten stehen im Band *Die Formel und die Sinnlichkeit, Bausteine zu einer Poetik des Atomzeitalters* (1964) – geht Schirmbeck der Frage nach dem »noch wesentlich ungeklärten« Verhältnis heutiger Dichtung zur Wissenschaft nach.

Magischer Realismus

Der strikte Rationalismus und Materialismus der Neuen Sachlichkeit, die alles Metaphysische aus der Dichtung ausschließen wollte, löste bald bei Lesern und Autoren ein gewisses Unbehagen aus. Für jene Autoren, die hinter den Erscheinungen noch etwas anderes suchten oder fanden, hat man den Sammelbegriff des magischen Realismus eingeführt. Wie viel dieser umspannt, zeigt der Umstand, daß ihm einerseits ein Hans Henny Jahnn, andrerseits ein Werner Bergengruen und ein Reinhold Schneider zugeordnet werden können, Autoren, die man sonst kaum mit einem gemeinsamen Nenner versehen würde.

Dieser Richtung gehörte auch PAUL GURK (1880–1953) an. Wohl stand seine Wiege in Frankfurt a. d. Oder, doch wuchs er in Berlin auf, absolvierte 1900 das Lehrerseminar, wurde aber Bürogehilfe und später Stadtobersekretär beim Berliner Magistrat, ließ sich jedoch schon 1924 beurlauben, 1934 pensionieren, um ganz Schriftsteller zu leben; gestorben ist er in Berlin. Früh schon befaßte er sich mit Musik und Malerei, früh begann er Theaterdirektoren noch Verleger förderten ihn. Max Tau ebnete ihm endlich den Weg in die Öffentlichkeit.

Diese lernte ihn zunächst als Dramatiker kennen (»Thomas Münzer«, 1922; »Persephone«, 1922; »Jeremia«, 1923; »Bruder Franziskus«, 1923; »Wallenstein und Ferdinand II.«, 1927; »Magister Tinius«, 1949, neben vielen anderen Bühnenwerken), der wohl aufgeführt, aber selten gedruckt wurde: Ihm haftet noch Naturalistisches an (Mangel an streng umrissener Handlung, an genau gezeichneten Charakteren), doch unterscheidet sich seine Kunst von der angegebenen Richtung durch die Wahl hauptsächlich religiöser Gestalten aus verschiedensten Bekenntnissen; denn Paul Gurk war ein ruheloser Gottsucher, fragte stets nach einem Sinn der menschlichen Existenz. Das zeigt sich auch in einem Teil seiner Romane (»Meister Eckehart«, 1925; »Judas«, 1931; »Wendezeiten«, 3 Bände, 1940f.), die heute höher geschätzt werden als seine Bühnendichtungen.

Ein anderer Teil von Gurks Erzählwerken widmet sich der Zeitkritik und entwickelt in dieser Partie des Schaffens stärker als sonst surrealistische

Elemente und skurrilen Humor; das Phänomen der Großstadt reizte zur Darstellung beispielsweise in *Berlin* (1934), *Tresoreinbruch* (1935), *Ein ganz gewöhnlicher Mensch* (1957 aus dem Nachlaß); daneben verband sich Lebensweisheit und groteske Phantasie zu Legenden, Fabeln und Sprüchen (»Die Sprüche des Fu-Kiang«, 1927; »Die bunten Schleier«, 1935). Paul Gurk hat sich nie um literarische Moden gekümmert, blieb stets spröde und eigenbrötlerisch und spürte grüblerisch dem Wesen seiner Gestalten nach.

Bildende und redende Kunst hatte Paul Gurk ausgeübt, bis er sich für die letztgenannte entschied; beiden blieb Kurt Kluge (1886–1940) treu. Er wurde als Nachfahre eines Geschlechtes von Huf- und Wagenschmieden und als Sohn eines Lehrers und Organisten in Leipzig geboren, war gelernter Erzgießer und Bildhauer (aus der Schule Max Klingers) und wurde 1916 im Ersten Weltkrieg schwer verwundet. Von 1921 bis zu seinem Tod (auf Fort Eben Emael bei Lüttich) war er Professor der Kunsthochschule Berlin als Leiter einer Werkstatt für Erzplastik. Kluges vielseitige Begabung hatte jedoch damit nicht genug, sie beschäftigte sich mit Malerei und Musik, schuf außerdem Gedichte (1941) von stiller Weltfrömmigkeit, wie sie K. H. Kramberg charakterisiert, schrieb Briefe als Zeugen treuer Freundschaft (»Lebendiger Brunnen«, 1952), Dramen verschiedenen Genres (»Ewiges Volk«, 1933; »Die Ausgrabung der Venus«, 1934; »Das Gold von Orlas«, 1937), Erzählungen und Novellen (»Die gefälschte Göttin«, 1935; »Der Nonnenstein«, 1936; »Nocturno«, 1939) und endlich Romane (»Grevasalvas«, 1929/1930 entstanden, 1942 aus dem Nachlaß ediert; »Der Glockengießer Christoph Mahr«, 1934; »Die silberne Windfahne«, 1934; »Die Zaubergeige«, 1940), unter ihnen den *Herrn Kortüm* (1938), den Wilhelm Duwe den zehn bedeutendsten Romanen der ersten Jahrhunderthälfte zuzählt und der eine Eulenspiegel- und Simplicissimus-Gestalt darstellt.

Und nochmals ist von einem Autor zu reden, der in einer Person der bildenden Kunst wie der Dichtung diente, d. h. von Ernst Penzoldt (1892 bis 1955). Sein Vater war ein bedeutender Internist in Erlangen, wo Ernst geboren wurde und das Gymnasium besuchte; dann wandte er sich an die Kunstakademien in Weimar und in Kassel, ließ sich in München-Schwabing nieder, schuf als Bildhauer eine Reihe von Büsten, z. B. die von Carossa, und eine (nach 1939 als »entartete Kunst« entfernte) Gruppe in der Planegger Waldkirche, betätigte sich auch mit Zeichenstift und Malerpinsel (seine Ölbilder schuf er unter dem Namen Fritz Fliege), trat aber gleichzeitig als

Dichter auf (»Der Gefährte«, 1922; »Zwölf Gedichte«, 1937) und wandte sich speziell der Idylle zu (»Idyllen«, 1923; »Der Schatten Amphion«, 1924), der er auch in anders benannten Werken stets verbunden blieb; da sind erzählende Bücher, die bald für die Bühne bearbeitet wurden (und der sie schuf, wirkte von 1953 bis zu seinem Tod als dramaturgischer Berater des Münchener Residenztheaters), z. B. *Etienne und Luise* (1929 bzw. 1930), *Die Portugalesische Schlacht* (1930 bzw. 1931) und hierauf von Station zu Station fortschreiten, sozusagen als szenische Bilderbücher, aus der Buntheit und Hintergründigkeit der Situation leben, aparte Charaktere vorstellen und Texte skurriler Anmut aufweisen. Das gilt natürlich erst recht von den Komödien, die unmittelbar für die Bühne bestimmt waren, wie *So war Herr Brummel* (1933), *Die verlorenen Schuhe* (1946) oder *Der Diogenes von Paris* (1946), *Der gläserne Storch* (1950).

Dennoch wird sich wohl der Romancier Penzoldt am längsten halten; aus mehreren Werken dieser Art (»Der Zwerg«, 1927, seit 1938 »Die Leute aus der Mohrenapotheke«; »Kleiner Erdenwurm«, 1934; »Idolino«, 1935; »Der Kartoffelroman«, 1948) seien zwei besonders hervorgehoben: *Der arme Chatterton* (1928) bietet die »Geschichte eines Wunderkindes«, das schon im Knabenalter alte Pergamente liest, den Abstand zu eigener Verantwortung verliert und sich bewußt in das schillernde Geheimnis der Maske hineinsteigert – das Ende ist der Selbstmord; der tragische Schluß ist eingebettet in eine die verschiedensten Elemente (wie humoristisch-ironische, skurrile, reflexive, elegische, idyllische, realistische und traumhaft-symbolische) umfassende Einheit und rührt an die seltsame Bedeutung des dichterischen Schaffens, das Spiel ist und Notwendigkeit in einem, Lüge und Wahrheit zugleich. *Die Powenzbande* (1930) ist die »gemeinverständlich dargestellte Zoologie einer Familie mit einem Geleitwort des ehrenwerten Altbürgermeisters der Stadt Mössel, Dr. h. c. Max Dattel, und 20 authentischen Abbildungen von Fritz Fliege«, sie belegt die Doppelbegabung des Dichters und stellt, oberflächlich gesehen, eine heitere Geschichte dar, in welcher eine Hauptgestalt selbst ihren Schlaf im Dienst für die Menschheit opfert und trotzdem gut zurechtkommt – man merkt bald, daß hier ein hintersinniges und schmerzlich der Zeit abgewandtes Werk vorliegt. Von persönlicher Leiderfahrung gab Penzoldt Kunde im Essay *Der dankbare Patient* (1937); aus dem Sanitätsdienst in beiden Weltkriegen erwuchsen das Lazarettjournal *Zugänge* (1947) und die Erzählung *Korporal Mombour* (1941). Offenbarungen von Penzoldts Persönlichkeit sind die *Episteln* (1942), der Essay *Tröstung* (1946) und die liebenswürdigen *Causerien* (1949).

An seinen Namen darf der seines Schwagers und besten Freundes Ernst Heimeran (1902–1955) gefügt werden, der als Sohn eines Webereidirektors im oberfränkischen Helmbrechts geboren wurde, mit den Eltern 1912 nach München zog, hier sein Studium in Philosophie und Kunstgeschichte mit dem Doktorat beschloß, bis 1933 als Journalist tätig war, doch schon 1922 aus Liebhaberei den nach ihm benannten Verlag und in ihm die wohlbekannte Tusculum-Bücherei gründete, daneben aber auch eigene Bücher in liebenswürdigem Plauderton schrieb (»Das stillvergnügte Streichquartett«, 1936; »Die lieben Verwandten«, 1936; »Der Vater und sein erstes Kind«, 1938; »Grundstück gesucht«, 1946; »Lehrer, die wir hatten«, 1954, und manche andere, aus denen die Autobiographie »Büchermacher«, 1947, besonders hervorgehoben sei) und in Starnberg starb. Auch ihn kann man einen hintergründigen Idylliker nennen.

Nur ganz nebenbei hantiert mit Zeichenstift und Farben (wie es auch sein größerer Landsmann Gottfried Keller getan hat) und verbindet sich dadurch mit einigen der bisher genannten Vertretern des magischen Realismus Kurt Guggenheim (geb. 1896), Sohn der Stadt Zürich aus ehemals jüdischer Kaufmannsfamilie, am Ende seines ersten Vierteljahrhunderts Reisender durch Frankreich, England und Holland, später Buch- und Kunstantiquar, seit 1935 freier Schriftsteller mit Wohnsitz in Stäfa, in Oberengstringen, in Zürich selbst. Seine beiden ersten Romane (»Entfesselung«, 1935; »Sieben Tage«, 1937) wurden kaum beachtet, wohl aber der dritte, *Riedland* (1938), der durch seine Fülle wohlgeglückter Naturschilderungen (zum Preise des wenig bekannten Linthtales) ausgezeichnet ist. Der nächste Schritt führte mit der Komödie *Der heitere Lebensabend* (1938), der die Schauspiele *Der sterbende Schwan* (1942) und *Das Friedensfest* (1946) folgen sollten, zur Bühnendichtung, die dennoch im Gesamtschaffen Guggenheims nur einen kleinen Raum einnimmt. Die Menschen, die er zeichnet, sind meistens typische Schweizer und werden mit den auf sie zukommenden Ereignissen konfrontiert (»Wilder Urlaub«, 1941; »Die heimliche Reise«, 1945; »Wir waren unser vier«, 1949); die Bilder der Menschen werden zum Bild der Stadt in den vier Bänden *Alles in allem* (1952–1955, seit 1957 auch in einem Gesamtband), die als Gegenstück zu Robert Faesis historischen Zürich-Romanen das Werden der Großstadt seit der Zeit vor dem Ersten Weltkrieg mit ihren dafür typischen Gestalten aus fleißig gesammelten Materialien und eigenem Erleben aufzeigen. Hier wie in den Büchern davor und danach (»Der Friede des Herzens«, 1956; »Der goldene Würfel«, 1967) ist oft die Rede von Abstechern und Seitensprüngen ins Wagnis der Unruhe und des Abenteuers, deutlicher jedoch von der Rückkehr zur Herzensruhe und zum Befriedeten (oft genug allerdings abseits von den Grundsätzen christlicher Moralität).

Daß es Guggenheim aber um mehr geht, verrät der Roman *Sandkorn für Sandkorn* (1959), die Lebensgeschichte des französischen Insektenforschers H.-J. Fabre (sein Biograph hat 1961 unter dem Titel »Das offenbare Geheimnis« Partien aus dessen literarischer Hinterlassenschaft übersetzt), der im Alter von 87 Jahren auf die Frage eines Schriftstellers antwortete: »Ich glaube nicht an Gott: ich sehe ihn.« Der Schilderer fremden Lebens wandte sich hierauf der eigenen Geschichte zu (»Die Wahrheit unter dem Fließblatt, aus Tagebüchern«, 1960; »Die frühen Jahre«, 1961; »Salz des Meeres, Salz der Tränen«) und schließlich der Gottfried Kellers (»Das Ende von Seldwyla«, 1965), die den Versuch unternimmt, den unter dem Einfluß Feuerbachs zum philosophischen Materialismus Bekehrten als letztlich doch religiöse Natur zu erweisen. Das Buch, ein interessantes Zeugnis des magischen Realismus, unterliegt allerdings mit Recht der literarischen Kritik, insofern es einen Zwitter zwischen Essay und Roman darstellt und stilistisch alles andere als ausgefeilt ist.

Um nur wenig jünger als Guggenheim ist der Fabrikantensohn MANFRED HAUSMANN (geb. 1898) aus Kassel; aus dem Ersten Weltkrieg kam er verwundet zurück, studierte Philologie, Philosophie, Kunstgeschichte in Göttingen und München, betätigte sich, zum Doktor der Philosophie promoviert, als Dramaturg auf dem Hohentwiel, absolvierte eine kaufmännische Lehre und wechselte hierauf zum Schriftleiter- und freien Schriftstellertum über; weitere Ereignisse seines Lebens sind die Amerikareise (1929) und der Militärdienst im Zweiten Weltkrieg (1939/1940). Am Beginn seiner literarischen Tätigkeit stehen Bücher, beeinflußt von der »Wandervogel«-Bewegung und von eigenem Erleben getragen, Erzählungen mit den alten Themen der Liebe, des Aufbruchs zu Wanderschaft und Lebensbewährung, geistig dem »Taugenichts« Eichendorffs nahestehend, aber realistischer als das romantische Vorbild, so die *Frühlingsfeier* (1924, erweitert 1932), *Die Verirrten* (1927), *Lampioon küßt Mädchen und kleine Birken* (1928), *Salut gen Himmel* (1929); nicht ganz ohne Zusammenhang mit diesen Jugendwerken stehen die Kindergeschichte *Martin* (1949) und die Muttergeschichte *Isabel* (1953). Inzwischen aber war Manfred Hausmann der Philosophie Kierkegaards und der Theologie Karl Barths begegnet, vollzog eine entschiedene Wendung zum Christentum und gegen die seit 1933 tonangebende Weltanschauung des Nationalsozialismus; dies bezeugt der Essay *Einer muß wachen* (1940).

Schon zuvor hatte der Erzähler in einem Eheroman *Abschied von der Jugend* (1937) genommen, und es ist bezeichnend, daß die späteren Ausgaben (1941, 1954) den Titel *Abschied vom Traum der Jugend* tragen. Ganz im Gegensatz dazu steht der weit spätere Arztroman *Liebende leben von der Vergebung* (1953), darin zwei Eheleute erst wieder zueinander finden, als sie sich Gott überantworteten und seine »Gnade in der Ausweglosigkeit« erfahren durften.

Den Weg des Erzählers ging auch der Dramatiker und Lyriker: Der Dramatiker wählte gerne die Formen des Laienspiels (»Marienkind«, 1929; »Lilofee«, 1929; »Worpsweder Hirtenspiel«, 1946; »Der dunkle Reigen«, 1951; »Hafenbar«, 1954), der Lyriker die bewährten Strophen und Verse (»Jahreszeiten«, 1924; »Jahre des Lebens«, 1938; »Alte Musik«, 1941; »Füreinander«, 1946; »Die Gedichte«, 1949; »Irrsal der Liebe«, 1960) und bewährte sich vor allem als feinfühliger Nachdichter hauptsächlich chinesischer und japanischer Poesie (»Das Erwachen«, 1949; »Liebe, Tod und Vollmondnächte«, 1951; »Hinter dem Perlenvorhang«, 1954; »Das Lied der Lieder«, 1958; »Ruf der Regenpfeifer«, 1962). Hingewiesen sei außerdem auf den Landschaftsschilderer (»Kleine Liebe zu Amerika«, 1931; »Geheimnis einer Landschaft, Worpswede«, 1940; »Geliebtes Bremen«, 1947; »Kassel, Porträt einer Stadt«, 1964) und den Essayisten (»Vorspiel«, 1947; »Von der dreifachen Natur des Buches«, 1948; »Die Entscheidung«, 1955; »Trost im Trostlosen«, 1956; »Zwei unter Millionen. Von Liebe und Ehe«, 1964).

Genau ein Jahrzehnt jünger als Manfred Hausmann sind zwei Autoren, die vom Anfang ihres Schaffens als Vertreter eines christlichen Realismus gelten können, Albrecht Goes und Edzard Schaper. ALBRECHT GOES (geb. 1908) entstammt einer alten schwäbischen Pfarrersfamilie, erblickte in Langenbeutingen (Württemberg) das Licht der Welt, studierte – nach Seminarjahren in Schöntal und Urach – am Tübinger Stift und in Berlin protestantische Theologie, war von 1930 an Pfarrer in verschiedenen Dorfgemeinden seiner schwäbischen Heimat, im Zweiten Weltkrieg Lazarettpfarrer an der Südost- und Ostfront, wurde 1953 zugunsten seiner Schriftstellertätigkeit vom Amt beurlaubt und nur mit Predigtaufträgen betraut. Geistige Nahrung boten ihm neben dem Fachstudium zwei Dichter des engeren Vaterlandes, Eduard Mörike und Hermann Hesse; dem ersten hat er eine Biographie gewidmet (»Mörike«, 1938, erweitert 1954), auf den zweiten eine Rede gehalten (»Rede auf Hermann Hesse«, 1946); aber er blieb bei ihnen nicht stehen, wie seine Interpretationen deutscher Lyrik (»Freude am Gedicht«, 1954) von Goethe bis Carossa und die Sammlungen literarischer Essays (»Die guten Gefährten«, 1942, erweitert 1961; »Ruf und Echo«, 1956) bezeugen, in denen ein sensibler Geist auf Grund persönlicher Ergriffenheit mit zwingender Sprachkraft Einzelheiten liebevoll erfaßt. Wer sich so intensiv mit Goethe und Schiller, mit Mörike und Uhland, mit Hebel und Carossa abgibt, bleibt auch als Lyriker in ihrem Bann. Die Titel seiner Gedichtbände (»Der Hirte«, 1934; »Heimat ist gut«, 1935; »Der Nachbar«, 1940; »Die Herberge«, 1940; »Gedichte 1930–1950«, 1950) geben die Themen seiner Poesie an und zugleich die künstlerische Orientierung des Autors, der an den traditionellen Ordnungen und an den natürlichen Lebensbezügen festhält, zugleich sich jedoch im christlichen Glauben geborgen weiß.

Die Zeit des Hitler-Regimes und des Zweiten Weltkrieges hat bei vielen diese Grundlagen zerstört, bei Albrecht Goes nur erschüttert. Aus dieser Erschütterung stiegen die beiden Erzählungen empor, welche als die Gipfelleistungen ihres Verfassers zu gelten haben, *Unruhige Nacht* (1949) und *Das Brandopfer* (1954); die erste zeichnet die letzten Stunden eines vom Kriegsgericht zum Tode verurteilten Soldaten auf und endet im Bekenntnis des auf dem Todesgang ihn begleitenden Geistlichen, daß er wisse:

»Es ist ein weiter Weg, bis auch die Haßerfüllten verwandelt sind ... Und ehe nicht das wohlbemessene Teil geleistet ist, darf keiner sich zur Ruhe begeben.«

Noch erschütternder wirkt die zweite Erzählung; sie handelt vom Schicksal der Frau Margarete Walker, deren Laden zur »Judenmetzg« erklärt worden ist; ihr Brandopfer ist ein Sühneopfer für unser aller Schuld den Juden gegenüber.

»In dem Brandmal ... auf dem Gesicht der Frau soll es aufgerichtet bleiben, das Zeichen, und anders nicht zu lesen denn als Zeichen der Liebe, jener Liebe, welche die Welt erhält ...«

Dieser Liebe stellt sich Albrecht Goes auch in seinen übrigen Werken zur Verfügung, ob es sich um Bühnendichtungen (»Die Hirtin«, 1934; »Die Roggenfuhre«, 1936; »Vergebung«, 1937; »Der Zaungast«, 1938; »Der Weg zum Stall«, 1940; »Der Mensch von unterwegs«, 1948; »Das St. Galler Spiel von der Kindheit Jesu«, 1959) oder um Essays und Predigten handelt (»Lob des Lebens«, 1936; »Über das Gespräch«, 1938; »Von Mensch zu Mensch«, 1949; »Unsere letzte Stunde«, 1951; »Worte zum Sonntag«, 1955; »Stunde mit Bach«, 1959); zuletzt sei auf den Prosa und Verse aus 20 Jahren auswählenden Band *Aber im Winde das Wort* (1963) verwiesen.

Sofern sich der sogenannte magische Realismus offen nicht zu irgendeiner Ahnung des Göttlichen, sondern zur christlichen Offenbarung bekennt, steht neben Albrecht Goes sein Jahrgangsgenosse EDZARD SCHAPER (1908 bis 1984), nach dem Tode Reinhold Schneiders wohl der bedeutendste christliche Dichter deutscher Zunge. Seine Vorfahren lebten jahrhundertelang im Hannoveranischen, sein Vater, Militärbeamter von Beruf, war in Ostrowo (Provinz Posen) garnisoniert, als ihm Edzard als elftes Kind in die Wiege gelegt wurde. Glogau und Hannover waren Schapers Schulorte; früh nach Unabhängigkeit strebend, suchte Schaper sich das Geld zum geplanten Musikstudium selbst zu verdienen und wirkte zuerst an einem westfälischen Provinztheater, dann am Stuttgarter Landestheater als Regieassistent, anderswo als Gärtner, lebte dann 1927/1928 auf einer dänischen Ostseeinsel, fuhr hernach als Matrose ein Jahr lang auf einem Fischdampfer gegen Island und ins Eismeer, ließ sich endlich 1930 in Estland (Reval und Baltischport) als freier Schriftsteller und Zeitungskorrespondent nieder und heiratete. In Deutschland erschienen seine ersten Romane, von denen er selbst nur *Die Insel Tütarsaar* (1934) in der Neufassung von 1953 gelten läßt, doch bald begannen Gestapo und Reichsschrifttumskammer Schwierigkeiten zu bereiten, die politischen Ereignisse erschwerten hierauf seine Lage noch mehr; von den Deutschen und den Russen gehetzt, floh er 1940 nach Finnland, erwarb 1944 die finnische Staatsangehörigkeit und mußte auch die neue Heimat verlassen; in Schweden erwarb er sich sein Brot abwechselnd als Waldarbeiter und als Sekretär, übersiedelte 1947 in die Schweiz, wo er anfänglich in Zürich wohnte, 1951 zur katholischen Kirche übertrat und seit vielen Jahren in Brig (Wallis) seßhaft war, ausgezeichnet durch das Ehrendoktorat der Universität Freiburg i. Ue. und die Aufnahme ins Bürgerrecht der Eidgenossenschaft.

Die schon genannte »Insel Tütarsaar« ist die Geschichte einer Umkehr; einer Umkehr bedürfen viele Gestalten der Bücher Edzard Schapers, der ja selbst immer wieder umkehren mußte, ehe er eine bleibende Stätte (im weltlichen und im geistlichen Sinn des Wortes) fand; andere dagegen haben sich auseinanderzusetzen mit dem Problem der Haft, der der so oft Verfolgte nur immer mit knapper Not entkam. Mit dem Roman *Die sterbende Kirche* (1935), später fortgesetzt im Roman *Der letzte Advent* (1949), beginnt die stattliche Reihe der Bücher; sie erzählen von den Schwierigkeiten einer kleinen orthodoxen Gemeinde im Baltenland.

In den Kreisen der russischen Orthodoxie spielen außerdem *Der große offenbare Tag* (1949), *Die letzte Welt* (1956) und vor allem *Der vierte König*

(1961), eine Erzählung aus dem Zweiten Weltkrieg, in welche die dem Buch den Titel gebende Legende eingebaut ist und so natürlich erzählt wird, daß man, wie Wilhelm Duwe sagt, wähnt, Schapers ureigenste Gestaltung sei altes russisches Volksgut. Das Kernstück des Romans ist auch gesondert herausgegeben (»Die Legende vom vierten König«, 1964).

In eine scheinbar eher weltliche Sphäre führt der episch mächtige Roman *Der Henker* (1940, umgearbeitet: »Sie mähten gewappnet die Saaten«, 1956) aus dem russischen Revolutionsjahr 1905, da die baltischen Völker sich gegen die Russen und den deutschen Adel erhoben und es dem einzelnen unmöglich gemacht war, Recht und Macht richtig auszuüben. Um ungefähr ein Jahrhundert weiter zurück und in das Frankreich Napoleons dringt der jetzt unter dem Titel *Macht und Freiheit* (1961) vereinigte Doppelroman *Die Freiheit des Gefangenen* (1950, als Drama und Hörspiel 1953) und *Die Macht der Ohnmächtigen* (1951): Er will zeigen, wie ohnmächtig, ja lächerlich sich alle Staatsgewalt gegenüber einem festen Glauben ausnimmt. Wieder bedarf Schaper zweier Bücher, um sich mit dem Thema »Schuld und Sühne« auseinanderzusetzen (»Der Mantel der Barmherzigkeit«, 1953; »Der Gouverneur oder Der glückselige Schuldner«, 1954); ihr Schauplatz ist Schweden, ihre Zeit der Beginn des 18. Jahrhunderts, da König Karl von den Russen geschlagen wurde.

Im 17. Jahrhundert Schwedens und im Dreißigjährigen Krieg spielt die Novelle *Dragonergeschichte* (1963), eine konzentrierte, plastisch-historische Erzählung. Man sagte, Schaper habe sich hier gleichsam als Schüler C. F. Meyers erwiesen; das ist insofern richtig, als Schapers Stil und Erzählweise keineswegs »modern« ist, ja sogar – wie auch die Bergengruens – auf weitausschwingende Perioden nicht verzichtet (doch muß man nur den Autor selbst hören, dann weiß man, daß sie les- und eben auch hörbar sind). Dieser Mangel an Modernität schließt aber die Behandlung zeitgenössischer Themen mitnichten aus, wie etwa die drei Theaterstücke zeigen, die unter dem Titel des ersten *Der Gefangene der Botschaft* (1964) zusammen erschienen sind und ein Triptychon des Schmerzes aus Gegenwart und jüngster Vergangenheit aufgerichtet haben, und jene anderen dialogischen und erzählerischen Werke, in denen das Verhältnis von Judentum und Christentum an einzelnen Gestalten der frühchristlichen Zeit dargestellt wird (»Die Söhne Hiobs«, 1962; »Unser Vater Malchus«, 1962; »Um die neunte Stunde oder Nikodemus und Simon«, 1953). Alle Vorzüge von Schapers Kunst der Sichtbarmachung religiöser Konflikte und seine leidenschaftliche Hingabe an die weltanschaulichen Fragen der Nachkriegszeit erfahren in diesen Werken ihre Vollendung. Neben den genannten Büchern hat Schaper noch andere geschrieben, darunter *Am Abend der Zeit* (1970), und dazu eine stattliche Reihe neuer Romane skandinavischer Literatur ins Deutsche übersetzt.

In die Nähe des magischen Realismus gehörte FRIEDRICH GEORG JÜNGER (1898–1977). Seine Kindheitsjahre gleichen ihrem Geschehen nach denen des älteren Bruders Ernst Jünger, auch Friedrich Georg kämpfte im Ersten Weltkrieg; er wurde in Flandern schwer verwundet, blieb bis 1920 als Leutnant bei der Reichswehr, studierte dann die Rechte in Leipzig und Halle, promovierte und wurde Rechtsanwalt, entschied sich aber 1926 zum freien Schriftstellertum und zur Publizistik mit Wohnsitz in Berlin; 1936 übersiedelte er nach Überlingen am Bodensee. Schon seit 1928 stand Jünger antinationalsozialistischen Kreisen nahe; so verwundert es nicht, daß in seinen Versbänden – er trat zuerst als Lyriker auf – der »innere Widerstand« poetischen Ausdruck fand: Erinnert sei an »Der Mohn« in den *Gedichten* (1934), an »Gebet« und »Warnung« im Versbuch *Der Taurus* (1937), an »Weigerung« aus der Gedichtsammlung *Der Missouri* (1940) und an »Ultima ratio«, aufgenommen in den Band *Der Westwind* (1946). Weitere Gedichtbücher sind *Die Perlenschnur, Die Silberdistelklause, Das Weinberghaus* (alle drei 1947), die *Gedichte* (1949), *Iris im Wind* (1952), *Ring der Jahre* (1954) und *Schwarzer Fluß und windweißer Wald* (1955).

Der Dichter hat sich auch in Essays (»Rhythmus und Sprache im deutschen Gedicht«, 1952; »Sprache und Denken«, 1962) zu den Fragen der Poetik und der Sprache geäußert, ja man darf sogar sagen, aus diesen und anderen Abhandlungen (»Über das Komische«, 1936; »Griechische Götter«, 1943; »Die Titanen« 1944; »Griechische Mythen«, 1947; »Orient und Okzident«, 1948; »Maschine und Eigentum«, 1949; »Nietzsche«, 1949; »Die Spiele«, 1953) sowie aus der Aphorismensammlung *Gedanken und Merkzeichen* (1949, 1954) sei die Sprache seiner Verse beeinflußt worden, so daß die Prosa der Poesie angenähert, die Poesie oft genug in Prosa auflösbar sei, eine Beobachtung, die auch bei Stefan George gemacht werden kann, bei jenem Dichter, dem Friedrich Georg Jünger in vielem verpflichtet ist. Von ihm übernahm er die heroische Gesinnung und die zuchtvolle Form als Zeichen des Hohen, Reinen, Edlen im Gegensatz zum Niederen, Trüben, Gemeinen. Daß er Klopstock bewundert und Goethe preist, ist darum selbstverständlich. Die letzten Gedichtbände allerdings sind gekennzeichnet durch Verkürzung des Umfangs, der Strophe, selbst der Zeile.

Vielleicht liegt darin der Grund, daß von etwa 1950 an die Essayistik und die erzählende Prosa gegenüber der Lyrik Raum gewinnt. Aus jener ist hier noch der Essay *Über die Perfektion der Technik* (1944, seit 1946 »Die Perfektion der Technik«) nachzutragen, weil sich in ihm der Unterschied der beiden Brüder Jünger deutlich machen läßt: Hatte Ernst in der Schrift »Der Arbeiter« die Charaktere einer neuen Lebensform aufgezeichnet, beschrieb Friedrich Georg die Formen und Normen der Technik und stellte deren »Perfektion« in Gegensatz zur »Vollendung« von Lebensphänomenen. Für Ernst sind die Erscheinungen magische Zeichen, für Friedrich Georg lebendige Formelemente. Man könnte die Unterschiedlichkeit noch weiter ausspinnen, darf sie aber nicht als Gegensätzlichkeit, sondern nur als Ergänzung betrachten.

Der Erzähler Friedrich Georg Jünger schrieb *Dalmatinische Nacht* (1950), *Die Pfauen* (1952), die Romane *Der erste Gang* (1954) und *Zwei Schwestern* (1956), den dritten Novellenband *Kreuzwege* (1960), *Laura und andere Erzählungen* (1970) sowie die autobiographischen Bücher *Grüne Zweige* (1951) und *Spiegel der Jahre* (1958).

Nicht zur Reife der Entwicklung gelangte FRIEDO LAMPE (1899–1945) aus Bremen, Doktor der Philosophie auf Grund germanistischer und kunstgeschichtlicher Studien, Volksbibliothekar in Hamburg und Stettin, Lektor in Berlin, von russischen Soldaten irrtümlich in Klein-Machnow bei Berlin erschossen. Als echter Niederdeutscher suchte er »das Magische« hinter der Oberfläche, darum hatte er eine Vorliebe für Zauberkünstler und Hypnotiseure, vor allem für den Schauspieler, der nicht »ist«, sondern jemanden spielt, für die Menschen des Tingeltangels und der Halbwelt, deren oft schaurige und zweideutige Leidenschaften nicht unter Kontrolle zu bringen sind und oft in einem versehentlichen Tod endigen (wie er selbst). Verhältnismäßig spät begann er zu schreiben, im Sommer 1931 eine ungedruckt gebliebene Erzählung *Am dunklen Fluß*, im Winter 1931/1932 den Roman *Am Rande der Nacht* (1934); das Buch wurde bald nach seinem Erscheinen verboten, und dies raubte seinem Verfasser die Unbefangenheit, mit der er resolute Alltagsnähe und herbstliche Grundstimmung, traumhafte Schwebe und realistische Dichte reizvoll verband. Der Kurzroman *Septembergewitter* (1937) zeigt denn auch Wirklichkeitsverlust gegenüber dem ersten Werk. Postum erschienen die Sammlung kleinerer Erzählungen unter dem Titel *Von Tür zu Tür* (1946), der Roman *Ratten und Schwäne* (1949), endlich *Das Gesamtwerk* (1955).

Poetisch gesehene Natur findet sich bei FRIEDRICH SCHNACK (1888–1977) aus Rieneck in Unterfranken, Sohn eines Gerichtsvollziehers, doch Nachfahre von Waldmenschen, die mehr im Gehölz waren als im Dorf; so ward ihm sein Erbteil zum Schicksal – »und dies dürfte (so schrieb er 1930) im Individuum eine Kondensierung aller Ahnenschicksale sein, gleichsam eine vom Leben zu entziffernde Hieroglyphe all dieser aufgespeicherten, geistig verdichteten Seelenbilder. Das meiste aber, wenn nicht alles, ist Gnade – Charisma«. Friedrich Schnacks Weg durch das äußere Leben schien dieser Linie nicht zu entsprechen: Nach der in Würzburg absolvierten Oberrealschule führte er in eine Banklehre, zum Dienst eines Hauslehrers, zur Anstellung in der Elektroindustrie, zum Soldatentum im Ersten Weltkrieg und zur Internierung auf der Insel Prinkipo im Marmarameer, zu journalistischer Tätigkeit in Dresden und Mannheim, endlich 1926 zum freien Schriftstellertum und 1930 zur Reise nach Madagaskar; die Wohnstätten wurden dann oft gewechselt (Hellerau, Süddeutschland, Schweiz), bis Baden-Baden, München und zuletzt Hamburg längere Bleibe boten. Mit 25 Jahren ließ Friedrich Schnack ein Heft mit 14 Gedichten (»Herauf, uralter Tag«, 1913) erscheinen; aus weiteren Sammlungen kam nur ein Gedicht in den ersten reifen Versband *Das kommende Reich* (1920); diesem folgten *Vogel Zeitvorbei* (1922), *Gesammelte Gedichte* (1938, erweitert »Die Lebensjahre«, 1951) und erwiesen ihren Verfasser als einen Lyriker, der mit urhaften Bildern umzugehen wußte, Verse von hinreißender Gestalt und grandioser Fertigkeit bot, aus eigenstem Wortgefüge eine Welt voll Frömmigkeit und Gläubigkeit erstehen ließ und allmählich aus anfänglich übersteigerter expressionistischer Gewaltsamkeit zu Einfachheit und tröstender Stärke fand.

Ein Dichter wie dieser mußte, auch wenn er Prosa schrieb, ihr lyrischen Klang geben, so dem Zaubermärchen *Klingsor* (1922), den Romanen *Die goldenen Äpfel* (1923) und *Die Hochzeit zu Nobis* (1924), so den Heimatbüchern *Sebastian im Wald* (1926), *Beatus und Sabine* (1927), *Die Orgel des Himmels* (1927), *Der Sternenbaum* (1928, neu »Das Waldkind«, 1939), *Der erfrorene Engel* (1934); neben den Romanen stehen im gleichen Rang die Naturbücher oder »poetischen Sachbücher«, wie *Das Leben der Schmetterlinge* (1928), *Sybille und die Feldblumen* (1937), *Cornelia und die Heilkräuter* (1939), *Der glückliche Gärtner* (1940), *Die Schönheit der Vögel* (1954), *Blütenwunder in den Alpen* (1959), *Rose, Königin der Gärtner* (1961). Karl Ude nennt Friedrich Schnack den Künder einer heilen, dem Naturgesetz sich willig ein- und unterordnenden Welt.

Fritz Alexander Kauffmann (1891–1945) studierte moderne Sprachen und

Kunstgeschichte in Tübingen, Paris und London, nahm am Ersten Weltkrieg teil, trat hernach in den höheren Schuldienst, wurde 1931 Professor für Kunst- und Zeichenunterricht an der Pädagogischen Akademie Halle, jedoch 1933 aus dem Staatsdienst entlassen; hierauf lebte er zurückgezogen als freier Schriftsteller in Ebersbach an der Fils, wo sein Leben durch einen Autounfall beendet wurde. Zuerst machte er sich einen Namen mit kunstwissenschaftlichen Publikationen (»Die Woge des Hokusai«, 1938; »Roms ewiges Antlitz, Formschicksal einer Stadt«, 1940; »Kirchen und Klöster des oberschwäbischen Barock«, geschrieben 1922, postum ediert 1949), dann aber mit seiner leider Fragment gebliebenen Geschichte seiner eigenen Kindheit, die zuerst in der von Hans Paeselke und Joachim Moras 1947 gegründeten Zeitschrift für europäisches Denken »Merkur« veröffentlicht wurde, und als Buch unter dem Titel *Leonhard, Chronik einer Kindheit* (1956) erschien; darin strebte der Verfasser »jenes Zugleich von geistiger Durchdringung und Sinnennähe – also vielleicht die einzige Grundhaltung, durch die wir uns als Erkennende und Naturwesen gleicherweise salvieren können«, an und schuf den modernen Bildungsroman, den der vermittelnde Begriff der Qualität vor ästhetischer Einseitigkeit bewahrt.

Hamburger der Herkunft, Berliner der Geburt nach ist WERNER HELWIG (geb. 1905). In die Heimat der Vorfahren begab er sich zum Studium der Völkerkunde, Literatur und Musik, ging jedoch früh eigene Wege, beeinflußt von der Jugendbewegung (der »Zupfgeigenhansl« galt ihm allein als »Gesetz«) und vom »nachchristlichen Heiden« H. H. Jahnn, mit dem ihn poetische und musikalische Neigungen verbanden; hiervon legt die Korrespondenz der beiden Zeugnis ab: *Briefe um ein Werk 1948/1949* (1959); als Vagabund durch alle nordeuropäischen Länder streifend, wurde er auf dem Gebiet der Völkerkunde tätig, indem er sich dem zuwandte, was er, ein Feind der Zivilisation, für die ungebrochene Eigenart eines Volkes hielt; diese erschloß sich ihm aus Mythen und Märchen. Berührungspunkte ergaben sich auch mit Rudolf Pannwitz; wie dieser emigrierte Werner Helwig aus Deutschland und suchte die letzten Bastionen der Freiheit auf, Hellas, wo er jahrelang unter griechischen Bauern und Fischern lebte, Capri in Italien, das Fürstentum Liechtenstein während des Zweiten Weltkrieges; zuletzt wohnte er in Genf.

Seine erste literarische Arbeit war die Novelle *Die Ätnaballade* (1934), der zahlreiche Bücher folgten, Reisebücher, Romane, Erzählungen, Lyrik. Besonders wichtig und für den Verfasser charakteristisch sind der Roman *Raubfischer in Hellas* (1939, verfilmt 1959, endgültige Fassung 1960), der die

Deutschland bedrohenden Gefahren andeutete und die Hoffnung offen ließ, Clemens, der Held des Buches, sei nicht notwendig dem Untergang geweiht, der Roman *Im Dickicht des Pelion* (1941), die wohl poetischste Arbeit des Autors, der darin den zeitlosen Mythos nicht nur in der Natur der Landschaft, sondern noch mehr in der Natur der Menschen um den griechischen Schicksalsberg zu einem in lyrischer Prosa gefaßten Hymnus auf die schrankenlose Vitalität der mittelmeerischen Vegetation umdichtete, die ironische Erzählung *Der smaragdgrüne Drache* (1960), gerichtet gegen die schweizerische und liechtensteinische Behäbigkeit, deren Wände wanken, wenn die Gewalten des Traums, des Okkulten, des Phantastischen offenbar werden (Traum und Märchen spielen eine große Rolle in den sechs Phantasiestücken des »Café Gomorra«, 1948, in der ossianischen Erzählung »Waldschlacht«, 1959, im allegorischen Bericht »Gerechtigkeitssattel«, 1961, d. h. in Beispielen der surrealistischen Begabung Helwigs), endlich das autobiographische Buch *Auf der Knabenfährte* (1951). 1973 erschienen seine Erinnerungen unter dem Titel *Capri, magische Insel.*

Herbert Günther (1906–1978), der Sohn eines Fabrikanten, war nach dem Studium der Literatur- und Theaterwissenschaft in Berlin, Marburg und München einige Jahre Schauspieler, dann in Berlin für Presse und Rundfunk tätig, im Zweiten Weltkrieg Soldat und Kriegsgefangener in Frankreich und England, nach dem Krieg in Paris als Publizist und Journalist für die deutsch-französische Annäherung tätig. Günthers Name wurde bekannt, als er die Anthologie *Hier schreibt Berlin* (1929) veröffentlichte, ein immer noch interessantes Dokument der zwanziger Jahre und ihres regionalen Zentrums. Auch sonst widmete er sich gerne editorischen Aufgaben (ein Reisebuch über »Franken« 1938; die erstmalige Darstellung »Künstlerische Doppelbegabungen«, 1938, erweitert 1960; das im Plauderton geschriebene Buch »Glückliche Reise«, das »heiteres Wissen von den Reisegenüssen« mitteilt, 1939). Zum literarischen Schaffen im engeren Sinn des Wortes hatte Günther wenig Zeit; *Magisches Schicksal* (1942) enthält sieben geheimnisvolle Geschichten, von denen der Verfasser selbst bemerkte, sie seien ohne den Einfluß E. T. A. Hoffmanns »kaum zu denken«; der Lyrikband *Der Funke* (1953) gliedert sich in vier Zyklen, nämlich in die europäischen Landschaftsgedichte »Welt«, in die Erlebnisse aus der Kriegsgefangenschaft »Zeit«, in die Poesien um das »Zweisam-Wandern« unter dem Titel »Liebe« und in die religiösen Gedichte »Gott«.

Märchenhaftes, reales Alltagsleben, mystische Erlebnisse mischt als Lyriker, Erzähler, Essayist und Biograph MARTIN BEHEIM-SCHWARZBACH (1900 bis 1985), der als Sohn eines Arztes in London das Licht der Welt erblickte und nach seiner Jugend in Hamburg, kurzer Soldatenzeit im Ersten Weltkrieg, kaufmännischer, filmjournalistischer, schriftstellerischer Tätigkeit in Hamburg die Zeit des Dritten Reiches wieder in London verbrachte, jedoch nach dem Zweiten Weltkrieg nach Hamburg zurückkehrte. Wie weit verzweigt seine Interessen sind, zeigen das *Buch vom Schach* (1934), die Biographien *Novalis* (1939), *Paulus* (1939), *Knut Hamsun zum 90. Geburtstag* (1949), *Die großen Hirten der Menschheit* (1958), ferner die *Geschichten der Bibel* (1952) und *Die Sagen der Griechen* (1956), endlich seine Übersetzertätigkeit aus dem Englischen diesseits und jenseits des Ozeans (z. B. Mitchell, »Vom Winde verweht«, 1938; Forester, »Das verlorene Paradies«, 1942; Cronin, »Die Dame mit den Nelken«, 1943; Dickens, »Oliver Twist«, 1954, u. a.). An eigenen Werken schuf Beheim-Schwarzbach als Lyriker die Gedichte des Bandes *Die Krypta* (1935), als Epiker den *Deutschen Krieg* (1948), als Prosaist die Erzählungen *Die Runen Gottes* (1927), *Der kleine Moltke und die Rapierkunst* (1929), *Das verschlossene Land* (1932), *Gleichnisse* (1948), *Der geölte Blitz* (1953), *Der magische Kreis* (1955), *Das kleine Fabulatorium* (1959), die Novellen *Lorenz Schaarmanns unzulängliche Buße* (1928), *Die Todestrommel* (1935), *Der Schwerttanz* (1938) und die Romane *Die Michaelskinder* (1930), *Die Herren der Erde* (1931), *Der Gläubiger* (1934), *Die Verstoßene* (1938), *Der Unheilige oder die diebischen Freuden des Herrn von Bißwange-Haschezeck* (1948), *Die Insel Matupi* (1955), *Der Stern von Burgund* (1961), *Der Mitwisser* (1961); seiner Fabulierkunst ist Spielfreudigkeit und Gedankenreichtum zu eigen.

Seestadtl in Nordböhmen war der Geburtsort von GEORGE (Emmanuel) SAIKO (1892–1962). An der Wiener Universität studierte er Philosophie, Psychologie, Archäologie, Kunstgeschichte; schon längst Doktor der Philosophie, trat er 1939 in den Dienst der graphischen Sammlung »Albertina« in Wien; es gelang ihm, die unschätzbaren Werte dieses Instituts sowohl vor den Zugriffen der führenden Nationalsozialisten als auch vor den Bomben der Alliierten zu bewahren; 1950 gab er seine Stellung auf und lebte bis zu seinem Tod als freier Schriftsteller in Wien. 1913 brachte der »Brenner« eine Erzählung von Saiko (»Das letzte Ziel«), doch ihr Verfasser wandte sich bald nur kulturmorphologischen und kunstbetrachtenden Aufsätzen zu, die zum Teil in englischer Sprache erschienen. Der schönen Literatur widmete er sich als Übersetzer aus dem Russischen, erst 1948 erfolgte sein sofort beachteter Eintritt in die Literatur deutscher Sprache, und zwar mit dem Roman *Auf* dem Floß (1948), dem nach Jahren *Der Mann im Schilf* (1955) folgte sowie der Essayband *Giraffe unter Palmen* (1962) und die Erzählungen *Der Opferblock* (1962). Die beiden Romane, auf die es bei Saiko ankommt, sind Zeitromane (als solche spielen sie im Österreich der Jahre 1934–1938) und sind zugleich mehr als dieses: In der Nachfolge von Kafka, Musil, Broch sieht ihr Dichter seine Aufgabe darin, die hinter der Konvention verborgenen irrationalen Triebe und sonstigen Handlungsmotive ins Rationale und Sichtbar-Sagbare zu heben. So macht Saiko die Vielfalt und Vieldeutigkeit der verschlungenen »tiefenpsychologischen« Beziehungen im Individuum, aber auch im Verhältnis des »Ich« zum »Du« zum eigentlichen Erzählthema; so wurde er zu einem der wichtigsten Vertreter des sogenannten magischen Realismus, dem es gelingt, durch die dichterische Interpretation das Irrationale rational zu machen, und sich eben dadurch vom Surrealismus unterscheidet, der an dieser Grenze haltmacht. Saiko zeigt in seinem ganzen Werk die tiefsten Gründe des menschlichen Verhaltens und glaubt dadurch, den Weg zur Befreiung geöffnet zu haben.

Ein bedeutender Dichter ist Franz Tumler (geb. 1912). Da sein Vater, Gymnasialprofessor, Altphilologe sowie Erforscher der ladinischen Kultur und Sprache, früh starb, zog die Mutter mit ihrem Kind von Bozen in ihre Heimat, nach Ried im österreichischen Innviertel; nach dem Besuch der Lehrerbildungsanstalt in Linz übte der junge Tumler seinen pädagogischen Beruf in Landschulen aus, verzichtete aber bald auf sein Amt, siedelte sich in Hagenbug bei Pregarten an und widmete sich dem freien Schriftstellertum. Da er seine ursprüngliche Heimat verloren hatte, war er für den Anschluß Österreichs an Deutschland, dem er zur Zeit des Zweiten Weltkrieges in der Marine in den Niederlanden, in Frankreich und an der deutschen Küste diente. Nachdem er seinen politischen Irrtum eingesehen hatte, kehrte er nach Österreich zurück, wohnte zunächst in Altmünster (Oberösterreich), später in Linz, von wo aus er seine Familie, die in Berlin geblieben war, oft besuchte. Seinen ersten Roman *Das Tal von Lausa und Duron* (1935), den Bericht vom Untergang eines Ladinerdorfes zur Zeit des Ersten Weltkrieges, könnte man als eine Gipfelleistung der Heimatdichtung bezeichnen, sie steht – wie die bald folgende Erzählung *Die Wanderung zum Strom* (1937) – in der Stifterschen Erzählungstradition. Niemals dagegen wäre es Adalbert Stifter eingefallen, ein Buch wie den Roman *Der Ausführende* (1937) zu schreiben, dessen Titelgestalt namens Taraton einen Festungsbau an der österreichisch-italienischen Grenze zu errichten hat und durch die latente Dämonie des noch nicht entfesselten Krieges in den Wahnsinn getrieben wird. Die Erzählung *Der Soldateneid* (1939) ist allzusehr der als groß verkannten Zeit verpflichtet, doch die Novelle *Der erste Tag* (1940, überarbeitet 1952) bietet die schöne Geschichte eines jungen Lehrers, der schon zu Beginn seiner Tätigkeit erschütternde Einsicht in die Zusammenhänge des Lebens gewinnt, und stellt so die Tumler fortan beherrschende Grundfrage nach der Existenz des Menschen und seiner Gefährdung.

1941 hatte Tumler mit dem Versband *Anruf* eine Sammlung dunkelsinniger Lyrik vorgelegt, mit Lyrik (»Liebes-Lobpreisung«, 1947) meldete er sich nach dem Krieg wieder zu Wort. Dabei unternahm er es, »ein Thema nach den strengen Gesetzen vorbachscher Musik zu entwickeln und es durch Kanons in allen Intervallen schließlich zum gewaltigen, die Liebe feierlich lobpreisenden Hymnus zu führen«, so sagt Arthur Fischer-Colbrie, selbst ein durch die Musik geschulter Lyriker. Ein lyrisches Werk sind, trotz des Verzichtes auf den Vers, die *Landschaften des Heimgekehrten* (1948), gemeint sind Südtirol, die Heimat des Vaters, die Gegend an der oberen Donau, woher die Mutter stammte, französische und nordische Küsten, die Tumler im Krieg kennengelernt hatte. Auffallend ist, daß, wie sich in diesem Buch zeigt, der Österreicher Tumler dem Barock völlig verständnislos gegenübersteht. Mit dem Roman *Der alte Herr Lorenz* (1949) bahnte der Dichter seinen Anschluß an die junge Kunst unserer Zeit an; er erwies sich darin als Virtuose in der Darstellung seelischer Vorgänge im Innern eines Greises, der, längst einsam geworden, sich zunächst dieser Einsamkeit nicht bewußt wird, sondern nur des Freiseins von allen Pflichten und der Rücksichtnahme auf andere, dennoch aber infolge einer Enttäuschung seelisch und körperlich zerbricht. Noch zweimal aber kehrte er zur alten Darstellungsweise zurück, in den Romanen *Heimfahrt* (1950), der Odyssee eines Soldaten von der Nordwestecke Deutschlands bis nach Österreich, und *Ein Schloß in Österreich* (1953), einem zweiten Kaleidoskop der Katastrophenjahre nach 1945; in beiden Büchern geht es darum, wie man auch in den schwierigsten Situationen Recht leben und das Rechte tun könne. An den »Alten Herrn Lorenz« knüpfte dann die Erzählung *Das Hochzeitsbild* (1953) an.

In dem Roman *Der Schritt hinüber* (1956) erscheint nach Carl J. Burckhardt alles bis zur letzten Fragwürdigkeit durcheinandergemischt (eine Frau kehrt als Fremde zu ihrem Mann zurück, die Vergangenheit wird in ihr leben und sie von ihm trennen); in der Erzählung *Der Mantel* (1959) vermag die Hauptgestalt die Fremdheit, die in ihr ist, nicht zu bewältigen und kann das Verlorene nicht finden; der Mantel, den sie nie besaß, ist dafür Symbol. Die

Erzählung *Valterra* (1962) schildert das Nebeneinander einer bewohnten und unbewohnten Stadt und das Ineinander von Gegenwart und Vergangenheit. In dem Roman *Aufschreibung aus Trient* (1965) ist die Hauptfigur ein in vielem dem Autor gleichender Mann, der gegen seine Absicht in Trient festgehalten wird und dort zur Erkenntnis der Schuld seines Lebens kommt.

Ernst Schnabel (1913–1986) aus Zittau verließ mit 17 Jahren die Schule, um als Matrose über alle Weltmeere zu kommen; dadurch kam er im Zweiten Weltkrieg zur deutschen Kriegsmarine; nach dem Krieg aber finden wir ihn als Chefdramaturgen, 1951 bis 1955 als Intendanten des Nordwestdeutschen Rundfunks in Hamburg, wo er bis zu seinem Tod als Programmgestalter, Funkdichter und freier Schriftsteller wirkte. Seine ersten Bücher (»Die Reise nach Savannah«, 1939; »Nachtwind«, 1941; die gesammelten Kurzgeschichten »Schiffe und Sterne«, 1943, und »Sie sehen den Marmor nicht«, 1949; die Reiseberichte »Die Erde hat viele Namen«, 1955, u.a.) spiegeln die Erfahrungen der Seemannszeit wider. Später ging er dazu über, antike Stoffe zu modernisieren (»Der sechste Gesang«, 1956; »Ich und die Könige«, 1958); andere Erzählungen umfaßt der Band *Fremde ohne Souvenir* (1961); in 20 Sprachen erschien sein Bericht *Anne Frank – Spur eines Kindes* (1958).

August Winnig (1878–1956) war als Sohn eines Totengräbers zu Blankenburg im Harz geboren, wurde zuerst Maurergeselle, dann Gewerkschaftsführer und aktiver Sozialdemokrat; die Partei beförderte ihn zu hohen politischen Ämtern, zuletzt (1919) zum Oberpräsidenten in Ostpreußen, schloß ihn aber das Jahr darauf aus Amt und Partei. So wurde Winnig freier Schriftsteller, lebte zuletzt in Wöllingerode bei Goslar und starb in Bad Nauheim. Er veröffentlichte seit 1910 verschiedene Erzählungen, die er zuletzt unter dem Titel *Morgenstunde* (1958) sammelte, außerdem aber eine Reihe autobiographischer Schriften (»Frührot«, 1919, erweitert 1924; »Der weite Weg«, 1932; »Heimkehr«, 1935; »Die Hand Gottes«, 1938; »Das Buch der Wanderschaft«, 1941; »Aus zwanzig Jahren«, 1948), die seinen Weg vom Internationalismus zu nationalem Denken (er scheute sich nicht, an den von Hans Grimm veranstalteten Lippoldsberger Dichtertreffen teilzunehmen), vom Sozialismus zum Christentum zeigen.

Das gleiche Jahr, in dem Winnig geboren wurde, war auch Lebensbeginn des Arztes Hans Carossa (1878–1956). Sein Vater entstammte einer ursprünglich oberitalienischen Familie und war selbst schon Arzt; er übte seine Praxis im oberbayerischen Bad Tölz aus; von hier bezog sein Sohn die Universitäten von München, Würzburg und Leipzig; zum Doktor der

Medizin promoviert, übte er den Dienst des Arztes in Passau, Nürnberg und München aus, freiwillig auch an der Ostfront des Ersten Weltkrieges; später zog er sich nach Seestetten an der Donau zurück und starb in Rittsteig bei Passau. Neben der Medizin widmete sich Hans Carossa den Musen. Er war einerseits Lyriker, aber allem Expressionismus ferne stehend, andrerseits Erzähler. Natürlich blieb auch er von der Zeit nicht unbeeinflußt, ja er hatte zeitweilig engen Kontakt mit den älteren Richard Dehmel, Karl Wolfskehl, Alfred Mombert (um dessen Entlassung aus dem Konzentrationslager er sich später unter Einsatz seiner eigenen Person erfolgreich bemühte), Hugo von Hofmannsthal, Alfred Kubin und den jüngeren Heinrich Lautensack, Max Mell, außerdem entferntere Beziehungen zu Stefan George, Rainer Maria Rilke, Thomas Mann; aber mehr und mehr orientierte er sich an Goethe und Stifter, und zwar in einem Maße, daß man ihn, den einst bewunderten Dichter, heute vielfach einen Epigonen nennt; dabei tat er doch nichts anderes, als daß er das von seinen »Vätern« Ererbte erwarb, um es zu besitzen und weiterzugeben.

Früh schrieb er Verse (»Stella mystica«, 1907; »Gedichte«, 1910; »Die Flucht«, 1916; »Ostern«, 1920), sammelte sie später unter dem schlichten Titel *Gedichte* (1926) und vermehrte sie zu wiederholten Malen, wobei dennoch nur die Hälfte von dem zum Druck kam, was er geschrieben hatte. Aus jedem seiner Gedichte spricht – nach Wilhelm Duwe – die ganze Persönlichkeit Carossas; »Die Ahnfrau«, »Heimweg«, »Fremde Welt«, »Alter Brunnen« gehören zum klassischen Bestand deutscher Lyrik. Den Arzt beschäftigt auch das Wunder der Menschwerdung, wie in den Gedichten »Empfängnis«, »Graue Stunde«, »An das Ungeborne«. Hier vor allem wird des Dichter-Arztes gläubiges Vertrauen und bedingungslose Hingabe an Gott und Welt sichtbar. Denn bei aller goetheverwandten Humanität kam Carossa nie los vom katholischen Glauben seiner italienischen Ahnen und des bayerischen Landes; nie wendet er sich gegen diesen, wenn er sich auch im Gesamtwerk nur selten direkt zu ihm bekennt.

Sein erstes Prosabuch, die Erzählung *Doktor Bürgers Ende* (1913, seit 1930 »Die Schicksale Dr. Bürgers«) scheint zwar eher gegenteilige Ansichten zu vertreten: Weil der Arzt Dr. Bürger die Frau, die er liebt, nicht vor dem Tod retten kann, begeht er Selbstmord; aber dieses Buch ist, wie man gesagt hat, Carossas »Werther«, dazu bestimmt, mit den Schwierigkeiten, die der ärztliche Beruf mit sich bringt, innerlich fertig zu werden und die Möglichkeit, sie negativ zu lösen, abzureagieren. Ohne Beziehung zum eigenen Leben, aber nicht ohne Beziehung zum ärztlichen Beruf sind die Romane *Der Arzt Gion* (1931) und *Aus den Aufzeichnungen Angermanns* (1936). Im Roman *Geheimnisse des reifen Lebens* (1936) suchte Carossa einen Ausgleich zu finden zwischen dem hohen Ethos der Klassik und der Dynamik einer radikalisierten Gemeinschaft. Obwohl er sich hier und in anderen Büchern sowie in seiner Rede *Wirkungen Goethes in der Gegenwart* (1938) vom Regime Hitlers vorsichtig distanziert hatte, mißbrauchte das »Dritte Reich« seinen im Ausland ob seiner Humanität anerkannten Namen und zwang ihm 1941 das Präsidium für den (der Propaganda dienenden) Europäischen Schriftstellerverband auf. Davon spricht er selbst in einem seiner das eigene Leben darstellenden Bücher. Deren schrieb er eine ganze Reihe und brachte damit den Entwicklungs- und Erziehungsroman auf autobiographischer Grundlage zur Reife.

Es ist für Carossa bezeichnend, daß er die Teile dieser Serie stets in weitem Abstand von den Erlebnissen schrieb, was bei dem ersten Band *Eine Kindheit* (1922) noch selbstverständlich ist, nicht aber beim *Rumänischen Tagebuch* (1924) mit den Erlebnissen im Ersten Weltkrieg, die nur selten das militärische Geschehen einbeziehen; nach diesem setzte der Verfasser seine eigene Geschichte fort mit den *Verwandlungen einer Jugend* (1928) und mit einem seiner reifsten Werke *Führung und Geleit* (1933), dem von höchstem Verantwortungsbewußtsein erfüllten Rechenschaftsbericht vom Jahrhundertbeginn bis zum Ende des Ersten Weltkrieges, besonders interessant durch die Mitteilungen über dichterische Zeitgenossen. *Das Jahr der schönen Täuschungen* (1941) zeigt den Medizinstudenten in seinen Begegnungen mit dem Leben, der Großstadt, den geistigen Strömungen, auch mit der Liebe; die Geschichte von Carossas Jugend fand ihren Abschluß im *Tag des jungen Arztes* (1955), seine Reisen nach dem Süden sind Gegenstand der *Aufzeichnungen aus Italien* (1947), sein Verhalten während des nationalsozialistischen Regimes Thema der *Ungleichen Welten* (1951); den eingetretenen Gewissenskonflikt stellt er ohne Beschönigung dar. Leitmotiv des Autors war in jenen dunklen Jahren, was er schon im Kriegsbuch niedergeschrieben hatte: »Raube das Licht aus dem Rachen der Schlange.« Am Ende des Lebens entstand dann noch das Bühnenspiel *Der alte Taschenspieler* (1956).

Zwei Welten zugehörig war ANNETTE KOLB (1875–1967), die Tochter eines deutschen Gartenbauarchitekten am Münchner Botanischen Garten und einer französischen Pianistin; nachdem sie ihre Jugend in ihrer Geburtsstadt München verbracht hatte, suchte sie schon während des Ersten Weltkrieges von der Schweiz aus für den Frieden zu wirken; von Badenweiler aus, ihrem nächsten Wohnort, emigrierte sie 1933 nach Paris, wandte sich nach Ausbruch des Zweiten Weltkrieges in die Schweiz, von hier in die USA und lebte, nach Europa zurückgekehrt, abwechselnd in Badenweiler und Paris, zuletzt in München, wo sie starb. Zeitlebens hat sie sich den »Fahnen beider Länder vereidet« gefühlt. Geschrieben hat sie viele Bücher, leider ist nicht eines populär geworden. Das musikalische Erbe der Mutter fand Niederschlag in den Büchern *Mozart* (1937), *Schubert* (1941), *Ludwig II. von Bayern und Richard Wagner* (1947); in Romanen, die durch Sensibilität, Poesie und Witz, aber auch wehmütiges Zurückblicken auf eine versunkene Welt gekennzeichnet sind (»Das Exemplar«, 1913; »Die Last«, 1918; »Die Schaukel«, 1934), stellte sie das Leben der untergehenden aristokratischen Gesellschaft, besonders des süddeutschen Adels, vor dem Ersten Weltkrieg dar und das französisch-bayerische Verhältnis; zu den Romanen zählt auch das stark autobiographisch gefärbte Buch *Daphne Herbst* (1928). Zahlreich sind die Essays der »streitbaren Pazifistin«, gesammelt unter den Titeln *Sieben Studien* (1906), *Wege und Umwege* (1914), *Dreizehn Briefe einer Deutsch-Französin* (1921), *Versuch über Briand* (1929), *Die kleine Fanfare* (1930), *Beschwerdebuch* (1932), ausgewählt im Band *Blätter in den Wind* (1954). Beachtenswert sind ferner die Tagebücher *Zarastro, Westliche Tage* (1922) und *Glückliche Reise* (1940) sowie die Erinnerungen *Memento* (1960).

In noch stärker verschiedenem Erdreich wurzelten die Stammbäume der auf Schloß Schönburg in Niederbayern geborenen Gräfin von und zu Arco-Zinneberg, seit 1904 Fürstin von Lichnowsky, die sich als Schriftstellerin Mechtilde von Lichnowsky (1879–1958) nannte, sie konnte in ihrer Ahnentafel die bayerischen Kurfürsten und die Kaiserin Maria Theresia aufweisen; als ihr Gemahl deutscher Botschafter in London wurde, ging sie mit ihm dorthin und war dort Mittelpunkt des gesellschaftlichen und künstlerischen Lebens; der Ausbruch des Ersten Weltkriegs beendete diese Periode ihres Daseins, das sich anschließend in Berlin, München, auf einem Familiengut in Böhmen und in Südfrankreich abspielte; nach dem Tode des Fürsten heiratete sie einen englischen Offizier, lebte an seiner Seite wieder in London (bis zu ihrem Tod) und erwarb die englische Staatsangehörigkeit. Ihre literarische Tätigkeit begann sie mit dem feinen Reisebuch *Götter, Könige und Tiere in Ägypten* (1912); Musik trägt die Szenen ihrer dramatischen Dichtungen (»Ein Spiel vom Tod«, 1913; »Der Kinderfreund«, 1918; »Gespräche in Sybaris«, 1946), belebt die Seiten ihrer Novellen und Romane (»Der Stimmer«, 1915, seit 1936 »Das rote Haus«; »Geburt«, 1921; »Das Rendezvous im Zoo«, 1927; »An der Leine«, 1929; »Delaide«, 1937) und die Verse des Gedichtbandes *Gott betet* (1916). Unter dem Einfluß des Wieners Karl Kraus steht die Essayistik der Fürstin Lichnowsky (»Der Kampf mit dem Fachmann«, 1924; »Halb und Halb«, 1926; »Worte über Wörter«, 1949; »Zum Schauen bestellt«, 1953), die sich überall – auch in ihren autobiographischen Büchern *Kindheit* (1934) und *Der Lauf der Asdur* (1936) – durch Einfühlungsgabe in die Natur und die menschliche, besonders die kindliche Seele auszeichnet und sich als weltoffene Kosmopolitin erweist. Verse und Prosa der Autorin wurden zuletzt unter dem Titel *Heute und vorgestern* (1958) gesammelt.

Noch eine dritte Frau ist an dieser Stelle zu nennen, ZENTA MAURINA (1897 bis 1978), die Tochter eines lettischen Arztes und einer deutschen Mutter, von der Kindheit an in beiden Sprachen der Eltern beheimatet, eine gebrechliche, jedoch von starker Willenskraft getragene Persönlichkeit, seit 1944 aus dem Vaterland vertrieben, zunächst in Deutschland, seit 1946 im schwedischen Uppsala wohnhaft, jedoch oft auf Vortragsreisen, feinsinnige Essayistin und Interpretin großer Dichter und Denker aus dem Geist der Liebe. Ihre ersten Bücher schrieb sie in der Sprache des Vaters, aus diesen wurden unter anderen ins Deutsche übersetzt der Roman *Im Zuge des Lebens* (1947), die Essaysammlung *Mosaik des Herzens* (1947) und die Erzählungen *Sieben Gäste* (1961), andere Werke verfaßte die zweisprachige Autorin im Idiom der Mutter, so die Essaysammlungen *Gestalten und Schicksale* (1949), *Um des Menschen willen* (1955), *Begegnung mit E. Ney* (1956), *Auf der Schwelle zweier Welten* (1959), *Über Liebe und Tod* (1960), die autobiographischen Bücher *Die zweite Fahrt* (1951) und *Die eisernen Riegel zerbrechen* (1957) sowie die Tagebücher *Nord- und südliches Gelände* (1962).

Werner Bergengruen

WERNER BERGENGRUEN (1892–1964) war ein Baltendeutscher und Sohn eines Arztes in Riga. Da die damaligen Herren des Landes das Schulwesen russifizierten, zogen die Bergengruens nach Deutschland; Werner studierte in Marburg, München und Berlin, rückte im Ersten Weltkrieg zur deutschen Armee ein, schloß sich dann der baltischen Landeswehr an, die gegen das nunmehr rote Rußland die Befreiung herbeiführte; hierauf lebte er als freier Schriftsteller in Berlin und München, zog sich 1942 ins tirolische Achenkirch in die Einsamkeit zurück, um von hier aus mit geheim weitergegebener Poesie den inneren Widerstand zu stärken, übersiedelte 1946 nach Zürich und von da 1958 nach Baden-Baden, in die Geburtsstadt Reinhold Schneiders, in der er starb. Nur notgedrungen äußerte er sich über die Einzelheiten seines Lebens (»Knurriculum vitae, das ist widerwillig verfaßter Lebenslauf«, 1952; »Schreibtischerinnerungen«, 1961; »Dichtergehäuse, aus den autobiographischen Aufzeichnungen«, 1966), selten auch über die Gründe seiner Konversion zur katholischen Kirche im Jahr 1936 (darüber findet man einiges im postumen »Dichtergehäuse«); als Wegmarken seiner Lebensreise gelten die beiden Bücher *Deutsche Reise* (1934, 1959) und *Römisches Erinnerungsbuch* (1949); anekdotische Ergänzungen finden sich im *Baedeker des Herzens* (1932, seit 1933 »Badekur des Herzens« genannt); viel Autobiographisches ist in mehrere Gedichte, vor allem in die *Lombardische Elegie* (1951) und in die Rittmeisterbücher eingegangen.

1910–1922 redigierte Bergengruen die »Ost-Informationen«, später die »Baltischen Blätter«; es schien also, als ob ihn der Journalismus anzöge; doch bald wurde aus dem Journalisten der Erzähler, dem schließlich die Lyrik zuwuchs. Der Erzähler veröffentlichte zuerst den Roman *Das Gesetz des Atum* (1923), acht Jahre später den Roman *Der goldene Griffel* (1931); beide sind eher die Deutungen eigenen Erlebens, aber zwischen diesen beiden entstanden andere Romane (»Das große Alkahest«, 1926, seit 1938 unter dem Titel »Der Starost«; »Das Kaiserreich in Trümmern«, 1927; »Herzog Karl der Kühne«, 1930), die in vergangene Zeiten verlegt sind wie manche seiner späteren Romane und viele Novellen. Ihr Verfasser hat 1952 notiert (diese Notiz steht jetzt im »Dichtergehäuse«):

»Immer fühle ich mich mißverstanden, wenn ich hören oder lesen muß, ich hätte zahlreiche historische Erzählungen geschrieben. Für mein Gefühl sind es nur wenige. Denn die meisten, die so bezeichnet werden, sind nicht historisch, wenn sie auch in der Vergangenheit spielen. Es handelt sich ja bei ihnen nicht um eine geschichtliche Problemstellung, sondern um eine, die allen Zeiten gemeinsam ist ... Was mich immer wieder anzieht, das ist das menschliche Herz, mit seinen Leidenschaften und Verstrickungen, es ist die Situation des Menschen und sein Verhältnis zum Schicksal. Vergangene Zeiten wähle ich eigentlich nur im Sinne von Schauplätzen.«

Bergengruens Gipfelleistungen auf dem Gebiet des historischen Romans sind *Der Großtyrann und das Gericht* (1935) und *Am Himmel wie auf Erden* (1940), beide spiegeln in geschichtlichem Gewand die Hybris des Dritten Reiches und zeichnen, wie Wilhelm Duwe sagt, »in Strahlenschrift die Menetekel des kommenden Untergangs an die Wand. Bergengruens Stil ist hier so klar und durchsichtig, daß die Menschen und Gegenstände wirklich und unwirklich zugleich erscheinen« (deshalb rechnet ihn W. Duwe zu den

Vertretern des »magischen« Realismus). Der Tyrann ist eine Erscheinung der italienischen Renaissancezeit, der von ihm handelnde Roman glänzend durchkomponiert, kein Kapitel, keine Szene steht hier zuviel oder zuwenig; die Fabel ist virtuos durchdacht, alles fein abgewogen und abgestuft – so rühmt Karlheinz Deschner das Buch.

Der Großtyrann nimmt die Suche nach einem Mörder – der er in Wahrheit selbst ist – zum Anlaß, seine Untertanen zu prüfen. Dabei verstricken sich alle in Schuld, außer einem Färber, der schließlich sich selbst des Mordes bezichtigt, um die heillose Verwirrung zu beendigen.

Seltsamerweise hatten gewisse Leute den »Großtyrann« als Lob des Führertums verstanden (andere ihn allerdings richtig gedeutet) und vorläufig seinen Verfasser in Ruhe arbeiten lassen. Das änderte sich nach dem Erscheinen des Romans »Am Himmel wie auf Erden«, der, künstlerisch seinem Vorgänger noch überlegen, von der Erwartung der Sintflut im Berlin des Jahres 1524 erzählt, jedoch nicht minder die Befürchtungen der Gegenwart des Zweiten Weltkrieges spiegelt und darüber hinaus den Menschen zeigt, der durch seine Angst vor dem Verhängnis in Schuld fällt; kurz: der Dichter deutet die Zeichen der Zeit durch Zeichen am Himmel.

Dennoch liegt die eigentliche Begabung des Schriftstellers Bergengruen in der Gestaltung der Novelle, für die er eine im 20. Jahrhundert seltene Meisterschaft erreicht hat. Ihr Thema sind zumeist ungewöhnliche Begebenheiten und Grenzsituationen, die gleichnishaft den Blick in die Gesetze des Daseins freigeben und dem Geschehen vom Unendlichen her Sinn geben; ihr Verfasser hat sich deshalb selbst als »Offenbarmacher ewiger Ordnungen« bekannt. Seine Novellen erschienen teils einzeln, teils in Sammelbänden, wobei nicht selten ein Stück, unverändert oder leicht verwandelt, von einem Buch ins andere überging, so daß der Chronologie manche Schwierigkeit erwächst. Die erste Publikation dieser Art sind die *Rosen am Galgenholz* (1923), die bedeutsamsten *Die Leidenschaftlichen* (1939), *Der Tod von Reval* (1939), *Der spanische Rosenstock* (1941), *Pelageja* (1947), *Die Flamme im Säulenholz* (1953). Aus den genannten und aus ungenannten Bänden ist nicht weniges eingegangen, in die Rittmeistergeschichten (»Der letzte Rittmeister«, 1952; »Die Rittmeisterin«, 1954; »Der dritte Kranz«, 1962), die einem baltischen Kornett in den Mund gelegt sind. Während die meisten baltischen Landsleute Bergengruens vom »Osten« nicht loskommen, entdeckte sein »Rittmeister«, d. h. er selbst, die Welt des Mittelmeeres und wurde so in den Stand gesetzt, die nördliche und die südliche Welt, Gegenwart und Vergangenheit mit seiner zugleich ernsten und heiteren Kunst zu durchdringen; diese Trilogie offenbart des Dichters Abschied von einem vergehenden

Zeitalter und errichtet der in ihr zutage tretenden, nicht mehr »zeitgemäßen« adeligen Gesinnung ein Denkmal.

Bergengruen hat den Bodensatz des Lebens gut gekannt, aber nie – im Gegensatz zu vielen Dichtern seiner Zeit – aufgewühlt.

Der die Welt erfuhr,
faltig und ergraut,
Narb an Narbenspur
auf gefurchter Haut,

den die Not gehetzt,
den der Dämon trieb –
sage, was zuletzt
dir verblieb.

Was aus Schmerzen kam,
war Vorübergang.
Und mein Ohr vernahm
nichts als Lobgesang.

Diese Verse zitierte der Zürcher Literarhistoriker Emil Staiger bei der Totenfeier für Werner Bergengruen; bald danach sagte er: »Diese Einsicht Tag für Tag der Schwermut abzuringen, sich ihrer immer inniger zu versichern, je düsterer am Horizont sich das Gewölke zusammenzog, war Bergengruens dem Blick und Ahnungsvermögen der meisten seiner Zeitgenossen entrückte menschliche Leistung, die ihrerseits wieder sein Dichtertum, die nie verbrauchte begeisternde Jugendlichkeit seines Schaffens und Bildens erklärt. Statt über die Grenzen der Menschheit zu jammern und das verscherzte Paradies mit eherner Stirn zurückzubegehren, führte er sich zu Gemüt, daß wir als Menschen auf nichts Anspruch haben. Und eben deshalb war er begabt, die Geschenke des Lebens entgegenzunehmen und sich ihrer in schwer errungener Freiheit aus Herzensgrund zu erfreuen.«

Mit diesen Sätzen wird auch Bergengruens Lyrik charakterisiert (»Der Wanderbaum«, 1932; »Die Rose von Jericho«, 1936; »Die verborgene Frucht«, 1938; »Lobgesang«, 1946; »Der hohe Sommer«, 1946; »Die heile Welt«, 1950; »Mit tausend Ranken«, 1956; »Figur und Schatten«, 1958); doch gibt es außerdem bei Bergengruen eine engagierte Dichtung: Dazu gehört erstens der weithin unbekannt gebliebene Zyklus *Der ewige Kaiser* (1937), der dem falschen Reich der Nationalsozialisten »das alte Kaiserreich« entgegensetzte.

Der andere Gedichtband, der hier genannt werden muß, heißt *Dies irae* (1946) und umfaßt 17 im Jahr 1944 entstandene Gedichte, die in Christi

Namen Gericht halten über den Dichter und sein Volk. Hier ist der zwar nicht einzige, aber jener Punkt, in dem sich Werner Bergengruen und Reinhold Schneider unmittelbar berühren.

Die Familie Seidel

Der Sohn Heinrich Seidels, Heinrich Wolfgang Seidel (1876–1945), war in Berlin geboren, studierte Theologie und Germanistik in Marburg, Leipzig, Berlin, wirkte hier als Pfarrer am Lazarus-Diakonissenhaus (1907 bis 1914), dann in Eberswalde (1914–1923),schließlich am Deutschen Dom in seiner Geburtsstadt (1923–1934), ließ sich aber aus Widerspruch gegen die Politisierung des kulturellen und kirchlichen Lebens pensionieren und zog sich mit seiner Familie nach Starnberg zurück, wo er starb. 1913 erschienen die Geschichten *Der Vogel Tolidan*, zwei Jahre später die Novellen *Ameisenberg* und *Die spanische Jagd*, ihnen folgten die Romane *Die Varnholzer* (1918), *Das vergitterte Fenster* (1919), *George Palmerstone* (1921), die Erzählung *Der Mann im Alang* (1924), weiterhin Romane und Erzählungen (»Genia«, 1927; »Krüsemann«, 1935; »Das Seefräulein«, 1937) sowie die Biographie Theodor Fontanes (1941) und zwei Sammlungen religiöser Essays (»Das Unvergängliche«, 1937; »Das Antlitz vor Gott«, 1941), endlich die postumen Bücher *Aus dem Tagebuch der Gedanken und Träume* (1946) und *Drei Stunden hinter Berlin, Briefe* (1950, 1952). Der Erzähler erwies sich als feinsinniger, besinnlicher, zum Teil humorvoller Epiker, zeigte Vorliebe für die Grenzbereiche des Seltsam- Unheimlichen und Dämonischen, setzte sich mit dem Problem »Christentum und moderne Welt« auseinander, war nicht frei vom neuromantischen Fernweh und war dennoch ein kluger, zugleich kritischer Beobachter seiner eigenen Zeit, wie die Tagebücher und Briefe zeigen, denen nicht nur dokumentarische Bedeutung zukommt; denn auch sie bestätigen das Dichtertum ihres Verfassers, dessen unbestechlicher Stil dem poetischeren seiner berühmten Frau gleichrangig ist.

Diese Frau Ina Seidel (1885–1974) war zugleich seine Kusine; ihr Vater ein Bruder Heinrich Seidels, diese beiden wiederum Söhne des Pfarrers Heinrich Alexander Seidel, der eine Sammlung geistlicher Lieder verfaßt hatte und mit einer epischen Dichtung hervorgetreten war. So lag die Neigung zur Poesie, auch von der Mutterseite her genährt (ihr Großvater war der Archäologe und Romanschriftsteller G.M. Ebers), schon im Blut Ina Seidels, die in Halle a.d.Saale zur Welt kam und in Braunschweig ihre Kindheit verbrachte, später in Marburg a.d.Lahn, seit 1897, dem Todesjahr ihres Vaters, in München lebte, 1907 ihren Vetter Heinrich Wolfgang Seidel heiratete und die Stationen seines Lebens teilte; auch als Witwe blieb sie in Starnberg. Fast gleichzeitig mit ihrem um neun Jahre älteren Mann begann sie zu publizieren, doch trat sie zunächst als Lyrikerin an die Öffentlichkeit (»Gedichte«, 1914; »Neben der Trommel her«, 1915; »Weltinnigkeit«, 1918; »Neue Gedichte«, 1927; »Die tröstliche Begegnung«, 1934; »Gesammelte Gedichte«, 1937; »Gedichte«, 1950 und 1955) und zeigte ihr Talent für die Ballade, den visionären Hymnus, vor allem aber für die Erfassung der Natur als Kosmos und Allmutter, wobei mit den Jahren auch religiöse (aber kaum christliche) Akzente gesetzt werden. Sprachlich sind die Gedichte der Frau Ina Seidel von eigener Eindringlichkeit, bald dionysisch trunken, bald apollinisch formbewußt. Ricarda Huch steht sie formal nahe, inhaltlich fern.

Das gilt auch für die Prosawerke: An ihnen fällt auf eine oft erscheinende Verquickung von familienbedingter Schicksalsvererbung mit östlicher Seelenwanderungslehre und das Versippt- oder Verschwägertsein fast aller Romangestalten; dazu kommt, was die Dichterin den Dichter Andermann im Buch »Michaela« sagen läßt und eben über sich selbst aussagt:

»Er arbeitete niemals ›nach Modell‹, wie es der Methode des verfeinerten Naturalismus der letzten Jahrzehnte entsprochen hätte, er stellte nicht exakt funktionierende Homunculi auf die Beine, die eine marionettenhafte Lebendigkeit vorzutäuschen vermochten, sondern er war mit einer Transfusion seines eigensten Wesens an der Lebensfähigkeit dieser Gestalten beteiligt.«

Diese »Transfusion« findet bereits im Doppelroman *Das Haus zum Monde* (1916) und *Sterne der Heimkehr* (1923, später unter dem Titel »Das Tor der Frühe«, 1952, zusammengefaßt) statt; dessen Hauptgestalt Wolfgang ten Maan strebt über seine körperliche Begrenztheit hinaus, kümmert sich nicht um die Frage, ob er erneut zur Welt gekommen sei, und entschließt sich, ein eigenes Leben zu führen und auch zu verantworten. Umgekehrt bezahlt im nächsten Roman *Das Labyrinth* (1922) Georg Forster – er ist der bekannte frühverstorbene Reiseschriftsteller und Revolutionär aus dem Ende des 18. Jahrhunderts – seinen Ausweg aus dem Irrsal des Lebens mit dem Tod.

Ein historisches Thema liegt auch der Novelle *Die Fürstin reitet* (1926) zugrunde: Diese Fürstin ist Vollstreckerin des Schicksals, das den russischen Zarenthron für die von ihr vergötterte Katharina bestimmt hat. In damals jüngste Vergangenheit führt der Roman *Brömseshof* (1927). Man kann in ihm eine Entgegnung auf die normale Heimliteratur sehen, denn es heißt darin:

»Den Boden lieben ist gut, er verdient die Arbeit, den Schweiß. Aber wer ihm die Seele verpfändet, hat einen unbarmherzigen Gläubiger an ihm ...«

Zeitlos wirkt das Geschehen der Novelle *Renée und Rainer* (1929) mit der Darstellung von zwei Paaren (Muriel und Paladin neben den Titelfiguren), die in der gegenseitigen Begegnung sich bestätigt sehen und den Partner – in der magischen Spiegelung des inneren Daseins einschließen, auch wenn er körperlich nicht anwesend ist. In die gleiche Sphäre gehören aus späterer Zeit der Roman *Der Weg ohne Wahl* (1933) und die Novelle *Unser Freund Peregrin* (1940), sogenannte »Aufzeichnungen des Jürgen Brook«. Mit dem gleichen Untertitel ist auch der Roman *Michaela* (1959) versehen, Ina Seidels Auseinandersetzung mit den politischen und kulturellen Ent- und Verwicklungen zwischen 1933 und 1945, das Buch, das sehr verschieden beurteilt wird, nach den einen ein Pendant zu Ricarda Huchs Schreckensbildern aus dem Dreißigjährigen Krieg, nach den anderen wegen seiner Mischung aus romantischer Fiktion und psychologischem Realismus, aus autobiographischem Bekenntnis und geschichtlicher Deutung eher Beschönigung als distanzierte Analyse des Hitler-Faschismus, den sie übrigens zwischen 1933 und 1945 in romantisierenden Versen an den »Führer« selbst gefeiert hatte.

Doch ist es nun nötig, wieder der Chronologie zu folgen und auf *Das Wunschkind* (1930) zu stoßen, den Roman, der Ina Seidels größter Erfolg war; er schließt sich zeitlich an »Das Labyrinth« an, indem er in den stürmischen Jahren zwischen 1792 und 1813 spielt.

Das »Wunschkind« wird gezeugt, bevor sein Vater in den Krieg zieht, dessen Opfer er wird, und fällt selbst, 20 Jahre später, in der Schlacht bei Lützen. Doch weder Vater noch Sohn ist die Hauptgestalt des Buches, sondern des Wunschkindes Mutter Cornelie von Tracht, die das Ende voraussieht und vorausleidet; ihr Leiden aber ist das Leid aller vom Krieg betroffenen Mütter, bis »der Tag kommen (wird) – und er *muß* kommen –, da die Tränen der Frauen stark genug sein werden, um gleich einer Flut das Feuer des Krieges für ewig zu löschen. Der Tag, da der Geist – die Taube – unter dem heiligen Regenbogen über der wiedergeborenen Erde schwebt ...«

Das »Wunschkind« also kehrte aus dem Krieg nicht heim, wohl aber – im Roman *Lennacker* (1938) – der Titelheld, seines Zeichens Medizinstudent, allerdings zu Tode erkrankt; so hat er Ende 1918 Fieberphantasien, die ihn zwölf Nächte lang heimsuchen: In jeder erscheint ihm einer seiner Vorfahren, allesamt Pfarrer in der Zeit zwischen Martin Luther und Adolf von Harnack; so ergibt das Buch gewissermaßen eine poetische Geschichte des deutschen Protestantismus, zugleich ein Zeugnis dafür, daß die Verfasserin ihre Naturfrömmigkeit durch die christliche Familientradition ersetzt hat. Hans Jakob Lennacker aber finden wir wieder – und zwar in den Jahren seiner Kindheit – im Roman *Das unverwesliche Erbe* (1954) inmitten dreier Frauen, seiner mütterlichen Ahnen, von denen eine Katholikin ist, die mit ihrem Segen dem Kind den Engel zur Seite rufen, »der auf die Gebete der Mütter hört«. Ina Seidel hat noch weitere Romane und Novellen geschrieben, außerdem den Essay *Dichter, Volkstum und Sprache* (1934), die Biographien Achim von Arnims, Bettinas und Clemens Brentanos (alle drei 1944) sowie die autobiographischen Bücher *Meine Kindheit und Jugend* (1935), *Vor Tau und Tag* (1962) und *Lebensbericht 1885–1923* (1970).

Einer Reihe ihrer Bücher liegt ihr inniges Verhältnis zu ihrem Bruder Willy Seidel (1887–1934) zugrunde; dessen Leben spielte sich zwischen Braunschweig und München ab und nährte sich geistig aus Germanistik und Naturwissenschaft an den Universitäten Freiburg i.Br., Jena und München; Nachdem er den Doktorhut der Philosophie erhalten hatte, unternahm er mehrere Reisen nach Übersee und schrieb mehrere Romane und Erzählungen (»Absalom«, 1911; »Der Sang der Sakije«, 1914; »Der Buschhahn«, 1921; »Der neue Daniel«, 1921; »Die ewige Wiederkunft«, 1924; »Alarm im Jenseits«, 1927; usw.), in denen er sich als zugleich phantastischer und humorvoller Erzähler erwies, dessen Neigung zum Unheimlichen oder Grotesken durch das Einfühlungsvermögen in die Menschen fremder Länder noch gesteigert wurde.

Zur Familie Seidel gehört schließlich noch Inas Sohn Georg Seidel (geb. 1919), der zur Welt kam, als sein Vater in Eberswalde als Pfarrer tätig war, als Journalist in Hamburg-Poppenbüttel lebt und für seine schriftstellerische Arbeit (Romane »Das Netz«, 1951; »Die schwachen Punkte«, 1953; Novellenband »Jeder wie er kann«, 1956; Essays »Liebe und noch etwas mehr«, 1959; außerdem Hörspiele) gerne Pseudonyme (Simon Glas, Christian Ferber) verwendet.

Unterhaltungs-, Abenteuer- und Reisebücher

Waldemar Bonsels (1880–1952) wurde als Sohn eines Arztes in Ahrensburg bei Hamburg geboren; mit siebzehn Jahren wanderte er durch Europa, Indien, Ägypten, Kalifornien und Brasilien; Seit 1919 war er in Ambach am Starnberger See ansässig, wo er auch starb. Er war einer der erfolgreichsten Autoren unter seinen Zeitgenossen. Seit 1905 veröffentlichte er Romane und Novellen, die – wie besonders *Blut* (1909) und *Der tiefste Traum* (1911) – heiliggesprochenen Eros gegen prüde Christlichkeit stellten.

Den größten, bis heute anhaltenden Anklang fand Bonsels mit dem Roman *Die Biene Maja und ihre Abenteuer* (1912), fortgesetzt im Roman *Himmelsvolk* (1915); beide Bücher sind ausgezeichnet durch offenen Blick für die Schönheiten der Natur und Märchenphantasie, hinter welcher das »Naturevangelium« des Verfassers wirksam werden konnte. Viel gelesen wurde auch die *Indienfahrt* (1916) trotz ihrer zum Teil gekünstelten Sprache und der Unvollständigkeit des Bildes, das der Autor vom geschilderten Land entwarf. Nahe am Kitsch stehen die Bände der Romantetralogie *Mario* (»Mario und die Tiere«, 1927; »Mario und Gisela«, 1930; »Marios Heimkehr«, 1934; »Mario, ein Leben im Walde«, 1939). Autobiographisch sind die *Tage der Kindheit* (1931) und der Reisebericht *Der Reiter in der Wüste* (1935). Unfaßbar bleibt des Autors letztes Werk, der Christus-Roman *Dositos* (1949), der damit endet, daß einem zufälligen Opfer zwei Geliebte aus Sehnsucht nachsterben, wobei sich »Runen und Wahrzeichen« zu einem unpersönlichen Gott bekennen.

Der Mensch als humanes Wesen, der Mensch in der Natur, der Mensch gegenüber der Technik sind die Themen, die die modernen Autoren immer wieder beschäftigen. Karl Friedrich Borée (1886–1964) dagegen distanzierte sich gegenüber allen auf ihn zukommenden Problemen. Sein Name verrät, daß seine Ahnen einst als Hugenotten von Frankreich nach Deutschland kamen, doch waren sie schon längst Niedersachsen geworden. Des Schriftstellers Vater war Chirurg in Görlitz. Von dort zog Borée nach Berlin, um Nationalökonomie und Jurisprudenz zu studieren, von Berlin in den Ersten Weltkrieg, der ihn schwer verwundete; 1919 war er in der Stadtverwaltung eines Berliner Vorortes tätig, 1920–1924 als Stadtrat in Königsberg, dann kehrte er nach Berlin zurück, zuerst als Rechtsanwalt, seit 1934 als freier Schriftsteller; 1952 wurde er Sekretär der Deutschen Akademie für Sprache und Dichtung in Darmstadt. Gleich sein erstes Buch *Dor und der September* (1930) war ein Erfolg; dieser nicht leicht einzuordnenden Liebesgeschichte folgten später andere Liebes- und Eheromane von kultiviertem Charme und distanzierter Haltung gegenüber der Konvention (»Die kurze Reise auf einen anderen Stern«, 1937; »Maria Nehls«, 1939; »Frühling 45, die Chronik einer Berliner Familie«, 1954). Dazu gehören auch *Die Geschichte eines Unbekannten* (1938) mit dem Schicksal eines Deutschen im zaristischen Rußland, der im Dritten Reich, weil »unsoldatisch«, bald verbotene Kriegsroman *Quartier an der Mosel* (1938), der die Stimmung der Heimkehrenden, gemischt aus Stolz und Trotz, Trauer und Furcht vor dem Neuen, ausgezeichnet wiedergab und Psychologie wie Jargon des Frontsoldaten gültig darstellte, und eine Reihe essayistischer Schriften, deren Titel allein oft zeigen, daß der Autor der Antwort auf die letzten Fragen auswich (»Diesseits von Gott«, 1941; »Die halbvollendete Schöpfung, Gespräche über ein Thema der Natur«, 1948; »Semiten und Antisemiten«, 1960).

In Romanen legt die Hamburgerin ALICE EKERT-ROTHOLZ (geb. 1900) ihre Kenntnis fremder Welten nieder; dabei geht es meistens um die Erlebnisse deutscher Kaufleute im Fernen Osten (»Reis aus Silberschalen«, 1954; »Wo Tränen verboten sind«, 1956; »Strafende Sonne – lockender Mond«, 1959; »Mohn in den Bergen«, 1961, usw.); diesen belletristischen Werken ging der Reisebericht *Siam hinter der Bambuswand* (1953) voraus.

Erfolgsromane schrieb auch die gebürtige Wienerin VICKI BAUM (1888–1960), ursprünglich Harfenistin (1916 in Darmstadt), seit 1926 Zeitschriftenredakteurin in Berlin, 1931 zur Verfilmung eines ihrer Bücher nach Hollywood gekommen und dort – abgesehen von weiten Reisen nach Mexiko, Ostasien, Indonesien und Europa – bis zur Naturalisierung (1938) und bis zum Tode verbleibend. Ihr erstes Buch war der Roman *Frühe Schatten, das Ende einer Kindheit* (1919), diesem folgten viele Novellenbände und weitere Romane, von denen die bedeutendsten *Stud. chem. Helene Willführ* (1929) und *Menschen im Hotel* (1929) sind, verfaßt jeweils auf Grund genauer Milieustudien, geschrieben in jenem Stil, der damals zum Welterfolg führte und das Unterhaltungsbedürfnis auch gehobener Schichten zu befriedigen vermochte, im Dritten Reich als Boulevardliteratur verfemt, weil zu viel Verständnis fordernd. Aus dem Nachlaß konnte die Autobiographie *Es war alles ganz anders* (1962) ediert werden.

Der Abenteuerroman fand unter den Autoren des ausgehenden 19. Jahrhunderts namhafte Vertreter, wie z. B. den als Sohn eines Basler Missionars zu Dharwar in Indien zur Welt gekommenen JOHN (eigentlich Hermann) KNITTEL (1891–1970), der nach Schulbesuch in Basel und Zürich als Kaufmann in London tätig war, Europa und Afrika, besonders Ägypten bereiste, als freier Schriftsteller zuerst in La Tour de Peilz, seit 1933 in Ein Shema bei Kairo lebte und zuletzt seinen offiziellen Wohnsitz in Maienfeld (Graubünden) hatte. Er hat zuerst englisch, bald jedoch auch deutsch geschrieben und eine große internationale Leserschaft um sich geschart, wozu ihm der oft kriminalistische Einschlag, die Mischung von Pathos und Sentimentalität und die sichere Zeichnung der Charaktere verhalf. Sein Hauptwerk ist der Roman *Via mala* (1934, 1937 als Drama bearbeitet, später auch verfilmt).

Zwei Jahre jünger ist HORST WOLFRAM GEISSLER (1893–1983), Sohn des schon als Schriftsteller tätigen Max Geißler, ein Sachse, der in Wachwitz bei

Dresden das Licht der Welt erblickte und diese, besonders in der Zeit des Rokoko und des Biedermeier, immer noch mit lächelnden Augen ansieht; er hatte in Weimar das Gymnasium, in Kiel und München die Universität besucht, hier den Doktorhut der Philosophie erworben, hier sich niedergelassen und schließlich in Hechendorf am Pilsensee (Oberbayern) Wohnsitz genommen. Bayern und die Landstriche um den Bodensee sind Lieblingsschauplätze seiner zahlreichen, mit frischem Humor und poetischer Feder geschriebenen Romane, die allerdings selten ohne Ehebruch oder ähnliche Begebenheiten auskommen. Bezeichnend ist schon der Titel des ersten Buches – *Der letzte Biedermeier* (1916), nicht minder charakteristisch der Spitzweg-Roman *Der ewige Hochzeiter* (1917); vielleicht am bekanntesten ist *Der liebe Augustin* (1921), die »Geschichte eines leichten Lebens« über den Spieldosenmacher Augustin Sumser zu Lindau am Bodensee.

Malerin und Graphikerin war Ruth Hoffmann (1893–1974). In Breslau zur Welt gekommen, besuchte sie die Frauenschule in Weimar, die Kunstakademie ihrer Heimatstadt; 1929 verheiratete sie sich in Berlin mit Erich Scheye, der 1943 in Auschwitz ermordet wurde; wegen dieser Ehe erhielt sie, kaum mit ihrem ersten Buch, dem Roman *Pauline aus Kreuzburg* (1935), in die literarische Laufbahn eingetreten, Publikationsverbot. Erst nach dem Zusammenbruch des »Dritten Reiches« konnte sie wieder veröffentlichen; zuerst erschienen Versbände (»Dunkler Engel«, 1947; »Das goldene Seil«, 1947), dann die Erzählung *Meine Freunde aus Davids Geschlecht* (1947), ferner Romane (»Franziska Lauterbach«, 1947; »Die schlesische Barmherzigkeit«, 1950; »Abersee«, 1953; »Ich kam zu Johnny Giovanni«, 1954; »Der Wolf und die Trappe«, 1963), außerdem Jugendbücher. Die Autorin, der schlesischen Heimat und dem Gefährten ihres Lebens innigst verbunden, ohne daß die Erinnerung an beide Gefühle des Hasses oder der Vergeltung hinterließ, sucht in ihren Büchern Menschen-, besonders Frauenschicksale zu gestalten, die den Leser zu einer inneren Entscheidung herausfordern.

Bücher über China schrieb Ilse Langner (geb. 1899) aus Breslau. Sie war häufig auf Reisen (1928 in der Sowjetunion, Türkei und in Frankreich, 1933 in China, Japan und den USA, später durch europäische Länder) und früh schriftstellerisch tätig: Als Dramatikerin und Erzählerin kämpfte sie gegen Nationalhaß und Vorurteile, selbst in ihren Griechendramen (»Klytämnestra«, 1947; »Iphigenie kehrt heim«, 1948) erörterte sie zeitgeschichtliche Probleme. Als Frucht ihrer Reisen entstanden das *Chinesische Tagebuch* (1960) und das *Japanische Tagebuch* (1961); im Roman *Die purpurne Stadt*

(1937, Neufassung 1952) zeigt sie nicht nur ihre Verbundenheit mit China, sondern auch ihre Fähigkeit, die China-Romane der Amerikanerin P.S. Buck erfolgreich zu konkurrieren.

Afrika ist zum Teil Gegenstand der Bücher, die der Augsburger ERHART KÄSTNER (1904–1974), ehemaliger Direktor der Herzog-August-Bibliothek in Wolfenbüttel, schrieb, nachdem er als Soldat des Zweiten Weltkrieges nach Griechenland und Kreta, als Kriegsgefangener nach Afrika gekommen war. Sein erster Reisebericht *Griechenland* (1942) heißt jetzt *Ölberge, Weinberge* (1953), sein zweiter geht unter dem Titel *Kreta* (1946); ihm folgten die Erinnerungen *Zeltbuch von Tumilad* (1949) und *Die Stundentrommel vom heiligen Berg Athos* (1956). Alle Bücher Kästners sind voll von kulturellen, nicht nur von geographischen Dingen und stellen an das Mitgehen des Lesers hohe Anforderungen.

Spezialist für das literarische Afrika ist JANHEINZ JAHN (1918–1973) aus Frankfurt a.M.; das beweisen seine Bücher *Montu, Umrisse der neuafrikanischen Kultur* (1958), *Durch afrikanische Türen, Erlebnisse und Begegnungen in Westafrika* (1960) sowie seine Tätigkeit als Übersetzer (»Schwarzer Orpheus, moderne Dichtungen afrikanischer Völker«, 1954; »Aimé Césaire, Sonnendolche, Gedichte«, 1956; »Rumba Macumba, Nachdichtungen afrocubanischer Lyrik«, 1957; »Léopold Sédar Senghor, Botschaft und Anruf, sämtliche Gedichte«, 1963).

Ein seit Jahrzehnten bekannter Reiseschriftsteller ist der Prager RICHARD KATZ (1888–1968), der nach juristischen Studien in seiner Geburtsstadt Journalist, Verlagsdirektor und Sonderberichterstatter für Ostasien wurde, 1933 von Berlin in die Schweiz, 1941 weiter nach Brasilien emigrierte und sich nach seiner Rückkehr nach Europa in Locarno-Monti (Schweiz) niederließ. Schon sein erstes Buch *Ein Bummel um die Welt* (1927) zeigt, daß nicht eine bestimmte Gegend sein Interesse fesselte; auch war es ihm gleichgültig, welcher Hautfarbe die Menschen sind, erlebte er doch *Heitere Tage mit braunen Menschen* (1930); hier wie auch sonst wich er dem nicht aus, was Liebe genannt wird. Seine amüsanten und geistreichen Bücher wie *Funkelnder ferner Osten* (1930) und *Zickzack durch Südamerika* (1931) zeigen eine Welt, wie sie heute kaum mehr existiert. Den ersten Büchern folgten die Essaysammlung *Ernte* (1934) und die tiefschürfenden *Drei Gesichter Luzifers* (1934); unter diesem wird vor allem der Lärm anvisiert, der seither zur noch stärkeren Plage geworden ist. Südamerika ist Gegenstand der *Begegnungen in Rio* (1945), des Buches *Auf dem Amazonas* (1946), der *Seltsamen Fahrten in Brasilien* (1947); mit der Tierwelt und anderen Erscheinungen der belebten

Natur befassen sich die Publikationen *Nur Tiere* (1948), *Von Hund zu Hund* (1956), *Spaß mit Hunden* (1957); autobiographisch sind die Bücher *Einsames Leben* (1935), *Mein Inselbuch* (1950), *Gruß aus der Hängematte* (1958). Romane und Novellen (»Leid in der Stadt«, 1937; »Wandernde Welt«, 1951; »Per Hills letzter Fall«, 1953; »Hochzeitsreise in der Johannisnacht«, 1954) ergänzen das Gesamtwerk.

Heimito von Doderer

Einer der bedeutendsten österreichischen Erzähler unserer Zeit ist Heimito von Doderer (1896–1966). Sein Stammbaum hat Wurzeln in Deutschland, Frankreich und Ungarn (entfernte Verwandtschaft mit Nikolaus Lenau), vor allem natürlich in Österreich; sein Vater, Sproß einer langen Reihe von Technikern und Architekten, war Bauingenieur und Fachmann für Bergbahnen; ihm wurde Heimito als sechstes Kind zu Weidlingau bei Wien geboren; in Wien besuchte er das Gymnasium und rückte von der Schulbank weg zum Militär ein; als Reserveoffizier eines Dragonerregimentes geriet er in russische Gefangenschaft, aus der er erst 1920 zurückkehrte; 1925 wurde er auf Grund seiner geschichtlichen Studien zum Doktor der Philosophie promoviert, war auch bereits Mitglied des Instituts für österreichische Geschichtsforschung, schied aus diesem aus und kehrte, nachdem er seit 1939 bei der deutschen Luftwaffe hatte dienen müssen, 1948 dorthin zurück und beendete dieses Studium erfolgreich mit einer wissenschaftlichen Arbeit; bei der Abschlußfeier seines Kurses (1950) sprach er in freier lateinischer Rede von seiner Treue zu Universität und Institut sowie von seinem Stolz auf diese außerliterarische Leistung. Im übrigen aber widmete er sein Leben der Schriftstellertätigkeit. Charakteristisch für diese ist, daß er seine Bücher auf dem Reißbrett entwarf, um sich dann unbesorgt der Freiheit des Fabulierens erfreuen zu können. Zweimal hat er Gedichtbände veröffentlicht (»Gassen und Landschaft«, 1923; »Ein Weg im Dunkeln«, 1957), sie sind nur dort interessant, wo ihr Verfasser von sich selber spricht oder sich epigrammatisch äußert.

Dem ersten Versbuch folgten der Roman *Die Bresche, ein Vorgang in vierundzwanzig Stunden* (1924) und *Das Geheimnis des Reiches, ein Roman aus dem russischen Bürgerkrieg* (1930), eine Frucht von Doderers erzwungenem Rußlandaufenthalt; beide Bücher blieben sozusagen unbeachtet. Interesse erweckte dagegen der Essay *Der Fall Gütersloh, ein Schicksal und seine Deutung* (1930, neu 1960), mit dem sich Doderer zu jenem Autor bekannte, er feierte seinen Freund, dem er nie unkritisch gegenüberstand, als priesterliche Figur, welche die moderne Kluft zwischen Ethik und Ästhetik schließen wollte; eine spätere Frucht dieser Freundschaft war Doderers Übertritt zur katholischen Kirche (1939); dieser hinderte ihn nicht, in seinem Werk dem Erotischen breiten Raum zu gewähren und in politischer Hinsicht sich nach links zu orientieren, so daß er in manchen Kreisen Österreichs der »rote« Doderer genannt wurde. Und was man bei ihm als christlich ausgibt, nämlich den immer wieder ausgesprochenen Gedanken, jeder müsse eine Aufgabe an der ihm zugewiesenen Stelle erfüllen, ist im Grunde indische oder stoische Weltweisheit.

Auf diese Weise ist Doderer nicht allzu weit entfernt von Musil und Broch, zu denen er jedoch in literarischer Hinsicht im Gegensatz steht. Gerade was jene nicht beabsichtigten, das wollte er, nämlich: Geschichten erzählen. Dabei bedient er sich einer vom Film beeinflußten Erzähltechnik.

Eine andere Eigenart Doderers ist, daß er immer wieder Abhandlungen und Reflexionen über die verschiedensten Themen einschiebt, d. h. sich »Ausschweifungen« leistet, wie Jean Paul seine Zettelkasten-Exkursionen nannte; auch liebt er lange Sätze, die oft der Klarheit lateinischer Perioden entbehren und eher amtsdeutsche Schachtelsätze genannt werden müssen, endlich wechselt er die Stilarten, möchte die Alltagssprache überwinden und erliegt dabei manchmal ihren Banalitäten: »Großartiges steht neben Plattem, ein überzeugendes und in sich folgerichtig entwickeltes Weltbild findet keinen organischen Ausdruck« (Soergel-Hohoff).

Zwischen 1930 und 1938 schien Doderer zu schweigen, wenn man von der Broschüre *Julius Winkler, Essay über die Wiener Geigerschule* (1937) absieht. Dann kam der Roman *Ein Mord, den jeder begeht* (1938), eine Kriminalgeschichte von Rang, geschrieben, um die Entwicklung der Hauptgestalt zu sich selbst zu zeigen, und zugleich, um den Untergang der bürgerlichen Welt sichtbar zu machen; bei naturalistischem Stil gehen die Ereignisse ins Surreale über. Zwei Jahre später erschien *Der Umweg* (1940), die Geschichte einer Magd, die einen zum Tod verurteilten Soldaten vom Galgen rettet, indem sie ihn heiratet; da sie aber von einem spanischen Grafen geliebt wird, faßt den Soldaten Eifersucht, er ermordet den Nebenbuhler und kommt nun zum Tod durch den Strang. Das Interesse Doderers gilt nicht der im 17. Jahrhundert spielenden Fabel, sondern dem Hervorgang der Tat aus den Charakteren. Und dennoch benützt der Autor hier wie immer die Psychologie nur als Hilfsmittel, denn er wollte nicht Psychologe, sondern Fatologe sein, wie er einmal selbst gesagt hat. Erst viele Jahre später veröffentlichte er ein neues

Buch *Die erleuchteten Fenster oder die Menschwerdung des Amtsrates Julius Zihal* (1951); die Titelfigur, ein pensionierter Beamter, benützt ein Fernrohr dazu, in die Fenster und vor allem in die Schlafzimmer der Nachbarschaft zu blicken; das ist der mit Ernst und Ironie zugleich geschilderte Weg Zihals zu sich selbst, der erst nach dem Sturz von der Höhe des Beamtentums in die Tiefe des gewöhnlichen Alltags möglich wurde.

Julius Zihal kommt außerdem im nächsten Roman *Die Strudlhofstiege oder Melzer und die Tiefe der Jahre* (1951) vor:

> Die im Titel genannte Stiege ist eine tatsächlich existierende Treppenanlage im neunten Wiener Gemeindebezirk. Sie ist nicht nur äußerer Schauplatz, sondern zugleich der innere Mittelpunkt, in dem sich die aus verschiedenen Perspektiven gesehenen Lebensbahnen der zahlreichen Figuren des Romans treffen. Melzer ist ein ehemaliger Offizier der Monarchie und später Amtsrat der Republik, ein Durchschnittsmensch, der »niemals irgendwohin gegangen, sondern immer nur irgendwohin gekommen war ... und so mußte er denn jene Augenblicke leiden, die niemand erspart bleiben, der eigentlich gelebt hat: die Angst nämlich, nicht eigentlich gelebt zu haben«. Diese Hauptfigur des umfangreichen Romans ist umgeben von vielen Gestalten aus vielen sozialen Schichten; ihre Erlebnisse in den Jahren 1923–1925 und ihre Erinnerungen an die Jahre 1910 und 1911 ergeben zusammen ein buntes Bild der Stadt Wien.

Dieses erfährt eine Ergänzung im noch umfangreicheren Roman *Die Dämonen. Nach der Chronik des Sektionsrates Geyernhoff* (1956), der die Schicksale von rund 30 Personen erzählt und in der Schilderung des Brandes gipfelt, dem am 15. Juli 1927 der Wiener Justizpalast zum Opfer fiel. Dieses Datum war für Doderer ein in die Geschichte Österreichs tiefer einschneidendes als 1914 oder 1918, der Anfang vom Ende der ersten Republik. »Dämonen« (der Titel erinnert gewollt an Dostojewskij) sind für Doderer nicht Menschen von besonderer Bosheit, sondern gewöhnliche Sterbliche; denn er ist der Meinung, »daß verkorkste Bürger und Kleinbürger beiderlei Geschlechts weit schwerer durchschaubar sind und weit abgründiger erscheinen, als selbst der tiefste und geheimnisvollste Genius«. Beide Großromane zusammen geben eine Schilderung Wiens im ersten Jahrhundertdrittel, wobei die Skala vom Aristokratenpalais bis zum Stundenhotel, von der Bankdirektion bis ins Vorstadtcafé, vom Tennisplatz bis ins Kanalsystem reicht (und zwar alles aus eigener Anschauung).

Zwischen diesen beiden Werken, von denen die »Dämonen« schon 1920 geplant und 1930 begonnen worden waren, erschien die Novelle *Das letzte Abenteuer* (1953), die in fernste Vergangenheit zurückgreift, nämlich in eine Zeit, da es nicht nur Ritter, sondern auch Drachen gab. Nach den zweieinhalbtausend Seiten der »Dämonen« erschienen die *Posaunen von Jericho* (1958), die mit dem knappen Raum von 60 Seiten auskamen und ein Kabinettstück österreichischer Erzählkunst darstellen. Im gleichen Jahr entstand Doderers Essay *Grundlagen und Funktion des Romans* (1958), der sich unumwunden zu Spielhagens »Theorie und Technik des Romans« (1883) bekennt und u.a. als »Streben des epischen Dichters« ein Weltbild zu geben erklärt, hierfür aber ein Minimum von 50000 Worten anfordert (diese unterste Grenze wird allerdings bei Doderer weit überschritten). Auch noch ein drittes Buch, der Essay *Österreich* (1958), gesellt sich zu den eben genannten. Das Jahr darauf bringt die Erzählungen *Die Peinigung der Lederbeutelchen* (1959), über die wie über die »Posaunen« ein Wort aus den »Dämonen« geschrieben werden dürfte: »Hier geschieht nichts Beiläufiges. Hier ist sozusagen alles scharf geladen ... Hier ist Verstrickung.« Verstrikkungen finden sich ferner im Roman *Die Merowinger oder die totale Familie* (1962), der Geschichte des Freiherrn von Bartenbruch, der bei den Seinen Childerich III. genannt wird und wegen seines Machtstrebens, das er durch etliche Heiraten innerhalb der großen Verwandtschaft zum Ziel zu führen vermeint, von den erbosten Verwandten an seinem 60. Geburtstag entmannt wird. Wolfgang Rothe nennt dieses groteske Werk ein Satyrspiel auf den »apokalyptischen Liebesroman« der Kafka, Musil und Broch. Rückkehr zur epischen Linie der beiden Großromane bedeutet der *Roman No. 7,* eine Tetralogie, von der *Die Wasserfälle von Sluny* (1963) nach dem Urteil Karl August Horsts den Verfasser als einen »Kompositeur großen Stils« und als einen weniger als früher behinderten Erzähler erweisen. 1967 folgte *Der Grenzwald.*

Als autobiographische Ergänzung des Dodererschen Gesamtwerkes dienen das unter dem Titel *Tangenten* (1964) edierte »Tagebuch eines Schriftstellers 1940–1950« (es ist nicht leicht zu lesen und setzt die Kenntnis seiner wichtigsten Romane, zumindest der »Strudlhofstiege« voraus) und *Meine neunzehn Lebensläufe und neun andere Geschichten* (1966). Die letzte Edition ist der fünf Erzählungen aus den Jahren 1926–1963 umfassende Band *Unter schwarzen Sternen* (1966), von denen die Titelgeschichte gleichfalls aus dem eigenen Leben Doderers berichtet. In diesem Werk stehen die für den Autor charakteristischen Worte:

> »Schlichthin gesprochen: sehr gute Lebensverhältnisse können geradezu bedrückend wirken, wenn in der innersten Kammer des betreffenden Lebens die Tugend fehlt, sie auszufüllen und, schließlich, sie zu nutzen.«

Ein Jahr jünger als Doderer ist sein Landsmann RUDOLF HENZ (geb. 1897); als er zur Welt kam, war sein Vater Lehrer in Göpfritz an der Wild (Niederösterreich); die Familie zog später (1906) nach Groß-Weikersdorf im niederösterreichischen Weinland, der Sohn Rudolf ans Gymnasium in Hollabrunn, von dort (1915) zum Militär und leistete, zuletzt als Oberleutnant, Kriegsdienst an der russischen, italienischen und albanischen Front; nach dem Zusammenbruch studierte er an der Wiener Universität Germanistik und Kunstgeschichte; zum Doktor der Philosophie promoviert (1923), betätigte er sich als Volksbildner und Leiter der Bildungsstelle des Volksbundes der Katholiken Österreichs, von 1931 an als Leiter der wissenschaftlichen Abteilung des Rundfunks; 1938 wurde er fristlos entlassen und fristete dann sein Leben als Versicherungsagent, Glasmaler und Restaurator alter Kirchenfenster; 1945 konnte er wieder die Programmdirektion für das Wiener Radio übernehmen. Rudolf Henz trat lange vor Heimito von Doderer ins literarische Leben ein; *Lieder eines Heimkehrers* (1920) hieß sein erstes Buch, das der Lyrik zugehört; ihr blieb Henz auch später treu (»Unter Brüdern und Bäumen«, 1929; »Döblinger Hymnen«, 1935; »Wort in der Zeit«, 1945; »Österreichische Trilogie«, 1950; »Bei der Arbeit an den Klosterneuburger Scheiben«, 1950; »Lobgesang auf unsere Zeit«, 1956) und entfaltete aus expressionistischen Anfängen seine eigene Art, überwand in seinen Gedichten den Zwiespalt des aus dörflichem Lebensgrund in die städtische Welt versetzten Menschen, ließ das soziale Element seiner Verse stets ins Religiöse münden und bekannte sich immer zu seinem österreichischen Vaterland. Verwandte Themen finden sich auch in des Dichters Bühnenwerken, vor allem eine bewußte religiöse Note: *Das Wächterspiel* (1931) bietet die Läuterung dreier Verbrecher, die in der Osternacht einen Priester erschlagen hatten, *Die Heimkehr des Erstgeborenen* oder »Flucht in die Heimat« (1933) versetzt das Gleichnis vom verlorenen Sohn nach Niederösterreich, selbst in *Kaiser Joseph II.* (1937) geht es letztlich um eine religiöse Entscheidung; als biblische Dramen sind sofort erkennbar *Die Erscheinung des Herrn* (1942), *Die große Lüge* (1947), *Die Erlösung* (1949), *Die große Entscheidung* (1954) zwischen Petrus und Paulus; *Der Büßer* (1955) endlich dramatisiert die Gregoriuslegende, das christliche Gegenstück zur Ödipussage der Griechen.

Daß die Großzahl dieser Bühnendichtungen ihre Uraufführung im Burgtheater erlebten, bezeugt allein schon ihren hohen Wert. Dennoch ist der Romancier Henz bekannter als der Dramatiker: Er begann mit dem Nachkriegsroman *Die Gaukler* (1932), dem der Kriegsroman *Dennoch Mensch* (1933) folgte; wie diese nährten sich aus eigenen Erlebnissen die Romane *Begegnung im September* und *Hundsmühle* (beide 1939), aus geschichtlichen Begebenheiten *Der Kurier des Kaisers* (1941), eine Dichtung aus der Türkenzeit, *Der große Sturm* (1943) um Walther von der Vogelweide, *Ein Bauer greift an die Sterne* (1943) oder *Peter Anich, der Sternsucher,* endlich *Die Weltreise eines Innsbrucker Schneidergesellen vor 100 Jahren* (1956); ein scheinbar utopischer Roman ist *Das Land der singenden Hügel* (1955), tatsächlich aber eine Abrechnung mit der Gegenwart und ihren Tendenzen, »ein Buch aus dem Grenzbereich zwischen Dichtung und Betrachtung, zwischen Kunst und Erkenntnis« (Adalbert Schmidt); eine Überraschung bot Henz mit dem satirischen Roman *Der Kartonismus* (1966), der mit Löwenmut den Kunst- und Kulturkonzernen unserer Gegenwart den Fehdehandschuh hinwirft. Eine Überraschung anderer Art bot schon vorher der Epiker, indem er den *Turm der Welt* (1951) schrieb, ein Epos in Terzinen, eine Auseinandersetzung mit der Dämonie der nationalsozialistischen Epoche (das Werk wurde 1943 begonnen), getragen von der Gewißheit, daß uns das Dämonische für eine Weile knechten könne, daß aber das Göttliche immer da und den Menschen guten Willens nahe ist. Rudolf Henz ist also ein bedeutender christlicher Dichter und hat sich auch in mehreren Essays (z. B. »Festliche Dichtung«, 1935; »Sinn und Aufgabe der katholischen Dichtung«, 1936) sowie in der von ihm seit 1955 herausgegebenen Zeitschrift *Wort in der Zeit* zu seiner Sendung bekannt. Seine Autobiographie trägt den Titel *Fügung und Widerstand* (1963).

Durch den katholischen Glauben geprägt sind auch die folgenden Dichterinnen: ALMA HOLGERSEN (1899–1976) kam als Tochter des Hofrates Hoflacher in Innsbruck zur Welt und blieb Tirolerin der Gesinnung nach, wenn sie auch schon ihre Jugend in Wien verbrachte, dort die Musikakademie besuchte, als Pianistin tätig war und dort schließlich auch starb. Aufgewachsen in den letzten Jahren der Donaumonarchie, wurde sie fast zwangsläufig in die Problematik ihrer Zeit geführt; die Auseinandersetzung konnte sie nur auf dem Gebiet der Kunst vornehmen. 1935 erschien ihr erstes Buch, die sozialkritische Erzählung *Der Aufstand der Kinder;* 20 Jahre später kehrte sie zur gleichen Problemstellung zurück im Roman *Die Reichen hungern* (1955). Gleichsam mit Pastellfarben wurde das soziale Problem im Roman *Räuberromanze* (1957) bearbeitet. Allgemeiner mit der Situation des heutigen Menschen befassen sich die Romane *Es brausen Himmel und Wälder* (1949) und *Berghotel* (1951), dieser mit dem Querschnitt aller Zustände, wie wir sie in den großen Fremdenverkehrszentren leider jederzeit finden können. Das persönliche Verhältnis zur Natur ist Gegenstand des Ski-Tagebuches *Zweitausend Meter über der Hölle* (1937, seit 1953: »Bergfrühling«) und des philosophisch heiteren Bandes *Freu dich alle Tage!* (1952).

Zur Übernatur bekennen sich der Roman *Gesang der Quelle* (1953) sowie die Bücher über *Fatima* (1954) und *La Salette* (1956); eines der stärksten Werke der Schriftstellerin ist *Der Kinderkreuzzug* (1940), in ihm ist »die sprachliche Form der Größe des Vorwurfs angemessen und macht das Buch zu einem der bedeutendsten historischen Romane« (Kurt Adel). Die Ereignisse der nationalsozialistischen Judenverfolgung regten die Erzählung *Geleitet sie, Engel* (1948), der Zweite Weltkrieg den Roman *O Mensch, wohin?* (1946), das Schicksal Wiens in den dreißiger und vierziger Jahren die *Großstadtlegende* (1946) an. Außerdem verfaßte Alma Holgersen noch mehrere andere Bücher, vornehmlich solche, die für die Jugend bestimmt sind, und – verhältnismäßig spät – Gedichte (»Sursum corda«, 1949), in denen sie wie in den sonstigen Werken nach der schönen Formulierung Franz Xaver Hollnsteiners »geben will, indem sie bekennt, und bekennen, indem sie gibt«.

In gewisser Hinsicht ließe sich dieser Satz auch auf RUTH SCHAUMANN (1899 bis 1975) anwenden; ihre Wiege stand in Hamburg, ihr Vater war Offizier und fiel im Ersten Weltkrieg; sie selbst kam 1917 nach München, wo sie auch starb; sie besuchte hier die Kunstgewerbeschule und war seit 1920 auf verschiedenen Gebieten der bildenden Kunst tätig, illustrierte auch oft ihre Bücher; 1924 wurde sie katholisch und heiratete den 1948 verstorbenen Schriftleiter des »Hochlands« Friedrich Fuchs; dieser Ehe entsprossen fünf Kinder. Schon mit 15 Jahren veröffentlichte sie Gedichte, das erste Versbuch trägt den Titel *Die Kathedrale* (1920) und steht noch unter dem Einfluß des Expressionismus und Rilkes. Bald aber löste sie sich von diesen Vorbildern und fand ihren eigenen Ton; nicht geändert hat sich ihre innige Gottverbundenheit; dieser sichere Besitz gibt ihr jene innere Sicherheit, die ihre Worte unangreifbar macht und ihnen die Schönheit und Klarheit schenkt. Gelegentlich freilich wird Formung und Wortwahl sorglos, in späteren Gedichten geraten sogar »die von ihr weiter verwendeten Ausdrucksformen der alten Romantik oder des neuromantischen Symbolismus in gefährliche Nähe zur Routine« (Anneliese Bach); das wird allerdings nur merken, wer das gesamte lyrische Werk kennt (»Der Knospengrund«, 1924; »Die Rose«, 1924; »Das Passional«, 1926; »Die Kinder und die Tiere«, 1929; »Der Krippenweg«, 1932; »Ecce homo«, 1935; »Klage und Trost«, 1947; »Die Sternnacht«, 1959). Mit diesem verwandt erweisen sich das *Bruder Ginepro-Spiel* (1917) und *Die Glasbergkinder* (1921) sowie andere religiöse Spiele, denen spät der Schwank *Munterer Betrug* (1949) folgte.

Seit 1925 begleiteten das lyrische Schaffen Prosawerke kleineren und größeren Umfangs: *Der blühende Stab* (1929) sammelte die bisher zerstreuten Erzählungen, die den Leser anrühren, als bekäme plötzlich der Alltag einen ewigen Sinn; das bezaubernde Buch *Amei* (1932) erhebt die eigene Kindheit in die Atmosphäre der Poesie; der Roman *Yves* (1933) handelt von einem vertauschten Kind; die Hauptgestalt des nächsten Romans *Der Major* (1935) trägt zweifellos Züge des gefallenen Vaters der Dichterin; mit dem Roman *Der schwarze Valtin und die weiße Osanna* (1938) beginnt eine lange Reihe von Romanen und Erzählungen (»Die Übermacht«, 1941; »Der Hirte im schönen Busch«, 1942; »Die Silberdistel«, 1942; »Die Uhr«, 1946; »Der Jagdhund«, 1949; »Die Karlsbader Hochzeit«, 1953; »Die Taube«, 1955; »Die Frau des guten Schächers«, 1956; »Die Haarsträhne«, 1959). Sie bedienen sich manchmal historischen Kolorits bei der Zeichnung von Umwelt und Charakteren, siedeln aber meistens ihren Stoff im zeitgenössischen Raum an. Oft sind weder Zeit noch Ort genau lokalisiert; es wird märchenhaft typisiert, auch wenn die Handlung nicht ausdrücklich in einen irrealen Bereich verlegt wird, und die dargestellten Schicksale wollen nicht als individuelle, sondern als zeitlos exemplarische aufgefaßt sein.

Die Grundhaltung Ruth Schaumanns ist in unserer aufgewühlten Zeit vielleicht nicht jedermann verständlich und zugänglich; wer religiöse Dichtung als Auseinandersetzung versteht, findet sie bei der mit Ruth Schaumann gleichaltrigen ELISABETH LANGGÄSSER (1899–1950). Als Tochter eines Architekten in Alzey (Rheinhessen) geboren, besuchte sie dort und nach dem Tode ihres Vaters in Darmstadt die Schulen, war dann nach pädagogischer Ausbildung Lehrerin an verschiedenen Orten Hessens, anschließend (1929/1930) Dozentin der Pädagogik und Methodik an der sozialen Frauenschule in Berlin und stand hier dem Kreis um die literarische Zeitschrift »Die Kolonne« nahe; hier heiratete sie auch den Philosophen Wilhelm Hoffmann (1935); 1936 erhielt sie als Halbjüdin Publikationsverbot, 1944 wurde sie dennoch dienstverpflichtet (die älteste ihrer vier Töchter kam nach Auschwitz, überlebte aber das Konzentrationslager: ihrer Mutter Gedicht »Frühling 1946« ist Zeugnis des Wiedersehens); nach dem Krieg verließ Elisabeth Langgässer mit ihrer Familie Berlin und lebte bis zu ihrem Tode in Rheinzabern.

Ihr literarisches Schaffen kann man mit Wilhelm Hoffmann in drei Phasen einteilen. Die erste beginnt mit dem Gedichtband *Der Wendekreis des*

Lammes (1924) mit dem den Inhalt andeutenden Untertitel »Ein Hymnus der Erlösung«, von der Droste »Geistlichem Jahr« durch Objektivität in der Behandlung des Erlösungsbedürfnisses der Menschheit und der Erlösungstat Christi verschieden, der religiösen Dichtung der Le Fort entgegengesetzt durch die ekstatische Inbrunst des Gefühls, das den Intellekt bis zur Schwarmgeisterei mitreißt.

Hier dürfte die Wurzel zu suchen sein für die zweite Phase. Sie wird eingeleitet durch die Erzählung *Proserpina* (1932) und den mehrere Erzählungen umfassenden Band *Triptychon des Teufels* (1933); in der ersten erlebt ein Kind das Geschick der mythischen Proserpina und gerät in einen dämonischen Sog (Höhepunkt ist die Zerfetzung einer Puppe in »mänadenhafter Wollust«); das andere Buch handelt »vom Haß, vom Börsenspiel und der Unzucht« und gipfelt in der orgiastisch endenden Novelle »Mars«; Proserpina und Mars sind natürlich nicht poetische Fiktionen, sondern die »panischen Kräfte der rohen Natur«, der »unerlösten« Natur wie das vegetativ Triebhafte, wie Wollust, Sexus, Grausamkeit. Die beiden Bücher sind die Praxis zu der 1930 ausgesprochenen Theorie: »In der Dichtung muß es mehr die magisch verlockende Gewalt der Natur sein, die den Menschen in ihren Schoß zieht.« Das lyrische Zeugnis dieser Zeit sind *Die Tierkreisgedichte* (1935): Sie gestalten das seiner selbst bewußt gewordene Dasein als antike Naturwelt oder Mythos; von ihnen gilt im besonderen, was Hans E. Holthusen im allgemeinen über Elisabeth Langgässer sagt, bei ihr seien »die göttlichen als auch die widergöttlichen Mächte mit solchen Übergewichten ausgestattet, daß die Bewußtseinsbasis in zwei Stücke auseinandergebrochen zu sein scheint. Brunst und Inbrunst, Sexualität und Intellekt, mänadische Raserei und mystische Verzückung befinden sich im Aufruhr gegeneinander und gleichzeitig in qualvoller Promiskuität ..., die Seele bringt die beiden Hälften des Seins nicht mehr zusammen«.

Den Übergang zur dritten Phase bildet der Roman *Der Gang durch das Ried* (1936). Hermann Hesse hat von diesem Buch gesagt: »Die Kraft der Dichtung zaubert immer wieder Blumen aus dem Sumpf ..., auch aus den versumpften Menschenseelen. Etwas Verlorenes und Hoffnungsloses wird mit solcher Magie und Bildkraft dargestellt, daß Schönheit daraus wird.« Eine tiefer reichende Betrachtung wird eine doppelte Entdeckung machen, einmal, daß es der Autorin nicht um die den Psychologen interessierende Ausfallerscheinung geht, sondern um die Suche nach dem Namen, den der Himmel aufprägt, zum andern, daß es somit deutlich nicht mehr um den natürlichen Mythos, sondern um das Mysterium der Erlösung geht.

Mit den Werken, die nach den zehn Jahren des aufgenötigten Schweigens erschienen, ist die dritte Phase erreicht: Im Mittelpunkt des Romans *Das unauslöschliche Siegel* (1946) steht ein Jude, der nur aus gesellschaftlichen Gründen die Taufe empfangen hat und schließlich nach Fluchtversuchen aller Art von der Gnade eingeholt wird; diese Handlung wird so wenig psychologisiert wie jene im »Gang durch das Ried«, sondern gesehen als Spiel der Hölle und des Himmels um eine Seele; deshalb wechselt sie die Schauplätze in verwirrendem Wirbel, schiebt die Zeiten in- und durcheinander, läßt Personen auftauchen und verschwinden, spart endlich nicht mit Abzweigungen in die Gebiete der Wissenschaften sowie mit Darstellungen der Sünde bis zur Schamlosigkeit, mit Meditationen über die Trinität und einer gewagten Satanologie. Aus den angegebenen Gründen wird Elisabeth Langgässer, ähnlich den Franzosen Léon Bloy und François Mauriac oder dem Engländer Graham Greene, vielfach abgelehnt. Wahrscheinlich hat Wilhelm Duwe recht, wenn er sagt: »Die Größe des Romans macht aus, daß der Gott Elisabeth Langgässers kein Gott der Kleingläubigen ist, sondern auch den teuflischen Mächten ihren Spielraum läßt, so daß sie inmitten der zerfleischten Welt von 1945 gerade als gläubige Christin bestehen kann.«

Auch in der dritten Phase begleitet ein lyrisches Buch die Entwicklung der Dichterin, *Der Laubmann und die Rose* (1947): Der Laubmann ist die unerlöste Natur, neben ihm steht die Rose, d.h. die rosa mystica der lauretanischen Litanei, Maria, in der die Schöpfung, verwandelt durch die Gnade, heil geblieben ist; die Natur ist nicht mehr fähig zu ewiger Wiederkehr, ihr Lauf ist unterbrochen durch die Erlösung. Völlig verstummt sind die irdisch-triebhaften Kräfte in der *Kölnischen Elegie* (1948) zur 700-Jahr-Feier des Domes. Auch der Roman *Die märkische Argonautenfahrt* (1950) ist mariologisch begründet. Maria ist die unsichtbare Begleiterin der sieben »Argonauten«, d. h. jener sieben verschiedenen Menschen, die, Personifikationen der sieben Hauptsünden, aus einer durch den Krieg zerstörten Stadt auf der Suche nach dem goldenen Vlies, d. h. nach dem wahren, von Schuld befreiten Selbst, nach dem Kloster Anastasiendorf (»Kloster der Auferstehung«) pilgern. »Unwillkürlich«, sagte Wilhelm Duwe, »drängt sich der Vergleich mit Hermann Kasacks Roman ›Die Stadt hinter dem Strom‹ auf. Während Kasack die Welt mit ihrer Fleisches- und Sinnenlust und Hoffart in seiner Totenstadt sublimiert und in das zarte Gefüge einer unbegreiflichen und widernatürlichen Ordnung preßt, geht es Elisabeth Langgässer darum, die irdische Unzulänglichkeit möglichst kraß zu schildern, da sie sonst noch die Gnade auslassen müßte. Diese kann sie nur in einer Welt sichtbar werden lassen, die im Sinnentaumel befangen ist ... (und) dringt in die Transzendenz der vierten Dimension vor.« Er spielt dabei auf Worte an, die die Dichterin selbst im Essayband *Geist in den Sinnen behaust* (1951) und in der Schrift *Das Christliche in der christlichen Dichtung* (1961) verwendet hat.

Stefan Andres (1906–1970) kam als neuntes Kind eines Müllers in Breitwies bei Trier zur Welt; zuerst wollte er Priester werden, sattelte aber von der theologischen zur philosophischen Fakultät um, studierte in Köln, Jena und Berlin neben Kunstgeschichte und Philosophie besonders Germanistik, reiste nach Italien, Ägypten und Griechenland, hielt sich auch längere Zeit in München auf; nach Jahren »der Lockerung, des Irrens, der Leere, des neuen Suchens« fand er in den Jahren der Emigration (1937–1949) in Positano bei Salerno »jene Atmosphäre von Unerbittlichkeit«, die ihn »auf das Feld des Wesentlichen« trieb. Nach Deutschland zurückgekehrt, ließ er sich in Unkel am Rhein nieder, von wo aus ihn die unstillbare Italiensehnsucht immer wieder nach Rom trieb.

Sein erstes größeres Buch war der Roman *Bruder Luzifer* (1932), eine Erinnerung an sein Noviziat bei den Kapuzinern; schon dieser Erstling zeigt, wenn auch noch unvollkommen, weil das weltliche Element zu stark ist, die für Andres typische Vereinigung der Gegensätze, das Wechselverhältnis von Weltfremde und Ewigkeitsbestimmung, Sinnenlust und geistiger Verantwortung, Hingabe an die Erde und Notwendigkeit der Entsagung, Verlockung durch den Augenblick und Bindung an die religiöse Verpflichtung. Autobiographisch genährt ist auch der zweite Roman *Die unsichtbare Mauer* (1934) und erzählt von der Entwicklung junger Leute vom Land, vom Bau einer großen Staumauer im bisher stillen Tal, von der Einführung des elektrischen Lichtes und vom Ausbruch des Ersten Weltkrieges. Das persönlichste Buch ist der die Lösung eines Müllersohnes von Familie und Heimat schildernde Roman *Eberhard im Kontrapunkt* (1934). Wie es manchem geht, der den Weg zum Altar nicht zu Ende gegangen ist, stellten sich auch bei Stefan Andres Schwierigkeiten im Verhältnis zur Kirche ein; sie wurden abreagiert in den Novellen *El Greco malt den Großinquisitor* (1935) und *Vom heiligen Pfäfflein Domenico* (1936); was ihm aber immer noch Stütze gibt, ist die Heimat, wovon die *Moselländischen Novellen* (1937, seit 1949 »Gäste im Paradies«) Zeugnis ablegen. Die erste Frucht des Aufenthaltes im Süden ist der Roman *Der Mann von Asteri* (1939).

Die heilsame Welt des Mittelmeeres treffen wir auch in der funkelnden Prosa des Novellenbandes *Das Grab des Neides* (1940), dessen Titelerzählung die langsame Genesung von Schuld und Verstrickung eines deutschen Fliegeroffiziers aus dem Ersten Weltkrieg auf einem griechischen Eiland schildert. Die Heiterkeit des Südens erfüllt die Ehegeschichte des Bildhauers Ulrich Huhl, der in Città Morte (d.i.Positano) das Leben eines Sonderlings führt (»Der gefrorene Dionysos«, 1942, seit 1951 »Die Liebesschaukel«).

Inzwischen war aber der spanische Bürgerkrieg beendet, der Zweite Weltkrieg angefangen worden, und Stefan Andres begann damit, die Zeichen der Zeit zu deuten. Das erste Buch dieser Art ist die Novelle *Wir sind Utopia* (1943, 1950 dramatisiert unter dem Titel »Gottes Utopia«):

Ein abgefallener Mönch, der durch den spanischen Bürgerkrieg als Gefangener in eben jenes Kloster kommt, aus dem er einst entwichen war, und ein kommunistischer Offizier bewegen sich gegenseitig zur Gewissenserforschung und zu guter Tat. Nicht das ist für Andres das Entscheidende, daß der Kommunist zur Beichte niederkniet, sondern daß der ehemalige Mönch zur Einsicht kommt, es habe noch niemand die Welt zu einem Utopia reformieren können, »selbst Er nicht. Gott liebt diese Welt, weil sie unvollkommen ist«.

Mahnruf zur Völkerverständigung sind die Romane *Die Hochzeit der Feinde* (1947) und *Ritter der Gerechtigkeit* (1949), jener nach dem Ersten, dieser nach dem Zweiten Weltkrieg spielend. Direkt in die damalige Gegenwart führt das große Zeitgemälde der Trilogie *Die Sintflut: Das Tier aus der Tiefe* (1949) wendet sich gegen die stets aktuelle und nicht auf die Epoche Hitlers und Mussolinis beschränkte Gleichschaltung des menschlichen Lebens, *Die Arche* (1951) schildert die Nöte derjenigen, die sich nicht der Norm fügen, bis sie in der Schweiz Zuflucht finden, *Der graue Regenbogen* (1959) befaßt sich mit dem Neubeginn nach 1945; aus den hier nur angedeuteten Gefährdungen könne, so meint der Autor der Trilogie, nur die Bindung an das Göttliche führen; deshalb ist das Werk »genauso doppelbödig wie die Romane Elisabeth Langgässers, biblische Legende und gelebte Gegenwart zugleich« (Wilhelm Duwe).

Der nächste Roman *Der Knabe im Brunnen* (1953) kehrt zur Selbstdarstellung zurück und enthält die Kindheitsgeschichte des Dichters, d. h. von der Märchenzeit bis zur Schwelle des tätigen Lebens; in der *Reise nach Portiuncula* (1954) wird ein Menschenleben zu später Reinigung und Entsühnung geführt; Ernst und Heiterkeit umspielen die Geschehnisse im Roman *Der Mann im Fisch* (1963), in dem ein Dr. Jonas alias Calame dem biblischen Propheten Jonas sozusagen begegnet; beide drücken sich zunächst vor ihrem Auftrag, weil sie sich vom Mitmenschen wie von Gott ein ganz falsches Bild gemacht haben; hier soll – wie in der »Sintflut« – die Umsetzung der erlebten Wirklichkeit in die Form eines riesigen Gleichnisses die unsere Zeit bewegenden Gedanken und Kräfte deutlich erkennbar machen. 1971 wurde der Roman *Die Versuchung des Synesios* veröffentlicht.

Eine Fülle kleinerer Erzählungen ergänzen das Romanwerk; es sei noch verwiesen auf *Das goldene Gitter* (1950), *Die Vermummten* (1951), *Das Antlitz* (1952); der Schauplatz dieser Geschichten von Irrenden, Suchenden, Liebenden wechselt wie stets bei Andres zwischen der Heimat an Mosel und Rhein und der Mittelmeerwelt. – Zum Schluß noch ein Wort über den Lyriker aus Trier: *Die Löwenkanzel* (1933), *Requiem für ein Kind* (1948), *Der Granatapfel* (1950) sind die Titel der Versbände, zu denen noch das Oratorium *Der ewige Strom* (1935) kommt; die Vorbilder sind Brentano und Hölderlin, das Hauptthema ist das Erlebnis unserer Zeit.

Erst späte, dann aber hohe Anerkennung fand das Werk der bayrischen Schriftstellerin LUISE RINSER (geb. 1911) aus Pitzling; nach entsprechenden Studien in München war sie von 1935 bis 1939 als Lehrerin tätig; 1939 heiratete sie den 1943 in Rußland gefallenen Opernkapellmeister Schnell. Ihr erstes Buch, die Erzählung *Die gläsernen Ringe* (1940) ist Erinnerung an die eigene Jugend, fand Anerkennung in Fachkreisen und zugleich Schreibverbot durch die nationalsozialistischen Behörden, die sie später wegen »Hochverrats und Wehrkraftzersetzung« in Haft nahmen (davon erzählt das »Gefängnistagebuch«, 1946). 1945–1953 übte sie in München journalistische Tätigkeit aus, 1953 heiratete sie den Komponisten Carl Orff, 1959 wurde die Ehe geschieden. Seither lebt Luise Rinser abwechselnd in Rom und München. Ihre literarische Tätigkeit nahm sie bald nach dem Krieg wieder auf: Die erste Liebe, wie ein Mädchen sie erlebt, ist Gegenstand der Erzählungen *Erste Liebe* (1946) und *Hochebene* (1948); gleichzeitig mit diesem Buch erschien die Novelle *Jan Lobel aus Warschau* (1948), die Geschichte eines von zwei Frauen versteckt gehaltenen Juden.

Es folgte der Zeitroman *Die Stärkeren* (1948), die Lebensgeschichte von Kleinstadtbürgern zwischen 1914 und 1945, und der Doppelroman *Nina* (1961), ursprünglich in zwei Bände aufgeteilt (»Mitte des Lebens«, 1950; »Abenteuer der Tugend«, 1957), in Tagebuchform: Eine scheinbar emanzipierte Frau fügt sich, gereift durch die Erfahrungen ihres bisher eigenwilligen Lebens, in die metaphysische Ordnung des katholischen Glaubens. Luise Rinsers Neigung zur Darstellung von Grenzfällen zeigt der Roman *Daniela* (1953), dessen Hauptgestalt, eine Lehrerin aus der Großstadt, in einem Dorf an der Feindseligkeit der Dorfbewohner scheitert. Das Wagnis des Christentums ist Thema des Romans *Die vollkommene Freude* (1962). Mit dem Buch *Ich bin Tobias* (1966) vollzog die bis dahin manchmal als zu sentimental und nicht immer glaubwürdig charakterisierte Autorin eine Wendung in ihrem Schaffen, und zwar hin zu einer Auseinandersetzung mit der Gegenwart. Seitdem stehen soziale und politische Themen im Zentrum ihrer Publizistik, wobei freilich das Spannungsfeld von Religiös-Metaphysischem und Politisch-Gesellschaftlichem noch immer ihr Interesse beherrscht.

Der in Innsbruck geborene KURT ZIESEL (geb. 1911) kam nach landwirtschaftlichen Studien in Wien 1933 nach Deutschland, wo er sich bald, aber nicht für immer, der nationalsozialistischen Bewegung anschloß, als Journalist in München, Königsberg, Dortmund und Hamburg sowie während des Krieges als Frontberichterstatter tätig war; auf Reisen erlebte er weite Gebiete Europas, Syriens und Palästinas, heute besitzt er ein Gut in der Nähe von Salzburg und eine Wohnung in München. Mit seinen ersten Romanen *Verwandlung der Herzen* (1938), besonders mit dem *Kleinen Gott* (1939) fand er das enthusiastische Lob des völkischen Literaturwissenschaftlers Josef Nadler. Besser erkennen wir den Romancier Ziesel an seinen Werken, die nach 1945 entstanden sind und wie ein Motto den Titel des ersten dieser Bücher tragen, *Und was bleibt, ist der Mensch* (1951); dieses läßt einen amerikanischen Fliegeroffizier die Zustände im besetzten Europa erleben und führt die bewegten Schicksale einer mißbrauchten Generation vor. »Zwischen Abgrund und Abgrund als Suchende und Verwirrte hin- und hergerissen«, suchen diese Menschen hüben und drüben nach dem bleibenden Bild des Menschlichen. *Daniel in der Löwengrube* (1952) veranschaulicht am Einzelgeschick eines deutschen Schauspielers Mitschuld und Sühne im Ablauf der jüdischen Tragödie. Auseinandersetzung mit dem Zweiten Weltkrieg bieten die Tagebücher *Das Leben verläßt uns nicht* (1954), die in allen Situationen das Typische und das Hintergründige in einer Mischung von dichterischer Intuition und journalistischem Schwung hervorzukehren wissen. Weitere Romane sind *Solange wir lieben* (1956) und *Der endlose Tag* (1962). Das Buch *Die Sensation des Guten* (1967) ist kein Roman, sondern ein Reisebericht über die christlichen Missionen. Neben diesen viel gelesenen Beiträgen zur schönen Literatur stehen die weniger studierten Bücher zur Kritik am heutigen Literaturbetrieb und an der heutigen Kulturpolitik (»Das verlorene Gewissen«, 1958; »Die verratene Demokratie«, 1960; »Pressefreiheit in der Demokratie«, 1962; »Die Literaturfabrik«, 1962).

LYRIK IM WANDEL

Im Geist der Tradition

Nicht alle Dichter, die durch ihre Lyrik hervorstechen, beschränken sich auf diese Gattung. Noch weniger sind alle Lyriker darauf versessen, etwas absolut Neues in Form und Inhalt zu bieten. So geschieht es, daß in dem hier zur Darstellung kommenden Zeitraum neben Vertretern eines neuen Stils auch Anhänger älterer Richtungen auftreten. Der Senior in dieser Gruppe war Hans Erich Blaich (1873-1945), geboren in Leutkirch (Allgäu), Student der Medizin in Tübingen, München und Heidelberg, praktischer Arzt in Stuttgart, München, Fürstenfeldbruck (seit 1911), wo er auch bis zu seinem Tode blieb, nachdem er 1932 die ärztliche Praxis aufgegeben hatte; neben dieser widmete er sich dem literarischen Schaffen, und zwar unter dem Pseudonym DR. OWLGLASS, einer Übertragung des Wortes Eulenspiegel ins Englische. Sein erstes Gedicht war schon 1897 im »Simplicissimus« erschienen, dessen Chefredakteur er 1912–1924 und nochmals 1933–1935 war, bis er sich, angewidert von den politischen Zuständen im angebrochenen »Dritten Reich«, völlig zurückzog. Dr. Owlglass war ein Philanthrop und dennoch ein Mann, der eine starke Neigung zur Satire hatte, allerdings ohne verletzende Spitze; mit seinen Gedichten (»Der saure Apfel«, 1904; »Gottes Blasebalg«, 1910; »Von Lichtmeß bis Dreikönig«, 1912; »Käuze«, 1917; »Der Tintenkuli«, 1924; »Allotria«, 1927; »Stunde um Stunde«, 1933; »Scherze«, 1938; »Dr. Owlglass' Rezeptbuch«, 1942; »Im letzten Viertel«, 1942; »Seitensprünge«, 1942; »Tempi passati«, 1947), auch mit kleinen Erzählungen (»Hinter den sieben Schwaben her«, 1926; »Lichter und Gelichter«, 1931; »Damals«, 1941) suchte er, ein Wahlverwandter von Wilhelm Busch und Christian Morgenstern, seinen Mitmenschen in den Irrungen und Wirrungen des Lebens hilfreich zu sein.

Nicht ohne Blick auf die Landschaft schuf dagegen WALTER BAUER (1904 bis 1976) an seinen Werken. Er kam als Arbeitersohn in Merseburg an der Saale zur Welt, wurde selbst Volksschullehrer und übte seit 1929 seinen Beruf in mitteldeutschen Industriestädten und Dörfern aus, reiste auch viel in Österreich und Italien und fand für seine ersten Werke Förderung bei Stefan Zweig. 1935 wurden seine Bücher verboten, er selbst mußte bald in den Krieg. 1952, d.h. als das »Wirtschaftswunder« begann, wanderte er nach Toronto in Kanada aus, verdiente sich sein Brot mit Gelegenheitsarbeiten, studierte nebenbei Sprachen und Literatur und wurde 1957 Lektor an der Universität Toronto. Seine literarischen Anfänge stehen im Zeichen des

Amerikaners Walt Whitman und der deutschen Arbeiterdichtung, besonders des Vorbildes Heinrich Lersch. *Kameraden, zu euch spreche ich* ist der Titel seines Erstlings (1929), eines von Pathos noch nicht freien Versbandes; bald folgte die *Stimme aus dem Leunawerk* (1930), ein Buch, das neben Gedichten auch schon Prosa enthält.

Walter Bauer wurde erst wieder Lyriker, nachdem er ausgewandert war; in freien Rhythmen befaßte er sich mit dem Aufbruch in die Neue Welt (»Mein blaues Oktoberheft«, 1954), ebenso nüchtern und nachdenklich schilderte er die *Nachtwachen des Tellerwäschers* (1957). Zwischen den lyrischen Bänden liegen Romane und Erzählungen, deren erste bereits den Schriftsteller »zu den feineren Köpfen unter den jüngeren deutschen Autoren« zählen ließen, wie Hermann Hesse einmal bemerkte: Der Roman *Ein Mann zog in die Stadt* (1931) erzählt in absichtlich eintöniger Chronistik, wie ein verarmter Bauernsohn zum Proletarier wird; *Die notwendige Reise* (1932) berichtet von der Wirrnis in den Seelen der jungen Menschen während der ersten Nachkriegszeit; das *Herz der Erde* (1933) ist ein von Pathos und Sentimentalität nicht freier Mutterroman; die Erzählungen *Die Horde Moris* (1935) kreisen um einen Wandervogelführer und Weltfahrer. Es folgten noch einige weniger bedeutende Bücher; nach der Wiederaufnahme der schriftstellerischen Tätigkeit mehrte sich die Zahl der Neuerscheinungen, aus denen hervorgehoben seien die von der zweiten Nachkriegszeit handelnden Erzählungen des Bandes *Das Lied der Freiheit* (1948) und der Roman *Besser zu zweit als allein* (1950). Neben Hörspielen und Kinderbüchern schrieb Walter Bauer noch Biographien, so über van Gogh (»Die Sonne von Arles«, 1951) und über Nansen (»Die langen Reisen«, 1956). Besinnliche Erzählungen bieten die Bücher *Tränen eines Mannes* (1958) und *Die Stimme* (1961); Prosa und Verse aus den Jahren 1928–1964 sind gesammelt unter dem Titel *Der Weg zählt, nicht die Herberge* (1964); gemeint ist der eigenwillige Weg aus proletarischem Bewußtsein zu mutigem Individualismus.

Neben der für jedermanns Auge sichtbaren Landschaft gibt es noch eine andere, die Traumlandschaft. Aus ihr erwuchs das »literarhistorisch unbegreifliche« (Kurt Adel) Werk der Dichterin Paula Ludwig (1900–1973), der Ina Seidel die »Einfachheit höchster Kunst« nachrühmt, so daß »wir uns bei einzelnen ihrer Strophen angerührt fühlen wie bei sapphischen Fragmenten, bei gewissen Versen der Psalmen oder des Hohen Liedes der Bibel«. Und Hermann Kasack sagt von ihren Gedichten: »Als Bruchstücke einer unendlichen Melodie verschmelzen sie ekstatisch das lyrische Ich mit der Landschaft als seelisch erfüllter Natur.« Diese Dichterin erblickte im Schlößchen

Amberg bei Feldkirch das Licht der Welt; ihr Vater stammte aus Schlesien, ihre Mutter aus Oberösterreich; nach den Jahren der Kindheit ist sie weit in der Welt herumgezogen, sie kam nach Linz, nach Breslau, nach München und Berlin (hier war sie mit expressionistischen Dichtern befreundet, vor allem mit Friedrich Koffka und Ywan Goll), 1933 floh sie vor dem Ungeist der Diktatur nach Tirol, später über Frankreich und Spanien nach Südamerika; ihre Rückkehr (1953) führte sie wieder nach Tirol, dann nach Wetzlar. Was über sie zu sagen wäre, hat sie selbst ausgesprochen in den Jugenderinnerungen *Buch des Lebens* (1936) und im Band *Träume* (1962, erweiterte Ausgabe der »Traumlandschaft« von 1934); in diesem hat sie »nichts bewußt geändert, nichts hinzugefügt, nichts weggetan« und aus ihren inneren Gesichten (von diesen künden auch Paula Ludwigs Tuschzeichnungen und Aquarelle) dennoch erstrangige Prosastücke geschaffen. In diesen Träumen den Spuren ihrer Gedichte nachzugehen sei geradezu aufregend, meint Kurt Adel. Die Gedichte sind gesammelt in den Bänden *Die selige Spur* (1920), *Der himmlische Spiegel* (1927), *Dem dunklen Gott* (1932), *Gedichte* (1958); weder dem Volkston verbunden noch einer surrealistischen oder psychoanalytischen Theorie verpflichtet, bezeugen diese, meist freirhythmischen Verse ein Leben und Erleben zwischen Leid und Liebe, zwischen Armut und Angst, zwischen Schmerz und Hoffnung und dürfen zu den bedeutendsten Erzeugnissen der Lyrik unseres Jahrhunderts gezählt werden.

Dem Klassizismus verpflichtet war EMIL BARTH (1900–1958); er war als Sohn eines schlesischen Buchbinders aus alter Handwerkerfamilie in Haan geboren (ein Bruder von ihm ist der Maler Carl Barth), wurde Buchdrucker und Verlagsangestellter, diente in beiden Weltkriegen kurzfristig als Soldat, lebte seit 1924 als freier Schriftsteller in München, Düsseldorf und Xanten, seit 1943 in Haan, seit 1955 wieder in Düsseldorf, wo er auch starb. Er hat zwei Bücher über seine Kindheit (»Das verlorene Haus«, 1936; »Der Wandelstern«, 1939) geschrieben, die man den entsprechenden Werken Hans Carossas an die Seite stellen kann, vorausgesetzt, daß man nicht übersieht, daß Barth eine Generation jünger und nicht jener Bildung teilhaftig war, die der ältere besaß; so ersetzte er diese durch Reflexion und durch Humor; dennoch gelang es ihm, die heile Welt seiner frühen Jahre dem zeitgenössischen Zerfall als Inbilder der Erinnerung gegenüberzustellen. Emil Barth hat noch andere Prosabücher verfaßt, Romane und Erzählungen – aber der einzige, nicht Fragment gebliebene Roman *Das Lorbeerufer* (1943), der auf Sizilien spielt und eine Dichterin, die an Sappho erinnert, vorstellt, ist im

igmund Freud (1856–1939).

Carl Gustav Jung (1875–1961).

Edmund Husserl (1859–1938).

mano Guardini (1885–1965).

Nicolai Hartmann (1882–1950).

Karl Jaspers (1883–1969).

tin Heidegger (1889–1976).

Ernst Bloch (1885–1977).

Martin Buber (1878–1965).

Einer der bedeutendsten christlichen Dichter deutscher Sprache war Edzard Schaper (1908–1984).

Das dichterische Werk Ricarda Huchs (1864–1947) besteht aus Lyrik und Romanen sowie kultur- und literarhistorischen Arbeiten.

Naturmythos und christlicher Glaube prägen die Werke der Dichterin Elisabeth Langgässer (1899–1950).

Vom Expressionismus ging der Lyriker Gottfried Benn (1886–1956) aus.

Gegensatz zur gehämmerten Prosa der Kindheitserinnerungen eine elegische Meditation mit schemenhaft bleibenden Gestalten – sowie die Aufzeichnungen aus den letzten Kriegsjahren *Lemuria* (1948), die zeigen, wie schwer ihr Verfasser an der Wirklichkeit litt, endlich eine Reihe von Essays, von denen der über Georg Trakl (1937) die anderen übertrifft. Dessen Trauer ist neben dem Humor ein Charakteristikum Emil Barths; seine Gedichte (»Totenfeier«, 1925; »Ex voto«, 1932; »Gedichte«, 1938, erweitert 1942; »Xantener Hymnen«, 1948; »Gedichte und Gedichte in Prosa«, 1950; »Nachtschatten, Gedichte in Prosa«, 1952; »Tigermuschel«, 1956; »Meerzauber«, 1961) umkreisen »die Frage nach dem Glück des von Grund aus Unglücklichen«, nämlich des Menschen, und wechseln zwischen den Formen der Elegie und des Dithyrambus.

Das umfangreichste Gesamtwerk im klassizistischen Stil stammt wohl von Fritz Usinger (1895–1982) aus Friedberg in Hessen. Nachdem er am Ersten Weltkrieg teilgenommen hatte, studierte er Deutsch, Französisch und Philosophie in München, Heidelberg und Gießen; zum Doktor promoviert, war er bis 1949 im Dienst der höheren Schule tätig; danach lebte er in seiner Heimatstadt; auf verschiedenen Reisen hat er Frankreich, Belgien, Italien und die Schweiz kennengelernt. Seine ersten Gedichtbände trugen die Titel *Der ewige Kampf* (1918), *Große Elegie* (1920), *Irdisches Gedicht* (1927); in den *Sonetten* (1927) spricht, wie das Wolfgang Pfeiffer-Belli formuliert hat, »ein Dichter, der, einst in seligen Traumwelten befangen, nach langer Abwesenheit, nach langem Umgewirbeltsein in der Weltkatastrophe den Ort früheren Glücks besucht und nun mit männlich gebändigtem Schmerz, mit wissender Trauer um sich blickt. Das, was ihn einstmals als blühendes Leben anlachte, starrt nun larvenhaft als morsche, zerfallende Hülle.« Fortan hat er in mehreren Gedichtbänden (»Das Wort«, 1931; »Die Stimmen«, 1934; »Die Geheimnisse«, 1937; »Traum der Erde«, 1942; »Hermes«, 1942; »Das Glück«, 1947; »Hesperische Hymnen«, 1948; »Gesang gegen den Tod«, 1952; »Fest der Geister«, 1955; »Niemandsgesang«, 1957; »Der Stern der Vergeblichkeit«, 1962), die Sonette, Oden, Hymnen und Elegien in sich schließen lassen, viele Bereiche des Irdischen ausgeschritten, ohne je die enge Verbindung mit der Sphäre des Überirdischen zu verlieren; das Hier und das Dort hat er stets als Einheit begriffen, das Tragische hat er stets bejaht. Trotz seiner Ergebenheit an die abendländische Tradition hat er, der auch ein Meister des Essays ist, die Zeichen der modernen Zeit nicht übersehen; es seien angeführt die Schriften *Zur Metaphysik des Clowns* (1952), *Kleine Biographie des Jazz* (1953), *Form und Wahrheit der zeitgenössischen Litera-*

tur (1955), *Welt ohne Klassik* (1960), *Tellurische und planetarische Dichtung* (1963), *Die geistige Figur des Clowns in unserer Zeit* (1964).

In diesem Zusammenhang darf endlich noch Otto Hermann Heuschele (geb. 1900) genannt werden. Als Neunzehnjähriger schrieb er den Essay *Aus dem Tempel der Dichtung, eine Schrift für alle, die Dichter und Dichtung lieben* (1919); in der schon im Titel der Erstlingsschrift ausgesprochenen Gesinnung entstanden noch viele andere Essays (die meisten sind gesammelt unter dem Titel »Essays 1924–1964« und mit einem Vorwort von C. J. Burckhardt 1964 ediert worden), Lebensbeschreibungen, autobiographische Bekenntnisse, Aphorismen und Landschaftsschilderungen. Zu diesen Prosaschriften kommen ferner *Märchen* (1927), Legenden (»Die heilige Spur«, 1956), Romane (»Der Weg wider den Tod«, 1929; »Die Sturmgeborenen«, 1938; »Am Abgrund«, 1961) und Erzählungen (»Das Opfer«, 1932; »Scharnhorsts letzte Fahrt«, 1937; »Das Feuer in der Nacht«, 1937; »Leonore«, 1939; »Die Fürstin«, 1945; »Die Wandlung«, 1945; »Begegnungen im Sommer«, 1948; »Die Brücke«, 1949; »Ins neue Leben«, 1950; »Musik durchbricht die Nacht«, 1956; »Das Mädchen Marianne«, 1962) – den romantischen Einschlag wird man nicht übersehen – und eigene und Ausgaben fremder Briefe aus Vergangenheit und Gegenwart; außerdem gab Heuschele zahlreiche Anthologien aus zeitgenössischer und älterer Lyrik, aus deutschem und anderssprachigem Dichtergut heraus; er selbst steuerte zur Literatur nicht wenige Versbände bei (»Der weiße Weg«, 1927; »Licht übers Land«, 1931; »Groß war die Nacht«, 1933; »Feuer des Himmels«, 1941; »Manchmal mußt du stille sein«, 1945; »Gaben der Gnade«, 1954; »Sternbruder«, 1963).

Ein eher konservativer Schriftsteller war auch Werner Bock (1893–1962). Schon sein Vater Alfred Bock (1859–1932), Fabrikant in Gießen, hat sich als kühler und sachlicher Erzähler, Lyriker und Lustspieldichter literarisch betätigt; sein Sohn konnte es sich leisten, nach dem Erwerb des Doktorhutes (er studierte in Gießen und München Germanistik, Philologie und Kunstgeschichte), zu privatisieren und der Schriftstellerei zu leben; erst der Nationalsozialismus nötigte ihn zur »Arbeit« (der Dichter wurde Vertreter einer Zigarettenfirma) und bald zur Emigration (1939) nach Buenos Aires, wo er 1942 die argentinische Staatsbürgerschaft erwarb; 1946–1949 lehrte er als Professor für deutsche Literatur und Philosophie an der Universität Montevideo in Uruguay. Nach sechs Europareisen kehrte er 1959 in den alten Kontinent zurück, ließ sich in Losone bei Ascona (Tessin) nieder und starb in Zürich. Als Dichter und Schriftsteller gehört Werner Bock zu den »bewahrenden« Literaten, wenn sich auch durch die Schulung der Neuen Sachlichkeit eine gewisse berichtende Trockenheit bemerkbar macht. Die Themen seiner Lyrik (»Das ewige Du«, 1930; »Tröstung«, 1951; »Wenn ich Staub bin«, 1956; »Ausgewählte Gedichte«, 1958) sind Melancholie des Abendlandes, Sehnsucht nach Hellenismus, mythischer Eros, vornehm andeutende homoerotische Verklärung, Beobachtung des Alltagslebens, das künstlerisch überhöht wird und so dem Privaten seine Bedeutung sichert. Ein kurzer Roman (»Der Pudel der Frau Barboni«, 1944) sowie literarische Essays und Erzählungen (»Blüte am Abgrund«, 1951, erweitert 1961), endlich die Veröffentlichung ausgewählter Tagebücher seines Vaters (1959) gehören zu dem, was Werner Bock in deutscher Sprache geschrieben hat (in Südamerika gebrauchte er für Erzählungen und Essays vielfach das Spanische).

Ein Dichter kristallklarer Gläubigkeit ist Gottfried Hasenkamp (geb. 1902); obwohl ein Sohn der Stadt Bremen, studierte er Kunstgeschichte und Philosophie in Münster i.W., Tübingen und Bonn; der junge Doktor widmete sich sofort journalistischer Tätigkeit in Münster, die von 1933 an infolge seiner ablehnenden Haltung gegenüber dem Hitler-Regime behindert wurde; seit 1945 ist er in Westfalens Hauptstadt Verlagsleiter. Hasenkamp besitzt Herbheit, ja Härte, Großzügigkeit und Feierlichkeit. Als Verfasser von Geistlichen Spielen (»Die Magd«, 1923; »Sponsa Christi«, 1924; »Wintersonnenwende«, 1924; »Münsterisches Dombauspiel«, 1947; »Der Brautbecher«, 1952) ist er von mittelalterlichen Vorbildern (er übersetzte denn auch »Das Spiel vom Antichrist« 1932 aus dem Lateinischen) und von Paul Claudel inspiriert. – Bedeutender ist seine Lyrik, orientiert an der Elegien- und Hymnendichtung älterer und neuerer Zeit; sie setzte ein mit den *Hymnen* (1924); daß diese volkstümlich wurden, wie er hoffen mochte, verhinderte des Dichters Sprache, die oft das scheinbar Unvereinbare ineinanderschließt, z.B. »von Unbegierde trunken«, »geheimnisklar«, »von Nüchternheit durchbraust«. Dem ersten Lyrikband folgten u.a. *Der Königsstuhl von Aachen* (1932), *Das Meer* (1938) und die der Not der Zeit abgerungenen Sonette *Carmina in nocte* (1946), die jedoch schon vor der Veröffentlichung in Buchform als Abschriften im Kreise der Freunde und Gesinnungsgenossen ihres Dichters umgingen; weitere Bände tragen die Titel *Das brennende Licht* (1946), *Wie dieser Ring ist ganz in sich vollendet* (1947), *Das Totenopfer* (1948), *Das Morgentor* (1956). Von besonderem Interesse sind die beiden *Salzburger Elegien* (1931 und 1962), die, ohne dies ausdrücklich oder gar polemisch zu betonen, den kulturellen Bemühungen Hugo von Hofmannsthals um die Mozartstadt einen geistlichen Aspekt hinzufügen. Der Wahlheimat schenkte Hasenkamp den Hymnus *Westfalens Ingesicht* (1961 als Einleitung zum Bildband »Westfalen«). Mit Hermann Kunisch ist zu sagen: Hasenkamps Stimme »darf unter denen der Bewahrer zeitloser Überlieferung und der beharrlichen Warner gegenüber der Unordnung und geistigen Perversion den Anspruch auf Achtung erheben«.

Ein religiöser Dichter von hohem Rang ist der Schweizer Priester WALTER HAUSER (1902–1963), der in Näfels (Kanton Glarus) geboren wurde. Sein lyrisches Werk umfaßt sechs Bände (»Stufen zum Licht«, 1934; »Singendes Gleichnis«, 1945; »Das ewige Siegel«, 1950; »Der Krug des Gastmahles«, 1954; »Feier des Lebens«, 1957; »Gesang im Abend«, 1963). Diese Lyrik lebt der Form nach aus ihrer Musikalität und aus dem Reichtum ihrer Bilder, dem Inhalt nach aus der Ehrfurcht vor der Natur, vor dem Menschen, vor Gott. Ohne es zu wissen oder gar zu wollen, bildet Hauser eines der wenigen Gegenstücke zu den zeitgenössischen Verfassern derb zupackender oder gar niederreißender Gedichte. Dabei kannte er als Priester die Nöte und die Schwierigkeiten, ja die Sünden der Menschen, er tut also nicht so, als ob die Welt »heil« wäre, aber er ist davon überzeugt, daß sie »heil« wird, sobald Gott in sie einströmt.

Von Rilke ging ERIKA MITTERER (geb. 1906) aus. In Wien zur Welt gekommen, ließ sie sich nach der Reifeprüfung (1923) zur Fürsorgerin ausbilden und übte ihren Beruf in Tirol, Niederösterreich und im Burgenland aus, war 1929/1930 Sekretärin des Kulturbundes in Wien, übernahm nach dem Tode der Mutter (1930) die Führung des väterlichen Haushaltes, konnte zwischen 1929 und 1937 größere Reisen nach Frankreich, Italien und Griechenland ausführen und heiratete 1937 Dr. Fritz Petrowsky, dem sie drei Kinder schenkte; mit ihrer Familie lebt sie in ihrer Geburtsstadt. Schon früh begann sie, Verse zu machen; mit 18 Jahren sandte sie Rilke ihre Gedichte, deren geheimnisvolle Geistesverwandtschaft den Empfänger aufs tiefste berührte; es kam zwischen beiden zu einer Korrespondenz in Versen (»Briefwechsel in Gedichten mit Erika Mitterer«, 1950) und einer persönlichen Begegnung auf Schloß Muzot. Wie ein Zauber wirkt diese Beziehung auf die werdende Dichterin, aber wenn man auch bei der Lektüre des Bandes *Dank des Lebens* (1930) noch gelegentlich an das Vorbild denken muß, der Bann ist dennoch bereits gebrochen. Der *Gesang der Wandernden* (1935) umfaßt drei Kreise: Gnade der Heimat, Landschaft der Seele, Tempelgesang. In strenger hymnischer Form sprechen die *Zwölf Gedichte 1937–1945* (1946) vom gemeinsamen Leid der Verfolgten und von der erschütternden Problematik des einzelnen in der Hitlerzeit. Zehn Jahre später erschienen die *Gesammelten Gedichte* (1956), 1970 die Gedichte *Klopfzeichen*.

Früh schon wandte sich Erika Mitterer der Bühnendichtung zu, ihr erstes Drama (»Charlotte Corday«, 1932) gestaltet die Mörderin Marats als eine von innerem Zwang Getriebene. Leidende und Opfer sind auch die Frauengestalten des 1956 geschriebenen, 1958 in Wien aufgeführten Dramas *Verdunkelung*, dessen Titel sowohl in die blutige Zeit als auch in die seelische Verwirrung des Zweiten Weltkrieges hineinweist. Aber auch als Erzählerin ist Erika Mitterer hervorgetreten: *Höhensonne* (1933) berichtet mit deutlich autobiographischem Einschlag Erlebnisse einer aus der Großstadt stammenden Fürsorgerin im Gebirgsland; der Roman *Wir sind allein* (1945, jedoch schon 1934 geschrieben) kreist gleichfalls um fürsorgerische Probleme, speziell um solche der Jugend; unter dem Zwang der Zeit wandte sich Erika Mitterer dem historischen Roman zu; denn *Der Fürst der Welt* (1940) spielt zwar in der Epoche der Hexenprozesse, will aber ein Exempel »von der Machtergreifung des Bösen« sein. Es folgte die Liebesgeschichte *Begegnung im Süden* (1941), die wie die entsprechenden Partien des lyrischen Werkes auf Vergeistigung des Sinnlichen hin angelegt ist; wie des öfteren in den Gedichten greift die Erzählung *Die Seherin* (1942) ein antikes Motiv auf. Vom seelischen Chaos der Nachkriegszeit sind angeregt die Romane *Die nackte Wahrheit* (1951), *Kleine Damengröße* (1953) und *Tauschzentrale* (1958). Zwischen diesen steht die Veröffentlichung des Märchenromans um einen spanischen Alchimisten *Wasser des Lebens* (1953) und zeigt, daß wir in der Erfüllung des Willens Gottes, nicht aus eigener Kraft, der Verwandlung teilhaftig werden.

Im Banne Trakls stand Heinrich Suso Waldeck (eigentlich Augustin Popp, 1873–1943); so nannte er sich teils in Verehrung des bekannten mittelalterlichen Mystikers, teils nach dem Namen seiner Mutter. Als Sohn eines Lehrers in Wscherau bei Pilsen (Böhmen) geboren, absolvierte er die Gymnasien von Pilsen und Komotau und wurde dann Finanzbeamter; doch mit 22 Jahren trat er in die Kongregation der Redemptoristen ein, erhielt 1900 die Priesterweihe und wirkte hierauf, seit 1904 als Weltpriester, als Seelsorger in der Steiermark und, nach vorübergehendem Aufenthalt in Dresden, in Wien; von 1939 lebte er bis zu seinem Tode zurückgezogen im Kloster St. Veit im oberösterreichischen Mühlviertel. Er hat lange gebraucht, bis er mit seinen literarischen Werken an die Öffentlichkeit trat, zuerst mit der *Legende vom Jäger und dem Jägerlein* (1926), der ein Roman (»Lumpen und Liebende«, 1930), ein Märchen (»Hildemichel«, 1933), ein Märchenspiel (»Weihnacht beim Waldschneider«, 1936) und Erzählungen (»Marguerite«, 1947) folgten; doch seine Prosawerke sind gegenüber seiner Lyrik von geringer Bedeutung. *Die Antlitz-*

gedichte (1927) waren im Laufe von vielen Jahren entstanden und sicher durch ein engmaschiges Sieb gegangen, so daß sie nichts von einem Erstlingswerk an sich haben. Aus heidnischer Wurzel, Richard Billinger verwandt, und aus düsterer Weltschau wie bei Georg Trakl wächst das Werk ins Licht christlicher Gläubigkeit.

In der Sammlung *Die milde Stunde* (1933) überwiegen gegenüber dem oft dämonisch Grausigen des ersten Versbandes die Stimmen der Stille und der inneren Schau. Aus dem Nachlaß erschien dann noch im Rahmen der *Gesammelten Werke* (1948) die *Rast im Dunkel.* Nach dem Urteil Adalbert Schmidts hat Heinrich Suso Waldeck das vielfach in Konvention erstarrte Vokabular der religiösen Lyrik neu belebt und die katholische Dichtung des 20. Jahrhunderts um wirkliche Kunstwerke bereichert, ja er übertrifft Konrad Weiß um ein Beträchtliches. Zum Freundeskreis des Dichters gehörten Josef Weinheber, Rudolf Henz, Ernst Scheibelreiter, Hans Nüchtern, Friedrich Schreyvogel, Paula von Preradović, Paula Grogger und Erika Mitterer.

Aus christlicher Verantwortung schuf in der Gegenwart seit den letzten Jahren des Zweiten Weltkrieges, ohne im eigentlichen Sinn des Wortes ein religiöser Dichter sein zu wollen, RUDOLF HAGELSTANGE (1912–1984) aus Nordhausen im Harz, wohin er nach germanistischen Studien in Berlin, nach jahrelangem Reisen in Italien und auf der Balkanhalbinsel, nach journalistischer Tätigkeit in der Heimat, nach Militärdienst in Frankreich und Italien und amerikanischer Kriegsgefangenschaft zunächst zurückkehrte; doch 1946 zog er nach Hemer in Westfalen, 1948 nach Unteruhldingen am Bodensee; eigentlich seßhaft kann man ihn nicht nennen, die Reiselust trieb ihn oft von seinem Wohnort fort, beispielsweise 1954 nach Amerika. Sein Erstling war der schmale Gedichtband *Es spannt sich der Bogen* (1943); nach ihm schrieb er im Sommer und im Herbst 1944, als die Gestapo seinen Vater nach Buchenwald verschleppte und er selbst in Oberitalien Dienst in den Waffen leistete, 35 Sonette, ließ sie in Verona illegal drucken und in den letzten Monaten vor der Kapitulation besonders in Kreisen der Wehrmacht von Hand zu Hand gehen; ein Jahr nach dem Zusammenbruch erschienen sie unter dem Titel *Venezianisches Credo* (1946) als Buch. Auch Reinhold Schneider und andere hatten in dieser Gedichtform den inneren Widerstand unterstützt, Hagelstange begründete sie so:

»... die Sonette boten sich an wie Quadern, mit denen man bauen konnte. In ihrer strengen Form ... manifestierte sich schon äußerlich der Unwille gegen das Formlose, der Wille zu neuem Gesetz ... – das Sonett, gegen den Ungeist kreiert, wurde geradezu eine Modeform des Widerstandes.«

Zwei Jahre später erschien der Gedichtband *Strom der Zeit* (1948). Strenge und Innigkeit der Rhythmen, den Versen Rilkes und den Oden Weinhebers abgelauscht, Pathos des Gestaltenden und Ergriffenheit des Leidenden werden zu schöner Einheit in der *Meersburger Elegie* (1950) und in der *Ballade vom verschütteten Leben* (1952), in der auf Grund einer später nicht bestätigten Zeitungsmeldung, nach welcher sechs deutsche Soldaten in einem Gdingener Vorratsbunker verschüttet wurden, eine tiefreichende Vision vom Menschenschicksal in dieser Zeit geformt ist. *Lied der Jahre* (1962, erweitert 1964) nennen sich die gesammelten Gedichte, in die auch der Band *Zwischen Stern und Staub* (1953) eingegangen ist.

Noch früher denn als Lyriker trat Hagelstange als Erzähler vor die Öffentlichkeit (»Ich bin die Mutter Cornelias«, 1939), er brauchte dann lange, bis er wieder zu dieser literarischen Gattung zurückkehrte (»Balthasar«, 1951; »Wo bleibst du, ›Trost‹«, 1958; »Viel Vergnügen«, 1960); in den »Aufzeichnungen eines trojanischen Prinzen«, d. h. im fingierten Lebensbericht des Paris, *Spielball der Götter* (1959), bot Hagelstange ein prosaepisches Werk, das durch seine geistreiche Konzeption besticht, durch hohes Sprachniveau ausgezeichnet ist; das gilt auch für seine Romane *Altherrensommer* (1969), *Der General und das Kind* (1974) und die Erzählungen *Alleingang. Sechs Schicksale* (1970).

In diesen beiden Arten der Belletristik wollte Hagelstanges Formkunst neue ethische Maßstäbe für die geistige Bewältigung der Gegenwart gewinnen. Aus der gleichen Haltung entstanden auch die kulturkritischen Essays (»Es steht in unserer Macht«, 1953; »Offen gesagt«, 1958; »Huldigung«, 1960) und die Reiseberichte (»How do you like America?«, 1957; »Das Lied der Muschel«, 1958); dem Übersetzer gelang u.a. eine Nachdichtung Angelo Polizianos *Die Tragödie des Orpheus* (1956) und Boccaccios *Die Nymphe* (1957); was Hagelstange in Amerika besonders beeindruckte, war das Negerproblem; davon zeugt der Gesang »Bei den schwarzen Baptisten« (in dem schon genannten Reisebuch über Amerika) und die Übersetzung der *Acht Negerpredigten* von James Welden Johnson (1960).

Ein fleißiger Übersetzer aus dem Englischen, Französischen und Schwedischen ist auch Peter Gan (eigentlich Richard Moering, 1894–1974), ein deutsch-holländischer Hamburger, der nach Offiziersdienst im Ersten Weltkrieg und nach der Promotion zum Doktor der Rechte (1924) noch Philosophie und englische Philologie studierte, in Oxford, Paris und Berlin lebte, 1942 nach Madrid emigrierte, 1946 nach Paris, 1959 in seine Heimatstadt zurückkehrte. Sein erstes Buch war ein »Sammelsurium« in Prosa unter dem

Titel *Von Gott und der Welt* (1935) und enthielt Denkspiele und Betrachtungen im Sinne der Moralisten des 18. Jahrhunderts, stellte also eine Verbindung von Essayistik und anekdotischer Erzählung dar. Ähnliches läßt sich auch von seinen Gedichten sagen, sie reichen vom Lyrischen (darunter ein paar meisterhafte Oden) bis zum Didaktischen (um so melancholischer, je mehr sich die verkehrte Welt von den Ideen und Idolen der guten alten Zeit abkehrt), verbinden spielerische Anmut mit trockenem Witz »zu spiritueller Transparenz«, auf dem Grunde einer Lebensstimmung, deren heidnischer Eros zugleich beseelt und gebrochen ist durch eine Art von Heimweh nach dem Absoluten« (Johannes Pfeiffer), und klopfen verschmitzt, schalkhaft, aufstöbernd die Menschen aus dem Busch, ohne sie vor den Kopf zu stoßen; gesammelt sind sie in den Bänden *Die Windrose* (1935), *Ausgewählte Gedichte* (1936), *Die Holunderflöte* (1949), *Preis der Dinge* (1956), *Schachmatt* (1956), *Die Neige* (1961), *Das alte Spiel* (1965), *Soliloquia* (1970).

Mit einem Teil seines Werkes steht dem Hamburger Peter Gan der nur um weniges jüngere Münchner EUGEN ROTH (1895–1976) recht nahe, der Sohn eines Journalisten und 1927 bis 1933 selbst Journalist, nachdem er, schwer verwundet im Ersten Weltkrieg, Germanistik, Geschichte und Kunstgeschichte studiert hatte, 1922 zum Doktor promoviert worden und auf Reisen nach Norwegen, Griechenland und Afrika weltkundig geworden war; für das »Dritte Reich« war er »untragbar«, so lebte er seit 1933 als freier Schriftsteller in München. Seine ersten Gedichte (»Die Dinge, die unendlich uns umkreisen«, 1918; »Erde, der Versöhnung Stern«, 1920; »Der Ruf«, vaterländische Sonette, 1923) stehen noch im Banne des Expressionismus, später näherte sich Eugen Roth Klabund, mit dem er persönliche Freundschaft unterhielt; in späteren lyrischen Bänden überwiegt das Naturgedicht in der Art Georg Brittings. Das bayrische Land und Wesen lieferten Rohstoffe zu oft autobiographisch genährten Erzählungen (»Die Fremde«, 1938, 1950 erweitert: »Das Schweizerhäusl«; »Das große Los«, 1938, seit 1953 »Vom Lotto zum Toto«; »Der Weg übers Gebirg«, 1941; »Die schöne Anni«, 1947; »Abenteuer in Banz«, 1952; »Lebenslauf in Anekdoten«, 1962). Doch zum erfolgreichen Autor wurde Eugen Roth sozusagen zufällig: Aus einer Gelegenheitsarbeit für den Münchner Fasching entwickelte er den heiteren Versband *Ein Mensch* (1935), der hinter einer bänkelsängerischen Fassade den ruinösen Zeitcharakter sichtbar machte. Das Büchlein hatte ungeheuren Erfolg und wurde später durch zahlreiche neue »heitere Verse« ergänzt (z. B. »Die Frau in der Weltgeschichte«, von Fritz Fliege,

d. h. Ernst Penzoldt illustriert, 1936; »Der Wunderdoktor«, 1939; »Menschliches in Scherz und Ernst«, 1941; »Mensch und Unmensch«, 1948; »Eugen Roths Tierleben« in 2 Bänden 1948/1949; »Eugen Roths kleines Tierleben«, 1956; »Neue Rezepte vom Wunderdoktor«, 1959; »Von Mensch zu Mensch«, Anthologie 1960; »Humorapotheke«, 1962; »Der letzte Mensch«, 1964).

Der Schweizer Werner Zemp (1906–1959) wurde als Sohn des aus dem Kanton Luzern stammenden Kunsthistorikers Josef Zemp in Zürich geboren und studierte Germanistik und Altphilologie an den Universitäten München und Zürich; längst zum Doktor der Philosophie promoviert, war er 1939 bis 1953 als Gymnasiallehrer in seiner Geburtsstadt tätig; nach mehrjährigem Leiden starb er in Mendrisio (Tessin). Nur zwei schmale Bände fassen die von ihm zur Veröffentlichung bestimmten Gedichte; sie erschienen erstmals 1943, in zweiter Auflage 1954 (dazu kam eine bibliophile Ausgabe von bloß fünfhundert Exemplaren: »Das Hochland«, 1956); seit neuestem existiert eine Gesamtausgabe: *Das lyrische Werk, Aufsätze, Briefe* (1967), sie kommt mit rund fünfhundert Seiten aus, obwohl sie, wie ihr Titel sagt, außer den Gedichten noch Prosa enthält; aus dieser waren der Essay *Mörike* (1939) und einige Beiträge zu Zeitschriften und Zeitungen schon vorher einer verhältnismäßig kleinen Schar der Verehrer der Zempschen Muse bekannt. Aber das Wort »Muse« darf nur im übertragenen Sinn verstanden werden; denn Werner Zemp hatte sich in den Schutz der Pallas Athene gestellt: »Anders als die Muse, die das Lied gibt, gibt Pallas Athene das Vermögen zu singen. Um eine Dichtung im Geist der ›Kunst‹, eines hell bewußten, reflektierten Könnens also, handelt es sich hier, nicht um eine, die gesungen wird ›wie der Vogel singt‹« (Verena Haefeli).

Nicht zufällig also ist Walter Zemp einer der ersten gewesen, die Paul Valéry ins Deutsche übersetzt haben, nicht ohne Grund wird sein geistiger Stammbaum auf Stefan George und Hugo von Hofmannsthal zurückgeführt; zu den späteren Rainer Maria Rilke und Gottfried Benn steht er eher in Gegensatz. Demnach kann man sagen: Werner Zemp ist in einer Hinsicht modern, in anderer nicht modern. Nicht modern ist er deshalb, weil man seine Gedichte scheinbar leicht verstehen kann, wenn sich auch erst bei öfterem Lesen ihr Sinn völlig erschließt, nicht modern, weil es ihm nicht einfällt, Metaphern und Vergleiche um ihrer selbst willen zu gebrauchen und auf die Formen der gebundenen Rede zu verzichten, modern jedoch ist er, weil er im Gegensatz zu Goethe und dessen Nachfolgern offenbar aus einer Haltung heraus lebt und spricht, die das Erfahren und Aneignen von Welt verhindert; diese Lebensferne findet ihr Symbol im oft berufenen Mond, dem »liebsten Licht« für »septemberliche Seelen«.

Gottfried Benn

Als einer der bedeutendsten, aber wegen seiner politischen Entwicklung auch umstrittensten Lyriker aus der Generation der Expressionisten gilt GOTTFRIED BENN (1886–1956). Sein Vater war zur Zeit seiner Geburt Pfarrer im Dorf Mansfeld (Westpriegnitz), seine Mutter stammte dagegen aus einem kleinen Ort der französischen Schweiz. Die Herkunft aus einem Pfarrhaus hat Benn trotz seiner Gegensätzlichkeit zum Vater immer betont, ebenso die menschliche Mitgift seiner romanischen Mutter und die geistigen Gaben des humanistischen Gymnasiums in Frankfurt an der Oder. Nach der Reifeprüfung begab er sich nach Marburg, um hier Theologie und Philologie zu studieren; doch fühlte er sich für dieses Studium nicht berufen und wechselte zur Medizin hinüber, als ihm Gelegenheit geboten wurde, in die Kaiser-Wilhelm-Akademie für das militärärztliche Bildungswesen in Berlin aufgenommen zu werden. Nach Approbation und Promotion kam er als Militärarzt nach Prenzlau und Spandau; doch schon im ersten Jahr seiner Dienstzeit wurde er wegen eines angeborenen Schadens als feld- und garnisondienstunfähig erklärt; so eröffnete er 1912 eine eigene Praxis als Facharzt für Haut- und Geschlechtskrankheiten in Berlin. Im Ersten Weltkrieg wurde er jedoch wieder eingezogen und diente bis 1917 in Belgien; hierauf nahm er seine Berliner Praxis abermals auf; er war einer der wenigen literarisch tätigen Ärzte, die ihrem Hauptberuf treu blieben. 1935 ließ er sich wieder reaktivieren (er nannte das die aristokratische Form der Emigration) und gelangte in den Rang eines Oberstarztes; 1945 begann er im zerstörten Berlin neuerdings eine eigene Praxis; kurz nach seinem 70. Geburtstag starb er nach Wochen qualvollen Leidens. Schon vor seiner Promotion hatte er medizinische und naturwissenschaftliche Arbeiten veröffentlicht, danach eine von der Universität preisgekrönte Abhandlung; die schönste Frucht seiner Fachstudien ist sein Aufsatz *Goethe und die Naturwissenschaften* (1932).

Für die Literaturgeschichte aber beginnt sein Wirken mit dem Versband *Morgue und andere Gedichte* (1912), dem bald der zweite Versband *Söhne* (1913), die Novellen *Gehirne* (1916), die Gedichte *Fleisch* (1917), weitere Novellen (»Diesterweg«, 1918) und dramatische Versuche (»Etappe«, »Ithaka«, »Der Vermessungsdirigent«, alle drei 1919), der Essay *Das moderne Ich* (1919) und alsbald die *Gesammelten Schriften* (1922) folgten, als ob hier ein Einschnitt in Benns Schaffen vorläge.

So war es zwar nicht, aber die Frage ist zu stellen, was Benn in diesem ersten Jahrzehnt seiner dichterischen und schriftstellerischen Wirksamkeit war. Alfred Richard Meyer hat ihn »herausgebracht«, Else Lasker-Schüler ihn nicht nur bewundert, sondern auch gezeichnet und zum Konterfei die Worte geschrieben: »Er steigt hinunter ins Gewölbe seines Krankenhauses und schneidet die Toten auf. Ein Nimmersatt, sich zu bereichern an Geheimnis. Er sagt: ›tot ist tot‹.« Kurt Hiller dagegen verachtete den »Medizyniker« Gottfried Benn, weil ihm »unbeteiligte Schilderungen fremden Krebs-Eiters an sich noch keine Kunst« bedeutete.

Die Ablehnung Benns durch diesen einen Expressionisten genügt natürlich nicht, ihn aus der expressionistischen Gemeinschaft auszuschließen. Was ihn aber von ihr trennt, obwohl er sich zu ihr bekannte, und noch 1953 eine Anthologie *Lyrik des expressionistischen Jahrzehnts* herausgegeben sowie sein Spätwerk als »Phase II des expressionistischen Stils« bezeichnet hat, ist die Tatsache, daß er, wie Wilhelm Duwe ungefähr sagt, als der einzige Ungläubige inmitten einer von christlichen oder ethischen völkerverbindenden Idealen beseelten literarischen Strömung dichtete. Nicht nur die schon angedeuteten Stoffe seiner Poesie, auch seine Sprache, durchsetzt von Fremdwörtern in Überzahl, medizinischen Fachausdrücken und Gossenvokabular, vor allem aber seine scheinbar nihilistische Haltung (»Wir sind und wollen nichts sein als Dreck. Man hat uns belogen und betrogen mit Gotteskindschaft, Sinn und Zweck und dich, d. h. den Tod, der Sünde Sold genannt«) haben Hans Eugen Holthusen veranlaßt, den Dichter »einen grimmigen Widersacher der christlichen Kultur« zu nennen. In dieser Verfassung schrieb er weiterhin Gedichte (»Schutt«, 1924; »Spaltung«, 1925) und sammelte abermals (»Gesammelte Gedichte«, 1927; »Gesammelte Prosa«, 1928), schrieb er Essays (»Fazit der Perspektiven«, 1930; »Nach dem Nihilismus«, 1932) und den Text für Paul Hindemiths Oratorium *Das Unaufhörliche* (1931).

Benn hat einmal bekannt:

»Es bleibt das Gefühl im Sinne einer unbeirrbaren Überzeugung bestehen, daß selbst diese qualerfüllteste aller denkbaren Welten nicht eine Sekunde stehen und bestehen könnte ohne eine Ordnung, eine zeit- und raumlose Planung, eine überirdische Existenz.«

Inzwischen ist etwas anderes passiert: Nicht mehr fähig, seinen radikalen Nihilismus zu ertragen, warf sich Gottfried Benn den Nationalsozialisten in die Arme (Ende Januar 1933). Die Zeugnisse dafür liegen gesammelt vor im

Band *Der neue Staat und die Intellektuellen* (1933), aber schon im Jahr darauf schrieb er an Ina Seidel: »Wie groß fing das an, wie dreckig sieht es heute aus.« Im gleichen Jahr erschien sein Essayband *Kunst und Macht* (1934); über ihn heißt es im eben zitierten Brief:

»Der Geist und die Kunst kommt nicht aus sieghaften, sondern aus zerstörten Naturen, dieser Satz steht für mich fest und auch, daß es eine *Verwirklichung* nicht gibt. Es gibt nur die Form und den Gedanken. Das ist eine Erkenntnis, die Sie bei Nietzsche noch nicht finden, oder er verbarg es. Seine blonde Bestie, seine Züchtungskapitel sind immer noch Träume von der Vereinigung von Geist und Macht. Das ist vorbei. Es sind *zwei* Reiche ...«

Die Antwort ließ nicht auf sich warten. Zur Feier von Benns 50. Geburtstag erschienen seine *Ausgewählten Gedichte* (1936) und wurden durch einen unflätigen Artikel des SS-Organs »Das schwarze Korps« angezeigt; dessen Überschrift lautete: »Der Selbsterreger.« Dem Dichter blieb nur übrig, was wir schon wissen: Er war wieder Militärarzt und – schwieg. Und, weil er sich vorübergehend Hitler angeschlossen hatte, mußte er auch nach 1945 noch drei Jahre schweigen; erst 1948 wurde sein Name wieder gedruckt. *Statische Gedichte* (1948) ist der Titel eines Versbandes, dessen einzelne Teile schon in den Jahren zuvor entstanden sind. Statik ist ihrem ursprünglichen Sinn nach die Lehre vom Gleichgewicht, dieses aber stellt sich nur ein in einem, im entscheidenden Augenblick, zwischen Aufsprühen und Sinkenlassen; aus ihm löst sich Dauerndes, wie es in einem der statischen Gedichte heißt:

Form nur ist Glaube und Tat,
die erst von Händen berührten,
doch dann den Händen entführten
Statuen bergen die Saat.

Form, d.h. künstlerische Form, ist allein imstande, sich der Zeit zu entziehen.

Den »Statischen Gedichten« folgten dann noch andere Versbände (»Trunkene Flut«, 1949; »Fragmente«, 1951; »Destillationen«, 1953; »Apreslude«, 1955; »Gesammelte Gedichte«, 1956; »Primäre Tage«, 1958), wozu freilich zu bemerken ist, daß Benns Verse als solche oft nur durch den Druck kenntlich werden, während umgekehrt in seiner Prosa nicht selten versartige Gebilde zu finden sind. Zur Prosa seiner letzten Jahre gehören u.a. der Dialog *Drei alte Männer* (1949); die Erzählungen *Der Ptolemäer* (1949); die Autobiographie *Doppelleben* (1950) und das Hörspiel *Stimme hinter dem Vorhang* (1952); diese Stimme sagt:

»Ihr intellektuellen Schimpansen, glaubt ihr, ich habe an euch gedacht, als ich die Welt schuf? Lebt im Dunkeln, schluckt doch endlich euer Inneres und haltet die Schnauzen über euren Kaldaunen!«

Das ist, wenn auch in etwas weniger rüdem Ton als früher, noch immer die gleiche Einstellung; dennoch wird der Leser Benns nach 1948 zwei Beobachtungen machen: Es kommt häufiger als vordem vor, daß die Sprache des Dichters Anleihen bei biblischen Texten oder bei ihm von Jugend auf vertrauten Kirchenliedern macht (das geschieht allerdings häufig zum Zweck der Travestie), zum andern, daß ein in früheren Gedichten wohl auch schon vorhandener Ton zur Dominante wird; vorsichtige Interpreten sprechen von »Klage« oder von »Trauer«. Weniger vorsichtige Deuter sagen etwa so: »Benn ist der ehrliche Diagnostiker, der uns das verzweifelte Dransein einer gottverlassenen Welt zeigt. Damit wird seine Dichtung – wider Willen – zu einer radikalen Apologie christlichen Weltverständnisses. Eine Seele, die so heult aus ihren Abgründen, legt stärkeres Zeugnis ab für die Existenz der verlorenen Gnade als die meisten Hymniker eines unangefochtenen Glaubens. Benns Welt ist entgöttert, aber um so stärker leuchtet die Numinosität seiner Seele, die so schmerzlich dem Absoluten verpflichtet ist« (Franz Dilger).

Oskar Loerke und die Naturlyrik

Benns Großstadtlyrik steht gleichzeitig eine neue Naturlyrik gegenüber. Durch sie findet die Tradition der Naturdichtung, die von der Romantik und dem poetischen Realismus ausging, durch die Milieukunst des Naturalismus und die Großstadtpoesie des Expressionismus weitgehend vernachlässigt wurde, eine Fortsetzung. Ihre Natursicht hat allerdings nichts mehr mit Naturschwärmerei und -idyllik zu tun. Der Ahnherr dieser Richtung ist Oskar Loerke (1884–1941). Sein Vater war Hof- und Ziegeleibesitzer in Jungen an der Weichsel; hier geboren, besuchte Loerke das Gymnasium in Gaudenz; nach der Reifeprüfung war er kurze Zeit Forst- und Landwirtschaftseleve, jedoch ging er 1903 an die Universität Berlin, um hier Philosophie, Geschichte, Germanistik und Musik zu studieren, und brach 1907 sein Studium ab, um sich ganz der Schriftstellerei widmen zu können. 1914 sah er sich allerdings doch nach einem Brotberuf um, nachdem er sich zuvor auf Grund eines Reisestipendiums längere Zeit am Nordrand der Sahara und in Süditalien aufgehalten hatte, und trat zunächst als Dramaturg in einen Theaterverlag, 1917 als Lektor in den Verlag S. Fischer ein. Fast täglich kam er hier mit jenen Literaten zusammen, die dort ihre Bücher verlegten und den Ruhm des Tages genossen; für sie mußte er arbeiten, und hinter ihnen sah er sein eigenes Wirken in den Hintergrund gestellt.

Erst als Loerke 1926 Mitglied der Preußischen Akademie der Künste, 1928 Sekretär ihrer Sektion für Dichtkunst geworden war, erhöhte sich sein Ansehen, konnte er in weitem Ausmaß mit dem gesamten geistigen Berlin in Berührung kommen. Seine Tagebücher aus den Jahren 1903–1939, von H. Kasack 1955 herausgegeben, belegen, wie er diesen Umgang und diese Tätigkeit genossen hat, wie anstrengend sie auch neben dem Beruf und der eigenen schriftstellerischen Arbeit war. Nur fünf Jahre dauerte diese glücklichste Periode in Loerkes Leben: 1933 mußte er seinen Posten, wenn auch nicht die Mitgliedschaft, in der Akademie aufgeben und litt fortan schwer unter dem Regiment der »Totengräber Deutschlands«, wie er die Nationalsozialisten schon früh bezeichnete; nur die Feier seines 50. Geburtstages im Jahre 1934, die für ihn »eine unfaßbare Wendung« bedeutete und ihm die Überzeugung bestätigte, seine Verse würden nicht untergehen, bevor sie ihre Wirkung getan hätten, war ein Lichtblick in der »braunen« Nacht; er starb in Berlin-Frohnau, offiziell an einem Herzleiden, doch hatte er ausdrücklich einen anderen Grund für seinen verhältnismäßig frühen Tod gesehen, »weil eine jegliche Krankheit, selbst jede Disposition zu einem Unglücksfall, durch die feindlichen Handlungen und Anschauungen veranlaßt worden ist in langen Jahren«.

Loerke begann seine literarische Laufbahn mit Erzählungen, *Vineta* (1907), *Franz Pfinz* (1909), *Der Turmbau* (1910); er nannte sie später selbst »drei totgeborene Kinder«; ihnen folgten die Novellenbände *Chimärenreiter* (1910), das *Goldbergwerk* (1919), *Der Prinz und der Tiger* (1920) und endlich der z.T. autobiographische Roman *Der Oger* (1921).

Die Erzählweise Loerkes erinnert an Stehr, die Gebundenheit an die Natur an Alfred Brust, Agnes Miegel, Ernst Wiechert. Das sind Namen von Ostpreußen, Oskar Loerke aber bekannte: »In der Größe und Stille der Natur Westpreußens habe ich meine für das Leben entscheidenden Eindrücke empfangen«; natürlich ist zwischen Ost- und Westpreußen kein wesentlicher Unterschied; hier und dort ist kolonialer Boden, ist das Leben nicht ein Fest, sondern Aufgabe, ist das Ich einer kaum gebändigten, daher übermächtig empfundenen Natur gegenübergestellt. Das wird im Roman »Der Oger« angedeutet und wird deutlich in den Versbänden des Lyrikers. Ihre Titel sind *Wanderschaft* (1911), *Gedichte* (1915), *Gedichte* (1916, seit 1929 »Pansmusik«), *Die heimliche Stadt* (1921), *Der längere Tag* (1926), *Atem der Erde* (1930), *Der Silberdistelwald* (1934), *Der Wald der Welt* (1936), *Der Steinpfad* (1938), *Die Abschiedshand* (1949).

Bei Loerke erscheint die Spannung zwischen Kultur und Natur, wie sie bei

Hofmannsthal begegnet, zurückverwandelt in eine uralte Einheit, aus der auch das Harte, die Qual und die Schuld, kraft eines immer noch und immer wieder möglichen Einverständnisses von Mensch und Schöpfung verbannt ist (nach Manfred Gsteiger); denn »die Schöpfung spricht nicht aus den Menschen, sondern der Schöpfer Gott spricht selbst zu uns aus der im All und in uns wirkenden Kraft« (Wilhelm Duwe):

Gott

Du bist nicht in der Krone,
Doch du zirkst
Den Raum der Krone um den Schaft:

Du bist nicht auszusprechen,
Doch du wirkst,
Dich auszusprechen in uns eine Kraft.

Loerke ist also, um nochmals Duwe zu zitieren, »ein Medium der kosmischen Kräfte des Weltalls, das er über Mombert hinaus nicht mehr menschlich, sondern im Spiegel der Ewigkeit sieht. Damit steht er an der Schwelle zwischen expressionistischer und surrealistischer Naturschau, die diese Grenze überschreitet und in die Transzendenz vorstößt.« Damit steht Loerke in der Mitte zwischen Rilke und Benn. Er hat einmal von der »dankbaren Art des Weltbewohnens« gesprochen, doch diese Dankbarkeit schloß eine unsagbare Trauer und Wehmut nicht aus, die in schwermütigen Melodien (als Musikfreund »komponierte« er musikalisch) und klangvollen Reimen sich aussagt. Nie hat er Metrum oder Strophe gesprengt, wie das die Kosmologen und Expressionisten taten; deshalb wirkt er gegenüber seinen dichtenden Zeitgenossen beinahe konservativ; bezeichnenderweise schrieb er Aufsätze über Jean Paul, Stifter, Goethe, Rückert und über Gerhart Hauptmann, Mombert, Dauthendey, Döblin, Lehmann, Stehr, ebenso bezeichnenderweise erwähnt er Heym, Trakl, Kafka, Benn nur gelegentlich; seine literaturbetrachtenden Schriften sind in zwei Bänden (»Zeitgenossen aus vielen Zeiten«, 1925; »Hausfreunde«, 1939) gesammelt, deren Titel zeigen, wie für Loerke Raum und Zeit an Bedeutung verloren; dementsprechend gewann seit etwa 1930 die östliche Welt immer stärkeren Einfluß auf ihn, dies zur Zeit, da die geistige Verfinsterung und Verarmung durch das Hitlerregime begann und zunahm. Da wurde für Loerke das poetische Bild Mittel der Entlarvung.

Der erste »Schüler« Oskar Loerkes ist Wilhelm Lehmann (1882–1968). Ein mißglückter Auswanderungsplan seines Vaters ließ ihn in Puerto Cabello, einer Hafenstadt Venezuelas, zur Welt kommen; er war dreijährig, da ging seine Mutter mit ihm und einem jüngeren Bruder von Südamerika nach Europa zurück; so verbrachte er seine Jugendjahre in Hamburg-Wandsbek, früh auf sich selbst gestellt und der Natur hingegeben, die geschöpfliche Welt beobachtend und dazu ein eifriger Leser; in Tübingen, Straßburg, Berlin und Kiel studierte er neuere Sprachen, Naturwissenschaft und Philosophie, wollte dann noch an die medizinische Fakultät, doch reichte das Geld nicht; so wurde er Studienrat in Kiel, Wickersdorf und 1923 in Eckernförde. Hier lebte er seit seiner Pensionierung (1947) als freier Schriftsteller; auf ausgedehnten Reisen hat er fast ganz Europa kennengelernt.

Wie sein späterer Freund Oskar Loerke stellte er sich der Öffentlichkeit zunächst mit Romanen vor; diese haben fast immer einen Lehrer (bis hinauf zur Universität) im Mittelpunkt (»Der Bilderstürmer«, 1917; »Die Schmetterlingspuppe«, 1918; »Weingott«, 1921); später kamen dazu kürzere Erzählungen (»Vogelfreier Josef«, 1922; »Der Sturz auf die Erde«, 1923; »Der bedrängte Seraph«, 1924; »Die Hochzeit der Aufrührer«, 1934; »Verführerin, Trösterin«, 1947), nochmals ein Roman (»Ruhm des Daseins«, 1953), ferner das *Bukolische Tagebuch* (1948) und die Autobiographie *Mühe des Anfangs* (1952).

Zur Lyrik, der er seine Bekanntheit zu danken hat, kam Lehmann verhältnismäßig spät, erst im sechsten Jahrzehnt seines Lebens. Seine Gedichte stehen in den Bänden *Antwort des Schweigens* (1935), *Der grüne Gott* (1942), *Entzückter Staub* (1946), *Noch nicht genug* (1950), *Überlebender Tag* (1954) und sind gesammelt im Band *Meine sieben Gedichtbücher* (1957) der im letzten Teil noch zwölf Gedichte aus den Jahren 1955–1957 enthält und ergänzt wird durch den Versband *Abschiedslust* (1962). Lehmanns Lyrik ist der Loerkes verwandt; umgekehrt hat Loerke in freundschaftlicher Verbundenheit Lehmann-Motive bewußt variiert. Duwes Urteil, daß Lehmanns starre und unbewegliche Versgebung eher zu wissenschaftlichen Abhandlungen passe (nur zwei Gedichte, »Oberon« und »Ahnung im Januar«, werden ausgenommen), ist sicher zu hart; wäre es richtig, ließe sich die Verehrung, die ihnen entgegengebracht wurde (z. B. von Elisabeth Langgässer) und wird, nicht erklären. Auch in ihnen geht es um die Natur, wie sie Loerke verstand. Zum Unterschied von Loerke gehören für Lehmann zu »unserer« Welt vor allem die Vögel, die Bäume, Sträucher, Kräuter, also Tiere und Pflanzen, während der andere in der Landschaft die »Natur« fand. Wie Loerke es war, ist auch Lehmann Essayist (»Bewegliche Ordnung«, 1947; »Dichtung als Dasein«, 1956) und von der Verantwortung der Dichter überzeugt.

Durch Wilhelm Lehmann wurde die von Loerke begründete Naturlyrik weitergegeben, so daß man seinem Einfluß bei zahlreichen Lyrikern dieser Zeit begegnet, so z. B. bei Günter Eich, Ilse Aichinger und Karl Krolow.

Naturlyrik in der Schweiz und in Österreich

Daß das Naturgedicht nicht jene Entwicklung nehmen mußte, die eben gezeigt wurde, ergibt sich aus der Tatsache, daß gerade ein im selben Jahr wie Oskar Loerke geborener Dichter einen ganz anderen Weg ging. Denn MAX GEILINGER (1884–1948) aus Zürich, Jurist, Anwalt und Staatsbeamter, seit 1930 freier Schriftsteller, gestorben in St-Maurice (Wallis), der in der Zeit von 1919 bis zu seinem Tode eine nicht kleine Zahl Gedichtbände (»Der Weg ins Weite«, 1919; »Der große Rhythmus«, 1923; »Sonette der goldenen Rose«, 1932; »Klassischer Frühling«, 1934; »Wanderglaube«, 1937; »Der vergessene Garten«, 1943; »Genesung«, 1948), auch Dramen (z. B. »Heiden und Helden«, 1937) sowie den Essay *Von lyrischer Dichtkunst* (1951) schrieb, stand im Banne des Amerikaners Walt Whitman, richtete seine Hymnen »An die Sonne«, »An die Erde«, besang »Fallende Sterne«, die Quallen als »des Weltmeers rosigste Blüten«, fand, daß in den Meerestiefen »grün umnachtet hausen Gesellen von Fischen, die den Gelehrten gleichen«, daß die Sterne »Eisblumen an der Ewigkeit Fenster« sind, d. h. dunkle Worte wogen in einem Sturm dithyrambischer Stimmung und halten sich nicht frei von der Sucht nach dem letzten Schrei der expressionistischen Mode.

Trost der Natur (1943) ist der Titel eines Essays, den HERMANN HILTBRUNNER (1893–1961) schrieb. In verschiedenen Reise-, Natur- und Landschaftsbüchern, Essays und Betrachtungen hat er seinen Sinn für die Natur und für die Schönheit der Landschaft bewiesen, wenn er sie auch in seinem ersten Gedichtband *Von Euch zu mir* (1923) noch im Stile der Zeit »vergottet«. Später (»Winter und Wende«, 1924; »Erlösung vom Gesetz«, 1927; »Heiliger Rausch«, 1939; »Fallender Stern«, 1941; »Heimwärts«, 1943; »Geistliche Lieder«, 1945; »Jahr um Jahr«, 1946; »Glanz des Todes«, 1948; »Wenn es Abend wird«, 1955; »Spätherbst«, 1958; »Und das Licht gewinnt«, 1960; »Schattenwürfe«, 1962) gewinnt seine Dichtung durch Straffung des inneren Baues und logisch-gedankliche Verbundenheit der Vorstellungen, die gelegentlich zu geradezu wissenschaftlichen Begriffsbestimmungen greift; die Formen Hiltbrunners blieben stets traditionell; seine geistige Entwicklung offenbart sich im Tagebuch *Alles Gelingen ist Gnade* (1958) und im Essayband *Wege zur Stille* (1961).

Lehrer war auch ALBIN ZOLLINGER (1895–1941). Seine Wiege stand in Zürich, seine Kindheit verbrachte er in Rüti (Kanton Zürich), sein Vater war Mechaniker und wanderte mit der Familie für vier »schwarze« Jahre nach Argentinien aus; die Ehe der Eltern war nicht glücklich und belastete stets das Gemüt des Sohnes, der nach der Ausbildung im Seminar von Küsnacht an verschiedenen Orten des Kantons, zuletzt in Zürich-Oerlikon, Schule hielt und auch seinerseits in der ersten Ehe kein Glück hatte, so daß es zur Scheidung kam, während ihn der zweiten Ehe der frühe Tod bald entriß (in gut gemeinter Indiskretion wurde eine Auswahl aus Zollingers Briefen an seine erste Frau unter dem Titel »Fluch der Scheidung«, 1966, veröffentlicht). Diese Andeutungen allein genügen, um von einem zwiespältigen Menschen zu reden, bei dem zu den privaten Schwierigkeiten auch noch die Spannung zwischen Kunst und Leben kam. So wenig es ihm gelungen war, dieser Situation Herr zu werden, so wenig überzeugen auch seine Versuche, die persönliche Problematik im erzählerischen Werk zu bewältigen. Dieses beginnt mit dem in lyrischer Prosa geschriebenen Märchen *Die Gärten des Königs* (1921), die sich einem arglosen jungen Mann öffnen, um ihn zu verderben. Genannt also ist das Buch Märchen, dem Umfang nach wäre es ein Roman, in der Tat erscheint es als Novelle unter der Patenschaft vor allem C.F. Meyers und unter dem Einfluß sozialistischer Strömungen. Der Verfasser hat später nie mehr eine Geschichte so gut durchkomponiert wie hier; daß es hier gelang, war die Wirkung des Vorbildes.

Vielleicht hätte er in der Kurzgeschichte eine gewisse Meisterschaft erreicht, denn in dem mehrere Märchen – diesmal für Kinder erzählt – umfassenden Buch *Die verlorene Krone* (1922) wird der Beweis für die Richtigkeit der Behauptung geliefert; allerdings sind nur wenige Stücke (»Der dicke Hans und die dünne Grete«; »Winzik geht in die Welt«; »Die Zauberlaterne«) ganz auf der hierfür erforderlichen Höhe, in anderen wird der Redefluß der Erzählung plötzlich durch ausgesprochen intellektuelle Wendungen unterbrochen, ein Zeichen für die zwiespältige Natur des Autors, der erst sieben Jahre später wieder mit einem Buch vor die Öffentlichkeit trat, mit dem autobiographischen Roman *Der halbe Mensch* (1929). Es ist Zollingers erster Versuch, aus der Lyrik, mit der er bereits begonnen hatte, wieder zur Epik zu gelangen, aber weder hier noch in den Romanen *Die große Unruhe* (1939), *Pfannenstiel, die Geschichte eines Bildhauers* (1940), *Der Fröschlacher Kuckuck* (1941), *Bohnenblust oder die Erzieher* (1942) noch in den Novellenbänden *Das Gewitter* (1943) und *Labyrinth der Vergangenheit* (1950) ist der Versuch völlig geglückt, wenn auch erwiesen ist, »daß Zollinger, ein Dichter, der keine Romane zu schreiben verstand und dessen einschlägige Versuche fast alle auf eine tragische Weise mißlangen, mehr von den inneren Tendenzen dieser Gattung begriffen hat als die meisten seiner erfolgreichen Kollegen« (Paul Häfliger).

Zollingers genaues Abbild, der »halbe Mensch«, Wendel Bach ist wie er selbst ein in seinen Träumen verhafteter Lyriker, der am Widerstand der Außenwelt leidet, ohne eigentlich daran zu wachsen (Beatrice Albrecht) und, wie er selbst bekennt, an seine Gedichte glaubte:

»Die Landschaften seines Herzens schlossen ihn gänzlich ein mit Malven und Sonnenblumen am Wasser; Kiesgruben, gewürfeltes Bettzeug, Primeln, Erlen und Getreide dämmerten in der Umgebung seines Bewußtseins. Die Not der Einsamkeit hatte ihn eines Tages getrieben, sehnliche Verse zu erfinden ...«

Da sind also die Themen von Zollingers Lyrik angedeutet, sie ist gesammelt in den Versbänden *Gedichte* (1933), *Sternfrühe* (1936), *Stille des Herbstes* (1939), *Haus des Lebens* (1939) und in der von E. Staiger herausgegebenen Auswahl *Gedichte* (1956); im Gesamtwerk von vier Bänden (1961 f.) nimmt sie nur einen Band ein, aber sie ist das, was diesen Schweizer, der im gleichen Jahr wie Fritz Usinger geboren wurde, zu einem Dichter von europäischem Rang gemacht hat.

Zum Labyrinth wurde manchem Dichter die Großstadt, nicht allerdings dem Zürcher ALBERT EHRISMANN (geb. 1908). Zwar stammten seine Vorfahren vom Lande, aber sein Vater wurde Städter und heiratete eine Zürcherin:

Die Erde und der Ackerstein,
sie sind es nicht allein.
Ich liebe Berge, Wälder, Rain –
und kann doch nur, o sel'ge Pein,
dein Kind, Stadt meiner Mutter, sein.

Die Verbindung mit der Natur hat er also nicht verloren, die Stadt aber, an deren Rand er wohnt, bot ihm »sel'ge Pein«. Er ist demnach mit der ganzen Problematik seiner Existenz, die er sich lange Jahre als Buchhalter sicherte, vertraut, aber dennoch vermag er das Einfache, Stille, Bescheidene zu verklären, dennoch liebt er die in ihrer Unvollkommenheit doppelt liebenswerte Welt; er bleibt dem Sangbaren wie dem Reim zumeist treu, ohne deshalb altmodisch zu wirken. Manchmal freilich fließt ihm der Vers zu leicht aus der Feder, bedarf er zum Reimen banaler Füllwörter, wirkt seine Weise verspielt. Doch gerade die dadurch zum Ausdruck kommende Bescheidenheit bewahrt ihn vor jedem Pathos. Er ist leicht zu lesen, ob er erzählt (»Der neue Kolumbus«, 1939; »Kolumbus kehrt zurück«, 1947; »Der letzte Brief«, 1948; »Das Wunderbare«, 1952; »Der wunderbare Brotbaum«,

1958) oder, was er öfter tut, Verse macht (»Lächeln auf dem Asphalt«, 1930; »Schiffern und Kapitänen«, 1932; »In dieser Nacht«, 1946; »Das Stundenglas«, 1948; »Das Traubenjahr«, 1950; »Morgenmond«, 1951; »Tag- und Nachtgleiche«, 1952; »Ein ganz gewöhnlicher Tag«, 1953; »Das Kirschenläuten«, 1956; »Riesenrad der Sterne«, 1960; »Nachricht von den Wollenwebern«, 1964).

Schwieriger dagegen ist die Lektüre der Gedichte des Psychiaters URS MARTIN STRUB (geb. 1910) aus Olten, der seit langem Chefarzt am Sanatorium in Kilchberg ist und in Zürich wohnt. Schon als Gymnasiast in Engelberg zeigte er seine poetische Ader, bald nach der Reifeprüfung wurde sein erstes Versbuch gedruckt (»Frühe Feier«, 1930), dann kam eine durch das Studium erzwungene Pause, auch nach ihr blieb die Zahl der Veröffentlichungen verhältnismäßig klein (»Gedichte«, 1940; »Der Morgenritt«, 1945; »Lyrik«, 1946; »Lyrische Texte«, 1952; »Die Wandelsterne«, 1955; »Signaturen Klangfiguren«, 1964). Strub hält sich an die traditionellen Formen der dichterischen Aussage, deren Themen die Natur, der Kosmos, aber auch das menschliche Sein und der Eros sind; dabei wird das früher stark betonte christliche Element dem weltlichen einverleibt, so daß die Texte zum Spiegel und zur Zeichensprache der Grundgeheimnisse wie des zur »Größe« reifenden Geistes werden; mit besonderer Vorliebe tönt er »die Vorübergänge der Dinge, die lautlos schwebenden« an; surreale Begebenheiten werden in »dunkle, wimpernübersaumte, wortlose Reden« sanft hingehaucht. Dankbar nimmt man entgegen, daß der Dichter dort, wo Strophe, Vers und Reim nicht ausreichen, ehrliche Prosa (wenn auch in lyrischer Weise) schreibt und nicht das Druckbild zu Hilfe nimmt, um etwas anderes vorzutäuschen.

Nicht so zahlreich wie in der Schweiz sind zu dieser Zeit die Vertreter einer naturverbundenen Lyrik in Österreich. Dafür aber zählt zu ihnen die bedeutende Dichtergestalt des Linzers ARTHUR FISCHER-COLBRIE (1895–1968). Er kam auf einem etwas ungewöhnlichen Lebensweg nach Studien an den Universitäten Wien, München, Innsbruck und am Mozarteum in Salzburg und nach vorübergehendem Wirken als freier Schriftsteller in den Dienst der oberösterreichischen Landesregierung; seit 1946 dem Institut für Landeskunde zugeteilt, wirkte er in jenem Bereich, in dem einstmals auch Adalbert Stifter waltete. Dieser so lange Zeit in Linz lebende Dichter wurde für Fischer-Colbrie zum Vorbild; doch steht ihm fast gleichrangig der Astronom Johannes Kepler zur Seite, der 1612–1626 in Linz tätig gewesen war. Denn die Natur, einschließlich der Sternenwelt, ist, wenn auch nicht der, so doch ein bevorzugter Ausgangspunkt der Poesie dieses Dichters, der einmal von sich gesagt hat:

»Ein synästhetisches Erleben der Natur ist mir in hohem Maße eigen: Ich höre Farben als Töne und sehe Töne als Farben. In diesem Sinne sind die ›goldene Ahornweise‹ oder der Mollgesang des in violetter Verfärbung endenden Ulmenjahres ebenso zu verstehen wie etwa der ›ocker-dunkle Klang‹ des fallenden Kastanienlaubes oder die ›entbraunte Blässe‹ der purpurdunklen Buchenblätter.«

Diese Selbstinterpretation mag als Wegweiser durch das lyrische Werk dienen (»Musik der Jahreszeiten«, 1928; »Die Wälder atmen und die Sterne leuchten«, 1939; »Unter dem Sternbild der Leier«, 1940; »Der ewige Klang«, 1945; »Orgel der Seele«, 1953; »Der Tag ein Leben«, 1955), dessen Thematik sich jedoch nicht auf Landschaft und Gestirne beschränkt, sondern auch beheimatet ist im Reich der Töne und in der Sphäre der irdischen wie der überirdischen Liebe. An Formen finden wir oft die gereimte, vierzeilige Strophe, aber nicht selten auch antike Versmaße, sogar diese oft gereimt. Fischer-Colbries metrische Kunst bewährt sich auch im Distichon der vergilnahen *Gleichenberger Elegien* (1961). Seine dramatische Dichtung *Johannes Kepler* (1950) lebt zu einem gewichtigen Teil aus den machtvollen Versen, zum andern aus der Verbindung des historischen Geschehens mit den Nöten der Gegenwart des Zweiten Weltkrieges sowie aus ökumenischem Geist. Proben schöner Prosa enthält neben Gedichten und Szenen aus dem »Kepler« der Auswahlband *Farbenfuge* (1962). Schon rein stilistisch beachtenswert sind die Essays über oberösterreichische Landschaft und Kultur in *Österreich in Wort und Bild* (1948), die Bändchen *Sie meinen Bad Ischl* (1966) und *Zeitgenössisches Schrifttum in Oberösterreich* (1957).

Zwischen traditioneller und moderner Form

Eine »unaufhörliche und fruchtbare Korrespondenz zwischen Klassik und Moderne« hat man das Werk der Baronin MARIE-LUISE KASCHNITZ (1901 bis 1974) genannt. Sie entstammt dem elsässischen Adelsgeschlecht von Holting; ihr Vater war Offizier; in Karlsruhe erblickte sie das Licht der Welt; nach dem Besuch des Lyzeums wurde sie Buchhändlerin in Weimar, München und Rom; in der »Ewigen Stadt« lernte sie den Archäologen Guido Freiherr von Kaschnitz-Weinberg kennen, heiratete ihn 1925, folgte ihm 1932 nach Königsberg, 1937 nach Marburg, 1941 nach Frankfurt a. M., begleitete ihn viele Jahre lang auf seinen Studienreisen durch Italien, Griechenland, Nordafrika und die Türkei; der Zweite Weltkrieg und der Tod ihres Gemahls sind die schweren Lasten in einem sonst eher beglückten Leben, dem der dichterische Ruhm nicht fehlt. Diesen hätte man ihr allerdings kaum vorausgesagt, als ihre ersten Bücher erschienen, der autobiographisch genährte Roman *Liebe beginnt* (1933) und der Roman vom Irren, Suchen, Leiden und Lieben eines heranwachsenden Mädchens *Elissa* (1936); denn beide sind heute vom Büchermarkt verschwunden. In jenen Jahren entstand auch die Nacherzählung und Umdeutung der *Griechischen Mythen* (1943), die aber erst später publiziert wurde. Bald nach deren Erscheinen kam der Essayband *Menschen und Dinge 1945* (1946), in dem sich die Autorin mit den Problemen der Kriegs- und Nachkriegszeit auseinandersetzte, zwei Jahre später meldete sie sich als Lyrikerin an mit den Bänden *Gedichte* und *Totentanz und Gedichte zur Zeit* (beide 1947). Vereinzelt hatte sie schon vorher Gedichte gedruckt gesehen, aber der Krieg gestattete weitere Veröffentlichungen nicht; denn allzusehr nahm sie am Entsetzen dieser Zeit teil; nie aber verlor sie den Mut und die Hoffnung, wie das Gedicht »Rückkehr nach Frankfurt« zeigt; wohl schildert es das Dämonische des Untergangs, kündet aber zugleich von der wiederkehrenden Lebensfreude.

Der strengen Form jener Schaffensperiode folgen später, da sich die Dichterin privaten oder subjektiven Themen zuwendet, gelöstere Gestaltungen. Diese freiere Versgebung findet sich in den Bänden *Zukunftsmusik* (1950), *Ewige Stadt* (1952), *Neue Gedichte* (1957); vom Schmerz über des Gatten Tod geprägt ist *Dein Schweigen – meine Stimme* (1962), aber auch er schließt mit dem Zyklus *Notizen der Hoffnung*. Der Auswahlband der Gedichte aus den Jahren 1928–1965 *Überall–nie* (1965) zeigt, daß die Erlebniswelt der Dichterin neben den eigenen Schicksalen die ganze Bildung des Abendlandes einschließt, Deutschland, Griechenland, Rom, Antike und Christentum; der Titel des Bandes gibt Antwort auf die Frage, wo wir zu Hause seien: »Im Nirgends und Immer, im Überall–nie« und weist stillschweigend wohl auch auf das alle Begriffe übersteigende Jenseits. Deutlicher wird das im Versband *Ein Wort weiter* (1965), in welchem die Strophen »In eigener Sache« die Höhe des Gebetes erreichen, denn »es ist Zeit für Demut«. Unter den Dichterinnen der Gegenwart kommt ihr einer der ersten Plätze zu. Doch wie sie mit Prosa begonnen hatte, schrieb sie auch weiterhin Prosa, nur ist diese jetzt lyrischer getönt als früher. Da ist zunächst der biographische Künstlerroman *Gustave Courbet* (1949), ihm folgen die Erzählungen *Das dicke Kind* (1952), die Erinnerungen *Engelsbrücke* (1955), die Autobiographie *Das Haus der Kindheit* (1956), die Erzählungen *Lange Schatten* (1960), *Wohin denn ich* (1963) und *Ferngespräche* (1966). Außerdem ist Marie Luise

Kaschnitz eine wichtige Persönlichkeit im Bereiche der neuen Literaturgattung Hörspiel; hier variiert die Dichterin die Themen ihrer Gedichte und ihrer Prosaschriften in knisternder Spannung (»Hörspiele«, 1962). Selbst in einer sozusagen wissenschaftlichen Arbeit (»Beschreibung eines Dorfes«, 1966) zeigt sich die beherrschte Form ihres Gesamtwerkes, das nicht nur vom Ästhetischen her gewertet werden kann, sondern ein Dokument christlicher Humanität darstellt.

Mag man bei Marie Luise Kaschnitz darüber in Zweifel sein, ob ihr Werk dem magischen Realismus angehöre oder dem Surrealismus, so ist dieser zweifellos für den Österreicher WERNER RIEMERSCHMID (1895–1967) bestimmend gewesen. Er, dessen Lebensweg von Maria-Enzersdorf in Niederösterreich über die juristische Fakultät, deren Doktorat er erwarb, und die Hochschule für Musik und darstellende Kunst (beide in Wien) in die dramaturgische Abteilung des Burgtheaters (unter Anton Wildgans) und zum Wiener Rundfunk führte, dessen Dramaturg und Spielleiter er 1928–1945 war und der nun in Mödling bei Wien die Möglichkeit zu freiem schriftstellerischem Arbeiten hat, hat sich in seinem Essay *Über surrealistische Lyrik* (1947) zu den Franzosen Apollinaire, Lautréamont, Breton, Éluard bekannt und sich ihrer und anderer anderssprachiger Dichter als Nachdichter angenommen (aus dieser Tätigkeit entstanden seine »Probleme des Übersetzens«, 1962). Im Zusammenhang mit seiner Berufstätigkeit dagegen steht sein Schaffen auf dramatischem Gebiet, das mit dem Schauspiel *Heimfahrt Ottos III.* (1928) begann, in den zwei mythischen Komödien *Zwischen Hades und Olymp* (1955), nämlich *Die Liebe des Narziß* und *List, Lust und Last*, zeigen wollte, daß der Weg der Erkenntnis aus dem Leben hinausführe, daß aber dieses, letztes Eiland des von Erkennen und Mißtrauen gefährdeten Daseins, sieghaft stark sei. Bald wandte sich Riemerschmid dem Roman zu; auch im ersten, dem *Buch vom lieben Augustin* (1930), stellte er den sieghaften Genius des Lebens dar; in anderen erzählenden Werken (»Die Frösche von Sumpach«, 1939; »Neben den Geleisen«, 1944; »Schatten«, 1947; »Froh gelebt und leicht gestorben«, 1958; »Unternehmen Holzpferd, Aus den Memoiren des unpopulären Generals Th.«, 1957; »Euer Ruhm ist nicht fein«, 1962) überwiegt die satirische Veranlagung des Autors und seine Liebe für paradoxe Formulierungen:

»Man wird mir vorwerfen, meine Gesinnung sei proteushaft ... Aber hat nicht jeder Bach, jeder Fluß seine zwei Ufer, ein Hüben und Drüben? Gibt es etwas Aufschlußreicheres, Bildenderes, als den Standort zu wechseln, die Perspektive zu verändern?«

Daraus darf man freilich keine chaotische Haltungslosigkeit ableiten; vielmehr ist seine Wahrheit, wie Holthusen es einmal formuliert, eine offene Frage, die den Menschen immer zwingt, neu mit dem Denken und der Entscheidung zu beginnen. Deshalb mißtraut er der Logik und der Sprache, denn der Mensch beherrsche nicht die Welt, die Sprache nicht die Wirklichkeit. Da spürt man etwas von Georg Trakl, den Werner Riemerschmid zur Hauptgestalt eines seiner Romane (»Trakl«, 1947) gemacht hat; anderswo erinnert Riemerschmids Lyrik (»Das verzauberte Jahr«, 1936; »Der Bote im Zwielicht«, 1942; »Ergebnisse«, 1953; »Steinbrüche«, Gedichte aus 40 Jahren, 1965) an Heinrich Suso Waldeck und Theodor Kramer; ihre stark am Malerischen orientierte Kunst läßt ein dämonisches Naturgefühl spürbar werden und steht an den Kreuzwegen zwischen sinnlicher und übersinnlicher Welt.

Wie Werner Riemerschmid ist auch sein österreichischer Landsmann, der Wiener Otto Basil (geb. 1901) ein feinfühliger Übersetzer französischer Poesie. Nachdem er in seiner Geburtsstadt Germanistik und Paläontologie studiert hatte, betätigte er sich in verschiedenen Berufen, bis er als Mitarbeiter an Zeitungen und als Dramaturg den ihm angemessenen Beruf fand; zur Zeit des »Anschlusses» war über ihn Publikationsverbot verhängt; nach der Befreiung seines Vaterlandes konnte er sich wieder auf den früheren Arbeitsfeldern umtun und gab die schon vor 1938 begonnene avantgardistische Zeitschrift *Plan* abermals heraus; 1948 stellte sie allerdings ihr Erscheinen ein. Unmittelbar vor dem Auftreten der ersten Expressionisten geboren, entwikkelte Otto Basil, nicht ohne von der Ausdruckskunst beeinflußt zu sein, doch auch den Anregungen Rilkes und Trakls sowie der französischen Symbolisten und Surrealisten offen, seinen eigenen Stil, den er selbst »phantasielosen Realismus« nennt.

Basils Essays sind noch nicht zum Buch vereint, einige kleinere finden sich im Auswahlband *Anruf ins Ungewisse* (1963), der größere *Panorama vom Untergang Kakaniens* im Stiasny-Band *Das große Erbe* (1962); dieser versucht den Nachweis, daß unsere Zeit das Groteske liebt, »weil sie in oder hinter der Manier den Abgrund wittert, fürchtet und doch auch wieder herbeisehnt«. Als Prosaepiker schrieb Basil die Erzählung *Benja* (1930), einen Roman *Die Umkreisung* (1933) und das einen zwiespältigen Eindruck hervorrufende Buch *Wenn das der Führer wüßte* (1966), das utopisch ausmalt, wie alles geworden wäre, wenn Hitler und seine verfressenen und erotisch verirrten Anhänger gesiegt hätten; beklemmend Realistisches und tief Symbolisches werden hier genauso gemischt wie in Basils Lyrik. – *Zynische Sonette* (1919) ist der Titel seines ersten Versbandes, es folgen die

Sonette an einen Freund (1925) und erst eineinhalb Jahrzehnte später der *Freund des Orients* (1940), ein halbes Jahrzehnt später *Sternbild der Waage* (1945) und nach kürzerer Pause *Apokalyptischer Vers* (1948). In ihnen offenbart sich eine dem Klang bereits Ironie verleihende, vom Gehirn her gesteuerte Kunst oder, wenn man lieber will, ein höchst bewußtes Kunsthandwerk, das weder vor grausigen Visionen um der Zeitkritik willen noch vor vielleicht nicht beabsichtigten Blasphemien (z. B. »Gottvater mit dem blauen Metzgerblick« in »Golgatha der Tiere«) zurückschreckt. Ernst Jirgal hat diesen Schluß gezogen: »Von der Weihe über die Klage zur Folter: von Hölderlin über Trakl zu Basil.«

Der eben zitierte Ernst Jirgal (1905–1956) stammte aus Stockerau bei Wien, war Doktor der Philosophie, Professor an verschiedenen Studienanstalten, zuletzt in Wien, wo er starb. Er hat ein Drama über *Tantalos* (1946) geschrieben und *Theseus*-Erzählungen (1950) verfaßt, zwischen beiden Werken nach antiken Themen die Prosabücher *Erinnertes Jahr* (1946) und *Roggenprosa* (1946) veröffentlicht, sonst aber – vor- und nachher – sich der Lyrik gewidmet. *Landschaften* (1937) ist der erste Versband betitelt, und Landschaften, besonders jene des vom Hauch des Südens gesegneten adriatischen Küstenlandes, begegnen uns auch in den viel späteren Gedichten (»Sonette an die Zeit«, 1946; »Etüden«, 1953; »Schlichte Kreise«, 1955), die insofern Zeugen der Zeit sind, als diese Behaglichkeit im Diesseits, im Erdenleben nicht entstehen läßt: »Nullen sind wir, adernd das Nichts.«

BÜHNENDICHTUNG IM UMBRUCH

Volkstheater, Mysterienspiele und historische Dramen

Wer aus einiger Distanz die Theatergeschichte der ersten drei Jahrzehnte dieses Jahrhunderts, besonders aber die der 20er Jahre betrachtet, ist sich der sozusagen dramatischen Entwicklung bewußt, welcher die Bühnendichtung innerhalb des genannten Zeitraumes unterworfen worden ist, wird sich aber andrerseits nicht wundern, daß zu Beginn dieses Kapitels Namen genannt werden, deren Träger sich noch ganz der Tradition verpflichtet fühlen.

Christliche Laien- und Volksspiele standen am Anfang des literarischen Schaffens von Bernt von Heiseler (1907–1969); doch strebte der in Brannenburg am Inn zur Welt gekommene und nach seinen Studienjahren in Rosenheim, München und Tübingen daselbst als freier Schriftsteller lebende Sohn des Dichters Henry von Heiseler früh über die angedeuteten Grenzen hinaus.

Durch Bearbeitungen fremder Werke und durch eigene Schöpfungen bereicherte er das Repertoire christlicher Bühnendichtung, ob er das Ernste ins Anmutige wandte, wie in der nach Calderón gebauten Komödie *Das laute Geheimnis* (1931), im Lustspiel *Des Königs Schatten* (1938), im Spiel *Till Eulenspiegel und die Wahrheit* (1961) oder die Vergangenheit in historischen Dramen beschwor, wie in *Schill* (1934), *Cäsar* (1941), in der Hohenstaufentrilogie *Was des Kaiser ist* (1948, Vorspiel usw.: »Die Stunde von Konstanz«, 1939; »Kaiser Friedrich II.«, 1944, seit 1951 »Botschaft an den Kaiser«; »Der Gefangene«, 1945) oder religiöse Stoffe behandelte, wie *Stephanusspiel* (1947), *Das Haller Spiel von der Passion* (1954), die Bearbeitung eines Stückes von Bidermann *Philomen, der fröhliche Märtyrer* (1958, Neufassung 1962), oder endlich, horchend auf die Not der Zeit, tragischen Situationen, die aussichtslos erscheinen, sittliche Lösungen entgegenhält, wie *Der Bettler unter der Treppe* (1942), *Philoklet* nach Sophokles (1947), *Ländliche Winterkomödie* (1948). Vielleicht war Bernt von Heiseler glücklicher als Bearbeiter denn als Schöpfer; denn diesem eignete klassizistische Kühle, gepaart mit des Gedankens Blässe.

Vom Klassizismus her kommt auch die knappe Kunst seiner sittliche Konflikte behandelnden Erzählungen (»Katharina«, 1938; »Das Ehrenwort«, 1942). Breiter angelegt sind Heiselers Romane *Die gute Welt* (1938), *Versöhnung* (1952), *Das verschwiegene Wort* (1964), deren zunächst epischer Stil im Lauf der Jahre immer lyrischer wird. Der Lyriker Bernt von Heiseler hat seine *Gedichte* mehrmals (1940, 1949, 1957) herausgegeben und jedesmal vermehrt; deren Themen sind verschiedenartig. Das humanistische Bildungserbe, glücklich mit christlichem Ethos und mit nationaler, aber nicht nationalistischer Gesinnung vereint, kommt vielleicht am deutlichsten in den Essays (»Ahnung und Aussage«, 1939, erweitert 1954) und Dichterbiographien (»Kleist«, 1939, »Schiller«, 1959) zum Ausdruck.

Die Schweizer Theatertradition mit ihren Festspielen war der Boden, aus dem das Gesamtwerk des in Basel geborenen Solothurners CAESAR VON ARX (1895–1949) erwuchs, der nach dramaturgischer und Regietätigkeit u. a. in Leipzig und Zürich seit 1925 als freier Dramatiker in Nieder-Erlinsbach (Solothurn) lebte und ebendort unmittelbar nach dem Tode seiner Frau freiwillig aus dem Leben schied. E. M. Bräm warf die Frage auf, ob es Zufall oder Sinnbild wäre, daß am Anfang und am Ende des Werkes dieses Bühnendichters je ein Spiel zu einer Schlachtenfeier die Eckpfeiler bilden. Dort das Bühnenspiel des Siebzehnjährigen zur Schlacht von Laupen (1912), von Basler Realschüler in Basel und auf Einladung an der Landesausstellung

1914 aufgeführt, hier das Festspiel zur Gedenkfeier der Schlacht bei Dornach (1949), dessen Aufführung in Solothurn der Dichter nicht mehr erlebte. Zwischen diesen beiden Eckpfeilern liegen noch mehrere Feierspiele oder verwandte Stücke, aus denen hervorgehoben seien das *Schweizer Festspiel* (1928) in neun Szenen, worin das Werden der Eidgenossenschaft als mythisches Erlebnis eines Menschenpaares dargestellt wird, und das *Bundesfeierspiel* (1941) mit der Dreiheit der Ideen Freiheit, Friede, Liebe, geschrieben und aufgeführt mitten im Toben des Zweiten Weltkrieges. Zwischen jenen beiden Eckpfeilern lagen aber auch, und zwar in der Leipziger Zeit, Versuche, die man heute als avantgardistisch bezeichnen würde, der *Mimus*, eine »Burleske vom Tod« und das Lustmordspiel *Moridaten* mit beinahe dadaistischen Wortspielereien, bewußt eingesetzten Verfremdungseffekten und ständiger Parodierung der Sprache Rilkes, Hofmannsthals, Georges, lagen ferner die nicht abendfüllenden Stücke *Romanze in Plüsch* und *Der Dreikampf*, die beim Publikum keinen Anklang fanden, weder damals noch heute.

Da er diesen Weg nicht weiterging, sondern zu den Ansätzen seiner Jugend zurückfand, wurde er schon allein durch seine Festspiele so etwas wie ein schweizerischer Nationaldichter auf Zeit (nämlich für jene Zeit, da sich die Schweiz im Stadium der geistigen Landesverteidigung gegenüber den benachbarten Diktaturen befand), wurde er ferner Wegbereiter schweizerischer Bühnendichtung, sogar ins Ausland, obwohl jedes dieser Stücke typisch schweizerisch ist, nämlich *Die Geschichte von General Johann August Suter* (1929), dessen Kampf um sein Recht zum Riesenkampf gegen ein Weltverhängnis wird, die Komödie *Vogel friß oder stirb* (1931), in der ein reicher Bauernsohn in der Zeit Napoleons, um nicht in den Krieg zu müssen, sich auf Vaterschaft verklagen läßt und, obwohl das betreffende Mädchen unberührt ist, damit beim Landvogt durchkommt, das Schauspiel *Der Verrat von Novara* (1933), den ein Urner Bauer begeht, um sein Erbe zu retten (jedoch befreit er durch seine schuldhafte Tat das Schweizervolk ungewollt aus einem Dilemma), das Schauspiel *Der heilige Held* (1936), der – es ist Nikolaus von Flüe – in steter Ungewißheit lebt, ob Gott seine Handlungsweise annehme, und gerade durch dieses demütige Verhalten die Versöhnung der Eidgenossen sichert, das Drama *Land ohne Himmel* (1943), in dem die Schwyzer den Papstbann riskieren, um die Bestätigung ihrer Freiheitsrechte vom Kaiser zu erhalten, und schließlich die *Brüder in Christo* (1947).

So entdeckte Caesar von Arx wesentliche Motive aus der Schweizergeschichte für die Bühne und gestaltete sie. 20 Jahre später behauptete man zwar, es handle sich bei den Gestalten des Solothurners um »Hodler-

Figuren, die Ibsen spielen«, denen heutzutage nur noch ein Rückwärtsgewandter irgendwelche Reize abzugewinnen vermöchte; wer so zu reden vermag, hat keinen Sinn für des Dichters jeder Pathetik fernstehende, volkhaft bildhafte Sprache, die allerdings keine Zeit für das Gemütvolle oder für lyrische Unterbrechungen fand, dafür beilhafte Grobheiten stahlhart aufeinandertreffen ließ; und ist es nicht immer noch modern, daß bei Caesar von Arx »dem Menschen nur noch ein Rest verschwindender innerer Freiheit« verbleibt und »der Mut, das notwendige Scheitern seiner Existenz auf sich zu nehmen« (E. M. Bräm)?

Nur 37 Jahre alt wurde Ödön von Horváth (1901–1938). Wenn auch sein Familiennahme »Kroate« bedeutet, so war dessen Träger doch ein echter Magyare und gehörte dem ungarischen Kleinadel an, der gleich dem russischen eine Reihe bedeutender Literaten stellte. Obwohl Horváth stets seine ungarische Herkunft betonte und seinen Vornamen nicht zu »Edmund« germanisierte, schrieb er dennoch nur in deutscher Sprache. Seine Geburtsstadt war Fiume, seine Jugendjahre verbrachte er in Kroatien, Ungarn und Österreich; nach dem Ersten Weltkrieg lebte er zeitweise in Deutschland, verfiel dort 1933 der Verfemung, übersiedelte daher 1934 nach Wien bzw. nach Henndorf bei Salzburg, 1938 nach Paris, hier wurde er auf den Champs-Élysées von dem stürzenden Ast einer Platane erschlagen. Ein ungarischer Priester schüttete heimatliche Erde über Horváths Grab auf dem Friedhof von St-Ouen; Totenreden hielten ihm Carl Zuckmayer und Walter Mehring, zwei Deutsche, und der französische Philosoph Jacques Maritain. Daß er als Lyriker beginnen wollte, hat damals niemand erwähnt, denn er hat seine Gedichte, die um 1921/1922 entstanden und z.T. gedruckt wurden, aufgekauft, bzw. nie veröffentlicht, ja sogar vernichtet. Sein dramatisches Wirken dagegen hat seit 1961 (Neuausgabe seiner »Stücke« durch T. Krischke) eine Renaissance in zahlreichen Neu-Inszenierungen erlebt.

Es setzte ein mit dem Volksstück *Revolte auf Cote 3018* (1927), das in Hamburg uraufgeführt und in neuer Fassung unter dem Titel *Die Bergbahn* 1929 in Berlin erstmals gespielt wurde: Innerhalb von 24 Stunden rollt das Stück ab und »entfesselt alle Triebe der Kreatur und der Natur, in deren gnadenlosem Schneesturm es schließlich endet. Aber es ist kein Volksstück im üblichen Sinn, obschon es sein Verfasser so benennt, trotz des Dialektes, den seine Personen sprechen ... Horváth besitzt eben schon in diesem seinem dramatischen Erstling die Gabe, den Dialog nicht als intellektuellen Kommentar zu Klassenproblemen zu führen, sondern biologisch nach den Erkenntnisgrenzen der einzelnen Figuren, gewissermaßen aus der physiologischen Zone ihres Seins. Natürlich ergibt das kein ›soziales‹ Stück, weder im naturalistischen Sinn, wie etwa bei Hauptmanns ›Die Weber‹ ... noch in der Art einer dialektischen Untersuchung wie bei Bert Brecht. Horváth formt keine ›Masse‹ als Kollektivbegriff, sondern Einzelindividuen ... Der Dialekt hängt nicht als ein Kostüm von Blut und Boden an ihnen, sondern er kommt aus dem Organischen ihrer Persönlichkeiten. Und das war bisher auf der Bühne erst einem einzigen geglückt: Johann Nestroy!« (Fr.Th. Csokor.) Diesem ersten »Volksstück« folgten andere: *Zur schönen Aussicht* (1927), *Rund um den Kongress* (1929), *Italienische Nacht* (1930), *Geschichten aus dem Wienerwald* (1931), *Kasimir und Karoline* (1932). Sie sind von Idylle weit entfernt; denn Horváth witterte hinter dem Geschrei und Gejohle des sogenannten Volkes, das er liebte und das ihm doch unheimlich war, die Massenhysterie und ahnte das kommende Unheil des »Dritten Reiches«. Darum sind seine Dramen sarkastisch und eigentlich Tragödien, so komisch sie im einzelnen scheinen mögen, dicht in der Atmosphäre, sicher profiliert, im Dialog gelegentlich lyrisch, aber auch vor keiner Grobheit und Unflätigkeit zurückschreckend, im Widerstreit von Bild und Wort, Absicht und Aussage, Tun und Meinen die Menschen allmählich entlarvend. Typisch für Horváth ist der Satz: »Nichts gibt so sehr das Gefühl der Unendlichkeit als wie die Dummheit.«

Das letzte Theaterstück Horváths war die im Altertum spielende Komödie *Pompeji* (1959 in Wien uraufgeführt) mit ihrer Vergegenwärtigung der römischen Götterkrise um 70 n. Chr., vom Straßenhändler bis zum Prätor in allen Rängen enthüllt und mit dem Hinweis auf den Völkerapostel Paulus. – Als dem Dichter die Bühnen gesperrt waren, wandte er sich der Prosa zu. In ihr hatte er sich zwar früher versucht (»Der ewige Spießer«, 1930, ein Roman mit saftiger Schilderung bayerischen Kleinbürgertums), doch jetzt, da das »Zeitalter der Fische« (... »es kommen kalte Zeiten, das Zeitalter der Fische ... Da wird die Seele des Menschen unbeweglich wie das Antlitz eines Fisches ...«) herangebrochen war, schrieb er im Fiebertempo weniger Wochen im Henndorf im Salzburgischen den Roman *Jugend ohne Gott* (1938), darin ein Lehrer, verwickelt in einen Kriminalfall der ihm anvertrauten Jugend eines kleinbürgerlichen Diktaturstaates, seinem Gewissen, d.h. dem Anruf Gottes, der Wahrheit zu dienen, folgen muß; das kleine Buch wurde schnell in acht Sprachen übersetzt und machte den Namen des Verfassers international bekannt. Gleichfalls in viele Sprachen übersetzt wurde *Ein Kind unserer Zeit* (1938); dieser Roman spricht von der »allgemeinen Finsternis, in der man das Gruseln lernen sollte, wenn man immer wieder mit einem Fuß ins Nichts getreten ist«. »Wie kalt einem werden kann«, sagt die Hauptgestalt des Buches, die in der Weltkälte zum Schneemann wird und erfriert.

Fritz Hochwälder (geb. 1911) kam in Wien als Handwerkersohn zur Welt und ist gelernter Tapezierermeister; als seine Eltern als Juden nach Polen abgeschoben und dort ums Leben gebracht wurden, floh er in die Schweiz, genoß hier die Freundschaft Georg Kaisers und lebt seither in Zürich. Noch in Wien schrieb er seine ersten Theaterstücke, die Tragödie *Jehr* (1933) mit dem Thema Blutschande und die Komödie *Liebe in Florenz* (1936) nach einer Novelle des Cervantes; auch die schon in der Schweiz verfaßte *Esther* (1940, Neufassung 1960) machte den Namen des Autors nicht richtig bekannt. Dagegen wurde zum Welterfolg *Das heilige Experiment* (1943, Buch 1947), ein, wie es Adalbert Schmidt nennt, »geschichtlich verkleidetes Ideendrama um das ewige Thema Macht und Recht«; der geschichtliche Hintergrund ist die Auflösung des Fürsorgestaates der Jesuiten in Paraguay durch den spanischen König im Jahre 1767, das Problem aber lautet: Darf man Menschen diesseits von Gut und Böse halten, sie an sich binden, statt sie in die Freiheit Gottes und der Entscheidung zu stellen? Darf man ferner den Gehorsam verletzen, um ein irdisches Paradies zu wahren, und das in der Gewißheit, daß das heilige Experiment, ein Reich der Liebe und der Gerechtigkeit aufzubauen, nur deshalb aufgegeben werden muß, weil es für die anderen, vornehmlich für Spanien, unbequem ist? Der Jesuitenprovinzial fügt sich, entsprechend dem tatsächlichen Verlauf der historischen Ereignisse, ist auch gewiß der moralische Sieger, aber die gestellte Frage ist nicht beantwortet, und zwar deshalb, weil sich Hochwälder, wie Kurt Adel sagt, immer nur »am Rande eines solchen gläubigen Spieles, am Rande eines Mysteriums« bewegt.

Ein weiteres Stück ist die nach einer Novelle Maupassants geschaffene Komödie *Hôtel du Commerce* (1946); sie zeigt die Selbstzufriedenheit einer machtbewußten Gesellschaftsklasse mit heuchlerischer Moral. Literarische Anregungen veranlaßten auch zwei weitere Stücke, den *Meier Helmbrecht* (1947), der die gleichnamige mittelalterliche Verserzählung Wernhers des Gartenaeres vor allem auf das Generationenproblem festlegt und die Verantwortung der Älteren für die ihnen anvertraute Jugend gerade noch andeutet, und *Donadieu* (1953) – nach C. F. Meyers Ballade »Die Füße im Feuer« – mit dem grausam zugespitzten Gewissenskonflikt eines hugenottischen Edelmannes. Vor diesen drei Stücken liegt das nach einer Idee Georg Kaisers geschaffene Dreipersonendrama *Der Flüchtling* (1945, Neufassung 1955), eine Parabel der Menschlichkeit, vorgeführt von einem Flüchtling, einem

Grenzwächter und dessen Frau; drei Jahre jünger ist *Der öffentliche Ankläger* (1948), ein tragikomisches Schauspiel aus der Schreckenszeit der Französischen Revolution, worin der Staatsanwalt Fouquier Tinville ahnungslos den Prozeß gegen sich selbst führt und – die Parallele zur Gegenwart ist deutlich – von sich sagt: »Ich habe immer nur getan, was man von mir verlangte.« Ein Beitrag zur »Bewältigung der Vergangenheit« soll auch die umstrittene Komödie *Der Himbeerpflücker* (1965) sein, die das Wiederauftauchen ehemaliger Nationalsozialisten behandelt, die sich gegenseitig fürchten und doch aufeinander angewiesen sind; ihnen steht ein menschlich sympathischer Gauner gegenüber, der sich weigert, für einen der braunen Barbaren gehalten zu werden. Nicht völlig befriedigende Versuche zur Erneuerung des Mysterienspieles sind *Die Herberge* (1957) und *Donnerstag* (1959).

Lustspiele

Eine zweite Gruppe umfaßt Bühnenautoren, deren erste Absicht die Unterhaltung des Theaterpublikums gewesen zu sein scheint. Anerkannter Meister auf diesem Gebiet war CURT GOETZ (1888–1960), zwar Bürger von Basel, aber in Mainz geboren, Gymnasiast in Halle, Schauspieler in Rostock, Nürnberg, Berlin, seit 1923 mit Valerie von Martens verheiratet, mit der er Gastspielreisen mit eigenen Stücken unternahm, 1939 Emigrant nach Hollywood und anschließend Besitzer einer Hühnerfarm bei Los Angeles, 1945 Rückkehrer nach Europa, und zwar in die Schweiz mit Wohnsitz Merligen am Thuner See, gestorben in Grabs bei St. Gallen. Mit seinem pointierten Dialog, seiner szenischen Einfallskraft und dem soliden Bau seiner Stücke variierte er auf persönliche Art den internationalen Boulevardstil. 1911 begann er mit dem *Lampenschirm*, erreichte eine gewisse Höhe mit der auch verfilmten Komödie *Dr. med. Hiob Prätorius* (1934) und gab selbst erstmals die *Gesammelten Bühnenwerke* (1952) heraus, denen 1963 die postume Ausgabe gleichen Titels folgte. Als Erzähler verband er den Detektivroman mit erotischen Elementen (»Tatjana«, 1946; »Die Tote von Beverly Hills«, 1951) und bot in den drei Bänden der *Memoiren des Peterhans von Binningen* (1960–1963) seine Autobiographie, die durch seine Gattin ergänzt wurde.

HANS JOSÉ REHFISCH (1891–1960), geboren in Berlin, Student der Philosophie und Staatswissenschaften in Berlin, Heidelberg und Grenoble, Doktor der Rechte und der Volkswirtschaft, Teilnehmer am Ersten Weltkrieg, nachher Richter, Rechtsanwalt, Syndikus einer Filmgesellschaft und Theaterdirektor in Berlin, im »Dritten Reich« inhaftiert und nach der Haft über

Wien (1936) nach London (1938) emigriert, Metallarbeiter an der Themse, während des Zweiten Weltkrieges Dozent für Soziologie in New York, seit 1950 in Hamburg, zeitweise in München lebend, in Schuls (Unterengadin) gestorben, war dagegen ein vielseitiger Dramatiker, der technisch geschickte, mitunter an Reportage gemahnende, jedoch äußerst wirkungsvolle Theaterstücke lieferte, von denen die Tragikomödie *Wer weint um Juckenack?* (1924) einst ein Welterfolg war; die nicht weniger bühnensicheren Komödien *Nickel und die sechsunddreißig Gerechten* (1925) und *Duell am Lido* (1926) sowie das Schauspiel *Der Frauenarzt* (1927) hat er nach dem Zweiten Weltkrieg überarbeitet und zu neuen Erfolgen geführt. Von den letzten Bühnenwerken Rehfischs behandelt *Jenseits der Angst* (1958) die Gefahren der Atomforschung und *Bumerang* (1960) den Leipziger Prozeß von 1872, in dem August Bebel und Wilhelm Liebknecht als »gefährliche Sozialisten« angeklagt waren. Rehfisch wurde der Sudermann der neueren Zeit genannt und schrieb wie dieser gelegentlich auch Romane (»Lysistratas Hochzeit«, 1959, u.a.).

Bertolt Brecht

Alle in diesem Kapitel dargestellten Dramatiker wandelten mehr oder weniger in den Bahnen der Überlieferung, ohne daß dies freilich ihren Erfolg, der in einigen Fällen nicht gering war, geschadet hätte; sie fanden sogar Anerkennung, obwohl inzwischen der Mann aufgetreten war, der dem Schauspiel in Theorie und Praxis eine neue Form gab und mit und neben Erwin Piscator die Theatergeschichte der 20er Jahre dominiert: BERTOLT BRECHT (1898–1956). Sein Elternhaus stand in Augsburg, sein Vater war Direktor einer Papierfabrik und ließ seinen Sohn Bertolt studieren, der sich nach der Reifeprüfung den Naturwissenschaften und der Medizin widmete; so kam er im Herbst 1918 als Sanitätssoldat in ein Militärlazarett, wo er Schwerverwundete zu betreuen hatte und dadurch zum Kriegsgegner wurde; 1919 nahm er seine Studien wieder auf, ging aber 1920 zur Bühne über (als Dramaturg an den Münchner Kammerspielen), übersiedelte 1924 nach Berlin, wo er zeitweise unter Max Reinhardt Regie führte. Im Jahr 1928/1929 besuchte er die Marxistische Arbeiterschule und setzte sich intensiv mit dem wissenschaftlichen Sozialismus auseinander. So blieb ihm 1933 nur die Flucht aus Hitler-Deutschland übrig; die Fluchtstraße führte über Prag nach Wien, durch die Schweiz und Frankreich nach Dänemark, 1940 über Schweden nach Finnland, 1941 über Moskau und Wladiwostok nach Kalifornien; 1947 kehrte Brecht über Zürich nach Berlin zurück, wo er im russisch besetzten

Teil der Stadt mit seiner Frau, der Schauspielerin Helene Weigel, das »Berliner Ensemble«, später Brecht-Ensemble genannt, gründete und leitete.

Seit 1914 begann Brecht literarisch tätig zu sein – in einer Augsburger Zeitung (unter dem Pseudonym Berthold Eugen) und in einer Schulzeitung. Das Zeiterlebnis nahmen diese frühen Gedichte nur zögernd auf, zeigten aber bereits antibürgerliche Tendenzen und eine Vorliebe für ausgestoßene Existenzen und exponierte Gruppen des sozialen Lebens; unter dem Einfluß Frank Wedekinds entwickelten sie jedoch schon eine sangbare, einprägsame Balladenform; erst gegen Kriegsende fanden sie sich zu politischer Kritik bereit, und zwar sogleich in aufrüttelnder Formulierung; ungefähr gleichzeitig entstanden auch die ersten Dramenentwürfe. In diesen wie in den späteren Bühnenwerken sind stets lyrische Partien eingefügt, so daß es gerechtfertigt ist, zuerst den Lyriker Brecht darzustellen. Seine Gedichte sind gesammelt unter den Titeln *Hauspostille* (1927), *Svendborger Gedichte* (1939), *Hundert Gedichte* (1951), *Gedichte, Auswahl* (1955), *Gedichte und Lieder* (1956), *Lieder und Gesänge* (1957), Gesamtausgabe in sechs Bänden (1960 ff.). Schon im erstgenannten Band zeigt sich, daß der vom Expressionismus ausgehende Augsburger, zum Unterschied von jenem, nicht daran glaubt, daß der Mensch gut sei.

Brechts reportagehafte Sachlichkeit erinnert eher an den Naturalismus als an den Expressionismus oder, könnte man sagen, an den Vorläufer beider Richtungen, an den Sturm und Drang. Vor allem aber hat der Franzose François Villon aus dem 15. Jahrhundert starken Einfluß ausgeübt auf jene Teile der Brechtschen Poesie, die der Dichter als »Songs« bezeichnete. Seine eingestandene Absicht war es, »Poesie im Rinnstein« lebendig werden zu lassen. Dazu verwendete er eine einfache, unpathetische Sprache und viele volksliedhafte und parodistische Elemente. In Kurt Weill fand zudem der Dichter den ihn unterstützenden Komponisten, dessen Vertonung »trotz ihres hohen Eigenwertes den Text nicht vergewaltigt und ein Gegen-die-Musik-Sprechen gestattet« (Wilhelm Duwe).

Was Eigenart vor allem des Dramatikers werden sollte, war auch dem Lyriker eigen, die Verfremdungstechnik: Er löst alltägliche Begebenheiten oder selbst geschichtliche Ereignisse aus ihrer vertrauten Umgebung und stellt sie in einen völlig neuen Zusammenhang. Die von Suhrkamp im Todesjahr Brechts edierten »Gedichte und Lieder« leitete der Herausgeber mit folgenden Worten ein: »Die Gedichte und Lieder von Brecht sind, wie auch seine Dramen, Ausdruck eines Zeiterlebens. Daß Brecht als Dichter ... die Historie unseres Volkes seit 1918 schreibt, wird noch viel zu wenig gesehen, es wird aber dem, der diese Zeit intensiv miterlebt hat, bei einer zusammenhängenden Lektüre seiner Gedichte sowie seiner Dramen vehement deutlich. Seine Gedichte und Lieder bewahren nicht nur die Zeitatmosphäre, sie sind in Sprache und Vorgang vom Gestus bestimmter Figuren und Ereignisse der Zeit geprägt.« Darum, so lesen wir bei Soergel-Hohoff, werden diese Werke »Geltung haben, solange das Lebensgefühl bestimmend bleibt, aus dem sie sich nähren und dem sie Ausdruck geben. Eine andere Frage ist die nach dem literarischen Rang. Werden die Stücke sich auch, abgelöst vom Boden unserer Jahrzehnte, ohne die Unterstützung durch die Künste eines großen Theaters und bedeutender Regisseure, werden sie sich als Dichtungen halten können aus ihrer eigenen, *sprachlich* artikulierten Seinsfülle?«

Als Dramatiker begann Brecht mit *Baal* (1919); Baal ist der Name eines orientalischen Fruchtbarkeitsgottes, des religionsgeschichtlichen Gegenspielers zum Gott des Alten Testamentes; dieser Name ist jedoch hier der eines lyrischen Genies, das sich der großbürgerlichen Protektion entzieht und seine Balladen in Kneipen und Freudenhäusern vorträgt; das Stück ist gebildet als Protest gegen Hanns Johsts Grabbe-Drama »Der Einsame« und gegen die Welt der »Bürger, welche sich allein für normal« hält; die Züge dieses »Baal« sind zum Teil die eines zeitgenössischen Augsburger Originals, zum Teil die Villons, Rimbauds, Verlaines; als Säufer, Vagabund, Amoralist ist er Vorläufer späterer Hauptgestalten der Dramen Brechts, insofern eine grundlegende Figur. Seiner »dramatischen Biographie« setzte der Augsburger Dramatiker, der damals mit Lion Feuchtwanger und Walter Mehring verkehrte, die Komödie »Spartakus« oder, neu gefaßt, *Trommeln in der Nacht* (1922) entgegen, deren wichtigste Gestalt namens Kragler, noch keineswegs ein Marxist, sich weigert, am Aufstand der Spartakisten teilzunehmen und lieber mit seiner von einem andern vergewaltigten Braut ins Bett geht. Von den übrigen Dramen der Frühzeit entstand bereits in Berlin *Im Dickicht der Städte* (1927), dessen Thema die Einsamkeit der Menschen in der Großstadt ist; stilgeschichtlich bedeutet das Stück die endgültige Absage an den Expressionismus und dessen O-Mensch-Ideen, geographisch aber ist der Schauplatz Chicago direkt oder indirekt Muster für spätere Ortungen. Von der bloß privaten Sphäre dieses Stückes kehrt Brecht in die politische zurück mit *Mann ist Mann* (1927); Schauplatz sind die anglo-indischen Militärbaracken von Kilkoa im Jahr 1925, in denen der Packer Galy Gay zum Soldaten umgekrempelt wird, der automatisch handelt und nach Befehl jedes Unrecht begeht; das Grundthema also ist die Demontage des Persönlichkeitsbewußtseins und die Gleichschaltung in einem Kollektiv.

Ähnlich wie die Naturalisten glaubt Brecht daran, daß die Not des Menschen durch seine Umwelt bedingt ist. Im Unterschied zu jenen sieht er aber den Menschen nicht nur als einen, der den Verhältnissen ausgeliefert ist, sondern der Mensch ist es auch, der die Verhältnisse ändern kann. Diese Veränderbarkeit und Veränderungsbedürftigkeit der Welt darzustellen, ist für ihn die Aufgabe des »epischen Theaters«. Dieser Begriff erinnert an die attische Tragödie, in der nie ein Mensch auf der Bühne ermordet wird; solche und andere Greueltaten werden von einem »Boten« berichtet, wie es ein Epiker tut. Allerdings verstand Brecht unter seiner Bezeichnung etwas anderes: Die Inhaber der einzelnen Rollen spielen nicht wie ihre historischen Vorbilder, sondern so wie jemand, der weiß, was aus seinem Tun geworden ist (wie der Epiker eben weiß, was seine Helden mit ihrem Tun erreicht haben).

Später hat Brecht diesen Begriff durch »dialektisches« oder »nichtaristotelisches« Theater ergänzt. Während im traditionellen »aristotelischen« Theater beim Zuschauer Mitleid mit dem unabänderlichen Schicksal der Personen erregt werden soll, will Brecht im »nichtaristotelischen« Theater Distanz bewirken, die den Zuschauer erkennen lassen soll, daß die Zustände veränderbar seien. Die Mittel des traditionellen Theaters, Mitleid zu erregen, sind die möglichst starke Illusion, daß das Geschehen gegenwärtig wirklich so stattfinde, und die Identifikation des Zuschauers mit den dargestellten Figuren. Brecht möchte dagegen Illusion und Identifikation verhindern. Das Mittel dafür ist die Verfremdung: Durch eingeschobene »Songs«, durch Zwischentitel, die das Geschehen vorwegnehmen, durch Kommentare und durch paradoxe Formulierungen wird der Zuschauer aus der Illusion, es handle sich um ein wirkliches Geschehen, herausgerissen; das Dargestellte erscheint ihm nicht selbstverständlich, sondern fremd und erstaunlich. Er gewinnt Di-

Bertolt Brecht. Zeichnung von Sebba.

stanz, die es ihm ermöglichen soll, über die gezeigten Vorgänge nachzudenken. Brechts Dramen wollen nicht reine Unterhaltung sein; der Zuschauer soll etwas lernen, aber auf vergnügliche Weise. Das erinnert an die Forderungen, die schon Horaz an die Poesie gestellt hat, sie solle nützlich sein (prodesse) und unterhalten (delectare). Das »prodesse« wurde seither oft und wird bei Brecht und anderen manchmal zur Tendenz, läßt das Spiel zum Beispiel werden oder, um mit Brecht zu reden, zum Parabelstück. Brecht hat sich über seine dramatische Theorie in zahlreichen Vorworten und Aufsätzen, vor allem im *Kleinen Organon für das Theater* (1948) geäußert.

Es gibt zahlreiche Stücke von Brecht, die wirklich nur der Vermittlung der Tendenzen des dialektischen Materialismus dienen; solche kommunistische Lehrstücke sind *Das Badener Lehrstück vom Einverständnis* (1929), die »Schulopern« *Der Jasager* und *Der Neinsager* (1929/1930), das Agitationsstück *Die Maßnahme* (1930), ferner *Die Ausnahme und die Regel* (1930), *Die Mutter* (nach Maxim Gorkis Roman, 1932), *Die Rundköpfe und die Spitzköpfe* (1932–1934), *Die Horatier und die Kuriatier* (1933/1934), *Die Gewehre der Frau Karrar* (1936/1937); ohne daß ihr aktueller Wert für die damalige Zeit bestritten werden soll, gehört auch die Szenenfolge *Furcht und Elend des Dritten Reiches* (1941–1945, vgl. Band VI, Seite 111ff.) in diese Serie; im gleichen Geist betätigte sich Bert Brecht auch als Bearbeiter nicht selbst geschaffener Theaterstücke (»Antigone« von Sophokles nach Hölderlins Übersetzung, 1955; »Der Hofmeister« nach J.M.R. Lenz, 1950; »Coriolan« nach Shakespeare, 1952/1953; »Don Juan« nach Molière, 1952), ja selbst ein eigenes Werk, die Oper *Das Verhör des Lukullus* (1939) mit der Musik von Paul Dessau, mußte, weil ihre erste Fassung den Parteiideologen nicht paßte, umgemodelt werden (»Die Verurteilung des Lukullus«, 1951).

Auffallend ist bei alledem, daß selbst in diesen oft jeder traditionellen Poesie baren Lehrstücken die Sprache der Bibel durchklingt, oft allerdings vordergründig blasphemisch und zynisch; aber gerade die besten Werke des Dichters zeigen, daß im tiefsten Innern seiner Seele etwas anderes vorging, etwas, wie der Maler Hans Tombrock, der Brecht 1939 in Schweden kennengelernt hat und seither mit ihm befreundet blieb, aus Gesprächen mit ihm erzählt: Brecht äußerte die Vermutung, daß es »ein höchstes persönliches Wesen, das der Gläubige Gott nennt, gebe ... Es ist eher möglich, daß es dieses absolut höchste Wesen gibt, als daß es nicht möglich ist ... Ich forsche weiter in die Zeit und Welt hinein und möchte es wissen, anstatt zu glauben oder überzeugt zu sein von einer solch gewaltigen Sache ...« Daraus läßt sich am Ende schließen, was Hans Urs von Balthasar sagt: »Einen schöneren Dialog hat wohl kein Dichter der Neuzeit mit dem Christentum geführt als Bert Brecht. Freilich auch keinen härteren.«

Das wird vielleicht noch nicht deutlich in seinem erfolgreichsten und populärsten Werk *Die Dreigroschenoper* (1931, Uraufführung 1928) nach John Gays »Beggar's Opera« (1728) mit der Musik von Kurt Weill; der Engländer hatte Adel und Verbrechen identifiziert, Brecht setzte Bürgertum und Verbrecher gleich:

Der Held seines Stückes ist der immer volkstümliche Räuber Macheath, genannt Mackie Messer, der die Tochter Peachums, des Bürgers, der die Bettler Londons geschäftsmäßig organisiert hat und Elend als Ware betrachtet, entführt und vor der Hinrichtung gerettet wird, weil diese am Krönungstag der Königin stattfinden soll.

Aber auch Macheath ist nach Brechts Anweisung als »bürgerliche Erscheinung« darzustellen; die Kritik der Zustände gilt demnach der Bourgeoisie, und diese verstand, wie zahlreiche Berichte dartun, die Oper als »kulinarisch«, nicht als »lehrhaft«, selbst Tucholsky anerkannte sie nicht als Plakat einer Weltanschauung (die Sozialkritik ist stärker, ja zynisch herausgearbeitet in zwei weiteren »Opern«, »Happy End«, und »Aufstieg und Fall der Stadt Mahagonny« 1928/1929).

Deutlicher wird die Absicht Brechts im Drama *Die heilige Johanna der Schlachthöfe* (1930). Mit Parodien auf Schiller (Jungfrau von Orléans), Goethe (Faust II), Hölderlin und die Bibel wendet sich Brecht in diesem Stück, das in den Schlachthöfen Chicagos spielt, gegen die Auffassung, die Gesetze der Wirtschaft seien eine Art Naturgesetz, für das der Mensch nicht verantwortlich sei und das sich seiner Einwirkung entziehe.

Später schrieb Brecht noch zwei andere Johanna-Stücke: *Die Gesichte der Simone Machard* (1941) handelt vom Widerstand eines französischen Mädchens gegen die deutsche Besatzung, und der *Prozeß der Jeanne d'Arc zu Rouen 1431* nach Anna Seghers (1952) behandelt den Jeanne-d'Arc-Stoff selbst.

Mehrfach umgearbeitet wurde das *Leben des Galilei* (1943, vgl. Band VI, Seite 114ff.). Die Hauptgestalt dieses Dramas ist der berühmte Naturwissenschaftler, dessen Bekämpfung durch kirchliche Instanzen bekannt ist:

Galilei rettet sein Leben, indem er der von der Kirche verbotenen Erkenntnis, daß sich die Erde um die Sonne dreht, abschwört. Heimlich vollendet er aber sein Werk und läßt es durch einen Schüler aus dem Land schmuggeln.

Was in der ersten Fassung als kluge List erscheint, verurteilt Brecht in der unter dem Eindruck von Hiroshima geschriebenen zweiten Fassung (1945/1946). Er läßt Galilei erkennen, daß er das Beispiel gegeben habe für ein

»Geschlecht erfinderischer Zwerge, die für alles gemietet werden können«, die ihr Wissen den Machthabern überliefern; sie sind Spezialisten, die sich nicht um die Auswirkungen ihrer Erfindungen kümmern; ihr Erfolg heißt Hiroshima.

Das folgende Bühnenwerk *Mutter Courage und ihre Kinder* (1949, jedoch schon 1939 entstanden), ein dramatischer Bilderbogen nach Grimmelshausens Simplizissimus-Roman demonstriert wie der »Galilei« die Vor- und Nachteile des Lavierens: Mutter Courage hält den Krieg für ein Geschäft und, obwohl sie Kind um Kind verliert, lernt sie aus ihren Mißerfolgen nichts. Im Unterschied zu den Lehrstücken sind Brechts Hauptwerke durchaus historisch gehalten, dies zwingt den Autor, möglichst viel »Konkretes« zu bringen, d.h. Detail, Stimmungskolorit, Augenweide. Damit kommt doch wieder die »Unterhaltung« zu ihrem Recht, tritt das Lehrhafte fast zurück. Unspürbar ist die Tendenz freilich nicht, aber nicht aufdringlich, ja, auch hier muß der Doktrinär vor dem Dichter kapitulieren: Zwar sagt Mutter Courage (den Namen verlieh ihr ihre Entschlossenheit), die Selbstlosigkeit sei eine seltene Tugend, weil sie sich nicht rentiere (und im allgemeinen muß sich bei ihr alles rentieren), aber fast im gleichen Augenblick verzichtet sie auf ihr persönliches Glück aus Liebe zu ihrer stummen Tochter Kattrin; diese aber will ihrer Mutter nicht im Wege stehen und rettet zugleich die Stadt Halle vor einem nächtlichen Überfall.

Diese Übung der Selbstlosigkeit (von Mensch zu Mensch wie, von Mensch zu Gemeinschaft) bleibt allerdings Episode; nach Bert Brecht selbst kann man in der »Mutter Courage« Genuß finden im Betrachten der »Unzerstörbarkeit einer lebenskräftigen Person« oder, was Brecht vorzöge, man kann aus dem Stück den Schluß ziehen: »Der Krieg muß um jeden Preis überwunden werden.«

In fast allen späteren Dramen Brechts ist die Aufspaltung des Menschen ein wichtiges Thema. Einerseits wollen seine Figuren sich menschlich verhalten und ihrem Drang zur Güte, Liebe oder Mütterlichkeit folgen, andrerseits erzwingen die Verhältnisse ein »geschäftliches« Verhalten, um den Lebensunterhalt zu sichern, das alle Menschlichkeit verunmöglicht. So ist zum Beispiel Mutter Courage aufgespalten in Mutter und Geschäftsfrau. Um ihre Kinder ernähren zu können, läßt sie sich in das Geschäft mit dem Krieg ein, aber gerade dadurch verliert sie alle ihre Kinder. Am deutlichsten wird diese Aufspaltung des Menschen in zwei einander widersprechende Teile im *Guten Mensch von Sezuan* (1942), da die Hauptfigur in zwei Gestalten erscheint:

Die gute Shen Te muß sich immer wieder in den kalt rechnenden Vetter Shui Ta verwandeln, um sich der Armen zu erwehren, denen sie eigentlich helfen möchte. Ihre eigene Armut zwingt sie, als Shui Ta mit brutalen Mitteln das Geld zu beschaffen, das sie benötigt, um die Armen, ihren Geliebten, ihr Kind und auch sich selbst zu ernähren. In dieser ausweglosen Situation sagt sie am Schluß zu den Göttern, die gekommen sind, um in ihr den einzigen guten Menschen der Stadt zu finden:

Euer einstiger Befehl,
Gut zu sein und doch zu leben,
Zerriß mich wie ein Blitz in zwei Hälften,
...gut sein zu andern
Und zu mir konnte ich nicht zugleich.
Ach, eure Welt ist schwierig!

Der Zuschauer wird im Epilog des Stückes veranlaßt, über eine Lösung für dieses Problem selbst nachzudenken.

Ähnlich gespalten wie Shen Te ist auch die Hauptperson von *Herr Puntila und sein Knecht Matti* (1940):

Wenn er nüchtern ist, muß der Gutsbesitzer Puntila rücksichtslos seine Geschäftsinteressen verfolgen, in betrunkenem Zustand dagegen vergißt er seine soziale Stellung und ist menschlich. Mit dieser Figur ist Brecht eine seiner lebensvollen und bühnenwirksamen Gestalten gelungen, in deren Reihe auch Mutter Courage, Galilei und Azdak aus dem »Kaukasischen Kreidekreis« gehören.

Das letzte von den bedeutenden Werken Brechts ist das Drama *Der kaukasische Kreidekreis* (1944/1945 in Amerika entstanden); die ihm zugrundeliegende chinesische Geschichte hatte schon Klabund etwa 20 Jahre früher verwertet, Brecht aber verlegt sie in ein fabelhaftes Grusinien. Was auf der Bühne, wenigstens im »Westen«, gewöhnlich nicht zu sehen ist, ist das Vorspiel: In einem kaukasischen Dorf streiten sich zwei Kolchosen um ein Tal; es wird jener Kolchose zugesprochen, die es besser zu bewirtschaften versteht; darauf nimmt der Epilog des ganzen Stückes Bezug:

Die Kinder den Mütterlichen, damit sie gedeihen –
Die Wagen den guten Fahrern, damit gut gefahren wird –
Und das Tal den Bewässerern, damit es Frucht bringt.

Hier zeigt sich, daß die Hauptfabel Beispiel für die Rahmenhandlung sein soll; wie in dieser das umstrittene Tal nicht den früheren Besitzern zufällt, so wird ein Kind im eigentlichen Drama nicht seiner natürlichen Mutter zugesprochen, sondern jener, die ihm gegenüber Mütterlichkeit zeigt. Die Frau als Mutter ist eine Lieblingsgestalt der Brechtschen Poesie und wird in verschiedenen Variationen des Themas vorgeführt; das klassenkämpferische Element bevorzugt die Magd vor der Gouverneursfrau und verlegt die Handlung in die Zeit vor der roten Revolution; derjenige aber, der als Richter zu entscheiden hat, ist eine der prächtigsten Figuren der Brechtschen Bühnendichtung, Azdak, Dorfschreiber und Hasendieb, bestechlich und oft betrunken, ausgestattet mit dem ungetrübten Rechtssinn des einfachen Mannes, der zudem die Nöte des Volkes kennt und das Herz auf dem rechten Fleck hat. Brecht fordert vom Träger dieser Rolle:

»Es muß ein Schauspieler sein, der einen völlig lauteren Mann darstellen kann. Der Azdak ist ein völlig lauterer Mann, ein enttäuschter Revolutionär, der einen verlumpten Menschen spielt, so wie bei Shakespeare die Weisen Narren spielen. Anders wird dem Urteil mit dem Kreidekreis alle Gültigkeit entzogen.«

Denn Azdak ist, wie H.U.v. Balthasar ihn interpretiert, das Bild einer verhöhnten und leidenden Gerechtigkeit, der blutige, gedemütigte Richter, der einzig imstande ist, die Herzen zu durchforschen und, die Niedrigkeit kennend, das Urteil zu fällen. Er bestätigt, was Hans E. Holthusen feststellt, wenn er schreibt: »Ein Schriftsteller, der sich dem Kommunismus verschreibt, ist als Schriftsteller verloren, würde man sagen können, wenn nicht, wie immer und überall, so auch in dieser Frage die lebendige Wirklichkeit jede Verallgemeinerung Lügen strafte. Wenn es nicht z.B. eine Erscheinung gäbe wie Bert Brecht, den Dichter, der so oft zu falschen Diagnosen und literarischen Fehlleistungen kommt, wenn er sich bloß als geschulter ›Dialektiker‹ präsentiert, und immer dann ein hinreißender Dichter sein und auch aus der materialistischen Perspektive wahre Poesie erblühen lassen kann, wenn er sich auf sein Herz verläßt.«

LITERARISCHE KRITIK

In anderen Ländern, vornehmlich in Frankreich, gehören die Literaturkritiker zur Literatur; im Raum der deutschen Sprache bahnte sich namentlich in den zwanziger Jahren etwas Ähnliches an. Daher muß auch diese Geschichte der deutschen Literatur wenigstens einige einschlägige Namen nennen. Der älteste in Betracht Kommende lautet Felix Ernst Wirkowski oder MAXIMILIAN HARDEN (1861–1927); Harden wurde in Berlin geboren, starb in Montana in der Schweiz; 1892 hatte er die Zeitschrift *Die Zukunft* gegründet und in ihr vor allem das Regime Kaiser Wilhelms II. und seiner Minister kritisiert. »Als Schriftsteller war er eine widersprüchliche Natur, bei der man nie wußte, ob er aus Freude am Beweisen oder aus Rechthaberei stritt. Seine Eitelkeit war beträchtlich, aber kunstvoll kaschiert. Früh hatte er Ibsen, Tolstoi, Strindberg und Dostojewskij als Menschen zu begreifen gesucht. Er war gebildet und klug, zugleich intrigant und von Vorurteilen abhängig« (Soergel-Hohoff). Immerhin war er führend beteiligt an der Gründung der »Freien Bühne« in Berlin. Guido K. Brand nannte seine Kritiken über Theaterstücke, Zeitereignisse, zur Politik »von einer Schärfe und Brisanz, die keiner neben ihm als Journalist hat ... Er hat manchmal – besonders in älteren Jahren – etwas von einem Rachegeist des Alten Testaments an sich. Sein Schauspielergesicht mit den flammenden Augen, dem schmalen Mund, den schwarzen Haaren hat etwas Fanatisierendes, Hypnotisches ... Er ist ein Revolutionär der Geister, der sich seine eigene Grammatik bildet, schreibt am Anfang noch den leserlichen Stil seiner nächtlichen Konzeptionen und am Schluß Tiraden und Satzbänder mit kühnen Gedankeneinschaltungen und Überhäufungen, deren Gewirr zu entziffern nur noch von wenigen unternommen wird.« Einige seiner Äußerungen wurden gesammelt in den Bänden *Literatur und Theater* (1896), *Kampfgenosse Sudermann* (1903), *Köpfe* (1910), *Von Versailles nach Versailles* (1927). Der einzige, der diesen Kritiker zu kritisieren wagte, war der Wiener Karl Kraus.

Der gleiche Karl Kraus schrieb auch über Kerr, und die Erwiderung Kerrs war so lahm, daß sie dem Satiriker indirekt recht gab. Dieser ALFRED KERR (1867–1948) war der Sohn des Breslauer Weinhändlers Emanuel Kempner (das ursprüngliche Pseudonym wurde 1911 als bürgerlicher Name anerkannt), doktorierte in Berlin und wollte sich als Literarhistoriker etablieren, doch entschloß er sich auf den Rat eines Freundes zum freien Schriftstellertum, arbeitete für Berliner Zeitungen, begründete und gab die Zeitschrift *Pan* heraus, veröffentlichte nicht ungern naturselige, schönheitstrunkene Reisebücher (»Die Welt im Licht«, 2 Bände, 1920; »New York und London«, 1923; »O Spanien!«, 1924; »Yankeeland«, 1925; »Es sei wie es wolle, es war doch so schön«, 1928; »Die Allgier trieb nach Algier«, 1929) sowie lyrisch-polemische Gedichtbände (»Die Harfe«, 1918; »Caprichios«, 1926; »Melodien«, 1938; »Gedichte«, 1955), eine seiner Dichtungen (»Der Krämerspiegel«, 1922) wurde von Richard Strauss vertont. Vor allem aber war Alfred Kerr der einflußreichste Theaterkritiker der Kaiserzeit und der Weimarer Republik, zugleich einer der konsequentesten Streiter gegen den drohenden Nationalsozialismus; als dieser zur Macht kam, mußte sein Gegner emigrieren und ging über die Tschechoslowakei und die Schweiz zunächst nach Frankreich, 1935 nach London; vom Foreign Office mit einer Vortragsreise beauftragt, starb er in Hamburg.

Als junger Gelehrter hatte sich Kerr mit der Romantik beschäftigt und sich stets zu Jean Pauls Humor bekannt; aber nicht nur Friedrich von Schlegel, auch Lessing und die Engländer Wilde und Shaw gehören in Kerrs geistige Ahnenreihe. Seine Absicht war, die Kritik als Literaturgattung zur Anerkennung zu bringen; Hermann Bahr hielt dieses Ziel für erreicht: »Kerr ist ein ganz besonderer Fall, ein Glücksfall, nicht bloß für Berlin, nein für uns alle: hier hat sich einmal ein Dichter in die Kritik verirrt!« In der Tat sind Kerrs Kritiken komponierte Prosastücke, rhythmisch aufgebaut, sinnfällig durch Ordnungszahlen gruppiert, nicht willkürlich unterteilt, eigenartig im Stil, vielen Vorbild geworden, doch bei diesen als Nachahmung sofort erkannt. Mit seiner Zeit teilte Kerr den Fortschrittsoptimismus, das Pathos der Jahrhundertwende, die aufklärerisch-kritische Skepsis. Seine Begeisterung für Hauptmann nahm ihm das Verständnis für später auftretende Dichter; nur zögernd revidierte er seinen Widerstand gegen Max Reinhardts neubarockes Theater; Brecht und Bronnen standen nach ihm dem sogenannten Naturalismus nahe – und machten im Grunde gar nicht Expressionismus; für Sudermann war er einer der schärfsten Gegner. Kerrs Kritiken und verwandte Arbeiten wurden in mehreren Bänden gesammelt: *Schauspielkunst* (1904), *Das neue Drama* (1904), *Die Welt im Drama* (3 Bände, 1917), *Spanische Rede vom deutschen Drama* (1930), *Die Welt im Drama* (Auswahl, 1954).

Über das Theater und die Bühnendichtung hinaus beschäftigte sich Moritz Heimann (1868–1925) mit Literatur, Eigenes gestaltend, Fremdes deutend. Das Eigene stammte aus der Landschaft, in der er geboren war, aus Werder in der Mark Brandenburg, aus »einem Dorfe von etwas über 100 Häusern, drum herum nichts als Land, See, schütterer Wald, und drüber weg ein Himmel«. Dort spielen die meisten der 1921 veröffentlichten Erzählungen des Bandes *Wintergespinst*; andere Novellen sind schon 1905 als *Gleichnisse* ediert gewesen; beide Bücher stehen bewußt im Banne H.v. Kleists. Außerdem wurde er durch das Erbe der jüdischen Ahnen bestimmt, wie die Bühnenstücke *Joachim von Brandt* (1908) und *Das Weib des Akiba* (1922) – sie und die ältere Komödie *Der Weiberschreck* (1896), die gleichfalls ältere dramatische Dichtung *Die Liebesschule* (1905) und die Tragödie *Der Feind und der Bruder* (1912) nebst dem Drama *Armand Carrell* (1920) sind »Lesedramen, genau aufgebaut, Strich um Strich, aber ohne den notwendigen Bühnenraum« (Guido K. Brand). Heimann hatte in Berlin Philosophie und Literatur studiert und wurde Lektor des S. Fischer-Verlages. In dieser Eigenschaft schon allein übte er großen Einfluß auf das literarische Schaffen seiner Zeit aus, so daß sein Schwager Gerhart Hauptmann ihn »das Gewissen der deutschen Literatur« nannte. Der von Heimann entdeckte Oskar Loerke dichtete 1933: »Dein Auge hat mein Ohr gelehrt – nun soll ich weiterlehren«, und Wilhelm Lehmann bekannte: »Ich wurde sein Schüler, sein hingebender Schüler.«

Dazu kam eine ausgedehnte Tätigkeit auf dem Gebiet der Literaturkritik; die Betrachtungen dieser Art sammelte der Verfasser in den drei Bänden der *Prosaischen Schriften* (1918) und vervollständigte Loerke im Band *Nachgelassene Schriften* (1926); diese Schriften, meint Guido K. Brand, könne man immer wieder lesen, denn sie enthielten wie ein Prisma die Spiegelung eines Lebens und eine Bereitschaft für alle grosse Kunst; sie enthalten Arbeiten über Grabbe, Tolstoi, Nietzsche sowie Porträts von Zeitgenossen und Freunden, wie G. Hauptmann, Stucken, W. Lehmann, auch viele politische Stücke, wie die Dialoge (das Gespräch war Heimanns »liebste Schöpfung«) zwischen dem Brüderpaar Wult und Walt über den politischen Menschen und sein Gegenstück, die »hoffnungslos private Natur«. Innerhalb und außerhalb dieser essayistischen Arbeiten finden sich oft Aphorismen (1918 in einem eigenen Band veröffentlicht), z.B. das für Heimanns kritische Tätigkeit charakteristische Wort: »Wenn zwei Menschen zusammen sind, so sind drei Faktoren da: die zwei Individuen und die Zusammenheit. Aber hierbei ist zu bemerken, daß die Individuen nicht ganz vorhanden sind.« Das geht tiefer als die kritische Sonde Alfred Kerrs, rückt Moritz Heimann in die Nähe von Martin Buber.

Drei Jahre jünger als Moritz Heimann war der Österreicher FRANZ BLEI (1871–1942), »eine der schillerndsten Gestalten der neueren deutschen Literatur – ein ›Literat‹, wie er im Buche steht, erstaunlich vielseitig und fruchtbar, umwittert von amourösen Skandalen« (Soergel-Hohoff). Sein Vater war ein nach Wien eingewanderter schlesischer Schuster, der sich zum Bauunternehmer hinaufarbeitete, seine Mutter Tuchschererstochter aus Preußisch-Schlesien; schon am Gymnasium (er wechselte von Melk nach Wien) nahm er Verbindung mit den sozialistischen Führern Bebel und Adler auf; mit 16 Jahren trat er aus der katholischen Kirche aus, in die er (mitsamt seiner inzwischen gegründeten Familie) 1919 zurückkehrte, allerdings mit der damals schockierenden Erklärung: »Es lebe der Kommunismus und die heilige katholische Kirche!« Seine Studien beschloß er mit dem Doktorat der Philosophie in Zürich, heiratete eine angehende Zahnärztin, ging mit ihr 1898 nach Amerika, lernte 1900 auf der Rückkehr nach Europa in Paris Oscar Wilde kennen, nahm Wohnsitz zunächst in München, 1925 in Berlin (während des Ersten Weltkrieges wurde er einer Herzkrankheit wegen dem österreichischen Kriegspressequartier zugeteilt, zusammen mit Hugo von

Hofmannsthal und zeitweise mit Robert Musil). 1933 emigrierte er nach Mallorca, 1936 nach Wien, bald zu Rudolf Borchardt nach Lucca, weiter nach Südfrankreich, wo ihn André Gide unterstützte, schließlich nach Nordamerika, wo ihn zu Westbury bei New York der Tod ereilte. Mehr als achtzig Bücher hat dieser Mann geschrieben, mindestens drei Zeitschriften geleitet; dennoch darf man sich fragen, was davon blieb: die Erzählbände *Erdachte Geschichten* (1911) und *Die Frivolitäten des Herrn von Disenberg* (1925), Komödien wie *Logik des Herzens* (1916), die Essays *Die galante Zeit* (1904), *Von amourösen Frauen* (1906), *Der Geist des Rokoko* (1923), *Glanz und Elend berühmter Frauen* (1927), *Frauen und Männer der Renaissance* (1927), *Männer und Masken* (1930), die Autobiographie *Erzählung eines Lebens* (1930)? Aus diesen und anderen Werken hat Bleis Freund Albert Paris von Gütersloh eine Auswahl getroffen (»Schriften in Auswahl«, 1960), die hinreichend sein dürfte; nicht berücksichtigte sie die ausgedehnte Übersetzertätigkeit Franz Bleis, der als erster Paul Claudel ins Deutsche übertrug, daneben freilich auch dessen Gegenspieler André Gide, außer der »Nachfolge Christi« von Thomas a Kempis Liebesgeschichten des Orients usw. Jedoch werden *Das große Bestiarium der Literatur* (1920, erweitert 1924), die *Neuen Gespräche Goethes mit Eckermann* und die *Zeitgenössischen Bildnisse* (1940) eine amüsante Lektüre bleiben.

Eine ganz andere Natur als Franz Blei war Josef Hofmiller (1872–1933), als Sohn eines Lehrers schwäbisch-bayerischer Herkunft in Kreuzegg (Allgäu) geboren, Student der Neuen Sprachen in München, nach der Promotion Gymnasiallehrer in Freising, München und Rosenheim, wo er starb. Er lehnte alle Versuche, ihn als Literaturkritiker nach Berlin oder als Professor für Romanistik nach Köln zu ziehen, aus Liebe zu seiner oberbayerischen Wahlheimat und zum pädagogischen Beruf ab, vielleicht auch aus dem Bewußtsein, nicht Wissenschaftler im engeren Sinn des Wortes zu sein, denn nach Johannes Pfeiffer besaß Hofmiller »eine ebenso beherzte wie kontrollierte Subjektivität«, eine »Betrachtungsart von intuitiver Unmittelbarkeit und eine Ausdrucksweise von konkreter Treffsicherheit«. Diese Charakteristik gilt sowohl für das Nebenwerk Hofmillers, nämlich die essayistischen Reisebücher *Wanderbilder aus Bayern und Tirol* (1928) und *Pilgerfahrten* (1932) – der Wanderer Hofmiller entdeckte u.a. die Schönheiten der damals fast unbekannten, heute hochberühmten Wieskirche bei Steingaden – als natürlich erst recht für sein Hauptwerk, den literaturkritischen Essay: Die *Versuche* (1909) behandeln Nietzsche, Fogazzaro, Catarina von Siena, Emerson, Thoreau, Maeterlinck und Galiani; ihnen folgt die Porträtsammlung

Zeitgenossen (1910); weitere Aufsätze sind gesammelt unter den Titeln *Über den Umgang mit Büchern* (1927), *Franzosen* (1928), *Letzte Versuche* (1935), *Die Bücher und wir* (1950); noch unvollständig ist die Ausgabe der *Gesammelten Schriften* in sechs Bänden (1938–1941), wichtig sind die zwei Bände *Briefe* (1941) und die *Ausgewählten Briefe* (1955). Weltanschaulich stand Hofmiller in seinen Anfängen unter dem Einfluß Feuerbachs, Nietzsches, Emersons und Thoreaus, doch entwickelte sich in ihm je länger, je mehr ein starker Sinn für das Bodenständige, Volkhafte, Ursprüngliche, ohne seiner Offenheit für das Zarte und Erlesene zu schaden, und Aufgeschlossenheit für die geistlich-musikalische Überlieferung der katholischen Kirche, dergegenüber er ehrfürchtige Liebe und kritische Distanz zu verbinden wußte.

Dagegen waren das Christliche und das Christentum als spiritualistische Verflüchtigung dem heute weithin anerkannten Walter Benjamin (1892 bis 1940) verdächtig. Als Kind liberal denkender Eltern in Berlin geboren, studierte er in Berlin, Freiburg i. Br., München und promovierte 1919 in Bern mit seiner Arbeit *Der Begriff der Kunsthistorik in der deutschen Romantik* zum Doktor der Philosophie. Im Jahr darauf kehrte er in seine Geburtsstadt zurück; bald darauf arbeitete er an seiner Schrift *Ursprung des deutschen Trauerspiels*, mit der er sich habilitieren wollte, jedoch die erhoffte Anerkennung nicht fand. Er lebte fortan als Kritiker und Rezensent, als Essayist und Übersetzer und wurde ständiger Mitarbeiter an der »Frankfurter Zeitung« und an der von Willy Haas geleiteten »Literarischen Welt«. 1925/1926 begann er seine Übersetzungsarbeit an Marcel Proust, doch war die Zeit für dessen Verständnis noch nicht reif. Als Jude dem Boykott ausgesetzt, blieb Benjamin zunächst doch noch in Deutschland und konnte sogar, wenn auch unter Pseudonymen, publizieren; als er sich zur Auswanderung entschlossen hatte, begab er sich nach Paris und wurde von dem dorthin übersiedelten Frankfurter »Institut für Sozialforschung« zum festbesoldeten Mitglied ernannt; 1940 erhielt er das Einreisevisum in die USA, doch aus Angst, der Gestapo ausgeliefert zu werden, setzte er an der spanisch-französischen Grenze seinem Leben durch Einnahme von Gift das Ende.

Außer den genannten Werken, der Dissertation und der Habilitationsschrift hatte Benjamin zu Lebzeiten noch als Buch die *Einbahnstraße* (1928) veröffentlicht, Meditationen über das Schreiben, über Verleger, literarische Formen und Methoden, Träume und Lieblingsvorstellungen, die Mitte zwischen Essay und Aphorismus einnehmend, im Titel bestimmt durch Benjamins Meinung, daß die Geschichte nicht umkehrbar sei. Sonst hatte er sich auf Aufsätze, Essays, Kritiken in Zeitungen und Zeitschriften beschränkt, die erst 1955 unter dem Titel *Schriften* gesammelt und herausgegeben wurden; Benjamin selbst aber hatte unter dem Pseudonym Detlev Holz eine »Folge von Briefen« unter dem Titel *Deutsche Menschen* (1936) publiziert mit der Absicht, eine unterirdische deutsche Tradition aufzudecken (man findet unter den Verfassern Goethe, Kants Bruder, die Droste-Hülshoff), deren Unterstrom mit der Aufklärung verwandt schien. Und obwohl er die Ansicht hatte, daß es archaischer Fähigkeiten bedürfe, um einen Brief schreiben zu können, hat er selbst deren sehr viele geschrieben; aus ihnen wurde eine zweibändige Auswahl getroffen (1966). Ausgewählte Schriften dagegen liegen vor mit dem Sammeltitel *Zentralpark* (1955), *Illuminationen* (1961), *Angelus Novus* (1967).

Wer Briefe und Schriften in ihrer historischen Reihenfolge liest, erfährt, von Kommentatoren unterstützt, daß der einst liberale Benjamin im Geiste der Jugendbewegung bereits antibürgerlich dachte, durch die Begegnung mit Bert Brecht (»Versuche über Brecht«, 1966), Ernst Bloch und einer Lettin namens Asja Lacis sich stark der marxistischen Ideologie näherte, zugleich aber sich von dem gelehrten Juden Gerhard Scholem die geistige und sittliche Welt des Judentums erschließen ließ.

Der nur zwei Jahre nach Walter Benjamin gleichfalls in Berlin zur Welt gekommene LUDWIG MARCUSE (1894–1971) hatte in den zwanziger Jahren in seiner Geburtsstadt wie in Frankfurt a.M. eine erfolgreiche Laufbahn als Publizist und Theaterkritiker begonnen, als er seiner jüdischen Abstammung wegen 1933 aus Deutschland vertrieben wurde; über Frankreich begab er sich nach Amerika, wo er nach 1945 an der University of Southern California Philosophie lehrte; seit seiner Rückkehr nach Europa lebte er in Bad Wiessee (Oberbayern). Zuerst stellte er seine Feder in den Dienst der Biographie und verwandter Literatur (»Georg Büchner«, 1922; »Die Welt der Tragödie«, 1923; »Strindberg, das Leben der tragischen Seele«, 1924; »Revolutionär und Patriot, das Leben Ludwig Börnes«, 1929; »Heinrich Heine, ein Leben zwischen gestern und morgen«, 1932; »Soldat der Kirche, das Leben des Ignatius von Loyola«, 1937), wobei es ihm nicht um reine Wissenschaftlichkeit ging, sondern um Parteinahme für Gestalten hauptsächlich der Literaturgeschichte, die er als Repräsentanten eines Aufbruchs, einer Reform oder gar einer Revolution ansehen konnte. Nach der Remigration bot er seinen Lesern die *Philosophie des Glücks* (1949) an (sie trägt den bezeichnenden Untertitel »Zwischen Hiob und Freud«), lehrte er den *Pessimismus* (1953) als ein »Stadium der Reife« anzusehen, rechnete er mit der Heuchelei ab im Buch *Obszön, Geschichte einer Entrüstung* (1962). Doch nahm er auch die Lebensbeschreibung wieder auf (»Der Philosoph und der Diktator, Plato und Dionys«, 1950; »Sigmund Freud, sein Bild vom Menschen«, 1958; »Das denkwürdige Leben des Richard Wagner«, 1963; »Aus den Papieren eines bejahrten Philosophie-Studenten«, 1964), nicht ohne sich selbst ein Denkmal zu setzen (»Mein 20. Jahrhundert, auf dem Wege zu einer Autobiographie«, 1960 und »Nachruf auf Ludwig Marcuse«, 1969).

Im Gegensatz zu diesem bewußt subjektivistischen Literaturkritiker stand Max Rychner (1897–1965) aus Lichtensteig (Kanton St. Gallen); er absolvierte das Gymnasium in Zürich, studierte hier und in Bern Geschichte, Latein und deutsche Literatur, übernahm als eben promovierter Doktor der Philosophie die Leitung der »Neuen Schweizer Rundschau« (1922), ging 1933 als Feuilletonredakteur nach Köln, wurde gleichzeitig Sonderkorrespondent der »Neuen Zürcher Zeitung«, übersiedelte 1937 nach Bern, 1939 nach Zürich, dort beim »Bund«, hier bei der »Tat« tätig; aber ob er in Zeitungen schrieb, ob er solche Beiträge zu Büchern sammelte und diese mit sonst nicht veröffentlichten Texten füllte, als Literaturkritiker war er das, was er selbst als dessen Berufung sah, ein der Literatur Zugeborener, einer der großen Vertreter seiner Zunft im Gebiet der deutschen Sprache, geboren in der Tradition der abendländischen Kultur, dienend der Sache, die er besprach, und damit dem Wort, dem Leser, dem Werk, ja dem Weltverständnis, streng darauf achtend, daß er weder sich selbst noch sein Wirken in den Mittelpunkt stellte. Neben diesem jedoch gab es auch noch den Dichter, und zwar den über dem Wissen elegant dahingleitenden Lyriker sowie den streng formulierenden Novellisten; seine umfangreiche Ernte ist gesammelt in den Bänden *Freundeswort* (1941), *Die Schläferin* (1943), *Glut und Asche* (1945), *Die Ersten* (1949); eine Novelle ist *Das Buchenherz* (1957). Dem Dichter Rychner danken wir auch für seine Nachdichtungen französischer Poesie, vornehmlich Paul Valérys.

Aber im allgemeinen weiß man von dieser Seite des bedeutenden Schweizers wenig, sie ist weithin überdeckt von der literaturkritischen Arbeit. Daß sie mit einem Buch über *Karl Kraus* (1924) begann, kommt nicht von ungefähr, aber als nächstes schloß sich an die Essaysammlung *Zur europäischen Literatur zwischen zwei Weltkriegen* (1942), der weitere folgten, nämlich *Zeitgenössische Literatur* (1947), *Welt im Wort* (1948), *Sphären der Bücherwelt* (1952), *Arachne* (1957), *Antworten* (1961); Prosa, Gedichte, Aphorismen und Aufsätze erschienen vereint als *Bedachte und bezeugte Welt* (1962). In diesen Bänden treten im wesentlichen drei Interessenkreise immer wieder hervor, die Tradition (von Homer, Vergil über Lessing, Schiller,

Goethe bis zu Stifter und Fontane), die Literatur der zwanziger Jahre und die literarische Begegnung; gerade hier, z.B. gegenüber Gide und Valéry, Schlegel und Novalis, Dostojewski und dem Westen, enthüllt sich das Geheimnis der Rychnerschen Betrachtungsweise, die taktvolle Einfühlung in die vielfältigsten literarischen Beziehungen und Verflechtungen. Gegenüber dem, was nach 1945 an die Öffentlichkeit trat, nahm er nur skeptisch Stellung. Das ist seine Grenze, seine Größe aber hat Carl J. Burckhardt mit den Worten charakterisiert: »Mitmenschen bekämpft er nicht, er vermeidet harte Urteile. Er hat beides nicht nötig, er anerkennt oder läßt links liegen. Dort, wo er anerkennt, beginnt für ihn schon ein Bezirk der Liebe.«